蒋永国

1974年生，文学博士，现任浙江师范大学人文学院教授，博士生导师，著有《鲁迅小说形象流变新论——从中西文化之"个"切入》《鲁迅早期思想与他的新文学创作》《鲁迅与时代的"知识地层"——比较文学研究文集》等。

日本鲁迅学史论纲

蒋永国 著

生活·讀書·新知 三联书店

Copyright©2025 by SDX Joint Publishing Company.
All Rights Reserved.
本作品版权由生活·读书·新知三联书店所有。
未经许可，不得翻印。

图书在版编目（CIP）数据

日本鲁迅学史论纲 / 蒋永国著. —北京：生活·
读书·新知三联书店，2025.2. —ISBN 978-7-108
-07972-5

Ⅰ. I210

中国国家版本馆CIP数据核字第2024N9Q220号

封面题字　高　玉
责任编辑　麻俊生
装帧设计　刘　俊
出版发行　生活·讀書·新知三联书店
　　　　　（北京市东城区美术馆东街22号　100010）
邮　　编　100010
印　　刷　江苏苏中印刷有限公司
排　　版　南京私书坊文化传播有限公司
版　　次　2025年2月第1版
　　　　　2025年2月第1次印刷
开　　本　720毫米×1000毫米　1/16　印张33
字　　数　396千字
定　　价　108.00元

序一

日本鲁学史的全景式观照

董炳月

永国敢于撰写并且完成这部《日本鲁迅学史论纲》，让我略感意外。因为，这项工作的挑战性太大。挑战性来自百年间日本鲁迅研究的丰厚积累，来自既有的对于日本鲁迅研究史的大量评述。

梳理日本鲁迅研究史的工作，中日两国有许多学者做过或者正在做。日本方面的丸山升、藤井省三、尾崎文昭等中国文学研究名家，中国方面的吕元明、刘柏青等前辈学者与赵京华、靳丛林等中坚学者，都有相关著述。丸山升发表连载文章《鲁迅在日本》是在1971年3月至1981年7月，吕元明发表《日本的鲁迅研究史》是在1981年，刘柏青先生发表《战后日本鲁迅研究》(见其专著《鲁迅与日本文学》)是在1985年。可以认为，20世纪80年代前期中日两国学者共同拥有了梳理日本鲁迅研究史的自觉性。从那时至今，这种梳理工作已经有四十余年的历史。这可以称作"鲁迅研究史学史"，算是鲁迅研究学科的一个分支。意味深长的是，这方面的研究专著日本国内似乎未曾出现，而中国近年却出版了厚重的两部。一部是靳丛林、李明晖等人合著的《日本鲁迅研究史论》（社会科学文献出版社，2019年），一部是赵京华的《活在日本的鲁迅》（生活·读书·新知三联书店，2022年）。

在这种情况下，撰写《日本鲁迅学史论纲》，并且写出深度、写出特色，无疑是巨大的挑战。我读永国这部《日本鲁迅学史论纲》的书稿，觉得他的挑战是成功的。永国在最大限度地占有相关资料的基础上，建立了自己的论述框架，深化了对于某些问题的认识。

《日本鲁迅学史论纲》占有资料的充分，看看书中的大量引证、书后的参考文献即可明白。显然，新时期以来中国学界对于日本鲁迅研究成果的系统译介，为该书的撰写提供了诸多便利。大量的引证也许看似烦琐，但是，对于一部论述日本学者鲁迅研究成果的著作来说，这种引证很有必要。充分的引证有助于中国读者整体性地、准确地理解那些日本学者的研究成果。

掌握资料之后，重要的是建立有效的、意图明确的论述框架。这方面永国有自觉的追求，而且确实建立了自己的论述框架，正如他在书稿"后记"中所说：以日本的主要鲁迅研究者为线索设置章节，呈现日本鲁迅研究的知识系谱和逻辑过程，并努力引入研究的地缘辐射和日本中国学的视野，以完整把握日本鲁迅学的"点"与"线"。在我看来，这一框架中创新性较强的有两点，一是对于日本诸位鲁迅研究者的把握方式，二是对于日本鲁迅研究区域板块的划分。《日本鲁迅学史论纲》的主体部分共十五章，永国用十二章分别论述了十二位日本鲁迅研究名家，从竹内好论到藤井省三。就论述对象而言，这自然与靳丛林等人的《日本鲁迅研究史论》、赵京华的《活在日本的鲁迅》基本相同，对于论述对象研究成果的阐述也难免有重叠之处。因为那些日本鲁迅研究者的学术履历、研究成果不会改变。不过，永国的评述还是有自己的构思。他是在做"学者评传"式概述的前提下，突出各家鲁迅论的核心内容——比如伊藤虎丸的"终末论"，丸山升的"革命人"，丸尾常喜的"耻辱"与"鬼"，山田敬三的存在主义，片山智行的现实主义，等等。以论述藤井省三的第十五章为例，该章由三节构成，分别是"藤井省三及其鲁迅研究著述要略""富有开拓性的比较研究""阅读史和研究史的新进展"。由章节设置可知，在藤井的大量研究成果中，该书突出的是比较研究、阅读史研究方面的成果。对于不同研究者研究重点的凸显，有助于整体上呈现日本鲁迅研究史的结构与历史脉络。所谓区域板块的划分，即永国在该书"绪论"中所说的"战前日本鲁迅传播研究的本土和中国的地域分布；战后日本鲁迅研究的三个中心"。这确实是个问题。战前日本人的鲁迅研究并非都是在日本本土展开，不少论述者是身处中国（主要在北京、上海），而身处的环境正是立论"语境"的重要构成因素，会影响立论。永国对于"战后日本鲁迅研究的三个中心"（关西、关东和东北及北海道）的划分，已经涉及日本鲁迅论的某些本质问题。例如1952年以东京大学的学生为主体成立的鲁迅研究会，丸山升代表作《鲁迅——其文学与革命》的撰写及其"革命人"概念的提出，无疑都与当时东京的政治风土、研究者的意识形态密切相关。

　　资料占有的充分，研究方法的自觉，使得永国能够对许多旧问题提出新见解。即使是对于被许多学者论述过的竹内好，也是如此。比如对于竹内好《鲁迅》与小田岳夫《鲁迅传》之关系的发现与论述，即可被最近才翻译成中文的伊藤虎丸先生的论文《小田岳夫先生与中国文学》(《杭州师范大学学报》2024年第3期)所证实。竹内好《鲁迅》与李长之《鲁迅批判》的密切关系是鲁迅研究者们熟知的,但是,吉村永吉在这种影响关系中发挥的功能,是到了永国这里才得到关注。

我作为鲁迅研究者,多年来也一直研读日本学者的鲁迅研究著作,获益良多。"鲁迅"的诞生、传播本来与日本密切相关,而日本鲁迅研究者身处独自的社会环境,有自己的观念、方法、知识体系,因此取得了许多高质量的研究成果。也许可以说,在特定的历史阶段,日本学者的鲁迅研究曾经一度走在同时代中国学者的前面。这也是日本学者的鲁迅研究成果在中国受关注、产生影响的原因所在。不过,在中国研究者接受那些成果的过程中,有两个现象耐人寻味。一个现象是,对于某些重要的日本鲁迅研究者关注不够,或者近年才有所关注。例如对于小田岳夫、新岛淳良、竹内芳郎、竹内实、长堀祐造诸位。另一个现象是,对于日方某些特定的鲁迅研究成果的认识或评价,与日本学者差异甚大。典型例证是对"竹内鲁迅"的认识。2005年收录了专著《鲁迅》一书的竹内好译文集《近代的超克》出版(生活·读书·新知三联书店),大概是从那时至今,"竹内鲁迅"成为中国鲁研界的话题,"回心"被许多人讨论。与此形成对比的是,在日本,伊藤虎丸、丸山升、藤井省三诸位的研究早已超越了竹内好。2011年,尾崎文昭在当年第1期《鲁迅研究月刊》上发表文章《从〈鲁迅〉到〈鲁迅入门〉:竹内好鲁迅观的变动》,明确指出:"《近代的超克》收入《鲁迅》一书,有很多学者以《鲁迅》为材料讨论竹内好的鲁迅观。我看了部分的文章,感觉很不满意。总体印象就是他们还没有真正理解竹内好就开始立论,结果竹内好鲁迅观的精华之处没有得到关注,反倒是随着其旁枝错节之处越走越远。其实在日本国内能全面认识竹内好鲁迅观的学者也是很少的,片面性立论的情况也很常见。我在这里提醒大家不要被竹内好的《鲁迅》迷惑。"同样是在 2011 年,尾崎文昭在访谈稿《战后日本鲁迅研究——尾崎文昭教授访谈录》(《现代中文学刊》2011 年第 3 期)中又指出:"竹内好的'回心'这个概念在战后用得很少,因为本身没有说明什么东西,是一个用错的概念,失败的概念。"尾崎的这些观点我完全赞同。《鲁迅》如竹内本人所言是"不成熟的研究笔记",多有不切实际的评判、修辞性的空论;所谓"回心",只要我们意识到这是个多义性的日语汉字词、将其翻译为"忏悔""自省"等汉语词,竹内好"回心"话语的漏洞便暴露无遗。上述两个现象,与语言、视野、学术观念、身份意识、中日两国的"社会时差"等多方面的问题直接相关,很值得探究。就像鲁迅需要很多学者来研究,为了促进中日两国鲁迅研究者的交流、更有效地吸收日本学者的研究成果,更多的人参与日本鲁迅研究史的研究很有必要。因为这研究史中不仅存在着"鲁迅",而且存在着同时代的"日本"。对话越广泛,理解越深入。即使是在这个意义上,永国作为中国的鲁迅研究者撰写这本《日本鲁迅学史论纲》也很有必要。

  永国从事鲁迅研究多年,已经出版了《鲁迅小说形象流变新论》与《鲁迅早期思想与他的新文学创作》两部专著。对于鲁迅的认真研读,当然是他评说日本学者鲁迅研究成果、撰写《日本鲁迅学史论纲》的前提。2018 年 7 月,永国曾经作为高级访问学者来到中国社会科学院文学研究所,做为期一年的研修。那期间我对他多了一些了解。他对学术研究充满热情、敏感、勤奋而又执着。这样看来,他敢于撰写并且完成了这部《日本鲁迅学史论纲》,也并非偶然。他在本书"后记"中所说,这部《日本鲁迅学史论纲》是他计划撰写的《日本鲁迅学通史》

的替代品。实际上，百年的时间跨度，论述对象的经典性，问题意识的鲜明，已经使这部《日本鲁迅学史论纲》具有"史"的属性。我想，以此为基础，假以时日，永国能够写出一部《日本鲁迅学通史》。

2024 年 7 月 6 日于寒蝉书房

序二

一部体式规模完整的日本鲁迅学说史

赵京华

蒋永国君要出版大作,嘱我写序。我平生没有给他人作过序,但这次答应了。原因是永国的这部《日本鲁迅学史论纲》与我前些年的研究在内容上多有交叉,因而读来兴趣盎然,也有许多想法愿与他交流。拙著《活在日本的鲁迅》(生活·读书·新知三联书店,2022)以第二次世界大战后辉煌一时的日本鲁迅论为对象,试图在战后思想史语境下讨论日本知识者何以这样言说鲁迅,而其中的议论对象大都是我在留学期间有幸晤面且多得教诲的师长,虽然我努力要将他们尽可能历史化,但依然力有未逮。结果,成了一本介乎思想论和学说史之间的杂著。永国积数年之功夫著成这部专著,远远超越了拙著乃至之前靳丛林等所著《日本鲁迅研究史论》（社会科学文献出版社，2019）的论述范围和关注焦点，而成为一部重要的"学说史"论。可谓后来居上，令人倍感欣慰。

与靳丛林等《日本鲁迅研究史论》相比，本书名为《日本鲁迅学史论纲》。题名之差道出了两者焦点和体式的不同。永国在"后记"中也有说明，称自己一开始就试图写一部"日本鲁迅学通史"。如今虽改为"论纲"以示严谨，但在我看来已然具备了"学说史"或"学术史"的体式规模和逻辑结构。这在中日两国都是难得一见的重要成果。该书以1920年青木正儿发表《以胡适为中心的汹涌澎湃的文学革命》为日本鲁迅学的起始，下限则直至今日，时间跨度整整一个世纪。一个世纪里，日本人几乎与"鲁迅"的诞生同步开始译介、评论、研究其思想文学，形成了一个有自身谱系可寻的学术传统，而在中国之外开创了"世界鲁迅研究的先河"。正仿佛一个有机生命体一般，这个学术传统有其发轫（1920—1943）、成熟（1944—1980）、多元化发展（1981—1994）和世纪转型（1995—）的完整过程，而在空间上又形成了关东、关西、东北（包括北海道）三个彼此关联的鲁迅研究区域（流派）。东京学派的重理论分析、京都学派的重实证研究、东北地区的重文献史料整理，各自显示出地区的差异而共同汇成了日本20世纪鲁迅学的辉煌篇章。永国尽可能汇集所有可见史料于一书，不仅分析了总体的渊源流变而且区别出派别的地区差异，正可谓"分源别派，使其宗旨历然"（黄宗羲《明儒学案》原序），而成就了一部体式规模堪称完整的学说史。

这个体式规模的完整，还体现于本书在贯通战前与战后日本鲁迅学整体脉络而实现空间上"三角形架构"（关东、关西、东北）之构筑的同时，第一次将伪满洲国时期日本人的评论纳入日本鲁迅学的整体中来，并凸显出中国境内日本人的评论乃是鲁迅在日本本土传播的重要桥梁这一历史定位。日本帝国主义发动的殖民侵略战争造出了伪满洲国这个恶果，无论对殖民统治者日本还是被殖民的中国都是不堪记忆但又无法抹消的历史单元，其内部体制结构的复杂扭曲本身就体现了20世纪历史的复杂性。例如，"九一八"事变前后日本军国主义加紧对国内进步势力的镇压，包括马克思主义者乃至无产阶级作家等大批文人知识分子来到中国，他们以《满蒙》《满铁》《满洲评论》等为阵地在"革命文学"语境下发表评论鲁迅的文字，甚至有山口慎一、长江阳、原野昌一郎等一批优秀者，其鲁迅评论成为日本战后初期翻译介绍中国"人民文学"乃至鲁迅研究的一脉传统。这正是"历史的狡黠"。参照日本评论家川村凑《异乡的昭和文学——"满洲"与近代日本》，我们也可以将这一时期日本人的鲁迅评论称之为"异乡的昭和鲁迅像"而纳入到日本鲁迅学史的整体脉络中来。当然这里有一个棘手的问题，那就是在殖民与被殖民的历史结构中，被压迫民族的作家鲁迅何以得到传播和评价，伪满洲国的历史复杂性在文化学术上呈现出怎样的扭曲形态？另一方面，无产阶级革命文学运动本是一场超越民族国家的世界性思潮，这是否是突破殖民与被殖民历史结构的重要因素之一？永国碍于"学说史"的体例对此未做深究，也是情有可原。

而在建构日本鲁迅学说史的逻辑结构，即提出统摄其发展与变迁和学派凝聚与分离的"宗旨"或逻辑主线，以确立学说传承与裂变的总体走向方面，本书也有突出的贡献。永国提出，百年日本鲁迅学史最核心的问题是围绕"原鲁迅"和"真鲁迅"而形成的纠缠、搏斗与分离。以此为轴心，他将竹内好的鲁迅论定义为最早追寻"原鲁迅"的起始，在此鲁迅成为日本社会问题和竹内自身思想危机的精神镜像；

丸山升在鲁迅是文学者还是革命人的认识上与竹内好针锋相对，但所追寻的依然是"精神原型"；伊藤虎丸批评丸山升的"革命人"一元论，但他自己又提出另一个"个的自觉"之典型的"原鲁迅"像。木山英雄乃是第一个以"真鲁迅"即"鲁迅创造的鲁迅"为思考目标的研究者，但之后的片山智行、新岛淳良、丸尾常喜等还是没有完全摆脱对"原鲁迅"的追求。直到关西的北冈正子，开始放弃"原鲁迅"目标而致力于通过明治末期鲁迅的阅读体验之文献实证研究以还原"真鲁迅"，竹内实则在追求"真鲁迅"的同时摆脱了以往通过"制造鲁迅"以解决自身问题的日本战后鲁迅论的精英思想史研究范式。

我理解，永国讲的"原鲁迅"指的是原理性的、本真的，具有价值内涵而可以成为思想判断标准的，归根结底是日本知识者"制造"出来的鲁迅。这个"制造"出来的"原鲁迅"有时可能脱离历史中的"真鲁迅"，但在战后日本特殊的时期里却发挥了巨大的思想、社会批判功能。所谓"真鲁迅"，则是作为历史存在的活在时代语境中的真实鲁迅。用我的话来讲，前者乃是日本知识者在战后民族独立和社会重建的思想舆论场域中创造出来的、内在于日本思想史的他者"鲁迅像"，后者则是当社会政治斗争落潮而"鲁迅"回到学院成为外国文学研究对象之后，日本学者相对客观科学的研究对象。永国在日本鲁迅学说史中提示出这样一种极为特殊的"原鲁迅"与"真鲁迅"相互"纠缠、搏斗与分离"的逻辑主线，十分重要。它揭示了日本"鲁迅"论的政治性与学术性或者主观性和客观性彼此缠绕的特殊形态，这也是相当长一段时间里这个日本鲁迅学能够保持思想活力并兴盛发展的原因所在。如果一部学说史，没有这样一条逻辑主线凸显出矛盾纠结的演变过程，那么所叙述的也便只是一个没有热度和波澜的学说史，它将失去特殊历史语境下日本鲁迅学的复杂性和独特性。

总之在我看来，永国这部大作乃是一部既有相应的体式规模又有自身逻辑结构的日本百年鲁迅学说史。它不仅呈现了这个学说史的丰富性复杂性，更提供了进入其纷繁世界的逻辑线索，使读者能够在获得鲁迅日本传播方面知识的同时，更得到思想和学术的启迪。自20世纪90年代以来，日本鲁迅研究的重要成果陆续翻译介绍到中国来，并深刻影响了我国新时期以来的鲁迅研究。因此，深入解读和完整叙述20世纪日本鲁迅学的发展，探索其渊源流变的历史过程和方法论路径，其学术意义不言而喻。永国多年来专注于此问题，通过努力拼搏突破自身的种种限制而成就这部重要的著作，实在可喜可贺！我作为同道中人，为他欣喜为他祝贺。也因此，打破自己不为他人作序的习惯。如果以上所述有不恰当或离谱的地方，还请永国及广大读者批评指正。

2024年8月11日于北京

目录

绪论　001

第一部
日本鲁迅学的发轫（1920—1943）

引言　027

第一章　鲁迅在日本传播和研究的肇始　029
第一节　"文学革命"的鲁迅译介　030
第二节　"革命文学"的鲁迅评介　049

第二章　日本对鲁迅的广泛接受　068
第一节　鲁迅作品的译介盛况　071
第二节　增田涉的译介与《鲁迅传》的相关问题　081
第三节　小田岳夫及其《鲁迅传》　094

第二部
日本鲁迅学的成熟（1944—1980）

引言　109

第三章　"竹内鲁迅"的诞生及其贡献　111
第一节　竹内好进入鲁迅的契机　112
第二节　竹内好对研究传统的继承　118
第三节　竹内好的创新　135

第四章　"丸山鲁迅"的"实证"与"革命人"　150
第一节　丸山升及其著述的概说　151
第二节　也说丸山升的"实证"　155
第三节　再谈丸山升的"革命人"　168
第四节　丸山升的贡献　176

第五章　"伊藤鲁迅"的"终末论"与"个"　189
第一节　伊藤虎丸与鲁迅的相遇　190
第二节　"伊藤鲁迅"的"终末论"　198
第三节　"伊藤鲁迅"的"个"思想　209

第六章　木山英雄的鲁迅研究及其地位　228
第一节　木山英雄的《野草》研究及其他　229
第二节　木山英雄的贡献和地位　244

第七章　"仙台鲁迅"的调查与"幻灯事件"研究　258
第一节　"仙台鲁迅"的调查　259

第二节 "幻灯事件"的研究 269

第三部
日本鲁迅学的多元化（1981—1994）

引言 289

第八章 新岛淳良的"乌托邦" 292
第一节 新岛淳良的生平著述 293
第二节 新岛淳良"乌托邦"的内涵及其谱系和贡献 298

第九章 竹内实鲁迅研究的特点 304
第一节 竹内实的生平著述简况 304
第二节 竹内实鲁迅研究的特点 307

第十章 北冈正子的"材源鲁迅" 323
第一节 北冈正子的"材源"探索 324
第二节 北冈正子的贡献 329

第十一章 片山智行的"现实主义"和"全释" 339
第一节 "现实主义"的界定及其论证逻辑 340
第二节 关于《野草》的"全释" 350
第三节 片山智行的学术谱系和创新 360

第十二章 山田敬三的"存在主义" 368
第一节 在搏斗中走进鲁迅 368
第二节 "存在主义"的概念及其论证过程 373

第三节　山田敬三鲁迅研究的独特性　383

第十三章　"丸尾鲁迅"的历史新阶段　389

第一节　丸尾常喜的生平著述概说　390

第二节　从"耻辱"到"鬼"　395

第三节　丸尾常喜的研究史系谱、贡献及问题　407

第四部 ─────────────
日本鲁迅学的世纪转型（1995— ）

引言　421

第十四章　代田智明的"文本主义"和"现代批判"　424

第一节　崇尚文学内部研究的"文本主义"　425

第二节　反思现代的"现代批判"　433

第十五章　藤井省三鲁迅研究的新进展　444

第一节　藤井省三及其鲁迅著述要略　445

第二节　富有开拓性的比较研究　448

第三节　阅读史和研究史的新进展　462

结语　日本鲁迅学的核心问题及历史走向　471

主要参考文献　479

附录一　489

附录二　493

后　记　507

绪论

藤井省三发现早在 1909 年日本就已经开始介绍周氏兄弟，但作为作家的鲁迅是在 1920 年被青木正儿引介到日本的。无论从哪里算起，日本鲁迅学①都有百年历史了。日本人很关注他们的百年鲁迅学史，对其历史演变和思想脉络做过较多整理，在时间上形成了战前/战后的分界，在内容上凸显了思想史的现代反思。中国学者基本承认日本自己对日本鲁迅学的时间分界，也偏重于思想史视野下的战后日本鲁迅研究。如果把百年日本鲁迅学放在"史"的视野下，中日学界的相关研究显然缺少整体而全面的贯通，战前/战后划分虽不无启示，但不能更细致地在日本近现代的历史进程中还原鲁迅研究的波峰浪谷。同时，百年日本鲁迅学还缺乏空间观照，战前特殊的历史背景使其表现为本土和中国的空间分布，而战后出现的三个中心和日本近代以来"东京派"和京都学派的地域分布也有关系。因此，需要尊重百年日

---

① 张梦阳指出："鲁迅学是鲁迅研究的学科化形态。所谓学科化，就是发扬求实求真的宗旨，使鲁迅研究上升到体系化、理论化、专业化的境界，成为一门独立的学科。"（张梦阳：《中国鲁迅学通史》宏观反思卷，广东教育出版社，2001 年，第 13 页）。所谓"日本鲁迅学"就是指日本鲁迅研究的学科化形态，在日本社会历史语境下，日本学者使鲁迅研究达到体系化、理论化、专业化的境界，有学科史、学科理论、研究范式等各方面的特征。日本鲁迅学是通过日本鲁迅研究呈现出来的，中日学者更习惯用"日本鲁迅研究"这一称谓，但"日本鲁迅研究"不足以反映学科化的特征。

本鲁迅学实际的时空存在并进行时空重构，这样才可清晰呈现它的纵向贯通和横向多元，厘清日本近代以来两大学派对它的影响，进一步建构它的中国学史价值。

一

关于日本鲁迅学的历史分期有不同看法，但获得较为普遍认同的是战前/战后的划分。竹内好对日本鲁迅研究的影响太大，他以鲁迅为媒介形塑了日本战后的鲁迅思想史研究范式。因而以思想史为契机，中日学界紧紧抓住竹内好，对战后日本鲁迅研究的内在演变进行了充分而深入的发掘。葛兆光曾指出，传统思想史的研究只是思想家的思想史或经典的思想史，并没有充分注意到生活的实际世界那种平均值的知识、思想与信仰，从而忽视了一般的知识、思想与信仰真正地在人们的判断、解释、处理面前的世界所起的作用。① 显然，以竹内好的研究为分界主要是传统思想史视野下的研究范式，它淡化了战前研究的一般性视野与战后研究的民间走向。要解决这个问题，首先需回到研究的起点和具体分期上。

1. 日本鲁迅学的起点。到目前为止，有三种看法：1909 年；1920 年；1944 年。1980 年藤井省三发现 1909 年周氏兄弟在日本的文学活动，讲到他们阅读英、德文学作品和筹划《域外小说集》。② 藤井在文中没有明确把日本鲁迅学的起始说成是 1909 年，但在 2016 年中央编译出版社出版的《日本鲁迅研究精选集》中，他撰写了序言性质的《鲁迅在日文世界》，清楚地把日本鲁迅传播和研究的起始阶

---

① 参见葛兆光：《中国思想史·导论 思想史的写法》，复旦大学出版社，2013 年，第 11 页。
② 参见 [日] 藤井省三：《日本介绍鲁迅文学活动最早的文字》，《复旦学报》1980 年第 2 期。

段定为 1909—1926 年，①2017 年他又在接受中国学者吕周聚的访谈时重申了此看法。②中国学者张杰对此做了具体阐发："从史料的意义上说，它不仅客观地反映了鲁迅兄弟的工作实绩，而且也提供了读者反响的佐证。更重要的意义是，它显然是着眼于中国、日本和欧洲文学的不同进程和性质，并在此基础上看待鲁迅兄弟的工作的。"③张杰通过学术史的阐发客观上承认了日本鲁迅研究的起点是 1909 年，中国另外两位学者张梦阳、靳丛林也认可这种看法。④第二种是丸山升提出的。1971 年丸山升总结日本鲁迅研究，指出 1920 年青木正儿最早把"鲁迅"的名字介绍到日本，而且青木正儿的论文《以胡适为中心的汹涌澎湃的文学革命》"不单是没有评价的介绍"⑤。丸山升严格地区分了"周树人"和"鲁迅"，论证了鲁迅作为一个作家被日本学者研究的事实。吕元明也指出日本鲁迅研究发端于 1920 年。⑥中国学者戈宝权在 1978 年回应了丸山升的看法，认为青木正儿是最早评价鲁迅作品的人。⑦严绍璗也说到青木正儿的"这篇论文，是日本学术界第一次以认真的态度来探讨中国'五四'运动前后文学革命的

---

① 参见 [日] 藤井省三著，王晓白译：《鲁迅在日文世界》，收《日本鲁迅研究精选集》，中央编译出版社，2016 年，第 1—13 页。
② 参见吕周聚，[日] 藤井省三：《日本鲁迅研究的历史与现状——藤井省三教授访谈》，《社会科学辑刊》2017 年第 3 期。
③ 张杰：《日本的鲁迅研究》（一），《鲁迅研究月刊》1991 年第 7 期。
④ 参见张梦阳：《日本鲁迅研究概观》，《文艺研究》2006 年第 12 期。靳丛林：《战前日本鲁迅研究概观》，《外国问题研究》2009 年第 1 期。
⑤ [日] 丸山升著，王俊文译：《鲁迅·革命·历史——丸山升现代中国文学论集》，北京大学出版社，2005 年，第 320 页。
⑥ 参见吕元明：《日本的鲁迅研究史》，载《鲁迅研究年刊》，陕西人民出版社，1981 年，第 385 页。
⑦ 参见戈宝权：《青木正儿论鲁迅》，《社会科学战线》1978 年第 1 期。

问题"①。尾崎文昭提出第三种看法。他明确地说:"日本鲁迅研究的起点是竹内好的《鲁迅》,出版于1944年。"②理由是此前没有如此具有学术价值的鲁迅研究著述。这种严格学术意义的审视在中国引起了极大关注,但中国学者回避了把1944年作为日本鲁迅学起点的看法,主要凸显《鲁迅》在战后的思想史价值,以反思日本近代化的经验教训。

综合这三种看法,以1920年作为日本鲁迅学的起点比较科学。藤井在1909年发现的周树人不是作为作家的鲁迅,没有构成鲁迅研究的对象,正确而严谨的说法应是"日本介绍周树人的文字出现在1909年",把日本鲁迅学的开始定为1909年没有考虑到作家鲁迅作为研究对象的问题,况且仅为一则消息的介绍,缺少理论化、系统化和专业化,很难说是实质上的研究。1920年8月,师从狩野直喜、内藤湖南的学者青木正儿、小岛祐马等人成立了"支那学社",9月创办了提倡汉学革新的《支那学》月刊。③9月到11月《支那学》第一卷第一到第三期连载了青木正儿的文章,介绍了胡适和陈独秀的文学理论,刘半农、沈尹默、唐俟的白话诗,还有鲁迅的小说创作。青木正儿不知道唐俟和鲁迅是一个人,所以分别述评,批评了唐俟的诗歌平庸,肯定了鲁迅的小说《狂人日记》达到了中国小说至今未达到的境界。④"鲁迅"此时作为作家已经产生,并且正式进入日本,这

---

① 严绍璗:《日本中国学史稿》,学苑出版社,2009年,第338页。
② [日]尾崎文昭、薛羽:《战后日本鲁迅研究——尾崎文昭教授访谈录》,《现代中文学刊》2011年第3期。
③ 鲁迅1920年12月14日致青木正儿的信中把《支那学》译为《中国学》(见鲁迅:《鲁迅全集·201214致青木正儿》,人民文学出版社,2005年,第176页。下引该著只注书名、卷数及页码),此处为保留历史的面貌,沿用《支那学》。
④ 支那学社编『支那学』1(1—3)、弘文堂書房、1920年。

就在名称、时间、内容及专业研究上赋予了"日本鲁迅学"的合理性。以 1944 年作为日本鲁迅学的起点,从研究的系统性和理论性上都臻于完善,但会轻视战前很多具有学科研究性质的成果,比如新居格、山上正义、山本实彦和小田岳夫的研究,从而无法窥知日本鲁迅学的中日互动、历史渊源和学术流脉,而且这种精英的思想史视野也会有意无意地过滤掉其他有价值的研究。

2. 日本鲁迅学的历史分期。日本学者伊藤虎丸、山田敬三、丸山升、藤井省三、尾崎文昭都有战前/战后的划分。1975 年伊藤虎丸出版了《鲁迅与终末论》,书中的第三部分以竹内好为基点,围绕"幻灯事件"总结了战后日本鲁迅研究的演变和分野。① 山田敬三在 1977 年出版的《鲁迅世界》第三部第一章专门梳理了战后日本鲁迅研究,分两个部分:作为遗产的鲁迅研究和探索新的鲁迅形象。第一部分认为小田岳夫的《鲁迅传》是鲁迅研究的纪念碑,竹内好的《鲁迅》是最大的遗产,除此之外是增田涉和鹿地亘的鲁迅研究;第二部分介绍了鲁迅研究会的出现、丸山升的方法、桧山久雄及其他的研究以及鲁迅之友会。② 山田敬三的总结有两点非常明确:时间上集中于战后;内容上重视竹内好。山田敬三和伊藤虎丸进行的主要是战后鲁迅研究的梳理,所以丸山升就把注意力集中在战前,他说他是战后鲁迅研究的亲历者而不便评价。丸山升增删两文而成《日本的鲁迅研究》,③ 分"从青木正儿到战前左翼"(1920—1931)、"从佐藤、增田到小田"(1932—1943)和"竹内好以后"(1944—1981)三个时期,对日本鲁迅研究

---

① 参见[日]伊藤虎丸,李冬木译:《鲁迅与终末论——近代现实主义的成立》,生活·读书·新知三联书店,2008 年,第 189—281 页。
② 山田敬三『魯迅の世界』、大修館書店、1977 年、273—286 頁。
③ 参见[日]丸山升著,王俊文译:《鲁迅·革命·历史——丸山升现代中国文学论集》,北京大学出版社,2005 年,第 319 页。

进行了跨越战前/战后的纵向梳理，但对战后只进行概括说明，这为后来有关战后的纵深研究提供了空间。2007年尾崎文昭在清华大学进行了题为"战后日本鲁迅研究"的系列讲座，①2010年华东师范大学薛羽在日本又就此问题访谈了他。尾崎文昭很细致地分析了战后日本鲁迅研究的思想史、方法转向及社会基础，他认为以竹内好的《鲁迅》为起点生长出三批鲁迅研究群体：东京大学学生和周边社会组成的"鲁迅研究会"，以此成长起来的有尾上兼英、高田淳、丸山升、伊藤虎丸、木山英雄、北冈正子；竹内好任教的东京都立大学学生组成的"中国文学研究会"，培养了今村与志雄、饭仓照平和竹内实；京都大学的鲁迅研究者有相浦杲、伊藤正文和吉田富夫。②尾崎文昭把战后日本鲁迅研究推向了系统化，藤井省三则更进一步，努力贯通百年日本鲁迅研究，把日本鲁迅研究划分为八个阶段：第一阶段介绍和翻译的开始（1909—1926）；第二阶段从鲁迅翻译潮到鲁迅传记潮（1927—1945）；第三阶段战后美国占领结束之后的鲁迅潮（1953—1959）——"竹内鲁迅"和鲁迅的"世界文学"化；第四阶段鲁迅研究的深化（1960—1969）——经济调整发展和中国"文革"以及"丸山鲁迅"；第五阶段鲁迅研究的扩大（1970—1979）；第六阶段鲁迅研究的深化（1980—1989）；第七阶段鲁迅的普及和"丸尾鲁迅"（1990—1999）；第八阶段鲁迅研究的多元化（2000—2009）。③从伊藤虎丸

---

① 参见王得后：《聆听尾崎文昭教授讲授〈战后日本鲁迅研究〉记》，《鲁迅研究月刊》2008年第2期。
② 参见［日］尾崎文昭、薛羽：《战后日本鲁迅研究——尾崎文昭教授访谈录》，《现代中文学刊》2011年第3期。
③ 参见［日］藤井省三著，王晓白译：《鲁迅在日文世界》，收《日本鲁迅研究精选集》，中央编译出版社，2016年，第1—13页。吕周聚、［日］藤井省三：《日本鲁迅研究的历史与现状——藤井省三教授访谈》，《社会科学辑刊》2017年第3期。

到藤井省三,对日本鲁迅研究进行整理的学者虽然更加强调代际关系,但在时间上逐渐形成战前/战后的划分。

据目前掌握的资料,中国学者最早涉及此研究的人是吕元明,他把日本六十年的鲁迅研究划分为四个时期:介绍时期(1920—1926);鲁迅在日本产生更大影响的时期(1927—1936);鲁迅研究受到限制的时期(1937—1944);鲁迅研究飞跃期(1945—1981)。[1] 吕元明的研究比伊藤虎丸、山田敬三稍晚,并没有进行战前/战后的划分。此后二十年,中国学界对日本鲁迅研究不是很关注。到了 21 世纪初,关于日本鲁迅研究之研究的成果大量涌现。2001 年张杰对 1936 年以前的日本鲁迅研究进行了系统总结,兼顾到各方面的影响,正面评介和反面批评共存,但他没有冠名"战前日本鲁迅研究"。2009 年靳丛林撰写了一篇题为《战前日本鲁迅研究概观》的文章,[2] 与此前后关于战后日本鲁迅研究的文章也大量出现,这些文章承认了日本学者关于鲁迅研究史的时间分界,并以竹内好为契机深入发掘战后日本鲁迅研究,如赵京华的《活在日本的鲁迅》就是以竹内好的《鲁迅》为起点在思想文化学术层面讨论日本鲁迅的研究传统,[3] 刘伟的《"竹内鲁迅"与战后日本鲁迅研究》则是总结战后日本鲁迅研究对"竹内鲁迅"的继承和批判。[4] 这样在中国学界也明确承认了日本鲁迅研究战前/战后的时间分界。

中日学界的日本鲁迅学史战前/战后的划分虽找到了重要转折点,

---

[1] 参见吕元明:《日本的鲁迅研究史》,载《鲁迅研究年刊》,陕西人民出版社,1981 年,第 385—406 页。
[2] 参见靳丛林:《战前日本鲁迅研究概观》,《外国问题研究》2009 年第 1 期。
[3] 参见赵京华:《活在日本的鲁迅》,《读书》2011 年第 9 期。
[4] 参见刘伟:《"竹内鲁迅"与战后日本鲁迅研究》,《吉林大学社会科学学报》2010 年第 6 期。

但把一百年的日本鲁迅学切成两段，又有所偏重，这会忽视战前和战后研究的历史关系和多元共存。近些年来，日本学者藤井省三试图克服这个问题，对百年日本鲁迅学进行细致的划分，但又趋于烦琐，且有重复命名的问题，最关键的是没有阐明划分的依据、转折的原因和历史演变的逻辑。因此，中日学界需尊重日本鲁迅学史的客观实际，充分考虑中日关系、日本政治革命、思想的延续和转向、现代社会的发展，突围传统思想史的视野，探索更为合理的时间分期。日本鲁迅研究在中日关系的大背景中生发，京都学派的研究倾向和大正民主的社会环境促使鲁迅在"革命"的视域下首先被引介到日本，并出现了中日互动的复杂关系和多样化的倾向，所以日本鲁迅的传播和研究从一开始就不是简单的问题。以此为基点，1932年增田涉发表了《鲁迅传》，此后鲁迅逐渐被日人广泛接受，又由于特殊的历史背景和鲁迅作品本身的现代性，竹内好在1944年发现鲁迅作为亚洲性的作家是日本探索民族和个人现代出路的重要资源，特别是在战败后，鲁迅是作为对抗美国寻找日本个体性和超越近代军国主义困境而存在的，这一局面经过20世纪80年代丸山升、伊藤虎丸，到1994年丸尾常喜出版了《"人"与"鬼"的纠葛》，最终突围了竹内好的全方位影响。

二

中日学界对日本鲁迅学的研究比较注重时间的流动，对空间分布没有清醒的意识，这影响了对它的准确而深入的把握。因此，在重新思考日本鲁迅学史时，就必须要考虑到空间分布，具体来讲有两个问题要阐明：战前日本鲁迅传播研究的本土和中国的地域分布；战后日本鲁迅研究的三个中心。

战前日本对中国的领土侵略延伸出来的文化侵略，再加上近代以来中日文化交流的复杂性，致使日本鲁迅研究有日本和中国的地域分布。日本本土借助新闻报纸、学术杂志和翻译出版开始了对鲁迅的传播和研究，重要的四件事是：1920年青木正儿在《支那学》上首先评介了鲁迅；1922年清水安三在《读卖新闻》上连续一个月刊载长篇报道和述评《周三人》；1927年武者小路实笃主办的《大调和》首译了鲁迅的《故乡》；1928年山上正义为刻画广东时代的鲁迅形象在《新潮》上发表了《谈鲁迅》。①青木正儿的鲁迅引介实际上奠定了日本鲁迅研究的"革命"基调，整个20世纪20年代日本本土的鲁迅研究基本上是在这个视野下进行的，不过初期表现为"文学革命"的视域，后期表现为"革命文学"的诉求。到1930年日本的无产阶级革命运动受到重创，很多共产党员、普罗作家及研究者发表了"转向"声明，"革命"视野下的鲁迅研究受到政治的打压，日本本土的鲁迅研究开始分化。首先是在1932年出现了世界上第一本《鲁迅传》。在佐藤春夫的帮助下，增田涉以山本实彦创办的《改造》杂志为阵地，发表了该著，第一次以鲁迅传记的形式全面叙述了鲁迅的生平，扩大了鲁迅在日本的影响，为日本一般读者理解鲁迅奠定了基础，改变了日本此前研究"革命"的立场。鲁迅在日本本土威望不断提高，著名人士与鲁迅的交往频繁，日本的报刊上访问记和研究文章渐多。1935年出现了白桦派作家长与善郎的《与鲁迅会见的晚上》和正宗白鸟的《莫拉哀斯②与鲁迅》，还有诗人野口米次郎《与鲁迅的谈话》，但

---

① 参见[日]丸山升著，王俊文译：《鲁迅·革命·历史——丸山升现代中国文学论集》，北京大学出版社，2005年，第330页
② 莫拉哀斯（1854—1929），葡萄牙人，1898年定居日本，曾任葡萄牙驻神户总领事，1929年在日本德岛去世，作品有《极东游记》《大日本》《茶之汤》《日本通信》等。

他们的访谈比较肤浅,遭到了鲁迅本人的质疑。①"转向"作家龟井胜一郎在 1935 年发表了《鲁迅断想》,从知识分子反抗压迫回应现实的角度评论鲁迅,表现出为"转向"寻找思想资源的倾向。1936 年,山本实彦在《文艺》杂志发表了《从上海寄 S 君》和《鲁迅》,文章从鲁迅与马克思主义、鲁迅与孔子儒教意识形态、鲁迅与现实政治及政治家三个方面进行研究,表现出自由主义立场。1934 年新居格在上海几次会见鲁迅后,共发表 11 篇鲁迅的研究文章。他批评了内山完造鲁迅接受了日本思想和文学的看法,认为鲁迅不仅精通世界文学,也对中国古典文学有深厚的造诣,是文学家兼思想家,对政治形势有透彻的认识。严绍璗认为他是当时日本自由主义鲁迅研究最有影响的评论家。②另外,受佐藤春夫的启示,中村光夫把鲁迅与二叶亭四迷进行比较,从他们面临相同的历史任务出发,深入分析了两位作家对历史和现实做出的不同回应,这开创了日本真正的鲁迅比较文学研究。

与本土日本鲁迅研究相呼应,在中国境内的日本媒体也刊载了较多鲁迅传播和研究的文章,具体有北京的《北京周报》、大连的《满蒙》、上海的《上海日日新闻》和伪满洲国的《大同报》。③1921 年《北京周报》由日人藤原镰兄创办和编辑,到 1930 年 9 月停刊,共出版了 418 期。丸山昏迷(原名丸山幸一郎,又名昏迷生)在藤原镰兄任主编时,曾任《新支那》和《北京周报》的记者。1919 年丸山昏迷来到北京,1924 年 8 月返国,在这期间他同中国文化教育界人

---

① 参见鲁迅:《鲁迅全集》(第 14 卷),第 367 页。
② 严绍璗:《日本中国学史稿》,学苑出版社,2009 年,第 340 页。
③ 丸山升在历史的纵轴中纳入《北京周报》《满蒙》和《上海日日新闻》的鲁迅传播研究,张杰也梳理了《北京周报》和《满蒙》关于鲁迅传播研究的成果,但他们都没有提及伪满洲国日本人的鲁迅研究。

士有广泛联系。①丸山昏迷与周氏兄弟交往密切，1922 年的鲁迅日记丢失使我们无缘看到本年他们的交往，但 1923 年的鲁迅日记有多次记载。②丸山昏迷与周氏兄弟的文化互动致使《北京周报》发表了较多鲁迅的译著和研究文章，从 1922 年 6 月到 1923 年 12 月共有 10 篇，分为译作、访谈和研究三类文章。20 世纪 20 年代初大连出版的日文杂志《满蒙》是"满铁"的外围组织和宣传阵地，但各个派别的知识分子参与其中，既有"大东亚共荣"的诉求，也有无产阶级革命的要求，还有自由主义的倾向，这决定了《满蒙》鲁迅传播和研究的复杂性。有三个值得注意的人：山口慎一、原野昌一郎和大高岩。1929 年山口慎一在《漫谈中国的新小说》中对《阿 Q 正传》进行了评介，但不深入。1931 年原野昌一郎发表了《中国新兴文艺与鲁迅》，从乡土作家及其特异点、鲁迅与世界作家、鲁迅艺术总评三个方面对鲁迅进行了系统研究，分析了传统社会和现实造成的中国的国民性，认为鲁迅是表现现代中国最确切的作家，还特别把鲁迅与屠格涅夫进行了比较。1932 年大高岩撰写了长文《鲁迅的再评论》，对钱杏邨评价鲁迅进行了全面呼应，放大和否定了鲁迅非革命的那一面。伪满洲国日本人的鲁迅研究也应是日本鲁迅研究的组成部分，以《大同报》为阵地，出现了野口米次郎、池田幸子、增田涉和内山完造的鲁迅研究文章。③近代以来，在华日属媒体基本口径是鼓吹中日亲善，宣传同文同种，以亚抗欧。④鲁迅作为留学日本又成为中国文学革命的骁将，自然会

---

① 参见戈宝权：《鲁迅的著作在日本》，收《鲁迅研究》（1），上海文艺出版社，1980 年，第 93—94 页。
② 参见鲁迅：《鲁迅全集》（第 15 卷），第 457—492 页。
③ 参见谢朝坤：《鲁迅在伪满洲国的传播、接受与影响》，《名作欣赏》2016 年第 26 期。
④ 参见桑兵：《交流与对抗：近代中日关系史论》，广西师范大学出版社，2015 年，第 151 页。

被在华日属媒体纳入这样的视野中，野口米次郎的鲁迅研究就是如此，当然也有从学术和文化交流的角度来介绍鲁迅的。中国国内的日文媒体对鲁迅的传播研究很大程度上影响了日本人进一步接受鲁迅。1928年《上海日日新闻》刊登了井上红梅译的《阿Q正传》，1931年《满蒙》杂志刊登了长江阳翻译的《阿Q正传》。中国境内日文媒体对《阿Q正传》的翻译波及到日本国内，1929年井上红梅的《阿Q正传》译文首次在日本发表，1931年受《满蒙》杂志影响的松浦珪三和山上正义在日本分别出版了译本《阿Q正传》。1932年佐藤春夫在《中央公论》上对鲁迅其他作品的翻译，大大加强了鲁迅在日本的知名度，所以丸山升说："从此以后，鲁迅的名字，开始为日本文化界所知晓。"①日本学者饭仓照平曾谈到《北京周报》被日本人广泛地参阅利用。②中国境内的日鲁迅研究是鲁迅流播日本的桥梁，加速了日本本土的鲁迅传播与研究。战前这种日本鲁迅研究的空间分布，本质上是战争与革命作用的结果，是日本人侵略中国衍生出来的文化交流。相较日本本土的研究而言，中国境内的日本媒体在某种程度上摆脱了日本的语境，获得一定的独立性，并且具有中国国内鲁迅传播和研究的特点。周氏兄弟留学日本，在20世纪20、30年代与日本文化新闻界人士交往密切，他们本身的创作和思想又与亚洲的现代进程息息相关，并且也参与了对自己的传播和研究，所以日本人率先关注鲁迅，开创了世界上鲁迅研究的先河。

第二次世界大战后，日本的鲁迅研究回归本土，在地域上大抵呈

---

① [日]丸山升著，王俊文译：《鲁迅·革命·历史——丸山升现代中国文学论集》，北京大学出版社，2005年，第331页。
② 参见[日]饭仓照平著，吴宪、王慧敏译：《有关〈北京周报〉上的中国现代文学介绍》，鲁迅博物馆鲁迅研究室编：《鲁迅研究资料》（8），天津人民出版社，1981年，第314—315页。

现为三个中心：关西、关东和东北及北海道。日本鲁迅研究发轫于关西京都大学的青木正儿，关西在战后成为研究鲁迅的重镇，首先出现了相浦杲、伊藤正文和吉田富夫，然后又在20世纪70、80年代出现了山田敬三、片山智行、中井政喜、北冈正子和谷行博等鲁迅研究专家，他们坐镇神户大学、大阪大学、关西大学和名古屋大学，对鲁迅研究做出了重要贡献。1934年，以求学于东京大学的竹内好为首发起成立了"中国文学研究会"，对中国现代作家进行评介。竹内好在研究会的会刊《中国文学月报》上相继发表了研究鲁迅的文章，1944年又出版了他的论著《鲁迅》，他在强迫入伍的背景下，反思了日本当时大行其道的"大东亚文学"的主张，试图还归文学主义的鲁迅，并借此寻找自己的根本变革。战后竹内好先后在庆应大学和东京都立大学任教，围绕他成长起来了今村与志雄和饭仓照平等鲁迅研究者。东京大学学生在战后成立的"鲁迅研究会"，不主张跟着政治运动走，而应该用科学和历史主义的方法来阅读和研究鲁迅。[1]这个研究会培养了丸山升、尾上兼英、高田淳、伊藤虎丸、木山英雄、北冈正子等一大批重要的研究者，他们的思想或多或少都受到竹内好的影响，作为关东地区的中心东京成为鲁迅研究名副其实的大本营。除了竹内好周围的学者外，东京还有任教于早稻田大学的新岛淳良和东京大学延续比较文学研究的藤井省三。第三个日本鲁迅研究的中心是东北的仙台和北海道，研究者主要集中在东北大学和北海道大学。1965年初夏，日本东北大学细菌学教授石田名香雄发现了仙台医专时期的幻灯机和幻灯片，半泽正二郎前往勘察实物，得出它们就是鲁迅当年留学时期

---

[1] 参见[日]尾崎文昭、薛羽：《战后日本鲁迅研究——尾崎文昭教授访谈录》，《现代中文学刊》2011年第3期。

用来放映日俄战争的幻灯机和幻灯片,但一箱20张的幻灯片只剩下了15张,恰恰没有杀中国侦探的幻灯片。①1966年10月,半泽正二郎出版了《鲁迅·藤野先生·仙台》。毕业于东北大学法学部的学生渡边襄曾任"鲁迅在仙台的活动记录调查会"事务局长,1978年编写了《鲁迅在仙台的活动记录》,1984年他又撰写了《鲁迅的俄国侦探"幻灯事件"——探讨事件的真实性和虚构性》。在东北大学任教的阿部兼也主导了仙台鲁迅调查,发现了很多重要的关于鲁迅仙台求学的史实,②并在1985年发表了《鲁迅仙台时代思想的探索——关于"退化"意识的问题》。也是在这个时期,从事鲁迅研究的丸尾常喜从中学受聘到北海道大学,1990年又回到东京大学任教。③战后日本鲁迅研究在地域分布上是一个三角形的构架,其中关东和关西势头强劲,东北大学鲁迅研究主要和仙台鲁迅相关,具有很强的田野调查性质。

三

日本鲁迅学的时空重构是为发现先行研究被遮蔽的地方,把历史整体和转折意义的局部辩证地呈现出来,同时也展示其地理空间的分布和学术流脉。因此,具有三方面的意义:清晰呈现百年日本鲁迅学的纵向贯通和横向多元;认识日本近代两大流派对鲁迅学的影响;建

---

① 据日本调查所得幻灯片资料编号共有二十个,其中缺二、四、五、十二、十六共五张,没有看到杀中国侦探的幻灯片底版(见薛绥之主编:《鲁迅生平史料汇编》第2辑,天津人民出版社,1982年,第107页)。
② 参见吴俊:《阿部兼也教授其人其事》,《作家》1995年第6期。
③ 参见秦弓:《一位研究鲁迅的日本学者——怀念丸尾常喜先生》,《中国社会科学院院报》2009年6月4日。

构日本中国学史的价值。

1. 清晰呈现百年日本鲁迅学的纵向贯通和横向多元。 如果以1944年作为鲁迅学的起点，很容易把日本鲁迅学腰斩，看不到百年日本鲁迅学的历史整体。毫无疑问，日本鲁迅学是伴随着20世纪东亚革命战争及其后继问题向前推进的，其时代意识和困境显而易见，因此随着历史的推进表现出纵向连贯性和横向多元性。

先来看看横向多元性。日本鲁迅学肇始于1920年，到1944年竹内好《鲁迅》的出版已经有很多类型的研究。一是"革命"视野下的鲁迅研究，包括"文学革命"和"革命文学"两种倾向，青木正儿、本间久雄、辛岛骁、山田清三郎、藤枝丈夫、山口慎一、大高岩、前田河广一郎等属于这个阵营；二是马克思主义的鲁迅研究，主要有丸山昏迷、山上正义、林房雄①等人；三是虚无主义的鲁迅研究，主要有清水安三、佐藤春夫、小田岳夫、太宰治等人；四是自由主义的鲁迅研究，主要代表是新居格；五是理想主义和自然主义的鲁迅研究，主要有长与善郎、正宗白鸟等人；六是比较文学的鲁迅研究，中村光夫是代表；七是文学主义（也是自由主义）的研究，代表人物是竹内好。在24年的历史过程中，日本鲁迅研究涌现出这么多不同的倾向，从一开始就表现出多元共存的局面，是日本当时各种思潮和与西方及东亚各国融合斗争关系的体现。这种多元化的倾向延续到竹内好以后，也体现出日本战后关键性的问题及现代化的多元展开。如丸山升"革命"视野和马克思主义的鲁迅研究；北冈正子的文献实证研究；伊藤虎丸、尾崎文昭的思想史研究；藤井省三、中井政喜、谷行博的比较

---

① 林房雄在20世纪20年代是日本无产阶级文艺的重要成员，1930年被捕发表了"转向"声明，成为日本军国主义的政论家，直到战后还在为军国主义辩护。

文学研究；丸尾常喜的精读研究；还有中等教育的鲁迅研究、社会活动派的鲁迅研究和池田大作的民间鲁迅研究。共时层面的多元化是不同历史时期鲁迅研究的多视角展开，表明鲁迅并没有定于一尊。如果片面夸大"革命"视野的研究在战前的地位抑或竹内好思想史研究在战后的地位，就会忽略日本鲁迅研究的多样性。

纵向变迁以三个具体的研究领域为例：一是"革命"的鲁迅研究；二是自由主义的鲁迅研究；三是马克思主义的鲁迅研究。"革命"视野下的鲁迅研究滥觞于青木正儿，他的文章肯定了中国的文学革命，并把中国新文学的传播与研究纳入到反对传统汉学的思想中，以输入欧洲新思想，成为大正时期的民主革命的重要组成部分。这种把鲁迅作为媒介和思想资源来应对日本社会的变革的思维范式，一直贯穿于百年日本鲁迅研究。战后日本被美军占领，许多有识之士对日本的近代化困境进行了深入反思，鲁迅又一次作为文化和思想资源成为日本"革命"的武器。据藤井省三统计，1946—1959年与1930—1945相比，鲁迅作品的译本从20部增加到37部，评论和传记从2部激增到26部。[1]到20世纪60年代又出现了丸山升"革命"视野的研究专著，开创了"竹内鲁迅"以来的"丸山鲁迅"时代，还提出了"革命人"的观念。自由主义的日本鲁迅研究也是发端于青木正儿，新居格继承了这个传统，他没有被日本东亚文化共荣的思想收编。竹内好明显接过了自由主义鲁迅研究的薪火，以背离日本主流思想的气魄去理解鲁迅，进而对他自己和日本的侵华战争进行了反思，表征了一个知识分子的独立和自由。这个自由主义传统经过竹内好的发扬，在战后成为日本鲁迅研究

---

[1] 参见[日]藤井省三著，王晓白译：《鲁迅在日文世界》，收《日本鲁迅研究精选集》，中央编译出版社，2016年，第6页。

的主流,从伊藤虎丸、丸尾常喜、木山英雄等人的研究中可以充分体会到。日本马克思主义鲁迅研究是由丸山昏迷奠基的,他在20世纪20年代就认为鲁迅不仅是创作家也是社会改革家。随后经由山上正义、林房雄的研究,逐渐发掘出鲁迅革命作家的韧性战斗精神,并以此作为日本当时无产阶级文艺运动面对困难时的精神财富。战后共产党员丸山升的研究也是马克思主义研究的延续,他对20世纪30年代鲁迅与共产党、"左联"的关系及其接受马克思主义都有全面而深入的发掘。① 从以上三个具体的研究流派可以看出,日本百年鲁迅研究战前/战后的划分以及对战后的偏重,缺乏百年日本鲁迅研究的贯通,因而就不能在一个纵向的时间轴中看到日本鲁迅研究的流变路径。虽然不同的历史时期有多样化的特色,但作为一个历史整体的内部演化是不能拦腰切断的。

2. 正确认识日本近代两大学术流派对鲁迅学的影响。日本鲁迅学百年流变,战前或战后的地域分布都和相关的学派有关,但因日本地域狭小,又加上处在不同地域的研究者随着现代学术的演进出现了相互渗透的现象,所以学术界就淡化了此问题。战前日本鲁迅学的主要思想与方法是从关西和关东发轫的,其实就是从东京帝国大学和京都帝国大学延伸出来的。京大是京都学派②的大本营,东大是"东京派"③的基地。京都学派以狩野直喜和内藤湖南为代表,他们吸收清代考据学的优秀传统,把孔德的实证主义思想吸纳进来,不是伊藤仁斋崇尚

---

① 参见[日]丸山升著,王俊文译:《鲁迅·革命·历史——丸山升现代中国文学论集》,北京大学出版社,2005年,第185—213页。
② "京都学派"是一个有争议的概念,此处主要指京都帝国大学东洋史学京都学派,不是京都帝国大学的哲学学派,亦不是梅原猛鼓吹的"新京都学派"(参阅刘正著:《京都学派》,中华书局,2009年,第27—41页)。
③ 参见李庆:《日本汉学史》(第1部),上海人民出版社,2010年第398页。

儒家古典原义的古义学派，摆脱烦琐的考证，从文明批评和社会改造的角度出发，提出独立的学术见解。京都学派不拘于中国的传统考据学，吸收西方先进的学术理念，融入语言学，注重考古发掘和文献收集，带有田野调查的性质。这个学派虽然具有这种共同倾向，但其代表人物和青年学者青木正儿之间存在分歧，狩野直喜和内藤湖南在明治政体层面维护儒教，而青木正儿则应和大正民主的风气，主张汉学革命，不过直到"二战"前他都没有得到主流的承认。①"东京派"是西化倾向浓厚并且和日本现实政治紧密结合的一个学派，代表人物有白鸟库吉、津田左右吉、服部宇之吉和宇野哲人等人。他们批判和怀疑中国传统文化，鼓吹日本近代主义，大都和"脱亚论"有关。有意思的是，"东京派"也从德国兰克史学那里引进实证主义，但他们更加具有向世界开放的视野和怀疑批判精神，比如白鸟库吉对尧舜禹真实性的怀疑，从世界历史的进程上突破了满汉的种族革命，提出中国近代革命是欧洲与中国新旧两种文化冲突的结果。梁荣若说："总合比较东大和京大的学风，大约东大较恢宏，较现实，努力于找新材料，迎接新风气，政治气氛始终浓厚，京大较扎实，研究深入而合作，看法比较长远而超然。"②这两个学派是日本近代学术发展的总根源，其后的一切思想和学术研究都或多或少和它们存在关联。日本鲁迅研究和一般的汉学研究不能完全等同，但明显也和这两大学派有关系。

日本鲁迅学延伸到战后形成了地域上的三个中心，专家分布的地域并不能说明他们学术倾向上的严格分离，但依然可以看到他们不同的学术立场，其分野又都在某种程度上与"东京派"和京都学派相关。

---

① 参见李硕：《青木正儿与五四新文学的关联——以〈将胡适漩在中心的文学革命〉一文为中心》，《鲁迅研究月刊》2018年第2期。
② 梁荣若：《现代日本汉学研究概观》，艺文印书馆，1972年，第6页。

青木正儿的鲁迅研究既继承了京都学派实证的传统，又想突破老一代固守体制化儒家为明治政府说教的痼疾，以实现"支那学"的革新。战后京都大学出身的鲁迅研究者相浦杲、伊藤正文和吉田富夫都有京都学派的血脉。相浦杲授业于仓石武四郎和吉川幸次郎，注重京都大学实证主义和语言的解释传统，用实证主义研究小说《药》（《药——鲁迅小说的一个侧面》）。①北冈正子虽出身东京大学，但她坐镇关西大学，一生致力于对鲁迅早期文献的考证，学术路数更趋近京都学派的实证传统，从她所写《〈摩罗诗力说〉材源考》（1983）、《日本异文化中的鲁迅——从弘文学院入学到"退学"事件，青年鲁迅的东瀛启蒙》（2001）、《鲁迅救亡之梦的去向——从恶魔派诗人论到〈狂人日记〉》（2006）等书中能清楚地看到。丸尾常喜从东京大学毕业，到大阪师从增田涉进行鲁迅研究，其语言学和实证研究显然受到关西地区学风的影响，他的专著《"人"与"鬼"的纠葛》随处都能找到证据。尾崎文昭曾这样谈及他去世前的工作：留下了分析《呐喊》几篇小说的记录，一个小本子里把鲁迅的小说一页一页的黏贴，很多词语不仅查权威的汉语词典，而且还找了吴语专家解释，写了密密麻麻的笔记，才找了几个较好的答案。②1944年竹内好出版了《鲁迅》，敢于背离主流提出自己独特的看法，和他1931年进入东京大学哲学文学科的学习背景有极大的关系。当时在这里任教的白鸟库吉撰写了《支那古传说之研究》，怀疑"尧舜禹"是架空的人物，而执掌东大中国哲学史的宇野哲人敢于突破狩野直喜的理论，把孔子与日本的政

---

① 相浦杲先生追悼中國文學論集刊行会『相浦杲先生追悼中國文學論集』、東方書店、1992年、47、49頁。
② 参见[日]尾崎文昭、薛羽：《战后日本鲁迅研究——尾崎文昭教授访谈录》，《现代中文学刊》2011年第2期。

治信仰结合起来，醉心现实政治，为当时的"国体"张目。竹内好在东大读书的时候，正是白鸟库吉和宇野哲人批判思想和"国体论"结合比较紧密的时候。①竹内好的《鲁迅》显然继承了他们的怀疑批判精神，基本摈弃了"东京派"的国权论和侵略思想，以鲁迅为思想媒介，站在个体存在的现实面前反思。竹内好坚守自由知识分子的学术立场，他说："中国文学研究会产生于汉学和支那学的地盘。正如同支那学在否定汉学的意义上确立了自己的学术一样，我们也试图通过否定官僚化了的汉学和支那学，从他的内部谋求自身的学术独立性。"②竹内好的反思是东大向世界开放和批判精神开出的花朵，实质在于努力剔除日本近代官僚学派的意识形态化，在方法上远离了日本近代"支那学"的实证传统，而使《鲁迅》一书存在较多问题。东京大学学生在战后成立的"鲁迅研究会"，培养了丸山升、尾上兼英、高田淳、伊藤虎丸、木山英雄、北冈正子和丸尾常喜等一大批重量级的鲁迅研究者，一直延伸到今天的藤井省三和尾崎文昭。他们沿着竹内好的路往前走并努力超越和突破竹内好，伊藤虎丸和尾崎文昭是在竹内好的地盘上反拨竹内好，而丸山升、木山英雄、丸尾常喜和藤井省三则突围了竹内好的思想领地。这些研究者基本都拾回了被竹内好丢弃的史学实证传统，以鲁迅生平史料和作品为出发点，汲取现代学术研究的新视野，从而推动了鲁迅研究。东北大学前身的东北帝国大学之学术传统渊源于京都大学，"以京都帝国大学为中心的支那学的蓬勃发展，使得新成立的东北帝国大学的教官人选都是出自京大"③。著名的教官青木正儿（后回到京都大学任教）、武内义雄和冈崎文夫都毕业于

---

① 参见严绍璗：《日本中国学史稿》，学苑出版社，2009年，第296、314页。
② [日] 竹内好著，孙歌译：《近代的超克》，生活·读书·新知三联书店，2005年，第174页。
③ [日] 仓石武四郎著，杜轶文译：《日本中国学之发展》，北京大学出版社，2013年，第202页。

京都帝国大学。这个学术传统也会影响到现代的东北大学人文学科研究，在这里任教的半泽正二郎和阿部兼也等鲁迅研究专家继承了京都学派实证主义和田野调查的传统，对还原真实的"仙台鲁迅"起了至关重要的作用。①丸尾常喜毕业于东京大学，曾在北海道大学任教，后来才回到东京大学。从京都大学到东北大学在地域上会辐射到北海道大学，所以丸尾常喜的研究也具有京都学派的传统。战后日本鲁迅学传承东京和京都两个文化中心的学术传统，发展出京都—东京—仙台和北海道的地域格局，说明日本鲁迅研究的现代拓展；而且，从学术流脉上延续和推进了京都学派的实证主义和"东京派"的世界眼光及怀疑批判精神，使日本的鲁迅研究出现了现代性的融合与推进。京都学派实际上渊源于"东京派"，京大早期一些治中国学问的人都是来自于东大，但最后京都学派和"东京派"都形成了自己的特有的学术传统。随着战后学术的发展演进，受"东京派"和京都学派学风影响的鲁迅研究者更加不局限自己的发源地，而是遵循现代学术天下公器的理念，在融合中把鲁迅研究推向了更高阶段。例如，丸山升受学于东大，他打开了日本对20世纪30年代鲁迅研究的不足，把京大实证主义的扎实学风和马克思主义研究相结合，秉承"东京派"的世界眼光和重政治的传统，提出了"革命人"的新看法；片山智行也毕业于东京大学，后来到关西的大阪大学写出了《鲁迅的现实主义》，注重历史材料和鲁迅思想方法的结合；丸尾常喜毕业于东京大学文学部，到关西的大阪市立大学跟随增田涉学习和研究鲁迅，20世纪90年代从北海道大学应聘到东京大学，写出了融语言性、民俗性、实证性和思想性于一体的力作《"人"与"鬼"的纠葛》。

---

① 参见吴俊：《阿部兼也教授其人其事》，《作家》1995年第6期。

3. 建构日本中国学史的价值。 百年日本鲁迅学的时空重构能够整体呈现它和日本汉学的联系，也能看到它和日本近代以来的关于中国的学术演变的内在互动。日本鲁迅学属于日本中国学的组成部分，但强调战前或战后，没有完整的史之构建，研究时间被缩短（主要是"二战"后80年），研究内容被缩小（主要是竹内好及其后继者的思想史研究），导致其疏离了日本中国学史。现有的日本中国学通史或者汉学通史比较流行的是仓石武四郎的《日本中国学之发展》、李庆的《日本汉学史》和严绍璗的《日本中国学史稿》，其中只有严绍璗的《日本中国学史稿》有专章谈及鲁迅研究，把日本1920年到1944年的鲁迅研究纳入到日本中国学视野下，遗憾没有涵括1944年以后的日本鲁迅研究，但战后日本鲁迅研究意义非同寻常。导致这一现状的原因之一是日本在战前不把研究中国现当代文化看成学术；①之二，也是关键原因，就是日本鲁迅学的历史整体没有构建起来，其碎片化状态无法置放在日本中国学史的整体脉络中。

鲁迅是和日本有着深入联系的一个现代作家，这使得研究从对象上容易挣脱传统汉学的窠臼，实现传统汉学到现代中国学的转变，从而与美国开创的专注于中国现代文化的中国学（Chinese Studies）对接起来。竹内好前的日本鲁迅研究处在日本传统学术裂变并走向成熟的重要阶段。②1920年前后，京都学派培养出的青木正儿秉承京都学派的传统，以开放的视野关注中国文学革命，促使他对中国文学革命先驱者胡适、鲁迅等人进行了最早介绍。青木正儿想突围京都学派代表人物的支那学研究范式，转向关注中国新文学的研究，但这种努力

---

① 参见严绍璗：《日本中国学史稿》，学苑出版社，2009年，第336页。
② 李庆的《日本汉学史》根据学派的演化，把这个阶段看成日本汉学走向成熟的阶段。此时日本传统学派已经实现了现代转换，出现了一批重要的研究中国学的大家和论著。

没有得到主流汉学研究界的承认。从战后日本鲁迅研究的实绩看，亚洲现代化的视野和"东京派"关注现实政治的传统一脉相承，而实证研究明显又是继承了京都学派稳健扎实的学风，比较文学研究又显然承续了明治维新以来的文明开化，这充分说明日本鲁迅学战前/战后的贯通性，以及鲁迅作为现代性的研究对象最终实现了日本汉学到日本中国学的转变。从空间构造看，战前中日关系使得日本鲁迅研究有本土和非本土的分布，具有日本"东亚共荣"的意识形态色彩，也具有科学研究的多样化倾向。中国境内的日文媒体进行的"东亚共荣"视野下的研究，其背后蕴藏的仍然是"东京派"和京都学派为日本侵略而张目的学理逻辑，其中《满蒙》杂志上的这类研究最为明显。而多样化的科学研究则又和这两大学派的优秀传统存在关联，比如"革命"视野、自由主义及马克思主义的研究与它们开放的学术视野和批评怀疑的精神相关。同时，还要注意日本的殖民扩张使一大批新闻记者、学者进入中国，他们之中的一些人在中国进行了很多调查研究，有一些人在中国接受教育成为名副其实的"中国通"，为他们转向现代意义的日本中国学研究奠定了基础。日本战败后，他们回国，就出现了梁荣若所说的情形："在中日战争前后，日本人因为经营大陆，中国语文学习，国情学术研究，一度成为热门学问。侨居过中国若干年，在中国完成了中学大学教育的青年，也有相当数目。战败以后，这些人相率归国，利用他们已有的中国语文基础，转向于学术研究，是极容易有成就的。"①战后第一代日本鲁迅研究专家有很多就是这样的人，比如竹内好、增田涉、内山完造、竹内实，伊藤虎丸等，他们使中国现代作家鲁迅的传播走向了学术研究，让鲁迅研究成为名副其实的日

---

① 梁荣若：《现代日本汉学研究概观》，艺文印书馆，1972年，第2页。

本中国学,在继承了日本近代以来两大学派优秀传统的基础上实现了鲁迅研究的现代学术转型。战后日本鲁迅学空间分布上的三个中心生发于此,又不局限于此,在尾崎文昭所说的研究者的代际更替中,他们的研究方法和思想都或多或少与京都学派和"东京派"存在关系,并有所变异和推进,这实际上是日本近代学术在现代社会流延、融合和新生的表现。

四

百年日本鲁迅学的时空重构可以回归研究的历史整体和细部,客观展现百年来日本在与中国的复杂关系中摄取中国现代文化的一个侧面。日本鲁迅学是"外国学",具有日本自身的立场和方法,但它生动地阐述了日本在现代化的过程中汲取外来文明重建主体性的艰辛努力。鲁迅作为现代东亚文化互动的标本,被日本人看成极其重要的文化资源并加以研究运用,他们坚守拿来主义,熔铸自身文化和学术传统,通过扎实的研究成果为创造日本的现代文化做出了重要贡献。百年日本鲁迅学不仅是日本的文化成果,也是亚洲各国现代化可借鉴的思想资源。在古代与现代、东方与西方共存的现实困境面前,日本鲁迅学的历史过程很好地诠释了学术的现代转型和文化新生的困境和出路,这对中国的鲁迅研究和文化主体性的重建具有很大的借鉴和启示意义。

第一部
日本鲁迅学的发轫

（1920—1943）

引言

日本社会在明治晚期出现了大变革，曾经担任国家和社会中流砥柱的精英遭遇挑战，"民众"作为社会运动的中坚力量开始登上历史舞台。到20世纪20年代，整个社会都弥漫着改革的气氛，在思想文化领域出现了民本主义、马克思主义和社会主义、国粹主义三种潮流鼎立的局面。民本主义是明治近代化的延长和深化，而后两种主义则想打败和否定"近代"。①民本主义盛行的大正民主时代，各种社会运动纷纷出现，各个阶层的人们都争取自己的权利，因此这个时代被看成是日本近代最为民主和开放的时代（事实上是有限的民主）。与此同时，在思想文化领域也表现出这样一个趋势，最突出的莫过于各种报纸杂志的应运而生。这样的社会文化背景为日本人接受鲁迅提供了条件。

1920年作为作家的鲁迅首次被青木正儿介绍到日本，随后几年日本国内和在中国办的日文报刊开始译介鲁迅及其作品，其中清水安三和《北京周报》是非常重要的媒介。1927年鲁迅的《故乡》首次在日本国内的杂志《大调和》上被译成日文发表。鲁迅及其作品在日本译介的肇始，可以说是"文学革命"视野下的产物。进入20世纪20

---

① 参见［日］成田龙一著，李铃译：《大正民主运动》，香港中和出版有限公司，2016年，第292页。

年代末期,一批留日学生回到中国,运用日本的马克思主义批判鲁迅,日本的鲁迅及其作品的译介也染上了这样的色彩,大多都带上了钱杏邨式的"革命文学"批评的印记。1931年是日本鲁迅译介史上名副其实的"阿Q年",相继出现了长江阳、松浦珪三、山上正义对阿Q的介绍,也出现原野昌一郎这样的"革命文学"影响不明显的鲁迅研究者。此后,日本文化界开始广泛接受鲁迅及其作品。井上红梅把《呐喊》和《彷徨》中的绝大部分作品译介到日本,著名作家佐藤春夫在日本努力推介鲁迅及其作品,1937年日本编辑出版了世界第一部《大鲁迅全集》。在研究方面,有增田涉和小田岳夫的《鲁迅传》。到竹内好的《鲁迅》产生以前,日本鲁迅作品的翻译和研究已经初具规模,这为日本鲁迅研究出现历史性突破奠定了基础。

第一章
鲁迅在日本传播和研究的肇始

作家鲁迅的诞生是以 1918 年 5 月 15 日《狂人日记》的发表为标志的，关于此前的"鲁迅研究"只能说是周树人研究。中日学界在处理这个问题时，很长一段时间以来不分彼此，事实上周树人和鲁迅有严格的分界。在整理日本鲁迅学史的时候，也同样存在这样的问题。藤井省三在 1980 年发表的文章中指出，日本人早在 1909 年就有介绍周氏兄弟的文字，于是相关研究就认为日本鲁迅研究从那时候就开始了，即使是最近出版的相关著作也不例外。① 从严格的学术意义上看，"日本鲁迅研究"这一名词一定是"鲁迅"诞生以后的事情，所以他的起始自然只能定在 1918 年后。以此检视，青木正儿 1920 年的鲁迅评介就成为日本鲁迅研究的起点，到 1932 年 4 月增田涉的《鲁迅传》

---

① 张杰在《鲁迅：域外的接近与接受》一书中把"日本对鲁迅最早的报道"定位 1909 年（见福建教育出版社，2001 年，第 209 页）。藤井省三在《日本鲁迅研究精选集》中所写的序言《鲁迅在日文世界》也把日本鲁迅的译介定为 1909 年（不过该文错写成 1906 年）。靳丛林和李明晖等人所著的《日本鲁迅研究史论》（社会科学文献出版社，2019 年，第 13—14 页）也认为日本鲁迅介绍肇始于 1909 年，并且明显比中国人早。这些看法显然受到藤井的影响，把那时的周树人等同鲁迅，而没有严格的学术分界。

产生之前，应定为日本鲁迅传播和研究的肇始。有两个原因：第一，增田涉的《鲁迅传》带有明显的系统研究鲁迅的痕迹，而且此后日本人开始广泛接受鲁迅，这标志着日本鲁迅传播和研究肇始阶段的结束。第二，从1920年到1931年正是日本社会发生划时代变化的时期，即处在民主运动剧烈的时代。日本国内民主意识高涨，政治上与中国又发生了极大的关联，军国主义的膨胀最后导致日本侵占了东三省，即1931年9月18日的"满洲事变"（中国称"九一八"事变）。① 正是在这样的背景下，鲁迅被介绍到日本，自然受到"革命"话语的规约，还表现为从"文学革命"到"革命文学"的历时性演变；同时该时期民主化的社会运动和思想潮流也带来了鲁迅研究多元化的倾向。

第一节 "文学革命"的鲁迅译介

20世纪初期，日本对中、俄两次战争的胜利，使日本人形成了日本完成了近代化的认识，他们的国际国内政策也相应发生改变。就教育而言，为适应这种扩张式的发展，东京帝国大学远远不能满足需求，于是从19世纪末期到20世纪前20年各国立帝国大学纷纷建立起来，到1918年鲁迅发表《狂人日记》的那一年，他们又先后建立了京都帝国大学（1897）、东北帝国大学（1907）、九州帝国大学（1910）、

---

① 日本学者成田龙一把1905年日俄战争到1931年满洲事变视为日本的大正民主时期，他指出人们开始认识到明治维新以来的近代化到日清战争和日俄战争时就完成了，此后就进入了大正民主时期，所以他的分界比明治天皇去世的1912年到1926年的大正时期要宽泛（参见[日]成田龙一著，李铃译：《大正民主运动》，香港中和出版有限公司，2016年，第14、16页）。

北海道帝国大学（1918），这些大学后来都基本延续了东京大学东洋史学和支那学的传统，设立了支那方面讲座，其中京都帝国大学仅次于东京帝国大学，而且有后来者居上的趋势，它设有哲学科、史学科、文学科，哲学和史学的副科目都有支那文学，而文学科除了正科目支那语学和支那文学外，还设有支那语。①不过这些帝国大学研究支那的学问，都把视野放在古代，对中国现当代的文化不太关注。这就是严绍璗所说的情形："一般地说来，学术界把对古典中国的研究者称之为'学者'，而把对当代中国的研究者称之为'中国通'。'学者'与'中国通'在当时是两个完全不等的概念。对'学者'们仰之弥高，受人尊敬，而'中国通'则鄙夫所为，有人把他们认同与三教九流者为伍。"②著者所说的这种情况正是日本明治维新以来官学的强势，但在大正民主的冲击下，报纸杂志和青年学人开始关注中国当代的文化，而成为日本传统汉学向日本中国学转变的潜流。③

一

在大正民主社会变革的影响下，鲁迅于日本的译介率先被纳入了"文学革命"的视野，而授业于京都帝国大学文学科的青木正儿（あおきまさる，1886—1964）充当了急先锋。1908年，青木从熊本第五高等学校毕业，为追随京都帝国大学教书的幸田露伴来到京都，

---

① 参见李庆：《日本汉学史》（第2部），上海人民出版社，2016年，第64—65页。
② 严绍璗：《日本中国学史稿》，学苑出版社，2009年，第336页。
③ 日本传统汉学在20世纪初期与欧洲汉学接轨，自称"支那学"，主要研究古典中国，此后又发展成"中国学"，与美国出现的研究中国当代文化文学的新动向接轨。"二战"前后，日本传统汉学范围不断扩大，现代中国成为越来越重要的研究领域，其历史渊源应该追溯到大正民主时期的中国当代研究。

第二年9月进入刚设立的京大文科大学支那文学讲座,成为第一期学生,师从狩野直喜、铃木虎雄、内藤湖南,当然还听过幸田露伴的课,1911年7月毕业,直到1924年前往东北帝国大学任教之前都住在京都,并作为文化人自由活动。青木毕业后在私立武德会武术专门学校当过教师,1918年辞职,同年进入同志社大学①担任讲师,苤年9月升任教授。1916年,和小岛祐马、本田成之、冈崎文夫、那波利贞、神田喜一郎等一起办汉诗之会"丽泽会",1919年又与小岛祐马、本田成之一起创办《支那学》杂志,1920年9月刊行,1922年由画友组织"考盘会"。1938年回到京大任教授,同时兼任东北帝国大学教授,1947年从京都帝国大学退休,退休后先后在立命馆大学和山口大学任教,1964年去世。

1920年,青木在《支那学》第1—3期刊载《将胡适漩在中心的文学革命》②(『胡適を中心に渦いてゐる文学革命』)。1920年作为一个时间点值得关注。青木1911年从京都帝国大学毕业,第二年日本进入大正时期,到1920《支那学》刊行,刚好是大正民主时期社会运动纵深发展的阶段。青木作为京都学派的第二代传人,学术活动频繁,思想开明,表现出对抗第一代的倾向。从李硕的研究文章中,可以看到狩野直喜和内藤湖南都是站在儒教和旧道德的立场反对"五四"新文化运动,③丸山升透露青木想改变汉学研究的保守。④尽管青木的老师们控制了《支那学》的话语权,可胡适、鲁

---

① 日本历史上第一所基督教大学,由新岛襄(1843—1890)于1875年创立。
② 此处从鲁迅的翻译[见《奔流编校后记》,收《鲁迅全集》(第7卷),第171页]。
③ 参见李硕:《青木正儿与五四新文学的关联——以〈将胡适漩在中心的文学革命〉一文为中心》,《鲁迅研究月刊》2018年第2期。
④ 参见[日]丸山升著,王俊文译:《鲁迅·革命·历史——丸山升现代中国文学论集》,北京大学出版社,2005年,第320页。

迅作为中国文学革命的骁将还是被青木带进了日本。学术思想上表现出这种既民主又官方的复杂情形，和大正民主的不完全性相关，所以成田龙一这样讲："这一时期，既不是自由放任的民主时期，也不是暴力性的官僚统治时期。"①

回到这篇文章，从三期连载的篇幅便知晓青木花了很大的功夫。就整体而言，陈独秀、胡适、鲁迅、刘半农、沈尹默都被青木放在文学革命的视野下。文章分为三部分，分三期刊载在《支那学》上，第二部分和第三部分涉及鲁迅：

> 今有一新事实，乃白话诗备受追捧，刘半农、沈尹默、唐俟等皆投身其中。胡适好彰显西洋新学识，推陈出新，沈尹默立足本国文学立场，力争挣脱旧习却频陷古人陈旧诗境。刘半农最具文人气质却不免肤浅之指责，唐俟之诗兴味寡淡且意境平平，读之如食茶泡饭，有草草了事之弊，贬义言之，乃属平庸。沈之思想虽较其余几人有些许陈旧之处，但私以为乃是诸位之中最解诗境、最具诗才之人。于措辞而言，刘诗粗笨，胡诗简明，沈诗优雅，唐诗平俗。
>
> 在小说方面，鲁迅是一位颇具前途的作家，正如他的《狂人日记》（《新青年》4卷5号）描写了一个被迫害狂的恐怖幻觉，鲁迅涉足的境界是迄今中国小说家都不曾抵达的。②

---

① [日]成田龙一著，徐静波译：《大正民主是怎样的一种民主》，收岩波新书编辑部编：《应该如何认识日本的近现代史》，香港中和出版有限公司，2017年，第102页。
② 译文转引自李硕的《青木正儿与五四新文学的关联——以〈将胡适漩在中心的文学革命〉一文为中心》（《鲁迅研究月刊》2018年第2期）。另也可参阅施晓燕在《鲁迅研究资料》（13）中的这两段的译文（天津人民出版社，1984年，第98—99页）。

青木写作此文时没有弄清楚唐俟和鲁迅都是周树人的笔名,他认为唐俟追捧白话诗是"新事实",白话诗是文学革命的新事物。青木应是阅读了1918年唐俟所做《梦》《爱之神》《桃花》《他们的花园》《人与时》《他》这些白话新诗后,认为它们平庸,实质上是缺乏诗歌境界的。然而对于鲁迅的小说,青木是放在与唐俟诗歌相对的位置上,给了革命性的肯定,认为其境界达到了中国小说未曾有的程度,显然他的着眼点在于鲁迅小说的文学革命之意义。青木把他的文章寄给了胡适并托他转信给鲁迅,鲁迅在回答青木的信中也透露了青木文学革命视野的评价:"我在胡适君处的《中国学》上,拜读过你写的关于中国文学革命的论文。""中国文学艺术界实有不胜寂寞之感,创作的新芽似略见吐露,但能否成长,殊不可知。""我以为目前研究中国的白话文,实在困难。因刚提倡,并无一定规则,造句、用词皆各随其便。"①后来鲁迅又在《〈奔流〉编校后记》中引述了一大段文字,这证实了青木的文学革命的评介视域:

  民国七年(1918)六月,《新青年》突然出了《易卜生号》。这是文学底革命军进攻旧剧的城的鸣镝。那阵势,是以胡将军的《易卜生主义》为先锋,胡适罗家伦共译的《娜拉》(至第三幕),陶履恭的《国民之敌》和吴弱男的《小友爱夫》(各第一幕)为中军,袁振英的《易卜生传》为殿军,勇壮地出阵。他们的进攻这城的行动,原是战斗的次序,非向这里不可的,但使他们至于如此迅速地成为奇兵底的原因,却似乎是这样——因为其时恰恰昆曲在北京突然盛行,所以就有对此

---

① 《鲁迅全集》(第14卷),第176页。

叫出反抗之声的必要了。那真相，征之同志的翌月号上钱玄同君之所说（随感录十八），漏着反抗底口吻，是明明白白的。①

增田涉也曾回忆，他对鲁迅发生兴趣正是缘于青木正儿对中国文学革命的介绍，其时他是旧制高中的学生，正处在大正民主青年学生积极要求变革的时期。②青木对鲁迅的评介不能仅仅看成是他欣赏鲁迅文学革命的功绩，而要放在他与京都支那学老师们对抗的这种语境中。他作为京都学派的第二代传人，表现出反对支那学关注古典中国的偏颇，这是大正民主主义在青木身上的投影，也是在当时学术研究上留下的印迹。鲁迅一进入日本，就被作为变革日本社会和学术思想的文化资源，此乃作家进入另一国时接受语境的客观作用。换句话说，青木的鲁迅评介奠定了日本接受鲁迅的基调，对此后日本鲁迅研究产生了重大的作用，成为了百年日本鲁迅学的潜流。

二

1891年出生于滋贺县的清水安三（しみず やすぞう，1891—1988），不知道青木已早他两年评介过鲁迅，所以在他四篇关于鲁迅的文章中反复申说自己是第一次把鲁迅介绍给日本的。③清水大学

---

① 《鲁迅全集》（第7卷），第171页。
② 参见严绍璗、王晓平：《中国文学研究在日本》，花城出版社，1990年，第319—320页。严绍璗：《日本中国学史稿》，学苑出版社，2009年，第339页。王家平：《鲁迅域外百年传播史（1909—2008）》，北京大学出版社，2009年，第6页。
③ 参见[日]清水安三著、清水畏三编，李恩民、张利利、邢丽荃译：《朝阳门外的清水安三：一个基督徒教育家在中日两国的传奇经历》，社会科学文献出版社，2012年，第170、174、175、180页。

毕业于青木任教的同志社大学神学系,不过他们之间并无交集,青木1918年去任职时清水已经毕业三年了。在1914年清水大学四年级的时候,他读到了德富苏峰写的《支那漫游记》,后来又到奈良游历,看到唐招提寺,对鉴真和尚赴日屡遭磨难大为感动,于是萌生了去中国的强烈愿望,所以毕业后的第2年即1917年6月他来到了中国奉天(沈阳),1919年到了北京。清水来中国是为了传播基督教,他在奉天创办儿童馆,收纳中国、日本、朝鲜的孩子;在北京先是办灾童收容所,然后于朝阳门外创办崇贞女校(1921),强调女权和男女平等,歌颂自强向上的精神,倡导和平主义。因为这样的思想而与北京一大批新人物交往,先后结识了周作人、鲁迅、李大钊、胡适、陈独秀等众多中国社会思想变革的先行者。1923年1月20日《鲁迅日记》中记载的"清水"就是清水安三,但其实1921年清水为笔录被日本驱逐的爱罗先珂的童话,就经常出入八道湾。他回忆有一次去见周作人,周作人不在家然后就求见了鲁迅,从此与鲁迅就非常熟悉了。①清水后来又回忆,他于1922年斡旋橘朴会见陈独秀、蔡元培、胡适、李大钊、辜鸿铭等人时,橘朴告诉他鲁迅的头脑更好,从那时起他便与鲁迅越来越接近了。②

清水对鲁迅的评介始于1922年发表在日本《读卖新闻》上的《周三人》,分三次刊载(11月24日、25日、27日),作者署名为"北

---

① 参见[日]清水安三著、清水畏三编,李恩民、张利利、邢丽荃译:《朝阳门外的清水安三:一个基督徒教育家在中日两国的传奇经历》,社会科学文献出版社,2012年,第172—173页。靳丛林、李明晖:《日本鲁迅研究史论》,社会科学文献出版社,2019年,第19页。
② 参见孙江:《橘朴与鲁迅——以〈京津日日新闻〉为文本的考察》,收《报人报国:中国新闻史的另一种读法》,香港中文大学出版社,2013年,第269页。

京 如石生",1924 年 11 月又收录在《支那当代新人物》一书中。1924年 2 月起,清水又在北京日本人创办的日文报纸《北京周报》上连载"五四"新文化运动和新文学的文章,介绍陈独秀、胡适、周作人和中国文学革命,这些文章都于同年 9 月、11 月收录在《支那新人和黎明运动》和《支那当代新人物》两书中,都有吉野作造写的同一篇序,由大阪屋号书店在东京出版。吉野作造是大正民主时期提倡民本主义的核心人物,成田龙一这样评价:"正是有了作造的民本主义的主张,然后才可能发生信次的试图将民众的自发性用于统合的主张。也可以认为,在作造和信次这兄弟俩的主张和人生态度相叠合的地方,包含了大正民主主义的核心部分。"①据吉野作造在两部书的序言中透露,他是 1920 年春天因向清水讨教而认识了清水,1924 年他破例为清水写序,认为他的文章"每一篇都对我们很有启发。我相信,在现今的'中国通'之中,大概没有人能超过他"。"清水的每一篇评论都来源于第一手材料。""清水并不是根据个人偏见喜好就随便说事的人。坏事就是坏事,他具有这么说的勇气和智慧。长期以来我一直对清水的分析深信不疑,时至今日我一次也没有后悔过。"两书的编者在读到此序言的时候,发出了这样的感慨:"清水安三先生关于中国问题的评论,即使现在读起来我们也会感觉到他的直率,体验到他作为激进自由主义者的风采。他是一个直言不讳的名副其实的难得的自由主义者。"②1936 年西安事变到 1937 年日本全面侵华这段时间,清水又在《中央公论》上撰文批评蒋介石和日本的政策,而《中央公论》

---

① [日]成田龙一著,徐静波译:《大正民主是怎样的一种民主?》,收岩波新书编辑部编:《应该如何认识日本近现代史》,香港中和出版有限公司,2017 年,第 102 页。
② 转引自[日]清水安三著、清水畏三编,李恩民、张利利、邢丽荃译:《朝阳门外的清水安三:一个基督徒教育家在中日两国的传奇经历》,社会科学文献出版社,2012 年,第 103—104 页。

正是吉野作造宣传民本主义思想的阵地，清水事实上被信仰基督教的吉野作造纳入民本主义或者自由主义阵营。这种情况还可以往前追溯，1919年五四运动当天清水在北京写了《为什么日本人讨人嫌——与大多数中国人交个朋友吧》，文章发表在12月1日人文刊物《我等》上，这也是一个宣传大正民主思想的重要刊物，因为清水在上面发文与其记者福冈诚一认识，1921年福冈诚一来北京陪同被驱逐的爱罗先珂之前就先与清水联系。清水对反日的五四运动的评介也跟随了"当我们考虑到日本帝国的时候，需得不断注意到殖民地的动向。对于歧视的目光，殖民地也开始发出声音"①。或者这样说，清水的这种声音本身就是大正民主思想的组成部分，表现在殖民地问题上乃是主张协调共进和对日本军阀的批判。他说："日本人需要更加认真地梳理一下自己。如果不从内心开始梳理的话，就很难与中国人携手共进。"1920年他又写了两篇文章《排日运动——日本人是毛毛虫吗》和《中国有亡国之兆——对日本军阀的批判》，前文3月18日发表在《基督教世界》上，说："日本的教育应该更进一步地面向世界发展，与其培养爱国者，不如改为培养世界性人才。"后文发表在11月1日的《我等》上，说："为了日本的未来，制定一个能获得民众支持的对华政策也是贤明的做法。"②由以上可看出，基督徒清水与大正民主主义的深切关联，那么他在1922年评介鲁迅的时候，自然是关于中国问题延长线上的评价，而不可能溢出民本主义的框架，但遗憾的是日本鲁迅研究史的一

---

① [日]成田龙一著，李铃译：《大正民主运动》，香港中和出版有限公司，2016年，第165页。
② [日]清水安三著、清水畏三编，李恩民、张利利、邢丽荃译：《朝阳门外的清水安三：一个基督徒教育家在中日两国的传奇经历》，社会科学文献出版社，2012年，第106、110、111页。

些研究者在评价清水关于鲁迅文章时,较看中他的"虚无主义鲁迅观"①及其对鲁迅感性具体的认识,而对他文学革命的鲁迅译介做了淡化处理。事实上,文本传达的主体内容却重在传播鲁迅作为新作家的革命性。

《周三人》在中国有比较多的译文,此处主要参看三种:第一是日月译了全文,由引语、关于周树人评介及周作人和周建人的评介三部分组成;②第二是陆晓燕的关键部分节译,只有引语和关于周树人评介的一段;③第三是清水安三著作集《朝阳门外的清水安三:一个基督徒教育家在中日两国的传奇经历》(原书名为『石ころの生涯』,即《小石头的生涯》)中的节译,包括引言和鲁迅的评介,删掉了周作人和周建人的评价。④文章题目是清水对周树人、周作人和周建人三人的合称,与有岛武郎、有岛生马和里见弥三兄弟作比,内容主要从总体上概述三人是"中国的新人",接着比较详细地介绍了周树人和周作人,周建人只略微提及。总体上看介绍周树人的篇幅最多,这

---

① 严绍璗认为他是"东洋虚无主义鲁迅观"的肇始者,此后佐藤春夫、小田岳夫、太宰治都继承了这种"东洋虚无主义鲁迅观"(参见严绍璗:《日本中国学史稿》,学苑出版社,2009年,第345页)。张杰也有这种看法(参见张杰:《鲁迅:域外的接近与接受》,福建教育出版社,2001年,第215页)。
② 参见[日]清水安三著,日月译:《周三人》,收西北大学鲁迅研究室编:《鲁迅研究年刊》,陕西人民出版社,1980年,第584—585页。
③ 参见陆晓燕编译:《日本鲁迅研究史料编年(1920—1936)》,收鲁迅博物馆鲁迅研究室编:《鲁迅研究资料》(13),天津人民出版社,1981年,第104页。
④ 参见[日]清水安三著,日月译:《周三人》,收西北大学鲁迅研究室编:《鲁迅研究年刊》,陕西人民出版社,1980年,第584—585页。参见陆晓燕编译:《日本鲁迅研究史料编年(1920—1936)》,收鲁迅博物馆鲁迅研究室编:《鲁迅研究资料》(13),天津人民出版社,1984年,第104页。[日]清水安三著、清水畏三编,李恩民、张利利、邢丽荃译:《朝阳门外的清水安三:一个基督徒教育家在中日两国的传奇经历》,社会科学文献出版社,2012年,第167—169页。后面引用译文主要选用最新的翻译。

部分首先叙述周树人的职业、授课和弃医从文,然后指出:"他本来应该成为医生,但我却从未见他给人号过脉,反而向完全不同的文学方面发展,造诣甚深。可以说森鸥外和木下杢太郎是世上罕见之才吧,鲁迅就是中国的这么一个人。"接着较为详细地分析了《孔乙己》,并感慨"鲁迅有一个癖好,那就是他经常痛骂中国的旧习惯和旧风俗,说这些东西一钱不值"。"整个作品对人间社会所能折射的暗影,通过最黑的笔墨,进行了最深刻的表现。"① 从把鲁迅界定为"新人物"到他对中国传统旧习的批判,清水强调了鲁迅的革新价值,充分肯定了鲁迅在中国文学上的新成就。在评论的最后,清水指出鲁迅笔下的人生是黑暗的,说他创作的作品没有一点儿光明,此处的作品据文中还包括《故乡》和《明天》。如果以这三篇小说为基点,鲁迅的确容易让人陷入黑暗,那么清水的评价不是没有道理。这也是相关学者把清水看成"东洋虚无主义鲁迅观"发轫者的重要原因。导致如此评价的原因是没有在清水关于中国问题的整体中看待他对鲁迅的评介,也没有详细考察清水其他的鲁迅评价。清水在1924年发表在《北京周报》上的文章,清楚地评说:"鲁迅以他的创作,成为'五四'以来现代中国小说家的第一人。""鲁迅是今日中国可以称得上是作家的作家。""鲁迅作为中国白话小说的代表,他的作品受中国传统的讽刺文学的影响,大都是自然主义的。"② 又引胡适的话支撑自己的观点:"用白话创作,成绩最大的却是一位托名'鲁迅'的,他的短篇小说,从四年前的《狂人日记》到最近的《阿Q正传》,虽然不多,

---

① [日]清水安三著、清水畏三编,李恩民、张利利、邢丽荃译:《朝阳门外的清水安三:一个基督徒教育家在中日两国的传奇经历》,社会科学文献出版社,2012年,第168、169页。
② 参见陆晓燕编译:《日本鲁迅研究史料编年(1920—1936)》,收鲁迅博物馆鲁迅研究室编:《鲁迅研究资料》(13),天津人民出版社,1984年,第104页。

差不多没有不好的。"还说《故乡》"是一部沉静的好作品"。正是在这个意义上,丸山升认为清水的评论"恐怕是仅次于青木正儿的评论了"①。清水后于1967年、1968年和1976年分别写了《值得爱戴的大家:鲁迅》(《文艺春秋》1967年5月号)、《回忆鲁迅》(樱美林大学《中国文学论丛》1968年3月号)、《怀念鲁迅》(《日本经济新闻》1976年10月19日)等文章。在《回忆鲁迅》中清水称"鲁迅无疑是一个很有进步思想的人,是一个不管对什么样的社会现象,对什么样的政策或主义,都会以犀利的笔锋痛加批判而绝不宽赦的人,这一点是确定无疑的。他能洞察一切,对任何事情都有极高的见识,这一点也是真实的"②。这些文章都强调了鲁迅的伟大和进步,可清水一直都没有脱离大正民主社会变革的视野,他始终在民主主义和激进的自由主义的立场上评价鲁迅。所以说,一些学者把清水的鲁迅观定位为"东洋虚无主义",只看到了《周三人》的一部分内容并做了放大,并不符合清水关于鲁迅的整体看法。

清水经常发表文章的日文报纸《北京周报》成为20世纪20年代传播中国现代文学的重要阵地。据陈漱渝的研究,③可以看到该刊刊登过三类关于中国现代文学的作品:一类是作家译作,这些作家有周作人、鲁迅、胡适、叶圣陶、成仿吾、卢隐、冯文炳、倪贻德、钱玄同、台静农、苏雪林;二类是作家的作品和文艺论文,周作人的诗、文和谈话,鲁迅的谈话,冰心、胡适、郭沫若、潘梓年、卢隐、徐志摩、

---

① [日]丸山升著,王俊文译:《鲁迅·革命·历史——丸山升现代中国文学论集》,北京大学出版社,2005年,第324页。
② [日]清水安三著、清水畏三编,李恩民、张利利、邢丽荃译:《朝阳门外的清水安三:一个基督徒教育家在中日两国的传奇经历》,社会科学文献出版社,2012年,第176页。
③ 参见陈漱渝:《关于日文〈北京周报〉》,《中国现代文学研究丛刊》1980年第1期。

成仿吾、郑伯奇、辜鸿铭的文艺论文；三类是日本人评价中国的文章，主要有昏迷生、清水安三、田山花袋、东方生、金崎贤等人的评论和介绍。这些文章关于周氏兄弟的评介最多，撰写关于中国现代作家评论的日本人主要是丸山昏迷（1894—1924，本名丸山幸一郎，又名昏迷生①）和清水，他们俩的文章恐怕也最多。

沿着这些线索可以作进一步调查。《北京周报》是侨居北京的新闻记者创办的日本报纸，1922年创刊，1930年停刊，共出418期。主编藤原镰兄和记者丸山昏迷都是大正民主熏陶出来的新闻工作者，敢于走在时代的前沿，刊登介绍新思想和新现象，丸山升说他们是"进步思想的优秀报人"②，清水也说丸山昏迷"是个很有进步思想的人。在当时的北京，曾在阪西公馆与小山贞知一同工作过的早稻田大学出身的铃木长次郎、《新支那》的丸山昏迷以及我本人，事实上是'激进派三杰'"③。清水所谓的"激进派"当然是敢于发表进步言论，宣传进步思想，正是因为清水接二连三在《北京周报》刊载批评日本军阀和外交政策的文章，1930年报纸被迫停刊。据藤原镰兄的遗孀藤原茑回忆，该报停刊的重要原因之一就是清水的批评性评论。④《北京周报》主编和记者的思想倾向决定了对中国文学革命大批作家进行

---

① 丸山昏迷1894年出生在长野县北安云郡（陈漱渝误写为北安县郡，见《关于日文〈北京周报〉》），原是有名的日刊报纸《新支那》（1912年创刊）的记者（《新支那》的社长是安腾万吉，主编是藤原镰兄），后于1922年又做了《北京周报》记者。1924年夏因病回国疗养，同年9月4日在家乡病逝，年仅30岁。
② [日] 丸山升著，王俊文译：《鲁迅·革命·历史——丸山升现代中国文学论集》，北京大学出版社，2005年，第324页。
③ [日] 清水安三著、清水畏三编，李恩民、张利利、邢丽荃译：《朝阳门外的清水安三：一个基督徒教育家在中日两国的传奇经历》，社会科学文献出版社，2012年，第172页。
④ [日] 清水安三著、清水畏三编，李恩民、张利利、邢丽荃译：《朝阳门外的清水安三：一个基督徒教育家在中日两国的传奇经历》，社会科学文献出版社，2012年，第104页。

译介，如清水分别在 1923 年 3 月 16 日和 23 日发表了《汉字革命》和《中国的文学革命》，因此关于鲁迅的译介也是被放在这样的视野下。不过该报的主编和记者可能都是先结识周作人，①然后再认识鲁迅，关于此事清水也有相关回忆，并认为是丸山昏迷最早与北京的思想家和文人接触的。②

《北京周报》刊载周作人的译作、谈话和评论是最多的，其次便是鲁迅，如果按期数鲁迅则是最多的（因为《中国小说史略》的译文几乎用了 1924 年一年的时间刊载，共 37 次）。陈漱渝的研究文章《关于日文〈北京周报〉》统计关于鲁迅的译作、谈话和评论共有 10 篇，张杰统计也是 10 篇，③可见这个数字比较靠得住。下面按发表时间把这些文章列举出来：

<blockquote>

《孔乙己》，仲密译，载 1922 年 6 月 4 日第 19 期。

《兔和猫》，鲁迅自译，载 1923 年 1 月 1 日第 47 期。

《关于猪八戒》，周树人谈，载 1923 年 1 月 1 日第 47 期。

《周树人》，昏迷生，载 1923 年 4 月 1 日第 56 期。

《"面子"和"门钱"》，两周氏谈，载 1923 年 6 月 3 日第 67 期。

《鲁迅的创作集〈呐喊〉》，未署名，载 1923 年 9 月 16 日第 80 期。

</blockquote>

---

① 周作人早于鲁迅在《北京周报》发表文章也是证明，周作人第一篇文章《中国的新思想界》发表于 1922 年 2 月 26 日第 6 期，鲁迅的第一篇译作《孔乙己》发表于 1922 年 6 月 4 日。
② 参见 [日] 清水安三著、清水畏三编，李恩民、张利利、邢丽荃译：《朝阳门外的清水安三：一个基督徒教育家在中日两国的传奇经历》，社会科学文献出版社，2012 年，第 172 页。
③ 参见张杰：《鲁迅：域外的接近与接受》，福建教育出版社，2001 年，第 216 页。

《教育部拍卖问题真相》，周树人谈，载 1923 年 11 月 18 日第 89 期。

《鲁迅的〈中国小说史略〉》，未署名，载 1923 年 12 月 23 日第 96 期。

《说胡须》，东方生①译，载 1924 年 12 月 21 日第 141 期。

《中国小说史略》，记者译，1924 年 1 月至 11 月第 96—102、104—129、131—133、137 期。

这 10 篇文章，有 4 篇是译作，3 篇是鲁迅的谈话，剩下 3 篇是日本人关于鲁迅的评论和介绍。译作涉及鲁迅的小说、杂文、学术著作，几乎把鲁迅各个文类都涉及了，这是比较全面地译介鲁迅及其作品。陈漱渝《关于日文〈北京周报〉》对 3 篇谈话进行了重点解读，不无启发，也指出了它们具有鲁迅佚文的价值，②但染上了较为明显的时代话语特色（比如对胡适的否定以及用唯心主义和唯物主义来划分鲁迅思想的变迁）。《关于猪八戒》（与本年干支的关系）系戈宝权译出，共写了四段，第一段指出十二支在周代就有了，那时与动物没有关系，到了汉唐才与动物相配，十二支中的猪与日本的"豚"相当，并非日本所说的"猪"；第二段讲猪在中国汉唐的诗文和小说中较少，六朝《搜神记》中有猪变女子的故事；第三段写小说《西游记》中的猪八戒"不是猪变成人，而是人接近于猪"③，是懒汉的代表性人物；第四段指

---

① 据日本人小岛丽逸在《〈北京周报〉与藤原镰兄》一文中的考证，"东方生"就是藤原镰兄的笔名（『アジア経済』1972 年 13 卷 12 号）。吕元明认为"东方生"是鲁迅，可能有误（见《鲁迅研究年刊》，陕西人民出版社，1981 年，第 386 页）。
② 2005 版的《鲁迅全集》没有收这 3 篇文章，刘运峰编的《鲁迅全集补遗》收录了。
③ 刘运峰编：《鲁迅全集补遗》，天津人民出版社，2006 年，第 398 页。

出猪八戒不是《西游记》创新的人物，而是沿用了元曲《唐三藏取经》中已有的人物创造出来的，并指出文献的出处。从谈话内容可以看出《关于猪八戒》是一篇地道的分析猪八戒在中国演变的学术文章，这对廓清猪八戒的形象演变和理解《西游记》具有重要价值。谈话中鲁迅始终没有忘记与日本的关联，开头指出中国干支中的"猪"不同于日本的"猪"，结尾又及日人收藏的相关文献。《"面子"与"门钱"》（李芒译）由三个部分组成：第一部分是提出日本人的迷惑，即谈到面子就"用几近于迷信的强大力量加以维护"[1]，但又不是实利主义；第二部分是关于此问题向周树人和周作人的访谈，周树人从词源、南北地域及与日本的词语比较上谈了对这个问题的看法，周作人则从古都北京的优越性上解析了"面子"；第三部分是访谈者对此问题的总结，谈及中国人爱"面子"与日本德川末叶江户武士的境遇相似，各个阶层的人都是如此，又引述了周树人的相关看法，提出"面子"的伪善及其与"门钱"的关系和"门钱"与元人的瓜葛，最后指出"面子"和"门钱"是研究中国人性格的两点。《教育部拍卖问题的真相》（楼适夷译）也有三个部分：第一是概述北洋政府各部的财政困境，给出教育部拍卖部存东西的原因；第二部分是鲁迅对此问题的看法，他指出购买教育部的东西不一定有价值，特别谈到四库全书的错误和篡改，又说了部员的真实困难，最后指出部员做彻底的革命派是荒唐可笑的，只有中国才会出现官员兼革命的事。关于鲁迅这3篇日文访谈在《北京周报》发表有很大意义，作为有激进思想的日本新闻工作者，他们怀抱了解中国社会文化的愿望，以期寻找日本人和中国相处的可行方法，亦是大正政府特别是原敬内阁（1918—1921）以求"疏

---

[1] 刘运峰编：《鲁迅全集补遗》，天津人民出版社，2006年，第398页。

通"在中国的延伸，另一方面日本以他们的文明来看中国人，据《满洲日日新闻》的调查（1924年2月19—20日），住在满洲的孩子认为中国人不干净、爱小偷小摸、没礼貌、不正直、欲望重，同时中国小孩也举出了日本人傲慢、爱着急、发酒疯、女性服装艳丽的缺点。①《北京周报》的记者在1923年对周氏兄弟的访谈，也应该看作是这种调查的组成部分。从周氏兄弟这一面来说，正好借助日本人来反观中国人的国民性，比如3篇文章中谈到中国人的懒惰、爱面子和官员革命的问题，中国的文学革命和大正民主革命借助《北京周报》的平台合流，其实就是中日两国思想上的先进分子在此达成了共识。

《北京周报》上关于鲁迅的评论的3篇文章，《周树人》明确写着是丸山昏迷所作，另外两篇未署名的文章主要是对《呐喊》和《中国小说史略》的评介。引起学界充分关注的是《周树人》，陆晓燕在1981年时就把全文译出来了，从译文来看主要有四点要引起注意：一是对鲁迅小说的总体评介，认为"在文章的艺术魅力方面，还是在文章的洗练简洁方面，都远远超过了其他许多作家"；二是对鲁迅生平的简介，主要谈到他的出生、日本留学、弃医从文和教育部任职；三是评介鲁迅的小说《狂人日记》和《孔乙己》；四是鲁迅对日本人说他批评中国黑暗态度极端的回应，最后总结鲁迅是"一位企求从根本上改革中国的斗士"②。丸山昏迷始终抓住鲁迅在文学和社会上的"革命"之价值，把他放在文学革命家和社会改革家的角度来观察，这恐怕对于大正民主的社会改造是重要的外来文化资源。在另一篇

---

① 参见[日]成田龙一著，李铃译：《大正民主运动》，香港中和出版有限公司，2016年，第177页。
② 陆晓燕编译：《日本鲁迅研究史料编年（1920—1936）》，收鲁迅博物馆鲁迅研究室编：《鲁迅研究资料》（13），天津人民出版社，1984年，第102、103页。

《周作人氏》（1922年4月23日《北京周报》第14期）的文章，有很多内容是评价鲁迅的，也可进一步看到丸山昏迷的这种观点，他说周树人写小说史克服了很多困难，写出了迄今没有人写过的大部头著作，还说到他的翻译对中国文坛做出了不可磨灭的功绩。① 因为丸山昏迷听过鲁迅小说史的课，所以《中国小说史略》的翻译和评介很可能是他写的。

吕元明认为《北京周报》"是在北京办的，在日本国内的影响不是很大"②，靳丛林和李明晖等人所著的《日本鲁迅研究史论》也持这样的观点，③ 这恐怕不符合历史事实。《北京周报》是《新支那》的先进报人办的一个日文报刊，其主编藤原镰兄和记者丸山昏迷都和日本驻华特派全权公使伊集院彦吉有紧密的关系，从丸山昏迷《北京》一书中可知《新支那》正是在公使的帮助下创办的。④ 那么，作为《新支那》延伸意义的《北京周报》自然和日本驻华公使脱不了干系，而日本驻华公使负有了解中国的责任。因此，通过官方的途径，《北京周报》也会在日本人中产生较大影响，比如说最早的日本人创办的《顺天时报》发行量就很大（曾经发行过2万张⑤），在日本就有很大影响。日本学者饭仓照平曾经说到《北京周报》在日本的影响情况："那是每周刊出后寄给当时的神户高等商业学校订制成册的，但缺少最初的几期。所缺部分借阅了东洋文库近代中国研究室的藏书。那是每半年

---

① 参见陆晓燕编译：《日本鲁迅研究史料编年（1920—1936）》，收鲁迅博物馆鲁迅研究室编：《鲁迅研究资料》（13），天津人民出版社，1984年，第101页。
② 吕元明：《日本的鲁迅研究史》，收《鲁迅研究年刊》，陕西人民出版社，1981年，第387页。
③ 靳丛林、李明晖等：《日本鲁迅研究史论——丸山升现代中国文学论集》，社会科学文献出版社，2019年，第20页。
④ 参见[日]丸山昏迷著，卢茂君译：《北京》，北京联合出版公司，2016年，第210、223页。
⑤ 参见[日]丸山昏迷著，卢茂君译：《北京》，北京联合出版公司，2016年，第222页。

合订发售的,各期都没有装订封面,可见该杂志曾经相当广泛地被人参阅利用。"① 张杰这样说:"如果说清水安三对鲁迅的了解,要比青木正儿具体,那么丸山昏迷对鲁迅的了解要比清水安三全面得多。"② 因此《北京周报》介绍有关鲁迅的内容也比较全面,这恐怕能引起日本人的更多关注。《北京周报》的鲁迅作品翻译也对日本人产生了较大影响,它首先把鲁迅的小说引入日文世界,并通过记者的高度评介,形成一个良好的互动效果,这无疑会加强鲁迅在日本本土的影响,况且日本此时正处在一个变革社会的高潮期。因鲁迅的影响借此逐渐扩大,自然就会有日人把鲁迅的作品翻译到日本去,再加上周氏兄弟与日本文化界的亲密关系,就更加具有传播的可能了。1926 年《支那学》对《中国小说史略》介绍,评述其关于目录学的研究遥遥凌驾于其他小说史之上,忠实地追踪了历史,③ 恐怕也是因为《北京周报》1924年刊载的译文和介绍所发生的影响吧。周作人与新村领袖武者小路实笃的关系密切,1927 年 10 月武者小路实笃编辑的日本国内杂志《大调和》首次翻译鲁迅的《故乡》,就不是机缘巧合的事情。这一期的《大调和》是"亚细亚文化研究号",与《故乡》并置的还有郭沫若的《革命与文学》。此时,中国国内的国民革命正如火如荼,日本想乘机取利,6 月制造了皇姑屯事件,但在山东的利益受到北伐的影响,到 1927 年 10 月初开始与中国交涉。这使丸山升做出了如此判断:"武者小路编辑的杂志刊载这样内容,本身便显示出对国民革命这一政治

---

① [日]饭仓照平著,吴宪、王惠敏译:《有关〈北京周报〉上的中国现代文学介绍》,收鲁迅博物馆鲁迅研究室编:《鲁迅研究资料》(8),天津人民出版社,1981 年,第 314—315 页。
② 张杰:《鲁迅:域外的接近与接受》,福建教育出版社,2001 年,第 218 页。
③ 参见陆晓燕编译:《日本鲁迅研究史料编年(1920—1936)》,收鲁迅博物馆鲁迅研究室编:《鲁迅研究资料》(13),天津人民出版社,1984 年,第 106 页。

性剧变的关心,由此,日本文化界也终于感应到了中国的新气息。"①"中国的新气息"预示着日本鲁迅的评介向着"革命文学"转变。

第二节 "革命文学"的鲁迅评介

中国文学从"文学革命"向"革命文学"转变,这意味着"文学"与社会运动和政治革命更为紧密的联系。此转变受国际左翼思潮的影响,然而具体或者直接发生联系的却是日本的无产阶级或共产运动。1920年左右,日本共产运动由隐蔽状态走向了复活,日本社会主义同盟成立,激进的工会主义者与马克思主义者展开论争,日本共产党作为日本支部得到了第三共产国际承认。20世纪20年代后半期,为赈灾发行庞大的有价证券,台湾银行停业导致以关西地区为中心的37家银行停业,事态进一步发展,企业不断倒闭,失业者逐渐增加。金融危机导致了日本政坛的波动,为解决内部困境,便开始了武力外交,做出了把"满洲"从中国分离出去的决定,以无产为中心的政治势力发出了反对出兵的声音,马克思主义抬头。1924年从德国回国的福本和夫与山川均论战,福本和夫批判山川均庸俗的马克思主义理论、不能把理论运用于日本历史和现实所产生的问题以及同群众斗争相结合,②所以福本和夫作为社会运动的新

---

① [日]丸山升著,王俊文译:《鲁迅·革命·历史——丸山升现代中国文学论集》,北京大学出版社,2005年,第326页。
② 参见近代日本思想史研究会著,那庚辰译:《近代日本思想史》(三),商务印书馆,1992年,第18—19页。

生代马克思主义就登上了历史舞台,而且最终导致无产政党的成立。在文学领域里出现了大众小说和大众杂志,给出了20世纪20年代后半期与30年代的区分,表明日本年轻一代与上一代分割的意图,北海道小樽由九人发行了一本叫作 Clarté 的同人杂志,参加者有年轻时代的小林多喜二。① 这场轰轰烈烈的无产运动在1928年、1929年被日本当局镇压,②但其对东亚社会文化的影响并没有中断,投射到中国文学上就是与后期创造社的关系。1927年2月创造社元老郑伯奇赴日,4月回国。10月,成仿吾赴日,邀请冯乃超、李初梨等人回国,10月底到11月初冯乃超、朱静我、彭康、李初梨、李铁声、王学文、付克兴、沈起予、许幸之、沈叶沉等先后回国。这批留日回国的创造社成员在日本的时期正是山川主义、福本主义以及它们被批判和清算的时期。创造社这些富有激情的批评家,不是从马克思主义创始人那里汲取养料,而是从马克思主义的解释者那里拿来资源,所以带有明显的机械唯物论的色彩,③并直接快速地与1927年国民革命勾连在一起,且以相当的声势获得了中国文坛的话语权,从而把"革命文学"推向了前台。④

---

① 参见[日]成田龙一著,李铃译:《大正民主运动》,香港中和出版有限公司,2016年,第259页。
② 1928年3月15日田中内阁发动"3·15"大镇压,在全国逮捕一千数百名共产党员、工会会员、农会会员,828名以违犯治安维持法被起诉;1929年4月16日又进行了一次大镇压,很多有经验的共产党领导人被逮捕下狱,由此组织遭到严重破坏,日本共产革命的进程趋于停滞。
③ 参见艾晓明:《中国左翼文学思潮探源》,北京大学出版社,2007年,第73、78页。许道明:《中国现代文学批评史新编》,复旦大学出版社,2002年,第106页。
④ 冯乃超在《艺术与社会生活》中指出以小资产阶级立场反映中国悲哀的文学不能满足时代的需要,新兴作家应担任其批判旧社会制度和旧思想的任务,这就是文艺的新方向。李初梨在《怎样的建设革命文学》中,考察中国革命的发展历程,认为到1928年,文学革命赖以存在的社会和阶级根据已发生变化,中国大众和中国阶级的贫困推动了革命的要求,于是便促成了革命文学。

一

鲁迅正是在国民革命的大语境下被留日的创造社成员以日本中转的马克思主义为理论武器而置于批判的风口浪尖。1928年、1929年创造社和太阳社对鲁迅展开猛烈批判，他们认为鲁迅代表的是小资产阶级文学，他醉眼蒙眬，他的阿Q时代应当死去。与此同时，日本对中国的革命文学反应相当敏感，丸山升讲到这种情况："以小牧近江、里村欣三的报告文学《到青天白日的国家去》（《文艺战线》1927年6月）为首，出现了相当数量的报告、游记，而且声明的转载和呼吁书的交换，都在1930年代盛行起来。"① 而且，1928年的"革命文学论战"直接影响到了日本人对鲁迅的评价。1928年7月号的《战旗》刊登了山田清三郎《拜访支那的两个作家》（成仿吾和郭沫若），请教两位创造社元老应该怎样在日本介绍中国的文学作品。毫无疑问，他们受到创造社"革命文学"评论的引导。1928年11月藤枝丈夫在《国际文化》② 上刊载《中国的左翼出版社》的文章，称赞创造社充满活力，而认为《语丝》《北新》为阵地的鲁迅一派，乱发反革命言论，必须进行彻底批判。1929年2月前田河广一郎（1888—1957）在《读卖新闻》上发表《中国的文学家》，文中说："我惊奇，这个老革命文学家在打自己的脸，至少，就我所了解的鲁迅，是不应该吐出如此弱音的男子。""他的中年的心灵中，过多地了解了中国的矛盾，并在诸种矛盾的迷宫中，好像迷失了方向。"可以看出作者的口吻和创造社、太

---

① [日] 丸山升著，王俊文译：《鲁迅·革命·历史——丸山升现代中国文学论集》，北京大学出版社，2005年，第326页。
② 《国际文化》的撰稿人还有中国的郭沫若、钱杏邨、成仿吾、蒋光慈、李初梨，可见中日"革命文学"联系非常紧密。

阳社的批评家很相似。而1926年经盐谷温介绍和鲁迅认识的辛岛晓（1903—1967），在1930年1月的《朝鲜及满洲》第226号上发表《论中国的新文艺》，简直是照搬了钱杏邨的说法："鲁迅啊，你要去向何处呢？你的世界已经行不通了。孔乙己和阿Q的时代，已经成为过去。也许钱杏邨那种人的话是不值得考虑的，但是阿Q的时代是死了，从而鲁迅的时代也死了。"辛岛晓显然受到日本和中国无产阶级革命文学的影响，大抵不能辨识鲁迅作品的要义。中国革命史家铃江言一（1895—1945）在《中国革命的阶级对立》（1930）中直接说"鲁迅是代表小资产阶级自由主义思想的小说家"，"革命的进程并不彻底"，"他的创作是以'马克思主义的作品'为重心的"[1]。他们身上实际都沾上了成仿吾、钱杏邨、李初梨等人的气味，钱杏邨《死去了的阿Q时代》可以说压倒性地主导了此时的日本鲁迅传播与研究。

以《满蒙》为阵地的鲁迅评论是"革命文学"评介的又一个有力的证据。《满蒙》是"南满洲铁道株式会社"（简称"满铁"）的外围组织和宣传窗口。众所周知，1906年成立"满铁"是日本政府在中国东北的延伸，实际上是日俄战争的一个结果，即把原属于沙俄在中国修建铁路的权力攫为己有。"九一八"之后，伪满洲国成立，铁道附属地的行政权移交伪满洲国。它以"满铁调查部"为中心设立了一系列研究机构，不仅是为了经济利益，也是最大程度地收集中国和朝鲜的相关情报资料，为日本进一步在东亚的殖民扩张做准备，隶属于"满铁"的"日中文化协会"和《满蒙》杂志可以说是它的文化情报窗口。张杰认为，"'满铁调查部'的几千名研究人员中，包含了左中

---

[1] 陆晓燕编译：《日本鲁迅研究史料编年（1920—1936）》，收鲁迅博物馆鲁迅研究室编：《鲁迅研究资料》（13），天津人民出版社，1984年，第110、112、113页。

右各种政治观点的人物,甚至马克思主义者、共产党人也容纳其中,前文谈到的铃江言一、尾崎秀实等左派知识分子,都曾在'满铁调查部'任职。另外,'日中文化协会'也不是'满铁'的核心情报机构。因此,《满铁》杂志所呈现的色彩较为复杂"①。"满铁"的这种情况并非偶然,而是日本国内大正民主的社会政治情况决定的,也就是说大正民主社会的多样性决定了日本殖民地社会人员成分的状况,当时有很多日本的左翼文学作家来到"满洲",比较有名的如山田清三郎、大内隆雄。因而,《满蒙》上关乎鲁迅的评介也反映了20世纪20年代末期中日左翼文学即"革命文学"的气息。最先在《满蒙》上撰文评介鲁迅的是山口慎一(1907—1980),先后以大内隆雄、失间恒耀、徐晃阳、大内高子为笔名发表文章。山口慎一15岁时到长春("一九二一年の春、十五歳の私は長春の地をはじめて踏んだ"②),以"满铁""官费生"资格考入上海同文书院,毕业后入"满铁经济调查委员会"工作,从1927年开始在《支那》《同志》《国际知识》《改造》等杂志发表与中国政治经济相关的文章,后结集成《支那研究论稿 政治经济篇》(日文版),1936年由大连青年书局出版,全书分十五个章节,对中国当时的资本主义、国民革命、经济发展、国民党与南洋华侨、农民农村、人权保障与新文化运动、白色恐怖、租税制度、中华民国的新闻、南京政府的社会基础等问题进行了研究。此外,1958年他印行了私家版《中国札记》,对中国的民俗和当时的文学进行研究,还表达了他对中国的爱和思考,在该书序言中说中国是他的第二故国,经常对两国文化进行思考。山口慎一是左翼转向作家,关注中国当代

---

① 张杰:《鲁迅:域外的接近与接受》,福建教育出版社,2011年,第234页。
② 山口慎一『支那研究論稿 政治経済篇・自序』、青年書局、1936年、1頁。

文学由来已久，有人研究他从 1921 年到 1945 年共翻译了 110 多部中国文学作品。①1929 年《满蒙》第 10 卷第 8 期登载《漫谈中国的新小说》，文章涉及对《阿Q正传》的评介，指出这部作品是鲁迅的代表作，对井上红梅的译介做了介绍，认为鲁迅的这篇代表作能真正让我们了解中国和中国人的形象，还说："小说的主人翁是个野蛮人，是没有鲁迅那种教养的唐·吉诃德。其时代背景则取民国初年的革命。生活在被虐待之中，自己又扭曲着自己形象的阿Q，遇到这场革命时，便勇敢地站了起来，接着又终于朝露般地消失了。同样的，我们在今天的'革命'时代，不是也很容易地看到众多的这一类型的人物吗？"②文章关于《阿Q正传》评介的落脚点是现在的"革命"，正和中国国民革命时期产生的"革命文学"相呼应，也与日本大正社会革命相应和。1931 年 1 月山口慎一以大内隆雄的笔名又在《满蒙》上发表了《鲁迅及其时代》，其"革命文学"的口吻更明显了："鲁迅在那里暴露出小资产阶级的根性。小资产阶级的任性、不承认错误且疑虑，我们随处可以看出这些问题。即使前面有一条光明的路，他也不会走向那里，而且不安于现实，理想中也缺少希望，结果是唯有在歧路徘徊。"所以丸山升就毫不客气地说："论文的体裁，实质上也是钱杏邨的《死去了的阿Q时代》的简要概括。"③可见山口慎一所受的影响，但其实也是日本普罗文学或者马克思主义文学在他身上种下的"牛痘"。这种倾向在大高岩（1905—1971）的身上也是明显的。大高岩 1905

---

① 参见尚侠编：《伪满历史文化与现代中日关系》（下册），商务印书馆，2014 年，第 357 页。
② 陆晓燕编译：《日本鲁迅研究史料编年（1920—1936）》，收鲁迅博物馆鲁迅研究室编：《鲁迅研究资料》（13），天津人民出版社，1984 年，第 111 页。
③ 转引自 [日] 丸山升著，王俊文译：《鲁迅·革命·历史——丸山升现代中国文学论集》，北京大学出版社，2005 年，第 327、328 页。

年生于日本东京，1929 年毕业于东京美术学校雕塑专业，同年 6 月来华，1932 年因"一·二八"上海事变回国，回日后从事中国文学翻译、研究工作，1971 年 4 月病逝。大高岩是日本著名的红学研究专家，也是最早从事中国现代文学翻译和研究的日本学者之一，在这方面也付出了巨大的精力和心血，他未刊目录中有两部该领域的专著，一是《左联时代和鲁迅——中国革命文学史话》（『左聯時代と魯迅——中国革命文学史話』、凡 524 頁），另一部是《中国革命文学史——无产阶级革命时代的中国文学》（『中国革命文学史——プロレタリア革命時代の中国文学』、凡 2064 頁），① 从此可看出大高岩对中国革命文学的深度关注和所用的功夫。1932 年他在《满蒙》第 13 卷第 9 期发表了《鲁迅的再探讨》，其时他已经回国，但文风和话语都带上了中国"革命文学"的影子。虽然此文在时间上已经溢出了 1931 年，可依然属于日本鲁迅评介"革命文学"视野延长线的作品。通过对这篇文章的调查研究，发现其基本思路都是钱杏邨的，在不到 2500 字的文章中，直接引述钱杏邨的话有 4 处，其中有两处比较长的引文，间接引用钱杏邨的话也很多。文章分三个部分：第一部分是介绍和评介鲁迅的代表作，但主要是《阿 Q 正传》，关键材料来自《死去了的阿 Q 时代》第一、二、三部分；第二部分、第三部分谈鲁迅的革命，主要材源是《死去了的阿 Q 时代》第四、五部分。现将第一部分两处引述分别摘录如下：

  他的创作的时代，决不是五四运动以后的，确确实实的只能代表《新民丛报》时代的思潮，确确实实的只能代表清

---

① 参见段江丽：《日本红学家大高岩旅华日记研究》，《中国文化研究》2016 年第 4 期。

末以及庚子义和团暴动时代的思潮,真能代表五四时代的创作实在不多。①

这是大高岩的引文,查对原文发现"他的创作的时代"后面没有",",号,可能作者和译者对原文做了变化。另一处是这样的:

阿 Q 的时代是早已死去了! 阿 Q 时代死得已经很遥远了! 我们如果没有忘却时代,我们早就应该把阿 Q 埋藏起来! ……勇敢的农民为我们又已创作了许多宝贵的健全的光荣的创作材料了,我们永远不需要阿 Q 的时代了!②

这段引文和原文一样。这两个例子在文章中比较突出,其他还有诸多地方直接和间接引用钱杏邨的话,而且批评的词语比较激烈,比如"反动性""罗曼蒂克的残影""社会改良主义者的马脚",此等语言正是钱杏邨在文中所惯用的。由此也似乎可以断定,《满蒙》上日本鲁迅评介的作者基本没有突出中国"革命文学"的范式,但原野昌一郎的评介除外,在下面一节会专门讨论。

1931 年在日本鲁迅译介史上,可以称为名副其实的"阿 Q"年。这一年《满蒙》第 12 卷第 1 期上刊载了长江阳翻译的《阿 Q 正传》,一直持续到 5 月;9 月松浦珪三也翻译了《阿 Q 正传》,收入《支那

---

① 陆晓燕编译:《日本鲁迅研究史料编年(1920—1936)》,收鲁迅博物馆鲁迅研究室编:《鲁迅研究资料》(13),天津人民出版社,1984 年,第 135 页。李宗英、张梦阳编:《六十年来鲁迅研究论文选》(上),知识产权出版社,2010 年,第 57 页。
② 陆晓燕编译:《日本鲁迅研究史料编年(1920—1936)》,收鲁迅博物馆鲁迅研究室编:《鲁迅研究资料》(13),天津人民出版社,1984 年,第 135 页。李宗英、张梦阳编:《六十年来鲁迅研究论文选》(上),知识产权出版社,2010 年,第 64 页。

无产阶级小说集》中，第一编由白杨社出版，其中还包括《孔乙己》和《狂人日记》，出版后作者通过石民（1935 年翻译《巴黎之忧郁》的作者）赠送了鲁迅四册；①10 月山上正义又译出《阿 Q 正传》。关于山上正义第三节再做介绍，此处主要对松浦珪三的译后评介进行介绍，因为他也是比较明显的"革命文学"的评介。松浦珪三（生卒年不详）当时是日本东京外国语学校（今东京外国语大学的前身）的教师，主要研究日本语和汉语，著有《中国语发音五时间》（大学书林，1932）、《现代日本语文法：文语口语对照》（文求堂，1936，东京外国语大学藏有）、《日本现代语法：口语俗语》（文求堂，1938，东京外国语大学藏有）等；也从事中国现代文学和中国政治经济方面著作的翻译，有译作《支那无产阶级小说集》（第一编）（鲁迅著，白杨社，1931）、《满洲经济与帝国主义》（徐兴凯著，白杨社，1932）等。松浦珪三翻译了鲁迅的 3 篇小说，在前面写了绪言，还附录了各家对《阿 Q 正传》的评论、著者所著的书目以及著者略传（据日本国立国会图书馆提供的信息整理），中国早在 1984 年就由陆晓燕把序言编译出来了。据编译的序言可以看出作者对代表作《阿 Q 正传》进行了深入介绍，而对另外两篇小说只简要说明。评介带有随笔的意味，并不遵守严格的行文逻辑，第一部分把鲁迅生平、文学地位和《阿 Q 正传》杂糅在一起介绍；第二部分又介绍台静农、李何林、钱杏邨、沈从文、成仿吾、凌梅、方壁等人的鲁迅评论；第三部分评价《狂人日记》，又谈及鲁迅的文学地位；第四部分简要述及《孔乙己》；最后一部分又回到《阿 Q 正传》，并总结日本翻译的问题及对鲁迅的日译。松浦珪三的文章此时带有浓烈的"革命文学"气息，

---

① 参见《鲁迅全集》（第 16 卷），第 278 页。

虽然多处引述钱杏邨和成仿吾的观点，但对鲁迅作品价值的评判不像钱杏邨那样武断。他说："他也有过作为叛逆的思想家、革命青年的领袖、思想战线的先锋而活跃的时代。最近，又作为左翼作家联盟的泰斗，在军阀政府的镇压下，继续着艰苦卓绝的抗争。"① 此评价和中国国内左翼文学的发展同步，1928年太阳社和创造社抡起板斧向鲁迅砍去，钱杏邨、李初梨等人的文论话语直接统合了当时主要的评介鲁迅的口径。1930年后鲁迅成为左翼作家联盟的领袖，跟着在日本评论界也做出了反应，松浦珪三的评介显然就处在这个变化的过程中。不过，我们还是明显能够看到，成仿吾和钱杏邨对松浦珪三话语的极大影响。难能可贵的是，松浦珪三看到了日本翻译国外文学的问题，即过去的十年间，忙于回顾、探索、研究欧美文学，对于邻邦新文学的诞生顾及不暇。他说他对鲁迅的翻译恐怕是日本公诸于世最早的，在日本具有先导意义，给予读者的影响也是重大的。当然，松浦珪三的自我评价不符合历史事实，但他的翻译扩大了鲁迅在日本的影响。

二

日本的鲁迅评介和中国国内"革命文学"的评价几乎是同一步调，但在此视野中，也有从鲁迅及其作品的实际出发做出的公允评介，其中山上正义和原野昌一郎是值得深入关注的两位。

山上正义（やまがみ まさよし，1896—1938），笔名林守仁，

---

① 陆晓燕编译：《日本鲁迅研究史料编年（1920—1936）》，收鲁迅博物馆鲁迅研究室编：《鲁迅研究资料》（13），天津人民出版社，1984年，第122页。

出生于鹿儿岛市清水町，是日本社会主义运动的活动家、作家和新闻记者，大正十年（1921）因"晓民共产党事件"①被捕，大正十二年（1923）出狱。1925年到上海，加入上海日日新闻社（出版日文版的《上海日日新闻》），后转新闻联合社，在上海有频繁的文化活动，省港大罢工期间他以日本上海新闻联合社特派记者身份途经香港去广州，1926年在广东造访鲁迅，此后一直和鲁迅保持联系，1929年到上海和鲁迅还有交往。②山上与鲁迅结识前后，正是福本主义在日本流行的时候，他也因翻译《阿Q正传》和鲁迅有书信往来。③他关于鲁迅的文章引起中国学界广泛关注的是1928年3月发表在《新潮》第25卷3号上的《谈鲁迅——"华北自治运动"的鲁迅》，该文是山上关于鲁迅最早的一篇文章，发表在日本著名的也是历史悠久的文学杂志《新潮》上，文章字数在4000左右，是青木正儿以来日本鲁迅评介比较长的一篇文章了，从文体形式看主要由介绍和访谈两部分组成，从内容看主要介绍鲁迅从北京到厦门的经历、他的创作和翻译，整个叙事显得比较随意，并非严格意义上的文学评论和学术研究，但有一个特点："革命文学"评介痕迹明显，其话语体系充分表明了他的社会主义活动家及记者身份。文章在进入正题之前有6个自然段基本都

---

① 1921年高津正道和近藤荣藏在东京组成马克思主义思想团体"晓民会"，一些重要成员利用共产国际提供的资金，印刷了大量宣传单，并将这些传单散发到东京、大阪、京都、神户等各地。1921年11月之际，日本军准备在东京举行陆军大演习，近藤荣藏亲自执笔，以日本共产党名义印刷了号召"士兵们觉醒起来，不要为资本家国家卖命"的反战传单，散发在东京各处日军兵营里，引起日军当局极大震惊，开始四处抓捕赤化分子，11月25日近藤荣藏被日本警察逮捕，12月1日和晓民会有关的40余人被捕，"晓民会"组织几乎被破坏殆尽。日本警察继续调查，1921年山上正义被检举而下狱。这就是日本历史上的"晓民共产党事件"。
② 见丸山昇『ある中国特派員——山上正義と魯迅』、中央公論社、1976年、224—225頁。
③ 参见《鲁迅全集》（第14卷），第178—190页。

是介绍鲁迅所处的国民革命的历史背景,开篇就说"鲁迅不是小说创作中的人物,而是当前活着的人。他就是在国民革命的声浪和战乱的街巷中,虽说难于把五尺矮躯托于四百余州之上,但却出色地生活着,并被推为中国文学革命一方首领的周树人其人"①。山上在鲁迅与陈独秀和胡适的比较中给出了鲁迅的文学史地位,认为他引导白话文学革命的潮流并持续至今,而且通过创作表现了他白话文学的实绩;然后就重点分析了《阿Q正传》和《中国小说史略》,也介绍鲁迅对日本文学的翻译和德文翻译。文章余下的很多内容介绍了鲁迅到厦门和广东的情况,山上写到鲁迅到厦门、广东学生很欢迎他,但看到广东的情况后,鲁迅便失望和不满,学生也感到失望。

> 青年学生们所期待于鲁迅的,是要他作一个同他们一起走上街头,大声的议论革命与文学、革命与恋爱,有时又和群众一起摇幌红旗的实际运动的领导者。
> 出现在他们眼前的鲁迅,却是位有了北京十五年的经验,因而立刻就发现了在这高唱三民主义的广州,存在着产生新军阀的萌芽的严峻的人。他是一个既如饥如渴地追求着光明,又在那光明和学生们轻率的鼓噪当中预感到未来的黑暗和压迫的怀疑家。他是一个既不叫又不跳,不得不冷静的观察,发出轻轻叹息的悲观论者。②

---

① [日] 山上正义著,李芒译:《谈鲁迅》,收鲁迅博物馆鲁迅研究室编:《鲁迅研究资料》(2),文物出版社,1977年,第179页。
② [日] 山上正义著,李芒译:《谈鲁迅》,收鲁迅博物馆鲁迅研究室编:《鲁迅研究资料》(2),文物出版社,1977年,第185页。

山上叙述学生们受国民革命浪潮的鼓动，要鲁迅走上前台，可是鲁迅觉得他们把革命游戏化了，而与此相适应的文学就没有思索和悲伤，就不会有真正的文学。作者所讲的情况可以寻到佐证，1927年春宋云彬被派到黄埔军校工作，他作为共产党员极力想争取鲁迅革命，也想把鲁迅迅速地纳入革命文学的阵营，所以在《新时代》上发表了一篇题为《鲁迅先生往那里躲》的文章，① 想把鲁迅逼出来。鲁迅自然没有被热血的青年学生激将出来，但他对革命是向往的，而且努力营救被迫害的共产党员。这就是山上后面谈到"4·15"政变后鲁迅的反应，讲到鲁迅骂那些脚踏两只船的革命者是"无耻之徒"，认为鲁迅看到了此次革命的本质："只是在三民主义——国民革命等言词的掩护下，肆无忌惮地实行超过军阀的残酷行为而告终。——仅限于在这一点上学习了工农俄罗斯。"② 文章最后谈到鲁迅小说的阴暗和鲁迅对中国革命冷眼式的悲观。显然，山上对鲁迅的评介不像那些拾得无产阶级理论的名词就轻率做论的人，他能够把鲁迅放在五四运动"文学革命"的延长线上看鲁迅对革命及"革命文学"态度和回应，而且他始终在社会历史和文学互动中观察鲁迅，这是他超过很多这一时期日本鲁迅评介者的地方，所以有人讲："这种真知灼见，在当时的日本是极为可贵的，它会促使日本左翼文艺阵营耳目为之一新，也会促使他们重新评价鲁迅。"③ 如果考察山上的经历和中国共产党人在广州遭遇的现实困境和迫害，正和作者本人在"晓民共产党事件"

---

① 参见宋云彬：《鲁迅先生往那里躲》，收钟敬文编：《鲁迅在广东》，北新书局，1927年，第43—49页。
② [日]山上正义著，李芒译：《谈鲁迅》，收鲁迅博物馆鲁迅研究室编：《鲁迅研究资料》（2），文物出版社，1977年，第187页。
③ 靳丛林、李明晖等：《日本鲁迅研究史论》，社会科学文献出版社，2019年，第26页。

中的体验相类似，与其说作者叙说鲁迅对革命的看法，不如说是他自己对革命的看法，只不过是借鲁迅的口而已。山上作为一个马克思主义者，他的《谈鲁迅》是革命话语的"谈鲁迅"，但表现了日本无产阶级者较为客观冷静的一面和对文学更为客观的认识。

山上是上海日日新闻社之中关注鲁迅的人，当1928年井上红梅在《上海日日新闻》发表《阿Q正传》的译文时，他似乎没有理由没有看到。迄今为止，笔者没有看到关于山上对井上译作的评价，这恐怕和鲁迅对井上的否定有关。不过，丸山升在研究山上翻译《阿Q正传》时，介绍了井上对该作的翻译，这显然是在构建二位译者的关系，但丸山未说到山上看过井上的译作。① 从井上到松浦珪三的翻译，可以看作是为山上翻译《阿Q正传》的铺垫。据鲁迅透露，他是在1932年收到《鲁迅全集》后，才认为井上红梅有很多误译，② 这在山上正义翻译《阿Q正传》之后。同在上海，想必1928年鲁迅看到过井上红梅译的《阿Q正传》，或许私下还和山上交流过关于这篇文章翻译的看法呢。山上正义讲他在广州就和鲁迅达成共识有翻译该作的想法，③ 但1931年10月才最终译出。翻译该作时，鲁迅给了山上很热情的帮助和支持，恐怕要放在这样的背景来看。山上翻译的《阿Q正传》收在《中国小说集》中，作为四六书院出版的国际无产阶级丛书之一，该翻译文集还收有胡也频的《黑骨头》、柔石的《一个伟大的印象》及

---

① 丸山昇『ある中国特派員——山上正義と魯迅』、中央公論社、1976年、119—122頁。
② 1932年12月14日记："下午收井上红梅寄赠之所译《鲁迅全集》一本，略一翻阅，误译甚多。"[《鲁迅全集》（第16卷），第339页。]
③ 参见［日］山上正义著，李芒译：《鲁迅的死和广州的回忆》，收鲁迅博物馆鲁迅研究室编：《鲁迅研究资料》（2），文物出版社，1977年，第189页。[日] 山上正义著，吉林师范大学外国文学研究所日本研究室译：《鲁迅的死和广东的回忆》，收《日本人士回忆鲁迅》（内部参考资料），1977年，第10—11页。

冯铿的《红的日记》，尾崎秀实以白川次郎的笔名为该书写了序言《谈中国左翼文艺战线的现状》，由此可见日本文化界进步人士对中国左翼文学的关注，这个译本后来通过尾崎秀实带给鲁迅。①山上翻译出《阿Q正传》后，写了《关于鲁迅及其作品》对鲁迅进行评介。山上似乎不知道其他人的译作："像这样一部名作，为什么直到今天在我国还没有介绍过来，我觉得不可思议。"②山上作为一个在中日文化领域很活跃的记者，可能为了抬高他的作用而隐瞒了井上的翻译也未可知。我们还是看看他写的译者序言《关于鲁迅及其作品》。仔细阅读这篇文章，发现他"革命文学"的评介意图增强了。文章分为三大部分：第一，阐述鲁迅的"左转"，进入到左翼文学的队伍并成了领袖；第二，指出《阿Q正传》是几十篇作品中的唯一的代表作，被译成多国语言，写了"寒村""国民革命"的一次运动；第三，说明这篇小说已经察知了今天的事，预示了三民主义革命的失败，而中国共产党领导的红军正在革命中，阿Q的觉醒史是真正的革命史，这个新的起点似乎示意了无产革命的成功。整篇文章都是放在国民革命的历史语境下来言说，实际是希望鲁迅能够再一次写出表现中国正真革命的第二部《阿Q正传》，这可能是山上真正的无产阶级文学或者"革命文学"吧。因此，丸山升认为，山上正义的阿Q论是在20世纪20年代末到30年代初文学革命论战的背景下做出的，但他和山口慎一、创造社、太阳社的不同是，他在左翼革命文学中对《阿Q正传》有出类拔萃的理解，这应该放在他与广州时代的鲁迅关系的延长线上看。③

---

① 参见《鲁迅全集》（第16卷），第273页。
② [日]山上正义著，戈宝权译：《关于鲁迅及其作品》，收鲁迅博物馆鲁迅研究室编：《鲁迅研究资料》（2），文物出版社，1977年，第194页。
③ 丸山昇『ある中国特派員——山上正義と魯迅』、中央公論社、1976年、128—129頁。

迄今为止，没有看到原野昌一郎的生平资料，但在日本国立国会图书馆可以查到他1931年5月在《满蒙》上发表的文章《中国新兴文艺与鲁迅》（中國新興文藝と『魯迅』），文章有8个版面（第120—127页），是比较长的，陆晓燕译成中文也有七个版面（16开）。该期还可以看见山口慎一以大内隆雄的笔名发表的《恋爱小说家张资平》（『戀愛小說家張資平』、128—133页），长江阳翻译的《阿Q正传》，可见《满蒙》在1931年对中国新兴文学的广泛关注。原野是这一时期少见的没有带"革命文学"标签的日本鲁迅评介者，他以自己的判断给出中允评价。文章用了四个小标题："乡土艺术家的特性""作为世界人的他""对鲁迅艺术的总评——对他作品的认识""对于他的不满"。作者在中国新兴文学发展的过程中，即从新兴文学的萌芽到现在无产阶级文学运动的蓬勃兴盛中，看到鲁迅作为乡土作家的特性，其评价把握到了鲁迅小说创作的实质：

> 几乎全部都是如实地、准确地表现了呻吟着的最下层民众的形象。从而把占中国民众半数以上的农民的形象，完全地暴露在我们的面前。在中国这个具有乡土异情的十分有效的舞台上，让那些表演者自由自在地乱舞着，在有着特殊乡土气息的这个环境中，充分真实的描写，特别是对在这种环境中行动着的农民的复杂的、传统的、不雷同的心理过程的准确描写，可以说，在这一点上，中国现存的小说家中，鲁迅是一个特殊的，而且是庄严的存在。①

---

① 陆晓燕编译：《日本鲁迅研究史料编年（1920—1936）》，收鲁迅博物馆鲁迅研究室编：《鲁迅研究资料》（13），天津人民出版社，1984年，第115页。

评价注意到中国从"文学革命"到"革命文学"的历程，但并非通过否定"文学革命"的宿将鲁迅而张扬"革命文学"，从而割断历史和文学作品本身的质量去给鲁迅贴上小资产阶级的标签。作者抓住了鲁迅小说凝视农民的关键点，进而说明鲁迅具有普遍性的伟大。

原野在讨论鲁迅作为世界人的时候，更是让我们感到他的远见卓识，他把鲁迅与俄国的屠格涅夫、法国的菲利普和日本的金子洋文进行比较。关于与屠格涅夫的比较，作者谈论得较为深入，他认为鲁迅的乡土小说和《猎人日记》（今译《猎人笔记》）有许多暗合之处，比如七斤像《霍尔和卡里内奇》中的革命前重压下的可怜农民，孔乙己又近似于《歌手》中的雅科夫，鲁迅在小说中描写的阴惨场面（《孔乙己》的悲惨结局、《阿Q正传》大团圆的残忍、《狂人日记》中的狂人的心理）和《活尸首》描写露克西亚的阴惨场面构成竞争。而且还比较了鲁迅和屠格涅夫的不同，认为屠格涅夫侧重肉体的重压和精细；而鲁迅简明准确，心理刻画独特，流露出深刻的讽刺和忧愁，具有东洋古典气息。随后又谈及鲁迅与法国作家菲利普相似，指出他们的不同仅在于鲁迅描写农村，而菲利普描写城市下层知识阶层的苦闷。在和日本作家金子洋文的比较中，作者认为鲁迅的乡土气息类似于《地狱》《貂》，而且《阿Q正传》和《地狱》在结构手法、作者意图上面具有相同点，不同之处在于金子洋文是纯粹的无产阶级作家，而鲁迅则是写实主义（为人生）作家。原野真是眼界开阔，他把鲁迅放在世界文学范围内进行比较，找出鲁迅的位置，最后把鲁迅定位为"世界人的他"。此前笔者一直认为比较文学研究起始于1936年中村光夫把鲁迅《孤独者》与二叶亭四迷的《浮云》进行比较，其实早在五年前原野昌一郎就已经具有这种文学评介的方法了，而且原野的视界比中村光夫宽阔。

原野对鲁迅作品的评价独到准确。他说优秀的短篇《白光》具有转化为现实性的普遍效果，表现了封建制度下苦难的中国横亘着相同的现实，作品最大的特征是有幽玄的味道，乃东洋非常尊贵的东西，显然作者用了日本的审美范式来看待《白光》。对于《孔乙己》，他说通过不是农民出身的孔乙己巧妙地描写农村的形态，从打断腿的孔乙己可以看出不同程度上现代全体人类的苦闷，是鲁迅最优秀的作品之一，发掘了人性的深刻。《狂人日记》在他的观照下，显现了精细镂刻的心理描写，尽管作品讽刺的地方不太多，但结尾的重大暗示让鲁迅很快走上了以理想主义为人生的作家的道路。《不周山》被认为透露出古典气息，但结尾与现代的联系少了，《风波》则被看成封建制度下农民的真实写照。原野力挺伟大的杰作《阿Q正传》，他说这个作品构想雄伟、创作意图炽烈、技法巧妙，是"作者综合了前述的几篇作品的各个方面"①。

"对于他的不满"又回到鲁迅作为乡土作家的起点上，评介者所说的不满是这样"在形而上和形而下方面，他并没有在世界文坛扮演重要的角色。这对于鲁迅来说，也许是不全面的、无理的定论吧。像他这样优秀的先驱者，在日本和世界上实在不过是可数的几个人，而且在一个时代里，是决不可能连续出现几十个的。鲁迅作为世界性的人物，他所具有的优越条件，实际上是依靠了他生活在具有特殊国情和国民的中国，依靠了他作为卓越的乡土作家。这一点正是他极大的长处，也是我们赞美的所在"②。显而易见，作者针对别人批判鲁迅

---

① 陆晓燕编译：《日本鲁迅研究史料编年（1920—1936）》，收鲁迅博物馆鲁迅研究室编：《鲁迅研究资料》（13），天津人民出版社，1984年，第118页。
② 陆晓燕编译：《日本鲁迅研究史料编年（1920—1936）》，收鲁迅博物馆鲁迅研究室编：《鲁迅研究资料》（13），天津人民出版社，1984年，第119页。

是"乡土作家"而言，钱杏邨、李初梨和成仿吾认为鲁迅的革命不彻底，代表了小资产阶级的趣味，一味地表现黑暗，日本此时关注鲁迅的人也被他们影响。在这样的背景下，原野能做出独立的判断，表达他关于鲁迅文学作品的真知灼见，实在是难能可贵。在做出结论的时候，他更是让我们信服：这种探索（鲁迅的探索）并不意味着必然转向无产阶级，成为无产阶级作家。在文艺的范畴内，题材是无限地存在着的。20世纪20年代末到30年代初，中国文学的"革命文学"化，试图通过文学批评话语的掌控把一切文学都纳入无产阶级革命的范畴，这一倾向经由延安延伸到中华人民共和国，直到1976年"文革"结束。以此来看，原野的评论极富远见，也给我们重新评价"革命文学"提供了重要启示。

第二章

日本对鲁迅的广泛接受

1931年9月18日日本侵占了东三省,这是甲午海战后日本帝国意识日益膨胀的关键点,中日关系因此进入非常紧张的状态。这一状态在文化上有比较明显的反应,在"满洲"的中国左翼作家被追杀,来华的日籍作家迎合占领当局的高压统治政策,文学逐渐沦为日本殖民政权强化统治的工具,进行殖民主义的文化侵略。① 在这样的背景下,"满洲"介绍鲁迅的中日左翼作家必然受到遏制,而且日本国内的大部分左翼知识分子在日本政府的重压下发生了"转向",左翼势力被严重削弱,② 这显然不利于当时成为中国左联盟主的鲁迅的传播,但万幸的是,大正民主培养起来的改造和革命的思想并没有随着日本政府的反动而终止,反而通过各种渠道在日本文化界潜隐下来,其中一个重要表现就是鲁迅作为中国新兴文艺的代表被广泛介绍到日本。

---

① 参见刘春英、冯雅著:《新京时代的日本作家》,收尚侠编:《伪满历史文化与现代中日关系》(下册),商务印书馆,2014年,第355页。
② 参见近代日本思想史研究会著,那庚辰译:《近代日本思想史》(三),商务印书馆,1992年,第39—40页。

另外，从思想史的意义上看，应该是日本"亚洲主义"推行的结果。持"亚洲主义"的日本人认为，亚洲各国应该结成同盟共同对抗欧洲列强，但日本应该做盟主。鲁迅在上海与日本文化界人士交流频繁，和鲁迅有交往的日本人相继把鲁迅的作品翻译到日本，并进行评介。就日本政府这一方面而言，有限度地允许鲁迅在日本的传播，正是"亚洲主义"发展出来的"大东亚共荣"之亲善的表现，同时还可以掩盖野蛮侵略中国的行径。

大正民主的时代气氛和亚洲主义是鲁迅 1931 年后在日本被广泛接受的外因，鲁迅作品本身的气质则是日本有良知的知识人译介他的内因。1932 年是鲁迅在日本传播的重要节点，主要有两个标志性事件：一是本年 4 月增田涉在《改造》上发表《鲁迅传》，是日本鲁迅评介以来最长的传记，也是最早的传记之一；二是本年 11 月改造社出版了井上红梅翻译的《鲁迅全集》1 卷，是日本译介鲁迅以来收集鲁迅作品最多的一个集子。这种传播的盛况持续到 1944 年竹内好《鲁迅》出版之前，鲁迅作为中国作家在日本获得广泛认可。就研究评介而言，除后面要重点介绍的增田涉和小田岳夫以外，还有较多评介者，如松冈让、新居格、长与善郎、正宗白鸟、龟井胜一郎、林房雄、狼星、原胜、山本实彦、中村光夫、长濑城、实藤惠秀、鹿地亘、竹内好、土居治、饭冢朗、山本初枝等。他们来自日本思想领域的各个阵营，体现了此时日本鲁迅研究者的开放性和多样性，他们的评价有的肯定，有的否定，有的深刻，有的肤浅，可谓百花齐放，这对日本人更好地阅读和研究鲁迅打下了基础。此处不能一一介绍，只对新居格、中村光夫稍用笔墨，然后在后面重点介绍增田涉和小田岳夫。新居格（1888—1951）通过内山完造与鲁迅有交往，1934 年 5 月 30 日鲁迅日记记载赠书一幅给新居格。①一个月后,即1934年7月2日他就在《读卖新闻》发表了《风云中国谈》,介绍中国的左翼作家,文中谈到"鲁迅是一位超群的世界作家",把鲁迅、茅盾、陶晶孙、田汉、沈端先、穆木天等作家称为"带有共产主义色彩的自由主义者"②。严绍璗称新居格是自由主义的鲁迅研究者,介绍他共写过相关文章11篇。新居格评论鲁迅是文学家兼思想家,坚持操守、不屈服于迫害,并且一反日本跟随中国的左翼批评鲁迅之风,肯定了《阿Q正传》揭示了人性的根底。③中村光夫(1911—1988)鲁迅评介的重要价值在于比较深入地把鲁迅与二叶亭四迷进行比较,上接原野昌一郎,下启日本鲁迅比较文学研究的范式。1936年6月中村光夫在《文艺》4卷6期发表《鲁迅与二叶亭》,他选择《孤独者》为对象,认为二叶亭没有把握住智慧的悲哀,鲁迅把握的孤独不是中国传统中隐居者的孤独,也不是欧洲近代文学抽象的精神孤独,而是"些崩坏的,被扭曲得没有了形迹,从某种意义上来说,就是东洋化的近代的孤独"④。所谓"东洋化的近代的孤独"正是日本人在东洋与西洋对抗中,寻找东洋能够抵抗西洋的东西,所以中村的比较文学研究视野是日本近代化赋予他的东西。下面分三节来呈现这一阶段的日本鲁迅评介,首先介绍翻译盛况,然后再分析增田涉和小田岳夫的鲁迅译介和研究。

---

① 《鲁迅全集》(第16卷),第452页。
② 陆晓燕编译:《日本鲁迅研究史料编年(1920—1936)》,收鲁迅博物馆鲁迅研究室编:《鲁迅研究资料》(13),天津人民出版社,1984年,第141页。
③ 参见严绍璗:《日本中国学史稿》,学苑出版社,2009年,第340—343页。
④ 陆晓燕编译:《日本鲁迅研究史料编年(1920—1936)》,收鲁迅博物馆鲁迅研究室编:《鲁迅研究资料》(13),天津人民出版社,1984年,第160页。

第一节　鲁迅作品的译介盛况

作为"阿Q"年的1931年预示着鲁迅作品在日本的翻译将进入繁盛时期，该年12月土井彦一郎译出《秋夜》《无常》，收入《西湖之夜》，由白水社出版。如果把1931年比作鲁迅在日本译介的瑞雪，那么1932年就是丰收年，1937年就是空前高产年。从译介的总体情况看，鲁迅的各类作品在这一时期基本都进入了日本。据相关资料可看到译文集共有9部，包括井上红梅的《鲁迅全集》（改造社，1932），佐藤春夫编译的《世界幽默全集一二·中国篇》（改造社，1933），佐藤春夫、增田涉译的《鲁迅选集》（岩波书店，1935），河出书房出版的《世界短篇杰作全集》（第6卷）（1936，收《眉间尺》）、《大鲁迅全集》（共7卷）（改造社，1937，后面分析介绍），井上红梅译的《阿Q正传》（新潮社，1938，收《阿Q正传》《明天》《祝福》《伤逝》《离婚》），增田涉、松枝茂夫、冈崎俊夫、小野忍译的《现代中国随笔集》（东成社，1940，收《小品文的危机》《世故三昧》《火》《现代史》《隐士》《讽刺论》），神谷衡平译的《风波·肥皂》（大学书林，1942），小田岳夫编《现代中国文学杰作集》（春阳堂，1941，收《孤独者》），其中《鲁迅全集》《鲁迅选集》和《大鲁迅全集》都是大部头翻译作品集。鲁迅的学术著作也引起了日本人的注意，增田涉率先在日本国内翻译出版了《支那小说史》（汽笛社，1935）①，后来吉川幸次郎译出《唐宋传奇集》（弘文堂，1943）。单篇和摘译的鲁迅作品也在这个时期有26篇，他们分别是神谷衡平译的

---

① 即鲁迅的《中国小说史略》。

《孔乙己》（纪文阁，1932），长江阳译的《药》（1932年7月《文学时代》），鲁迅用日文写作的《看肖和"看肖的人们"记》（1933年4月《改造》）、《闻小林同志之死》（《无产阶级文学》1933年2卷4期，4、5月合并号）、《上海杂感》（1934年1月1日《大阪日日新闻》）、《火·王道·监狱》（1934年3月《改造》）、《在现代中国的孔夫子》（1934年6月《改造》）、《〈中国小说史略〉日本译本序》（赛梭社，1935）、《陀斯妥夫斯基的事》（1936年2月《文艺》）和《我要骗人》（1936年4月《改造》），新居格译的《偶成》（1935年6—8月合并号《反对》），增田涉译的《小品文的危机》（1935年8月《中国文学月报》），改造社的《阿金》（1936年5月《文学》），无名氏译的《春末闲谈》（1936年7月《文学评论》），鹿地亘译的《为了忘却的纪念》（1936年9月2卷9号《文学案内》），改造社的《讽刺诗三篇》（1936年9月《改造》），竹内好译的《死》（1936年11月《中国文学月报》），山本初枝摘译的《鲁迅先生的书简摘抄》（1936年11月《中国文学月报》），池田幸子译的《死》（1936年11月《文艺》），增田涉摘译并编的《鲁迅书简集》（1936年12月《改造》），改造社的《答徐懋庸并关于抗日统一战线问题》（1936年12月《文艺》），中西均一编译的《鲁迅先生语录》（1936年12月《改造》），改造社的《写于深夜里》（1936年12月《改造》），小田岳夫译的《略谈香港》（1937年2月《文艺通信》）、《阿Q正传（杰作选译）》（1937年2月《文艺通信》），增田涉译的《最后的日记（1936年1—6月）》（1939年5月《文艺》）。①

---

① 参见薛绥之：《鲁迅研究在日本》，收西北大学学报编辑部编：《鲁迅研究年刊》（1974创刊号），1976年，第251—252页。西北大学鲁迅研究室编：《鲁迅研究年刊》，陕西人民出版社，1979年，第508页。吉林师范大学外国问题研究所日本研究室：《鲁迅在日本的目录》（内部资料），1976年，第6、12、14、16页。

井上红梅（いのうえ こうばい，1881—1949）在20世纪20年代末到30年代通过翻译鲁迅对中日文化的交流做出了较大的贡献。鲁迅在日记和给增田涉的书信中谈及井上翻译的不足和生活作风问题，但渡边襄发现了鲁迅用日文写给井上关于《阿Q正传》中赌博的解析图，他因而猜测鲁迅和井上有书信往来。① 井上究竟何许人也？据日本国立国会图书馆和维基百科提供的信息，他1881年出生在东京，和鲁迅同岁，原名井上进，1913年到上海，生活放荡，著译颇丰，最为出名的著作是《支那风俗》，影响较大的翻译有《金瓶梅》和鲁迅小说，是中国文学研究者和翻译者、风俗研究专家，此外还冠有小说家、诗人、歌人、俳人、著作家、作词家、脚本家、作家、剧作家、放送作家、随笔家等众多称号，可谓多才多艺。据青空文库②介绍他共译出鲁迅17篇作品：《阿Q正传》（『阿Q正伝』）、《明天》（『明日』）、《兔和猫》（『兎と猫』）、《鸭的喜剧》（『鴨の喜劇』）、《狂人日记》（『狂人日記』）、《药》（『薬』）、《孔乙己》（『孔乙己』）、《幸福的家庭》（『幸福な家庭』）、《故乡》（『故郷』）、《一件小事》（『些細な事件』）、《端午节》（『端午節』）、《头发的故事》（『頭髪の故事』）、《呐喊·自序》（『「呐喊」原序』）、《白光》（『白光』）、《风波》（『風波』）、《不周山》（『不周山』）、《社戏》（『村芝居』），显然这些不是他译的《鲁迅全集》中的全部作品。从国立国会图书馆收藏他的《鲁迅全集》目录可以看出，井上实际上译出25篇，其中《呐喊》14篇（包括《不周山》），《彷徨》11篇。另外，据1937年日本人译出的《大鲁迅全集》可

---

① 参见吕元明：《新发现的鲁迅致井上红梅的赌博解说图》，《鲁迅研究动态》1989年第7期。
② 青空文库是将在日本国内著作权已经丧失的文学作品，或者著作权虽未丧失但其所有人允许网站上传的文学作品收集起来、公开在网上的电子图书馆，1997年由富田伦生建立。

知,井上红梅是第二卷(包括《野草》《朝花夕拾》《故事新编》)的译者之一。所有这些作品中,最早的译作是发表在1926年《满蒙》上的《狂人日记》,前面提到《上海日日新闻》上发表的《阿Q正传》在1929年又以《中国革命畸人传》发表在日本文艺市场社出版的《奇谭》上,译作正文之前评价:鲁迅以其深刻的观察和一流的讽刺表现了辛亥革命时期的社会状态。①1927、1928年译出的《风波》《在酒楼上》《社戏》,最后都收录在1932年由改造社出版的《鲁迅全集》中。改造社是1919年4月日本"米骚动"②后由山本实彦创办的出版机构。山本实彦(1885—1952)毕业于日本法政大学,1906年任《大和新闻》记者,1909年任《门司新闻》主编,1915年任《东京每日新闻》社长,1919年创立改造社,自任社长,并创办《改造》杂志,反映了当时的社会状况。成田龙一说:"'改造'一词代表了这个时期。事实也如此,到处开始发生运动,改革旧社会。"③山本在战后一度被"革职",后又重新担任改造社社长,1952年逝世。他长期从事新闻出版工作,曾游历过亚洲、欧洲的许多国家,阅历丰富,出版有《我观南国》《小闲集》《中国》《"满洲"、朝鲜》《蒙古》《新欧洲的人生》《苏联瞥见》《父母的面影》《世界文化人巡礼》等。④山本是日本文化界的进步人士,思想上趋近左翼,他所创立的出版社在1928年6月开始刊行《马克思恩格斯全集》,到1933年8月,最

---

① 参见靳丛林、李明晖等:《日本鲁迅研究史论》,社会科学文献出版社,2019年,第26页。
② 1918年夏因米价高涨,再加上日本出兵西伯利亚大米被囤积居奇,妇女们对此表示不满,抗议廉价售卖进口米。以富山县女性们的行动为契机,之后半个多月里,全国各地的人都进行了团体性示威行动(参见[日]成田龙一著,李铃译:《大正民主运动》,香港中和出版有限公司,2016年,第114—115页)。
③ [日]成田龙一著,李铃译:《大正民主运动》,香港中和出版有限公司,2016年,第134—135页。
④ 参见唐政:《鲁迅与日本改造社同人》,《鲁迅研究月刊》1999年第1期。

终出版了多达33卷本的全集。山本因增田涉《鲁迅传》的投稿而了解鲁迅，后来也写了关于鲁迅的文章，收在《中国》一书中，而且鲁迅又是中国"左联"的盟主，这是鲁迅自己的日语作品、日本鲁迅的译作和研究能够在改造社出版、可以在《改造》上发表的重要原因。井上所译的《鲁迅全集》出版于增田涉《鲁迅传》发表之后，而且同在《改造》上打过出版广告：

> 鲁迅，周树人！早年游历过日本，少壮时提倡白话文，在《狂人日记》一文中展示了中国新文学的典型。鲁迅以《阿Q正传》确保了世界不朽的文坛名誉，他被称作中华民国的漱石，罗曼·罗兰评他是东洋的一位艺术家。他的艺术，把我们最关心的邻邦中国的传说、风俗、习惯、思想、生活，以特异的观察力和形式，展现在我们的面前，不看此书是不可能了解所谓新的中国的。①

这个广告很有吸引力，把鲁迅最为核心的地方介绍给了日本人。再来具体看看译作集，它收有《狂人日记》《孔乙己》《明天》《一件小事》《头发的故事》《风波》《故乡》《阿Q正传》《端午节》《白光》《兔和猫》《鸭的喜剧》《社戏》《不周山》《祝福》《在酒楼上》《幸福的家庭》《肥皂》《长明灯》《示众》《高老夫子》《孤独者》《伤逝》《弟兄》《离婚》（『狂人日記』『孔乙己』『明日』『些細な事件』『頭髪の故事』『風波』『故郷』『阿Q正伝』『端午節』『白光』『兎と猫』『鴨の喜劇』『村芝居』『不周山』『祝福』『酒屋の二階で』

---

① 陆晓燕编译：《日本鲁迅研究史料编年（1920—1936）》，收鲁迅博物馆鲁迅研究室编：《鲁迅研究资料》（13），天津人民出版社，1984年，第138页。

『幸福な家庭』『しやぼん』『常夜燈』『晒し者』『高先生』『孤獨者』『傷ましき死』『兄弟』『離婚』，后附鲁迅年谱）。井上没有译出《呐喊》中的《自序》《药》和《彷徨》中引用《离骚》的诗句，而此前《鲁迅研究年刊》（1979）和《鲁迅在日本的目录》（1976）提供的日本翻译文献都认为井上的《鲁迅全集》译出了《呐喊》《彷徨》的全部作品，这是有误的。该译文集送到鲁迅手里，没有得到鲁迅的认可。1932 年 12 月 19 日鲁迅在致增田涉的信中说："井上氏所译的《鲁迅全集》已出版，运到上海来了。译者也赠我一册。但略一翻阅，颇惊其误译之多，他似未曾参照你和佐藤先生所译的。我觉得那种做法，实在太荒唐了。"①在鲁迅看来，增田涉和佐藤春夫都比井上译得好。可事实上，鲁迅透露这个消息之前，增田涉只译过《上海文艺之一瞥》（1932 年 10、11 月《古东多万》合刊号）和《鸭的喜剧》（同上），而佐藤春夫也只译过《故乡》（1932 年 1 月《中央公论》）和《孤独者》（1932 年 7 月《中央公论》）。鲁迅的评断只能针对《鸭的喜剧》《故乡》和《孤独者》而言，而井上翻译的小说几乎涵盖了《呐喊》和《彷徨》中的全部作品，这说明鲁迅的评价不一定客观。井上作为"中国通"，在 20 世纪 20 年代末到 30 年代转向对左翼文学的关注和翻译，在日本刊发了大量的鲁迅的译作，对鲁迅在日本的传播起到很大的作用。1932 年出版了由他翻译的世界上第一部《鲁迅全集》，完全可以说是把《呐喊》《彷徨》的整体面貌呈现在日本人面前，今天依然能看到日本国立国会图书馆完整地收藏了这个译本。松冈让在 1933 年发表过《小说家鲁迅》，文章谈到佐藤春夫译介的《故乡》和《孤独者》让他不以为然，等到后来看到井上的鲁迅全集本，他改

---

① 《鲁迅全集》（第 14 卷），第 232 页。

变了对鲁迅的看法并做出了这样的评价：没有脂粉气、没有色情，描写了中国的风俗习惯。①正因为井上的影响，1937年日本人编译《大鲁迅全集》时，他成为第一、二卷的译者之一。事实上，井上所译的《鲁迅全集》和佐藤春夫及增田涉译的《鲁迅选集》（1935）对《大鲁迅全集》而言是一个奠基工程。有人评论："井上红梅翻译的鲁迅文学作品并非一无是处。恰恰相反，井上的鲁迅文学译本是广为人知的一种译本。井上红梅之于鲁迅文学在日本的传播而言，是功不可没的译介者。"②

当然，被鲁迅肯定的佐藤春夫（さとうはるお，1892—1964）的确在鲁迅作品的翻译上做出了不凡的成绩。佐藤出生于和歌山县东牟娄郡（今新宫市）医生世家，成长于明治大正时期，师从生田长江，是日本著名的诗人、小说家和评论家，著作等身。1920年6月至10月到中国福建和台湾旅行，1926年以报知新闻社记者身份来中国，1927年7月又到中国旅行，但他到中国并没有见过鲁迅。1938年5月作为文艺春秋社特派员到华北，9月参加日本海军又赴中国，鼓吹日本的扩张主义。鲁迅在20世纪20年代和周作人合译《现代日本小说集》时，劝过周作人多译佐藤的小说，③此后直到1932年又在与许寿裳和增田涉的书信中屡次提及佐藤。该年增田涉在佐藤创办的《古东多万》杂志上发表了关于鲁迅作品的译作，而且佐藤自己也翻译鲁迅的作品并对鲁迅做了很高的评价。佐藤作为日本著名的作家，在权威媒体《中央公论》上发表了译作《故乡》和《孤独者》，在日本产

---

① 陆晓燕编译：《日本鲁迅研究史料编年（1920—1936）》，收鲁迅博物馆鲁迅研究室编：《鲁迅研究资料》（13），天津人民出版社，1984年，第140页。
② 李莉薇、熊萱：《京剧在近代日本的传播与井上红梅》，《日本研究》2017年第1期。
③ 《鲁迅全集》（第11卷），第413页。

生很大影响。丸山升评论:"由已经确立了一线作家地位的佐藤春夫在具有代表性的综合杂志《中央公论》上翻译鲁迅的作品,这件事意义重大。从此以后,鲁迅的名字,开始为日本文化界所知晓。"① 丸山升讲到佐藤的"开始",其实他的重大影响应是继续对鲁迅作品的翻译,不断传达出鲁迅作品的全貌。1935 年 6 月,佐藤与他的学生兼合作者增田涉翻译出版了《鲁迅选集》,收集了《孔乙己》《风波》《故乡》《阿Q正传》《鸭的喜剧》《肥皂》《高老夫子》《孤独者》《藤野先生》《魏晋风度及文章与药及酒之关系》《上海文艺之一瞥》,另附增田涉在 1932 年 4 月于《改造》上发表的《鲁迅传》。这个集子相对于井上的《鲁迅全集》来说,译作数量不多,但关注到《呐喊》《彷徨》以外的鲁迅作品,涉及《朝花夕拾》和鲁迅杂文中的篇什,此外还附有增田涉写的鲁迅传记,显然是为了更好地让读者理解鲁迅的作品,而且出版后效果很好,藤井省三透露说增田涉认为畅销约十万部。② 另一个浩大的翻译工程是 1937 年 2 月至 8 月改造社出版的《大鲁迅全集》,这套全集共 7 卷,由茅盾、许广平、内山完造、佐藤春夫担任编辑顾问,是日本人对鲁迅逝世的纪念,比中国 1938 年出版的第一个《鲁迅全集》还早。全集的内容和译者分别如下:第 1 卷收《呐喊》《彷徨》全部,《我的种痘》(《集外集拾遗》)、《阿金》(《且介亭杂文》),译者井上红梅、松枝茂夫、山上正义、增田涉、佐藤春夫;第 2 卷收《野草》《朝花夕拾》《故事新编》全部,译者鹿地亘、松枝茂夫、井上红梅、增田涉、佐藤春夫;第 3 卷收《热风》《坟》

---

① [日]丸山升著,王俊文译:《鲁迅·革命·历史——丸山升现代中国文学论集》,北京大学出版社,2005 年,第 331 页。
② 参见[日]藤井省三著,林敏洁译:《鲁迅与佐藤春夫——两位作家间的互译与交往》,《社会科学辑刊》2017 年第 3 期。

《华盖集》《华盖集续编》《而已集》选译，译者鹿地亘；第4卷收《三闲集》《二心集》《南腔北调集》《伪自由书》《准风月谈》选译，译者鹿地亘、日高清磨瑳；第5卷收《花边文学》《且介亭杂文》《且介亭杂文二集》《且介亭杂文末编》选译，译者鹿地亘；第6卷收《中国小说史略》全译，《唐宋传奇集》序例及后记《稗边小缀》，《宋民间之所谓小说及其后来》（《坟》），《关于三藏取经记等》（《华盖集续编》），《魏晋风度及文章与药及酒之关系》（《而已集》），译者增田涉、松枝茂夫；第7卷收有《两地书》中鲁迅部分书简及致日本人的书简和逝世前两个月的日记，译者小田岳夫、鹿地亘。另附有鲁迅年谱及鹿地亘写的传记。①这套全集在日本鲁迅作品传播史上意义重大，有人这样评价："《大鲁迅全集》向日本人全方位地介绍了作家鲁迅，更为重要的是1937年的改造社是日本主流的出版社，而由改造社策划出版《大鲁迅全集》意味着日本主流媒体对鲁迅的承认，这也意味着日本对鲁迅的接受已由一部分对中国文学感兴趣的小众开始走向主流社会，走向大众。"②此全集其实是鲁迅作品选集，但在1937年却是世界上最全的最早的。回到这个历史场景，我们看到《大鲁迅全集》正产生于中日战火纷飞的时期，日本作为侵略国对中国文化的关注和了解始终没有停止。佐藤作为媒介者，虽然在政治上鼓吹扩张主义，但在持续推进鲁迅在日本的传播方面并没有完全被他的政治倾向所左右。在他看来，鲁迅作品很好地连接了传统文化，他讲：

---

① 参见薛绥之：《鲁迅研究在日本》，收西北大学学报编辑部编：《鲁迅研究年刊》（1974创刊号），陕西人民出版社，1976年，第252页。西北大学鲁迅研究室编：《鲁迅研究年刊》，陕西人民出版社，1979年，第508页。吉林师范大学外国问题研究所日本研究室：《鲁迅在日本的目录》（内部资料），1976年，第4—5页。
② 熊文莉：《日本"中国文学研究会"研究》，社会科学文献出版社，2017年，第300页。

《故乡》中那种中国古有的诗情（那是我非常喜爱的），完全化在近代文学里了。这也许是中国古代的文学传统在近代文学中复活了。（中略）总之，我看到我们日本的近代文学，完全和古代文学处于隔绝的状态，所以译此《故乡》，以促使人们学习。

我想月光是东洋文学中的传统的光，少年是鲁迅本国里的将来的唯一希望。（中略）假若说月光是鲁迅的传统的爱，那么少年便是对于将来的希望与爱。①

第一段引文是佐藤翻译《故乡》和《孤独者》所做的评介，第二段引文来自鲁迅逝世后不到一个月他所写的《月光与少年》（《中外商业新闻》1936年10月21日）。从这两段文章大抵可知佐藤翻译鲁迅的取向和目的，他觉得鲁迅很好地链接了中国的古代文学，而这一点正是日本文学做得不好的地方。丸山升评价："在思考鲁迅文学时，如何从整体上来把握其与作者生活的现实的关系及与传统文化的影响的关系，这在今天对于研究者来说仍然是一个很大的课题。不过只就佐藤而言，他主要关注的是'传统'的一面，不曾注意鲁迅所具有的强烈的政治性、社会性，这一点也是难以否定的。"②鲁迅作品的内涵丰富，在这个意义上说，任何研究者都只能深入其中的一个方面，正如丸山升关注鲁迅的政治性和社会性一样，佐藤关注了鲁迅的"传统"。

---

① 转引自[日]丸山升著，王俊文译：《鲁迅·革命·历史——丸山升现代中国文学论集》，北京大学出版社，2005年，第331—332页。
② [日]丸山升著，王俊文译：《鲁迅·革命·历史——丸山升现代中国文学论集》，北京大学出版社，2005年，第332页。

第二节　增田涉的译介与《鲁迅传》的相关问题

20世纪30年代增田涉（ますだ わたる，1903—1977）对鲁迅在日本的传播起了至关重要的作用，不仅表现在鲁迅作品的翻译上，还表现在鲁迅的研究上。增田涉一生都致力于翻译鲁迅作品和研究鲁迅的工作，但在30年代那个中日关系紧张的时期，他以鲁迅学生的身份捍卫和巩固了鲁迅在日本的外国作家的地位，并且让鲁迅精神作为日本再次现代化的资源延伸到此后，所以与战后其他的日本鲁迅研究者相比较，他是战前更具有日本鲁迅学史意义的鲁迅研究者。

增田涉1903出生于岛根县八束郡惠昙村（今属松江市），据戈宝权研究他在松江旧制高中读书时就通过青木正儿所办的杂志《支那学》刊登的文章知道了鲁迅，增田涉自己也说是在大正末年接触到鲁迅。①1926年增田涉进入东京帝国大学文学部中国文学科，专攻中国文学，1929年毕业。在东大期间，他与辛岛晓是同班同学。辛岛晓（盐谷温的女婿）1926年暑假到北京旅行，经盐谷温介绍认识鲁迅，回国后和增田涉等人一起组织了中国文学研究会，研究鲁迅。可见，增田涉在日本求学期间就了解了鲁迅，于是1931年3月他带着其师佐藤春夫的信在上海会见内山完造，内山又把他介绍给鲁迅。增田涉便拜在鲁迅门下，跟随鲁迅学习中国文学，鲁迅则主要给增田涉讲解《中国小说史略》《呐喊》和《彷徨》，还赠送了增田涉《朝花夕拾》和《野草》让其阅读。②增田涉每天下午到鲁迅家（拉摩斯公寓）大

---

① 戈宝权：《鲁迅和增田涉》，《中国现代文学研究丛刊》1979年第1期。参见[日]增田涉著，钟敬文译：《鲁迅的印象》，湖南人民出版社，1980年，第5页。
② 参见[日]增田涉著，钟敬文译：《鲁迅的印象》，湖南人民出版社，1980年，第7—9页。

概学习 2 到 3 小时，太晚了就在鲁迅家里吃饭。学习之余，鲁迅常带增田涉去听演讲、看电影和表演，有时还帮助增田涉购买书籍。1931 年 12 月增田涉回国，鲁迅赠诗：扶桑正是秋光好，枫叶如丹照嫩寒。却折垂杨送归客，心随东棹忆华年。① 鲁迅致增田涉的信共有 58 封，在写给外国友人的信中是最多的，这些信件几乎都是讨论翻译和学术的事情。由此可知，鲁迅和增田涉的师生情谊非同一般。正是有这样的交情，作为学生的增田涉就成为"死心塌地"的"鲁迅迷"。因此，回国后的增田涉专心致志地翻译鲁迅的《中国小说史略》和其他作品，还加入了 1934 年竹内好和武田泰淳共同发起成立的中国文学研究会。② 1939—1949 年先后担任过内阁、大东亚部和外务部"嘱托"（接受嘱托而进行工作的特约人员）和外交部调查员。1949—1953 任岛根大学文学部教授，1953—1967 年任大阪市立大学文教部教授，1967 年后又任关西大学文学部教授，直到 1974 年退休。增田涉的主要著作有《鲁迅传》（1932）、《鲁迅的印象》（1948，讲谈社），译著有《支那小说史》（独译）、《鲁迅选集》（参与翻译）、《大鲁迅全集》（参与翻译）等。我们先来看他的翻译，然后重点讨论《鲁迅传》。

鲁迅日记透露，1931 年 7 月 17 日为增田涉讲解完《中国小说史略》，该年 9 月将其订正本赠送给增田涉 4 本。③ 鲁迅 1932 年 11 月在写给增田涉的信中谈到井上红梅的小说翻译及其在《改造》上的广告，感叹《中国小说史略》翻译出版是"危险的"④。这时距增田涉回国将近一年，想必《中国小说史略》翻译出版事宜已经有眉目了。1933

---

① 《鲁迅全集》（第 7 卷），第 454 页。
② 中国文学研究会的主要成员还有冈崎俊夫、小田岳夫、松枝茂夫、实藤惠秀、小野忍、饭冢朗等，也都从事鲁迅文学的翻译或研究。
③ 《鲁迅全集》（第 16 卷），第 261、269 页。
④ 《鲁迅全集》（第 14 卷），第 224 页。

年 6 月 25 日鲁迅在致增田涉的信中直接解答了其翻译《中国小说史略》第七章所遇到的问题，可知此时增田涉的翻译工作已经进行了一段时间，到 1934 年 5 月 19 日译稿完成，该月 31 日又致信订正，1935 年 6 月 10 日写信说已呈上给增田涉的序文，①该年 6 月 25 日由汽笛出版社出版发行，发行时题名《支那小说史》，封面有精美的装帧和题签，全书达 510 页，书前印有鲁迅为日译本写的序，增田涉写的《译者的话》，还有鲁迅写的原序与题记。增田涉从鲁迅学习《中国小说史略》到该著日译本的出版，共用了 4 年多的时间，其间与鲁迅直接讨论翻译中拿不定主意的问题，也得到鲁迅的多次订正，是日本《中国小说史略》的权威译本，大大突破了《北京周报》上的初始翻译（上册，第 1 篇到第 15 篇）。增田涉在《译者的话》中盛赞此书是"划时代的著作"②，鲁迅也很高兴，认为"《中国小说史》豪华的装帧，是我有生以来，著作第一次穿上漂亮服装。我喜欢豪华版，也许毕竟是小资的缘故罢"③。正如译者和作者高兴的那样，这个译本 1937 年收入《大鲁迅全集》；1938 年汽笛出版社重印；1941—1942 年被权威出版社岩波书店出版，又进行了修订，附有详细的注释和译者补注；1962 又被岩波书店再版。由此可见，该译本在日本学术界的影响很大。

除《中国小说史略》的翻译外，增田涉还致力于翻译鲁迅的其他作品。1933 年 3 月改造社出版了《世界幽默全集》第 12 卷《中国篇》，收有增田涉翻译的《阿Q正传》和《幸福的家庭》。这本书由佐藤春夫主编，他把鲁迅这两篇小说看作幽默作品。鲁迅在和增田涉书信交换意见时，似乎不大认同："所谓中国的'幽默'是个难题，因'幽默'

---

① 《鲁迅全集》（第 14 卷），第 251—252、300、303—304、359 页。
② 戈宝权：《鲁迅和增田涉》，《中国现代文学研究丛刊》1979 年第 1 期。
③ 《鲁迅全集》（第 14 卷），第 359 页。戈宝权引文有误，把"小资"引成"小资产阶级"。

本非中国的东西。也许是书店迷信西洋话能够包罗世界一切，才想出版这种书罢。你只得酌量选译，别无他法。"①1935年6月佐藤春夫与增田涉合译的《鲁迅选集》由岩波书店出版，所收11篇作品，只有《故乡》和《孤独者》出于佐藤之手，《孔乙己》《风波》《阿Q正传》《鸭的喜剧》《肥皂》《高老夫子》《藤野先生》《魏晋风度及文章与药及酒之关系》《上海文艺之一瞥》都是增田涉翻译的，还附录了增田涉此前在《改造》上发表的《鲁迅传》，内容上将鲁迅参加左翼革命的那一段删去了，②但未署名。③1936年9月河出书房出版了佐藤春夫主编《世界短片杰作全集》中的《支那印度短篇集》，收有增田涉译的《眉间尺》（《故事新编》中的《铸剑》）。1937年《大鲁迅全集》第一、二卷收增田涉此前所译的鲁迅的小说，第六卷收增田涉译的《支那小说史》，第七卷收鲁迅写给增田涉的信。1940年东城社出版的《现代支那随笔集》，收入了增田涉译的《小品文的危机》《世故三昧》等杂文。战后增田涉继续进行鲁迅作品的译介工作，最有影响的是1956年增田涉与松枝茂夫、竹内好为岩波书店编辑了12卷本的《鲁迅选集》，其中第6卷《热风》《华盖集》《华盖集续编》，第7卷《华盖集续编》《而已集》，第8卷《三闲集》《二心集》，

---

① 《鲁迅全集》（第14卷），第221页。
② 参阅 [日] 增田涉著，卞立强译：《鲁迅传》，收鲁迅博物馆鲁迅研究室编：《鲁迅研究资料》（2），文物出版社，1977年，第368页。
③ 这篇传记最早由梁成译出，曾先后印在1937年7月上海当代书店和1937年3月上海文光书店出版的钱浩编的《鲁迅文学讲话》中，后又收在1947年2月上海博览书局出版的邓珂云编、曹聚仁校的《鲁迅手册》中（薛绥之写作1937年出版该书，有误，见《读增田涉的〈鲁迅传〉札记》，《山东师院学报》1978年第1期），但作者误署为佐藤春夫，直到1977年卞立强完整地把《鲁迅传》译成中文出版，并且指出作者是增田涉，才消除误会（见 [日] 增田涉著，卞立强译：《鲁迅传》，收鲁迅博物馆鲁迅研究室编：《鲁迅研究资料》（2），文物出版社，1977年，第365页）。

第 9 卷《伪自由书》，均出自增田涉之手；还有别卷收集了十几位鲁迅研究者的研究及其鲁迅年谱和著译目录。1973 年又出版了此选集的袖珍本，印刷精美，便于携带阅读。这个选集是增田涉去世前较为完备的鲁迅作品集，比较好地向日本人呈现了鲁迅作品的全貌。增田涉翻译鲁迅作品从战前持续到战后，卓有建树，对日本鲁迅学的延续做了很好的奠基工作。

《鲁迅传》是确定增田涉 20 世纪 30 年代日本鲁迅学史地位的著作，不仅因为它是世界上第一本鲁迅传记，而且也因为这本传记反映了鲁迅与增田涉的关系问题、史实问题以及出版被删去文字所反映的日本接受语境问题。下面从三个方面去探索。首先是这篇作品的产生、发表。1931 年增田涉来到上海跟随鲁迅学习，深受鲁迅之影响，萌生了写鲁迅传记的想法，就向鲁迅报告了他的腹稿，鲁迅立即赠给增田涉两句郑板桥的诗：搔痒不着赞何益，入木三分骂亦精。这两句诗充分说明鲁迅对自己的认识和对增田涉的鼓动，可能在他看来自己所写的东西并没有搔着中国社会和人的痒处，那么写文赞颂也是没有什么作用的，但只要评价得入木三分，即使骂也难能可贵。增田涉不负鲁迅希望，在 1931 年 8 月完成初稿，共有 90 多页，誊清后 84 页，经鲁迅本人过目。① 文章发表经过了一番周折，起先托他老师佐藤春夫送给《改造》杂志，被退回，再送给《中央公论》，也没有被采纳，于是又送给《改造》，《改造》答应发表，但要求改成 60 页稿纸，所以 1932 年在东京最后定稿为 60 页。② 作者说文章经过鲁迅过目，

---

① 参见 [日] 增田涉著，钟敬文译：《鲁迅的印象》，湖南人民出版社，1980 年，第 62、66 页。
② 参见 [日] 增田涉著，卞立强译：《鲁迅传》，收鲁迅博物馆鲁迅研究室编《鲁迅研究资料》(2)，文物出版社，1977 年，第 368 页。薛绥之：《读增田涉的〈鲁迅传〉札记》，《山东师院学报》1978 年第 1 期。戈宝权：《鲁迅和增田涉》，《中国现代文学研究丛刊》1979 年第 1 期。

这是一个有玄机的问题。我们阅读完原文，发现有 8 处错误，卞立强在译文中已经指出 6 处：（1）《阿Q正传》在德国有译本（当时没有译本）；（2）卢那察尔斯基给俄国列宁格勒大学瓦西里教授等人翻译的《阿Q正传》写了序（没有写序）；（3）鲁迅当过京师图书馆馆长（没有当过）；（4）陈独秀当上北京大学文学院院长（文科学长）；（5）许广平南下途经江浙被孙传芳部队捉住险些被杀（没有此事）；（6）鲁迅在广州沉默不说话，鲁迅自己说开口说话只能被杀（鲁迅没有沉默）。另外 2 处是：（7）鲁迅在日本给革命党的机关刊物《浙江潮》和《河南》杂志投稿（非革命党机关刊物）；（8）鲁迅的祖父周福清是清朝的翰林学士（翰林庶吉士①）。②这 8 处错误中，（3）（4）（6）（7）（8）属于史实错误，（1）（2）（5）有编造嫌疑。鲁迅看过，应不会允许这些他明确知道的事情被写错，但增田涉只谈到他在原稿上说鲁迅祖父是翰林出身的大官，鲁迅看后把"大官"划掉了。③但留下的"翰林学士"也有问题，也许鲁迅知道的没有那么清楚，还有可能译文不准确（"翰林出身"被译成"翰林学士"？）。其他 7 处错误呢？鲁迅果真看过了，却允许了这些错误的存在，那么他对井上红梅翻译的否定就值得琢磨了，于此也许证实了鲁迅常人的一面。对于增田涉而言，撰写出现了这些错误，一方面是语言转换带来的障碍，另一方面可能也有故意拔高鲁迅扩大自身和研究对象影响

---

① 清朝官制中翰林院设掌院学士满汉各一人，下属机构有庶常馆、起居注馆、国史馆，庶吉士是庶常馆由进士优于文学书法者充之，雍正后改以朝考选，在馆学习三年后奏请御试，可授翰林院编修、检讨或者授部院司员、知县等职，可见庶吉士只是一个小官职（参见吕宗力主编：《中国历代官制大辞典》，商务印书馆，2015 年，第 815、1024 页）。
② [日]增田涉著，卞立强译：《鲁迅传》，收鲁迅博物馆鲁迅研究室编：《鲁迅研究资料》（2），文物出版社，1977 年，第 366、369、374、379、387、390 页。
③ 参见 [日] 增田涉著，钟敬文译：《鲁迅的印象》，湖南人民出版社，1980 年，第 47 页。

的嫌疑。

其次来看看《鲁迅传》的内容。著作基本是鲁迅生平履历和他代表作的一个叙述和评价，总体看是比较简略的。文章从鲁迅当选为国际工人文化联合大会名誉主席谈起，说他最近没有发表什么作品，只不时写点杂感和做点翻译，接着说七八年前《阿Q正传》在国际上翻译的情况，由美国《新群众》评论他是中国左翼作家联盟的主席过渡到他在上海遭到国民党镇压进而悬赏逮捕他的事情。关于悬赏逮捕的事情所叙比较详细，引述了鲁迅和他的许多对话。这是文章的第一部分，在收入岩波书店出版的《鲁迅选集》时被删去了。第二部分叙述1919年发表《狂人日记》以前的履历，讲鲁迅的出生、家庭变故、南京求学、日本留学及归国在绍兴、教育部任职的情况，其中日本留学说得详细，引文资料大部分来自《呐喊·自序》，只有一处引用了《朝花夕拾·藤野先生》。第三部分写鲁迅"弃医从文"走上文学道路的过程，从日本创办《新生》、为《浙江潮》和《河南》撰写文章写起，比较大篇幅地分析了武昌起义到五四运动期间中国军阀、封建势力猖狂和民族资产阶级发展的情况，然后引出五四运动和《新青年》发表鲁迅《狂人日记》的事情，重点说到当时的白话文运动，强调鲁迅为此贡献了优秀的作品《狂人日记》，并详细分析了该作对中国家族制度的猛烈攻击，做出了如下评价：

> 在经济上政治上已濒于崩溃的家族制度，在道德上与习惯上仍然为已经形式化了的儒家的宗法观念所束缚住，鲁迅的《狂人日记》就是在这样的时候发表的，它抉挟了腐败的封建社会的旧习俗，知识界的青年学生群众以异常的兴奋欢迎这篇作品。

在《狂人日记》里，超出了单纯对家族制度的攻击，还进一步认为儒家一板正经地把封建社会道德化的仁义道德，已经不过是一种没有社会意义的、形骸化的观念，而且中国的历史虽然涂满了仁义道德，实际上谁都在吃人——尽干着把别人当饵食来喂肥自己的勾当；痛骂中国不仅是现今的社会，在传统上也是靠这种谎言建立起来的。①

评价抓住了历史实际和思想内涵，是中国国内对《狂人日记》主流评价的日本延长，极像吴虞："我觉得他这日记，把吃人的内容，和仁义道德的表面，看得清清楚楚。那些戴着礼教假面具吃人的滑头技俩，都被他把黑幕揭破了。"②还有对结尾"救救孩子"的理解也颇有启发："它暗示着这样一个可诅咒的丑恶的社会只能而且必须由下一个时代的青年来重新改造。""这句话最明确地表现了鲁迅希望由纯洁无瑕的青年来重新建设中国的理想。这句话使当时的一般青年意识到自己的重大责任。"③即使放在今天，此评价也不过时。可以看到，增田涉对《狂人日记》的理解是很有启发的，这对于日本人理解《狂人日记》有极大帮助。此后作者在介绍鲁迅于《新青年》上发表的小说基础上，认为《阿Q正传》和《孔乙己》是"这些古怪的主人公最明确"的表现，指出："那时候的中国人都有着全部或部分的阿Q性格。阿Q的思想和行动都摇摆不定，没有一个独立的坚定的

---

① [日] 增田涉著，卞立强译：《鲁迅传》，收鲁迅博物馆鲁迅研究室编：《鲁迅研究资料》（2），文物出版社，1977年，第380—381页。
② 李宗英、张梦阳编：《六十年来鲁迅研究论文选》（上），知识产权出版社，2010年，第3页。
③ [日] 增田涉著，卞立强译：《鲁迅传》，收鲁迅博物馆鲁迅研究室编：《鲁迅研究资料》（2），文物出版社，1977年，第381页。

精神寄托；由于无知和软弱，往往要虚张声势；被人稍一顶撞又失去反抗心；他自我欣赏用怜悯对方的粗暴来显示自己的宽宏大量，用轻松的情绪来掩盖自己的软弱；可是碰到真正软弱的对手，又使劲地加以欺凌。"①鲁迅认可增田涉的《鲁迅传》，恐怕在于对其作品解析的认可。更难得的是，增田涉没有受到20世纪20年代末到30年代初中日左翼文学对鲁迅评价的影响。我们知道，《满蒙》及日本国内在这个时间对鲁迅的评价大都受到后期创造社和太阳社的影响，认为鲁迅代表了小资产阶级的时代，不是时新的无产阶级革命文学。增田涉关于这个问题对鲁迅的把握也是非常准确的，他说："不能因为他现在是中国左翼作家联盟的盟主，就把他的'五四'时期前后的作品（他从事作家的活动是在这时候，以后他没有写作品）看作是无产阶级的小说。说他是杰出的农民作家也许还是可以的，但还不能说他是无产阶级作家。"并且反驳钱杏邨们："两三年前，革命文学论争得最热闹的时候，钱杏邨等年轻气壮的共产主义者批评家们，大肆攻击鲁迅。他们的论点中就认为鲁迅的作品不是革命的，阿Q没有革命性。诚然，鲁迅的作品中确实没有共产主义的无产阶级革命（原版删"革命"，岩波文库收入时恢复——笔者注）性。但是，鲁迅从事作家活动的时候，中国的无产阶级在什么地方，干什么呢？！中国共产党是什么时候、从哪里产生的呢？！那时候不是连资产阶级民主主义的政治思想还不明确吗？！所谓资产阶级革命的国民革命不是以'五四'为前哨战而爆发的吗？！"②这一段反驳是极得要害的，我们评论文

---

① [日]增田涉著，卞立强译：《鲁迅传》，收鲁迅博物馆鲁迅研究室编：《鲁迅研究资料》（2），文物出版社，1977年，第382、383页。
② [日]增田涉著，卞立强译：《鲁迅传》，收鲁迅博物馆鲁迅研究室编：《鲁迅研究资料》（2），文物出版社，1977年，第383、384页。

学作品不能站在今天的立场上对过去吐口水，而要回归作品产生的历史语境。创造社和太阳社就是拿20世纪30年代的"革命文学"来棒杀"五四"前后的"文学革命"，况且鲁迅的作品反映的社会现实并没有在30年代消失，一百年后的今天也很难说鲁迅所写的现实不存在了。增田涉如此富有启示的批评怎么不会撩动日本人对鲁迅作品的关注呢？第四部分是通过谈话的形式叙述和评介了鲁迅南下厦门广州最后定居上海的经历，把广州遭遇的事情介绍得比较详细，而且又解读了鲁迅与创造社、太阳社论战的事情，再一次批评他们是自负的风头主义，犯了严重的左倾机会主义错误，还引用鲁迅的谈话叙述了国民党对左翼人士的镇压和屠杀。限于篇幅，作者在匆忙的结尾部分说到写作《鲁迅传》的缘起和鲁迅赠诗的事。

最后讨论《鲁迅传》被删去的部分以及其反映的日本接受语境。1932年4月《改造》刊出增田涉的《鲁迅传》时，删去了其中的部分内容。这是一个有必要讨论的问题。先从删除的具体内容谈起。在60页的版面里，共有22处被删除，其中4处岩波书店出版《鲁迅选集》收入时没有文字，可能是原文本身没有写，也可能是岩波版没有恢复，现无从查考。我们来看恢复的18处：（1）正要被日军砍下头颅来示众，而围着的便是来××（鉴赏）这示众的盛举的人们（引文）；（2）凡愚弱的国民，即使体格如何健全，如何茁壮，也只能做毫无意义的××××××（示众的材料和看客），病死多少是不必以为不幸的（引文）；（3）另外一些人则从东京以及其他地方图书馆搜集明末遗民的著作，抄录印刷满人××（暴虐）的记录，传入中国，企图复活忘却的旧恨，协助革命成功（作者撰写）；（4）在这期间，取代一向在中国称霸的英美的××（日本）（作者括号注释）；（5）鲁迅的作品中确实没有共产主义的无产阶级××（革命)性（作者撰写）；

（6）共产党是想利用国民党在民众中的传统势力，打倒国际帝国主义控制下的封建军阀，××××××××××（作为无产阶级革命的前提），首先完成民族革命（作者撰写）；（7）去年二月七日，左翼作家联盟的五名重要成员遭到逮捕，并被秘密××（虐杀）了（作者撰写）；（8）反对国民党和租借巡捕逮捕屠杀中国的作家和思想家，反对国民党对文化的法西斯压迫，拥护中国××××××（无产阶级革命）的文学战线，拥护中国革命等口号（作者撰写）；（9）这战叫和劳苦大众自己的反叛的叫声一样地使×××××（统治者恐怖）（引文）；（10）×××（统治者）也知道走狗的文人不能抵挡（11）××××××（无产阶级革命）文学，于是一面禁止书报（引文）；（12）然而我们的几个同志已被暗杀了，这自然是××××××（无产阶级革命）文学的若干的损失，我们的很大的悲痛（引文）；（13）但××××××（无产阶级革命）文学却仍然滋长（引文）；（14）因为这是属于××（革命）的广大劳苦群众的（引文）；（15）大众存在一日，壮大一日，××××××（无产阶级革命）也就滋长一日（引文）；（16）我们同志的血，已经被证明了××××××（无产阶级革命）文学和（17）××（革命）劳苦大众是在受一样的压迫，一样的残杀，作一样的战斗，有一样的命运，是（18）××（革命）劳苦大众的文学（引文）。①18处被删去的内容，只有6处是作者撰写的内容，另外12处都是引自鲁迅的原文，其中2处来自《呐喊·自序》，都和日本人砍中国人头和看客有关，其余10处都来自《中国无产阶级革命文学和前驱者的血》。无论作

---

① 参见［日］增田涉著，卞立强译：《鲁迅传》，收鲁迅博物馆鲁迅研究室编：《鲁迅研究资料》（2），文物出版社，1977年，372—394页。

者撰写还是引文,删去的词汇都和日本及杀头有关,其中有"无产阶级革命"的7次,"革命"的4次,"统治者"2次,"鉴赏"1次,"暴虐"1次,"虐杀"1次,"日本"1次,"示众的材料和看客"1次,集中分布在传记后面引述鲁迅谈无产阶级革命文学的那部分,前面涉及日本帝国主义在中国攫取利益和"幻灯事件"日本砍中国人头的部分也有删除。

这显然是日本官方意识形态管控的结果。前面介绍过《改造》杂志,它刊登《鲁迅传》本身就经过了一番周折,而且此时正是日本左翼思想运动被日本官方打压处于低迷的时候:

> 在疯狂镇压的风浪中,纳普(全日本无产阶级艺术联盟——笔者注)和卡普(日本无产阶级文化联盟——笔者注)支持知识分子的反战反法西斯斗争,在小说、戏剧等所有文艺领域里,出现了许多优秀成果。从中出现了文艺评论的藏原唯人、宫本显治,以及小林多喜二、宫本百合子那样的革命作家,柳濑正梦那样的优秀漫画家。但是,随着基本部队共产党和工农群众的有组织的斗争在疯狂镇压下遭受破坏,文化运动也进入了低潮。从1932年3月的文化战线大逮捕以后,又有几次镇压,从1935年前后开始,有组织的活动陷入停顿状态,并倒退到"转向文学"时期。①

引文里讲到1932年3月文化战线大逮捕,也就是日本政府对从

---

① 日本近代思想史研究会著,那庚辰译:《近代日本思想史》(三),商务印书馆,1992年,第35—36页。

事无产阶级文化工作的人进行大肆镇压。1931年"九一八"事变后，日本共产党的活动达到了战前的最高峰，同时日本官方的镇压也空前猛烈。1932年3月发生了文化战线的大逮捕，4月《改造》上刊登增田涉的《鲁迅传》，此时正处在镇压的风口浪尖。在这样一个无产阶级运动复杂斗争的时期，鲁迅作为中国左翼文学的盟主被介绍到日本是当时历史语境使然，同样鲁迅关于无产阶级革命文学的观点和介绍被删去也是这个语境的结果。我们从《鲁迅传》的内容可以看到，关于鲁迅小说作品的分析部分基本没有被删去的内容，而涉及无产阶级革命文学的部分就不能幸免于难了。

　　日本20世纪30年代的无产阶级活动，对整个日本近代以来思想的解放和社会民主化程度的提高起了极大的推进作用，所以其在知识分子和民众中的影响比较深远，这就是一年后岩波书店出版的《鲁迅选集》能够恢复删去的内容并收入《鲁迅传》的重要原因，以此来看日本当时的言论自由并不是铁板一块。鲁迅就是在这样的接受视域中比较全面准确地进入到日本人的文化生活中，而且因为增田涉是鲁迅的学生，这种师生关系使他在中日文化界的影响更加重大。实藤惠秀曾经说："因在竹内葬礼上致辞倒地而不省人事的增田涉去世之时，中国各大媒体却竞相报道。因为增田曾师从于鲁迅，因为鲁迅与增田的往来书信被出版，这种现象的出现也是理所当然。然而，在中国的报道中却只字没提增田是在竹内葬礼上致辞时倒下的，甚至连个'竹'字都没有出现。"[①]实藤惠秀是抱怨中国没人关注竹内好，但道出了增田涉在中日鲁迅传播史上的地位。

---

① 转引自熊文莉：《日本"中国文学研究会"研究·导言》，社会科学文献出版社，2017年，第2页。

第三节　小田岳夫及其《鲁迅传》

增田涉在日本鲁迅研究史上的重要功绩在于对鲁迅的译介，而小田岳夫（おだ たけお，1900—1979）则是重在鲁迅的研究，他的研究上承增田涉、中野重治，下启竹内好，并对战后反思日本现代化具有重要价值。在有关日本鲁迅学的研究中，丸山升对小田有较多关注，而且评价较为公允，① 但或许是丸山升所强调的地方不一样，所以还有推进的地方：小田与增田涉的关系；加强对小田的代表作《鲁迅传》的具体评析；小田与竹内好的关系。正是在此意义上，我们需要对小田有整体上的把握，然后重点评析其鲁迅研究的代表作《鲁迅传》。

明治33年（1900）小田出生于日本新潟县高田市（现上越市），从中学时代就对文学、歌舞伎及棒球很感兴趣。大正8年（1919）进入东京外国语学校（现东京外国语大学）支那语（中国语）科学习，3年后毕业入职外务省亚洲局，大正13年（1924）以外事书记官的身份到中国杭州领事馆任职，1928年回国，1930辞去外务省的工作，专门从事文学创作和研究，是日本大正、昭和时期的小说家，重要作品有《城外》《鲁迅传》《郁达夫传》，其中《城外》在1936年获得第三届芥川奖，《鲁迅传》在中日鲁迅研究界有广泛影响。小田1924年到杭州，但他没见过鲁迅，鲁迅逝世几个月后他曾到上海鲁迅旧居见过许广平和周海婴。② 小田1936年4月就在《都新闻》上发表了《鲁迅记事》，该年10月《时事》上又刊登了他的《回忆鲁迅》，

---

① [日]丸山升著，王俊文译：《鲁迅·革命·历史——丸山升现代中国文学论集》，北京大学出版社，2005年，第336—338页。
② 参见[日]小田岳夫著，范泉译：《鲁迅传》，开明书店，1946年，第7页。

12月《新潮》上还发表了他的《鲁迅的文学生涯》。1943年小田撰写了一篇关于鲁迅思想的研究文章《围绕着鲁迅的思想》发表在《三田新闻》5月25号上，1949年5月还在《思潮》上发表了鲁迅作品的研究文章《〈狂人日记〉〈孤独者〉等》。此外，小田也编辑和翻译鲁迅的作品。他最早翻译的一篇是《略谈香港》，发表在1937年2月号的《文艺通信》上；1953年与田中清一郎翻译了《鲁迅选集》第1、2卷（共5卷）和《祝福·藤野先生》，都是由青木书店出版的，收入青木文库；1941年7月还编辑出版了《现代中国文学杰作集》，由春阳堂出版，收佐藤春夫翻译的《孤独者》。1950年后，小田岳夫的鲁迅翻译和研究逐渐稀少。在这些关于鲁迅的翻译和研究中，影响最大的是1941年所撰写的《鲁迅传》。

丸山升透露，小田正是受到中野重治1939年10月在《文学者》上所写的《鲁迅传》的影响而撰写了同名作品。① 中野因为阅读了鹿地亘在上海送给他的《大鲁迅全集》第三卷而关注鲁迅最后十年的创作，所以他的《鲁迅传》就以"三一八"（1926）惨案后的生活和创作为中心，以弥补《大鲁迅全集》许寿裳和鹿地亘编写的传记没有详细记载鲁迅最后十年生活的遗憾。② 小田受到中野的"刺激"可能有两个方面：一是要使《鲁迅传》把鲁迅的一生都呈现出来；二是中野关于鲁迅认识对他的影响，中野虽然如丸山升所讲把《鲁迅传》写成了"读书笔记"，③ 但其深刻的地方极大地刺激了小田。1941年3月

---

① 参见[日]丸山升著，王俊文译：《鲁迅·革命·历史——丸山升现代中国文学论集》，北京大学出版社，2005年，第336页。
② 熊鹰：《中日历史中的共通主体：中野重治"非他者"的鲁迅论》，《文学评论》2019年第2期。
③ [日]丸山升著，王俊文译：《鲁迅·革命·历史——丸山升现代中国文学论集》，北京大学出版社，2005年，第336页。

筑摩书房出版的小田的《鲁迅传》，首先应该放在这样的视野中来看。这本《鲁迅传》完整地叙述了鲁迅的一生，著作按时代顺序分五部分：序章；清代；辛亥革命以后；国民革命以后；后记及鲁迅著作年表（据增田涉的编订目录）。在"清代"部分有三章：幼年及少年时代、日本留学、乡里生活；在"辛亥革命以后"部分有三章：北京·沉默、《呐喊》、《彷徨》；在"国民革命以后"部分有六章：厦门行、广东受难、上海生活（一）、上海生活（二）、上海生活（三）、从万国殡仪馆到万国公墓。除序章和后记外，全书共十二章，其中"国民革命以后"部分占了六章，是作者书写的重点，所强调的部分和中野《鲁迅传》相同。就内容而言，要充分肯定三点：第一，在鲁迅与孙文的比较中确定鲁迅对中国社会变革的根本性作用；第二，对《呐喊》《彷徨》有精当的解读；第三，是增田涉《鲁迅传》延长线的产物。下面逐一进行分析。

序章一般是一本书的引子和要旨，小田的《鲁迅传》也不例外，其基本叙述框架是在与孙文的比较中确定鲁迅对于中国社会变革的价值。作者发挥他小说家的笔法，从鲁迅逝世登载在《文学》杂志的几帧照片说起，然后过度到探索鲁迅的真相，接着用了五个自然段比较鲁迅和孙文。孙文的功绩在他看来，是否定了中国漫长历史时期培植起来的根深蒂固的中国旧文化，在表面上建立和改变了新中国，而鲁迅却抓住了根本。有这样一段话：

> 孙文是制造新中国的外表的人。而鲁迅，同他比起来，却是为制造新中国的实质而毕身忍受着苦痛的人。以具有庞大的四千年背景的中国，纵使外表被改革了，那实质却决非一朝一夕所能改革。这是容易想象得到的。而这一点也正是

鲁迅的不幸。任何一件事情必须要有一个人开始，然后在这个人所播的种子上，再由其他的人加以肥料，这样，种子才迟早会开花和结果。这话不是对于中国民族的预言，而是指事情的普通状态而言。①

小田在中国革命和社会变迁的历史进程中来分析比较鲁迅和孙文，指出了鲁迅的文学创作活动旨在"制造新中国的实质"，把握了鲁迅的根本，进而对鲁迅与孙文的留学出身和痛苦进行比较。此后便通过引述郁达夫对鲁迅的评价，指出鲁迅杂文的特点，再次确认鲁迅何以如此作文的原因："鲁迅所以不得不如此，乃是因为他渴望着新中国的诞生，而阻挠这希望的直接的东西，便是在长久的历史过程里腐蚀着中国的肉体的杆状细菌，因此鲁迅战斗的对手，便无非是这些杆状细菌。要是普通的医生，诊治起来只觉茫然不知所为，或者只予以形式的治疗，但在鲁迅，则倾了整个身体和全副精神来收拾这种病患。"小田已经看到中国传统社会的病灶，并认识到鲁迅是一位具有献身精神的国民"医生"，其言下之意就是孙文很大程度上是一个"普通的医生"，"那'革命尚未成功，同志仍须努力'这句话，即使算是有关外形的政治而说的，而由于孙文的首唱，却已成为历来执政者的标语。实际上，孙文的政治革命也是尚未成功的"②。如此便使我们明白，鲁迅的革命是精神革命，孙文所开创的新中国的外在革命经由军阀混战到五四运动，在鲁迅、胡适、钱玄同等人那里走向了国民的内面，是"内面"的革命，鲁迅在这里获得精神的自觉，并成为中国社会和人"内面"革命的代言人。这正如日本近现代文学起源所发

---

① [日] 小田岳夫著，范泉译：《鲁迅传》，开明书店，1946年，第2页。
② [日] 小田岳夫著，范泉译：《鲁迅传》，开明书店，1946年，第6页。

现的"内面","内面作为内面而存在即是倾听自己的声音这一可视性的确立"①。这就是作者觉得鲁迅杂文仿佛是鲁迅读着他自己听着一样的原因。序章后面还述及鲁迅的风貌和作者访问鲁迅旧居的情形,最后又回到与孙文的比较:

> 实际上,虽说由于孙文的这种破天荒事业的完成,而在长久的历史里被崇敬着,但他的这种主义和主张,将与时间一同地会被修改了的罢,他的那种改革了的政治形态,也难保没有再度被改革的一天。然而鲁迅为国家、社会和民族而用血来写作的热诚的文字,却无论在什么时候,都可以使在灯下读着他著作的年轻人的胸脯温暖,而有多少的热血涌上来的罢!②

小田《鲁迅传》序章的整体框架是在鲁迅与孙文的比较中建立起来的。这一比较不仅深刻地认识到鲁迅的特质,也把文学家鲁迅与中国政治革命关联起来,在20世纪40年代初的中日鲁迅研究界无论如何都是非常深刻的,即使放在现在也不无启示意义。从日本鲁迅研究的历史看,小田的这种认识继承了中野。中野作为日本无产阶级作家和评论家,所作的《鲁迅传》是中日左翼文学共通性的产物,不是严格意义上的鲁迅传记,但他解读鲁迅最后十年的文学创作和活动是深刻的,其深刻性的表现在于洞悉了鲁迅文学的政治维度。丸山升如是说:"他结合具体作品阐明了鲁迅杂感中诗和政论的统一,以及鲁迅由于是文学家、现实主义者,因而同时也带有理论家、政论家的性格。作为外国文学的阅读方法来讲,这是一种正统的方式;而重要的是作

---

① [日] 柄谷行人著,赵京华译:《日本现代文学的起源》,中央编译出版社,2013年,第52页。
② [日] 小田岳夫著,范泉译:《鲁迅传》,开明书店,1946年,第8页。

为对鲁迅在思想、政治方面的战斗方式,理解得如此深刻的,在战前的日本无出其右者。"①中野作为刺激源影响到小田,恐怕主要在这一点上吧。而且小田通过这样的比较对鲁迅革新"内面"精神品格的认识,对竹内好也有明显影响,竹内好正是在日本外在近代化的背景下,回到自身进而反思日本近代化的严重问题。而竹内好对这个视角的深化,又开启了日本战后鲁迅研究的主流,最终在伊藤虎丸那里开花结果。对于中国的鲁迅研究而言,20世纪30年代末到40年代初,大都还局限在文学、文化革命和人的革命的角度来评论鲁迅的文学创作活动,阅读当时具有代表性的研究论文和著作,很少有人在中国社会变革的意义上来比较孙文和鲁迅,并指出孙文革命的问题以及鲁迅对这一问题的深入探索,最接近的论述恐怕是历史学家何干之(谭毓君)在《鲁迅思想研究》(1940)第四章中的论述,指出鲁迅把握了中国问题的根本,但他不是放在与孙文的比较中来看中国革命的表面和内面。②孙文是中国革命的先行者,想必作者因为为尊者讳而不能对此有清楚认识,即使是善于批判的鲁迅,在他的著作中也看不到对孙文的微词。从这个角度看,小田《鲁迅传》作为域外的鲁迅研究明显提供了不同于中国研究者的认识。当1941、1945、1946年三个版本的译本进入中国后,③中国当时的鲁迅研究应该也从此获得了很大

---

① [日]丸山升著,王俊文译:《鲁迅·革命·历史——丸山升现代中国文学论集》,北京大学出版社,2005年,第336页。
② 参见李宗英、张梦阳编:《六十年来鲁迅研究论文选》(上),知识产权出版社,2010年,第280—292页。
③ 20世纪40年代中国相继出现了三个译本:最早的由单外文译出,1943年艺文书房出版;其次是由任鹤鲤译出,1945年由星州出版社出版;第三个由范泉译出,开明书店1946年出版。李真波认为1945年的是第一个译本不合史实(见《鲁迅研究月刊》1997年第1期)。此处采用范泉译本,其他两个译本残缺、删减太多,与原著相差太大。

的启示吧。

1932年井上红梅译完了《呐喊》和《彷徨》中的大部分小说，1937年改造社又出版了7卷本的《大鲁迅全集》。这为小田岳夫在《鲁迅传》中较为中肯地评价《呐喊》和《彷徨》奠定了基础。小田各用1章来分析《呐喊》和《彷徨》，在11章内容中占2章，可见他对此的重视。就《呐喊》而言，小田没有面面俱到地阐析每一篇小说，而是选择了迄今为止日本都非常关注的《狂人日记》《阿Q正传》和《故乡》，中间穿插了爱罗先珂到北京寄居八道湾以及鲁迅此时的翻译，在结尾部分整体概述了《呐喊》，提及创造社对这部小说集的批评以及抽出《不周山》的事情。《狂人日记》是鲁迅小说的开山之作，被赋予很重要的地位，研究它的文章很多，但其实从文学艺术的角度讲，鲁迅似乎更在乎其思想价值。这也是新文化运动意图所导致的结果，用鲁迅自己的话说是"遵命文学"，所以评论者都抓住了它对中国传统的家族制度和礼教的攻击。小田也不例外，直接指出：

> 这小说有着抨击家族制度和礼教的根本精神。在这意义上，和《新青年》的精神是并行的，同时，它未必是独特思想的作品。只是鲁迅根源于这样明确的目的意识而写作，把目的意识作为目的意识地成熟地处理，完全不用说明体的文字，使全篇贯穿着狂人的感情和神经，而完成了它在艺术作品中杰出的地位。①

初看这个表述是有些矛盾的。作者指出它是"遵命文学"，并非

---

① [日] 小田岳夫著，范泉译：《鲁迅传》，开明书店，1946年，第42页。

独特思想的作品，而是有很明确的目的意识，采用"感情"和"神经"贯穿小说。这样说来，在叙事艺术上它就不是上乘之作，然而小田又说它处在艺术作品中杰出的位置。小田显然继承了中国研究者对《狂人日记》的传统看法，但他似乎有些矛盾的解说表明这篇小说的复杂性，并且暗示了它思想胜过文学的倾向。鲁迅这篇白话小说的处女作，在中国现代化的进程中的确被赋予了太多的价值和意义，这里面表征的是中国人现代化的焦虑和挣扎。如果回到叙事文学本身，其思想是有些过剩的。进一步讲，《狂人日记》更重要的是在于它的民族文学史意义。放在世界文学的范围内，处在1918年的时间点上，其思想和艺术手法都算不得新颖。因此，小田"未必是独特思想的作品"的判断很有见识。《阿Q正传》的影响具有世界性，它的价值是活画出中国人的典型性格。小田抓住了这一点，进行了明确深入的概括。"如果用一句话来说阿Q，那他是中国人的代名词。这是中国四千年的传统制造出来的一个可悲的性格。他是象征着自大，既无反省，又无意志，只是被支配在因袭的惯例和目前的利益里的，非常贫弱和颓废的民族性的一种人格。"[1]相对于增田涉《鲁迅传》对阿Q的感性分析，[2]小田的论述抓住了人物的核心，并做了精当的概括，这是从感性分析到学术研究的初步表现。鲁迅自己在小说中指出阿Q"有这一种精神上的胜利法"[3]，后来的中国学者把它概括为"精神胜利法"，指阿Q的妄自尊大、自轻自贱、欺弱怕强。张天翼在1941年1月10日《文艺阵地》上发表了长文《论〈阿Q正传〉》，文中明确提到"精神胜

---

[1] [日] 小田岳夫著，范泉译：《鲁迅传》，开明书店，1946年，第44页。
[2] 参见[日] 增田涉著，卞立强译：《鲁迅传》，收鲁迅博物馆鲁迅研究室编：《鲁迅研究资料》（2），文物出版社，1977年，383页。
[3] 《鲁迅全集》（第1卷），第517页。

利法",论及阿Q的自大。不知道小田创作《鲁迅传》之前是否看到这篇文章,但从具体内容看,张天翼的论述掺杂了很多他自己的体验和感性认识,还没有达到小田那样精确的概括。小田还谈到这篇小说的讽刺艺术,并因此成就了鲁迅的伟大:

> 就这样地,这作品碰到了所有中国人的要害。他不能坐视于昨日为止的旧中国人的姿态,而首先把这些自以为新中国人而得意洋洋的人们的心脏有力地刺入。当他最初到东京来时便开始了的人性和国民性的追求,到这里才开放了盛大的花朵。而这里可以看到鲁迅的作家力量的大成,以及一生顾到国家和国民的个人的伟大。①

作者不仅从思想的深刻性上剖析了《阿Q正传》,而且在历史的纵轴中把该小说与鲁迅早年在东京的追求联系起来,这为后来寻找鲁迅小说和早期思想的关系及鲁迅思想的统一性提供了线索。小田对《故乡》的处理是介绍性的,只述及创作背景,然后引用了小说中的几段话,就匆忙转向了此时的鲁迅翻译。

关于对《彷徨》的分析,作者比较充分地践行了在序章中所说的话:"文学家本来是思索着关于人生的人,然而他的思索的方法,不知怎的,和日本的文学家们思索的方法似乎大相径庭,不过关于这方面,在知道了本书中先后略略叙述到的围绕于他的中国的环境,那么一切的怀疑自会消失的了。"②所以在这章的开始小田用了较大篇幅叙述鲁迅

---

① [日] 小田岳夫著,范泉译:《鲁迅传》,开明书店,1946年,第45页。
② [日] 小田岳夫著,范泉译:《鲁迅传》,开明书店,1946年,第2—3页。

的家庭变故、任教、文学活动、社会政治背景以及与现代评论派的论争，然后做了一个总体性的评价："《彷徨》中的作品，和《呐喊》时代的作品比较，不能说是有着显著的不同，大体上讲，可以说他依旧是锐利地讽刺着中国人的旧习和颓废，但这里已没有了以前那样的沉重，失去了以前常常可以见到的悲愁的感伤美，而增加了透彻的凄凉。虽然外界的新文化运动益趋于炽烈，然而他却相反地变得绝望的了。"①鲁迅自己说过这么一段话，似乎可以佐证小田的准确判断："此后虽然脱离了外国作家的影响，技巧稍为圆熟，刻画也稍加深切，如《肥皂》《离婚》等，但一面也减少了热情，不为读者们所注意了。"② 所谓"减少了热情"，就是变得冷静，和小田所说的"透彻的凄凉"有相同之处，而这一重要特点就典型地体现在《孤独者》中，所以小田在此引用了很长的原文。此外，作者还就《野草》、读中国书及其鲁迅在北京女子高等师范学校任教时与许广平、刘和珍等学生交往的事情进行述评，然后就转到南下厦门了。可见，小田所说的《彷徨》其实不仅指书名，而是想揭示鲁迅这段时间的创作和生活状态。这对日本更深入地了解"彷徨"时期的鲁迅有极大的帮助。

丸山升特别指出，小田的《鲁迅传》受到中野的刺激，然而他似乎没有关注到小田这本传记与增田涉的紧密关系。小田的《鲁迅传》正文共有5处提到增田涉，现把它们摘录下来：

（1）当鲁迅病殁的几个月前，增田涉在上海访问他的时候，他一面躺在病床上一面说着他的《中国文学史》的腹稿……

---

① [日] 小田岳夫著，范泉译：《鲁迅传》，开明书店，1946年，第52页。
② 《鲁迅全集》（第6卷），第247页。

(2)这当时的心境,他后来向增田涉清晰地说了如下的话。

(3)但在二月末梢鲁迅再迁移到旧居,从这一年的三月到十二月,鲁迅应增田涉的请求,给他讲解自著的《中国小说史略》以及创作小说。因此增田涉对于鲁迅当时的生活知道得很明白,关于当时的事情,他向笔者讲述的谈话,一如左记。

(4)加以佐藤先生和增田君都要为我的稿子而大大地奔走,像这样累赘的人到东京来实在是不行的。

(5)六月里,增田涉到上海访问鲁迅。恐怕这时在鲁迅也感到正值最大的危机,关于当时的情形,增田涉在《忆鲁迅先生》一文中写着……①

小田五次把增田涉拿出来,目的在于证明他所撰写的传记具有可靠性。在以上各处中,第(4)处是转引鲁迅给内山完造的信而提及增田涉,其余各处信息都是来自增田涉及其《鲁迅传》,尤其是从第(3)处可以知道增田涉亲口告诉了小田关于鲁迅在当时的生活,总共引述了7段增田涉告诉他的内容,涉及鲁迅的住处、室内陈设、起居、作息时间、生活习惯,其中有一大段关于增田涉与鲁迅出去看电影和绘画展览、喝啤酒、坐公交车的文字,和增田涉1948年出版的《鲁迅的印象》中回忆鲁迅生活的文字多有重合。②第(2)处所引的话直接来自增田涉《鲁迅传》,③从增田涉的传记评述《狂人日记》和《阿

---

① 参见[日]小田岳夫著,范泉译:《鲁迅传》,开明书店,1946年,第71、72、82—83、85、96页。
② 参见[日]增田涉著,钟敬文译:《鲁迅的印象》,湖南人民出版社,1980年,第17页。
③ 参见[日]增田涉著,卞立强译:《鲁迅传》,收鲁迅博物馆鲁迅研究室编:《鲁迅研究资料》(2),文物出版社,1977年,第390—391页。

Q正传》的文字中也能找到蛛丝马迹，这证明小田详细阅读过增田涉的《鲁迅传》。增田涉说："封建的家族制度应当崩溃但还崩溃不了，它是摆在觉醒的人们的眼前阻碍近代社会成长的最根本的障碍。"小田则说《狂人日记》有着抨击家族制度和礼教的根本精神；小田直接指出阿Q是中国人的代名词，增田涉则认为"那时候的中国人都有着全部或部分的阿Q性格"①。因此，小田的分析是对增田涉分析的推进和概括，小田的《鲁迅传》是增田涉《鲁迅传》延长线的产物。小田在书的最后提供了鲁迅著作年表，译者明确地说："原著中的《鲁迅著作年表》是根据增田涉氏所编订的目录。增田涉氏是根据《三闲集》里附载的《鲁迅译著书目》，加以增补，并经鲁迅先生校阅而成。它和《鲁迅全集》里的《三闲集》末尾附录的《鲁迅译著书目》，以及附录在全集末尾的《鲁迅译著书目续编》合并比较，略有出入。这里的目录，是参照三者增补而成，并且把已经被编入其他单印本的，或同时包含旁人作品的著译，加以注释。"②

还需要说明一点，小田作为小说家，很注意传记的可读性，因而能够较好地把感性叙述和理性评价结合起来。在传记中讲到作者去上海访问鲁迅故居时的描写就很精细，给人很深印象；还有最后一章对鲁迅逝世的描写也非常感人，让读者体验到一位文化英雄的生命壮举。上面提到的诸多优点使得小田所作的鲁迅传记，在他那个时代达到了中日学界的最高水平，为日本进一步传播和研究鲁迅起了大作用。中野重治这样评价："最近四五年来，鲁迅的小说与传记都很流行，但是，小田的《鲁迅传》还是与众不同的。鲁迅已经获得了愈来愈多的日本

---

① [日]增田涉著，卞立强译：《鲁迅传》，收鲁迅博物馆鲁迅研究室编：《鲁迅研究资料》（2），文物出版社，1977年，第380、383页。
② [日]小田岳夫著，范泉译：《鲁迅传》，开明书店，1946年，第106页。

读者,热爱鲁迅与尊敬鲁迅的日本人也不少,小田《鲁迅传》的出版,它表明了确实存在着这样的日本人。"① 当然,小田掌握的资料并非很全面,受制于日本鲁迅传播者和研究者的影响,出现了一些史实错误,而且一些评价也未必公允。这些问题早在1946年范泉译本的附记中就指出了,此不赘述。

---

① 转引自严绍璗:《日本中国学史稿》,学苑出版社,2009年,第347页。原载《读卖新闻》1941年5月28日。

第二部
日本鲁迅学的成熟

(1944—1980)

引言

小田岳夫《鲁迅传》出版9个月后,太平洋战争爆发。这是日本军国主义走上自我覆灭道路的开始,亦是第二次世界大战亚太战场的重要转折点。日本知识界卷入其中,为此付出了惨重代价,其中较为突出的两个事件就是被竹内好称为臭名昭著的"世界史的立场与日本"①座谈会与"近代的超克"②座谈会。有话语权的知识分子在日本政府的压迫和引诱下出现了自动迎合的意愿,他们从学理上比较隐蔽地声援日本军国主义,诱使许多青年知识分子走上自觉参战并命丧战争的道路。正是这样的背景

---

① 太平洋战争初期,京都学派的高坂正显、西谷启治、高山岩男、铃木成高在《中央公论》的座谈会上,发表了《世界史的立场与日本》(1942年1月)、《东亚共荣圈的伦理性和历史性》(1942年4月)、《总力战哲学》(1943年1月),1943年12月编成《世界史的立场与日本》一书出版,曾风靡一时。这个座谈会的目的在于对战争的觉悟和使命感赋予理论,对当时政府提出的超国家主义的说教还不甚了解的日本知识阶层产生了很大的影响,虽然不是简单地肯定和赞美战争,但把战争看成合规律的世界史,为肯定战争的主体性打开了道路,而且导致许多青年学生依靠这种理论来说服自己参加战争并命丧战争(参见近代日本思想史研究会著,那庚辰译:《近代日本思想史》(三),商务印书馆,1992年,第135—137页)。

② 几乎与"世界史的立场与日本"座谈会同时,又召开了一个以"近代超克"为题的座谈会,参加人员有文学界的小林秀雄、河上彻太郎、龟井胜一郎、三好达治、中村光夫、林房雄,哲学界的西谷启治、吉满义岩、下村寅太郎,史学界的林木成高,科学界的菊池正士,艺术界的诸井三郎等众多知识界人士,他们的座谈会纪要发表于1942年7月《文学界》,1943年出版单行本。座谈会的目的是为战时知识分子寻找一条生活的出路,在把太平洋战争看作摆脱"近代西欧"的战争这个认识上取得了一致,但在如何克服"日本式的近代"上意见纷呈。"近代超克"座谈会之所以如此命名,在于它把"超越近代"作为日本的问题提出来,可是所讨论的国粹主义式的"回到纯粹的日本去",是在张扬日本特殊的民族主义,而且导致了日本知识阶层与普通人民的分离,实质是在知识层面上与日本的军国主义战争形成了内在统一(参见近代日本思想史研究会著,那庚辰译:《近代日本思想史》(三),商务印书馆,1992年,第140—1141页)。

孕育了日本鲁迅学的拐点，诞生了"竹内鲁迅"。"二战"结束后，美国接管了日本，直到1952年日本才从美国的管辖下独立，但这个独立并不是真正的独立，所以招致日本知识分子和民众的不满，他们把鲁迅作为政治斗争的工具。东京大学的学生开始反思这种利用，成立的"鲁迅研究会"，主张回到鲁迅本身。他们认真研读鲁迅作品，自觉以竹内好为靶向，努力突围"竹内鲁迅"，出现了丸山升、木山英雄和伊藤虎丸三位重量级的鲁迅研究者，从而和竹内好一道把日本鲁迅研究推向了成熟。

竹内好是日本鲁迅学史上标志性的人物。他既"承上"，也"启下"。"承上"表现在他继承青木正儿、清水安三、山上正义、井上红梅、佐藤春夫、增田涉、小田岳夫的译介和研究传统；"启下"则是因为他研究的多义性和模糊性为后继者提供了各方面深入的可能，其中丸山升、木山英雄、伊藤虎丸和"仙台鲁迅"的研究就是这些后继研究的代表。丸山升针对竹内好提出了"革命人"，铸造了"丸山鲁迅"。伊藤虎丸在前三位的基础上，提出"终末论"和"个"的思想，完成了"伊藤鲁迅"的构建。木山英雄发展和继承了竹内好的文学性研究，最大限度地回到鲁迅本身。同时，因为竹内好对鲁迅传记，尤其是对"幻灯事件"的怀疑，而牵引了"仙台鲁迅"的调查，在20世纪60、70年代取得突破性进展，到80年代日本鲁迅学呈现多样化。从地域上看，日本鲁迅学此时基本形成了关东、关西和东北三足鼎立的研究局面。

第三章

"竹内鲁迅"的诞生及其贡献

竹内好（たけうち よしみ，1910—1977）出生于长野县。其父是长野县南佐久郡臼田町税务署职员，后为庶务科长，1913年调任东京税务监督局任职。竹内好跟随父亲到东京，1923年小学毕业后进入东京府立一中（日比谷高校），1928年进大阪高等学校（高中，文科甲类），1931年高中毕业后进入东京帝国大学文学部"支那文学科"学习，1934年东京大学文学部卒业，并于本年与武田泰淳发起组织了中国文学研究会，曾经两次到中国游学，1943年末应征入伍，1946年复原后致力于中国文学研究，1949年任庆应义塾大学文学部兼任讲师，1953年起任东京都立大学中国文学教授，1960年为抗议众议院强行通过的安保条约而辞职，此后未在高校任职，一直保持民间学者和思想家的立场，1977年因癌症病逝。

竹内好是日本著名的思想家和中国现代文学研究专家，一生著译丰富，涉足多个领域的研究。就鲁迅研究而言，重要的著作有《鲁迅》（1944）、《世界文学手册·鲁迅》（1948）、《鲁迅杂记》（1949）、《鲁迅入门》（1953）），去世后劲草书房出版《新编鲁迅杂记》（1977）

和《续鲁迅杂记》(1978),当然还有其他著作和论文中也涉及鲁迅研究。此外竹内好还译有鲁迅作品多卷,其中最重要的译作是《鲁迅文集》(1—4卷)。竹内好在日本鲁迅学史上的地位是由《鲁迅》奠基的,因而我们选取《鲁迅》为切入点,旁及其他,来讨论竹内好。中日学界关于竹内好《鲁迅》研究的成果可谓汗牛充栋,但存在较为明显的问题:疏于讨论日本此前的鲁迅研究对它的影响,从而不能更为客观全面地认识其学术史贡献。《鲁迅》产生于特定的历史时期,作为竹内好的标志性成果在中日学界获得广泛关注,可研究者们更多地肯定它的"启下",而淡化或者省略它的"承上",所以"承上"就成了迫切要解决的问题。从《鲁迅》往前看,增田涉、小田岳夫和吉村永吉相关研究的影响是客观存在的。同时,已有的评价范式过于集中在思想史和政治问题上,淡化和忽略了《鲁迅》的日本鲁迅学史和汉学史贡献。因此,我们将首先从撰写《鲁迅》的契机进入,然后在材源和思想上讨论《鲁迅》产生的知识系谱,最后呈现它的历史贡献。

第一节　竹内好进入鲁迅的契机

要在日本鲁迅研究史上公允而准确地给出竹内好的定位,是不容易的事情。一方面因为已有研究形成的"影响的焦虑"[①],另一方面

[①] 截至2020年2月4日,以竹内好为关键词,在知网上发现有327篇期刊论文。此外,重要的专著还有孙歌的《竹内好的悖论》(北京大学出版社,2005年),靳丛林的《竹内好的鲁迅研究》(北京大学出版社,2012年)及他和李明晖等人出版的《日本鲁迅研究史论》(社会科学文献出版社,2019年)中三章关于竹内好的内容,可见国内研究已经很多了。

因为竹内好本身感性而暧昧、复杂而深刻。首先来看竹内好与中国现代文学的结缘以及走上鲁迅研究的历史机缘，然后分析竹内好对日本鲁迅研究传统的继承，最后讨论他的创新。

  1932年，竹内好作为东京大学"支那文学科"二年级的学生，在结束日本外务省对中国文化事业部组织的赴朝鲜和中国东北的游学项目后，他自费前往当时的北平继续游学。竹内好在北平游学一个月，9月30日离开北平中转天津回国。他在北平收集了大量的中国现代文学资料，其中张资平的小说最多，其毕业论文《郁达夫研究》是那一年34名修支那文学的学生中唯一一篇关于中国现代文学研究的论文。① 竹内好毕业后想去"满铁"工作的愿望落空，开始琢磨成立一个研究中国现代文学的小团体，有挑战他大阪高中同学1932年3月创办 Cogito（"我思故我在"的拉丁文译文）的意味。经过一段时间的筹划，到1934年3月1日，竹内好、武田泰淳、冈崎俊夫、横地伦平、佐山嵜在东京竹内好宅内召开了中国文学研究会第一次筹备会议。这五个人都是东大中国文学专业的学生，其中武田泰淳和冈崎俊夫是竹内好在东大RS（社会科学读书会）结识的会员，不过除了竹内好和武田泰淳②，其他三人毕业后都找到了工作，这于研究会的推进是不利的，但万幸的是竹内好、武田泰淳和冈崎俊夫的坚持使研究会持续下来，再加上此段时间认识了积极响应的学长松井武男和增田涉。在竹内好的积极努力下，增田涉、松支茂夫、松井武男③和

---

① 参见熊文莉：《日本"中国文学研究会"研究》，社会科学文献出版社，2017年，第40—41页。
② 武田泰淳（1912—1976）在校参加左翼活动而被捕入狱，出狱后不去上学，后退学，没有找到工作。
③ 松井武男（1911—2007）是日本陆军士官学校的汉文教师，因为中国留日作家谢冰莹（1906—2000）拒绝出迎伪满洲国皇帝溥仪访日的事情（1935年4月14日谢冰莹被目黑区警察逮捕）而退出研究会。

一户务①加入了文学研究会。中国文学研究会一开始就确定把主要方向放在研究中国现代文学上，一改日本文化界"支那"的普遍称谓，并且以反传统汉学的标准选择会员。竹内好说："为了打倒汉学、支那学的传统，使用中国文学这一名称绝对是必须的。"②中国文学研究会及其会刊的确一直以来不遗余力地批判京都学派的学院化，这正是青木正儿介绍中国文学革命以对抗京都学派传统汉学观念的真正践行。我们从竹内好此时涉猎中国现代文学的作家可以看到，他更多的是关注张资平、郁达夫、茅盾、田汉、丁玲和李湘，鲁迅还没有进入他的视野。我们认为，他转向鲁迅研究的一个不可忽视的原因是增田涉加入中国文学研究会。"在第一次见到增田涉后，竹内好直觉应该邀请他加入研究会，而增田涉也表现得非常积极，表示自己和鲁迅、佐藤春夫拉得上关系，两者可谓一拍即合，增田涉此后成为中国文学研究会的主要成员，也由此拉开了他们几十年友谊的序幕。"③后来竹内好又与日本鲁迅研究者新居格建立了关系，并在1934年8月4日承办了新居格发起的"周作人、徐祖正欢迎宴会"，佐藤春夫、岛崎藤村、有岛生马、堀口大学、柳泽健、盐谷温等众多的日本文化名人参加了宴会。这些事情都使竹内好与鲁迅越来越近。据熊文莉的统计，中国文学研究会1936年4月第一次正式公布成员有15名，其中增田涉、松枝茂夫、实藤惠秀、饭塚朗都涉足鲁迅研究；1937年10月中国文学研究会进行了第二次改组，有成员18名，研究鲁迅的小田岳夫（后退出）和小野忍加入；1940年的成员有20名，研究鲁迅

---

① 一户务（1904—不详）是当时小有名气的作家，邀他加入是为了借用他的名气，所以和中国文学研究会没有发生太多联系。
② 竹内好『支那と中国』、『復刻中国文学』（第6卷）、1940年、221頁。
③ 熊文莉：《日本"中国文学研究会"研究》，社会科学文献出版社，2017年，第46页。

的会员没有发生变化。要注意的是，这些鲁迅研究者中，增田涉和鲁迅建立了师生关系，早在1932年就发表了《鲁迅传》，1935年翻译出版了《支那小说史》，其余的人都是此后才走上翻译和研究鲁迅的道路。1935年3月1日中国文学研究会发行会刊《中国文学月报》，1935年8月第6期刊载了增田涉所译的鲁迅的《小品文的危机》；1936年11月刊出了鲁迅研究特辑，有竹内好的《鲁迅论》（陆晓燕译为《鲁迅传》）及其他的译文《死》、长濑诚（1904—1996？）的《幻想的鲁迅》、实藤惠秀（1896—1985）的《鲁迅和转变》、土居治（生卒年不详）的《关于中国小说史论》（陆晓燕译为《论〈中国小说史略〉》）、饭塚朗（1907—1989）的《阿Q正传杂论》、吉村永吉（生卒年不详）的《李长之的〈鲁迅批判〉》、山本初枝（1898—1966）的《鲁迅先生书简摘抄》以及增田涉的《鲁迅译著书目（附版画辑录）》、冈本武彦（生卒年不详）的《日译鲁迅作品目录（附有关鲁迅的日语著作）》以及没有署名的《鲁迅笔名》。①这组专辑中有竹内好写的介绍和翻译鲁迅的文章各一篇，这应是他第一次所写和所译的关于鲁迅的文章。同时此专辑的刊出，表明中国文学研究会最为关注的作家开始聚集在鲁迅身上，因为鲁迅是唯一一位研究会出专辑评介的中国现代文学作家。

1937年10月到1939年10月，竹内好获得日本外务省文化事业部的奖金到中国北京留学两年，其间竹内好屡次拜访周作人，并且还

---

① 参见吉林师范大学外国问题研究所日本研究室编：《鲁迅在日本的目录》，收《日本情况》（内部资料）1976年第2期，第26、34页。陆晓燕译：《日本鲁迅研究史料编年（1920—1936）》，收鲁迅博物馆鲁迅研究室编：《鲁迅研究资料》（13），天津人民出版社，1984年，第161—176页。熊文莉：《日本"中国文学研究会"研究》，社会科学文献出版社，2017年，第85页。

专程造访了北京研究介绍鲁迅的日人清水安三。① 武田泰淳也在1937年8月收到征兵令，同年10月作为一名辎重兵被派往中国华北。1939年底竹内好和武田泰淳先后回到日本，对《中国文学月报》的现实感到不满，改组了文学研究会，实行特别会员制，选举干事担任编辑工作和会务工作，改《中国文学月报》为《中国文学》，刊物此后成为一份公开销售的杂志。竹内好开始关注中国历史著作的翻译，并且设置"翻译时评"讨论翻译什么和怎么翻译的相关问题。1941年，中国文学研究会的成员小田岳夫出版了《鲁迅传》。我们知道，此时鲁迅作品的翻译已经在日本较为充分了。在这样的日本译介鲁迅的语境下，再加上竹内好本身对中国现代文学的热爱，他进一步走上鲁迅研究和翻译的道路，开创日本鲁迅研究的新局面就具备了重要条件。这可算作竹内好真正进入鲁迅研究的内因。那么，外因也是极其重要的。1937年日本全面侵华，文学研究会的同人被迫卷入战争，先是8月份千田九一、阵内宜男、吉村永吉作为侵华士兵派往中国华北参战，9月土居治应征入伍，10月武田泰淳作为辎重兵前往中国参战，后来年轻一点的斋藤秋男也在1942年作为步兵参战，最后是1943年12月竹内好作为后勤补充兵参战，斋藤秋男和竹内好都被分到中支派遣峰8102部队独立步兵第88大队。文学研究会这样一个民间的文学研究组织就有多达7名成员被迫参战，可见日本军国主义的疯狂。这个疯狂引起文学研究会同人的反思，千田九一在1937年8月出版的《中国文学月报》上发表了"后记"，其中这样写道："中国作为我们的对象正在遭遇伟大的艰难。我们唯有静观它抵抗热情的真假。与此同时，我们深刻体会到这个考验也是研究会自身的事情。要想理解研究

---

① 参见靳丛林：《竹内好的鲁迅研究》，北京大学出版社，2012年，第36、38页。

会的真假也唯有这个时机。"①竹内好回应千田九一,也在同期做了"再后记",表示维持研究会的决心。参战回来后的武田泰淳,思想发生了很大变化,他对文学研究会甚至整个日本的中国研究书斋化表示深深的质疑,他的学术志趣转向活的中国和民间立场,抵抗日本明治以来崇拜西方文化的判断标准。虽然竹内好不太同意他的观点,但在对日本推崇西方文化的看法上显然和武田泰淳是一致的。竹内好对1937年的日本全面侵华战争没有好感,他这样书写自己的思想困境:

> 坦率而言,我们对于支那事变("七七"事变——笔者注)有着完全不同的感情。我们为疑惑所苦。我们热爱支那,热爱支那的感情又反过来支撑着我们的生命。支那成长起来,我们也才能成长。这种成长的方式,曾是我们确信不疑的。直至支那事变爆发,这确信土崩瓦解,被无情地撕裂。残酷的现实无视我们这些中国研究者的存在,我们遂开始怀疑自身。我们太无力了。当现实逼到我们面前强迫我们认同的时候,我们退缩了,枯竭了。正如失去了舵的小船,任凭风向的摆布,一筹莫展,无所适从。②

写此文章的前后,竹内好已经有了《鲁迅》一书的写作计划,也和评论社签署了出版合同。1943年11月9日,竹内好完成《鲁迅》书稿并提交给出版社,12月1日就前往中国参战。体弱的竹内好已经意识到自己生命可能一去不复返,就带着对战争、个人及其他对中

---

① 千田九一『後記』、『復刻中国文学月報』(第6卷)、1937年、221頁。
② [日]竹内好著,李冬木等译:《近代的超克》,生活·读书·新知三联书店,2005年,第166页。

国研究的怀疑，留下了类似遗稿性质的《鲁迅》。竹内好这部深入走近鲁迅并开创鲁迅研究新方向的著作，在内外因和日本鲁迅研究传统的共同作用下就诞生了。因此，处在这个历史的纵深处，我们一方面需要探索它与日本先行鲁迅研究的关系，另一方面也要看到它的创新和贡献。

第二节　竹内好对研究传统的继承

　　竹内好处在战前战后过渡的历史关口，是名副其实的历史"中间物"。此前有关日本鲁迅学史的梳理，不注重这个问题，没有提供清晰的日本鲁迅学史的知识考古图。我们认为竹内好的鲁迅研究的知识谱系，是在与中国文学研究会同人增田涉、小田岳夫和吉村永吉的关系中建立起来的。

　　增田涉在日本鲁迅学史上的独特位置在于他是鲁迅的学生，因而他的研究和翻译具有一手资料的性质，而且他和当时的文坛宿将佐藤春夫建立了良好的关系，也与进步杂志《改造》有较多关联。正是在此意义上，增田涉被邀请参加文学研究会，并承诺建立鲁迅与日本文坛的关系。这对竹内好来说，就是让他切身地感受鲁迅，并有机会更加具体地了解鲁迅的作品。1936年11月《中国文学月报》刊载了增田涉的《鲁迅译著书目》和《日译鲁迅作品目录》，在同一期上有竹内好的《鲁迅论》，这本身就是同人之间的互相交流。竹内好于此会更加清楚地知道鲁迅作品以及日本的翻译和研究情况，为他日后进一步研究积累了素材。我们阅读竹内好这篇《鲁迅论》，也找到了增田涉影响的诸多证据。竹内好的《鲁迅论》首先从鲁迅杂文谈起，叙说了鲁迅在《改造》上用日文发表的《我要骗人》（1936年4月），认为鲁迅吐着毒舌的文章举世无双，引用了鲁迅的三句话：

> 这不是一件事的结束，是一件事的开头。/ 墨写的谎说，决掩不住血写的事实。/ 血债必须用同物偿还。拖欠得愈久，就要付更大的利息！①

竹内好引用的文字出自《无花的蔷薇之二》，此时日本并没有翻译这篇文章。②那么，引文来自何处呢？据日人久米旺生所作的竹内好年谱可知，竹内好撰写《鲁迅论》之前阅读过《呐喊》和《华盖集》，没有明确地说读过收入《无花的蔷薇之二》的《华盖集续编》，③所以引文极有可能来自增田涉写于1932年的《鲁迅传》。他在叙述鲁迅南下过程中痛骂政府，也引用了这三句话，④两篇文章同时引用相同的原文，而且作者之间的关系又这么亲近，这应该不是巧合。更有意思的是，时隔8年后，在竹内好出版的《鲁迅》的序章中又原封不动地引述了这几句话，⑤此时日本已经翻译了《无花的蔷薇之二》，

---

① 陆晓燕编译：《日本鲁迅研究史料编年（1920—1936）》，收鲁迅博物馆鲁迅研究室编：《鲁迅研究资料》（13），天津人民出版社，1984年，第166页。《鲁迅全集》（第3卷），第279页。

② 1937年日本译出的《大鲁迅全集》第3卷《华盖集续编》选译，目录显示有《无花的蔷薇之二》，这应是日本最早译出该文，译者为鹿地亘。

③ 参见[日]久米旺生著，靳丛林译：《竹内好年谱》，收《竹内好的鲁迅研究》，北京大学出版社，2012年，第213页。

④ [日]增田涉著，卞立强译：《鲁迅传》，收鲁迅博物馆鲁迅研究室编：《鲁迅研究资料》（2），文物出版社，1977年，第386页。

⑤ 参见[日]竹内好著，李冬木等译：《近代的超克》，生活·读书·新知三联书店，2005年，第10页。

但这并不意味竹内好超越了增田涉提供的材源，反而说明增田涉比较固执地留在他的思想深处。在另一个地方竹内好分析鲁迅作品《狂人日记》的时候，直接转引了增田涉所用的宋云彬发表在《新时代》中的《鲁迅先生往那里躲》中的话：

> 当《狂人日记》初在《新青年》发表的时候，本来不知道文学是什么东西的我，读了就觉得异常兴奋，见到朋友，便对他们说："中国文学要划一个新时代了。你看见过《狂人日记》没有？"在街上走时，便想对过路的人发表我的意见……（《鲁迅在广东》根据增田涉的《鲁迅传》）①

大家肯定注意到，竹内好做了注释，说明文献的来源。宋云彬这篇文章收在钟敬文编辑的《鲁迅在广东》一书中。也就是说，竹内好在撰写《鲁迅论》时，增田涉的《鲁迅传》是其参考资料。根据前面他所说的《我要骗人》的文献来源，他关注《创造》这个杂志，而增田涉的《鲁迅传》就登载在1932年的《创造》上。此后在评价《阿Q正传》的时候，他再一次引述了增田涉《鲁迅传》中的话。不知什么原因，中文译本两处的话并不相同：

> 《阿Q正传》一发表，那些平素和鲁迅不睦的人，到处像苍蝇似地嗡叫起来，说这篇作品是骂他们的。②

---

① 陆晓燕编译：《日本鲁迅研究史料编年（1920—1936）》，收鲁迅博物馆鲁迅研究室编：《鲁迅研究资料》（13），天津人民出版社，1984年，第168页。
② [日]增田涉著，卞立强译：《鲁迅传》，收鲁迅博物馆鲁迅研究室编：《鲁迅研究资料》（2），文物出版社，1977年，第383页。

当《阿Q正传》一发表的时候,那些与鲁迅有旧恨的人们,就像青蛙那样,到处鼓噪,说鲁迅骂了他。(增田涉《鲁迅传》,参照鲁迅《阿Q正传的成因》)①

在《〈阿Q正传〉的成因》中,鲁迅引用了高一涵发表在《现代评论》上的话:"我记得当《阿Q正传》一段一段陆续发表的时候,有许多人都栗栗危惧,恐怕以后要骂到他的头上。"②高一涵的原话,经增田涉间接翻译到日本,回到汉译后,增田涉的就加了"苍蝇",竹内好的却把"苍蝇"变成了"青蛙"。"青蛙(かえる)"和"苍蝇(はえ)"的日语差别很大,译者不至于将其混淆,所以极有可能是增田涉和竹内好自行增加的。没有隔几行,又出现增田涉的话:"阿Q的性格,在当时的中国,不管是谁都具有其全部或一部分特征。"③此句卞立强译为:"那时候的中国人都有着全部或部分的阿Q性格。"④这就是不同译者之间的区别了。在谈及鲁迅《中国小说史略》的时候,竹内好又间接引述了增田涉的观点。竹内好在一篇不算长的《鲁迅论》中三番五次地引用增田涉提供的文献资料,说明竹内好对增田涉的信任,而且竹内好明显是把增田涉的鲁迅研究作为他自己研究的基础来看的。竹内好的《鲁迅论》重点放在分析鲁迅的作品和思想上,这和增田涉生平履历的介绍有比较大的差别。或者说,在感性因素还较为

---

① 陆晓燕编译:《日本鲁迅研究史料编年(1920—1936)》,收鲁迅博物馆鲁迅研究室编:《鲁迅研究资料》(13),天津人民出版社,1984年,第169—170页。
② 《鲁迅全集》(第3卷),第396页。
③ 陆晓燕编译:《日本鲁迅研究史料编年(1920—1936)》,收鲁迅博物馆鲁迅研究室编:《鲁迅研究资料》(13),天津人民出版社,1984年,第170页。
④ [日]增田涉著,卞立强译:《鲁迅传》,收鲁迅博物馆鲁迅研究室编:《鲁迅研究资料》(2),文物出版社,1977年,第383页。

浓厚的《鲁迅论》中，竹内好已经表现出他对鲁迅作品和思想之矛盾性和个性的初步把握，他此后在《鲁迅》中提出那么多富有争议的问题也是在此基础上探索和推进的结果。从增田涉的《鲁迅传》推进到竹内好的《鲁迅》，并不是一种表面的继承，而是反思和超越的继承，因为竹内好认为增田涉提供的传记把鲁迅传说化，只对鲁迅作为社会和政治的表面进行了描述，没有说清表面之下的真实和本根。①增田涉作为中国文学研究会的主要成员，一直支持这一研究团体的中国现代文学研究，与竹内好保持了终生的友谊，他的鲁迅研究与竹内好的鲁迅研究在同进共勉的意义上存在。1977年增田涉在竹内好葬礼上致辞，倒地不省人事而最终去世，这充分说明两位研究者的亲密关系。那么，他们之间的相互影响就不言而喻。

竹内好的《鲁迅论》留下了增田涉《鲁迅传》的较多痕迹，而其《鲁迅》却主要受到另一位同人研究者小田岳夫《鲁迅传》的影响。1941年小田出版了该书，同年竹内好有了《鲁迅》的写作计划，这不是偶然的事情。除了竹内好的内在需求外，②最重要的是他觉得小田岳夫等人对鲁迅的观察存在不足，所以他要写一本书克服小田等人研究的缺陷："我读了两三本传记方面的书，结果我发现鲁迅这个人物的形象未必是清晰明了的。"③竹内好所说的两三本传记，应是指许寿裳、增田涉和小田撰写的鲁迅传记，他在《鲁迅》一书中解释说明增田涉

---

① 参见[日]竹内好著，李冬木等译：《近代的超克》，生活·读书·新知三联书店，2005年，第57页。
② 竹内好在《鲁迅》中表达了他的内在需求："鲁迅文学的严峻打动了我。尤其是最近，当我反省自己，环顾周围时，多能发现以前所未见的一面，并为此怦然心动。"（[日]竹内好著，李冬木等译：《近代的超克》，生活·读书·新知三联书店，2005年，第39页。）
③ [日]竹内好著，李冬木等译：《近代的超克》，生活·读书·新知三联书店，2005年，第15页。

的《鲁迅传》和小田岳夫的《鲁迅的生涯》把鲁迅的传记传说化。①1956年10月发表于《新日本文学》上的《花鸟风月》，他又对小田的传记进行了明确的批评，"如果一定要举出我的不满之处的话，那就是作者过于淳朴，过于相信文章本身了，未能看到文章深处蕴藏的东西，却只把表面的现象当作了问题。……《鲁迅传》有用鲁迅最反感的花鸟风月来处理鲁迅之嫌"②。竹内好虽不太认可小田的鲁迅传记，其《鲁迅》的问题意识和思路并没有完全脱离《鲁迅传》，而恰恰是从中获得了推进和展开的空间，正所谓"踩在肩膀上"的推陈出新。具体而言，小田《鲁迅传》对《鲁迅》影响有两个大的方面值得注意：一是表层方面，即材料的选取和运用；二是深层意识方面，包括对鲁迅生死的认识、文学转向的怀疑及政治与文学的关系。小田和竹内好撰写著作时，可以用的关于鲁迅的资料其实已经较为充分了，但后者对前者既有继承也有超越。小田所运用的鲁迅作品材料主要是日本的《大鲁迅全集》（1937）和中国的《鲁迅全集》（1938）；先行研究材料则主要是增田涉的《鲁迅传》（1932），周作人的《关于鲁迅》《关于鲁迅之二》（松枝茂夫译《周作人随笔集》，改造社，1938）；许寿裳的相关文章和郁达夫的相关文章。但竹内好逐渐挣脱增田涉的直接影响，在小田涉及的材料范围之外大量汲取李长之《鲁迅批判》的营养，③又受到日本歌人启发，④当然还有中国研究者平心所写的《论鲁迅的

---

① [日]竹内好著，李冬木等译：《近代的超克》，生活·读书·新知三联书店，2005年，第57页。
② 转引自[日]丸山升著，王俊文译：《鲁迅·革命·历史——丸山升现代中国文学论集》，北京大学出版社，2005年，第338页。
③ 参见靳丛林：《竹内好的〈鲁迅〉与李长之的〈鲁迅批判〉》，《吉林大学社会科学学报》2006年第3期。刘伟：《李长之〈鲁迅批判〉对竹内好〈鲁迅〉的影响》，《现代文学研究丛刊》2010年第5期。
④ 参见[日]竹内好著，李冬木等译：《近代的超克》，生活·读书·新知三联书店，2005年，第4、5、12、28页。

思想》（1941）①及林语堂的相关回忆文章的影响。②竹内好在材源上的超越，并不意味着他没有受到小田的影响。小田在述及鲁迅日本留学时，引述了周作人《关于鲁迅之二》中的很长的两段文字，谈及鲁迅所涉猎和喜欢的外国作家作品，主要用于说明鲁迅当时的读书倾向。③竹内好三次运用了这个文献，其中在论析鲁迅思想形成时有两处，在讨论政治与文学的对立时有一处。在论析鲁迅思想形成时的第二处引用了周作人同种文献中的相同内容，而且比小田幅度更大，足足有3页内容。在引述之前，竹内好特别说："我还是用手头上有的周作人的文章，这篇文章写的颇得要领。"④这个说明一是讲了引用的原文献，二是高度评价了周作人的文章，似乎在着意强调他与小田的不同。的确他们在运用的目的上不一样，小田用于说明鲁迅在日本的读书倾向，而竹内好则是说明鲁迅思想变化轨迹。通过查看引文，竹内好的约有三分之一的引述内容完全与小田的相同。竹内好在书中明确透露了他对小田所写传记的不满，显然他是仔细阅读过小田的传记。他应是从小田所引周作人的材料中获得了认识鲁迅思想的启发，然后收集了周作人的这篇文章，并更加深入地利用了这个材料，所以小田的中介作用不可抹杀。小田在序章中谈论鲁迅的文章的风格援引了郁达夫比较鲁迅和周作人的《中国新文学大系·散文二集导言》（1935）

---

① 1944年初版在序章中提及（参见[日]竹内好著，李冬木等译：《近代的超克》，生活·读书·新知三联书店，2005年，第11页），1952年第三次再版时附录的《作为思想家的鲁迅》中引用了平心该书中的文字（同上，第147页）。
② 参见[日]竹内好著，李冬木等译：《近代的超克》，生活·读书·新知三联书店，2005年，第37页。
③ [日]小田岳夫著，范泉译：《鲁迅传》，开明书店，1946年，第26—27页。
④ 参见[日]竹内好著，李冬木等译：《近代的超克》，生活·读书·新知三联书店，2005年，第59页。

中的四段文字，第一段有如此引文："鲁迅的文体简炼得像一把匕首，能以寸铁杀人，一刀见血。"①竹内好也在序章中谈论鲁迅作品的论争性时引用了"寸铁杀人，一针见血"，并在谈论政治与文学的时候又一次引用了这个文献。②这恐怕不是巧合，而是小田援引材源对竹内好影响的结果。许寿裳的鲁迅年谱是小田和竹内好共有的参考文献，只不过运用有前后，想必竹内好也是参阅他之前小田所写的传记而获得的这个材料吧。

接下来讨论一下小田对竹内好比较深层的一些影响。孙歌讲："《鲁迅》作为一部'鲁迅研究著作'，它的特异之处在于彻底地打破了鲁迅研究中潜在的历史进化论倾向。"③《鲁迅》是中日学界公认的竹内好的代表作，被认为是日本鲁迅研究的"难以逾越的高峰"④和成为此后对日本鲁迅研究"起着决定性影响的著作"⑤。中日学界不仅疏于关注此前日本鲁迅研究对竹内好的表层影响，而且也没有看到竹内好的深层意识与小田的关联。事实上，小田提供了竹内好深入思考的基石。换句话说，竹内好在《鲁迅》中提出的许多关键问题都有小田的影子。首先来看生死的问题。竹内好在序章中谈论关于死和生的问题，认为是鲁迅的死实现了文坛的统一和结束了文坛的论争，鲁迅的生命因为死而获得了再生。他写道："十月二十二日，有数千

---

① [日]小田岳夫著，范泉译：《鲁迅传》，开明书店，1946年，第13页。
② [日]竹内好著，李冬木等译：《近代的超克》，生活·读书·新知三联书店，2005年，第6、106页。
③ 孙歌：《在零和一百之间》，收[日]竹内好著，李冬木等译：《近代的超克·代译序》，生活·读书·新知三联书店，2005年，第44页。
④ 靳丛林、李明晖等：《日本鲁迅研究史论》，社会科学文献出版社，2019年，第36页。
⑤ [日]丸山升著，王俊文译：《鲁迅·革命·历史——丸山升现代中国文学论集》，北京大学出版社，2005年，第339页。

人参加了他的葬礼,其运作形式出人意料,竟是中国首次'民众葬'(巴金)。他的灵柩上裹着一面白布,上面写着'民族魂'。一群文学青年把他的灵柩掩埋在薄暮下的万国公墓。或许是伴随着葬礼的昂奋吧,事实上抚柩恸哭的中坚作家是不在少数的。"① 这段文字有多处打上了小田的痕迹。小田在《鲁迅传》的序章中也是从葬礼写起的,并在该书的结尾大篇幅引述巴金纪念文章中的段落。这是材源影响的见证,但远远不止于此,小田认为鲁迅的死得到这样隆重的纪念是应当的,但其真相不在这些。也就是说,鲁迅有更为根本的东西打动了民众。竹内好读到这些,在此基础上做了逻辑上的延伸,他得出他自己的结论:如此大规模的葬礼表明文坛的统一和论争的结束,而关键在于鲁迅的死展示了他作为根本性存在的生,某种程度上说就是"向死而生"。此问题意识的获得很难说没有小田的启发。靳丛林认为:"与一般的评传写法不同,《鲁迅》的《序章——关于死与生》不是从鲁迅的'生'写起,而是从他的'死'开始验证,亦即不是从生来思考死,而是从死来思考生,诚如人在'固有一死'当中,才能获得'个体'生命一样。"② 作者显然赋予了竹内好的原创性,其实是竹内好对小田叙述的深化,可能是作者没有仔细阅读小田传记而做出的判断。其次来看关于"幻灯事件"的怀疑。小田叙述鲁迅仙台学医结束,告别藤野先生到东京弄文学,写道:

> 鲁迅燃烧着文学运动的热忱而前往东京去。在这里必须附加地说明,他底要写文章的志愿,决不是看着那电影的时候突如其来的,而是在未入医专的前年,即当他二十三岁的

---

① [日]竹内好著,李冬木等译:《近代的超克》,生活·读书·新知三联书店,2005年,第3页。
② 靳丛林:《竹内好的鲁迅研究》,北京大学出版社,2012年,第53—54页。

时候，他已经在同乡的留学生们合办的《浙江潮》上发表了一篇《斯巴达之魂》，燃烧着改造中国国民性的心，总之，倾向文学的心的萌芽，很早便已产生了。①

"看那电影的时候"是指在仙台发生"幻灯事件"的时间。小田说得很明白，鲁迅从事文学并不是因为"幻灯事件"，从事文学的心愿早在他二十三岁时就萌芽了，即文学的自觉早就产生了。这个看法对竹内好的影响是明显的，从《鲁迅》中的有关叙述就可看出：

> 鲁迅在仙台医专看日俄战争的幻灯，立志于文学的事，是家喻户晓，脍炙人口的。这是他的传记被传说化的一例，我对其真实性抱有怀疑，以为这种事恐怕是不可能的。然而这件事在他的文学自觉上留下了某种投影却是无可怀疑的，因此拿这件事和我所称之为他的回心的东西相比较，并以此作为一条途径探讨他所获得的文学自觉的性质，将是一种便捷的方法。
>
> 幻灯事件和立志从文并没有直接关系，这是我的判断。幻灯事件和找茬事件有关，却和立志从文没有直接关系。我想，幻灯事件带给他的是和找茬事件相同的屈辱感。②

竹内好虽然强调"幻灯事件和立志从文并没有直接关系"是他的判断，但其想法很明显是小田看法的延伸和丰富。小田关于鲁迅文学

---

① [日]小田岳夫著，范泉译：《鲁迅传》，开明书店，1946年，第22—23页。
② [日]竹内好著，李冬木等译：《近代的超克》，生活·读书·新知三联书店，2005年，第53、57页。

自觉和"幻灯事件"的关系只讲了这段话,没有详细去讨论,这是遗憾的事情。但没想到却引起了竹内好的深入关注,并把它作为一个研究鲁迅的重要问题呈现出来,因此不能把这个问题的发明权算在竹内好的头上。最后讨论一下政治与文学的问题。我们如果只看竹内好的《鲁迅》,也会认为这是竹内好的独特贡献。其实不然。竹内好用了整整一个部分来讨论这个问题,他所讲的政治与文学是指革命与文学。在他看来,文学者的自觉是鲁迅的根本性问题,启蒙者鲁迅是因为文学者的自觉凸显出来的,启蒙者又和革命者相连。鲁迅文学者的自觉是类似"回心"这样的问题,就是抵抗产生的个体内在自觉,而且是不会停止的"回心",处在永远运行的过程中。真正的革命者是永远的"回心"者,鲁迅自己称为"永远的革命者"。通过"革命"与"政治"的替换,竹内好看到了鲁迅和孙文的关系。

> 把作为政治理念的"革命"理解为"永远革命",就已经是一种态度了。孙文作为政治家,是有他的国家计划的,不过在此这并不成为问题。就是说,鲁迅在孙文身上看到了"永远的革命者",而又在"永远的革命者"那里看到了他自己。(中略)孙文之所以伟大,是因为他坚信"永远革命"。他甚至破却了亲手缔造的中华民国,以为是非革命的。孙文虽是个革命的失败者,但却到底是"革命"的失败者。对于永远的革命者来说,所有的革命都是失败的。不是失败的革命不是真革命。革命的成功,不是大叫"革命成功了",而是坚信永远革命,以"革命尚未成功"来破却现在。①

---

① [日] 竹内好著,李冬木等译:《近代的超克》,生活·读书·新知三联书店,2005年,第114页。

竹内好通过这两段理论的铺垫后，就过度到鲁迅文学上去了，他列举了《三闲集》里的《鲁迅译著书目》后记里"不断的努力"的话，认为鲁迅晚年在"左"转后，一直贯彻了这一根本态度，所以他得出自己的判断："他从孙文身上看到了'永远的革命者'，我想至少还可以断定，这与他文学的本质应该是不无关系的。文坛无战士，可孙文却是战士。"①竹内好在论述鲁迅的政治和文学的关系时，屡次引述到孙文，孙文成为窥探这个问题的一把钥匙，的确给我们很大启示。但这不是竹内好的独创，他的源头也在小田那里。小田的《鲁迅传》看到鲁迅和孙文的关系是一个巨大的创新，他之前的中日学界似乎都没有这样的认识。这段关键的文字在前面摘录过，在此还需要呈现出来：

> 孙文是制造新中国的外表的人。而鲁迅，同他比起来，却是为制造新中国的实质而毕身忍受着苦痛的人。以具有庞大的四千年背景的中国，纵使外表被改革了，那实质却决非一朝一夕所能改革。这是容易想象得到的。而这一点也正是鲁迅的不幸。任何一件事情必须要有一个人开始，然后在这个人所播的种子上，再由其他的人加以肥料，这样，种子才迟早会开花和结果。这话不是对于中国民族的预言，而是指事情的普通状态而言。②

小田把孙文和鲁迅作比较，看到鲁迅文学的本质，把鲁迅与革命者、政治家孙文放在了一起。那么，鲁迅文学的本质是什么呢？小田的回答是制造了"新中国的实质"，从传记的后面我们知道其实小田

---

① [日] 竹内好著，李冬木等译：《近代的超克》，生活·读书·新知书店，2005年，第115页。
② [日] 小田岳夫著，范泉译：《鲁迅传》，开明书店，1946年，第2页。

是说孙文革命的主义会随着历史而被修改，而鲁迅却探寻到了新中国的根本问题是"人"，孔乙己、阿Q这样的人无法把"中国"媒介到"新中国"。这不就是鲁迅的文学者的自觉吗？小田开创了鲁迅与孙文的比较，就是导引了鲁迅政治与文学的问题，但他没能看到孙文"革命尚未成功"的要义，更没有由此深入去阐析鲁迅"不断的努力""永远的革命者"和孙文政治革命的内在一致性。小田的努力不是可有可无的，没有他的首先迈步，竹内好恐怕真的难以深入下去。这两位日本研究者都碰触到真正的政治与文学的关系和分歧，最终都是想讲清楚鲁迅文学是人的内在革命，不过竹内好超越了小田，认识到政治最为根本的问题也是这种持续的内在革命。鲁迅所反映出来的政治与文学的对立（文学对政治是无力的）中，所讲的"政治"不是真正的政治，而是政客的政治。丸山真男这样讲："敢于直面政治的思想家无一不提及人的问题。柏拉图、亚里士多德、马基雅维里、霍布思、洛克、边沁、卢梭、黑格尔、马克思、尼采，他们总是把人、人性问题置于考察政治的前提，其中当然是具有深刻意义的。"①真正的政治问题和文学问题实际都是人和人性的问题，竹内好的深刻性在于把握到了政治与文学的这种一致性。鲁迅文学的政治性是政治家的政治性，而不是政客的政治性。

最后还要简要讨论一下中国文学研究会的同人吉村永吉对竹内好的影响。这是被很多人忽略的问题。中日学界甚至世界鲁迅研究界，②都认为李长之的《鲁迅批判》直接对竹内好《鲁迅》产生了重大影响，可他们忽略了吉村作为李长之进入日本的媒介对竹内好的影响。1936

---

① [日]丸山真男著，陈力卫译：《现代政治的思想与行动》，商务印书馆，2018年，第403页。
② 参见[澳]寇志明（Jon Eugene von Kowallis）著，严辉译：《竹内好的鲁迅·中国的竹内好》，《鲁迅研究月刊》2019年第11期。

年11月《中国文学月报》开辟鲁迅特辑，吉村用了很大篇幅译介了李长之的《鲁迅批判》。①从日文原文可以看出，吉村的这篇文章基本是对李长之的《鲁迅批判》的文摘，全文有五个部分，分别对李长之所谈的五个问题进行概述性介绍。我们在此重点讨论导言，导言共有7个自然段，考察其材源，第1、2自然段是作者自己对文学革命以后中国作家传记和批评的判断；第3自然段来自原著的整个写作日期的概况和后记；第4、5自然段来自原著后记；第6自然段来自原著导言；第7自然段是原著目录的整合；②其中第5自然段的整合是关于鲁迅众多作品谈及的"死"的问题。这一段文字也反映在竹内好的《鲁迅》序章中，在此特别分析一下。我们把李长之、吉村和竹内好的文字分别摘录出来：

> 鲁迅的小说的结局差不多有一个共同点，这个共同点就是往往关于死。阿Q不用说了，是在"耳朵里嗡的一声"里，"团圆"了；孔乙己是"我到现在终于没有见——大约孔乙己的确死了"；《药》里的瑜儿死了，虽然坟上凭空有了花圈，小栓吃了人血馒头，也终于死了；《明天》里单四嫂子的宝儿"也的确不能再见了"；（中略）《白光》里县考失败的陈士诚，金子似乎没掘到，也终于在万流湖里成了浮尸；（中略）《祝福》里祥林嫂先是阿毛被狼吃了，结局她在全鲁镇祝福的空气中，却也在奚落和辱笑里死掉了；《示众》当然是一个囚徒的被杀；

---

① 参见吉村永吉：『李长之の「鲁迅批判」』、收『復刻中国文学月报』（第2卷）、1936年、139—148頁。
② 参见李长之：《鲁迅批判》，北新书局，1936年，第1—8，205—231页。吉村永吉：『李长之の「鲁迅批判」』、收『復刻中国文学月报』（第2卷）、1936年、139頁。

《孤独者》里的魏连殳，也是"以送殓始，以送殓终"；《伤逝》里子君，不用说，又是"你那，什末呢，你的朋友呢，子君，你可知道，她死了"；（中略）——所有这一切不是偶然的，乃是代表着鲁迅一个思想的中心，在他几经转变中一个不变的所在，或者更可以说，是他自我发展中的背后的唯一的动力，这是什末呢？以我看就是他的生物学的人生观：人得要生存。①

　　彼は色々材料の取捨撰擇按配の苦心を述べてゐるが凡て省略して、彼が本文に於て割愛したことの中唯一つをあげると、魯迅の作品に死に關聯するものゝ多いことだ。阿Qは言ふに及ばず、「孔乙己」は「間違なく死んでアつたらう」となつてをり、「藥」の中では瑜兒が死に小栓も人血饅頭を食つて死ぬ。「明天」では寶兒は「もうきつと二度見ることができぬだらう」し、「白光」では縣考で失敗した陳士誠が萬流湖で双手に底泥を握りしめて土左衛門になつてゐたし、「祝福」では主人公祥林嫂の子阿毛が狼に食はれ後本人も死體となつて發見された。「示眾」では當然囚徒の死が取扱はれ「孤獨」は主人公魏連殳の母の葬式に始まつて連殳自身の葬にアつてゐる。「傷逝」は子君の淋しい死の輓歌と言へ様。動物に就てもさういふ傾向は著しい。

　　之は偶然ではないので、當時魯迅の思想の中心であり、自我發展の唯一の動力であつた生物學的人生觀の消極的な現れで、彼の中心觀念なる生存本能は死滅といふことに對して苦悶と寂寞とを感じ、其間の呼求と嘆息とが彼の文藝

---

① 李长之：《鲁迅批判》，北新书局，1936年，第220—222页。

作品となつたと考へられると言つてゐる。

（他陈述了对各种材料选择取舍的苦心，但却全部省略了，如果只在他文本中所割爱的内容里举一个例子的话，那就是鲁迅的很多作品与死相关。阿Q不用说了，《孔乙己》中的孔乙己是"大约的确死了"，《药》中瑜儿死了、吃人血馒头的小栓也死了。《明天》中的宝儿"也的确不能再见了"，《白光》中县考失败的陈士诚在万流湖双手抓泥而成溺死鬼，《祝福》中主人公祥林嫂的儿子阿毛被狼吃了，后来发现她本人也死了。《示众》中当然囚徒也被杀了，《孤独者》的主人公魏连殳是从其母亲的葬礼开始而以其自己的葬礼结束。《伤逝》中子君寂寞的死亡的挽歌也是这样。即使是动物（阿随——笔者注），这种倾向也很显著。

这些不是偶然的，而是当时鲁迅思想的中心，自我发展唯一的动力，表现出消极的生物学人生观，他形成生存本能的中心观是感到对死灭的苦闷和寂寞，其间的呼求和叹息就成为他文艺作品要表达的东西。）①

李长之在他的长篇评论《鲁迅批判》的一个部分里，指出鲁迅很多作品都写到了死，并以此来佐证鲁迅不是思想家和鲁迅的思想在根本上并没超出"人得要生存"这种生物学观念。我以为，李长之之说是一个卓见。我赞成李长之的意见，那就是把作为思想家的鲁迅的根底放在"人得要生存"这样一个质朴的信条之上。②

---

① 吉村永吉『李长之の「鲁迅批判」』、收『復刻中国文学月報』（第2卷）、1936年、139頁。
② [日]竹内好著，李冬木等译：《近代的超克》，生活·读书·新知三联书店，2005年，第7页。

吉村基本是原文收纳了李长之提供的信息，只有很少的地方用他自己和日本化的转述，如关于魏连殳的死就没有像李长之那样用鲁迅的话，关于陈士诚则用了"土左卫门"来日本化地表达"溺死鬼"（李长之用"浮尸"）。李长之作为信息发送者提供了如此信息：鲁迅的小说有共同的结局——"死"，因为这个死而说明了鲁迅的中心思想——人得要生存，其潜台词就是鲁迅小说是"向死而生"。1936年吉村把这个看法介绍到了日本，比较忠实地转述了源信息，应是最早的日译本。在同一期的《中国文学月报》上，竹内好也发表了《鲁迅论》。显然竹内好会认真阅读同人会员吉村永吉的介绍文章，这应是竹内好第一次较为全面地了解李长之的《鲁迅批判》。关键是吉村介绍的鲁迅由"死"而到"人得要生存"观点完全刷新了日本此前关于鲁迅的看法，也提供了最系统的研究鲁迅的模型。小田岳夫1941年发表《鲁迅传》虽然没有讨论鲁迅作品中的"死"，但却是从"死"写起的，而且是第一本日本系统研究鲁迅的传记。1943年竹内好着手撰写《鲁迅》时，他对此前日本鲁迅的传记都不满意，认为它们没能探寻到鲁迅的根本问题，把鲁迅传说化了，所以他要克服这个不足。在序章中我们完整地看到，李长之发送的这个关键信息被竹内好概括地继承下来。从后面竹内好关于作品的谈论所引的李长之的众多核心观点看，①竹内好谙熟李长之的《鲁迅批判》，证明他可能完整地阅读了原始文献。从日本国会国立图书馆可以看到，日本存有两个《鲁迅批判》的本子，一是名古屋采华书林出版的中文版，没有出版年，是上海北新书局版的影印本；另一个是1990年由南云

---

① 参见[日]竹内好著，李冬木等译：《近代的超克》，生活·读书·新知三联书店，2005年，第83—84页。

智译的德间书店出版的日译本。那说明竹内好阅读的《鲁迅批判》只有可能是吉村永吉的日译文章和中文版本，据语言能力看，竹内好选择吉村永吉日译文章并参阅中文版的可能更大。竹内好的《鲁迅》是继承性的推进，他首先关注鲁迅的死生问题，在材源和思想上都留下了他两位同人吉村和小田的影响，而且成为战后竹内好持续研究的重要基点。尽管尾崎文昭想改变学术界过分推崇《鲁迅》的现状，认为《鲁迅入门》（1948）比《鲁迅》更能代表竹内好的研究水平，[①]但前者精神史（思想史）的问题意识和研究框架，甚至是资料的引用仍然只是后者的延伸。

第三节　竹内好的创新

竹内好不仅站在日本鲁迅学史的分界点上，也站在日本汉学史的分界点上。所谓分界点，就是指竹内好在这两方面都具有界碑的意义。对于日本鲁迅学而言，他提出了新问题和贡献了新看法。对于日本汉学而言，他持续努力十几年，终于实现了研究方法和研究对象的更新，并取得了实绩而对日本学术界的主流话语形成了挑战。具体而言，主要有下面三个方面的重大贡献。

第一，率先构建了鲁迅作品的解读体系。李长之试图把握鲁迅作品的一般性特征，用"印象的，情感的，被动的"[②]来抽取，他看到鲁

---

① 参见[日]尾崎文昭：《从〈鲁迅〉到〈鲁迅入门〉：竹内好鲁迅观的变动》，《鲁迅研究月刊》2011年第1期。
② 李长之：《鲁迅批判》，北新书局，1936年，第66页。

迅作品中对"死"描写的执着也是这样的思维方法。竹内好显然受到李长之的影响，比如说他明确指出鲁迅作品的论争性，但他并未停留在李长之抽取鲁迅作品美学特征的思维方式上，而是在艺术、思想和政治的关联中建立了鲁迅作品的解读体系。这在中日鲁迅研究界都是具有首创意义的。那么，竹内好是怎样完成这个卓越的工作的呢？首先他认为，在鲁迅自己定义的五种作品当中，①《呐喊》和《彷徨》是鲁迅作品的主干，所以他在《鲁迅》和《鲁迅入门》中都是以这两部作品为中心来建立鲁迅作品的解读体系，不过经历了从初步意识到明确认识的过程。

  和《呐喊》《彷徨》相对立的，是晚年编为一集的《故事新编》。这种对立似乎不是来自题材和处理方式，而是小说的路子原本不同，我甚至怀疑是否专为抹杀《呐喊》和《彷徨》才写《故事新编》的。然而，《故事新编》却是我最难理解的作品。在另一种意义上和《呐喊》《彷徨》相对立的，还有基本上年代相接的《野草》和《朝花夕拾》。《野草》和《朝花夕拾》相互间虽有明显的对立，但合起来却跟《呐喊》《彷徨》构成一种注释关系。对于我来说，《野草》是极为重要的作品。②

这段文字表明了《呐喊》《彷徨》是鲁迅作品的中心，它们和其他三种作品之间形成"对立"和"注释"的关系。竹内好在此初步提出解

---

① 鲁迅在1933年上海天马书店出版的《鲁迅自选集》序言中说自己勉强可以称作作品的是《呐喊》《彷徨》《野草》《朝花夕拾》和《故事新编》［参见《鲁迅全集》（第4卷），第468—469页］。
② [日]竹内好著，李冬木等译：《近代的超克》，生活·读书·新知三联书店，2005年，第81页。

读鲁迅作品的模型图,4年后他在《世界文学指南·鲁迅》(1953年东洋书馆出版时改题为《鲁迅入门》)中把这种认识明确化:"如果以这两部为主干,以其他作品来作补充说明,则可以大致理解作为作家的鲁迅的全貌。"①竹内好进而把这25篇作品进行了体系性分类,特别强调《狂人日记》包含所有倾向的萌芽,然后把其他作品划分六类:(1)《孔乙己》系统,还包括《风波》《阿Q正传》;(2)讽刺败笔系统,包括《端午节》《幸福的家庭》《肥皂》《高老夫子》(延续了李长之的看法);(3)安特莱夫阴冷的《药》系统,还包括《明天》,显示了流向《白光》进而到《长明灯》《示众》的变化;(4)《故乡》《社戏》的抒情系统(延续了李长之的看法),还包括《兔和猫》《鸭的喜剧》,表明流向失败的《一件小事》和《头发的故事》也有这个倾向,这个系统最后展开为《朝花夕拾》;(5)《在酒楼上》《孤独者》系统,独立但和第三、四系统相关,是成功的作品(和李长之的看法相反);(6)《弟兄》和《离婚》系统,技术达到了鲁迅的顶点,是《孔乙己》《药》《故乡》《孤独者》综合起来的完美。②然后,竹内好探索了《野草》《朝花夕拾》与主干的关系,这两部作品不仅注释主干,而且各自独立,形成不同的小宇宙。《朝花夕拾》是《故乡》系统的延长,各篇之间具有鲜明的对立关系。《野草》被认为是解释鲁迅的参考资料,是鲁迅文学的原型,说明了作者与作品之间的关系,其24篇短文和《呐喊》《彷徨》中的某一系统多少存在关联。《故事新编》虽然被竹内好全部否定,但他认为《补天》《奔月》《铸剑》和《呐喊》《彷徨》具

---

① [日]竹内好著,靳丛林、于桂玲译:《鲁迅入门》(之五),《上海鲁迅研究(2007年秋)》,上海社会科学院出版社,2007年,第215页。
② 参见[日]竹内好著,李冬木等译:《近代的超克》,生活·读书·新知三联书店,2005年,第85—88页。

有同类性。竹内好还讨论了鲁迅五种作品和杂文的关系，从整体上看它们是对立的关系，连接二者的桥梁是《野草》，这并不意味着鲁迅对作品和杂文有所偏废。在《鲁迅入门》中竹内好进行了这样的总结：

> 在杂文集之中也有好多作品比作品集中的作品更像作品。不仅如此，如果把他的杂文集作为一部来审视的话，则有一种观点认为杂文集本身就是作品。他是那样专心地投入于杂文集编集的。不仅仅是自己的文章，就连论争对手的文章也收集起来，给有删除和查抄的地方加注，再配上长长的说明，这就是一个完整的世界——在某个方面，它的构成就像一部断开的现代史被栩栩如生地描写出来了。①

除此之外，竹内好也关注到了鲁迅作品与翻译、古典研究的关系，并很有见地地认为从鲁迅热衷的古典世界进入能很好了解作为作家的鲁迅。

综合以上，与中日学界此前有关鲁迅作品的研究相比，竹内好首次为我们解读鲁迅作品提供了体系性的图谱，他绘制了鲁迅作品与鲁迅杂文的整体关系，以《呐喊》和《彷徨》为中心，构建了它们与其他作品的关系，还谈论了主干内部作品的类型及其关系。这不仅对继续探寻鲁迅作品艺术和思想的系统结构具有启发，也为反思推进鲁迅作品的系统解读提供了契机。此后，我们看到伊藤虎丸在《鲁迅与日本人》中，把《呐喊》《彷徨》与《故事新编》看成一个完整的小说创作过程，还高度评价了《故事新编》的艺术和思想价值，这既是对竹内好的继承，也是对竹内好的超越。鲁迅各类作品构成了一个复杂

---

① [日]竹内好著，靳丛林、于桂玲译：《鲁迅入门》（之五），《上海鲁迅研究（2007年秋）》，上海社会科学院出版社，2007年，第214页。

的世界，创作、翻译、学术、美术之间既独立也相关，既对立也统一，用竹内好的话说："它们既像一个椭圆的中心，又像两条平行线，其两种物力，相互牵引，相互排斥。"① 这就表明，任何研究者都难以把握这个复杂的世界，即使是仅就鲁迅自己所说的五种作品之间的关系，今天仍然还有很多值得继续研究的地方。自竹内好发掘出这个解读体系以来，中日学界还没有人完整而系统地进行推进式研究，伊藤虎丸只是做了局部的工作（其实许多研究者都只能做如此的工作），所以前路还任重道远。

第二，内在于文学和日本的问题意识。学术研究的问题意识决定研究者的创新，竹内好的重要创新在于形成很好的问题意识。他透过鲁迅的作品看清了鲁迅根底上是作为文学者而存在的，因而作者、作品和现实之间的复杂关系就构成了他文学研究的出发点。以此为基点，竹内好提出了很多极有价值的问题。我们在此举两个例子。一是关于对鲁迅传记的怀疑。竹内好不满意此前两三本传记的传说化，他所谓的传说化实际上指没有把握鲁迅的真实。他结合鲁迅自己的作品和研究著作，指出：

> 可是关于祖父那方面，却没有像父亲这样明白的信息。鲁迅是怎样看他的祖父的呢？我不相信他对祖父丝毫无所念及。如此看来，鲁迅对祖父的心情是不是远远比对父亲要复杂呢？教给这个少年什么是忧愁的，与其说是父亲，难道不是祖父吗？这是我的想象。因为是想象，所以或许想得不对也未可知。②

很多研究关注鲁迅写过的，竹内好却关注鲁迅没有写过的，因为在

---

① [日]竹内好著，李冬木等译：《近代的超克》，生活·读书·新知三联书店，2005年，第88—89页。
② [日]竹内好著，李冬木等译：《近代的超克》，生活·读书·新知三联书店，2005年，第41—42页。

他看来，没有写过的才能揭示鲁迅的真实存在。众所周知，鲁迅祖父是鲁迅家蒙羞和衰落的重要原因，这里面不仅仅是使鲁迅家走向困顿的问题，而是鲁迅与传统社会的关系问题。鲁迅祖父对待子孙读书的态度是开明的，这让鲁迅和周作人都受益匪浅，但同时他又是鲁迅家衰败的原因。透过这个关系，亲情与割裂亲情、想念与不想想念就矛盾地呈现出来了。这可能是鲁迅心灵深处疼痛的那个部分，所以无法呈现在他的文学书写中。此种情况同样也发生在鲁迅的原配朱安身上。鲁迅在作品中几乎没有提过朱安，恐怕也是这个原因。这也被竹内好敏锐地看到了，他在《鲁迅入门》中就特别谈到："关于'朱女士'，鲁迅的文章一次也未提及，甚至没有任何文章让人感觉到他结过婚、有妻子。正如鲁迅避讳'祖父'这个词一样，他也非常忌讳'妻子'，从这一点可以看出他所受伤害之深。"①竹内好观察鲁迅的方法很显然不是单靠作品和外部加给鲁迅的光环，而是把作者、作品和现实并置，再来寻找其中矛盾的地方，而这个矛盾的地方恰好可以反映鲁迅的心理幽微和文学真实，由此就深入到鲁迅的内部。在鲁迅思想形成的探究中，竹内好也秉持了这种方法，他怀疑"幻灯事件"，认为它对于鲁迅思想的转型并没有他自己说得那样重要。小田岳夫虽然提供了怀疑的影子，但小田没有上升到文学专业研究者的敏感上去。竹内好的怀疑表明他看到了鲁迅文学创作的重要玄机，这是竹内好之前中日文学研究界都未曾形成的专业研究者的敏感，大大超越了李长之系统研究鲁迅的《鲁迅批判》。②所以，

---

① [日] 竹内好著，靳丛林、于桂玲译：《鲁迅入门》（之一），《上海鲁迅研究（2006年夏）》，上海社会科学院出版社，2006年，第243—244页。
② 李长之的《鲁迅批判》力求把鲁迅研究系统化，对鲁迅本质、思想发展的阶段及作品的批判都有很多启发性见解，但有机械和武断的痕迹，比如说鲁迅的思想是进化论的生物学的思想并以这个思想来统摄鲁迅一生，这就不能很好地展现鲁迅的复杂性，不能把鲁迅的关键问题真实地呈现出来。

竹内好的怀疑是内在于文学的问题，为此后中日鲁迅研究提供了思考的方向。20世纪60年代日本学者在仙台展开了对鲁迅留学此地的全方位调查，在此基础上对"幻灯事件"进行深入研究，就是竹内好怀疑"幻灯事件"的延伸，后面会专门讨论这个问题。总之，竹内好的这种内在于文学本身的怀疑提醒我们，看待鲁迅传记性质的作品，比如《呐喊·自序》《朝花夕拾》等，应该从作者、作品和现实的复杂关系中着手。

二是日本立场和自我立场的观照。《鲁迅》产生于日本全面侵华时期，竹内好把这本书作为遗稿表示对日本侵华的态度。在书中找不到竹内好直接对侵华表态的文字，他把自己的思考寄托在鲁迅身上，集中体现在"政治与文学"那一部分。竹内好把鲁迅文学者和启蒙者的对立置换成文学与政治的对立，实际也是文学与革命的对立，而革命在此又被置换到孙文身上。孙文的"永远革命"正是鲁迅追求的文学者的自觉，而不是表面的革命。表面的革命是鲁迅批判的从奴隶到奴隶主的革命，奴隶和奴隶主只是位置的变动，都不是人根底上的觉醒。文学对于武力做后盾的表面革命是无力的，但它不能够"迎合政治或白眼看政治"，"所谓真的文学，是把自己的影子破却在政治里的。可以说，政治与文学的关系，是矛盾的自我同一关系"[①]。竹内好透过鲁迅文学，看到了日本现代化和自己的问题。日本的革命是首先通过自我努力实现奴隶主的过程，当坐稳了奴隶主的位置，就开始向弱势的国家扩张，使他们变成奴隶主的奴隶。这就是他面对1937年日本侵华表现冷淡的重要原因。1941年太平洋战争爆发后，竹内好态度为之一变，在《大东亚战争与吾等的决意》中不惜表达他的兴奋：

[①] [日]竹内好著，李冬木等译：《近代的超克》，生活·读书·新知三联书店，2005年，第134页。

"十二月八日,当宣战的诏书颁布之时,日本国民的决意汇成一个燃烧的海洋。心情变得畅快了。人们无言地走到街头,用亲切的目光注视着自己的同胞。没有什么需要借助于语言来传达。建国的历史在一瞬间尽数闪现,那是不必说明的自明之事。"① 当看到《中央公论》上的座谈会《世界史的立场与日本》,竹内好也深受感动。② 可见,竹内好毫无疑问地也被日本军国主义意识形态化,但这只是问题的表面。在他看来,日本侵华是对弱者的奴隶化,真正的强者应该去挑战比自己更强大的势力。太平洋战争正是日本这方面的体现,竹内好觉得这才是明治维新以来日本最为闪光的地方,也能够代表亚洲先进的一面,真正引导亚洲共荣。从这一点来看,竹内好亦没有逃脱"日本的知识分子几乎被'大东亚共荣圈'的美丽词语冲昏了头脑,而陷入了最黑暗的行动中"③ 的困境。不幸的是,就在太平洋战争爆发后的1943年,竹内好被派往中国战场,他意识到这可能是他生命的终结。日本的问题和他自身的问题都在派往中国参军的这个时候聚集起来,他此前对日本和自己的怀疑便作为问题尖锐地出现在他的思想深处。《鲁迅》的表达是隐晦的,正如鲁迅躲避政治的迫害。战败后再版《鲁迅》时,他终于在《后记》中袒露了自己的心迹:

> 怀着被追赶着的心情,在生命朝不保夕的环境里,我竭尽全力地把自己想要留在这个世界上的话写在这本书里。虽

---

① [日] 竹内好著,李冬木等译:《近代的超克》,生活·读书·新知三联书店,2005年,第165页。
② 参见[日] 久米旺生著,靳丛林译:《竹内好年谱》,收《竹内好的鲁迅研究》,北京大学出版社,2012年,第218页。
③ [日] 丸山真男著,区建英译:《福泽谕吉与日本近代化》,北京师范大学出版社,2018年,第248页。

还不至于夸大其辞地说像写遗书，但也和写遗书的心境很相近。我还记得，事实上就在这本书刚刚完成时，征兵通知书就到了，那时我想，真是老天保佑，谢天谢地呀！①

鲁迅在此是作为一个媒介而存在的，鲁迅及其作品成为竹内好回到日本自身和他自己的文化资源，竹内好所讲的鲁迅的"回心"②其

---

① [日]竹内好著，李冬木等译：《近代的超克》，生活·读书·新知三联书店，2005年，第156—157页。
② 竹内好自己在《何谓近代——以日本和中国为例》中，在与"转向"的比较中对"回心"做了如下解释："表面上看，回心和转向相似，然而其方向是相反的。如果说转向是向外运动，回心则向内运动。回心以保持自我而反映出来，转向则发生于自我放弃。回心以抵抗为媒介，转向则没有媒介。发生回心的地方不可能产生转向，反之亦然。转向法则所支配的文化与回心法则所支配的文化，在结构上是不同的。"（[日]竹内好著，李冬木等译：《近代的超克》，生活·读书·新知三联书店，2005年，第212—213页。）李冬木做了如下解释："'回心'，原为佛教用语，在日语中读作 eshin，'改邪归正'之意。但在现代日语中又以这个词来对译英语 conversion，读作 kaishin，因此两个汉字虽然相同，但读音和意思却不太一样。后者，即 kaishin 除了英文原词所具有的转变、转化、改变等意思之外，一般特指基督教中忏悔过去的罪恶意识和生活，把心灵重新朝向对主的正确信仰之心灵过程。竹内好在阐述'鲁迅'和'中国'时经常使用这一概念。（中略）竹内好使用这个词，包含有通过内在的自我否定而达到自觉或觉醒的意思，此用语后来在他战后写作的《中国的近代与日本的近代》（东京大学东亚文化研究所编：《东洋文化讲座第三卷·东洋社会伦理之性格》，百日书院，1948年。后以《何谓近代——日本与中国为例》为题，收入《现代中国论》，河出书房。中文请参阅《近代的超克》）中被与'转向'对照起来使用，这一含义更加突出。"（[日]伊藤虎丸著，李冬木译：《鲁迅与终末论——近代现实主义的成立》，生活·读书·新知三联书店，2008年，第5页。）韩琛在一篇文章中也做了如此注释："日语当中的'回心'这个词，来自英语的 Conversion。除了原词所具有的转变、转化、改变等意思之外，一般特指基督教中忏悔过去的罪恶意识和生活，重新把心灵朝向对主的正确信仰。竹内好使用这个词，包含通过内在的自我否定而达到自觉或觉醒的意识。在竹内好的批判近代主义的文化视野中，与主体意识充盈的'回心'一词相对的，是无主体意识的'转向'。'回心'是回到原初的自我、第一自然，而'转向'则意味着自我的丧失与他者化。在竹内好战后的论述中认为，中国的近代化是主体性的回心式近代，而日本的近代化则是无主体性的转向式近代。"[韩琛：《竹内好鲁迅研究批判》，《山东师范大学学报（哲学社会科学版）》2017年第4期。]

实也是他自己的"回心"。这一"回心"体现作为日本知识分子的责任感,而且一直成为他研究鲁迅和日本问题的思想史根基。在《鲁迅入门》中谈到鲁迅精神时,他讲到:"日本文化是奴隶文化。我并不是指从欧洲引进的近代文化,而是说日本文化没有从唐朝以来的大陆文化中独立出来,并且还认为自己已经独立出来了。不把自己当奴隶的奴隶是真正的奴隶。"①竹内好把在《鲁迅》中没有明说的话说明了,他不仅批评日本文化,也在反思自己是否作为军国主义的奴隶而行动。日本在法西斯势力的支配下,无数知识分子发生转向,正是做奴隶的表现。竹内好在太平洋战争爆发后的决意宣言和战败后所写的《近代的超克》被诟病,不仅意味着他政治上做了错误判断,也表明他做了日本军国主义的奴隶,但他自己只承认政治上判断错误,而不认为思想上存在问题。竹内好的思想复杂,并没有学者们批判的那么简单。赵京华认为,"从1941年的《宣言》到20年之后的《超克》论,其间有一个竹内好始终一贯的思想立场,那就是从明确的民族立场出发来处理民族国家主体性重建的问题"②。这里讲的"民族主体性重建"也是竹内好自我主体的重建问题,他把鲁迅、自己和日本作为关系性存在并置起来,就是日本立场和自我立场的问题意识,而这一问题意识不仅切中了日本近代以来最为关键的问题,即"日本近代精神史的悲剧在于,它在呼吁创造人类新文明与新秩序的激情中,采用了源于旧世界的殖民统治与暴力行为模式"③,也触及到日本人的真正现代

---

① [日]竹内好著,靳丛林、于桂玲译:《鲁迅入门》(之七),《上海鲁迅研究(2008年春)》,上海社会科学院出版社,2008年春,第232页。
② 赵京华:《竹内好的鲁迅论及其民族主体性重建问题——从竹内芳郎对战后日本鲁迅研究的批评说起》,《中国现代文学研究丛刊》2006第3期。
③ 李永晶:《分身:新日本论》,北京联合出版公司,2020年,第495页。

化，还涉及到整个亚洲相对于欧洲的现代化。从此往前走，为丸山升"革命人"的提出洞开了视界，为木山英雄探索《野草》"归根结底为媒介性的自我"（"中间物"的自觉）①奠定了基础，还为伊藤虎丸研究鲁迅"个"及亚洲现代化打开了窗户。

第三，真正实现了日本汉学、支那学的现代转型。日本传统汉学形成于安土桃山时代（1573—1603）晚期和江户时期（1603—1868），出现了朱子学派、阳明学派、古义学派和古文辞学派等有较大影响的学派。虽然朱子学派具有意识形态的霸权，但也兴起了与之抗挣的其他学派，这对于学术民主和思想解放具有重要意义。正是在此意义上，源了圆很有见地指出德川时代潜藏了日本的近代性，尤其是各番保持教育市场的竞争，奠定了学派和思想争鸣的基础。②德川时代蕴含了朝向明治时代的连续性，所以明治维新以后不久，在与欧洲和中国晚清学术互动的形势下，很快实现了向支那学即近代汉学的转变，③并在高等学校建立了研究中国的学科，到20世纪初期形成了近代支那学的两大学派：东京学派和京都学派。日本支那学的主体地位在20世纪20年代遭到青木正儿的怀疑，30年代中国文学研究会的同人延续了青木的挑战精神，把这个火越烧越旺，到"二战"结束后基本实现了支那学的现代转型，与美国的中国学接轨并出现了抗衡的态势。那么。在这个转型的过场中，竹内好的鲁迅翻译和研究起了至关重要的作用。

---

① [日] 木山英雄：《也算经验——从竹内好到"鲁迅研究会"》，《鲁迅研究月刊》2005年第7期。
② 参见[日]源了圆著，郭连友译：《德川思想小史》，外语教学和研究出版社，2009年，第6—9页。
③ 参见李庆：《日本汉学史》（第1部），上海人民出版社，2016年，第190页。

竹内好1936年翻译了第一篇鲁迅的文章《死》，一直持续到他死后的1978年还在出版其译著《鲁迅文集》第六卷，高峰期时是20世纪50年代到70年代所编译和参与编译的《鲁迅评论集》（岩波书店，1953）、《续鲁迅作品集》（筑摩书房，1955）、《鲁迅选集》（13卷，岩波书店，1956、1964）、《鲁迅评论集》（岩波书店，1963）和《鲁迅文集》（7卷，筑摩书房，1976）。可以说，翻译鲁迅作品成为竹内好终身追求的事业。竹内好一直认为，日本鲁迅作品的翻译并没有接近鲁迅作品的原貌，无法表达出鲁迅的真意。在《日本的鲁迅翻译》中，他选出《故乡》中的163个字，详细阐述误译是怎样发生的，[1]可见他的用力。竹内好之所以如此，除了抵抗日本文化界对鲁迅作品的肆意误读外，最重要的是对抗日本近代支那学根深蒂固的汉文和训法。早在1941年，《中国文学》连续刊载了两篇"翻译时评"的文章，引起了竹内好与吉川幸次郎关于翻译问题的论争。竹内好的立足点是传统汉学和训法的现代转换，他在回顾自明治维新以来出版中国书的历史基础上，指出这些翻译背后蕴藏了日本傲慢的大国心态，特别肯定了近代日本中国文学作品翻译始于佐藤春夫和增田涉，他们把原来训读的中文变成日文，实现了汉语和日语两种独立语言的转换，从而与传统的汉学家之和训法区别开来。因而，有研究者指出："竹内好对于翻译问题的探讨实际上也隐含了他对日本传统汉学的汉文和训传统的批判和以外国文学为媒介思考日本问题这一研究范式的思考。"[2]在长达30多年的过程中，竹内好以鲁迅作品为对象，一直致力于汉语与日语之间的准确转换，其动机应溯源传统汉学的现代转型。

---

[1] 竹内好『日本の魯迅翻訳』、収『竹内好全集』（第3卷）、筑摩書房、1981年、366—401頁。
[2] 熊文莉：《日本"中国文学研究会"研究》，社会科学文献出版社，2017年，第100页。

传统汉学和支那学的研究对象是中国古代典籍，相关学者认为从事现代中国问题的研究不是学者，而是"支那通"。年青一代的汉学家青木正儿认识到这个问题，并试图通过介绍中国文学革命来改变现状，但其微弱的声音无法与强势的支那学抗争。20世纪30年代，中国文学研究会的同人从一开始就接过了青木正儿手中的旗帜，走上了传统汉学现代转型的道路。竹内好作为中国文学研究会的台柱，在这个问题上做了筚路蓝缕的工作。1935年《中国文学月报》第5期发表了竹内照夫的《关于所谓汉学》（『所謂漢學に就て』），作者把支那学放在传统汉学的延长线上，来捍卫传统汉学的科学地位。竹内好针对这篇文章呼吁同人进行讨论，并在该年同刊第8期上发表《汉学的反省》（『漢學の反省』），副标题是"驳竹内照夫氏论"，特别指出传统汉学不具有实践性，和"现实人生"相去甚远，其实就是传统汉学仅把中国当作研究对象，不关注现实和人本身，也不能坦率讨论和向大众开放。所以，竹内好认为应该改变传统汉学，通过新闻媒体向大众开放，以此来关注中国、日本的现实和人。① 从此进入，竹内好研究中国就有了根本方向，首先是对象上开始广泛关注中国现代作家，他从研究郁达夫开始，转向以鲁迅为中心，旁及茅盾、毛泽东等人的翻译和研究；然后以鲁迅为文化资源，立足于日本和个人的现实，在思想史视野下反思日本的文化和现代化问题，关于鲁迅和相关日本近代化问题的系列论著就是这方面努力的见证和实绩。竹内好最为重要的意义还在于通过文化研究活动促使日本汉学、支那学的现代转型，其中最值得提的两个事情就是成立了中国文学研究会和鲁迅之友会。这两个研究会培养了众多中国当代问题的研究者，他们在日

---

① 見竹内好『漢學の反省』，收『復刻中國文學月報』（第1卷）、1935年、55—56頁。

本思想文化界发生了重大影响，一直持续到今天，比如武田泰淳、冈崎俊夫、增田涉、今村与志雄等人。竹内好这些努力奠定了他中国文化研究中心的地位，并形成了巨大的文化和社会影响力，对"二战"后日本汉学的现代转型及日本中国学的形成起了很大作用。作为一个体制外的文学研究者和思想史家，"竹内好直到晚年都没认可现实中的学院体制和这个体制所保护的知识生产方式，甚至断言日本根本不存在真正意义的'学院派学术'，存在的仅仅是官僚化的伪学术"①。这句话清楚地说明竹内好一生都在与明治维新以来的官僚化的支那学作斗争，正是他如此具有韧性的苦斗才产生良好的效果，使日本中国学不仅与欧美的中国学（Chinese Studies）形成了互动，还具有抗衡的意义，所以赵京华做出了这样的论断："没有竹内好的先驱性开拓工作，也就不会有今天足以和欧美抗衡的日本之现代中国研究的学术发展。"②

竹内好的《鲁迅》引出了日本战后鲁迅学的高峰，从20世纪50年代初开始持续到90年代初。日本战后的国家社会形势，也促使日本民众热爱并阅读鲁迅。这样的民众基础和专业研究态势，造就了日本战后鲁迅学的繁荣。就专业研究领域而言，东京大学学生组织的"鲁迅研究会"培养了新岛淳良、丸山升、尾上兼英、高田淳、伊藤虎丸、木山英雄和北冈正子等重量级的鲁迅研究者；围绕在竹内好周围，东京都立大学学生成立的"中国文学会"及其解散后竹内好私人发起的"鲁迅之友会"，培养了著名的鲁迅研究者今村与志雄、饭仓照平和

---

① 孙歌：《在零和一百之间》，收［日］竹内好著，李冬木等译：《近代的超克》，生活·读书·新知三联书店，2005年，第3页。
② 赵京华：《竹内好的鲁迅论及其民族主体性重建问题——从竹内芳郎对战后日本鲁迅研究的批评说起》，《中国现代文学研究丛刊》2006第3期。

桧山久雄；还有依托京都大学成长起来的相浦杲、伊藤正文和吉田富夫；战后这种研究态势也辐射到东北大学和北海道大学，出现了半泽正二郎、阿部兼也、渡边襄等调查仙台鲁迅的著名研究者。如此众多的研究者，无法一一论及。从日本鲁迅学史的角度看，我们认为竹内好之后的丸山升、伊藤虎丸和仙台鲁迅的调查研究，既有很好的继承，也开拓了研究的新局面，在战后日本鲁迅学中特别值得关注。

第四章

"丸山鲁迅"的"实证"与"革命人"

1952年可以看成是战后日本鲁迅学高峰的开始。这一年美国对日本的占领结束，群众对日本政府不完全讲和的独立表示不满，从而发生了"五一"事件。①据说全国有一百多万人抗议，东京有二三十万人游行，群情激愤，最终与警察发生冲突，死两人，伤一千五百多人。左派人士援引鲁迅《无花的蔷薇之二》表示抗议，把此事比作"三一八"惨案。在这样的背景下，东京大学的学生认为这是借鲁迅宣泄政治怨恨，不是科学的理解，缘此他们成立"鲁迅研究会"，倡导精读鲁迅，并出版刊物《鲁迅研究》（1952—1966）。一般认为，"鲁迅研究会"

---

① 1951年1月美国特使杜勒斯向日本提交了《关于讲和条约的基本要求》，日本财界提出"日本提供基地给美军驻扎""美国保卫日本""缔结日美经济协定""日本再军备"等请求，吉田内阁基本同意上述请求。在此背景下，1951年9月8日美国与日本签署了《对日和平条约》和《日美安全保障条约》，1952年4月28日生效。群众认为，日本没有完全独立，还走上了重新武装和反共军事同盟的道路，所以五一劳动节集会游行表示抗议，结果就发生了"五一"事件（参见［日］藤原彰著，伊文成等译：《日本近代史》（第3卷），商务印书馆，1983年，第155页。［日］雨宫昭一著，包霞琴等译：《占领与改革》，香港中和出版有限公司，2016年，第202—204页）。

的研究成果的最后结晶是丸山升的《鲁迅——他的文学与革命》(『鲁迅 その文学と革命』、平凡社、1965)。尾崎文昭认为,"鲁迅研究会"是作为突破竹内好的鲁迅形象而存在的。① 事实上,由这个研究会培养的丸山升继承了竹内好的问题意识,并开创了属于他的研究范式,因此我们首先要关注丸山升的鲁迅研究,重点探讨他的"实证"方法与"革命人"观点。

第一节 丸山升及其著述的概说

丸山升(まるやま のぼる,1931—2006)出生于东京府荏原郡池上町(现东京都大田区)。1949年入学东京大学教养部文科二类,1953年从东京大学文学部中国文学科毕业。在校期间,参加学生运动和共产主义运动,1950年加入日本共产党。1951年4月5日因参与声援出隆(1892—1980,以共产党员身份参选东京都知事)东京都知事选举被捕,理由是违反了325政令②,5月23日释放。③1952年参与"五一"事件,6月1日在家中被捕,并因此事被告,直到1971年1月经过长达近20年的审判,最后申诉并胜诉才告终结。丸山升

---

① 参见[日]尾崎文昭、薛羽:《战后日本鲁迅研究——尾崎文昭教授访谈录》,《现代中文学刊》2011年第3期。
② 1950年制定了对阻碍联合国日本占领管理行为进行处罚的政令,通称325号政令。该政令修改了1946年根据盟军指令第1号发出的敕令311号,对违反联合国最高司令官的指令、联合国军各司令官发出的命令及为履行指令而违反日本政府规定的法令的行为,将处以10年以下徒刑或20万日元以下的罚金等。
③ [日]丸山昇著、王俊文译:《回想——中国,鲁迅五十年》,《鲁迅研究月刊》2007年第2期。

在《战后五十年》一文中谈到这方面的经历,学生面对被屠杀的危险,他自己关进拘留所,并且被禁止探视。① 留学日本的王俊文感慨:"满脑子日本偶像剧的众多日本留学生们,很难想象1940年代后期到1950年代初期,东京皇居(相当于故宫)前的广场曾被日本广大左派人士命名为'人民广场'吧。而在那激荡的日本'战后民主化'运动时期度过学生时代的丸山升,在1951年和1952年因演讲示威反对美国的日本占领而两次被捕入狱('政令325违反事件'和'五一'事件)。"② 这段经历让丸山升对战后日本社会及其自身有深入的体验和思考,他能走上研究鲁迅而且重点关注20世纪30年代的鲁迅和这个经历直接相关,甚至是催生他提出"革命人"观点的重要原因。1952年主要由东京大学中国文学科学生新岛淳良等人成立"鲁迅研究会",第二年丸山升加入,也可以说是他对"五一"事件的行动性回应。在"鲁迅研究会",同人们讨论学习竹内好《鲁迅》的传记部分,津田孝不赞同竹内好对鲁迅与朱安结婚的怀疑,认为这是探究作家的私事,丸山升写了一篇反对文章发表在同人刊物《鲁迅研究》上,他的同学竹田晃认为这是他研究鲁迅的起点。③ 北冈正子在悼念丸山升文章中说,这个研究会"讨论的是如何学习鲁迅、如何将鲁迅的精神与我们的思考和行动结合起来,采取何种'姿势'面对鲁迅这一问题总是被追问",而且还"对自身的人生态度穷追不舍"④。这些

---

① 参见[日]丸山升著、王俊文译:《鲁迅·革命·历史——丸山升现代中国文学论集》,北京大学出版社,2005年,第385、387页。
② 王俊文:《译后记》,收[日]丸山升著、王俊文译:《鲁迅·革命·历史——丸山升现代中国文学论集》,北京大学出版社,2005年,第405页。
③ 参见[日]竹田晃、佐治俊彦、尾崎文昭、藤井省三、长堀祐造、及川淳子著,王俊文译,铃木将久校:《丸山升先生的思想、人格和学问——日本东方学会"缅怀先学丸山升先生"座谈会记录》,《现代中文学刊》2019年第4期。
④ [日]北冈正子著、王俊文译:《悼丸山昇师兄》,《鲁迅研究月刊》2007年第2期。

都说明了丸山升研究鲁迅的根基。木山英雄说,"鲁迅研究会"在他1955年入会时还有一个"分科会",主要研究鲁迅与旧中国的关系,以高田淳和新岛淳良为主,而丸山升则执着于学习鲁迅的"思想态度"。① 丸山升的职业生涯比较单一,一直在高校从事教学研究工作。1961年他修完东京大学大学院博士课程后,在东京教育大学当非常勤讲师,1965年任国学院大学文学部讲师,1967年任和光大学人文学部副教授,1972年任东京大学文学部副教授,1981年升任教授,1992年从东京大学文学部退休,转任樱美林大学教授,2002年退职后担任樱美林大学名誉教授,2006年因病去世。去世后,中日鲁迅学界进行了悼念活动,北冈正子、木山英雄、陈平原、王锡荣等人都撰写了纪念文章。

丸山升关于鲁迅研究的核心著作是《鲁迅——他的文学与革命》和《鲁迅与革命文学》(『鲁迅と革命文学』、纪伊国屋書店、1972、1994),其他重要的鲁迅研究著作还有《鲁迅·文学·历史》(『鲁迅·文学·歷史』、汲古書院、2004)和中文版的《鲁迅·革命·历史》(王俊文译,北京大学出版社,2005),此外还有《一位中国特派员——山上正义与鲁迅》(『ある中国特派員 山上正義と鲁迅』、中公新書、1976;增訂版:田畑書店、1997)等。《鲁迅——他的文学与革命》是作为"鲁迅研究会"的成果见证,体现了丸山升研究鲁迅的出发点,包括"所谓'寂寞'——辛亥革命中的鲁迅""关于'黑暗'与'光明'""鲁迅的革命的再生""革命和文学者"四部分内容,书后面有参考文献和鲁迅年谱,主要研究前上海时期的鲁迅。《鲁迅与文学革命》是丸山升继前上海时期的鲁迅研究而写,在

---

① 参见[日]木山英雄著、景慧译:《告别丸山昇》,《鲁迅研究月刊》2007年第9期。

内容上表现了明显的衔接性，详细分析了1930年前后处在革命文学论争中心的鲁迅，深入解析了"革命文学"，挑战了定说，具体包括《序章》《鲁迅与"清党"——关于文学革命的说法》《围绕革命文学争论的情况——论争的前提》《革命文学争论中的鲁迅》，最后附有《革命文学关系年表》。这两部书实际上是鲁迅的传记，但偏重从"革命"角度看待鲁迅的一生，是"丸山鲁迅"得以形成的标志。《鲁迅·文学·历史》汇总了丸山升单行本未收录的论文，全书分三个部分：第一部分是关于鲁迅的10篇文章；第二部分围绕知识分子谈论各种问题的6篇文章；第三部分关于日本中国文学研究的回顾及对恩师的回忆，叙述客观冷静，观察视角敏锐，体现了丸山升研究中国文学一贯的特点。中文版的《鲁迅·革命·历史——丸山升现代中国文学论集》由丸山升亲自参与编选内容、校对译稿，并撰写《后记》，全书共收16篇文章，其中《辛亥革命及其挫折》来自《鲁迅——他的文学与革命》第一部分第六章，《"文学革命论战"中的鲁迅》是《鲁迅与革命文学》第三章。其余十四篇为：《鲁迅和〈宣言一篇〉——与〈壁下译丛〉中的武者小路实笃、有岛的关系》（原载1961年4月《中国文学研究》）、《中国的文学评论与文学政策——围绕何其芳的一篇论文》（原载1972年6月青木书店《现代与思想》8号）、《围绕1935年、1936年的"王明路线"——"国防文学论战"与"文化大革命"I》（原载1968年2月《东洋文化》44号）、《关于"国防文学论战"——"国防文学论战"与"文化大革命"II》（原载1972年3月《东洋文化》52号）、《关于周扬等人的"颠倒历史"——"国防文学论战"与"文化大革命"III》（原载1976年3月《东洋文化》56号）、《作为问题的1930年代——从"左联"研究、鲁迅研究的角度谈起》（原载藤井省三编《1930年代中国的研究》，亚洲经济出版会，1975）、《从萧乾看中国知识分子的选择》（原载《1988年10月《日本中国学会报》第40集》）、《建国前夕文化界的一个断面——〈从萧乾看中国知识分子的选择〉补遗》（原载1990年《中国现代文学论集》）、《由〈答徐懋庸并关于抗日统一战线问题〉手稿引发的思考——谈晚年鲁迅与冯雪峰》（原载1993年6月《中国——社会与文化》第8号）、《鲁迅的"第三种人"观——围绕"第三种人"论争的再评价》（原载1985年3月《东洋文化研究所纪要》第97号）、《围绕施蛰存与鲁迅的论争——关于晚年鲁迅的笔记·一》（原载1995年3月樱美林大学《中国文学论丛》第20号）、《日本鲁迅研究》（原载伊藤虎丸、祖父江昭二、丸山升编《现代文学中的中国与日本》，汲古书院，1986）、《关于中国现代文学研究的一己之见》（原载中国社科院文学所《文学评论》1989年第2期）、《战后五十年——中国现代文学研究的回顾》（原载1996年2月中国文艺研究会《野草》杂志第57号）。从编选的这些文章可以看出，基本含括了丸山升一生的研究成果，展现了他的研究起始、展开的过程，可以看作是"丸山鲁迅"生命轨迹，但重点是放在展现丸山升从历史、现实的不同侧面考察晚年鲁迅的文学观。《日本的鲁迅研究》是丸山升梳理日本鲁迅学史的重要文章，理清了日本战前战后的鲁迅学的基本轮廓，对我们认识日本鲁迅学具有重要的参考价值。

第二节　也说丸山升的"实证"

丸山升的两本核心著作实际上是鲁迅的传记。他把关注点集中在这个问题上，应该是两个原因导致的：一是1952年的"五一"事件左派人士曲解鲁迅以表达他们的政治怨恨,这引起了"鲁迅研究会"同人的不满;二是竹内好的鲁迅研究已经指出对已有传记的不满,而他本人并没有因为这个不满而交出令"鲁迅研究会"同人满意的答案。竹内好的鲁迅研究具有明显的反传统汉学的色彩,这就意味着他反对考据训诂的研究方法,但事实上他又对鲁迅传记和鲁迅文学作品的真实性发出了很多疑问。竹内好实质上是在追求鲁迅存在的真相,所用的重要方法依然是实证,这极像"五四"时期中国激进的知识分子反抗传统,可他们骨子里都和传统有着千丝万缕的关系。竹内好的这个问题意识显然和他言语上反对传统汉学的实证研究相矛盾,所以他的实证被他的言说策略掩盖了。有研究者也认为:"'竹内鲁迅'也是有着实证品格的,竹内好在《鲁迅》和《鲁迅入门》二书中都不太强调自己的实证工作,只是因时代与言说策略不同而已。"①并进而在此基础上认为丸山升的"实证"既是竹内好问题意识的延伸又是策略。这句话是一半对一半不对。延伸了竹内好的问题意识没有疑问,但把丸山升的"实证"说成言说策略则是把丸山升的鲁迅研究方法置于不明朗的地步。丸山升很清楚地打起"实证"的大旗,直接把他的鲁迅研究建立在扎实的历史事实和文献基础上,这和他直面学术传统和现实社会的人格品质是相一致的。所以,在此就需要说清从竹内好的"实证"到丸山升的"实证"的路径,进而凸显后者实证的独特价值。

竹内好的"实证"不完全是历史学和文献学的,而更多的是"文学者"的。作家和日常生活中的人不同,所以作品中的作家戴有面具。竹内好就是要揭开这个面具,看到作家作为真实的人的那一面。我们都已经认识到,最能反映鲁迅本人真实性的那些作品——《朝花夕拾》

---

① 靳丛林、李明晖等:《日本鲁迅研究史论》,社会科学文献出版社,2019年,第95页。

《野草》及自序传略——都带有诗性（文学虚构或启蒙者化）的成分。这是竹内好"实证"的出发点，其实就是人性真实的实证。以此出发，竹内好就通过作品探讨作品之外的生活中的周树人，而不是作家鲁迅。①在《鲁迅》中，竹内好率先向鲁迅的传记材料发问：鲁迅何以不在自传中谈他的祖父？何以这么早与朱安结婚？何以与周作人失和？对于第二个问题，我们今天已经有了比较固定的看法，余下的两个问题还有很多讨论的空间。在谈论鲁迅思想的形成时，他又对"幻灯事件"对于鲁迅弃医从文的作用产生了怀疑。竹内好始终在追索鲁迅人生和思想的真实。如果把竹内好的疑问放在整个鲁迅一生的历程中看，主要涉及鲁迅早年的生涯，对于登上文坛后的事情则主要是分析鲁迅的作品以及因此而带来的文学与政治的关系问题。事实上，鲁迅南下左转还有更多需要搞清楚的地方。这是中野重治曾经开拓的研究领域，当然更是竹内好给丸山升留下的空间。丸山升沿着竹内好的实证路径，把一生的精力都倾注到鲁迅生命的中后阶段，特别是对后期革命文学和文学论争的持续性关注。他是想推进竹内好没有做好的工作，把作为作家的鲁迅还原成完整的真实的周树人。在《鲁迅与革命文学》一书的序言中，他说：

> この本で私が書こうとしているのは、主に一九三〇年代の入口における魯迅についてである。魯迅の生涯を前期と後期とに大別する見方では、後期と考えられている時期の始まりがこの本の対象になるわけである。魯迅は一八八一年に生まれ、一九三六年に死んでいるから、後期

---

①参见[日]竹内好著，李冬木等译：《近代的超克》，生活·读书·新知三联书店，2005年，第7页。

といわれる時期は晩年の数年にすぎないが、それが四十数年に及ぶ前期に対して「後期」としてまとめられるのは、魯迅のつぎのような文章に基づいている。(在这本书中我所写的主要是关于1930年代开端的鲁迅。从将鲁迅的一生大致分为前期和后期的观点来看，后期和考察这个时期的开始则是这本书的对象。鲁迅出生于1881年，死于1936年，常说的后期不过是晚年的几年，而相对四十几年的前期，将其总结为"后期"，是基于鲁迅的以下文章。)①

丸山升说得很清楚，他的研究对象是20世纪30年代的鲁迅，他总结"后期"是针对前四十几年继续对鲁迅进行完整的呈现，所以他的潜在话语是说鲁迅前四十年在《鲁迅——他的文学与革命》中已经讨论了，而且竹内好关于这方面也有传记的疑问。那么，丸山升怎样完成这个工作呢？丸山升把自己的研究放在竹内好鲁迅研究的语境下推进，在序言中反复提到《鲁迅》中的观点。他的着力点是看到作为人的鲁迅的真实人生和思想，王中忱如此评价："我觉得丸山先生的研究，不是那种冷冰冰的实证，在他的实证性文字中，可以强烈感受到他对历史的尊重和对历史人物'同情的理解'。"②关于"实证"，丸山升构建了他与竹内好对读的语境：

> ただこの点に関して念のためにいえば、私は彼の光復会加入が確認された時点で、後から歩く者の特権に乗って、

---

① 丸山昇『魯迅と革命文学』（精選復刻紀伊国屋新書）、紀伊国屋新書店、1994年、7頁。
② 王中忱：《略说丸山昇先生的"实证研究"——在〈鲁迅·革命·历史〉出版纪念座谈会上的发言》，《鲁迅研究月刊》2006年第1期。

自らの見解が史実に近いことを誇っているのてはない。竹内氏の『魯迅』全体にとって、そのような「史実」とのちがいなど些事にすぎない。一九四三年に、そのような「文学者」魯迅を設定することによって、自らの姿勢を保とうとした氏の営みがほとんど必死のものであったことは、太平洋戰争開戰直後の『中國文學』一九四二年一月号に『大東亞戰争と吾等の決意』を書き、同じ年の十一月号に『大東亞文学者大会について』を書いた足跡を見れば、いくらか理解できるはずである。（关于这一点，为了慎重起见，我在确认他加入光复会的时候，并没有乘机行使后来者的特权，炫耀自己的见解接近史实。就竹内先生的《鲁迅》整体而言，这样的"史实"只是微不足道的小事。一九四三年，由于设定了那样的"文学者"鲁迅，为了保持自己的姿态，他的工作几乎是拼命的。此外，他还在太平洋战争爆发后的一九四二年一月号的《中国文学》上写下了《大东亚战争与吾等的决意》，并在同一年的十一月号上能见到他所写的《关于大东亚文学者大会》，看了这些文章，应该多少有些理解了。）①

丸山升在这段文章的前面讲到他在《鲁迅——他的革命与文学》中肯定了鲁迅加入光复会。② 竹内好在《鲁迅》一书中遵从了周作人的观点认为鲁迅没有加入政治团体（光复会和同盟会）。③ 丸山升在

---

① 丸山昇『魯迅と革命文学』（精選復刻紀伊国屋新書）、紀伊国屋書店、1994 年、11 頁。
② 参阅丸山昇『魯迅 その文学と革命』、平凡社、1965 年、49—52 頁。
③ 参见 [日] 竹内好著，李冬木等译：《近代的超克》，生活·读书·新知三联书店，2005 年，第 62、64 页。

此证明了鲁迅加入了光复会,但他并没有炫耀自己的"实证"接近历史真实,而是认为竹内好在"文学者"的视野下看鲁迅,并且做了拼命的工作,对于有无这个事实是一个小事。也就是说,丸山升认为自己的视角和竹内好有区别,但在回归真实的鲁迅上他显然受到竹内好的影响。丸山升不仅对鲁迅持有"同情的理解"和历史的尊重,对竹内好研究工作也同样秉持了这个原则。

从《鲁迅——他的革命与文学》到《鲁迅与文学革命》清晰地呈现了这种实证的路径,也留下了竹内好思考问题的痕迹。作为处女作的前著其实更多的是对中国当时发表的鲁迅生平资料的翻译和梳理,目的是让日本学界更清楚地了解鲁迅。这就是解决竹内好提出的传记的疑问,而且在具体细节上有明显的证据,比如关于鲁迅祖父的问题,他谈到许广平《鲁迅回忆录》中的相关记录:

> 据说,祖父曾经让鲁迅抄写戊戌变法时礼部尚书许应骙弹劾变法派康有为的奏折,这个许应骙是鲁迅后来的夫人许广平的叔祖父,所以鲁迅开玩笑说,自己从年轻时就受到许氏一族的困扰(许广平《鲁迅回忆录》)。但鲁迅在《琐记》中却把这件事写成是"一位本家的老辈"让他抄写那份奏折,这看起来更像是其后接触到的椒生所为,在时期上也很符合,所以应该是许广平记错了。①

靳丛林和李明晖没有讨论许广平的动机,或许许氏也看到鲁迅不

---

① 转引自靳丛林、李明晖:《日本鲁迅研究史论》,社会科学文献出版社,2019年,第97页。见丸山昇『魯迅 その文学と革命』、平凡社、1965年、18—19頁。

太关注他祖父,而且认为鲁迅应该是不喜欢其祖父的,就在这里添加了几笔,不过许广平做了给鲁迅涂粉的工作,后来朱正通过考证把这个事情说清了。①我们认为,丸山升选择这个例子是受到竹内好的影响,还是沿袭了他对鲁迅不写他祖父的疑问,继续还原真相。当然,丸山升不可能看到朱正写的《鲁迅回忆录正误》(初版是1979年湖南文艺出版社出版的),他参阅《琐记》证实了许广平是错误的。反过来,或许朱正了解过丸山升的研究?但这个问题无关紧要。还可以看同一本书中的一个例子,关于鲁迅应聘书店编译员的事情。

  鲁迅的《著者自序传略》写道,他进而在第二年辞去绍兴的工作,想在一家书店做编译员,到底被拒绝了,但辛亥革命也就发生。然而周作人在《鲁迅的故家》中将鲁迅想当书店编译员的时期记述为介于辛亥革命后担任绍兴师范学堂校长、进而辞职之后与去南京的教育部赴职之间。《鲁迅的故家》是一本极尽详细的书,但若细心调查还是会不时发现其中前后矛盾的地方。周作人在过了数年所写的《鲁迅的青年时代》中,也有被视为订正《鲁迅的故家》的记载的部分,可是也不一定能够全信。这种情况下,因为《朝花夕拾》的《范爱农》中的记述也是辞去师范校长后马上进教育部,因此我想还是相信鲁迅自己的记述,认为周作人记忆有误比较合适。不过,如同我曾多次提到的,《朝花夕拾》大半是虚构,其他文章也由于写作当时的心境而有较多润色或被简单化了,很难断定其真实性。当然,鲁迅何时想当书店编译员这件事

---

① 参见朱正:《鲁迅回忆录正误》,人民文学出版社,1986年,第5—11页。

本身搁在其中任一阶段都没有太大关系，我只是想作一个例子提一句：即便《著者自序传略》与《鲁迅的故家》这种核心的传记资料，也存在这样的问题。①

这里引述了很长的一段译文，是为了更清楚地看到丸山升的思路和竹内好的关系。竹内好在《鲁迅》中说过，因为他对他看到的二三种传记传说化的不满意，所以准备写一本克服这个问题的书，也就是所谓对传记资料的疑问。丸山升也是一样，他对中国的传记资料也充满疑问，说即是核心的传记资料也不能全部相信。这就是竹内好的问题意识和实证观念的延伸，只不过丸山升面对的传记资料更丰富一些，他提问的对象发生了变化。更为细小的地方也能看到丸山升走在竹内好的延长线上，竹内好讲："《朝花夕拾》在通常的情况下被强调的是作为自传的一面，但我在很大程度上感到它们是作品，并以为是《故乡》系统小说的延长。"②《故乡》是小说，因此竹内好所说的《朝花夕拾》是"作品"，就意味着它是像小说一样的"作品"具有虚构性，所以这部散文集在竹内好看来是不真实的自传。丸山升直接表述为《朝花夕拾》大半是虚构的，很难确定他的真实性，其看法和竹内好没有本质区别，不同的是竹内好是放在讨论鲁迅作品的系统上，而丸山升是讨论鲁迅辛亥革命的挫折在他作品中的表现，而进入作品中的这些表现并非周树人实际经历的事情。紧接着这一段引文后面，丸山升就引用了竹内好所说的《狂人日记》前六年鲁迅这段不为人了解的经历，但现在随着周作人《鲁迅的故家》出版，已经可以有相当的了解了，

---

① [日] 丸山升著，王俊文译：《鲁迅·革命·历史——丸山升现代中国文学论集》，北京大学出版社，2005年，第24—25页。
② [日] 竹内好著，李冬木等译：《近代的超克》，生活·读书·新知三联书店，2005年，第92页。

但仍然残留着不清楚的地方。丸山升在文中分析了鲁迅很多作品,也涉及到他的学术作品,主要辨析辛亥革命的挫折在鲁迅作品中哪些是真实的哪些是虚构的,都是在怀疑的视野下进行的,这明显是在作者、作品和现实的关系中进行文学批评,和竹内好在《鲁迅》中所用的文学批评方法异曲同工。进一步讲,就是结合知人论世和以意逆志,立足鲁迅及其传记文献,把鲁迅的辛亥革命的经历在作品中的曲折表现呈现出来。

丸山升的实证研究持续了一生,而且到后期越来越突出。关于这方面的一篇典型的文章是《由〈答徐懋庸并关于抗日统一战线问题〉手稿引发的思考——谈晚年鲁迅与冯雪峰》(1992)。在这篇文章的开头就指出,文章通过手稿尝试考察鲁迅晚年的心境、思想及与其相关的研究方法等问题。关于这个问题的想法,作者早在20世纪80年代就产生了,而且当时分别在《日本的鲁迅研究 下》(1981)和《鲁迅的"第三种人"观——围绕"第三种人"论争的再评价》(1985)两篇文章中提出了一系列的相关疑问,但没有继续下去的原因是没有看到一手文献,即《答徐懋庸并关于抗日统一战线问题》的手稿。1986年中国的文物出版社发行了《鲁迅手稿全集文稿》第一函第七册,收有该手稿,东京大学文学部中文研究室后来购入,所以1989年下半年丸山升就看到了这个手稿。① 得到手稿后的三年时间内,丸山升对手稿进行了对照和校勘,1992年就提供了这个研究报告。我们从论文中可以看到,丸山升的工作非常精细,分析《手稿》构成,明确哪些地方是冯雪峰所写哪些地方是鲁迅所写,然后分别解读《手稿》的每一部分,指出鲁迅对冯雪峰草稿的修改和润色,从中体现鲁迅与冯雪峰的微妙区别。最让人惊叹的是对鲁迅与郑振铎关系的分析。冯

---

① 参见[日]丸山升著,王俊文译:《鲁迅·革命·历史——丸山升现代中国文学论集》,北京大学出版社,2005年,第258页。

雪峰的手稿例举了鲁迅与茅盾、郭沫若、郑振铎三人关系不坏,但鲁迅改稿时把郑振铎删去了。这引起了丸山升注意,于是他搜罗鲁迅写给相关人员的信件、黄源回忆《译文》的文章、茅盾的回想录、《鲁迅全集》中相关日记的注释及《鲁迅年谱》等材料,提出"鲁迅即使在听了冯雪峰的说明之后,也没有从政治方面把上述问题作为统一战线的形态来把握,比较起来他更倾向于把它视为郑振铎、傅东华围绕《文学》与《译文》的'权谋'问题"①。论文最后指出鲁迅对周扬等人的不信任和"郑傅"的不信任,导致鲁迅多疑的心态,进而说明了冯雪峰与鲁迅关系的复杂性:前者坚持无产阶级的领导权,后者则是保卫最低限度的"主体权",实际上还是政治与文学的区别问题。丸山升在论文的最后指出:

> 不把鲁迅或是鲁迅以外的个人、集团、意识形态作为绝对的尺度;而是把历史作为有时联合有时对立相争的、人们一切行为的总和来把握,并由此来思考历史所有的多种可能性和现实的历史发展道路的意义。②

丸山升通过手稿和各种文献的比对把握了鲁迅微妙的心态,揭示了冯雪峰的立场,最终目的是想还原历史的真实面貌以及它对现实发展的启示。这种实证研究方法的根基在于文献校勘比对和历史事实本身,但丸山升充分注意到方法与情感性的人之间的复杂纠缠,这样就

---

① [日]丸山升著,王俊文译:《鲁迅·革命·历史——丸山升现代中国文学论集》,北京大学出版社,2005年,第268页。
② [日]丸山升著,王俊文译:《鲁迅·革命·历史——丸山升现代中国文学论集》,北京大学出版社,2005年,第275页。

回到了文学所反映的个性真实的问题上。丸山升在广阔的历史横断面上置放鲁迅，复现特定历史时期个人的不同音调，又把竹内好提出的问题大大地向前推进了一步，而且有反拨竹内好反对传统汉学知识主义的实证方法的趋势，显示了拿来京都学派文献学方法的迹象，只不过对象从古代文学转移到中国现代文学。后继者北冈正子正是沿着这条路继续深入，在她的晚年为日本鲁迅学贡献了实证研究的大餐。

丸山升思想史的研究受丸山真男的影响是明显的，但实证研究受到丸山真男的启发似乎不大被人关注。在《鲁迅与革命文学》的最后一章《"革命文学论战"中的鲁迅》（『革命文學論戰における魯迅』）中，丸山升讲了一段这样的话：

> 恐怕正如丸山真男等所指出的那样，这与马克思主义在日本近代思想史（在此特别是文学史）上几乎是唯一的"科学"和"世界观"这一情况有关吧。"马克思主义对于文学者来说，并不是可以任意'取长补短'的简单的'技法'，它是大把抓住一个人的整个思考而不放开的具有'理论构造'的思想。"（丸山真男《近代日本的思想与文学》）当对于作为马克思主义文学论的"理论构造"支柱之一的这一命题感到抵触时，不是以此为媒介，致力于"构造"自身的深化与发展，而一味地将它视为"世界观"把握不充分的证据，其理由即在于此。此外也许还可以加上一条理由，比起在同现实的联系中把握文学、艺术，日本历史中从现实逃避或隐遁以寻求文学、艺术的根据的传统一直比较强。①

---

① [日] 丸山升著，王俊文译：《鲁迅·革命·历史——丸山升现代中国文学论集》，北京大学出版社，2005年，第43页。

丸山升认为鲁迅不像创造社和太阳社那些人一样，把马克思主义作为权威来认识，而是通过抵抗既不完全投入其中也不完全拒绝，并且也没有陷入浅薄的折中主义地接受马克思主义，所以是成功地接受了马克思主义的本质内容。这一抵抗的思维是来自竹内好，但理论成分是来自丸山真男。丸山真男在《日本的思想》（『日本の思想』）一书的第二部《近代日本的思想与文学》（『近代日本の思想と文学』），设置了政治—科学—文学的讨论框架，然后历时性地分析了明治以来日本文学批评的演变，实际上就是政治与文学、科学与文学的联合和对抗的问题。随着日本社会的演变，社会、政治、国家、阶级等在文学批评中登场，马克思主义也随之登场，并刮起了日本文学批评的"台风"。丸山真男批评了马克思主义在一个阶段作为"理论构造"成为日本文学批评唯一的"科学"和"世界观"，正如同中国的后期创造社和新兴的太阳社那样，把马克思主义上升为分析文学的唯一工具。在丸山升引文的前一段，丸山真男这样讲：

> むろん科学的批評とか、実証的方法とかいう言葉はフランス自然主義の輸入以来しばしば論じられて来た。しかしそうした場合の「方法」とは、ほとんど「技法」以上の意味をもたなかった。もっとも「技法」としてもはなはだあやふやな理解であったことは、いろいろの人によってすでに指摘されているとおりであるが、ともかくそこでは、「科学」とか「実証的」とかいうシンボルに対する憧憬や、またそれに対する懐疑はあったにしても、そうした「方法」が文学の自律性を根底からゆりうごかすものとは考えられず、せいぜいどこまで「摂取」できるかというかたちで意

識されていたにとどまる。その意味では、「科学」と「文学」はやはり馳けくらべのなカテゴリーで捉えられていたといってよい。(当然，科学性的批评、实证的方法等词语，从法国自然主义输入以来，就一直在讨论着。但是，那种场合的"方法"和大体上的"技法"，几乎都没有以上的意思。尽管很多人已经指出，作为"技法"也是非常含糊的理解，但不管怎么说，对于"科学""实证性"等象征的憧憬，或者对其抱有怀疑，那样的"方法"并不能从根本上思考文学的自身规律，只不过以可"摄取"的形式被意识到而已。从这个意义上来说，"科学"和"文学"实际上是被捕捉到的动态类型。)[1]

这段文字讲日本实证的、科学的文学批评方法是引进法国自然主义的产物，但这种"方法"还没有上升到内在规律的程度，只是拿来科学主义的实证方法而已，也就是说实证和科学还外在于文学。但马克思主义的"台风"刮来之后，情况就完全不一样了，它不再是可以"取长补短"的"技法"，而是本质性地、排他性地影响了文学及文学批评。丸山升在此理解为，当抵抗具有"理论构造"性质的马克思主义文学论时，不是以此为媒介发生竹内好所谓的"回心"，即达到自身的深化和发展，而是停留在外部的这种"世界观"把握的不充分上，即对马克思主义把握的不充分。这就像创造社和太阳社批评鲁迅一样，说他没有掌握新的思想武器——马克思主义。同时丸山升也明白，日本文学的传统和中国古代一样，更容易从现实中逃避以寻求文

---

[1] 丸山真男『日本の思想』、岩波書店、1961年、79頁。

学和艺术的根据，就是"五四"时期被批判的"山林文学"。那么，我们就有理由相信，丸山升是把鲁迅文学和鲁迅所处的现实相联结的，他从丸山真男那里获得了启发，没有停留在用马克思主义作为外在的"理论构造"来统合文学上，而是理解了马克思主义的精髓，用唯物实证的方法穿透鲁迅，进而进入鲁迅思想的深层。这样，丸山升的"实证"就不再是明治维新后京都学派那种"实证"，而是吸收其文献学的方法再融合马克思主义的"社会""阶级"的"实证"，体现了"实证"研究否定之否定的历史辩证法。自丸山升以后，日本鲁迅研究继承了竹内好求真的问题意识，融合了传统积累的实证方法，也吸取了马克思主义唯物主义的思想，在仙台鲁迅研究和鲁迅留日时期作品研究上取得了举世瞩目的成就。前者的代表有半泽正二郎、阿部兼也等，后者则有北冈正子、李冬木等。关于他们的贡献，我们在后面会陆续进行深入的讨论。

第三节　再谈丸山升的"革命人"

　　丸山升的"实证"不是为"实证"而"实证"，他是想通过文献和历史事实回到真实的鲁迅，进而讨论贯穿鲁迅一生的思想。他集中精力研究南下到上海这段时间的鲁迅，把鲁迅及其周边的历史原貌还原出来，是为了看到鲁迅幽微的心理，以最终展现鲁迅的核心问题。严格意义上讲，丸山升是以实证研究通往鲁迅内部的思想史家。他最后得出结论，鲁迅是"革命人"。那么，他是如何在日本鲁迅学史上展现他这一发现的？

在讨论竹内好时，讲到他的"政治与文学"其实可以用"革命与文学"来代替。他延续小田岳夫的未竟事业，把鲁迅和孙中山对读，然后发现了鲁迅"永远革命"的精神，但他没有提供更多的证据，特别是没有充分认识到上海时期革命文学论战对于鲁迅"革命人"精神的价值。另一方面，竹内好讲的"永远革命"是来自孙中山"革命尚未成功，同志仍须努力"，是政治意义上的或者是启蒙者意义上的。鲁迅和孙中山的相通在于"文学者鲁迅"蕴含了"永远革命"或者启蒙者的精神，也就是说竹内好的最终归宿是"文学者鲁迅"，即"文学者鲁迅"是鲁迅的根本。这两个方面成为丸山升生发现新问题的契机，他讲："竹内好氏将他第一本专著《鲁迅》的中心思想概括为立于'文学者鲁迅无限生发出启蒙者鲁迅的终极之处'，如果套用他的说法，可以说我的立场是探寻'将革命作为终极课题而生活着的鲁迅（倘若从他后来的话语中寻找形容这样的鲁迅最合适的词，我想应该是'革命人'吧）生发出文学者鲁迅的这一无限运动'。"[①] 丸山升的看法和竹内好相反，他认为"革命人"才是鲁迅的根本，"文学者鲁迅"是从"革命人"那里生发出来的，这其实就把竹内好那句话中的"启蒙者鲁迅"变成"革命人鲁迅"。从上面可知，竹内好的"启蒙者"可以用"革命者""政治者"代替。按照竹内好的叙述，"文学者鲁迅"就是"革命者"没有出路以后，才"回心"于文学，并在此找到抵抗革命或者政治失败的动力。丸山升和竹内好的不同在于，他认为鲁迅并没有在"革命"的终极处"回心"于文学，鲁迅本身始终就处在革命或者政治之中。

[①] [日]丸山升著，王俊文译：《鲁迅·革命·历史——丸山升现代中国文学论集》，北京大学出版社，2005年，第30页。

确实至少到 1920 年代中期之前，离开这一"寂寞"将无法讨论鲁迅的文学，但是，重要的是寂寞也罢、绝望也罢，一切都无法片刻离开中国革命、中国的变革这一课题，中国革命这一问题始终在鲁迅的根源之处，而且这一"革命"不是对他身外的组织、政治势力的距离、忠诚问题，而正是他自身的问题。一言以蔽之，鲁迅原本就处于政治的场中，所有问题都与政治课题相联结；或者可以进一步说，所有问题的存在方式本身都处于政治的场中，"革命"问题作为一条经线贯穿鲁迅的全部。①

丸山升的这个判断体现了他实证的方法论根基，他从中国现代社会变革的客观实际出发来界定鲁迅，把鲁迅放在"无法片刻离开中国革命"的语境中，完全是"知人论世"。

"革命人"思想萌芽于《鲁迅——他的文学与革命》，成型于《鲁迅与革命文学》。从前者到后者，是丸山升思想提升的过程，并且始终处在与竹内好对话的场中。在《鲁迅——他的文学与革命》中，丸山升把鲁迅到上海之前的生涯视为他"革命"的体验。"鲁迅之前积累起来的情感和思想，在结晶为弃医从文这个举动的那一刻，也'结晶'为革命。"②辛亥革命对鲁迅就是"革命"的挫折，是内在于他自己的事情，"辛亥革命的败北就是他自身的败北"③。而此后登上文坛就是鲁迅"革命"的复活，在作品中所表现的正是辛亥革命留给鲁迅的"黑暗""寂寞"和"挫折"，而这些以文学革命的方式再一次唤

---

① [日]丸山升著，王俊文译：《鲁迅·革命·历史——丸山升现代中国文学论集》，北京大学出版社，2005 年，第 29 页。
② 靳丛林、李明晖等：《日本鲁迅研究史论》，社会科学文献出版社，2019 年，第 104 页。
③ [日]丸山升著，王俊文译：《鲁迅·革命·历史——丸山升现代中国文学论集》，北京大学出版社，2005 年，第 39 页。

醒了鲁迅的革命，其实是通过表现"挫折"而激发革命，在南下的过程中对北伐的关注正体现鲁迅对革命的一贯向往。直到上海时期，鲁迅参加革命文学论争，而且还加入"左联"、民权保障同盟和自由大同盟，从事文学性的政治活动，这显然也是鲁迅的"革命"行为。这和竹内好所说的鲁迅在革命终极处"回心"到"文学者"有差别，丸山升想通过强有力的生平资料证实鲁迅始终处在政治革命的场中，只不过是"革命"有挫折有复活再有挫折再有复活罢了，因此就不是竹内好所谓"回心"到文学者的问题。但这并不意味着丸山升否定了"文学者鲁迅"，作者是想在整个中国现代文学无法剥离政治革命的这一客观实际中看待鲁迅，就是说鲁迅的文学和革命同时在场，而革命又是作为根本生发了文学的在场。这样就突围了竹内好政治与文学对立的问题，试图解决竹内好的悖论："我在序章中假称的文学者鲁迅和启蒙者鲁迅的对立，或者是和回心之轴相关的政治与文学的对立，便是这种奇妙的纠结的核心。"①丸山升此书的最后一章《鲁迅与文学者》没有前面三章扎实，他自己感觉到这个问题并想要通过另一本书来推进这个问题（鲁迅后期的问题）的研究，②所以"《鲁迅与革命文学》不但是《鲁迅——他的文学与革命》的'续篇'，也是丸山昇（升）鲁迅研究的自我修正、补充和完成"③。这说明，丸山升"革命人"思想最终成型是在《鲁迅与革命文学》一书中，书中三章内容是历时性的推进过程。第一章《鲁迅与"清党"》的副标题是"关于革命文学的说法（革命文学ということばについて）"，就是把鲁迅放在国

---

① [日]竹内好著，李冬木等译：《近代的超克》，生活·读书·新知三联书店，2005年，第109页。
② 丸山昇『魯迅と革命文学』（精選復刻紀伊国屋新書）、紀伊国屋書店、1994年、19頁。
③ 靳丛林、李明晖等：《日本鲁迅研究史论》，社会科学文献出版社，2019年，第117页。

民党"清党"的背景下，看鲁迅相关文献中关于"革命文学"的言论。丸山升的问题意识在于他认为日本的鲁迅研究没有真正把握到鲁迅的根本，"政治与文学"可用"革命与文学"来替换，"革命文学论战"都是"革命与文学"的问题。这当然也是竹内好的起点，可丸山升把"革命"问题作为鲁迅的本质来看的，并不同于竹内好的"文学者鲁迅"。

  「革命文学論戦」における、ないしは「革命と文学」の問題における、魯迅の思想の根本に位置するものとして、しばしば引かれるものに、「革命人」という言葉がある。（在"革命文学论战"中，甚至在"革命和文学"的问题上，作为确定鲁迅思想位置的根本，常常被吸引的地方，是"革命人"的这个说法。）①

  丸山升提取了鲁迅1927年所写的三个核心文献，即《革命时代的文学》《革命文学》和《文艺与政治的歧途》，来论证他的"革命人"思想。首先他认为《革命时代的文学》处在这个问题的起始位置，他引用文中的一段话，这段话正好是竹内好在《鲁迅》中所引的话，不过竹内好分作两段前后出现，②而丸山升是作为一段引出来的：

  但在这革命地方的文学家，恐怕总喜欢说文学和革命是大有关系的，例如可以用这来宣传，鼓动，煽动，促进革命

---

① 丸山昇『魯迅と革命文学』（精選復刻紀伊国屋新書）、紀伊国屋書店、1994年、21頁。
② [日]竹内好著，李冬木等译：《近代的超克》，生活·读书·新知三联书店，2005年，第131、132页。

和完成革命。不过我想，这样的文章是无力的，因为好的文艺作品，向来多是不受别人命令，不顾利害，自然而然地从心中流露的东西；如果先挂起一个题目，做起文章来，那又何异于八股，在文学中并无价值，更说不到能否感动人了。为革命起见，要有"革命人"，"革命文学"倒无须急急，革命人做出东西来，才是革命文学。①

这段话的后面，丸山升没有解释，就直接把稍后鲁迅写的《革命文学》中的话引出来，为说明鲁迅"革命人"认识的连贯性：

我以为根本问题是在作者可是一个"革命人"，倘是的，则无论写的什么事件，用的是什么材料，即都是"革命文学"。从喷泉里出来的都是水，从血管里出来的都是血。"赋得革命，五言八韵"，是只能骗骗盲试官的。②

丸山升通过寻求鲁迅文献中同一意思的表达，来说明鲁迅"革命人"思想占据轴心的位置，于是在第一章的第六部分他又援引了《文艺与政治的歧途》中的相关言论：

我每每觉到文艺和政治时时在冲突之中；文艺和革命原不是相反的，两者之间，倒有不安于现状的同一。唯政治是

---

① 原文见《鲁迅全集》（第3卷），第437页。见丸山昇『魯迅と革命文学』（精選復刻紀伊國屋新書）、紀伊國屋書店、1994年、21頁。
② 原文见《鲁迅全集》（第3卷），第568页。见丸山昇『魯迅と革命文学』（精選復刻紀伊國屋新書）、紀伊國屋書店、1994年、22頁。

要维持现状,自然和不安于现状的文艺处在不同的方向。①

鲁迅的意思是明显的:"革命人"不安于现状,和政治维持现状是相反的,但和真正的革命文学是一致的,所以鲁迅的文学是"革命人"的文学,不是停留在表面的打打杀杀的"革命文学"。丸山升通过三个关键文献中的近似意思,阐析了"革命人"处在鲁迅思想的中心位置,这就是前面所说的文献实证。竹内好没有引述后面两段文字,那说明他不是把"革命人"作为鲁迅一生一以贯之的思想来分析的,但他在分析"文学者鲁迅"具有"永远革命"的本色时,为丸山升提供了以"革命人"为中轴解读鲁迅的契机。在第一章结尾,丸山升对自己的探索进行了总结,鲁迅的"革命"不是观念的,而始终是现实的,在后期"革命文学论战"中真正统一起来的就是这一点,《鲁迅与革命文学》整本书都被这一理论证明。②

鲁迅到达上海,与创造社和太阳社进行"革命文学论战"。丸山升把这个问题作为《鲁迅与革命文学》的主要内容,用了两章来讨论"革命人"思想。首先他对"革命文学论战"的情况进行了梳理,厘清"革命文学论战"发源于共产主义青年团的机关刊物《中国青年》,在此基础上进一步呈现太阳社、创造社与茅盾、鲁迅对立的架构,或者说是青年无产阶级作家和老一辈作家对立的构架,还较为详细地分析了各自的刊物及批判文章。我们还可以看到,作者特别引用鲁迅《上海文艺之一瞥》中的文字说明国民党的"清党"和上海革命文学兴起的关系,由此便知第一章《鲁迅与"清党"》是第二、三章的基础。

---

①原文见《鲁迅全集》(第 7 卷),第 115 页。见丸山昇『魯迅と革命文学』(精選復刻紀伊國屋新書)、紀伊國屋書店、1994 年、56 頁。
②丸山昇『魯迅と革命文学』(精選復刻紀伊國屋新書)、紀伊國屋書店、1994 年、63—64 頁。

丸山升通过这一逻辑的构建，是想说明鲁迅自1927年以来，特别是他在广州的两篇演讲，一直处在政治的场中，并坚守真正"革命"，其文学创作和文学论战都是围绕这个而进行的。鲁迅（当然还有茅盾）在文学论战中，实际上是对创造社和太阳社极左的批判，不认可给他们自己"小布尔乔亚"文学者的帽子。丸山升把"革命文学论战"的相关历史情况说清楚后，开始集中讨论"革命文学论战"中的鲁迅。他列举了鲁迅在这个时期的五种文学观，①指出不是他接受马克思主义艺术论后形成的，而是在此之前内心已经有的思想。鲁迅这种文学与革命或者革命与文学者的思考方法一以贯之，创造社和太阳社的马克思主义文艺论的外在构架遭到了鲁迅的"抵抗"，所以丸山升说："从无产阶级文学的立场出发提倡'宣传文学'和'作为武器的文学'虽有其新意，但由于一开始便作为'宣传''革命'的武器来写，不仅未能改变作品本身无力的现实，其功利性偏向反而导致这种无力倍增。我们应该探讨的便是鲁迅这一清醒的认识以及支撑这一认识的到底为何物。"②也就是说，鲁迅接受了马克思主义的本质内容，竹内好已经指出鲁迅通过与马克思主义的格斗形成了他对马克思主义的接受方式，丸山升对竹内好的不满意在于他认为竹内好没有回答鲁迅为何能具有这种眼光和精神。他的回答是，在一个历史的过程中，鲁迅具有始终如一的内在要求，是"将'革命'作为自身的内在欲求、投身其中、经历几度失败与挫折、知悉中国黑暗的根源之深的先辈。这

---

① 文艺是宣传，文学受时代的制约，文学的性质不同，文学是余裕的产物，文学是弱者的营为［见丸山昇『魯迅と革命文学』（精選復刻紀伊國屋新書）、紀伊國屋書店、1994年、115—116頁。［日］丸山升著，王俊文译：《鲁迅·革命·历史——丸山升现代中国文学论集》，北京大学出版社，2005年，第41页］。
② [日] 丸山升著，王俊文译：《鲁迅·革命·历史——丸山升现代中国文学论集》，北京大学出版社，2005年，第43页。

也是为何鲁迅能从当时便不断批判'革命文学派'的'新'其实缺乏与中国现实真正交锋的深刻性和坚实性的依据所在"①。因为鲁迅一直把"革命"当作他的"内在欲求",不因为什么主义和什么现实而改变,反而是那种表现不如此"革命"的主义和现实容易和鲁迅发生共鸣,并吸引鲁迅参与其中,所以丸山真男说:"革命的进展将革命势力卷入其中,革命者自身在这一过程中被革命,这就是'世界'革命的性质,而且只有这种革命才真正担得起进步之名。"②因此,"革命"不仅是鲁迅内面的固有存在,也是鲁迅与中国现实的有效关联,这和创造社和太阳社停留在原理和观念上的"革命"是有本质区别的。鲁迅寻找的是实际而具体的变革力量,并非抽象的原则和原理,在对待所有的主义和所有的批评上,他都持这种态度。"对于鲁迅而言,思想并非终极目标,目标与现实之间的'中间项'才是问题所在。或者说他的终极目标就是尽管多次体验挫折,而且正是由于这些挫折而在他内心积蓄成的中国必须革命的信念。"③

第四节　丸山升的贡献

孙玉石认为丸山升主要在三个方面继承了竹内好:一是确认了"竹

---

① [日] 丸山升著,王俊文译:《鲁迅·革命·历史——丸山升现代中国文学论集》,北京大学出版社,2005年,第48页。
② [日] 丸山真男著,陈力卫译:《现代政治的思想与行动》,商务印书馆,2018年,第359页。
③ [日] 丸山升著,王俊文译:《鲁迅·革命·历史——丸山升现代中国文学论集》,北京大学出版社,2005年,第63页。

内鲁迅"深刻的反思精神与尖锐的批判性质;二是把握了"竹内鲁迅"对于鲁迅思想发展衍变中的"深潜性";三是强调了"竹内鲁迅"关于鲁迅思想"不变"论与文学多侧面,还指出丸山升对于鲁迅及中国20世纪30年代文学思考方式的独特性。①孙玉石的总结符合实际,对此不必重复。但是,如果把丸山升放在整个日本鲁迅学史和汉学的传统来看,还有一些重要的历史贡献孙玉石没有指出来,因此下面将补充三个特别值得关注的方面。

第一,对日本马克思主义鲁迅研究的承续和突破。大正民主后期到昭和初期是鲁迅在日本传播和研究的肇始时期,马克思主义作为文学批评的工具也投射到日本的鲁迅学上。前面已经提到,从日本回来的年轻的创造社同人拿起日本中转的马克思主义在中国文坛掀起了"革命文学论战",而此论战也影响到日本的鲁迅研究,出现了山上正义、大高岩、山口慎一、辛岛晓、铃江言一、原野昌一郎等一大批马克思主义鲁迅研究者,其中山上正义的鲁迅译介和研究引起了丸山升的特别关注。丸山升交代了原因:"我在调查作为鲁迅研究一部分的日本中国鲁迅翻译史、研究史的过程中,发现了山上正义这一人物,我追述其生涯,写成《一位中国特派员》(76年中公新书)一书,这可谓在聚焦历史中具体个人这一研究方向上的意外收获。"②在这本书中,作者把山上放在中国国民革命、日本共产党运动(晓民共产党事件和左尔格事件)和中日战争的背景下,讨论了山上作为中国特派员与鲁迅的交往以及他对鲁迅的访谈和他对鲁迅作品的翻译研究。丸山升在"论鲁迅"那一部分回忆了日本鲁迅传播研究的过程,提到

---

① 参见孙玉石:《现实情怀、历史视点与学术意识——读丸山昇先生的〈鲁迅·革命·历史〉》,《鲁迅研究月刊》2006年第1期。
② [日]丸山昇著,王俊文译:《回想——中国,鲁迅五十年》,《鲁迅研究月刊》2007年第2期。

青木正儿的研究,《故乡》《鸭的喜剧》《白光》的翻译,然后到山上的《论鲁迅》。在广东国民革命的紧张形势下,山上看到鲁迅对危险的预见性,认为鲁迅冷眼旁观,喘息着追求光明,并不是像青年朋友要求的那样大声呼喊革命和革命文学。① 在"国际无产阶级丛书·阿Q正传"这一部分丸山升指出,日本左翼运动强调革命的不彻底,鼓吹无产阶级的自觉意识和抽象的理论,带有极左主义的色彩,② 并把这种视野也带到研究鲁迅而涉及辛亥革命的《阿Q正传》上,满蒙系的研究者和创造社、太阳社都持有这样的观点。尽管山上也是在左翼运动框架中研究鲁迅,但他看到了鲁迅"左"倾前和"左"倾后的一致性,把辛亥革命和广州革命置放在一起来理解《阿Q正传》,察见了革命反复性的挫折,看到鲁迅"革命"的一贯性,③ 所以在当时的左翼中出类拔萃(当時の左翼の中でもひときわ抜き出たものであったことがわかる④)显然,丸山升在山上与其同行的统一和对立中发现了日本马克思主义鲁迅研究的传统,他以共产党员的身份表明这一研究在日本从战前到战后的延续。还要注意的是,丸山升这本书出版于1976年,在表现他"革命人"思想的两本著作之后,这是不是表明丸山升在日本鲁迅学史上找到了他的位置?

接下来需要讨论一下丸山升对日本马克思鲁迅研究的突破。丸山

---

① 见丸山昇『ある中国特派員——山上正義と魯迅』、中央公論社、1976年、47—53頁。
② 实际上是福本主义对鲁迅研究的影响,福本主义认为无产阶级要在自发的阶级意识中寻找哲学理论的革命性,否定过去发展史上的一切成果对无产阶级的意义(参见日本近代思想史研究会著,那庚辰译:《近代日本思想史》(三),商务印书馆,1992年,第47—48頁)。福本主义把很多青年学生都吸引到左翼运动中来,中国第三代创造社的青年学生就受到福本主义的极大影响,他们归国后用否定过去一切成果的态度对待鲁迅和茅盾,并且这种研究又反过来影响日本的鲁迅研究。
③ 见丸山昇『ある中国特派員——山上正義と魯迅』、中央公論社、1976年、47—53頁。
④ 丸山昇『ある中国特派員——山上正義と魯迅』、中央公論社、1976年、128頁。

升的突破不在于他用了马克思主义的诸多观念,而在于他是一个真正的马克思主义者,这正是别人评价他"不像马克思主义者的马克思主义者"①的原因。20世纪20年代末到30年代初,中日马克思主义的鲁迅研究大都笼罩在福本主义的阴影下,研究者们用强烈的无产阶级意识和自觉来分析鲁迅的作品,给鲁迅戴上小资产阶级的帽子,批评鲁迅过时了,体现了极强的阶级进化论色彩和党派性。马克思主义在此成为批评鲁迅的原理和权威,我们从前面谈到过的满蒙系的研究成果中能清楚地看到这一点。另外,新中国成立后,文艺界连续不断地"运动"和"批判",也让丸山升看到马克思主义遭遇的困境。丸山升在这一历史和现实的研究背景下,看到了问题,也找到了推进的契机。当然,他还要回应竹内好的这些看法:"马克思主义并没有给他加进什么异质的东西。""他没有从马克思主义中获救,也没有试图从中获救。他并不是有目的地行动,只不过是绝望地进行更加激烈的战斗。""他与马克思主义的邂逅可能会不是这个样子。因为他知道,作为人道主义者而生存就必须选择马克思主义。"②为此,丸山升在两个方面为马克思主义的鲁迅研究做出了开拓性的贡献:一是真正地坚持历史唯物主义的原则。回到鲁迅作品和思想的历史语境中,通过丰富的文献和历史事实展现真实的鲁迅,这是丸山升所有著作和文章的突出特点。我们来看一个例子。1975年丸山升写了一篇文章《作为问题的1930年代——从"左联"研究、鲁迅研究谈起》,文章的

---

① 参见[日]竹田晃、佐治俊彦、尾崎文昭、藤井省三、长堀祐造、及川淳子著,王俊文译,铃木将久校:《丸山升先生的思想、人格和学问——日本东方学会"缅怀先学丸山升先生"座谈会记录》,《现代中文学刊》2019年第4期。
② [日]竹内好著,靳丛林、于桂玲译:《鲁迅入门》(之三),《上海鲁迅研究(2007年春)》,上海社会科学院出版社,2007年,第211页。

主要问题就是探讨20世纪30年代鲁迅与党的关系以及"左联"内部成员间的关系。问题根源于"文革"开始对30年代文艺的评价,出现了党对"左联"领导、鲁迅与"左联"的关系的不同声音。为了弄清事实,丸山升提供了鲁迅给章廷谦的信及沈鹏年、周建人、冯雪峰、许广平等众多人的回忆文章,通过文献之间的矛盾把问题呈现出来,并把问题回归到当时的语境中,在"左联"到"文革"的历史过程中呈现问题的复杂性,在"倾向导致的错综复杂的资料中拣拾出历史的真相",而且为了弄清原委还致力于"进一步理清其周边的事实"[①]。历史唯物主义精髓在于构成社会历史的基础是经济和人性真实,而很多研究者把物质性的经济(社会存在)看成唯一的原则而否定了单个人的人性真实,看不到物质、人组成的社会(集团)和个人之间在特定社会条件下形成的合力,这是20世纪20年代末到30年代初中日学界马克思主义鲁迅研究存在的共同问题,当然也是1949年到1976年中国马克思主义鲁迅研究存在的主要问题。丸山升通过回归历史细节和人性的深处,批判了这种研究方式,在复杂多样的事实层面呈现了"革命"的鲁迅像。二是破解了马克思主义的理论化权威化。丸山升作为学生运动出身的共产党员,对马克思主义有深入的了解,他体察到了马克思主义的本质内容,特别关注到马克思主义提供的终极目标和现实之间的中间项,认为中间项在思想推进到现实上发挥了至关重要的作用,所以他讲了这样一段发人深省的话:

> 我想当时中国的所有思想之所以在鲁迅眼里,都只是无力的现实性的浅薄表现,原因在于他面前的所有思想,包括

---

① [日] 丸山升著,王俊文译:《鲁迅·革命·历史——丸山升现代中国文学论集》,北京大学出版社,2005年,第194、205页。

马克思主义，都看上去不但无法动摇中国当前的"黑暗"，连与这"黑暗"都还未充分交锋；而且可以说这是鲁迅渴望不仅树起终极目标，而且真正带有足以实际推动中国现实的具体行动和力量的思想的一种表现。①

当时呈现给鲁迅的马克思主义是一种理论化和权威化的终极目标。当年轻的马克思主义理论派挥舞着大旗给鲁迅扣上一顶帽子的时候，鲁迅本能地产生了怀疑，并因此驱动他去研究普列汉诺夫和卢那察尔斯基的无产阶级艺术论，从而破解了马克思主义被理论化和权威化。在"革命文学论战"的过程中，鲁迅的这方面努力使他"在普列汉诺夫的思想浸润中经历着自身世界观的突破和升华，又在卢那察尔斯基理论的影响和启发下，使自己对于革命文学的实际问题的思考进一步深化"②。丸山升在错综复杂的历史社会关系中，既发现了鲁迅的内在精神（"革命人"），又洞悉了马克思主义的精髓，这是此前所有的马克思主义鲁迅研究者都不曾达到的程度。马克思主义作为一种学术思想不能凌驾于现实和人之上，只能参与其中，并不停地改革现状，从而获得自身的丰富和发展。丸山升正是形成了这样的认识，才有如此警世的问题："马克思如何接受鲁迅，或者马克思主义是否具有足够的框架和宏大来容纳鲁迅这样的思想家、文学家提出的问题？"③马克思主义作为理论旗帜和偶像权威来统摄鲁迅研究，不在于这个问题本身，而在于这种思维范式是共运史上存在的重要问题，

---

① [日]丸山升著，王俊文译：《鲁迅·革命·历史——丸山升现代中国文学论集》，北京大学出版社，2005年，第62页。
② 艾晓明：《中国左翼文学思潮探源》，北京大学出版社，2007年，第215页。
③ [日]丸山升著，王俊文译：《鲁迅·革命·历史——丸山升现代中国文学论集》，北京大学出版社，2005年，第69页。

并且给人类带来过巨大灾难。丸山升的马克思主义鲁迅研究把马克思主义从意识形态的框架中解放出来，使其成为鲜活的观察世界和人的文化资源，最直接而明显的效果是：批判和清理了日本20世纪20年代末到30年代初，中国马克思主义理论派和国家政治派①的鲁迅研究，把马克思主义的鲁迅研究推向了一个崭新的阶段，从而获得了陈平原所说的鲁迅研究的政治性。②

第二，注重鲁迅本身和历史事实统一。这个问题在上面有所涉及，但只是作为单一的事实而言，鲁迅本身和历史事实的统一在研究中并不容易做到，当鲁迅跨越国界成为日本的文化资源时，更会成为一个重要的问题，所以在此其实主要是把丸山升放在竹内好批判者的位置而言的。鲁迅作为作家和周树人的关系问题必然波及诸多历史事实，而这个历史事实不仅指日本的，也有中国的，更有日本与中国关联的。自日本鲁迅研究肇始以来，这个问题随着研究的深入变得日益突出，而竹内好和丸山升为我们提供了观察的窗口。竹内好的《鲁迅》不仅是为了解决传记传说化的问题，也是为了陈述他自己的困惑和日本的困境。他说："我是以打点自己身边一堆破烂儿的心情来把这些拙劣的文字写到现在的。拙劣是属于我自己的，我将抱着这拙劣活下去，直到被抹杀的那一天。"③这里说的"一堆破烂事"至少蕴含了这些主要方面：日本的侵华战争给竹内好带来了生存和思想的困境；《中

---

① 王富仁把郭沫若、成仿吾、冯乃超、李初梨和钱杏邨等人为代表的鲁迅研究称为马克思主义理论派，把1949—1976年的国家统合意义上以周扬为代表的鲁迅研究称为马克思主义国家政治派（参见王富仁：《中国鲁迅研究的历史与现状》，福建教育出版社，2006年，第25—28、111—129页）。
② 陈平原：《一次会议和一本新书——追怀丸山昇先生》，《鲁迅研究月刊》2007第3期。
③ [日]竹内好著，李冬木等译：《近代的超克》，生活·读书·新知三联书店，2005年，第101页。

国文学月报》运营及其内部人员的矛盾问题；竹内好对中国现代文学研究转型及其研究身份的疑虑。《鲁迅》实际上是为了回答日本社会、竹内好自身以及年青一代学人研究中国的问题。在竹内好的思想里，传统汉学把研究对象真的对象化，不关注日本的社会现实，所以解决鲁迅传记传说化是为了回到鲁迅本身，打点破烂心情是为了与日本社会和自身存在建立深度关联。也就是说，《鲁迅》一书在追求鲁迅本身、日本现实和作者自身的统一。本多秋五道出了真相："竹内好用'政治与文学'的形式努力探讨的问题，其实与同时代的日本文学者苦恼的'宿命与自由''命运与意志'或者'从绝望到自我的重建'等问题是在同一层面上。亦即那里有共同的体验。"① 在处理这个问题的时候，竹内好表现出极强的日本现实体验性，因而在回归鲁迅本身及中国的历史事实方面就存在缺陷。后来竹内好在研究"左联"时，也是站在日本的体验角度上认为"左联"是大众组成的人民战线，不像日本纳普（"全日本无产者艺术联盟"）那种党派组织。就此，丸山升对"左联"相关问题进行研究，反拨了竹内好的看法。② 丸山升认识到竹内好的问题，他说：

> 至于竹内好，在他的中国论中作为有意识的"方法"选取的视角，与其说是通过和中国的对比来构筑日本批判的立足点，不如说是先存在着强烈的日本批判，然后将中国设定为对立的一极。其结果便导致一种倾向：当竹内好的日本批

---

① 转引自 [日] 丸山升著，王俊文译：《鲁迅·革命·历史——丸山升现代中国文学论集》，北京大学出版社，2005年，第344页。
② 参见 [日] 丸山昇著、王俊文译：《回想——中国，鲁迅五十年》，《鲁迅研究月刊》2007年第2期。

判敏锐地击中要害时,被设定为另一极的中国所具有的特质就被尖锐的刻画出来;但另一方面,倘若竹内好的日本批判稍稍偏离要点,就那一问题描述的中国像和中国现实的偏离便十分明显。①

这段话明白晓畅,一是指出竹内好研究的问题,二是表明作者自己的推进工作。丸山升令我们叹服的是,他把鲁迅"革命"时期的文章和人际关系调查得十分清楚,不仅是鲁迅本身,还有鲁迅周边,当然更重要的是回归了鲁迅成长的历史环境。同时,丸山升也没有脱离日本的历史语境,他把"革命人"鲁迅置放在日本的近现代思想史中,反观了日本的马克思主义研究和左翼运动,以及他自己抗争的经历,回应了20世纪50年代以后日本针对美军诉求主体性和现代性的问题。但更要注意的地方在于,丸山升总是能够敏锐地把日本的历史和现实与中国联系起来,在同时代史中寻求研究鲁迅的途径,比如对20世纪20年代末到30年代初的鲁迅问题、"文革"中的鲁迅问题、毛泽东与鲁迅的问题等。至此,可清楚地看到,丸山升做到了回归鲁迅本身和历史事实的统一,以20世纪30年代鲁迅为突破口,把中国和日本关于历史和现实的关键问题都清楚地呈现出来,这对理解鲁迅和中日的社会历史与现实做出了重要贡献。

第三,回收了汉学和支那学的文献实证方法。支那学针对日本传统汉学而言,是明治到"二战"时期日本研究中国的学问,其重镇在东京大学和京都大学,基于此形成了东京学派和京都学派,主要研究

---

① [日]丸山升著,王俊文译:《鲁迅·革命·历史——丸山升现代中国文学论集》,北京大学出版社,2005年,第187页。

对象是古典中国，治学方法是文献实证、训诂考据，但东京学派和京都学派有差别，前者偏现实，和政治走得近一些，后者则偏学术，和政治的关系隐秘一些。这两个学派在"二战"前居于主流的地位，对从事现代中国问题的研究形成了巨大的压迫。竹内好正是在这样的背景下反对支那学的研究，他在《〈中国文学〉的废刊与我》中说："中国文学研究会产生于汉学和支那学的地盘。正如同支那学在否定汉学的意义上确立了自己的学术一样，我们也试图通过否定官僚化了的汉学和支那学，从它的内部谋求自身的学术独立性。汉学和支那学已经丧失了历史性，无力理解现实的支那，因而也无法与现代文化相关联。"① 竹内好对汉学和支那学采取了对立的态度，具体表现在对其训读翻译和不关注现实的批判，当然对它们关于古代中国典籍的训诂考证和文献实证也持有异议。尽管竹内好对他之前的鲁迅传记和思想转型的真实性有怀疑，但他的鲁迅研究明显偏重于现实体验和思想史的观察，所以并不很关注涉及鲁迅的各种文献史料的勘比，这导致了他某种程度上偏离了鲁迅和中国的实际。丸山升不仅看到了他对东大"汉学"的反拨、对京都"中国学"的不满和对普罗科学研究所的中国研究的批判，② 而且也表现了对竹内好的反拨。我们从丸山升研究鲁迅所做的大量的文献考证和勘比可以看出，他是不折不扣地运用文献实证的方法，和汉学与支那学的研究方法没有本质的不同，只是古代中国和现代中国的对象差异而已。尾崎文昭说："丸山先生证明了现代文学作为一门学问是能够成立的，创造了一种学术规范，以实证

---

① [日]竹内好著，李冬木等译：《近代的超克》，生活·读书·新知三联书店，2005年，第174页。
② 参见[日]丸山升著，王俊文译：《鲁迅·革命·历史——丸山升现代中国文学论集》，北京大学出版社，2005年，第341页。

主义的方式。"①竹内好对"现代文学作为一门学问"也是有很大功劳的，"实证主义的方式"运用于中国现代文学的研究当然也不完全是丸山升的创造，因为竹内好也有相关研究方式的萌芽。比较科学的说法应该是，丸山升在中国现代文学研究上回收了汉学和支那学的文献实证，矫正了竹内好反对传统汉学和支那学的偏颇，从而比竹内好更有力地走进了真实的鲁迅。

导致丸山升这个回收的契机应该是仓石武四郎。1918 年仓石进东京大学文科大学专攻中国文学，1922 年转到京都大学院，受到内藤湖南和狩野直喜的亲炙，②可以说是京都学派的第二代传人。仓石回忆在北京留学期间帮助内藤湖南探寻《雪屦寻碑录》，内藤在书信中说获得《清宫室祭文汇钞》，可补《皇朝文典》之不足，以文献勘比寻求真相于其中可见一斑。又说："间经十二年，亲炙先生之指教者，多涉于四部诸籍，可谓山阴道上，应接不暇者矣。"③这等经历自然很好地培养了仓石的文献学研究素养。狩野直喜公开地打出了继承清朝考证学传统的大旗，批判借鉴欧洲汉学研究方法，通过对原典的训读和注解，进行文献实证研究，这对仓石当然会产生影响。④仓石战前任教于京都大学，战后又转任东京大学。仓石于 1928 年 3 月作为文部省的外在研究员到中国，1930 年 8 月回国，其间访问了胡适、鲁迅、

---

① 参见 [日] 竹田晃、佐治俊彦、尾崎文昭、藤井省三、长堀祐造、及川淳子著，王俊文译，铃木将久校：《丸山升先生的思想、人格和学问——日本东方学会"缅怀先学丸山升先生"座谈会记录》，《现代中文学刊》2019 年第 4 期。
② [日] 仓石武四郎著，荣新江、朱玉麒辑注：《仓石武四郎中国留学记》，中华书局，2002 年，第 222—225、255—269 页。
③ [日] 仓石武四郎著，荣新江、朱玉麒辑注：《仓石武四郎中国留学记》，中华书局，2002 年，第 225 页。
④ 参见刘正：《京都学派》，中华书局，2009 年，第 43 页。

章太炎等人，在他的留学日记中看到阅读鲁迅作品的记录，后来在回忆录中写道他"追赶鲁迅"①。从中国回到京都大学后，讲授清朝的《说文》学和鲁迅的《呐喊》。②从此看出，仓石和青木正儿一样，是链接汉学、支那学与中国学的人物，因此他不会像竹内好那样是完全的现代中国研究立场。依据他的研究，发现他能够不拘于一隅，主要涉及四个方面：经典、传统小学和方言的研究（清代音韵文字学）；对中国文学的研究；中国目录文献学的研究；日本现代中国语的研究。③文献学的研究是京都学派的核心，④仓石显然从他老师那里继承了这一传统。1949年仓石转任东京大学，此后与学生辈的丸山升发生交集，丸山升修过仓石的演习课，还参加过仓石的古典文学专业的考试。丸山升等学生研究中国现代文学的资料不足，仓石就把他自己的相关资料搬入研究室让他们阅读。1952年丸山升因"五一"事件被捕，监狱里没有材料，无法完成毕业论文，仓石就让丸山升的哥哥把他自己的资料送到拘留所，还在一次最热的时候打着领带去见丸山升⑤。这等师生情谊非同一般，丸山升在1997年还专门写了一篇关于仓石的文章《仓石武四郎先生的事情》（《世界文学》1997年12月86号），所以丸山升的鲁迅研究受到仓石的较多影响，而其中一个方面恐怕是汉学和支那学（尤其是京都学派）文献实证方法吧。竹内好和仓石也

---

① 参见[日]仓石武四郎著，荣新江、朱玉麒辑注：《仓石武四郎中国留学记》，中华书局，2002年，第3、23、226页。
② 据仓石自己说，他恐怕是第一个在日本的大学课堂用鲁迅的作品做教材（参见[日]仓石武四郎著，荣新江、朱玉麒辑注：《仓石武四郎中国留学记》，中华书局，2002年，第230页）。
③ 参见李庆：《日本汉学史》（第三部），上海人民出版社，2016年，第250—252页。
④ 参见刘正：《京都学派》，中华书局，2009年，第220页。
⑤ 参见[日]丸山升著，王俊文译：《鲁迅·革命·历史——丸山升现代中国文学论集》，北京大学出版社，2005年，第387页。

有交往，但竹内好和丸山升的研究立场决定了他们态度的差异，从而继承的东西也不同。正是这个不同，丸山升才开创了鲁迅研究的新局面，从方法上讲是因为他回收了汉学和支那学的文献实证。这不仅是对竹内好的反拨，也是对传统的很好继承。我们知道，此后日本鲁迅研究越来越注重吸收汉学和支那学的优良传统，北冈正子后来把文献实证发展到极致，"仙台鲁迅"研究在回归鲁迅真相上充分运用了田野调查，丸尾常喜开拓了鲁迅研究又一新局面则离不开训诂考据和语言学方法的熟练运用。这些后来者在方法上的开拓进取，和丸山升的实证主义先导有莫大的关系。

第五章

"伊藤鲁迅"的"终末论"与"个"

伊藤虎丸（いと とらまろ，1927—2003）和木山英雄都认为"丸山鲁迅"是"革命者一元论"①。这一判断不仅利于把握"丸山鲁迅"的精髓，也指出了"丸山鲁迅"存在的问题。正因为丸山升革命的、政治的、思想的把握鲁迅，所以在"文学者"鲁迅的这一维度上又明显减弱，比如对鲁迅作品的体系性解读，相对于竹内好而言，应该说是退步，这一点被伊藤描述为："丸山近乎固执地实行自己的'禁欲'，他拒绝过去鲁迅论中常有的那种'文学主义'的咏叹，拒绝空洞的'真货'主义，也拒绝过度的苦思冥想。"② 片山智行其实也指出了丸山升拒绝文学主义的这一面，为此他做了《〈鲁迅与革命文学〉补论》和《〈鲁迅与革命文学〉补论的补论》来克服丸山升

---

① [日]伊藤虎丸著，李冬木译：《鲁迅与终末论——近代现实主义的成立》，生活·读书·新知三联书店，2008年，第273页。[日]木山英雄：《也算经验——从竹内好到"鲁迅研究会"》，《鲁迅研究月刊》2006年第7期。
② [日]伊藤虎丸著，李冬木译：《鲁迅与终末论——近代现实主义的成立》，生活·读书·新知三联书店，2008年，第251页。

研究的不足。① 同时，丸山升的"实证"又对抗了竹内好的日本和自我"经验"（被木山英雄称为是"用'日本式'的偏见来曲解鲁迅以及中国文学"②，被竹内实称为"随己之意描述鲁迅"③），也就说对日本本身的思考那种过于主体性或者形而上的诉求被克服。伊藤面对竹内好和丸山升，他明确地把自己放在和这两位鲁迅研究者互补的位置上，他既继承了竹内好的遗产，又想另谋出路，和他们形成有效的对话。在这样的日本鲁迅研究传统和现实中，伊藤真是走出了属于他自己的路，而这条道路和他的基督徒与大学改革者身份发生了深深的关联。因此，要给出伊藤较为准确的日本鲁迅学史的地位，需要从他的这一身份出发，去讨论他与鲁迅的相遇，进而探究他鲁迅研究的两个关键问题："终末论"和"个"。

第一节　伊藤虎丸与鲁迅的相遇

1927年3月30日，伊藤生于东京淀桥，在日本读完小学和中学后，于日本战败的前一年，即1944年到中国，进入旅顺工科大学④预

---

① 见片山智行『魯迅のリアリズム「孔子」と「阿Q」の死闘』、三一書房、1985年、163—164頁。
② [日]木山英雄：《也算经验——从竹内好到"鲁迅研究会"》，《鲁迅研究月刊》2006年第7期。
③ 转引自程麻：《竹内实传》，中国社会科学出版社，2015年，第64页。
④ 日本政府1909年于关东州旅顺设立的官立旧体制大学，也是第一批日本官立大学，旧址坐落在旅顺口区太阳沟茂林街89号，原名旅顺工科学堂，学制四年，毕业生与日本国高等学校、大学预科毕业生具有同等学历，招收日本和中国学生，以日本学生为主。1922年改名旅顺工科大学，设置预科3年，1943年改预科为2年，1945年苏联红军介入而停止招生。

科就读。1945年日本战败后大学被苏联红军接管，该年10月25日苏联正式发出驱逐日本侨民的驱逐令。1947年，伊藤回国，不久就患上了结核病，并发右肩胛关节炎，他通过读《圣经》来抵抗痛苦，到1949年病情有所好转。代田智明认为伊藤经受了严峻的痛苦和折磨，可类比遭受上帝考验的约伯，也是他"回心"于基督教的契机。①这期间还经历了什么，没有看到更为详细的材料，但作为一个日本学生来到中国经历了日本的战败和苏联的占领，对他的影响是不可忽视的。伊藤回国后，做了一段时间的工人和职员，1953年考入东京教育大学东洋文学科。这一年他接受了牧师浅野顺一博士的洗礼，成为一名基督徒。刘颖异认为："他从浅野顺一那里学到了熊野义孝的神学，而熊野义孝的思想则主要受到植村正久的影响。"②我们知道，伊藤后来从熊野义孝的《终末论和历史哲学》中获得了很多思想的养料。1957年，伊藤又分别攻读了东京教育大学和东京大学两所研究生院的中国文学硕士课程，1963年修完东京大学人文科学研究科同专业博士课程（比丸山升晚两年）。此后历任广岛大学、和光大学、东京女子大学、明海大学等校讲师、助教授（副教授）、教授，学校法人和平学院院长、理事长，还担任过东京女子大学比较文化研究所主任，明海大学名誉教授。2003年因病逝世。

伊藤和鲁迅相遇的根本原因是日本的战败。从前面可以看到，他在中国旅顺工科大学求学的时候切身感受到日本战败和苏联接管学校。他说："我的开始关注中国近代文学，其出发点，正如下面（第一部前言）也将谈到的一样，在于以一九四五年的战败为契机来反

---

① [日]代田智明著，赵晖译：《谈鲁迅论与"个"的自由主体性——由伊藤虎丸论起》，《现代中文学刊》2011年第3期。
② 靳丛林、李明晖等：《日本鲁迅研究史论》，社会科学文献出版社，2019年，第144页。

省日本近代。"这一反省因遭遇竹内好和陶晶孙而加强,事实上也就是在构筑日本和中国的现代关系中鲁迅进入了伊藤的精神领域。"我在这当中与之相遇的《现代中国论》和《给日本的遗书》,通过对一九四五年八月十五日和一九四九年十月一日所分别象征的两种近代的比较,对日本近代给予了总体性的彻底批判,这也逼使我自己的民族主义产生'回心'。就是在这个时候,鲁迅作为对我构成威胁、不肯接受我的一种完全异质的精神原理,也与《旧约圣经》一道不时地叠映在我的脑海里。"①伊藤虽然因为鲁迅的逼视不敢去碰鲁迅,但鲁迅一直在他心中存留,所以在1955年,也就是他在本科学习阶段就加入了"鲁迅研究会",1961年他第一次在研究会的同人刊物《鲁迅研究》上发表了《〈铸剑〉会读》。1962年因为平凡社把《现代中国文学选集》中的鲁迅集的翻译工作委托给鲁迅研究会,伊藤承担了《中国地质略论》和《破恶声论》的翻译,到1966年前后他又开始关注鲁迅留日时期的评论。1969年伊藤加入了东大学生成立的"三十年代文学研究会",后来丸山升成为这个研究会的中心人物,一直持续到现在,中国学者孙玉石、孙歌都是这个研究会的会员。②以上这些仅仅是伊藤进入鲁迅的影子,他思想的深层疑问还没有让他找到真正研究鲁迅的切入点。此后,伊藤的大学者改革和基督教徒的身份在促使他与鲁迅发生深层关联上起了重要作用。

1963年到1973年对于伊藤是极其重要的十年,他作为广岛大学

---

① [日]伊藤虎丸著,李冬木译:《鲁迅与终末论——近代现实主义的成立》,生活·读书·新知三联书店,2008年,第2、41页。
② 参见[日]竹田晃、佐治俊彦、尾崎文昭、藤井省三、长堀祐造、及川淳子著,王俊文译,铃木将久校:《丸山升先生的思想、人格和学问——日本东方学会"缅怀先学丸山升先生"座谈会记录》,《现代中文学刊》2019年第4期。

教育改革者体察到"全共斗"的诸多问题。所谓"全共斗"是日本20世纪60年代末全国各大学的学生运动组织"全学共斗会议"的简称，当时日本有165所国立、公立和私立大学卷入"全共斗"运动，占日本高校的80%，构成了日本战后规模最大的全国性学生运动。有人认为其导火线是1967年10月抗议佐藤荣作首相访问越南导致的山崎博昭君之死。学生主张大学改革，喊出了"'和平与民主主义'是万恶之源"的口号，东大"全共斗"说丸山升是骗人的战后民主主义的象征和旧式权威知识分子的代表。"全共斗"退潮时期陷入了内斗和恐怖之中。① 这是对日本共产党打头战取得的战后民主主义乃至进步主义的巨大挑战，也是20世纪30年代以来日本又一次"反共"学生运动，对当时的知识分子和教育改革产生了极大影响。此时的伊藤作为广岛大学的教师，亲历了与学生的针锋相对，他这样回忆自己的经历：

> 我当时在某所地方大学身兼三职：大学改革委员会委员、学生委员会委员、宣传委员会委员。我经常参加当时所谓"大众团结交流"活动，以我坚信的"战后民主主义"，同过激派的学生展开正面交锋。虽然对他们的责难和攻击寸步不让，但在我的内心深处也确实开始对他们有了一点一滴的逐步理解，那就是他们的主张并不是一句简单的"反共""反动"所可以了结的。至少他们所体验到的战后民主主义，是既成的制度，而并不是运动。与此同时，我也开始感到了（特别是从一九七二年由自民党实现了日中邦交正常化的那时起）

---

① 参见 [日] 鹤见俊辅、上野千鹤子、小熊英二著，邱静译：《战争留下了什么——战后一代的鹤见俊辅访谈》，北京大学出版社，2015年，第235、236、241—245页。

"战后民主主义的彻底失败"。①

伊藤所说的"战后民主主义的彻底失败"是指丸山真男说的"科学主义"和"文学主义"的分裂,没有找到二者沟通的"魂"。而这一关键问题,从知识分子本身来说是缺少救赎意识或者是个体的觉醒,这让伊藤回到了竹内好的《鲁迅》。另一方面原因是日本的天皇无责任体制。因此,伊藤认为战后民主主义是空洞的,从而促使他沿着竹内好思考的鲁迅继续前进,在现实上他的普通教育(General Education)改革也在广岛大学取得了初步成效。1973年春,伊藤带着喜悦和不安离开了他苦斗10年的广岛大学,但他心中"科学主义"和"文学主义"分裂的认识变得十分清晰。

伊藤的基督徒身份经由现实和竹内好、陶晶孙而促使他选择了鲁迅。不知是什么原因,1953年伊藤受洗成为基督徒。他说他的人生有两个分界点。②第一个就是1945年战败,这让他反思日本的近代,这种意识在他遇到竹内好的《现代中国论》(河出书房,1951)和陶晶孙的《给日本的遗书》③(创元社,1952)后进一步加强。1945年日本战败和1949年新中国成立形成了强烈的对比,日本知识分子对此反应强烈,伊藤是作为这样的知识分子而存在的。当这两个对立的

---

① [日]伊藤虎丸著,李冬木译:《鲁迅与终末论——近代现实主义的成立》,生活·读书·新知三联书店,2008年,第349页。
② 参见[日]伊藤虎丸著,李冬木译:《鲁迅与终末论——近代现实主义的成立》,生活·读书·新知三联书店,2008年,第19页。[日]代田智明著,赵晖译:《谈鲁迅论与"个"的自由主体性——由伊藤虎丸论起》,《现代中文学刊》2011年第3期。
③ 1946年陶晶孙去台湾,任台湾大学医学部教授。据说因为反蒋而在1950年4月以近乎流亡的形式从台湾逃到日本,1951年后在东京大学讲授中国文学,同时在多家杂志上发表随笔和短篇,1952年2月死于日本,同年10月出版了《给日本的遗书》,主要收集了他在日本期间发表的文章。该书言辞激烈地批判了日本,对日本知识界产生了很大的影响。

现实矗立在面前，又看到触痛日本知识人的这两本书后，伊藤的精神应该经受了很大的煎熬。那么，1953年他受洗成为基督徒至少应该放在这个延长线上来看。另一个分界点就是1969年，这一年"全共斗"发展到内斗和恐怖的状态，它促使伊藤对战后民主主义产生了很大的疑问：

> 那场以"反科学主义""反政治主义"和"反共主义"为思想特色（做如此简单的结论虽不易被接受，但至少有一面已逐渐清晰起来却是事实）的"全共斗运动"兴起，让我接受了一个事实，那就是不论是否承认，"战后民主主义"的理想已经成为过去的东西，"战后结束了"或者说"已经结束"。另外一点是使我意识到，在"战后民主主义"运动之后，并不是什么胜利和作为其必然而要展开的社会主义，倒是法西斯主义会卷土重来。①

"全共斗"运动中的学生之激烈态度（战后民主主义是万恶之源），让伊藤看到法西斯的影子，他原来相信的议会制民主主义经过社会主义再向共产主义的进化论崩塌，而在此代替的信仰此后便转到基督教"终末论"上了。原先鲁迅作为一种异质精神不肯接受他的《圣经·旧约》，经过一番苦斗后，终于获得了灵魂的沟通。《圣经·旧约》中的弥赛亚思想就是末世来临，先知将降临拯救人类，即人类走到绝境的时候在先知的拯救下获得重生。"终末"意味着历史的新生，这就

---

① [日]伊藤虎丸著，李冬木译：《鲁迅与终末论——近代现实主义的成立》，生活·读书·新知三联书店，2008年，第19—20页。

是熊野义孝《终末论与历史哲学》(1933)的核心问题。当伊藤触碰到竹内好《鲁迅》所讲的"赎罪文学"时,鲁迅那种近乎宗教的"文学者的自觉"或者叫作"反抗绝望"精神最终与"终末论"发生了关联,而这其中的关键环节当然是《终末论与历史哲学》这本书。该书的初版是1933年由新星堂(新生堂)出版的,1949年新教出版社又出了第6版,可见其在日本宗教思想界的影响。伊藤自己讲他20世纪70年代初读到这本书,①那时候他已经经历了他的第二次人生分界点,思想正处在竹内好所给的暧昧之处。当他读了这本书时,就对鲁迅有了基本清晰的理解,其实就是最终完成了"终末论"与鲁迅精神的对接。伊藤讲述了他的这种对接,引述了熊野义孝的关键文字:"所谓终末,并不是预想当中这个世界走向最后的事件,而是这个世界本身,在根柢上就是终末的。"②因为熊野义孝,伊藤知道了"终末论"作为根本坐标,是理解"竹内鲁迅"的关键,并且从"全共斗"所带来的虚无主义中看到了"终末论"是希望之学。在此基础上,伊藤进一步理解了竹内好所讲的鲁迅的"文学者自觉""个体"与"全体"的关系和"生"与"死"的关系。实际上,也就是通过竹内好而理解了鲁迅精神中的这些问题,反过来伊藤又运用鲁迅精神来批判日本战后的民主主义:缺乏"终末论"意识或者说个体的觉醒。

在伊藤完成进入鲁迅的历史过程中,丸山升作为对抗竹内好的鲁迅研究者也出现在他的视野中。丸山升的《鲁迅——他的文学与革命》出版于1965年,本身是"鲁迅研究会"研讨的结晶,伊藤作为该会

---

① 参见[日]伊藤虎丸著,李冬木译:《鲁迅与终末论——近代现实主义的成立》,生活·读书·新知三联书店,2008年,第360页。
② 转引自[日]伊藤虎丸著,李冬木译:《鲁迅与终末论——近代现实主义的成立》,生活·读书·新知三联书店,2008年,第361页。

的同人应该说是亲历了这本书的产生,但他并不完全认同丸山升的鲁迅研究,而是在努力寻求和积聚他作为研究者的主体独立性,以开辟属于他自己的鲁迅研究之路。从他们成长的道路看,伊藤和丸山升不同的基点在于体会战败的方式,前者是马克思主义的、革命的、政治的,而后者则是基督教的、思想的、文学的,其原因是历史的错位。丸山升出版《鲁迅》两年后,日本发生"全共斗",丸山升本人受到冲击,他所崇敬的思想家丸山真男也受到冲击(研究室被砸烂)。这让伊藤深刻地觉察到"战后民主主义"空洞,但丸山升作为被冲击的对象未必有这样的想法。伊藤强烈的主体独立性使他觉得应在"丸山升的工作之上""再做些什么",①进而提出一种新的批评,使丸山升心悦诚服。"全共斗"和20世纪70年代初所见的《终末论和历史哲学》,既让伊藤找到延续和推进竹内好鲁迅研究的基点,又让他获得超越丸山升的积累。因而,在70年代初伊藤就理所当然地发出他鲁迅研究的声音,到1975年便结集成《鲁迅与终末论——近代现实主义的成立》一书。接近十年后,他的另一本书《鲁迅与日本人——亚洲的近代与"个"思想》(1983)也出版了。在这本书中,伊藤的根本思想没有变化,但思考问题的范围从日本、中国上升到整个亚洲。这两本书完全可以说是伊藤的代表作。"伊藤鲁迅"主要是通过这两部书各自代表的思想来体现的,即"终末论"和"个"。

---

① [日]伊藤虎丸著,李冬木译:《鲁迅与终末论——近代现实主义的成立》,生活·读书·新知三联书店,2008年,第34页。

第二节 "伊藤鲁迅"的"终末论"

"终末论"是伊藤在《鲁迅与终末论——近代现实主义的成立》一书中提出的核心观念,并且是他解读鲁迅的根本方法。"终末论"本身是基督教术语,来自"末日审判(The Last Judgment or Doomesday)"。在《旧约》中讲上帝对众民施行审判(《诗篇》,7:8),拯救本国的民,有得拯救,有遭惩罚(《但以理书》,12:1–2)。《新约》发展了这种看法,在四大福音书和《启示录》中做了更详细的描述。由此发展出这样的基督教教义:世界有末日,世人乃至已死之人都将接受上帝的最后审判。得救赎的上帝选民得入天堂享永福,罪恶者则下地狱遭永罚。人们把这个思想称为"末世论",被神学家们广泛关注,所以奥尔森认为贯穿整个基督神学的脉络是:"所有基督教神学家(无论是专业或业余的神学家)对于救恩的共同关怀:神赦免与更新有罪人类的救赎行动。"① 日本神学家熊野义孝写出《终末论与历史哲学》也关注这个问题,不过他把通常称谓的"末世论"改为"终末论"。基督教的"末世论"或者"终末论"实际上是一种向善的历史观,人类在世上所犯罪孽走到了最后,上帝通过审判和救赎而实现人的腾升。"终末论"进入日本有一个本土化的过程,从内村鉴三经由植村正久到熊野义孝,汲取了"武士道"的精神。② "武士道"精神的重要维度是"杀身成仁",通过"切腹"寻求解脱,摆脱耻辱。尽管这是一

---

① [美]奥尔森著,吴瑞诚、徐成德译:《基督教神学思想史》,北京大学出版社,2003年,第1页。
② 参见[日]伊藤虎丸著,李冬木译:《鲁迅与终末论——近代现实主义的成立》,生活·读书·新知三联书店,2008年,第58—59页。

种极其残忍的行为,但却有实现生命超越的意味。①从这一点来说,"武士道"和"终末论"在寻求生命善的腾升上具有相似性。无论是"终末论"还是"武士道",都是在生命或者世界终结的地方找到人存在的意义,指向的是更为本原的东西,类似柏拉图所讲的世界之根本——理念。因而,熊野义孝就认为"终末论"不是世界走向最后的事件,世界本身在根柢上是终末的。本土化了的日本基督教表现出非常勇敢的抵抗精神,应该是吸收了"武士道"的"勇",比如内村鉴三拒绝向《教育敕语》敬礼,并因此事而辞职,就是极好的证明。在伊藤看来,日本的基督教通过"武士道"进行了"抵抗"而接受外来的异质文明,②这和日本"转向"型的近代化形成反差。伊藤明确地说:"从我可以说是常识程度的知识出发,非常笼而统之地去想,所谓的终末论乃至终末论式的思考,一般认为是虚无主义的反义词,或者是对此断然拒绝和拼命反抗生出来的东西。"③代田智明对"终末论"的理解:广义的是《启示录》所讲的世界的灭亡或者《约翰福音》所说的"个"的死灭,无论哪种都可归结为上帝的审判;狭义的是将和外在的超越者相遇以及罪意识理解为把握时机的决定性契机之一,即"死的自觉"④。中国学者孙玉石说得更明白:"这一颇有点佛教的'涅槃'味道的在旧的人格、伦理的'死亡'中获得人的'精神的再生'思想,

---

① 参见[日]新渡户稻造等著,青山译:《日本的本质》,新世界出版社,2016年,第68页。
② 参见[日]伊藤虎丸著,李冬木译:《鲁迅与终末论——近代现实主义的成立》,生活·读书·新知三联书店,2008年,第59页。
③ [日]伊藤虎丸著,李冬木译:《鲁迅与终末论——近代现实主义的成立》,生活·读书·新知三联书店,2008年,第134页。
④ [日]代田智明著,赵晖译:《谈鲁迅论与"个"的自由主体性——由伊藤虎丸论起》,《现代中文学刊》2011年第3期。

表现了人的精神追求的蜕变过程。"①由此可知,伊藤在特殊的历史语境中提出"终末论"思想时,应该有两个基本认识:第一,在世界和人生命最困境的时候找到新生;第二,这种新生是对传统和国粹的抵抗性的新生。

伊藤"终末论"思想基于什么现实而提出来的呢?我们认为有以下三个方面。一是日本的"终末",其思想的触发点是竹内好,现实的触发点是"全共斗"。竹内好在《鲁迅》《现代中国论》中屡次谈到东洋的问题,认为日本是"转向"的近代化,接收的是西洋的"既成品",没有通过"抵抗"来把以"发展"为本质的"精神"变为自身之物,从而产生新事物,而鲁迅作为一个中国或者东亚的作家却做到了这一点,因此必须借助鲁迅这一文化资源对日本的战前近代化进行反思和批评。如果战败后的日本做到了"抵抗"西方的"既成品",实现了真正的战后民主主义,竹内好的批评也许就走向终结。但事实上,美国导引的日本战后民主主义,既没有让日本获得完全独立,也没有给民众带来真正的主体性新生。这一矛盾集中体现在"安保斗争"和"全共斗"上。"安保斗争"在某种程度上说是1941年太平洋战争以来日美的又一次决斗,正如广松涉在"战后民主主义"的和平空间中反思"近代的超克"时所说的话:"不仅仅是力量的对决,同时也是东洋原理与西洋原理在理念上的对决。"②对于伊藤来说,给他最为震惊的事情是"全共斗"。学生们丧失理性的激情斗争,演变成内乱和恐怖事件,实际上是缺少主体性的表现,比如说对丸山升和丸

---

① 孙玉石:《思考历史:日本一代有良知学者的灵魂——序伊藤虎丸〈鲁迅、创造社与日本文学〉》,收[日]伊藤虎丸著,孙猛、徐江、李冬木译:《鲁迅、创造社与日本文学——中日近现代比较文学初探》,北京大学出版社,2005年,第24页。
② 转引自李永晶《分身——新日本论》,北京联合出版公司,2020年,第356—357页。

山真男的野蛮批斗。伊藤认为这是"战后民主主义"的彻底失败，日本"转向"的近代化从战前延伸到战后，其形式有别，但本质没有改变。由此，竹内好所思考的问题自然延伸到伊藤这里。尾崎文昭认为："因为竹内好的'回心'不够准确，或者说不正确，所以伊藤对它完全消化之后再向前推进，两者有密切的关系，伊藤虎丸提出'终末论'时，其实已经消释掉'回心'了。"① 换句话说，伊藤在竹内好思想和他所遇到的日本现实的相互作用中，发现了日本近代化的"终末论"：

> "战后民主主义的空洞化"，究其原因，不就出在战后民主主义自身吗？它本身作为整体可以说是进化主义的，因而有着决定性的欠缺，那就是缺乏终末论的思考。而我也同时意识到，这其实，恐怕不就是竹内好在战后发言（"近代的超克"论和"国民文学论"）的一种翻版吗？至少是他的中心题目之一。在这个意义上，我在此可以说是借鲁迅论来发言，来提出问题，归根结底也就逃不掉去做竹内的追随者（Epigonen）。②

所谓"缺乏终末论的思考"，就是把战后民主主义当作议会制到社会主义进化的结果，它作为"既成品"是和现实不太相关的虚无主义存在，最为核心的问题是缺乏主体性的决断。

二是他自己的"终末"。伴随"全共斗"相机而来的是大学改革，伊藤作为广岛大学的教师亲历了此事。大学改革的根本目的是着

---

① [日] 尾崎文昭、薛羽：《战后日本鲁迅研究——尾崎文昭教授访谈录》，《现代中文学刊》2011 年第 3 期。
② [日] 伊藤虎丸著，李冬木译：《鲁迅与终末论——近代现实主义的成立》，生活·读书·新知三联书店，2008 年，第 33 页。

手解决"战后民主主义空洞化"的问题。伊藤认为近代民主主义精神乃至个人主义与科学精神相关联，学问的整体性缺失就是没有科学意义上的近代民主主义精神和个人主义，解决这个问题的途径就是科学教育，而科学教育就是民主的国民教育或者普通教育的中心课题。①抱着这样的目的，伊藤在广岛大学进行了4年苦斗，但这苦斗最终也不过提到大学的行政层面，所以他"带着眼前的喜悦和面对将来的更多的不安"②离开了他的战友。这"将来的更多的不安"对伊藤来说，是一次人生绝境的考验，在此极限的改革者的体验中，他最终认识到大学教育的最新问题是"科学主义"与"文学主义"的分裂，实际上就是科学的民主精神和人文精神的"整体性丧失"，所以对于他自己及他和日本教育就形成"终末＝伦理体验"。当然，如此体验也是和1945年包括伊藤在内的所有有良知的知识分子战败体验相连的。

三是鲁迅的终末。伊藤在大学改革的"终末"体验中，进一步认同了竹内好的看法，"把鲁迅的文学置于近似于宗教的原罪意识之上"③，并由此被竹内好媒介到鲁迅那里。鲁迅在中国被欧洲强迫的现代化中"走异路"，来到日本寻求新知，在生命的绝望处找到丸山升所说的"人成为人的可以叫作生命力的那种东西"。伊藤称此为"人"的发现，是针对中国儒家"奴隶"的终末而言的，其实就是在欧洲和中国之间找到了"更为进化者和进化落伍者的对立"④。鲁迅自我"终

---

① 参见［日］伊藤虎丸著，李冬木译：《鲁迅与终末论——近代现实主义的成立》，生活·读书·新知三联书店，2008年，第25页。
② ［日］伊藤虎丸著，李冬木译：《鲁迅与终末论——近代现实主义的成立》，生活·读书·新知三联书店，2008年，第32页。
③ ［日］竹内好著，李冬木等译：《近代的超克》，生活·读书·新知三联书店，2005年，第8页。
④ ［日］伊藤虎丸著，李冬木译：《鲁迅与终末论——近代现实主义的成立》，生活·读书·新知三联书店，2008年，第64页。

末"的选择在列强一步步的威逼下发生,尤其是在甲午海战战败后而逐渐形成的,他自己如此描述:"本根剥丧、神气旁皇,华国将自槁于子孙之攻伐,而举天下无违言,寂漠为政,天地闭矣。"①伊藤把这个概括成"文明的整体性丧失的感觉",认为是鲁迅根源性的文学自觉,也就是竹内好所讨论的救赎文学的生根处。鲁迅在政治的"终末"获得文学的自觉,并走向真的文学,所以竹内好说"所谓真的文学,是把自己的影子破却在政治里的"②。丸山升也看到了留日时期鲁迅"所思考的'人',就是对侵略进行抵抗,或者对不仅无力抵抗侵略其本身亦构成民族压制的清朝进行抵抗的主体,是极为政治的'人'而不是别的。对于鲁迅来说,政治不是外部问题,而本来是内在于文学内部的问题"③。可见,丸山升看到的是贯穿鲁迅一生的和政治紧密相关的"革命人",而伊藤则延续了竹内好的"文学者自觉",不过他所理解的鲁迅的"文学者自觉"是"终末论"的,而且是政治与文学作为整体性的问题。伊藤还富有见地指出留学时期鲁迅的救国之道有着强烈的希伯来基督教谱系的倾向,"鲁迅的这种态度本身,使我感觉到了基督教式思想的谱系","其根本在于他思想的这种堪称'唯一神教式性格'的东西"。这个倾向应是指鲁迅的"几近极端的偏激性和否定性"④,即带有"终末论"色彩,或者讲在本源上是宗教性的,所以伊藤的"终末论"鲁迅观突围了竹内好政治与文学的分裂,赋予

---

① 《鲁迅全集》(第8卷),第25页。
② [日]竹内好著,李冬木等译:《近代的超克》,生活·读书·新知三联书店,2005年,第134页。
③ 转引自[日]伊藤虎丸著,李冬木译:《鲁迅与终末论——近代现实主义的成立》,生活·读书·新知三联书店,2008年,第68页。
④ [日]伊藤虎丸著,李冬木译:《鲁迅与终末论——近代现实主义的成立》,生活·读书·新知三联书店,2008年,第314页。

了其根底上的宗教性，从而把竹内好说的晦涩难懂的"死的自觉"明晰化了。

伊藤的三个"终末"存在明显的逻辑关系，日本的"终末"和他自身的"终末"是他要解决的现实问题，而鲁迅的"终末"则是他解决问题的文化资源和精神原理，所以他由此出发深入到鲁迅深处。他做的第一个工作是讨论鲁迅在欧洲强迫的"终末"处发现了什么，他于是把视野投向鲁迅留日时期所写的评论，把原初性的思想锁定在鲁迅的《中国地质略论》和《破恶声论》上。这和竹内好把"鲁迅的骨骼"放在发表《狂人日记》之前的北京时期相区别开来，伊藤认为鲁迅的作品的思想在留日时期的论文中"几乎原原本本具备了"[①]。沿着这个原点检视，伊藤发现鲁迅从尼采（鲁迅与尼采在思想上具有"反体系"的"结构性"类似，都在各自所属的文明中看到支撑文明整体的根本精神原理的崩溃）、摩罗诗人那里把握到欧洲近代精神的"精髓"——个人主义或者新的"人"观念。这种新人具有"主观内面之精神""自我＝意志"和"反抗和发展"的特点，用一句话来说就是"自由精神"的人。这一整体性的把握正是为了对抗儒教的"奴隶＝奴隶主"的循环，以实现东洋文明和人的新生，因此中国"文化革命"的原点就在此诞生了。此"原点"就是中国的"人的革命"，丸山升借用鲁迅的说法把它概括为"革命人"。伊藤批评丸山升停留在外部，没有回答何以"革命人"。

> 我既对丸山"革命人"鲁迅的不触及"原点"感到不满，也不能同意像竹内芳郎那样把某种"非合理"的东西还原为

---

① [日] 伊藤虎丸著，李冬木译：《鲁迅与终末论——近代现实主义的成立》，生活·读书·新知三联书店，2008年，第51页。

情感了事。我认为，这在根本上关系到鲁迅的理解，也关系到在此之上的对文学的理解，更关系到对人的理解。①

伊藤要从日本鲁迅研究的传统束缚中解脱出来，正像沟口雄三所说的要"赤手空拳地进入中国的历史"②那样进入鲁迅，在"终末论"的逼视下还原鲁迅拿来近代欧洲精神的异质性新生，从而反思日本战后民主主义的空洞，以建构科学的"文学主义"精神原理。东洋走向"终末"应"抵抗"性地向近代欧洲拿来"人"，从而产生新变，但日本在这个过程中因为"无主体性"和"无责任天皇制"而经历了两次近代化的失败（战败及其后的民主主义失败）。与此相对应，正是一次次"终末论"的觉醒才成就了鲁迅，鲁迅建立的是东洋的新变和东洋未来的精神及方法论原理。此方法论原理对于中国社会的现代化具有重大意义，伊藤认为建立它的鲁迅是孙中山到毛泽东的媒介，即就是使中国的现代化实现了从思想到实践的转变。

当伊藤找到了"终末论"的鲁迅以后，自然会涉及鲁迅的"终末论"与进化论的关系问题，或者说"终末论"在鲁迅思想由进化论到阶级论的发展过程中起了什么作用，并且它是如何体现在鲁迅的作品中的。首先伊藤指出被严复引入的进化论是针对中国的衰败和落后而言的，是作为中国传统文化异质性的存在而被接受的，这本身就带有"终末论"的色彩。鲁迅也是在这样的结构中接受进化论，但他的进化论是倒退的进化论。鲁迅的逻辑是这样的，如果中国人不改变，就

---

① [日]伊藤虎丸著，李冬木译：《鲁迅与终末论——近代现实主义的成立》，生活·读书·新知三联书店，2008年，第278页。
② [日]沟口雄三、小岛毅主编，孙歌等译：《中国的思维世界·序言》，江苏人民出版社，2006年，第5页。

会退化,变成更低等的动物甚至非生物。①伊藤把它概括为"'倒过来'的进化论",和严复的进化论(适者导致的强弱互换)不一样,这就以一种强硬的立场逼使个人来抵抗如此的"终末"(退化),拒绝消极的顺应环境和奴隶与奴隶主的置换。可见,鲁迅的进化论是个人立场上的"终末论",即基督教式的人之观念。伊藤这样解释:"只有直面这样作为绝对否定者的神,人才会被从自然有机体秩序的埋没当中拉将出来,获得自由(主体性),并由此而重新朝向具有主体性和互相伦理契约关系的共同体的形成。"② 这种"终末论"的主体精神成为后来鲁迅第一篇白话小说《狂人日记》的根基,伊藤对此进行了详细的解读。在他看来,《狂人日记》中的狂人是在"终末"(封建礼教的最不人道)处觉醒,即就是在死的恐怖中开始观察周边的世界,所以鲁迅对"死"的把握是"终末论"的思考方式。"生"在"死"中被自觉,《狂人日记》在"死"的终末喊出了"救救孩子"。"狂人改革的努力遭受挫折后,他的'吃过人'的'绝望'再次衔接为'救救孩子'的呐喊,事实上《呐喊》和《随感录》中的各篇作品,又都是由这一声呐喊呼唤出来的。"③伊藤还解析了"终末论"和"进化论"怎样体现在《狂人日记》中,并进一步显示它与留学时期思想的衔接。人面对人吃人的社会感到恐惧,但却害怕变革。鲁迅发出惊叹,中国人是还没有进化到"人"的"类猿人",缺乏区分人和猴子的"自由"。换句话说,如果我们要阻止"人"向"类猿人"的堕落,就必须通过"自

---

① 参见《鲁迅全集》(第8卷),第5—6页。
② [日]伊藤虎丸著,李冬木译:《鲁迅与终末论——近代现实主义的成立》,生活·读书·新知三联书店,2008年,第152页。
③ [日]伊藤虎丸著,李冬木译:《鲁迅与终末论——近代现实主义的成立》,生活·读书·新知三联书店,2008年,第164页。

由"的"意志力"来"抵抗",克服危机,进而获得进化。这样的"人"被留学时期的鲁迅称为"精神界战士"。狂人正是通过"终末论"式的觉醒抗拒"人"向"类猿人"的退化,他发出的警告或者呐喊是"人"的自觉意识和责任意识,他"尽一切力量使年轻人铭记,思想自由是人类进步的公理"[1]。仅有这种"自觉意识"和"责任意识"是不够的,还需要"狂人"通往现实,因此现实对"狂人"又形成一个巨大的反作用力,鲁迅体验的结果是失败了。木山英雄试图解释鲁迅的设计:"与绝望于过去和现在之一切意义相同的'救救孩子'这一叫喊,其本身所含有的呼唤希望的力量只能说就存在于'寂寞'中。""狂人那种觉醒也可以说不过是作者绝望的对象终至及于自身的一种表现而已。具有本质意味的毋宁说是,尽管如此作家终于介入了作品创作的行为,而在那里的'寂寞'是一直存在着的。"[2] 伊藤高度肯定了木山英雄的看法,但他很快把这种看法也纳入到竹内好的"回心"和他自己的"终末论"中:

> 此时的"独醒意识"的确很尖锐,但却是由于被从现实世界拉开的缘故,在这个世界里还不具备自我(有责任)的位置和身居的岗位。要想使这种"清醒的意识"能够成为对现实世界(变革现实)真正负有责任并能够参与其中的主体,光有先前经历过的被从既往安住的世界里拉将出来,获得"独醒意识"的第一次自觉还不够,还有必要有再次把自己从成为'独醒意识'的自身当中拉出来的第二次"回心"(并不

---

[1] [英]J.B.伯里著,周颖如译:《思想自由史》,商务印书馆,2012年,第156页。
[2] [日]木山英雄著,赵京华编译:《文学复古与文学革命——木山英雄中国现代文学思想论集》,北京大学出版社,2004年,第22页。

是进化论这一思想内容发生了改变）。

可以说鲁迅以《狂人日记》的结尾为出发点，不断奋斗，前进，不仅陆续创作了并发表了《孔乙己》以下各篇作品，而且直至死都不畏"挫折"，亦与"世故"（？）无缘。我以为倒不如将此理解为因在此所见的（用我的话说就是终末论的）自觉和责任意识才首次成为可能的人格的和社会的（文学的即政治的）行动。①

鲁迅正是回到自我和现实链接的"此在"，一次次把自己放在"终末论"上考验，才挣脱了"主义"和"理论"对他的绑架，从而获得主体内部的自觉，并把这个自觉写进了文学作品，因而他才真正获得了文学的现实主义。伊藤敏锐地意识到，创造社如同日本自然主义那样误解欧洲的"自然主义"（现实主义），这导致成仿吾在评价鲁迅作品时发生了错位：鲁迅的作品像半个世纪或一个世纪以前的作家的作品。②我们可以看到，创造社在认识文学创作的时候，是不折不扣的进化论：以为他们掌握的文学批评方法是最新的。

"伊藤鲁迅"的"终末论"发人深省，不仅破解了鲁迅的思维方式，也深刻地洞悉了鲁迅人格的特点。但从思想传统给予鲁迅的营养来看，近代欧洲被鲁迅作为整体来把握获得的"人"似乎又形成了东西二元对立，即中国传统中有没有被鲁迅继承的这种"终末论"的文化元素。

---

① [日]伊藤虎丸著，李冬木译：《鲁迅与终末论——近代现实主义的成立》，生活·读书·新知三联书店，2008年，第175、178页。
② 参见李宗英、张梦阳编：《六十年来鲁迅研究论文选》（上），知识产权出版社，2010年，第23页。[日]伊藤虎丸著，李冬木译：《鲁迅与终末论——近代现实主义的成立》，生活·读书·新知三联书店，2008年，第180页。

通过调查，我们认为是有的。比如留日时期提出的"精神界战士"与中国的狷狂文化和异端思想并非没有关联，但这已经溢出了日本的鲁迅研究史，所以只能留到其他地方去讨论。

第三节 "伊藤鲁迅"的"个"思想

"个"思想是伊藤"终末论"思想的逻辑延伸，也就是鲁迅在欧洲近代的整体中发现的"人"的主体精神，或可用"个人主义"来说明，所以是"'终末论'意义上的'个'"①。前面已经说过，在与竹内好和丸山升对置的诉求中，伊藤把鲁迅研究推向了一个更深的阶段，而且克服了竹内好许多暧昧不清的地方。除了提到过的"终末论"以外，"个"思想的提出及其运用它分析鲁迅文学作品又是伊藤对日本鲁迅学具有卓越贡献的地方。为此，他撰写了《鲁迅与日本人——亚洲的近代与"个"的思想》这本书。下面我们将依托这本书来阐析伊藤的"个"思想及其在研究鲁迅作品上的运用。

《鲁迅与日本人》共有六个部分，除序言和结语之外，正文四章。第一章为"鲁迅与日本明治文学"，阐述鲁迅与明治文学的关系，实际上就是分析鲁迅与日本文学哪些地方有共同基础，哪些地方无法沟通，是为了解决竹内好所说的鲁迅与日本文学没有关系这一问题。第二章为"鲁迅与西方近代的相遇"，是把鲁迅置于明治文学的语境下，探讨鲁迅怎样经过日本中转的西欧文化思想而从"科学者"到"文学

---

① 靳丛林、李明晖等：《日本鲁迅研究史论》，社会科学文献出版社，2019年，第152页。

者"的演变。第三章"小说家鲁迅的诞生"则讨论了鲁迅在失败的经验中顽强地保留了留学时期"原鲁迅",最终通过《狂人日记》表现了"个的自觉"和"罪的自觉",从而实现了小说家的诞生。第四章"鲁迅小说及其人物形象"运用"科学者"(真正主体和能动的精神)理论系统讨论了鲁迅五种作品之间的关系,实际上是探寻"科学者"鲁迅怎样贯彻到鲁迅小说中而成为积极的小说人物形象,重点分析了《故事新编》。从四章正文回头看序言,就能更好地理解本书是针对"竹内鲁迅"而言的。伊藤在序言中写得很清楚:

> 战后,竹内好曾经根据鲁迅,反省了日本的近代。我是从现在的时间和地点出发,再次执拗地向鲁迅探寻同样的问题。当然,我同竹内好所处的状况已经不同。战后有日本的战败和中国革命的成功这样的对置起来的构图,而今天在经济高速增长的成功和"文化大革命"的失败的构图上,中日恢复了邦交。正因为这看似相反的两种构图,才使我们应该回过头来执着于竹内好对日本近代的批判,同时,在那以后的三十多年间里两国人民各自经受的种种挫折的经验的基础上,我对鲁迅的探寻也就当然不会是一样的。①

接着伊藤从五个方面概括了他在这本书中对"竹内鲁迅"的推进:第一,不仅是竹内好所批判的近代日本的一面镜子,也是历经"文革"的中国近代的问题;第二,不同意竹内好认为鲁迅与日本文学毫无关

---

① [日]伊藤虎丸著,李冬木译:《序言》,收《鲁迅与日本人——亚洲的近代与"个"的思想》,河北教育出版社,2000年,第10页。

系的意见，而认为日本明治文学至少可能存在与"鲁迅型"共通的接受近代的模式；第三，和竹内好"文学者鲁迅"衍生的不断战斗的"革命者鲁迅"不同，作为偏激和党派鲁迅为什么能够具有慈爱和宽容的一面，而且偏激又保持了一生，实际上就是前面所讲的"终末论"鲁迅；第四，在竹内好"文学与政治"的对立和分离中开拓出"文学与科学"的对立与分析，并以此正面评价鲁迅的小说；第五，与竹内好认为鲁迅小说反映社会黑暗不同的是强调鲁迅小说中的英雄和积极人物形象，并且一反竹内好而重点肯定了《故事新编》。在伊藤自己指出的五点之上，其实还有一个重大的突破，就是沿着竹内好探索鲁迅作品体系性道路，富有创造性地找到了鲁迅三部小说集之间的关系，这可以说是他对竹内好的第六点突破。结束语为"鲁迅对现代的启示"，作者把鲁迅的"个体"精神上升到整个亚洲的现代化上，认为这是整个亚洲国家面临的问题：如何把造就西方近代的"个"思想变为自身的东西，此乃中日两国的共同课题。因此，"个"思想作为这本书的核心观念就显得尤为重要，它既是伊藤再次延伸竹内好的卓越之处，又是特定思想史背景下的产物。

那么伊藤的"个"思想究竟是什么呢？从整本书的内容和逻辑体系看，他提出"个"是想摒弃"个人主义"的消极意义，进而来说明鲁迅的"个"是来自欧洲近代的个人主义，并且这个"个"与民族独立自主是同构的。在序言中他说："现在我所看到的鲁迅形象，一言以蔽之，就是可称为'真正的个人主义者'的鲁迅，我要向鲁迅探寻的问题，如果会因'真正的个人主义'这一提法而被误解，那么便是构成西方近代文化根底的'个'的思想方式。"①伊藤之所以不用"真

---

① [日]伊藤虎丸著，李冬木译：《序言》，收《鲁迅与日本人——亚洲的近代与"个"的思想》，河北教育出版社，2000年，第11—12页。

正个人主义"而用"个"这一概念,是为了避免误解。接着又说到鲁迅"个人主义"的发展阶段,"在他作为'小说家'的道路上,我说的'真正的个人主义',大致经历了以下几个发展阶段"①:成为小说家之前的鲁迅;小说家鲁迅的诞生;鲁迅小说中的现实主义和人物形象。伊藤的"个"之思想在正文中被赋予了以下内涵:"第一,面对自身反省的主观内面性(不是儒教'君子'理想的那种外表);第二,'近乎傲慢'的强烈意志力(不是优美的情愫和放纵自然的'本能');第三,就像'争天抗俗'所形容的那样,孤立于庸众,反抗既成的一切(不是作为儒教之根本的那种对既成规范的恭顺之德);第四,通过这种反抗求得无限的发展和'上征'(不是宿命论式的'反复'和东方式的停滞)。"② 在对鲁迅的"个"进行了动态的考察后,结束语中伊藤对"个"之思想进行了升华,把它与民族独立和亚洲近代化联系起来:"鲁迅在'精神'和'个性'(即"主体性=自由")那里把握到了西方近代的本质,并以此为依据,彻底批判和否定了被当作中国文化传统的所谓'国粹'。他对西方近代和中国现实的断绝之深,隔绝之远,感到绝望。但是,正像前面所看到的那样,他凭借绝望,事实上是开辟了一条真正继承和再生作为民族个性的文化传统之路。"③ 在伊藤的另一本书《鲁迅、创造社与日本文学》中也阐述这个观点:"'个人主体性的自觉'和'文化自立的欲求'这一'双重契机',换言之,即鲁迅的'个人主义(即西化主义)'和'民族

---

① [日]伊藤虎丸著,李冬木译:《序言》,收《鲁迅与日本人——亚洲的近代与"个"的思想》,河北教育出版社,2000年,第12页。
② [日]伊藤虎丸著,李冬木译:《鲁迅与日本人——亚洲的近代与"个"的思想》,河北教育出版社,2000年,第32页。
③ [日]伊藤虎丸著,李冬木译:《鲁迅与日本人——亚洲的近代与"个"的思想》,河北教育出版社,2000年,第171—172页。

主义',实际上,在同一个主体性思想上是彼此连结着的。"①这是通过"个"连接鲁迅的民族主义,并把二者统一起来。孙玉石也说伊藤的"个""首先是'个'的独立,也就是从旧的'全体'(封建规范)的解放。其次是由这样获得独立(自由)的'个人'共同形成新的'全体'(新的秩序)的过程。而东方近代文化的形成过程首先则是对于这样的西方近代文化精神渐渐加深认识的过程。其次是根据西方的'精神'重新建设新的民族文化的过程"②。孙玉石这段话其实是转述伊藤的《致中国读者》中的原话,③但他没有加引号。据此,可以总结伊藤所谈的"个"思想涉及三个层面:一是通过对鲁迅人生经历及其小说积极形象的考察,说明鲁迅是一种"个的自觉",即鲁迅承认每个人所具有的不同价值,意味着人获得了与他人相区别的主体性独立。鲁迅的思想及其小说的主体形象就是这种"个的自觉",他代表了个人的独立性和自主性,是人高度自由的表现;二是这个"个"上升为民族的近代化道路指的是民族摆脱外来奴役和奴役别人的独立性。他特别说明:"我们对中国和亚洲其他国家便会永远只采取一种态度:要么把这个国家崇拜为权威,要么侮辱这个国家的落后,而无法彼此保持相互间的独立关系。鲁迅说过,'奴隶与奴隶主是相同的'。在这个意义上,崇拜与侮蔑也是相同的,都体现着独立的欠缺。"④"个"

---

① [日]伊藤虎丸著,孙猛、徐江、李冬木译:《鲁迅、创造社与日本文学——中日近现代比较文学初探》,北京大学出版社,2005年,第58页。
② 孙玉石:《思考历史:日本一代有良知学者的灵魂》,载[日]伊藤虎丸著,孙猛、徐江、李冬木译:《鲁迅、创造社与日本文学——中日近现代比较文学初探》,北京大学出版社,2005年,第11页。
③ 参见[日]伊藤虎丸著,孙猛、徐江、李冬木译:《鲁迅、创造社与日本文学——中日近现代比较文学初探》,北京大学出版社,2005年,第27页。
④ [日]伊藤虎丸著,李冬木译:《序言》,收《鲁迅与日本人——亚洲的近代与"个"的思想》,河北教育出版社,2000,第8—9页。

的两层含义实际上是内在关联的,由鲁迅的"个"分析上升到民族及亚洲独立性的思考,这样就形成了一种分析模型:民族及亚洲的独立和"个"的同构;三是这个"个"是鲁迅汲取的欧洲近代的"神髓",东方传统中是没有的。这让我们可追究下面两个问题:第一,"个"之思想产生在怎样的语境下?第二,"个"或者"真正的个人主义"具体和西方近代个人主义哪些地方相似?

伊藤自己明确地在《鲁迅与日本人》的后记中说,日本在战后开始反思"天皇制",这种天皇制就是价值的统一化,如鲁迅所说的个人埋没于众数,因而日本就努力寻找价值多样化,建构多样化的"个"相互沟通的民主主义。① 从这些话可以看出,批评日本的天皇制是他提出这个问题的思想史背景。铃木贞美也讲过这个问题:"人们普遍的思维方式发生了急遽的转变,开始认为战前天皇制反映的是一种对自身行动不负责任的精神风尚,体现的是所谓'无责任体制'或村落社会之残存。(中略)相互关联的则是其反面,认为发动了战争的日本人原本缺乏近代性和主体性。"② 铃木说出了日本在战后寻找"个性"和主体性的思想倾向,而且这种要求指向了封建残余(天皇制)。的确,战后的东京审判并没有追究天皇的责任,还有对甲级战犯不明不白的释放,模糊了日本人的战争责任问题。③ 日本知识界一些有良知的知识分子一直保持对天皇制进行反思,竹内好和伊藤虎丸就是典型的代表。竹内好对天皇制的批判是很深刻的:"天皇制就像蜥蜴一样,头被切断但是尾巴还在动。只要作为天皇制的基础的部落共同体还没

---

① 参见[日]伊藤虎丸著,李冬木译:《鲁迅与日本人——亚洲的近代与"个"的思想》,河北教育出版社,2000年,第185页。
② [日]铃木贞美著,魏大海译:《日本文化史重构——以生命观为中心》,中国社会科学出版社,2011年,第147页。
③ 参见刘岳兵:《日本近现代思想史》,世界知识出版社,2010年,第326页。

有从日本社会排除，以随处的材料都可以组合成无数的缩微天皇制。如果以某种条件使由权力集中化的倾向得以助长的话，再一次向着有体系的统一发展，虽然困难也不是不可能。"[1]有学者对竹内好的批评总结说："致力于揭露已经浸透到日常意识、个人体验中而无处不在的天皇制中的虚伪性、非人性、非理性的方面，并为之进行不懈的斗争，是竹内好天皇制论的出发点。"[2]竹内好批判天皇制的目的是为了建立健全的民族独立，而这个目标的实现依赖于包含阶级与民族的健全的人性，所以他的民族观点就是以亚洲国家的主体独立性来抵抗西方。竹内好把民族主义这样的大问题和个人的觉醒或主体性联系在一起，不过竹内好的民族主义是要批评日本自明治维新以来极端的民族主义进而国家主义，他倡导民主主义的民族主义，怎样来实现，竹内好用的方法就是前面提到的"回心--抵抗"，它包括两个层面：个人对西来文化的批判性的吸收；亚洲民族国家对欧洲的抵抗，亚洲要建立一个不同于欧洲体系的另外一个世界的主体性亚洲。他把这两个层面看成是同构的，以此为理论依据来分析鲁迅的文学创作，他认为鲁迅"抵抗"性地接受西方文化和文学，代表了真正的亚洲近代化道路，而不是日本明治维新以来那种极端的民族主义和国家主义道路。在《鲁迅杂记》一书中表达了这种观点，他分析了鲁迅与二叶亭四迷接受屠格涅夫和迦尔洵的不同，认为鲁迅是选择性吸收，而二叶亭四迷却是不加抵抗地译介俄国文学。[3]

伊藤"个"的思想以及用此思想来分析鲁迅的系列问题，并把"个"

---

[1] 转引自刘岳兵：《日本近现代思想史》，世界知识出版社，2010年，第355页。
[2] 刘岳兵：《日本近现代思想史》，世界知识出版社，2010年，第355—356页。
[3] 参见[日]竹内好著，陈秋帆译：《鲁迅与二叶亭》，收刘献彪、林治广编：《鲁迅与中日文化交流》，湖南人民出版社，1981年，第305—308页。

与亚洲民族之独立作为一个内在的逻辑体系,和竹内好的思想并没有本质的区别,其问题构想或者思维框架承袭了竹内好。他在另一本书中透露:

> 我认为,书写文学史这项工作必须抱着去发现自我(民族)的个性这一目的。这里,我所讲的"自我(民族)之个性",就是日本、中国的固有文化。如竹内所说,"自我之个性之发现",首先必须是"精神(不是实体)"之发现。所谓"固有文化",必须是唯有通过"不愿改变自己"(这不光是精华,而且包括糟粕)的意志,即"抵抗"这一精神的持续作用,而达到的新的自觉和创造。不经过这一"抵抗"就不得成为自我。书写近代文学历史,不仅仅是发现西欧精神之扩张和东方精神"抵抗"的历史,而且是找寻'新的东西'在东方诞生的过程。①

伊藤还是沿着竹内的思路在寻找亚洲"抵抗"西方的途径,而且从鲁迅的文学创新的道路上获得了进一步言说的灵感。之所以如此,也是源于伊藤通过"全共斗"和大学改革后对日本社会的基本判断,他认为"日本社会虽有表面的激变,但竹内指出的日本近代的问题点基本上仍没怎么变化的缘故"②。他认为许多人并没有继续竹内好的"抵抗",恰恰把竹内好反对的东西看成是日本经济高速增长的长处。③

---

① [日]伊藤虎丸著,孙猛、徐江、李冬木译:《鲁迅、创造社与日本文学——中日近现代比较文学初探》,北京大学出版社,2005年,第4—5页。
② [日]伊藤虎丸著、李冬木译:《鲁迅与日本人——亚洲的近代与"个"的思想》,河北教育出版社,2000年,第186页。
③ 参见[日]伊藤虎丸著、李冬木译:《鲁迅与日本人——亚洲的近代与"个"的思想》,河北教育出版社,2000年,第4页。

伊藤"个"思想来源，从日本的思想发展史上还可以往前追，这就要说到明治时期内田义彦的"明治青年"（当然也是竹内好"政治与文学"分析导引的结果）。在阐述鲁迅与日本明治文学关系时，他分析尼采形象由"积极奋斗的人"向"本能主义者"转变时，特别谈到内田义彦在《知识青年的各种类型》中对日本知识青年的划分与这个转变的内在逻辑关联。他在文章中说，内田所说的"明治青年"就是"政治青年"，即从明治初年动乱开始，经过自由民权运动，再到二十年的民族主义这一时期成为道德中坚的那一代人。他明白地引述了内田的话说："在明治青年那里，'我'的自觉和国家独立的意识紧密相连，胶不可移。……'我'作为国家的一员，并不意味着使我去迎合事先由当政者确定的国家意志，而是意味着'我'是参与决定国家意志的政治上的能动者，'我'的自觉，是这种情况下作为国家一员的自觉。"而与"明治青年"相对的"文学青年"则是"主张脱离乃至逃避体制以外的'我'的存在"，是"在政治世界以外找到'我'"[1]。从这个定义上看，伊藤的"个"及其与民族的同构关系不是很像内田的"明治青年"吗？所以说伊藤的"个"是"明治青年"的思路延伸下来的，并且伊藤看到了内田的"政治青年"和日本第一次尼采流行时起初的"积极的人"的尼采形象之间的相似。[2]但是伊藤认为这种"明治青年"在日本昙花一现，而鲁迅正好是继承了这种精神，所以鲁迅与日本明治文学就发生了关系，这就是他分析鲁迅"个"与日本明治文学关系的起点。

---

[1] 转引自[日]伊藤虎丸著、李冬木译：《鲁迅与日本人——亚洲的近代与"个"的思想》，河北教育出版社，2000年，第26、27页。
[2] 参见[日]伊藤虎丸著、李冬木译：《鲁迅与日本人——亚洲的近代与"个"的思想》，河北教育出版社，2000年，30页。

显然,"政治青年"所蕴含的"个"根源于西方近代,而鲁迅又从这里与西方相遇。所以,伊藤说鲁迅是从欧洲近代文明的神髓来把握"个人主义"的"人"的观念,并指出它与中国传统文化完全异质,[①]这实际上是其"终末论"的延伸。他进一步解析:"作为'个人'或者'个性'的人——这种人性观和人的'精神''自由',是鲁迅留学时代在欧洲近代文艺当中发现的'神髓',是中国四千年的传统文化所不具备的关于人的新型原理。"[②]那么,伊藤"个"思想在什么地方汲取了西方近代个人主义的因素呢?

西方近代个人主义起源是个复杂的问题,因为国家的不同,起源的具体情况也会存在很多差异。就西方个人主义研究的复杂形势来看,哈耶克比较清楚地划分了个人主义派别。在《个人主义与经济秩序》第1章"个人主义:真与伪"中他专门谈这个问题,哈耶克认为个人主义术语运用非常混乱,以致被它的反对者歪曲得面目全非,而且用来表达好几种社会观点,以此为出发点他明确地把个人主义分为"真正的个人主义"和"理性主义的个人主义"。他说的"真正的个人主义"的现代发展始于约翰·洛克、伯纳德·里德维尔和大卫·休谟,中间经乔赛亚·塔克尔、亚当·弗格森和亚当·斯密、埃德蒙·伯克等人的阐发,从而形成了完整的体系。另一种所谓"理性主义的个人主义"(伪个人主义)是由法国及其大陆国家的作家尤其是笛卡尔理性主义影响发展而来的,代表人物是卢梭和重农主义者。哈耶克认为"理性主义的个人主义"反"真正个人主义",是现代社会主义和集体主义

---

① 参见[日]伊藤虎丸著、李冬木译:《鲁迅与日本人——亚洲的近代与"个"的思想》,河北教育出版社,2000年,第51页。
② [日]伊藤虎丸著、李冬木译:《鲁迅与日本人——亚洲的近代与"个"的思想》,河北教育出版社,2000年,第182页。

的源泉。他的划分其实想处理个人和集体的先后顺序问题,以尊重个人为前提的是"真正的个人主义";反之就是"理性主义的个人主义"。哈耶克说:"我将试图为之辩护的真正的个人主义的现代发展始于约翰·洛克,尤其始于伯纳德·曼德维尔和大卫·休漠;而在乔赛亚·塔克尔、亚当·弗格森和亚当·斯密,以及他们伟大的同代人埃德蒙·伯克的著作中,这种真正的个人主义首次形成了完整的体系。"① 他特别推崇阿列克赛·德·托克维尔和阿克顿勋爵沿着这个思路对个人主义做了最完备的描述。他指出"真正的个人主义"和笛卡尔、卢梭等所代表的"假个人主义"相对立,和崇尚"独创个性"的德国个人主义也不同。② 哈耶克认为,"真正的个人主义"是"要找到一套制度,从而使人们能够根据自己的选择和决定其普通行为的动机,尽可能地为满足所有他人的需要贡献力量",也指"我们能否让他按照他所知道的和关心的那些眼前的结果来指导自己的活动,或者能否使他去做看来适宜于那些被假定对这些活动的整个社会意义有比较全面认识的其他人的事情"③。同时他还强调"真正的个人主义"不反对自愿协作而结成的组织,但是要对所有的强权和专制给以严格的限制,还肯定了自由基础上的民主。从以上可总结哈耶克的"真正的个人主义"有两方面基本内容:一是赋予了个人的主体自由,是自由主义的个人主义,就是后来的卢克斯所说的

---

① [英]哈耶克著,贾湛、文跃然等译:《个人主义和经济秩序》,北京经济学院出版社,1989年,第4页。
② 参见[英]史蒂文·卢克斯著,闫克文译:《个人主义》,江苏文艺出版社,2001年,第15—20页。
③ [英]哈耶克著,贾湛、文跃然等译:《个人主义和经济秩序》,北京经济学院出版社,1989年,第13、14页。

人的尊严、自主和自我发展，①这是基本的内涵。哈耶克这个层面的个人主义是对文艺复兴、洛克这一派的个人主义的整合；二是试图解决个人主义和集体及秩序之间的关系问题，其实也就是个人主义与集体和社会的协调平衡的问题。

伊藤认为，鲁迅的"个"就是"真正的个人主义"，只是为了避免误解才用了"个"。哈耶克在该书的自序中明确编辑完成的时间1947年，而且第1章所谈及的"真正的个人主义"早在这之前就有所涉及，只是在编辑本书时对此进行了补充完善，②而伊藤完成《鲁迅与日本人》是1983年，这在影响的时间逻辑上是说得过去的。哈耶克是西方极其重要的一位经济学家和思想家，于1974年获得诺贝尔经济学奖。这样一个重要的人物在日本完全可以引起学者们的注意，其理论的基本概念被伊藤接受也是极有可能的。"二战"后日本掀起了反天皇制的个人主义思潮，这个思潮持续了很长时间，到20世纪70年代初，发展成"欲望个人主义"，这是一种不带有价值公约的个人主义。③而哈耶克的个人主义恰恰是克服那种没有价值公约的个人主义的，这很容易在日本有良知的知识分子中引起共鸣，哈耶克的个人主义概念和思想很可能就被像伊藤这样的知识分子所借用。对照伊藤的"个"和哈耶克"真正个人主义"的内涵，它们在第一个方面

---

① 卢克斯在《个人主义》一书的写作时参考了哈耶克的《个人主义和经济秩序》（Steven Lukes：Individualism. the ECPR Press，2006：128）。在《个人主义》一书的第二部分，卢克斯对个人主义的内涵进行了界定，其核心内容就是人的尊严（the dignity of man）、自主（autonomy）、隐私（privacy）、自我发展（self-development）（Steven Lukes：Individualism. the ECPR Press，2006：49—69）。
② 参见［英］哈耶克著，贾湛、文跃然等译：《个人主义和经济秩序·作者原序》，北京经济学院出版社，1989年，第I页。
③ ［日］作田启一著，吴晓林译：《个人主义与集体主义再认识——西方文化与日本传统》，《国外社会科学》1987年第9期。

是相通的,都强调个人的主体性和独立性,人应该挣脱束缚而自由民主,伊藤说的是多样化的、相互沟通的民主主义的"个",哈耶克说的是"根据自己的选择和决定其普通行为的动机"的"真正个人主义"。从西方近代个人主义思想谱系上说它们都属于文艺复兴、洛克这条线发展而来的个人主义。伊藤用了"个"是为了和东方人通常把个人主义理解为自私自利区别开来,哈耶克用"真正的个人主义"也有批评人们对个人主义的这种误解。再来看看伊藤的"个"和哈耶克的"真正个人主义"的第二个层面的类似。伊藤在鲁迅"个"的觉醒的基础上是要讨论民族国家甚至亚洲的近代化道路,他认为亚洲民族国家要寻找自己的独立道路,既不崇拜权威也不辱没落后,采取的应该是鲁迅在日本留学时期所倡导的"立人"到"立国"的道路。他阐述为:"像这种把个人的独立(在某种意义上是彻底的西化)作为日本国家政治独立的必备条件的关系,虽然是内田所说的'明治(政治)青年'类型里的显著特征,但在前面看到的石川啄木的'个的自立要求'和'民族文化上的自立要求'的那种'双重契机'里,则已经成为要被抛弃的东西了。我们倒是在同一时期的中国留学生鲁迅那里,能够找到和上述关系更为接近的形态。"①石川啄木把"个的自立要求"和"民族文化的自立要求"看成是"双重契机",出现了"爱国"与"革命"的矛盾,而伊藤看到的鲁迅正好把这个问题很好地统一起来了。伊藤继承了竹内好的谨慎的民族主义,并说明由鲁迅"个"延伸出来的是"文化上的民族主义"②,这是对日本走上法西斯道路的反思。伊藤寻找

---

① [日]伊藤虎丸著、李冬木译:《鲁迅与日本人——亚洲的近代与"个"的思想》,河北教育出版社,2000年,第74页。
② [日]伊藤虎丸著、李冬木译:《鲁迅与日本人——亚洲的近代与"个"的思想》,河北教育出版社,2000年,第173页。

民族独立自主的道路，以确立亚洲民族国家异于欧洲国家的独特性，和德国区别于欧洲其他国家的个别性和独特性个人主义相似。其实，从事实关联的角度也能说明这个问题。尼采的思想在日清战争期间于日本第一次流行，经由了"积极的人"到"本能主义者"的演变。据张钊贻的研究，这个转变的过程正好是日本从学习英美向学习德国的转变。在这一转变的过程中，德国的唯心主义哲学成为日本上层的抵抗英美民主主义的思潮，而德国的浪漫主义和唯心主义难分难解，就无可避免地进入了日本。①德国的个人主义正是寄寓在浪漫主义之中。伊藤所说的"个"思想处在"积极的人""政治青年"的延长线上。从此可以看出，伊藤借用基督教的"终末论"更新了竹内好的鲁迅研究后，又借用了"个人主义"的最新研究成果凝练成"个"思想，从而又推进式地提出了鲁迅研究的新范式。

伊藤在《鲁迅与日本人》中确立"个"思想，不仅是为了阐明鲁迅的"原点"，还在于用此思想来分析鲁迅的作品，并努力在竹内好的框架内破解竹内好的看法。前面已经讨论过，竹内好一个重要的贡献就是把鲁迅的作品看成一个体系，但他全面否定了《故事新编》。为此，伊藤早在《鲁迅与终末论》中就意识到竹内好的问题，只不过没有展开论证。他说："对于竹内鲁迅的体系来说是'不大相宜的作品'，而且有八分的确信认为'是不足取的，是画蛇添足'的《故事新编》，在我看来，也是可由上面捕捉到的'核心'出发所能预想到的体系，其在鲁迅作为小说家的努力当中，倒似应占据中轴位置。"②这个认识到《鲁迅与日本人》得到了具体化的展开：

---

① 参见[澳]张钊贻：《鲁迅：中国"温和"的尼采》，北京大学出版社，2011年，第167页。
② [日]伊藤虎丸著，李冬木译：《鲁迅与终末论——近代现实主义的成立》，生活·读书·新知三联书店，2008年，第179—180页。

竹内评作为小说家的鲁迅时说，"鲁迅的小说很糟糕"，"他的小说是诗歌式的"，"他有直感而无构架"；与此相反，我认为，鲁迅的小说是极其出色地"构架"起来的，我想对他是如何以科学的方法（现实主义），"重构"现实社会的这一问题给予重视。①

伊藤说"鲁迅从尼采的个人主义那里所汲取的，是包括国家、道德和科学等在内的处在欧洲近代文明根底上的东西，是其'神髓'"②。当这种思想观点在鲁迅小说中赋予单个的人的时候，就是小说的人物形象问题，他做了说明："鲁迅把留学时代作为西欧近代文明神髓把握到的个人主义的人的观念，赋予了怎样的人物塑造（具有现实依托的具体的中国人形象）？——我将把这一问题作为一条苦斗的轨迹来把握。"③伊藤是用"个"思想的形象化来重新审视鲁迅小说中的积极人物形象，试图在鲁迅的小说集中寻找这种形象的发展线索，并解决西来的"个"与中国传统嫁接的跨文化问题。为了解决这个问题，作者从"科学者＝真正的个人主义者"出发，指明鲁迅小说家、评论家、翻译家、文学者、思想家、学者的多重身份，并由此厘定小说家鲁迅在其中所占据的位置。伊藤在与竹内好的对置中指出：

---

① [日]伊藤虎丸著、李冬木译：《序言》，收《鲁迅与日本人——亚洲的近代与"个"的思想》，河北教育出版社，2000年，第11页。
② [日]伊藤虎丸著、李冬木译：《鲁迅与日本人——亚洲的近代与"个"的思想》，河北教育出版社，2000年，第34页。
③ [日]伊藤虎丸著、李冬木译：《序言》，收《鲁迅与日本人——亚洲的近代与"个"的思想》，河北教育出版社，2000年，第16页。

鲁迅有着明确的小说观和现实主义理论，杂文和小说有着明确的区别，小说有着高度的构制性。

从《狂人日记》里的"觉醒的狂人"到《故事新编》里的墨子和禹，鲁迅小说中人物形象的变迁，不是也展现了他留学时代所接受的西方近代"个人主义"人性观（精神界之战士），是怎样塑造成具体的现实的人物形象（有血有肉的积极的中国人的形象）这一苦斗的历程吗？在鲁迅一生的全部工作中，塑造如此正反两方面的典型人物，恐怕是他赋予写小说这项工作，即赋予作为"小说家"自己的位置和任务。①

伊藤找到了从"狂人"到阿Q的线索。他认为《呐喊》中的作品构成了一个完整的世界，此期的小说、杂文、评论都是以《狂人日记》为轴心呈扇状向外展开的，这是竹内好判断（《狂人日记》是所有倾向的萌芽）的延伸。伊藤在认可丸山升《狂人日记》是观念小说的基础上，②进一步剖析鲁迅通过整体上的把握，然后把"狂人"观念性、象征性地描绘出来，此后就逐次被个别的、具体的抽取出来加以批判而成形象化的作品，《孔乙己》《药》《明天》等都是在这个意义上存在的。不过，与《狂人日记》比较，鲁迅的批判锋芒钝弱了，人物形象也变得模糊起来，这是鲁迅通过"我也吃过人"的自觉摆脱了唯我独尊先觉者立场来裁断中国农民落后性的

---

① [日] 伊藤虎丸著、李冬木译：《鲁迅与日本人——亚洲的近代与"个"的思想》，河北教育出版社，2000年，第131—132页。
② [日] 伊藤虎丸著，李冬木译：《鲁迅与终末论——近代现实主义的成立》，生活·读书·新知三联书店，2008年，第158页。

体现，他的现实主义也因此确立起来。"狂人"是"天才""超人"和"精神界战士"，是英雄，而阿Q则是一个与英雄对极的人物，即"吃人社会"的英雄，刚好在觉醒到来时（意识到恐惧）就一命呜呼了。从狂人到阿Q，体现鲁迅的内在抗争，通过如此的抗争，背后隐藏了"个"思想赋予的"真的人"的对视，并在黑暗和寂寞中走向《不周山》（《补天》）具有西欧色彩的女娲，而女娲又成为连接墨子和大禹的桥梁。不过，由女娲到墨子和大禹并没有立即发生，在他们之间存在着鲁迅"凝视自己和摆脱虚无"的《彷徨》和《野草》，以及奔走而通向积极的中国化的人物形象的《朝花夕拾》。伊藤的落脚点放在了《故事新编》上：

> 从"科学者"鲁迅这一观点上说，我认为，《故事新编》显示了鲁迅以现实主义即科学方法，来努力塑造新的人物形象的轨迹。
>
> 鲁迅把留学时代作为普遍原理而接受的西欧近代的人性观，即"精神与个性"，赋予作为"主体"的中国古人的血肉，塑造出崭新的中国人形象。从这个方面来说，《非攻》的墨子和《理水》的禹这两个形象，就处在《补天》的女娲以来，进而使《狂人日记》的狂人以来一贯意图的顶点上。
>
> 《不周山》的女娲、《铸剑》的黑色人、《奔月》的羿、《非攻》的墨子和《理水》的禹，都是留学时代曾经心醉过的尼采的"超人"以及"精神界战士"的某种变形，与此相反，这三篇作品（《出关》《采薇》《起死》——笔者注）所刻画的老子、孔子、庄子以及伯夷和叔齐形象的原型，都可以在留学时代写下的

《摩罗诗力说》中堪称对传统思想的总批判的部分里找到。①

伊藤还辨析了禹、墨子和女娲的不同，他认为禹和墨子属于组织集团，体现了实践和调查的实学态度，尤其是禹这一形象重合着红军的可能性，②这是鲁迅晚年接受马克思主义的结果。

伊藤的研究指出，鲁迅把欧洲近代社会孕育的尼采、拜伦、雪莱、裴多菲等人作为整体来把握，形成异于东洋的"个"思想，即西欧近代个人主义的神髓。这些人在鲁迅留学时代就进入了鲁迅的视野，鲁迅对他们有很多肯定，而且这个肯定延续到鲁迅的晚年，比如黑衣人、后羿、大禹和墨子身上都有痕迹。至此，就看到伊藤在与竹内好和丸山升对置的过程中，建构了他自己的研究体系。首先是把竹内好"回心""文学者的自觉"赋予了新的内涵，即"终末论"和"个"思想，并把鲁迅的"原点"向前推到留日时期。然后伊藤用这个理论武器突围竹内好对鲁迅作品的研究，继承了竹内好作品有机体的观念，把"个"所形象化的积极人物形象推衍到《故事新编》，一反鲁迅作品"黑暗"的色调，最终在积极人物形象的地方找到亚洲近代的出路。再次就是克服了"丸山鲁迅"的"革命"单一性，找到鲁迅"革命人"的起点，并在思想史的观照下深刻触及到丸山升相对来说淡化的文学作品问题。最后是伊藤视野的腾升，他在西方、日本和中国的交互作用中，看到了基督教和西方个人主义对于鲁迅的价值，并因此创造性地提出了"终末论"和"个"思想，由此在亚洲和欧洲的近代关系中

---

① [日] 伊藤虎丸著，李冬木译：《鲁迅与日本人——亚洲的近代与"个"的思想》，河北教育出版社，2000年，第156、157、170页。

② 参见 [日] 伊藤虎丸著，李冬木译：《鲁迅与日本人——亚洲的近代与"个"的思想》，河北教育出版社，2000年，第166页。

思考亚洲近代化的未来之路。放在日本鲁迅学史上看，是一次合逻辑的继承和突破，体现了日本鲁迅研究的贯通性和创新性，也应证了竹内实的期望："日本所谓的'近代'，也许应该设法找到某种途径，使其重要成果即'近代自我意识'能够在未来的'共同体'如'公社'当中获得升华。这样的话，将意味着其最终结束了自身的历史进程，并真正进入'现代'社会。"① 日本"二战"后能够迅速崛起，重要原因恐怕在于有一批如伊藤这样的知识分子对历史遗留问题进行清理并寻找出路。伊藤的鲁迅研究也为中国提供了新的文化资源，尤其是他对鲁迅研究与现实反思进行的构建具有重大的理论意义和现实价值。我们应该继承丸山真男的"悔恨共同体"和竹内好及伊藤持续性的根底上的反思精神，这对推进中国社会的现代进程可提供思想资源。

---

① [日]竹内实著，程麻译：《竹内实文集》（第8卷），中国文联出版社，2006年，第108页。

第六章

木山英雄的鲁迅研究及其地位

　　木山英雄（きやま ひでお，1934— ）1959 年毕业于东京大学，专攻中国文学，先后担任过一桥大学和神奈川大学教授，1996 年出任北京日本学研究中心主任教授。他和丸山升、伊藤虎丸一起，被誉为日本中国现代文学研究界最受尊敬的三位学者，他们的学问在中日学界得到高度评价。这三人之中，木山关于鲁迅研究的著述较少，没有出版过鲁迅研究专著，可以说他在日本鲁迅研究史上的崇高地位仅由几篇论文奠基。木山的整个研究涉及三个大的领域：鲁迅、周作人及其他现代作家的研究，毛泽东的诗歌研究，浙江文化民俗的研究。关于鲁迅研究的重要论文是《〈野草〉形成的逻辑及其方法——鲁迅的诗与"哲学"的时代》（『「野草」的形成の論理ならびに方法について‐魯迅の詩と「哲学」の時代』、1963）和《读〈野草〉》（『「野草」を読む』、2002），此外还有《关于〈阿Q正传〉》（『阿Q正伝について』、1957）、《关于〈呐喊〉的末尾三篇》（『「呐喊」末尾の三篇について』、1958）、《称阿Q为英雄是否滑稽可笑》（『阿Qを英雄と呼んだら可笑しかろうか』、1958）、《以〈墓

志铭〉为中心——论〈野草〉的骨架》(『「墓志銘」を中心に——「野草」の骨—』、1960)、《杂谈〈出关〉》(『「出關」雜談』、1961)、《实力与文章的关系——周氏兄弟与散文的发展》(『実力と文章の関係——散の発達と周氏兄弟』、1965)、《庄周韩非的毒》(『莊周韓非の毒』、1973)、《正冈子规与鲁迅、周作人》(『正岡子規と魯迅、周作人』、1983)、《鲁迅"中间物"意识之空间位相》(『魯迅の「中間物」意識の空間的位相』、1991)、《读〈鲁迅的绍兴〉的笔记》(『「読『魯迅の紹興』ノート」を読み』、1993)等论文,这些文章大都收集在赵京华所译的《文学复古与文学革命》(北京大学出版社,2004)一书中,另有鲁迅小说译作《故事新编》。从木山的鲁迅研究著述看,他主要对《野草》研究做出了突出贡献,另外关于鲁迅与古代文学的关系及鲁迅思想的研究也多有新意。这些研究不仅是延伸和突围了"竹内鲁迅",也开启了后来者,在日本鲁迅学史上具有举足轻重的地位,所以靳丛林、李明晖等人编著的《日本鲁迅研究史论》把木山放在"解读鲁迅文学的新探索"这个部分。下面我们分两节来阐析木山的鲁迅研究及其研究史地位。

第一节 木山英雄的《野草》研究及其他

1963年木山在东京大学《东洋文化研究所纪要》上发表了代表作《〈野草〉形成的逻辑及其方法——鲁迅的诗与"哲学"的时代》,从而奠定了他的研究史地位。发表这篇文章的历史时间是值得追溯的。1952年美国对日本的占领结束,日本政府不完全"独立"遭到民众抗议,激进的左派援引鲁迅的《无花的蔷薇之二》对日本政府表示强烈抗议。东京大学的左派学生不认同社会上激进左派的做法,主张用科学的、历史主义的方法研究鲁迅,不能跟着政治运动走。①于是,曾在东京大学预科上学的新岛淳良(因病1948年退学)在1952年和他的同班同学及低年级同学发起成立"鲁迅研究会"(1952—1966),后来在东京大学求学的丸山升、伊藤虎丸、木山英雄、北冈正子都加入了这个研究会。研究会为对抗社会左派人士对鲁迅的误读,他们开始每周开会,后来是每月开一次会,一字一句地精读鲁迅。"鲁迅研究会"对鲁迅的阅读与研究持续到60年代,出现了四种重要的倾向:一是历史实证研究,以丸山升为代表;二是文本细读或者说文学内部研究,以木山英雄为代表;三是实证研究与文本细读结合的比较文学研究,以北冈正子为代表;四是思想批判研究,以伊藤虎丸为代表。木山的文学内部研究和当时的政治背景相关,他说:"我在1960年被任用为东京大学东洋文化研究所的助手。当时我以为鲁迅研究不该限于大学制度下的专攻题目,而'鲁迅研究会'本该是一种文学运动。可是随着会员们先后在大学谋到职位,动机逐渐淡薄,最后终于接近解散状态。我本身当时陷入严重的政治怀疑,为了向鲁迅寻求支撑,才去关注在《野草》中鲁迅自称为'哲学的''自我解剖'的要素。"②木山选择《野草》为突破口,持续了很长时间,首发论文是1960年刊登在"鲁迅研究会"会刊《鲁迅研究》上的《以〈墓碣文〉③为中心——论〈野草〉的骨架》,然后在1963年又发展扩充成标志性成果《〈野草〉形成的逻辑及

---

① 参见[日]尾崎文昭、薛羽:《战后日本鲁迅研究——尾崎文昭教授访谈录》,《现代中文学刊》2011年第3期。
② [日]木山英雄:《也算经验——从竹内好到"鲁迅研究会"》,《鲁迅研究月刊》2006年第7期。
③ 木山把"墓碣文"翻译成"墓碑铭",此处还原为鲁迅的原篇名。

其方法——鲁迅的诗与"哲学"的时代》，2002年又写了《读〈野草〉》。在跨度42年的时间里，木山一直在关注《野草》，其研究构成一个完整的逻辑体系，这是我们要特别注意的。

一般认为，丸山升的《鲁迅——他的文学与革命》（1965）是"鲁迅研究会"研讨的结晶，他的历史实证方法也得到了大家的肯定，但其实这一方法又和文学内部研究或者说新批评式的文本细读形成对抗。梳理日本鲁迅学史时，人们可能看不见"鲁迅研究会"的其他成果或者淡化其他成果。事实上，早在1960年木山就已经开始以《墓碣文》为中心来讨论整个《野草》的"骨架"，而且这篇文章也发表在"鲁迅研究会"的同人刊物《鲁迅研究》上。三年后，木山突围了前面思考《野草》骨架的局限，写出了《〈野草〉形成的逻辑及其方法——鲁迅诗与"哲学"的时代》。可能因为文章中谈论的是《野草》主体建构的过程，所以赵京华把"形成的逻辑"翻译成"主体建构的逻辑"，日文中"哲学"的引号也被去掉了。依文章内容，"哲学"应该加引号，因为木山根据章依萍的说法和鲁迅给李秉中的信而用了这个词，而且此处的"哲学"并非概念组合的思辨，即不是学科意义上的哲学。[1]

木山这篇文章作为期刊论文是很长的，全文共分为七个部分，包括前言和正文六个部分。初次阅读此文，极不容易弄清木山的论证逻辑，而且语言显得很曲折，意思不是很了然，所以难度很大。在前言部分，木山交代了仅仅把《野草》和《孤独者》看作具有明显倾向的表现鲁迅阴暗情调的作品，是很简单的处理，即是说鲁迅"野草"式的阴暗情调并非一时的心情表露，而是有其深刻的思考在其中。缘此，木山指出了先行研究存在的问题：

---

[1] 参见[日]木山英雄著，赵京华编译：《文学复古与文学革命——木山英雄中国现代文学思想论集》，北京大学出版社，2004年，第2页。

对这一时期特有的原始肉体性感觉的波动与抽象观念的展开是怎样保持着前后的关联性的问题，由于人们多为各篇鲜明、瑰丽的映象所吸引，故似很少有人作精心细致的研究。①

所谓"前后的关联性"就是鲁迅在《野草》中致力于主体建构的持续努力。木山为进一步引导读者理解他的论文逻辑，做了研究方法的说明：一是执着于逻辑的探讨，阐明贯穿全部《野草》的逻辑架构；二是把考察限定在作为表现的作品上，明确指出他进行的是文学的内部研究；三是避开预设的体系去面对研究对象，自觉远离理论先行。

为完成这个工作，木山首先分析《野草》的阴暗情调并非一时的心情表露，而是从"呐喊"时期甚至可以远溯到留日晚期就逐渐奠基。可以说，这是一个阴暗情调从"外"到"内"的成长过程。《狂人日记》结尾"救救孩子"的呼喊，表现了鲁迅对外部世界或者传统世界的现在遗存的绝望，所以便构建了一孩子式的未来，这个未来当然是假想的。在这样的逻辑中，鲁迅于《呐喊》和同期的随感录中，就把批判的锋芒指向传统中国人的国粹主义、迷信、祖像崇拜、野蛮。折中主义、双重思想、非个人的群体的自大意识，实际上就是对传统进行全盘否定。而鲁迅在这种以未来为假想的传统批判中，"也无法将自我定位于现实世界中。就是说，鲁迅的论说得以彻底的一个条件，存在于他不得不把自己彻底归属于黑暗与过去一边的自我意识中，因此，同样是发出'一切还是无'的呼吁，却在意识上与确信自我内部有着理想化身的易卜生完全相背"②。

---

① [日]木山英雄著，赵京华编译：《文学复古与文学革命——木山英雄中国现代文学思想论集》，北京大学出版社，2004年，第2页。
② [日]木山英雄著，赵京华编译：《文学复古与文学革命——木山英雄中国现代文学思想论集》，北京大学出版社，2004年，第6页。

鲁迅的"呐喊"是外发的，在此之中他因为对外部黑暗的绝望而悬置了自我，这个自我不得不局限于黑暗和过去，鲁迅的思想和行动意识也因这些外部因素而被启动，表现在作品中就是黑暗凝重的生活风景，不过这种表现有逐渐走向枯竭的倾向，所以到了《呐喊》后面的作品，就有了对黑暗的自我修正（《一件小事》《社戏》）。这样的外部动因遭遇"五四"退潮，鲁迅便无法从片面的自我困局中摆脱出来，这导致了他曾一度搁笔，仅做一些翻译的工作。当这种自我困局走向深入的时候，"停留在这样一种被动局面上已经成为不可能，碰壁的自觉不久也将导致从黑暗的生存物向其生之意识的发展，就是说，向着虽被黑暗的映象所遮蔽但仍不能完全属于那映象的自我之发展"①。接下来就自然而然地进入"彷徨"，我们从《祝福》之中那种自我审视的深度（寂寞而无能为力）以及对启蒙者的怀疑便可看出这个演变的逻辑，但其实这样的"寂寞"在《摩罗诗力说》和《呐喊·自序》中就被提出，但那时的"寂寞"只是作者的基本认识，并没成为自我突出的组成部分。当"寂寞"成为自我的强烈的反噬力的时候，《呐喊》便宣告终结，"因此对作者来说，在目前的主客观条件下重新审视作为已过'不惑之年'的战斗者自我，才是问题之所在"②。这个推进的过程被有些学者解读为从《呐喊》时期的第一重绝望进入到《野草》时期的第二重绝望。③ 为了明确木山难解的《野草》研究之逻辑，此解释不无启发，但木山所涉及的内容更为复杂深入。

---

① [日] 木山英雄著，赵京华编译：《文学复古与文学革命——木山英雄中国现代文学思想论集》，北京大学出版社，2004年，第17页。
② [日] 木山英雄著，赵京华编译：《文学复古与文学革命——木山英雄中国现代文学思想论集》，北京大学出版社，2004年，第25页。
③ 参见靳丛林、李明晖等：《日本鲁迅研究史论》，社会科学文献出版社，2019年，第261页。

鲁迅的自我审视走向了极端，无法通过外部和内部自我消化，于是就开始通过一系列作品表现出来。换句话说，就是黑暗与光明的纠葛使鲁迅的生命不能承受之重，而需要在这种尖锐的对立中确立自我的位置。但自我位置的确立在《野草》中经过了一个由外部进入内部又回到外部的过程，也就是木山自己解释的鲁迅"诗性思考的连续展开"①。当然这是通过一系列文学文本表现出来的，木山大体做了这样的划分：从《秋夜》到《过客》十一篇构成一组；梦七篇构成一组，《死后》后面五篇构成一组。事实上，木山并没有一一讨论所有文章，而是挑出三组中最为关键的 11 篇进行详细解析，其逻辑有学者已经做了很好的说明。② 按照木山的意思，三组散文诗在诗性思维上是一个逻辑推进的过程。第一组十一篇是外部世界与内部世界、现实的时空和梦幻的时空交织纠缠的状态，在此把光明与黑暗、希望与绝望、实有和虚无、生与死、形象与观念、过去与未来、自我与社会、理想与现实的斗争做了绝好的展现，同时渐渐进入人造的幻境，表现出向梦过渡的迹象。木山在此特别择取了《希望》和《墓碣文》两篇，他觉得这两篇不仅仅是文本间的张力问题，而且体现了鲁迅的核心问题。

如果说《希望》的意境为实，那么，《墓碣文》则为虚，《希望》的力度由内向外，《墓碣文》乃步步逼近内面世界。无论注意其时间性的线性展开，还是设想其空间性的放射形态，总之，在把《野草》作为一个整体眺望时，会感到这种

---

① [日]木山英雄：《也算经验——从竹内好到"鲁迅研究会"》，《鲁迅研究月刊》2006 年第 7 期。
② 参见彭小燕：《鲁迅重审"战斗者自我"与〈野草〉的作为——木山英雄〈野草〉论之核心》，《东岳论丛》2017 年第 11 期。

对称关系一定在表现着什么。不过，这里我想思考的不是对称本身，而是于对称的两篇之间，似乎存在着的属于鲁迅思想核心的东西。

归根结底，鲁迅未曾把握到使自我完成其存在及使世界得以固定的核心。我一直在追索着那求核心而不得的鲁迅之彷徨意识，而现在，突然提起什么核心来，其理由不在于鲁迅终于抓住了什么核心，或者我在鲁迅那里找到了什么核心，而在于我感到，无论哪里也没有终极核心的这一世界的痛苦，其本身终于成为一个核心。①

鲁迅的无中心的核心的确让人费解。木山例举了非欧几里得空间的宇宙模型来说明这种自我封闭球星宇宙不存在唯一确定的中心，但事实上每个点都是中心。鲁迅的无中心的核心类似这种宇宙模型。可能正是鲁迅的无中心才逼近了人和世界的本身。

第二组梦七篇，是鲁迅真正过渡到梦幻的作品，更加深入细致地表现了自我主体的彷徨。木山文章中只分析了《墓碣文》《颓败线的颤动》和《死后》，他认为《死后》处在《过客》《死火》《墓碣文》的终点上，从这里面能够看出鲁迅通过"死"构建出来的主体逻辑理路，有学者把木山的这个逻辑分析概括为"野草四死论"②。《过客》中的老人和小孩是对极化的人物，与《秋夜》《影的告别》《希望》中存在的花与落叶、明与暗、希望与绝望对极是一脉相承的，只不

---

① [日]木山英雄著，赵京华编译：《文学复古与文学革命——木山英雄中国现代文学思想论集》，北京大学出版社，2004年，第50—51、51页。
② 彭小燕：《鲁迅重审"战斗者自我"与〈野草〉的作为——木山英雄〈野草〉论之核心》，《东岳论丛》2017年第11期。

过在《过客》中变得更为明快。可以说绝望是死的精神性表达，而坟墓就是死的物质性表达。《过客》中的坟墓是绝望之观念的物质化，是死的符号。这是因为，过客并没有什么终极目标，他不知道终点是什么，终点是一个无中心的存在，只有一个东西是明确的——坟墓。"死"是过客认识的发条，驱使他义无反顾地向前走，这实际上就是肉搏绝望和黑暗。"与《过客》的坟墓相比，《死火》中的死，则是由作者内省力想象出来的更为逼真的死。"其逼真在于内在的凝视，"死并不是被预想在前方的坟墓那样的外在物里，而是被凝视在思索死的'我'之思维中，更进而被凝视在一面生存一面思索死亡这种意识的自相矛盾中"①。《死火》有更为明艳的物象：青白的冰山冰谷、鱼鳞般的冻云、淋漓的冰树，还有意气激昂的对话。通过这些意象，木山把捉到鲁迅凝视的欲望与逃脱的决断相连接的某种东西，进而逼视到复仇的快意的意绪。当《死火》把过客前方的和内部的两种死纠缠在流动的幻想中的时候，似乎又预示了鲁迅内在生命走向极端的危险，于是在《墓碣文》中他又回到物质化的坟墓，不过这个坟墓不是未来的想象性存在，而是在梦境中活生生地矗立在眼前。墓碣前后的刻辞分别表征了青春的希望、血腥的歌声和希望的落空、惧怕的逃跑，这又和《秋夜》《希望》《影的告别》等联系起来。《墓碣文》的主体意绪的回还，是鲁迅认识的飞跃和深化，表明了鲁迅在《野草》中构建的主体逻辑，所以木山认为：

> 这个简明的碑文便不是对于作者过往经历的直接总结，而是将对过往之一切加以《希望》式的总结，更进一步要把

---

① [日] 木山英雄著，赵京华编译：《文学复古与文学革命——木山英雄中国现代文学思想论集》，北京大学出版社，2004年，第41、42页。

解放恶魔之破坏力的那种精神置于客观性的场域上来审视。一般认为《墓碣文》代表了《野草》的难解程度，其实站在这个角度上来观察才能获得对《野草》结构骨架的展望。①

鲁迅返回到坟墓，重新创造了奇怪的逻辑和怪异的感觉，阴森恐怖，非同寻常，并在后面又塑造另一种死——死后所见的世人及其感觉，《死后》在这样的终结点上表现的是对正人君子和俗众的讽刺，并获得了超越内部之死的力量。鲁迅在这种观察后，发现了死的无聊以及自身活下去的价值，于是从死中觉醒而坐起来。至此，木山完整地构建出《野草》中死亡的路线图，进一步展示了"鲁迅创造的鲁迅"所形成的主体逻辑。

从死亡路线图可以看到鲁迅内心世界连续不断的往返运动，走到《死后》可以说是反弹，但同时也孕育了《颓败线的颤动》的有力摇摆。文中两个梦境表征的依然是对极观念的白热化斗争，体现了这篇文章延续了《野草》一以贯之的内容，也和小说集《呐喊》与《彷徨》对应起来。木山因此认为："这篇作品是把在《墓碣文》中向自我内部大力推进而确认了的怀疑与痛苦，再放在历史世界中的某实体上重新加以掌握的。"② 这种往返回复使作品获得抽象的历史现实性，并与作者现实中遭遇的女性之苦痛联系起来，于是"因袭的重担"又一次压在了创作主体的头上，摆脱与抗争、绝望与希望、现在与未来又纠缠在一起，并发出了无言的愤激之声。

---

① [日]木山英雄著，赵京华编译：《文学复古与文学革命——木山英雄中国现代文学思想论集》，北京大学出版社，2004年，第45页。
② [日]木山英雄著，赵京华编译：《文学复古与文学革命——木山英雄中国现代文学思想论集》，北京大学出版社，2004年，第59页。

《死后》完成后，鲁迅的内心冲突告一段落，他的视角也由内部逐渐地向外部移动，作品的密度也减弱了，是真正开始回到日常性的世界中，因而"诗"的因素退化，散文的因素增强，在《淡淡的血痕中》和《一觉》那里就宣告结束了，《野草》于是也结束了。木山通过三组文章的分析，窥见到鲁迅主体的运行逻辑，内部世界与外部世界的交替与转换，"《野草》诸篇是通过展示、凝视鲁迅内部最为执着、彻底的怀疑而生发出鲁迅自身不断'前行'、于'此刻现在中自立'的'某种依据'"，也就是创作主体鲁迅生命轨迹最紧要的"转折—蜕变"①。换句话说，《野草》处在他生命轨迹的关键位置上，这个位置划分了鲁迅的前期和后期，也生动地体现了鲁迅丰富、复杂而汹涌澎湃的内心世界。鲁迅没有在这样的黑暗和虚无中销声匿迹，而是通过反抗绝望来突围，并于此谱写了主体行动的哲学和诗歌。因此有人总结：

> 鲁迅与他的作品形成了一种复杂的关系：他个人生命的直接性、有限性也是他作品内在运作的底线，这使得尽管深感"一无所有"却没有倒向某种精神与现实的倒错，而是执着于前行、执着于生；他的作品既是投向大众的"呐喊"，是他参与革命的文学行动，也是他将自身抛掷出去的内在根据；鲁迅在写作中实际上也展开着现实的抉择。借由写作，他努力将那个曾经愿意二元分裂的自身重新整合入现实，而作品中散发的凌厉之气也成为他现实生存的可能状态。《野

---

① 彭小燕：《鲁迅重审"战斗者自我"与〈野草〉的作为——木山英雄〈野草〉论之核心》，《东岳论丛》2017 年第 11 期。

草》，作为鲁迅自身的行动哲学，也是他的一次文学行动，给予他克服失败与虚妄，担负生之责任的精神力量。①

时隔四十年，木山还是认同他自己对《野草》的判断和解读，我们从他为广播大学撰写的教材《读〈野草〉》能清楚地看出。如果说《〈野草〉的形成逻辑及其方法》把作品解读与复杂深刻的思想变动结合起来，那么《读〈野草〉》就更为明晰地呈现代表性作品的文本细读，当然也在这种细读中穿透了鲁迅的主体思想变化轨迹以及诗性哲学。木山在《读〈野草〉》中，把《野草》分成四个大的主题：黑暗与虚无，重点解读《影的告别》和《求乞者》；复仇的主题，重点解读《复仇》和《复仇（其二）》；梦的系列作品，分为系列一、二、三，分别重点解读《死火》《失掉了的好地狱》《墓碣文》和《颓败线的颤动》。作者在每个主题开始论证之前都提供了一段导言，起到明确主题和了解鲁迅思维变化的作用。《读〈野草〉》相对于《〈野草〉形成的逻辑及其方法》分析11篇作品而言，只重点解读了8篇，但这8篇并非是11篇减去3篇，有下面的表格为证：

文章 主题	黑暗与虚无	复仇	梦系列	死亡	其他
野草形成的逻辑及其方法	《秋夜》《影的告别》《求乞者》			《过客》《死火》《墓碣文》《颓败线的颤动》《死后》	《希望》《风筝》《这样的战士》
读《野草》	《影的告别》《求乞者》	《复仇》《复仇（其二）》	《死火》《失掉了的好地狱》《墓碣文》《颓败线的颤动》		

---

① 李松、曾沁雅：《主体的行动哲学——论木山英雄的〈野草〉研究》，《新文学评论》2019年第2期。

木山的两篇文章强调的重点和主题的划分都有差异，但比较明显的变化是《读〈野草〉》把《复仇》两篇单独列出作为主题进行了详细分析，在《〈野草〉形成的逻辑及其方法》中只是涉及，而且在《读〈野草〉》中更加偏重于文本细读和明确的归类，并通过归类帮助读者理解《野草》的整体构建，理解难度明显降低，这应该是广播大学教材目标所要求的。虽然行文逻辑和方法有变，但木山的基本思路和方法没有变，所以说《读〈野草〉》更像是《〈野草〉形成的逻辑及其方法》的大众版。

木山鲁迅研究最用力而且影响最大的，毫无疑问是《野草》的研究，但这并不是说他只有《野草》研究。除此之外，我们还能看到他对鲁迅散文的研究、鲁迅与古代文学的关系研究及鲁迅的比较文学研究。在《实力与文章的关系——周氏兄弟与散文的发展》一文中，以《语丝》为例讨论周氏兄弟与中国散文的发展。木山首先指出这个刊物的总体特色："一面广泛涉及到政治、学问、文艺，等等，一面又少取专家的态度，其文章上的自觉很强烈，有意识地发挥了语言的机能。而且还可以说，具有反抗与趣味这两种倾向，而两种倾向均与明确的文章观相关联。"[①]周氏兄弟的相关文章正好代表着杂志这样的特色，他们逐渐改变用高超理论撼动旧道德的《新青年》式的"五四"策略，对卑劣野蛮的心性诡计加以批判，用极富逻辑性和历史感的讽刺文体来达到松动传统劣根性的目的。鲁迅在此获得了自我表现和文体的独特性，木山评价这种独特性："开拓了一种抽象的观念与野性的感觉直接结合的独特的诗之昂扬。""鲁迅的散文终于确立起了内在的自由。通过《野草》和《孤独者》的体验，不仅获得了自我表现的自

[①] [日]木山英雄著，赵京华编译：《文学复古与文学革命——木山英雄中国现代文学思想论集》，北京大学出版社，2004年，第71页。

由，同时也从自我表现中获得自由。"①鲁迅和周作人一道将"五四"时期革命与文学的关系置换成实力与文章乃至语言的关系，避免了那些夸夸其谈的论文，从而对中国现代散文的发展做出了卓越的贡献。

《庄周韩非的毒》讨论鲁迅与古代文学的关系，文章标题来自鲁迅《写在〈坟〉的后面》。木山从竹内好这句话的译文谈起，进而引入中国的现代化的历史进程，认为鲁迅在这个历史进程中，经受住历史大转折的精神考验，对传统的批判是根本性的和竭尽全力的，但这种抵抗从语言和思想上与传统相关联，比如鲁迅高度赞扬汉唐文化吸收外来文化的魅力，充分肯定民族文化的根本在于开放，而且在鲁迅身上诸子百家的思想方法和处世法得到相当自由的展开，至少是作为文章比喻的材料。更为具体的体现在于，鲁迅文章深得庄子的奇异奔放和韩非子的峻急，而且在批评孔子的用词与思维方法上明显受到《大宗师》《德充符》的影响，即使到了晚年鲁迅批评庄子而写了《起死》，可是在面对大是大非的现实问题上，他依然坚守他的自由精神，在木山看来"庄子说不定在鲁迅战斗的自由人的精神装置中也发挥了某种作用"②；从1924、1925年所写的《野草》中，鲁迅在内部的激烈斗争中呈现峻急的特点，这恐怕也是韩非留下的遗产。总之，庄周的"随便"（自由）与韩非的"峻急"（冲突）作为文化遗产不可思议地聚集在鲁迅的作品中和思想深处。除此之外，杨朱、墨子也作为这种对偶的内容（"随便"与"峻急"）被鲁迅接受并继承下来，可以说中国传统中的优秀文化和语言精华作为根本性的民族精神被鲁迅

---

① [日]木山英雄著，赵京华编译：《文学复古与文学革命——木山英雄中国现代文学思想论集》，北京大学出版社，2004年，第77、78页。
② [日]木山英雄著，赵京华编译：《文学复古与文学革命——木山英雄中国现代文学思想论集》，北京大学出版社，2004年，第112页。

继承了，"全盘西化"只不过是鲁迅显示出来的外在表象。在另一篇《从文言到口语——中国文学的一个断面》中，木山又讲到："我们看到在鲁迅的文章里，古文字句和格调不同于那种伪风雅，及与质朴翔实的现实主义既相矛盾又相联系的风格，因之我们不能不佩服其容裁的凝练美。再看看鲁迅的阅历资质，据周作人介绍，鲁迅年青时代除了偏爱庄子和屈原外，还偏爱温（庭筠）、李（商隐）的诗，六朝的文（《鲁迅的青年时代》）。"①木山还有一篇文章《"文学复古"与"文学革命"》也深入地谈到鲁迅与古代文化的关系，他以章炳麟为桥梁，认为"周氏兄弟经由了章氏'文学复古'的熏陶，几乎同时又体验了对西方式'主观之内面精神'和'个人尊严'的渴望；他们借用严复的旧式译语'性解'表现西方天才、'诗人'、'精神界战士'，在与他们的声音相呼应的同时，留下了文学语言的大胆实验成果"②。在20世纪60、70年代，木山能看到鲁迅与中国古代文化的这种内在关系，的确大大地推进了鲁迅与中国传统文化的研究，并在异域日本形成了与王瑶相呼应的研究面貌。

　　木山还涉及鲁迅的比较文学研究。1983年他发表了《正冈子规与鲁迅、周作人》，收在伊藤虎丸等编的《近代文学上之中国与日本》。这篇文章以"三一八"惨案为契机，讨论周氏兄弟在事件后的创作心态，进一步发掘鲁迅《死后》和周作人《死法》与子规《死后》的关系。周作人在《死法》的附记中提到自己的文章受子规俳文《死后》的影响，而《死后》曾经被和周氏兄弟关系密切的张凤举翻译发表在《沉

---

① [日] 木山英雄著，赵京华编译：《文学复古与文学革命——木山英雄中国现代文学思想论集》，北京大学出版社，2004年，第124页。
② [日] 木山英雄著，赵京华编译：《文学复古与文学革命——木山英雄中国现代文学思想论集》，北京大学出版社，2004年，第236页。

钟》上。木山从此进入寻找鲁迅与子规的事实性关系，指出鲁迅在《一觉》中讲到喜欢《沉钟》，又据失和前鲁迅与周作人的关系推论鲁迅关注子规的盖然性很大，由此证实鲁迅收在《野草》中的《死后》也受到正冈子规同名俳文的影响。在做了时代背景和事实影响分析后，木山着重考察了两个同名文本之间的具体关系。他认为："应该承认此文在死后之客观的观察这一奇特的构思上，与子规的《死后》有着相当明显的类似性。"①子规在死前一年做《死后》，其疾病导致的将死之心境类同于鲁迅《死后》创作时的心理状况，但鲁迅在创作意图和展开虚构的想象意志之主动性上创造了与子规相当不同的意境。鲁迅在《死后》中表现了主观与客观相互纠缠和自我毁灭式的冲动，染上了中国当时的时代和国情，这和子规《死后》中那种平淡细腻的描述是不同的。难能可贵的是，木山还引入了中国古代文学与鲁迅《死后》之关系的视角，他认为陶渊明的《挽歌》从棺木和坟墓中观望现世的写法也是《死后》的源头，鲁迅从中吸收古代民间葬礼歌谣的传统，但子规的《死后》又进一步让他了解了鲁迅创作这篇作品的心理线索，即"三一八"事件带来了周氏兄弟创作关于死的文章的历史契机，因而包含了子规《死后》的影子。由此观之，木山撰写的这篇文章很好运用了事实影响研究和平行研究，注重历史背景和文本细读相结合，是专业的鲁迅比较文学研究，但他未对文本间的细节关系和所反映的同时代性进行深入的发掘，这为继续推进相关研究提供了基础。

---

① [日] 木山英雄著，赵京华编译：《文学复古与文学革命——木山英雄中国现代文学思想论集》，北京大学出版社，2004年，第147页。

第二节　木山英雄的贡献和地位

木山关于鲁迅研究的著述少而精，能够与丸山升、伊藤虎丸齐名成为中日鲁迅学界的翘楚，不仅仅是因为其人格力量，关键在于他为鲁迅研究做出的贡献，尤其是《野草》研究。从竹内好出发，战后日本鲁迅学出现了各种分野，木山所代表的分野不同于丸山升，也不同于伊藤虎丸，他继续了竹内好的传统，并在此基础上推陈出新，同时又启发了后来者的研究。

第一，把《野草》研究推进到一个关键的历史阶段。在此先回顾一下1963年之前日本翻译和研究《野草》的情况。1931年12月土井彦一郎翻译的作品集《西湖之夜》，内收《秋夜》和《无常》，其中《秋夜》是《野草》中的作品，这应该是日本最早翻译的《野草》中的作品。1937年《大鲁迅全集》第2卷（共7卷）全部译出《野草》。1952年《华侨文化》3、4月号分别译出《野草》中的《狗的驳诘》和《立论》。1953年青木书店出版的《鲁迅选集》第1卷（共5卷）收有《野草》，由小田岳夫、田中清一郎译；同年筑摩书房出版的《鲁迅作品集》第2卷收《野草》。1955年竹内好翻译的《续鲁迅作品集》，正篇收《野草》全译，由筑摩书房出版；同年由岩波书店出版了竹内好译的《野草》单行本。1956年岩波书店出版的《鲁迅选集》（共13卷）第1卷收竹内好译的《野草》。1958年筑摩书房出版的《世界文学大系》第62（鲁迅，茅盾）收集了竹内好译的《野草》。1963年尾上兼英和丸山升编的《中国现代文学选集》第2卷收《野草》。① 由以上可知，到1963年木山发表《〈野草〉形成的逻辑及其方法》，日本已经全部译出《野草》，而且有不同的译本，其中竹内好的译本多次出版，影响很大，这为日本的《野草》研究提供了良好的基础。根据笔者手头收集的文献资料，日本较早触及《野草》单篇作品分析的是小田岳夫的《鲁迅传》，在分析小说集《彷徨》时，说到鲁迅此时写了二十多篇散文诗，其中《求乞者》说尽了鲁迅当时灰色的心境。② 1944年竹内好出版了《鲁迅》，其中有较多内容谈及《野草》，在"关于作品"中用了整整一节内容分析，可说是木山《野草》研究之前最重要的成果。竹内好认为，《野草》是极为重要的作品，它和《朝花夕拾》合起来跟《呐喊》和《彷徨》形成注释关系；而且还可以解释鲁迅和集约性地表现着鲁迅，是作品与杂文之间的桥梁，体现着作家与作品之间的关系。竹内好还用了大量的篇幅引用了具体作品中的段落加以分析说明，比较重视文学作品本身。③ 从此可看出，《野草》首先被纳入鲁迅整个作品的体系中，形成了鲁迅作品的解读体系，这一点前面已经说过；其次《野草》可以用来解释和反映作者，这是《野草》的读法问题；最后是紧扣"文学者鲁迅"，进行文学内部研究。但从整体上看，竹内好的《野草》解读还停留在文学作品的外围，没有进入作品之间的内在联系和鲁迅自身所处的思维世界。到了20世纪50年代，日本开始陆续出现了研究《野草》的论文，如山野田耕三郎在1954年《北斗》创刊号上发表了《〈野草〉中的希望》，

---

① 参见吉林师范大学外国问题研究所日本研究室：《鲁迅在日本的目录》（内部资料）1976年第2期，第3—10、12—13、16页。
② 参见 [日] 小田岳夫著，范泉译：《鲁迅传》，开明书店，1946年，第52—53页。
③ 参见 [日] 竹内好著，李冬木等译：《近代的超克》，生活·读书·新知三联书店，2005年，第92—100页。

同年新岛淳良在鲁迅研究会会刊《鲁迅研究》上发表了《关于〈失掉的好地狱〉——〈野草〉笔记》，驹田信二1956年在《文学》上发表了《〈野草〉——对它的一种读法》。①这些论文较为明显的特点是具体解读某篇作品，寻找《野草》的读法和理解它的核心内容，是当时鲁迅研究会解读鲁迅的产物。

日本《野草》的全面译介、竹内好的《野草》研究和20世纪50年代的社会现实为木山的《野草》研究提供了基本条件，其中要特别关注竹内好的启示和鲁迅研究会的文本细读。木山的《野草》研究抓住了竹内好"文学者鲁迅"始终立足《野草》的文本，从文本内部寻找《野草》各篇演变的路线，还注意吸收竹内好鲁迅作品解读体系的成果，看到留日时期和《呐喊》时期向《野草》转变的历史过程，这是对竹内好明显的继承。但木山不止于竹内好的研究，而是把竹内好没有做好的问题做好了，具体表现在发现了《野草》各篇之间的关联，从总体上把《野草》分成三个组成部分，特别解析了"死四篇"之间的往复运动，最终在此基础上发现了《野草》主体建构的逻辑及其方法，提出了"鲁迅创造的鲁迅"的真知灼见。这一思想在四十年后木山的《野草》解读中仍然得到了继续，只不过木山更为明确地划分了三大主题，并且更加注重文学作品的细节解读，提纲挈领地把《野草》的主体建构逻辑再一次呈现出来。这从中日《野草》研究史上看，是第一次把《野草》作为一个整体来进行系统阐释，不仅有精到的微观分析，也有历史性的宏观架构，对理解鲁迅1924、1925年"鲁迅化"（最能体现鲁迅作为鲁迅的东西）具有重大价值，因而赵京华做出了

---

① 参见吉林师范大学外国问题研究所日本研究室：《鲁迅在日本的目录》（内部资料）1976年第2期，第42、44页。

如下评价：

> 自始至终不懈地解读《野草》，并由此进入鲁迅的思想内心世界以解读革命中国的现代史。众所周知，鲁迅研究史上虽然有人关注过《野草》的价值（如30年代的李长之，40年代的竹内好，50年代的冯雪峰），但是，在中国真正把《野草》作为鲁迅的哲学（历史中间物意识）和走进作家丰饶的内心世界之窗口而实现了研究史巨大突破的，是80年代中期以来以钱理群、汪辉为代表的论述。而在邻国日本，木山教授早在20年前的60年代便注意到《野草》中鲁迅的诗与哲学，并通过对23篇散文诗彻底的文本解读，证实了鲁迅是怎样在生存哲学的意义上经过对四种"死"的形式之抉心自食式的追寻，最后穿过"死亡"而完成对自身绝望暗淡心理（也即处此历史大转折时代的古老文明中国所怀抱之全部矛盾）的超越，成为卓越的思想家和文学家。①

日本此前的相关研究已经做了回顾，那么还可以纵向比较一下李长之和冯学峰的相关研究与木山的研究。李长之恐怕是中国最早系统讨论《野草》的研究者，他在《鲁迅批判》一书的第四部分用了一小节内容分析鲁迅这部散文诗集。从总体上看，李长之把《野草》归入杂感文，属于杂文一类，承认它是散文集而不是诗集。他认为鲁迅的《野草》"形式略为奇怪，含义较为深邃"，在他看来，这部作品集

---

① 赵京华：《编译后记》，收 [日] 木山英雄著，赵京华编译：《文学复古与文学革命——木山英雄中国现代文学思想论集》，北京大学出版社，2004年，第399页。

"形式是很不纯粹的,有的固然写得很隐约了,有的却也很明显"①。在这样的大前提下,李长之只认为《影的告别》《复仇(其二)》《希望》《立论》《死后》《这样的战士》《淡淡的血痕中》七篇最出色,占有艺术上的最高位置,其余的不是被认为肤浅,就是被认为恶趣。李长之比较详细地分析了他所认为的好的作品《影的告别》《希望》《立论》《这样的战士》《复仇(其二)》和《淡淡的血痕中》,分别指出了它们的主题,并没有一个统一的线索。我们知道竹内好的《鲁迅》受李长之《鲁迅批判》的影响很大,但竹内好基本没有接受李长之对《野草》的否定,而提出了《野草》在鲁迅作品体系中的独特位置以及其解释鲁迅的作用,木山不仅接受了竹内好的作品解读体系和"文学者鲁迅"的看法,还接受了李长之对《野草》寂寞和空虚主题的解读,并进一步发展成《野草》各篇作品运行的线索,这显然是推进。1955年冯雪峰在《文艺报》上发表了《论〈野草〉》,是李长之以后到50年代《野草》研究最为系统的文章。这篇文章有两个明显的特征:一是把《野草》看作诗,提出通过诗的形象去了解作者的思想感情;二是把23篇作品分为三类(《秋夜》《雪》《风筝》《好的故事》《腊叶》《淡淡的血痕中》《一觉》;《我的失恋》《狗的驳诘》《立论》《这样的战士》《聪明人和傻子和奴才》;《影的告别》《求乞者》《复仇》《复仇(其二)》《希望》《过客》《死火》《失掉的好地狱》《墓碣文》《颓败线的颤动》《死后》);三是用社会历史的批评方法解读作品。冯雪峰的分类由社会历史批评方法决定,他认为第一类是战斗的反抗的,第二类是讽刺的,带有消极情绪,第三类是失望和空虚的,但从总体上看,"作者对于现实是采取战斗的态度的(这部分作品以及《野

---

① 李长之:《鲁迅批判》,北新书局,1936年,第135页。

草》全部作品,同作者的一切作品一样,主要的或基本的思想基础是对一切反动的、黑暗的、腐朽的势力的反抗和斗争),他在现实中也看见乐观的东西,同时抱有乐观的理想,但是现实又常常使他失望,使他感到空虚,这就构成了他的悲观与乐观的矛盾,这是在这部分作品中也存在的"①。冯雪峰的研究试图把社会历史批评和文学性解读结合起来,但最终社会历史批评占了上风,因而对《野草》中最具鲁迅性的作品做了更低的价值判断(第三类)。不管木山是否读过冯雪峰这篇文章,②但我们看到木山对《野草》进行了体系化的研究,他对作品的分类和试图解释《野草》各篇文章之间的逻辑关系,和冯雪峰相似。可是木山明显不同于冯雪峰的社会历史批评,他通过以鲁释鲁的方法,在文学内部讨论《野草》形成的逻辑及其方法,客观地认识到了《野草》中最有价值的篇章,这在中日《野草》研究史上是第一次真正回到"文学者鲁迅"那里。赵京华正是在这个意义上指出:"中国本土以外的《野草》研究,仿佛从一开始就关注到其诗与哲学的面向并直逼'阴暗面'的问题,而没有像中国学界那样经历复杂曲折的过程。"③综合以上,我们认为木山以其卓越的研究工作把《野草》推进到全新的历史阶段。

第二,在中日学界很早在周氏兄弟的并行中研究鲁迅。根据作品的分量和多少,木山英雄更应该说是一位周作人研究专家,但木山在研究周作人时从来都把鲁迅作为参照,同时在研究鲁迅时也不忘周作人这个镜像。换句话说,木山把周氏兄弟作为一个整体,放在并行的

---

① 冯雪峰:《论〈野草〉》,收李宗英、张梦阳编:《六十年来鲁迅研究论文选》(下),知识产权出版社,2010年,第701页(原载《文艺报》1955年第19、20期)。
② 冯雪峰在日本是有影响的,1953年鹿地亘和吴七郎翻译了冯雪峰的《回忆鲁迅》,由鸽书房出版(参见吉林师范大学外国问题研究所日本研究室:《鲁迅在日本的目录》(内部资料)1976年第2期,第72页),因而木山有极大可能读过冯雪峰的《论〈野草〉》。
③ 赵京华:《战后日本〈野草〉研究的两种路径与一条副线》,《学术月刊》2018年第3期。

视野中进行研究。他有好几篇文章都是在题目中冠名"周氏兄弟",如《实力与文章的关系——周氏兄弟与散文的发展》《正冈子规与鲁迅、周作人》《关于周氏兄弟——北师大讲演录》。木山正是在比较中准确界定了周作人和鲁迅散文创作的独特性,他讲"周作人那种只能说是冷静的幼稚儿式的个性更适合于散文的老狯性,而难以在其他形式中得到持续的表现"。这显然是针对鲁迅而言,意思是鲁迅的散文具有"杀伐性的自然观和生死观",能够把"抽象的观念与野性的感觉直接结合"起来,形成"诗之昂扬"①,从而达到内在的高度自由;周作人的散文多曲折,但不见以危机为动力的跃动,而鲁迅每每在散文中通过内在和外在的危机呈现出力量的激烈角逐。当然,鲁迅和周作人都将革命与文学的关系置换成实力与文章乃至语言的关系,而没有陷入夸夸其谈。讨论正冈子规与周作人、鲁迅关系的比较文学论文,先从周作人与子规的事实接触入手去推论鲁迅与子规接触的可能性,这显然是把周氏兄弟作为中国现代文学的"双子星座"来看待的。在谈论子规对他们文学创作的具体影响上,周作人所写的《死法》与鲁迅所写的《死后》就通过子规的《死后》而并置,在此并置中便可看到周作人的《死法》是"寄悲愤绝望于幽默",而鲁迅的《死后》则是通过主观与客观的激烈纠缠以表现自我毁灭时的冲动。1996年在北师大演讲,木山对周氏兄弟在中国现代文学上的独特个性进行了更为根本性的总结:"鲁迅是不断地怀疑着文学的真实性,同时又没有放弃文学语言的作家,也可以说在这个意义上是地道的现代作家。周作人也一向自觉到自己所追求的散文语言不能有咒术或诗歌那样动人

---

① [日] 木山英雄著,赵京华编译:《文学复古与文学革命——木山英雄中国现代文学思想论集》,北京大学出版社,2004年,第75、77页。

的力量，可是他冷静的理智选择也就在这里。"①周作人实际上聪明地回避了鲁迅那种力量的跃动和现代文学的强烈危机，在穿透古今人性中走向了平和、冷静和幽默。当然在其他一些单独写鲁迅或者周作人的文章，木山也没有忘记周氏兄弟的并行研究，如在《庄周韩非的毒》就说过"鲁迅那种对句性的表现背后，很难想象会有弟弟那样的韬晦的意味"②，而在《"文学复古"与"文学革命"》也不忘通过章炳麟把周氏兄弟并行来看，从《文言到口语》也同样采用了这种视野。正是有这样大量的研究实例，所以有人总结："木山英雄不满那种将鲁迅、周作人的思想、艺术硬性地区分高下的比较研究，他主张的是一种将二者平等看待的并行研究。"③此观点显然重申了赵京华编译《文学复古与文学革命》一书的《编译后记》。④

由以上可以看出木山研究鲁迅自觉运用了周氏兄弟并行的视野，但我们还需要进一步讨论这一视野在中日鲁迅研究界的重要价值。根据张梦阳编选的《六十年来鲁迅研究论文选》（上、下）和写的《中国鲁迅学通史》，大抵可以看到17年期间（1949—1976）封杀了周作人的研究，更别说把周作人和鲁迅并行起来看他们对中国现代文学的贡献了。周作人处在中日关系的敏感地带，当然是很难受到日本人关注的。在吉林师范大学编辑的内部资料《鲁迅在日本的目录》中，从20世纪50年代到70年代，除了我们所知道的木山的文章外，没

---

① [日]木山英雄著，赵京华编译：《文学复古与文学革命——木山英雄中国现代文学思想论集》，北京大学出版社，2004年，第252页。
② [日]木山英雄著，赵京华编译：《文学复古与文学革命——木山英雄中国现代文学思想论集》，北京大学出版社，2004年，第109页。
③ 刘伟：《相对化视角：木山英雄的鲁迅、周作人并行研究》，《齐鲁学刊》2010年第1期。
④ 参见[日]木山英雄著，赵京华编译：《文学复古与文学革命——木山英雄中国现代文学思想论集》，北京大学出版社，2004年，第399页。

有其他把周作人和鲁迅并行研究的文章（日本此段时间其实具有同时代人并行研究的视野，比如涉及鲁迅与瞿秋白、林语堂、毛泽东、殷夫、柔石、王明等人的关系研究①）。木山撰写的周氏兄弟的研究文章基本都在"文革"时期，这就充分说明木山具有清醒的头脑，他的文化判断力让他超越了那个具体的历史阶段，回到了周氏兄弟的历史本身。他认为："我还写了一些将周氏兄弟相提并论的小文，这些文章中亦有这样的意图：即在有着深层共通性的兄弟的两极之间，探寻中国新文学的可能性。"② 这一看法显然剥离了政治正确，在异域日本对视了中国 17 年的鲁迅研究，而中国人自己直到 20 世纪 80 年代以后才具有这样全完清醒的认识，也因此出现钱理群、张铁荣、止庵等人的周作人及周氏兄弟并行的研究。由此可以看出，木山在中日鲁迅学界是周氏兄弟并行研究的先行者，而且把握到周氏兄弟对新文学发展的核心价值，对此后这方面的研究具有重要的参考价值和方法论意义。

第三，具有继往开来的研究史位置。木山在日本鲁迅研究史上继往开来的位置并没有被学界完全梳理清楚，一些研究都只触及到某一方面，所以我们既要看到他对先行研究的继承与突破，也要看到他对后来者的启发。尾崎文昭讲过一段非常有启发的话：

> 五六十年代很多人要挑战或者要补充竹内好。一种是先全面掌握竹内好的鲁迅，继承并消化以后穿过其中，再进一步开展研究，这么做的有伊藤虎丸。我本人继承的就是伊藤

---

① 参见吉林师范大学外国问题研究所日本研究室：《鲁迅在日本的目录》（内部资料）1976 年第 2 期，第 36—40 页。
② [日] 木山英雄著，赵京华编译：《文学复古与文学革命——木山英雄中国现代文学思想论集》，北京大学出版社，2004 年，第 394—395 页。

虎丸的研究路径。另一种是接受以后努力另起炉灶，这样做的有丸山升、木山英雄以及丸尾常喜。他们的研究慢慢依据由竹内好《鲁迅》获得的启发走进自己的思路，然后形成了自己的相当鲜明的鲁迅形象。还有很多学者查清和解决了竹内好遗留的问题和没能谈清楚的地方，如与晚清思想的关系、日本和世界文学的影响作用、旧体诗的理解、中国小说史的考证等等。这样到了1990年前后竹内好留下的问题几乎没有了，我在1991年写的《试论鲁迅"多疑"的思维方式》就是最后的一个句号。①

尾崎认为木山接受了竹内好并努力另起炉灶，从而开创了自己的道路，但他没有具体讨论木山究竟怎样接受又怎样超越的。木山接受竹内好主要在这些地方：一是严守"文学者鲁迅"的底线，始终在文学内部讨论问题，并注重文学语言细节的把握（文本细读），从木山的《野草》论能清楚地看到；二是继承"文学者的自觉"（"回心"），即作者主体的内部觉醒，木山紧扣这一点在《〈野草〉的形成逻辑及其方法》中探讨鲁迅主体思维的往复运动，把《野草》中"文学者的自觉"最为全面地呈现出来，木山自己承认："至于竹内的'回心'说本身，我本来没有一定要反对的理由。所以如果勉强把上述的展开过程说成是竹内的'回心'投影在文本上的结果，也没有什么不可以（竹内本人把《野草》看作可能是与鲁迅的'回心'关系最密切的作品，只是始终没有尝试解释而已）。"② 三是对鲁迅作品解读体系

① [日] 尾崎文昭、薛羽：《战后日本鲁迅研究——尾崎文昭教授访谈》，《现代中文学刊》2011年第3期。
② [日] 木山英雄：《也算经验——从竹内好到"鲁迅研究会"》，《鲁迅研究月刊》2006年第7期。

的继承，竹内好首次开创了把鲁迅作品看成一个体系并寻找他们之间的关系，木山深得竹内好的精髓，注意到早年留日时期的思想、《呐喊》《彷徨》及同时期杂文与《野草》的内在逻辑关系。竹内好其实对上面这些问题都只提供了一个讨论的框架，其深入是通过后来者完成的。就木山而言，具体表现在深入到《野草》内部，通过分类整理和文本细读，把《野草》的主体建构逻辑及其方法第一次呈现在世人面前，而竹内好对《野草》的解读还停留在解释鲁迅和分散阅读的状态。更进一步来说，竹内好的"文学与政治"的阐释框架和"文学者的自觉"是难以理解的，但阅读了木山的研究回头再看竹内好的这些问题，明显起到注释和纠偏的作用。竹内好"文学与政治"阐释的核心问题是鲁迅文学一开始就蕴含了政治性，"文学者自觉"实际上也是"政治者自觉"。木山认为竹内好是文学与政治的二元论，所以他的研究就要克服这个二元论，真正深入到"文学者鲁迅"自身之中去。还有木山的《野草》研究是对竹内好作品解读体系的一次具体运用和验证，比竹内好所谈的框架性的东西更具有针对性，同时因为这样的解读而发现了鲁迅创作历程中最为关键的 20 年代转向，进而揭示出"鲁迅创造的鲁迅"的真理。

　　从赵京华所译的《文学复古与文学革命》及刘伟所写的《超越"竹内鲁迅"：木山英雄对"政治与文学框架"的突破》可知，木山不满于中日学界过度地抬高鲁迅和政治化鲁迅，他想回到鲁迅本身，所以对当时的鲁迅研究多有怀疑，这就构成了他与丸山升、伊藤虎丸之间的对话关系。木山突围了"文学与政治的框架"，不同于丸山升"革命人"的一元论把政治与文学都统一在"革命人"名下，认为鲁迅文学天然内蕴"革命"。他还认为伊藤虎丸"政治—科学—文学"的阐释框架最终没有脱离竹内好，只是对竹内好进行的内部装修。所以，刘伟认为木山"不像丸山升以'革命人'来统一'政治与文学'对立，也不像伊藤虎丸那样，在竹内好等人的'政治与文学'框架里注入'科学精神'的成分加以改造、改良，而是完全突破和超越，彻底摆脱掉这一框架"，"木山英雄的选择显得更为特殊。他不像竹内好和伊藤虎丸追求'原鲁迅'成立的'原点'，而是从最根本的层面上，对周氏兄弟的矛盾复杂的精神世界，在一组对立的关系上，进行了'脱敏'还原化处理，把视点切割到难以再分的基本单元成分——实力与文章上"①。木山自己的文章也谈到他不赞同丸山升"革命"一元论：

> 而丸山的《鲁迅》一书对于这个问题的见解，基本上停留于指出对鲁迅来说一开始"革命"就是包含在"文学"之中，或者反之也是同样的。即这个戏仿，也可以说无外就是受到竹内的强烈影响而造成的混乱的结果。进而言之，事实上丸山的《鲁迅》每当遇到"文学"的根源之类的问题时，议论不总是陷入晦涩吗？索性如同伊藤所说，可以认为丸山的《鲁迅》就是革命者一元论。我也是这样看的。②

木山在这篇文章中透露了他在研究和情感上与伊藤虎丸比较亲近，而且木山在研究中率先提出"终末论"的这个词，对伊藤虎丸也有影响。下面就是见证：

---

① 刘伟：《超越"竹内鲁迅"：木山英雄对"政治与文学框架"的突破》，《东岳论丛》2010年第8期。
② [日]木山英雄：《也算经验——从竹内好到"鲁迅研究会"》，《鲁迅研究月刊》2006年第7期。

这里所叙述的是一种生之意识，即遥想与"地火"喷出烧尽一切这个具有世界终末论色彩的映象相重叠的，作品之彻底"腐朽与死灭"——"并且无可朽腐"——之后才得以充实的生之意识。

　　总之，鲁迅没有把自己塑造成那种无休止的冥想永恒的文学家。他的思考与想象均以遥想痛苦和怀疑的凝聚终将"化为烟埃"时为极限的，并且这个极限让我们感到在他的思想内面时而闪耀过世界终末论式的光彩。①

　　木山的文章写于1963年，而伊藤虎丸有关"终末论"的文章最早发表于1974年，②而且他们都是"鲁迅研究会"的成员，所以说木山对伊藤虎丸有影响是完全可能的。

　　最后来讨论一下《野草》研究对日本后学的影响。赵京华总结认为，从竹内好到片山智行是追寻思想本源的研究，从木山英雄到丸尾常喜是重视鲁迅一生思想变动过程的研究，这两种方法属于文本内部研究，还有一条副线是文本外部研究，就是比较文学的事实关系研究，主要有片山智行与秋吉收的研究。③这一总结清晰地规划出日本战后《野草》研究的路线图，但其实这些研究者都是交叉的，只是各自突出赵京华所说的特点。从整个日本《野草》研究史上看，木山的研究到达一个高峰，直接上承竹内好的"文学者鲁迅""回心"及文本细

---

① [日]木山英雄著，赵京华编译：《文学复古与文学革命——木山英雄中国现代文学思想论集》，北京大学出版社，2004年，第47页。
② 参见[日]伊藤虎丸著，李冬木译：《鲁迅与终末论——近代现实主义的成立》，生活·读书·新知三联书店，2008年，第185页。
③ 参见赵京华：《战后日本〈野草〉研究的两种路径与一条副线》，《学术月刊》2018年第3期。

读，淡化了竹内好的政治与文学的阐释框架。此后日本的《野草》研究者都和木山有或多或少的关系。山田敬三在《鲁迅世界》中有一节内容讨论《野草》的存在主义，①看似和木山没什么关系，但实际上存在关系。木山所谈及的"生之意识"和一面凝视生存一面思索死亡就是存在主义的，应该说多少启示了山田敬三从存在主义角度思考《野草》甚至鲁迅。片山智行是第一位写出《野草》研究专著的日本学者，具体采用阐释每篇的方法，最后总论，实际上继承了木山的文学细读功夫和整体观照。丸尾常喜的《野草》研究是更为典型的文本细读，木山在《也算经验——从竹内好到"鲁迅研究会"》中对此高度肯定，尾崎文昭在他的访谈中也谈论到这一点。山田敬三较早讨论《野草》的比较文学研究问题，接着有相浦杲的深入研究，此后片山智行也继承这种方法，直到秋吉收写出了《野草》的比较文学专著。所有这些日本的《野草》研究者都有一个共同点，即很注重文本细读和文学本身，这是继承并不断推进木山研究《野草》的优良传统。

---

① 参见[日]山田敬三著，韩贞全、武殿勋译：《鲁迅世界》，山东人民出版社，1983年，第257—263页。

第七章

"仙台鲁迅"的调查与"幻灯事件"研究

马力讲:"二十世纪的最初十年,鲁迅在日本度过了七年又四个月。其中在仙台的一年半,也许因为没有中国同学,历来是他述传记资料最少的一段。"① 关于这个问题,1937年日本学者有过相关的调查,1944年竹内好明确对"幻灯事件"的传说化表示怀疑。战后,丸山升、尾崎秀树、竹内芳郎、新岛淳良、伊藤虎丸等众多日本鲁迅研究者关注这个问题,并且有较大争议。引起争议的基本原因是"仙台鲁迅"传记资料的不充分。在这样的背景下,20世纪60年代到70年代,日本学者就对"仙台鲁迅"展开了全方位调查,澄清了许多史实问题,最大限度地回归了真实的"仙台鲁迅"。这一工作,不仅是日本鲁迅学传统问题意识的继续,也是鲁迅研究的重大突破,尤其是"幻灯事件"对鲁迅"弃医从文"所起的作用有了史无前例的认识。另外,从方法上看,田野调查首次进入鲁迅研究,对弄清其他鲁迅传记的不实之处起到了很好的校正作用。因此,本章将对"仙台鲁迅"

---

① 薛绥之主编:《鲁迅生平史料汇编》(第2辑),天津人民出版社,1982年,第54页。

的调查和"幻灯事件"的研究进行梳理,并在此基础上确定它们在日本鲁迅研究史上的地位及其对鲁迅研究的重大价值。

第一节 "仙台鲁迅"的调查

"仙台鲁迅"的调查可以追究到鲁迅逝世后。1937年日本东北帝国大学医学院(前身仙台医学专门学校)学生饭野太郎在纪念鲁迅逝世时,发现鲁迅在仙台医专学习过,于是开展调查,去信向鲁迅的同班同学小林茂雄和名古屋长藏打听情况,小林茂雄又去信询问藤野先生。饭野根据这个调查写了《仙台医学专门学校时代的鲁迅》(日本东北帝国大学医学院同学会刊物《艮陵》39号,1937年2月,现藏日本东北大学史料馆①),文中公布了鲁迅向仙台医专递交过的入学申请和学业履历表,并推测大概是鲁迅的亲笔。这次调查也激发了小林茂雄,他也去信询问藤野先生,藤野先生也回了信,小林撰写了《鲁迅和仙台医学专门学校的时代》(《大鲁迅全集》月报第5号),在文中首次公布了鲁迅第一年的学年成绩:解剖学,59.3分;组织学,72.7分;生理学,63.3分;伦理,83分;德语,60分;物理学,60分;化学,60.3分,并谈到鲁迅留学时代的情况:

> 我所知道的周先生的情况是明治三十七年以后二三年的事情,此后的消息就完全不知道了。后来在各种杂志上看见

---

① 《艮陵》第38期还发表了丸木升的文章《鲁迅和仙台》,可能是饭野调查的前奏。

过他的照片，当然还能看出昔日的面孔，但似乎比学生时代多少胖了一些。总而言之，我记得当时他好似一个体质文弱、不爱讲话、和蔼老实的青年。学习成绩不算太好，居于中等，作为一个外国人，我想他是付出了很大的努力的。①

小林在文中还间接引用了藤野先生回信的部分内容。藤野先生这封信写于 1937 年 2 月 25 日，用文言文写的，第一段写他翻检备忘录记起小林的事情，第二段写他对周树人学习和生活的帮助并说明他的帮助并非独爱周先生一人，第三段简要说明明治 39 年后仙台医专的留学生情况（39 年、40 年没有，40 年后有很多），第四段请求小林打听盛冈医学校的情况，最后是落款。②小林还收到鲁迅另一名同班生名古屋长藏的信，在他的文章中也直接引用了名古屋长藏的回忆文字，这些文字谈及鲁迅的长相、性格、生活、学习等各方面情况，其中特别讲到对中日战争中中国的失败并不感到苦恼，这和后来我们看到的鲁迅自己的描述形成了反差。在小林得到回信之前、鲁迅逝世之后，藤野先生的长子恒弥曾被学校的汉文老师叫去询问他是不是仙台医专藤野先生的儿子，因这个缘故藤野先生才看到了佐藤春夫、增田涉翻译的《鲁迅选集》中的《藤野先生》（该文是鲁迅先生嘱托翻译选入）。这实际上就是找到了鲁迅生前一直想找到的藤野先生，所以 1936 年 11 月 17 日先生所在的本庄村的平田利雄和地方报记者川崎义盛、牧野久信到藤野在下番的诊所访问，藤野并于 1937 年 3 月在《文

---

① 转引自 [日] 半泽正二郎著，吉林师范大学外语系译：《鲁迅与藤野先生》，收鲁迅博物馆鲁迅研究室编：《鲁迅研究资料》（2），文物出版社，1977 年，第 346 页。
② 参见薛绥之主编：《鲁迅生平史料汇编》（第 2 辑），天津人民出版社，1982 年，第 158—159 页。

学指南》发表了《谨忆周树人君》。

鲁迅逝世后,在日本掀起了纪念活动,相关的调查就是其中的一部分。这些调查结果以及藤野先生的相关信件和访谈,对竹内好应该是有影响的。1936年11月竹内好发起成立的"中国文学研究会"的会刊《中国文学月报》刊载了"鲁迅特辑",竹内好在此特辑里撰写了第一篇鲁迅研究文章,根据竹内好对鲁迅的关注程度,在此前后日本关于鲁迅的文章应该会引起竹内好的注意,而且竹内好明确表示过他对鲁迅研究传记传说化的不满才撰写了《鲁迅》。在此意义上,竹内好在《鲁迅》中对"幻灯事件"的怀疑,恐怕是受到相关调查的启示。鲁迅同学名古屋长藏给饭野太郎的信中说鲁迅没有对中国在日本战争中失败之事感到苦恼,甚至还喜欢日本,这场战争不是中国败了,而是满人败了。① 这段文字虽然没有直接谈到"幻灯事件",但把真实的周树人和作家的鲁迅对置起来,正是竹内好所说的传记被传说化了的问题。到20世纪50、60年代"仙台鲁迅"调查取得了更大的进展。

1937年饭野公布了鲁迅入学仙台医专的申请及学业履历,没有提供原件,而且小林的成绩评分表也不一定真实。这就为后来继续调查埋下了伏笔。同是来自东北大学的半泽正二郎在1955年10月16日《河北新报》上发表了《鲁迅与仙台》,1956年10月和1963年6月山田野里夫在《文学》和《自由》上分别发表了《仙台时代的鲁迅》和《鲁迅和仙台》,还有1961年第1期的《中国文学研究》发表了细谷正子(北冈正子)的《围绕着医学的志向——日本留学时代的鲁迅》。② 这一

---

① 参见鲁迅博物馆鲁迅研究室编::《鲁迅研究资料》(2),文物出版社,1977年,第348页。
② 参见王家平:《鲁迅域外百年传播史(1909—2008)》,北京大学出版社,2009年,第125页。

时期两个重要发现尤其引人注目。一是1965年初夏东北大学细菌学教授石田名香雄发现了仙台医专时期的幻灯机和幻灯片,半泽正二郎作为鲁迅研究专家前去勘验,认为它们是鲁迅留学时期放映日俄战争情况的幻灯机和幻灯片,装在一套20张幻灯片的桐木盒子里,但只剩下15张:1.踏查地理的决死队;3.犬竹骑兵一等兵奋战龙王庙;6.胜彦市与敌人拼刺刀;7.破坏金州城门的决死工兵;8.吉田小队长、石田一等卒生擒敌兵十三人;9.血染的命令书;10.决死的裸体工兵;11.两兵上挺身保护联队长;13.高桥海门舰长与舰共存亡;14.吉井少尉奋战摩天岭;15.某炮兵少尉负伤忍痛发号令;17.吉川骑兵上等兵被敌捕获得金奖;18、桥本步兵一等兵背负长官尸体战斗;19.山冈看护兵光荣地战死;20.伏见若宫殿下奋勇作战;缺少2、4、5、12、16共五张,保存下来的没有鲁迅所说的中国侦探被杀的幻灯片。[①]二是东北大学被称为藤野先生第2(菅野が第2の藤野先生と呼ばれる所以である[②])的菅野俊作教授1966年2月在东北大学校部仓库中发现了两份文件:《明治三十八年仙台医学专门学校医学科一年级学年评分表》和以湖北江南江西留学生监督李宝巽名义写给仙台医专的退学报告及仙台医专的回复。这些史料证明了饭野和小林所提供的材料的真实性,明确了鲁迅提交入学志愿书的时间是1904年6月1日,退学报告的时间是1906年3月6日,学校批复是3月15日。

半泽正二郎此段时间的研究需要深入关注。他是土生土长的仙台

---

① 参见薛绥之主编:《鲁迅生平史料汇编》(第2辑),天津人民出版社,1982年,第107页。
② 鲁迅・東北大学留学百周年史編集委員会編『魯迅と仙台』、東北大学出版会、2005年、229頁。

人,也是鲁迅的校友,从仙台医专毕业后,就在河北新报社①河北诊疗所任眼科医生,并兼任仙台市公民馆长。半泽正二郎本身是医生,但他也长期致力于"仙台鲁迅"研究,1966年10月他编写了《鲁迅·藤野先生·仙台》一书,由宝文堂出版。这本书分三个部分,第一部分是周树人·鲁迅,第二部分是藤野先生,第三部分是仙台。在第一部分具体涉及鲁迅入学退学的相关文书及其生活的情况,通过菅野俊作的发现确证了饭野太郎关于鲁迅入学的两个文书的推断,并增加了退学的两个文书,至于生活方面的情况除了引述小林茂雄和名古屋长藏的谈话以外,还增加了鲁迅同学博场实的回忆及关于大家武夫(已故)和山村宅郎留下的相关照片的记述。在此基础上,半泽正二郎还调查了另外四个方面的情况:一是关于文部省《外国人特别入学章程》,弄清楚了鲁迅入学仙台不用新设课程和不用交相关费用的情况;二是鲁迅在仙台的住所,主要调查了根据《藤野先生》记载的初到仙台的住所"佐藤屋",认为鲁迅在文章中的相关描述符合实际;三是关于细菌学课,叙述了该课任课教授、放映幻灯片的情况及鲁迅在相关文章中对"幻灯事件"的描述,没有否定"幻灯事件"对鲁迅思想转变的作用;四是关于日俄战争的13张幻灯片的情况,对残留的幻灯片进行了介绍,指出没有"处死俄国侦探场面"的片子。第二部分总共有7小节,对藤野先生的生平、在仙台的教学、纪念鲁迅的文章、旧居、离开仙台到乡下开业行医、去世和关于他在福井市的纪念碑,比较完整地把藤野先生的性格和思想描绘出来了。第三部分共有5小节,分别收录了仙台纪念碑、揭幕盛典、熊谷委员长的致辞、许广平的话

---

① 仙台的报社办有《河北新报》,在鲁迅留学时经常刊登关于日俄战争的实况报道及相关图片,其中有日本人杀给俄国人做侦探的中国人的消息。

及"仙台漫笔"。因为第一、二部分和鲁迅研究更为紧密,所以早在1977年吉林师大外语系就对此进行了翻译,不过第一部分只翻译了后面9节,省略了"鲁迅之碑"和"仙台医学专门学校"这两节,第二部分全部译出。从这部书可以看出,半泽正二郎对此前关于"仙台鲁迅"的调查和研究进行了汇集整理,此外还加上了新发现的材料,所以"对鲁迅当年留学仙台的生活和学习情况作了充分的展示,有很重要的史料价值"①。

20世纪70年代日本"仙台鲁迅"的调查以纪念鲁迅去仙台70周年(1904—1974)为契机,取得了巨大成绩。1973年10月2日成立"鲁迅在仙台的记录调查会",会长是半泽正二郎,事务局局长是毕业于东北大学法学部的渡边襄。这个研究会的事务局成员有15人,会员有142人,得到社会上400多人和40多个单位的协助。通过4年多的调查和探访,最后在1978年2月编成《鲁迅在仙台的记录》一书,由平凡社出版。全书共6个部分:一、周树人来仙台的社会背景;二、周树人入学前后的仙台医学专门学校;三、在校时期的周树人;四、藤野先生;五、离开仙台前后的周树人;六、其后的医专和藤野先生。研究会访问了当时还健在的鲁迅的三位同班同学,查阅了鲁迅母校东北大学相关的档案材料,翻阅了当时的地方报纸,走访了公寓主人的遗族,最后从一万多件材料中,精选了170幅图片和图表,470件文字材料,再现了70年前的仙台、发展变迁的仙台医专及鲁迅的学习和生活的事迹。②从这本书提供的众多调查结果看,相对以前的"仙台鲁迅"有三个方面的重大突破。一是完整地呈现了仙台的情况,把日俄战争时期的仙台市之战争气氛、经济凋敝、人民生活、自然灾害

---

① 王家平:《鲁迅域外百年传播史(1909—2008)》,北京大学出版社,2009年,第116页。
② 参见薛绥之主编:《鲁迅生平史料汇编》(第2辑),天津人民出版社,1982年,第54页。

都展示出来了，同时根据《河北新报》的记载还原了仙台市民对中国及中国人的态度。从此我们知道了日本鼓吹战争，仙台市民生活困苦，自然灾害严重，而且通过舆论媒体塑造了仙台市民鄙视中国和中国人的态度。1905年5月30日第4版写了一篇报道文章《发自肮脏的华南旅途》，文中有仙台矿山局西山省吾关于中国的描写：

  地方上之中国人，一般不论有钱与无钱，皆着较日本乞丐尚且污秽之衣物，其棉絮败露之状，令人感觉异常，难以形容。无论何事，皆出以个人主义，令人一般地想象出较诸日本三十年前尚不开化之情景。然衣食住属于习惯，乃其他异种人（现时）之事，令人无计可施。所应兴办之事业甚多，然以中国现时之政府，究属缺少统一，实乃地方分权，否，个人主权，如无某一国家开导，即无法见到文明进化，虽近狂妄，小生仍作如是观。世上绝少可怜百姓如中国国民者也。小生虽仅经过一月之余，至今依然不解任何内情，然仍以为，最低须以日本人为指导者施以教化，否则，华南依旧华南，在过数十年永无变化也。①

这段文字把华南的中国人描写成穷困野蛮，而且自私自利（个人主义），原因在于政府缺少统一，因此需要一个先进国家对中国人进行引导，日本就是这样的先进国家。但事实上当时仙台市民的生活和他所描述的华南之中国人没有多少区别，因为日本穷兵黩武，课税严重，再加上天灾，很多家庭离散、出卖儿女、夫妻分离，有这样的记载：

①薛绥之主编：《鲁迅生平史料汇编》（第2辑），天津人民出版社，1982年，第68页。

据明治三十八年（一九〇五）十一月调查，贫民共四五七六六户，二八四八六五人（为总人口的百分之31.7）。其多数都在外国米中搀杂树种、牛蒡叶、蕨菜根、葛根、萝卜、干叶、青菜、马铃薯、豆腐渣等充饥。衣服、被褥、器物都卖掉换了食物，穿着破烂衣服靠焚火取暖已经成为常事，睡觉就盖稻草或粗草席子。有些人甚至冬季也没有御寒衣物，连遮盖腰部以下的破布都没有，客人来了都无法露面，"其悲惨实有无可名状者"。①

叙述者如果看到几乎同时的仙台市民的生活状况，或许不会发表这样的议论。但无论如何，日本的战争宣传，以及甲午海战所形成的大国心态，此时已经根植于普通民众之心了。这样完整地还原历史的调查之前不曾有，如此扎实的资料为我们理解鲁迅当时在仙台的感受奠定了基础，由此恐怕难以否定鲁迅离开仙台有着深刻的历史原因。二是对鲁迅学习的各种情况的还原。前面已经调查清楚了鲁迅入学退学的文件、学年成绩单、细菌学课及其课闲时所放映的幻灯片，但对于学期设置、课程安排、任课老师、学生组织等各方面情况没有深入调查。此次调查把这些问题基本弄清楚了，让我们看到了鲁迅在一年半的时间里具体学习了哪些课程以及他与老师和同班同学在学习上形成的关系。特别要提到的是关于"漏题事件"的调查，调查主要呈现了当时藤野先生严格的课程要求和同班同学铃木逸太的回忆，说明了学生干事和藤野先生平息了"漏题事件"，但周树人自己也许并不知道此事。这样，调查就和《藤野先生》的记述发生了矛盾。课程的详

---

① 薛绥之主编：《鲁迅生平史料汇编》（第2辑），天津人民出版社，1982年，第61页。

细调查也为鲁迅文学创作与医学的关系研究提供了一手材料,比如说人体解剖学和病理学对鲁迅文学创作发生了什么影响,到今天都还值得进一步讨论。细菌课的调查也为最终搞清"幻灯事件"提供了基本史料。三是关于鲁迅生活和交游的调查。首先是对鲁迅在仙台住宿的调查,弄清了鲁迅住过两个地方,即"佐藤屋"和"宫川宅",鲁迅在"佐藤屋"住了两个月左右就搬到了土樋的"宫川宅"。"佐藤屋"经营监狱的饭食,和鲁迅在《藤野先生》中的记载直接相关,也涉及到藤野先生劝他另寻住处,"宫川宅"也和《藤野先生》有关,文章说到难以下咽的芋梗汤就是住在"宫川宅"时的情况。再次就是在"宫川宅"与中国留学仙台第二高等学校的施霖同住,并和他有合影,而且也找到了合影照片,但鲁迅在文章中矢口否认有中国留学生。这为后来的日本鲁迅研究提供了基础,比如谈鲁迅散文的虚构问题。中国学者廖久明认为鲁迅不写施霖,是因为施霖学习差,鲁迅不愿提及,[①]这也是一种有意思的观点。最后就是鲁迅在"晚翠轩"牛奶铺小饮的调查。"晚翠轩"提供当地各种报纸,其中包括《河北新报》,这个报纸在1905年7月28日第二版刊载了题为"风云儿"的通讯《俄探四名被斩首》,报告中国人替俄国人做侦探逮住被杀,围观的中国男女老少五千多人,[②]他极可能就是从这个报纸看到相关消息,后来记错而写进了作品中。四是关于方法的问题。我们知道此前的日本鲁迅研究最突出的方法是思想史考察和文献实证,并没有田野调查。1937年饭野太郎初次尝试访谈健在的周树人同班同学,取得了意想不到的效果,并逐渐形成了以东北大学为根据地的研究特色。20世纪60、

[①] 廖久明:《鲁迅在〈藤野先生〉中为什么不写同在仙台的同乡施霖》,《鲁迅研究月刊》2016年第1期。
[②] 薛绥之主编:《鲁迅生平史料汇编》(第2辑),天津人民出版社,1982年,第67页。

70年代取得突破性进展，菅野俊作和石田名香雄的发现触发了半泽正二郎的研究，此后又成立了"仙台鲁迅"调查研究会，聚集了各种社会力量，对"仙台鲁迅"进行地毯式的田野调查，重现了很多珍贵的史料，搞清了很多关键问题。虽然没有人明确说过，但从学术演变的时间先后看，这应是受到了日本民俗学或者人类学田野调查的启示，其中要提到的人是民俗学家柳田国男。他在1930年出版了《明治维新生活史》（原名《明治大正史·世相篇》），该书直接将日本人身边所亲身接触的人、事、物拿来分析，把自然史研究中的搜集、整理、分类、比较的方法运用于人类史的研究。柳田国男明确说过他"在大约一年时间中，着眼于全国各府县的报纸，制作了数量庞大的剪报，且作为参考也涉猎了过去六十年间各地各时期的报纸"①。从1937年饭野太郎以后，关于"仙台鲁迅"调查的方法主要是探访鲁迅同班同学及其遗族和查阅仙台当地的报纸，其中调查报纸又是最主要的途径。通过这样的田野调查和文献搜集，对海量资料进行分类整理，提取相关的重要信息，最大限度地把"仙台鲁迅"的历史还原出来。这一方法正是柳田国男分析明治生活史和进行民俗学研究所用的方法。我们知道，柳田国男是日本民俗学田野调查的第一人，早年喜欢文学，后转向民俗学研究，取得了重大成就，在日本影响很大。1973年"仙台鲁迅"的调查方法其实就是柳田国男开创的民俗学田野调查方法和口述访谈，这应是柳田国男在方法论上对日本鲁迅研究的启示。以日本东北大学为大本营的鲁迅研究者正是运用了这样的方法才使得他们的研究在日本凸显出来。

日本"仙台鲁迅"的调查研究是日本鲁迅学的重要组成部分，在

---

① [日]柳田国男著，潘越、吴垠译：《明治维新生活史·自序》，时代文艺出版社，2016年，第3页。

此前二三十年的过程中，发掘出很多有价值的史料，并进行了全面的整理，是探讨鲁迅思想转变和弃医从文的关键材料，为推进竹内好、丸山升关于"幻灯事件"的研究做了很好的准备，也为此后其他相关研究积累了历史经验。①

第二节　"幻灯事件"的研究

"幻灯事件"是鲁迅生平履历中的重要事件，关系到鲁迅的思想转变和"弃医从文"的历史真实性，所以"仙台鲁迅"的调查实际上都和"幻灯事件"研究有关，或者说因为竹内好对鲁迅传记和"幻灯事件"的怀疑而牵引了"仙台鲁迅"的调查，也因此扩充了"仙台鲁迅"的其他方面研究。日本学界最早怀疑"幻灯事件"的真实性，并进行了持续而深入的研究，这引起了中国学者的反馈，②也形成了相关的

---

① 21世纪初出现的两本研究论文集都充分运用了"仙台鲁迅"调查的结果。第一本是《鲁迅与仙台》（东北大学出版会，2004年第1版，2005年改订版，中文译本2005年由中国大百科全书出版社出版），主要汇集了日本学者关于"仙台鲁迅"各方面的研究（其中有四篇中国学者的文章），对此前的研究有重要丰富和推进；第二本是《鲁迅与藤野先生》（东北大学出版会，2007年版，2008年中国华侨出版社出版了解泽春的中译本），是新时期日本鲁迅与藤野先生研究的集大成，特别突出的是对鲁迅的医学笔记做了精细的还原，同时也仔细地注释了《藤野先生》，对我们深入解读鲁迅在仙台的学习及其《藤野先生》一文具有重要价值。

② 如高远东在2007年撰写《"仙台经验"与"弃医从文"——对竹内好曲解鲁迅文学发生原因的一点分析》（《鲁迅研究月刊》2007年第4期），认为竹内好的相关研究是为了建构理想的日本现代主体，把鲁迅和中国看成日本的一面镜子；廖久明2014年撰写《"幻灯片事件"之我见》（《鲁迅研究月刊》2014年第10期），全面总结了日本否定"幻灯片事件"真实性观点和理由，并提供了很多证据来捍卫"幻灯片事件"的真实性。

争论。为了对日本这一研究做出客观公正的判断，确定它的历史地位，就需要对"幻灯事件"的研究史进行梳理，以呈现它的价值和问题。从20世纪40年代到80年代，日本"幻灯事件"的研究可分为怀疑期、否定期、综合期三个时期。

怀疑期从20世纪40年代到60年代初，代表人物及著作论文分别是竹内好的《鲁迅》（1944）、新岛淳良的《关于鲁迅初期思想的笔记》（1957）和尾崎秀树《与鲁迅对话》（1962）及丸山升、竹内芳郎等对尾崎秀树的批评。竹内好是怀疑"幻灯事件"真实性的第一人。在《鲁迅》的第二部分《有关传记的疑问》中提供了一个引子，说鲁迅从医学转入文学的事情，是通过《藤野先生》和其他作品为人所知，他注释说这是被当作传说化的例证之一。① 然后又在第三部分《思想的形成》中详细讨论了"幻灯事件"对鲁迅文学道路的影响。为更加清楚地说明需引一大段原文：

> 在这里，事情比《呐喊》自序复杂。形成他离开仙台的动机的并不只是幻灯事件。在幻灯事件之前还有一件事。我们不如说，幻灯事件本身并不像在《呐喊》自序中所写的那样，具有形成文学志向的"开端"的单纯性质。幻灯事件与在此之前的令人讨厌的事件有关联，在这种情况下，这两者的共同之处，便是问题所在。他在幻灯的画面上不仅看到了同胞的惨状，而且在那惨状中看到了他自己。这怎么说呢？就是说，他并不是抱着以文学解救同胞的精神贫困这类很光彩的志向离开仙台的。我认为他恐怕是蒙受了屈辱后才离开仙台

---

① [日] 竹内好著，李心峰译：《鲁迅》，浙江文艺出版社，1986年，第42—43页。

的。我认为，他大概并没有因为医学无用才去搞文学这么一种从容不迫的心情吧。这个时期在《年谱》上纠缠在他暂时回国上。正像前面所写的那样，我不明白这种关系，所以，不打算去虚构。不管怎么说，幻灯事件和文学志向并没有直接的关系，这就是我的判断。幻灯事件与那个令人讨厌的事件有关，但与文学志向没有直接的关系。我认为，幻灯事件给与他的东西是与那个令人讨厌的事件同样性质的屈辱感。屈辱，更是他自己的屈辱。与其说是怜悯同胞，不如说是怜悯不得不怜悯同胞的他自己；而不是一面怜悯同胞，一面想到文学。对同胞的怜悯甚至成了联系他的孤独感的一个路标。即使幻灯事件与他的文学志向有关，而且那确实不是没有关系；但是，幻灯事件本身并不意味着他的回心。他所受到的屈辱感在形成他的回心之轴的各种原因中增加了一个要素。因此，这个事件与其说是《新生》事件的原因，不如说，它同时间上有无联系并无关系，对于他的回心来说，它与《新生》事件在性质上具有同等价值。①

这段文字有三个关键问题：第一，"幻灯事件"不是单纯促使了鲁迅文学志向的开端，还有一个重要的事情是"漏题事件"；第二，这两个事情都是表面的，蕴藏在后面的是它们给鲁迅带来的屈辱感，这种屈辱感是他走向文学的根本原因；第三，鲁迅的屈辱感不带有宏大叙事色彩，而是他内心拥有的东西。这样来看，"幻灯事件"和"漏题事件"都成为鲁迅转向文学的表面，后者似乎比前者起了更基础的

---

① [日]竹内好著，李心峰译：《鲁迅》，浙江文艺出版社，1986年，第58—59页。

作用。竹内好认为"幻灯事件"是一个被作者和读者构建起来的宏大叙事，不是鲁迅当时自身拥有的东西，他真正转向文学是内心遭受了屈辱（竹内好所说的"回心"）。竹内好的分析并非没有道理，鲁迅转向文学的确是一个复杂的事情，不像他在《呐喊·自序》的表面文字那样简单。从根本上看是量的因素堆积到一个临界点，此时出现了"幻灯事件"，就发生了质变，因此不能否定量的积累，也不能夸大"幻灯事件"的作用，同时还要看到鲁迅自身的心理结构。竹内好就是抓住了这个心理结构，并指出：

> 鲁迅在仙台的医学校看到日俄战争的幻灯才立志于文学这件事情普遍地脍炙人口。这是他的传记被传说化了的一个例证，我对他的真实性怀有疑问。我认为，恐怕没有那样的事情吧。不过，不管怎样，这给鲁迅的文学的自觉投上了某种影子，这大概是无可怀疑的。所以，把这种说法与我所说的他的回心相比较，作为研究他所获得的文学自觉的性质的手段，大概是个方便的办法吧。①

竹内好怀疑的"真实性"是"放映幻灯"的真实性还是"幻灯事件促使鲁迅转向文学"的真实性？根据他的说法，似乎并没明确否定"放映幻灯"的真实性，但明显可以看出他否定了"幻灯事件促使鲁迅转向文学"的真实性。这自然和后面他做的分析连接起来，即"幻灯事件"在表面上被构建成促使鲁迅转向文学，而真正的原因是内心屈辱，其中"漏题事件"所起的作用比"幻灯事件"还要大。因此就

---

① [日]竹内好著，李心峰译：《鲁迅》，浙江文艺出版社，1986年，第55页。

出现了理解的分歧，为后来两种不同路径的研究开启了道路：一是否定"放映幻灯"的真实性；二是否定"幻灯事件促使鲁迅文学转向"的真实性。竹内好通过回归鲁迅的心理结构，淡化了"幻灯事件"对鲁迅文学转向的决定性作用，同时也提供了后来者怀疑"放映幻灯"真实性的通道。

新岛淳良在1957年发表了论文《关于鲁迅初期思想的笔记》，指出鲁迅1903年前后和1908年前后有本质区别，前一阶段他加入了光复会，还没有形成自己的独立个性，而1908年以后，他与光复会逐渐疏远，获得了主体性自觉，文学家的一面彻底觉醒，最终转向文学。前一阶段是轻视个性和想法上的地方主义；后一阶段是捣毁旧价值体系的工作，自觉完成了这种承担文化工作的独立性。因此，新岛淳良认为鲁迅转向文学并非因"幻灯事件"，而是政治上受了挫折才去仙台，此后又转向文学。鲁迅转向文学关键在于政治上的不得意导致他文学家的个性觉醒。这其实是通过政治上的挫折来淡化"幻灯事件"对鲁迅走向文学的作用。新岛淳良还批评了中国研究者忽视这个非同寻常的转变。① 新岛淳良似乎想寻找不同于竹内好的角度来解释鲁迅从文的变化，但在淡化"幻灯事件"的作用上是一样的，他认为起着关键作用的其他原因导致鲁迅转向文学。新岛淳良只是淡化幻灯事件对鲁迅转向文学的作用，并没有否认，所以王家平认为："1957年新岛淳良在《关于鲁迅初期思想的笔记》中认为以留学仙台为界，鲁迅由政治走向了文学，并且新岛淳良当时并不否认幻灯事件的真实性。"②

---

① 参见刘柏青：《鲁迅与日本文学》，吉林大学出版社，1985年，第221页。[日]伊藤虎丸著，李冬木译：《鲁迅与终末论——近代现实主义的成立》，生活·读书·新知三联书店，2008年，第234页。
② 王家平：《鲁迅域外百年传播史（1909—2008）》，北京大学出版社，2009年，第133页。

尾崎秀树1962年出版《与鲁迅对话》，在新岛淳良的基础上继续阐发鲁迅并不是从医学转向文学，而是从政治转向文学而获得新生，伊藤虎丸认为他"几乎全面依照了新岛提出的这一构图"①。尾崎秀树继承了竹内好把鲁迅的文学与政治对立的思路，他指出仙台求学是鲁迅转向的中间站，政治上的挫败因这个中间站而发生。刘柏青认为尾崎秀树和竹内好的看法有一致也有不一致地方："一致的地方是都认为'幻灯事件'不是鲁迅从文的动机，是被研究者们'神话化了'。不同的地方是，尾崎秀树认为鲁迅离开仙台，是一个转机，心灵发生了变化，产生一种冲动，是一种用文学解救同胞心灵的觉醒。"②尾崎秀树比较情绪化地说："凭借幻灯事件这一神话，言说鲁迅，便是神化鲁迅的开始。每当读到对鲁迅的如此解释，我都气不打一处来。我想说，幻灯事件之类都是虚构。"③同时，他又认为"幻灯事件"是鲁迅弃医从文拯救中国人灵魂的心理转折点，和他否定"幻灯事件"事实又相矛盾。前面否定明显带有情绪，缺少客观证据，只能把尾崎秀树的论证看成对"幻灯事件"的怀疑和淡化。丸山升、北冈正子等为代表的鲁迅研究会成员针对尾崎秀树的观点提出反驳，其中丸山升的观点须在此提及，他否定了尾崎秀树把政治与文学对立起来，从鲁迅"革命人"形象这个角度说明弃医从文这种突变的问题，但他没有明确指出鲁迅文学转向的具体时间。④从此亦可看出丸山升也不赞同"幻灯事件"与弃医从文的直接关联，这实际上也是淡化"幻灯事件"

---

① [日]伊藤虎丸著，李冬木译：《鲁迅与终末论——近代现实主义的成立》，生活·读书·新知三联书店，2008年，第234页。
② 刘柏青：《鲁迅与日本文学》，吉林大学出版社，1985年，第221页。
③ 尾崎秀樹『魯迅との対話』、南北社、1962年、104頁。
④ 見丸山昇『魯迅における革命の意味』、『文學』（岩波書店）1964年12月号。

对弃医从文的关键作用，但他没有否定"幻灯事件"的存在。针对丸山升的观点，竹内芳郎在《鲁迅——其文学与革命》一文中对丸山升没有明确指出转变契机表示不满，认为正是"幻灯事件"使鲁迅的屈辱体验获得了决定性定型。显然竹内芳郎捍卫了"幻灯事件"对鲁迅文学转向的关键作用。①

新岛淳良和尾崎秀树的研究放大了竹内好"他并不是抱着以文学解救同胞的精神贫困这类很光彩的志向离开仙台的"这一思维路径，他们都是从政治挫折角度来解释鲁迅转向文学，从而延续了竹内好淡化"幻灯事件"对鲁迅转向文学的决定作用，去"幻灯事件"的"神话化"。新岛淳良纯粹从政治挫折角度立论，想开辟自己的研究道路。尾崎秀树虽然继承并发展了新岛淳良的观点，但比竹内好走得更近，他不否认"幻灯事件"的存在，承认心灵发生了变化导致了走向文学（但二者认为鲁迅转化的时间点不一样，竹内好把骨骼期放在归国到《狂人日记》发表这段时间，而尾崎秀树却放在仙台学医这段时间）。刘柏青认为这是尾崎秀树与竹内好不一致的地方，而在本质上他们具有内在统一性，只不过竹内好用"回心"来表达，而尾崎秀树用心灵变化来表达。但总体来看，这一时期日本的"幻灯事件"研究没有提供直接的事实证据来否定"幻灯事件"，只是通过鲁迅转向文学的深层心理及其他原因的分析来淡化"幻灯事件"的决定性作用，试图解构它的传说化和神化。

否定期发生在20世纪60年中期到80年代，把尾崎秀树"幻灯事件"是虚构的这一观点推向了实证。有两个标志性事件：一是60年代中期发掘了鲁迅在仙台求学时期的大批原始资料，特别是当时幻

---

① 見竹内芳郎『文化と革命』、盛田書店、1969年、92頁。

灯机和幻灯片的发现构成了对"幻灯事件"真实性的否定；二是新岛淳良利用调查材料彻底否定"幻灯事件"的存在。

1966年10月半泽正二郎的《鲁迅·藤野先生·仙台》一书出版，这里面提供了否定"幻灯事件"真实性的资料。有两个方面要详细介绍：一是幻灯片的发现（最重要）；二是鲁迅同学回忆鲁迅并非对"幻灯事件"有特别反应。先说第一方面。1965年初夏，日本东北大学细菌学教授石田名香雄发现了仙台医专时期的幻灯机和幻灯片，半泽正二郎前往勘察实物，得出结论：它们就是鲁迅当年留学时期用来放映日俄战争的幻灯机和幻灯片，但是一箱20张的幻灯片只剩下了15张，恰恰没有杀中国侦探的幻灯片。第二个方面是鲁迅的同班同学名古屋长藏和铃木逸太回忆说鲁迅没有表现出对日俄战争失败一事的苦恼，也没有看幻灯片的学生在教室里喝彩。

> 他好像对中国在日中战争中失败之事一点也不感到苦恼，他甚至说喜欢日本，因为他说不是中国败了，而是满人败了。①

> 幻灯的解说由中川教授亲自进行。也许有中国人被日本军杀死的场面。在上映的幻灯片中，好像有喊万岁的场面，学生大体却是静静地看着。后来才听说这件事成了周树人退学的理由，当时周树人却没有说过这件事。日俄战争的幻灯原版可能也是中川教授自己买的。枪上是上着刺刀。这种幻灯，四、五回是看过的。②

---

① 参见鲁迅博物馆鲁迅研究室编：《鲁迅研究资料》（2），文物出版社，1977年，第348页。
② 薛绥之主编：《鲁迅生平史料汇编》（第2辑），天津人民出版社，1982年，第103页。

幻灯片底版的不完全发现使放映日俄战争杀中国侦探的事实变得模棱两可，这便留下了做文章的空间。再加上鲁迅同学回忆说鲁迅当时对这个事情并不是像他后来在《呐喊·自序》《藤野先生》及《俄文译本〈阿Q正传〉序及著者自叙传略》中所说的那样：周围的同学随喜喝彩。

新岛淳良利用"仙台鲁迅"的调查资料来否定"幻灯事件"真实性。1983年4月10日他在东京大学《比较文学研究》43号发表了《〈藤野先生〉——其诗与事实》，该文第一部分末尾通过铃木逸太回忆否定了"笔记事件"的真实性，接着就转到"幻灯事件"的虚构性上，于是在第二部分详细论证了这个问题。首先分析日译把"电影"译成"映画"后又改为"幻灯"的过程，认为有两种可能：一是看到"幻灯"，鲁迅在描写中把他变成"电影"；二是相反。新岛淳良说中日大部分研究者认可第一种，而对第二种可能不做讨论，所以他认为鲁迅是在电影里看到，然后把它描写成仙台医专的教室里发生，他证明了鲁迅有经济实力去看电影。其次，他引述了当时鲁迅同学的回忆，说明看幻灯时同学的鼓掌喝彩不存在，然后又说明铃木逸太回忆的"枪毙"和鲁迅所写的"斩首"不一致。再次，他说仙台发现的幻灯片没有日俄战争中枪毙中国人的底版。最后，新岛淳良又延续了他在《关于鲁迅初期思想的笔记》中提出的政治失败导致转向文学，而不是弃医从文，并且他说"文学家鲁迅不是一九零六年诞生的，而是一九一八年（写《狂人日记》）诞生的"[1]。新岛淳良找到四个否定"幻灯片事件"的证据，但他没有否定鲁迅看到过枪毙中国人的电影：

---

[1] 新岛淳良著，左自鸣译：《〈藤野先生〉——其诗与事实》，载广西师范学院外语系编译：《文学评论译文集》（现藏广西师范大学图书馆），1985年，第43页。

当然，也可能事件全部虚构（指前面提到的两种可能——笔者注），鲁迅不论是在幻灯或是电影里都没见过这样的场面，但是从他中途在其生涯中所占的比重的重要性看，以及鲁迅本人对增田的《鲁迅传》没有表示反对意见这一点看，我们暂不考虑全属虚构的看法。①

另外，1985年阿部兼也发表了《鲁迅仙台时代思想的探索——关于"退化"意识的问题》，间接否定了幻灯事件与弃医从文的关系。该文从中国知识界接受进化论的角度考察了鲁迅早期具有的中国人生理"退化"的观点，但通过鲁迅仙台学医前后及"五四"时期所写文章的分析，他又认为鲁迅早期的"退化"意识发生变化："如果大致地总结鲁迅从《中国地质略论》到此为止（"五四"时期——笔者注）的有关进化论思想的变化，那就是一个从扬弃'生理退化'危险的观念发展到肯定精神的不进化和文化落后的可能性的思想过程。"② 阿部兼也明确指出这一变化发生在仙台求学时期，他认为鲁迅在这里找不到革命的理由，所以就离开了，并对之前生理退化的观念进行了清理。这样就和新岛淳良的政治失败说连接起来，间接否定了幻灯片事件与弃医从文的逻辑关系。因为新岛淳良对《藤野先生》中的细节进行过充分解析，所以阿部兼也就把视角集中于《呐喊·自序》关于"幻灯事件"的描述上。他所论证的核心问题是鲁迅想急切地摆脱生理退化观念，就用了偏激的言论，由此幻灯片事件的真实性就成问题。

---

① 新岛淳良著，左自鸣译：《〈藤野先生〉——其诗与事实》，载广西师范学院外语系编译：《文学评论译文集》（现藏广西师范大学图书馆），1985年，第33页。
② 阿部兼也著，胡玉华、吴俊译：《鲁迅仙台时代思想的探索——关于"退化"意识的问题》，《中国现代文学研究丛刊》1995年第3期。

如果再对行文的语气和脉络略作分析的话,直到被绑的俄军侦探受刑时为止的行文,为这句偏激之论所作的铺垫还是比较自然的,但叙述到放弃医学时,则其中的脉络转折却并不很顺畅。这实际上暗示了在俄军侦探的处刑与轻视肉体的说法之间,有一种牵强生硬的联系痕迹。鲁迅在经历了18年后来写这段幻灯事件的往事,给人的一种印象似乎他是在一瞬间形成了轻视肉体并由此决定弃医从文的想法。①

阿部兼也从鲁迅思想变化的角度阐述了弃医和革命的关联性,自然搁浅了幻灯事件与弃医从文的逻辑关系,他认为这是鲁迅在《呐喊·自序》中极端情绪化的表达。

20世纪60年代发掘的材料构成了对"幻灯事件"真实性的否定。新岛淳良把他以前的政治失败说与新发现的调查材料相结合,否定了"幻灯事件"与弃医从文的直接关系。阿部兼也绕开了这些事实的牢笼,从思想变化的角度重申了鲁迅政治失败的观点,分析《呐喊·自序》中用了偏激的言论,进而否定了"幻灯事件"的真实性。这些否定"幻灯事件"的研究基本都是从某个局部出发,缺乏对材料事实和鲁迅思想的综合考虑,这为进入"幻灯事件"研究的综合论证期提供了通道。

几乎与否定期同时,在日本学界出现了比较谨慎的研究,对"幻灯事件"进行了综合性的考量,一些学者针对否定"幻灯事件"真实性的说法进行了质疑。在此把它称为"幻灯事件"研究的综合考量期,

---

① 阿部兼也著,胡玉华、吴俊译:《鲁迅仙台时代思想的探索——关于"退化"意识的问题》,《中国现代文学研究丛刊》1995年第3期。

主要发生在20世纪70年代中后期到80年代,代表人物有伊藤虎丸、丸山升和渡边襄。伊藤虎丸从1974年到1975年在《道》上发表了系列文章,后收入《鲁迅与终末论》第三部,提名为《显现于鲁迅论中的'政治与文学'——围绕'幻灯事件'的解释》。他在《前言》中说明他将按照丸山真男《近代日本的思想和文学》的视角解释竹内好、尾崎秀树、丸山升、竹内芳郎关于"幻灯事件"的研究,时间跨度从1944年到1972年,明显综合分析了这些学者关于"幻灯事件"的研究并提出他自己的看法。丸山真男认为从昭和初年到太平洋战争,日本是围绕着"政治—科学—文学"这三种关系的思想变迁,伊藤虎丸借用这一思想史考察视角,认为日本战后思想史也具有这个变迁的特点,而且上面提到的这些"幻灯事件"的研究也在这样的思想史框架下发生。伊藤虎丸提出一个总体性概念——战后民主主义空洞化,指出战后对日本"近代化"的全面反省并未获得成功,科学没有作为思想成为文化整合的原理,也就是说只把握到了科学的方法教条,没有学习到科学蕴含的自由精神,即在主体精神中把握科学。① 竹内好对"幻灯事件"的怀疑乃是回归鲁迅文学自觉所含蕴的主体精神,在政治与文学的关联中强调了鲁迅文学者的自觉,和政治有关,但绝不是政治性的宏大叙事。这样,"幻灯事件"与拯救同胞之间的必然关系就遭到竹内好的怀疑。新岛淳良和尾崎秀树比竹内好走得更远,几乎在相反的角度上怀疑和否定了"幻灯事件"对鲁迅文学转向的作用,他们认为鲁迅的政治失败才是转向的真正原因。从文学与政治关系来看,竹内好偏重于文学的一维,新岛淳良和尾崎秀树则偏重于政治的

---

① 参见[日]伊藤虎丸著,李冬木译:《鲁迅与终末论——近代现实主义的成立》,生活·读书·新知三联书店,2008年,第212—213页。

一维，依托于"幻灯事件"就形成了鲁迅文学与政治对立的研究格局。因此，丸山升就很担心这种对立在简单的图式下把政治与文学割裂开来，他对尾崎秀树的批评其实是想重拾竹内好所看到的鲁迅反抗政治的政治性的那一面。这样，"幻灯事件"在丸山升那里通过第一手资料就从理论逻辑上获得了真实性，他从鲁迅仙台前后思想的内在统一性上分析了鲁迅转向文学的必然性，他认为正是鲁迅对中国人作为人存在方式这一问题的一贯关注，才很自然地在经历了"幻灯事件"和"笔记事件"（藤野先生修改鲁迅的上课笔记）转向了文学。换句话说，丸山升承认了"幻灯事件"传记式的真实性，但同时他也对抗了新岛淳良和尾崎秀树的政治失败说。但是伊藤虎丸延续竹内芳郎的观点认为丸山升没有明确说明鲁迅转向文学的契机，只是在思想逻辑的层面延续了竹内好关于转向发生在《狂人日记》时期的观点，并且无法对接科学与文学在鲁迅身上的统一性，这成为后来者批评他的切入点。于是伊藤就批评了丸山升不能有效对接科学与文学的分裂状态，即科学所孕育的"个的自觉"，就是说丸山升没有把握到鲁迅身上的自觉性科学精神。[①]丸山升在传记事实的基础上把握，会搁浅"幻灯事件"的诗性内容，即看不到鲁迅对此的文学虚构。在这样的逻辑链条中，伊藤虎丸开始分析竹内芳郎明确指出的鲁迅正是因为在仙台看到"幻灯事件"而促使他的屈辱体验获得决定性定型，并且这个体验成为鲁迅一生的文学原点。竹内芳郎本是在批评丸山升没有明确指出鲁迅转变的契机来看待"幻灯事件"的，但在本质上他们都肯定了传记事实的一面。这构成了伊藤虎丸的批判性质疑：

[①] 参见[日]伊藤虎丸著，李冬木译：《鲁迅与终末论——近代现实主义的成立》，生活·读书·新知三联书店，2008年，第268页。

首先引起我注意的，是作者（竹内芳郎——笔者注）把'幻灯事件'称作'鲁迅自叙的自己对文学的回心'，可以说他是将此作为传记事实来做实体化把握的，换句话说，作者完全无视鲁迅言及幻灯事件的《〈呐喊〉自序》和《藤野先生》等文章在它们被写作的时间点上所具有的作品性。这不是相当基本的问题吗？①

伊藤虎丸所说的"时间点"就是鲁迅《狂人日记》发表以后，此时已相距"幻灯事件"近20年，而且是文学作品，那么作者的虚构就不是没有可能，这便是伊藤虎丸所说的"作品性"。因而，伊藤虎丸做出结论明确"幻灯事件"是鲁迅中真实性与虚构性（作品性）融合的产物。

至少可以说，没有根据能够确定作者说的"屈辱"体验，其"决定性的定型"时期是仙台时代，而且也没有根据把鲁迅的"原体验"和"回心"与他作品反复出现的和"幻灯事件"共通的"杀革命党"以及"面对悲惨的起哄旁观"的心像割裂开来，而只限定其与"日本人"相关，是与日本人关系中的"被压迫民族"的"屈辱"体验。②

伊藤虎丸运用丸山真男的三维视角在战后思想史的变化中考察了

---

① [日]伊藤虎丸著，李冬木译：《鲁迅与终末论——近代现实主义的成立》，生活·读书·新知三联书店，2008年，第275页。
② [日]伊藤虎丸著，李冬木译：《鲁迅与终末论——近代现实主义的成立》，生活·读书·新知三联书店，2008年，第276页。

从竹内好以来对"幻灯事件"研究的代表性观点,他的主旨是论证鲁迅具有的"终末论"思想(人的根底上的自觉),但可看出他关于"幻灯事件"的基本态度:这是一个复杂的事情,既有真实性又有虚构性。伊藤虎丸的思想探索提供了客观科学看待日本"幻灯事件"研究的视角。与此相对应,渡边襄的"幻灯事件"研究更为直接地做出了综合性论证,而不像伊藤那种解读困难的思想史探索。

王家平认为渡边襄在《鲁迅的"俄国侦探"幻灯事件——探讨事件的真实性和虚构性》(1985)得出的结论值得商榷。①详细阅读该文,发现渡边襄论证有力,立论公允,体现了他对"幻灯事件"研究的严谨性、客观性和综合性。渡边襄首先提供了六则材料,分别从新闻报纸、日俄战争实录、当时的照片(不仅提供了日本国内的,还提供了英国的)及日俄战争的幻灯和影片等方面阐明,日俄战争期间有关中国人做侦探被斩首的事情的确存在,"然而,处决俄国侦探的场面,在当时报刊的报道或画面中确实有过。不过,那不是鲁迅在《呐喊·自序》和《藤野先生》中所描写的那样,一名做俄国侦探的中国人被处决,许多中国人看热闹"。他推测鲁迅当时阅览过刊登处决俄国侦探的报刊杂志(如《河北新报》),但他没有片面得出结论,而是说"根据目前的研究成果无法断定,处决俄国侦探的原幻灯片当时没有,也无法断定像鲁迅所描写的那种场面的幻灯片从来没有"②。然后渡边襄又根据多种资料分析了鲁迅在仙台前后革命态度的变化,前面看不出他积极参加拒俄运动,后面却参加了光复会。渡边襄分析鲁迅在仙台时成为革命派,是为了说明他

---

① 王家平:《鲁迅域外百年传播史(1909—2008)》,北京大学出版社,2009年,第137页。
② [日]渡边襄著,蒋将星译:《鲁迅的"俄国侦探"幻灯事件——探讨事件的真实性和虚构性》,载《日本学者中国文学研究译丛》(第3辑),吉林教育出版社,1990年,第174页。

对日俄战争发展形势的极大关注。最后重点放在详细分析鲁迅在三篇文学作品中描述的俄国侦探事件，指出三文在描写处决方法和有无围观者上不同。据渡边襄分析，如果鲁迅去仙台后成为革命派，应该很热心这个问题，但是在他的三篇文章中没有一处肯定地描写日俄战争的实际问题，这和当时中国留学生中的革命派和改良派对日本敢于抗争大俄罗斯精神的赞叹和羡慕完全不同。沿着这个分析，渡边襄落脚在《破恶声论》上，认为鲁迅之所以采取这种态度，是因为他看到回归中国自身的自卫立场的重要。那么，由此可推出渡边襄的观点：鲁迅当时转变到文学上是反对这种武力与兽性的张扬，放弃学医和这个转变并未必然相连。他总结道：

> 根据目前掌握的资料，笔者认为，日俄战争时期，经常放映有关幻灯或电影是一个历史事实，但是，处决俄国侦探场面的原始材料，同鲁迅作品中的描写有所不同。笔者认为鲁迅所描写的处决俄国侦探的幻灯场面，是采取了夸张和虚构的方法，为的是强调说明日俄战争条件下，旅居仙台留学的鲁迅实现了弃医从文的转变。①

渡边襄的结论是在事实基础上做出的，他没有片面的否定，也没有片面的肯定。从政治变化的角度看，他在不片面否定"幻灯事件"的基础上延续了新岛淳良、尾崎秀树的观点，并比他们更加具有说服力。因而，渡边襄在"幻灯事件"的研究上依据详细的文本细读和充

---

① [日]渡边襄著,蒋将星译:《鲁迅的"俄国侦探"幻灯事件——探讨事件的真实性和虚构性》，载《日本学者中国文学研究译丛》（第3辑），吉林教育出版社，1990年，第174页。

分的事实材料对前两个时期的观点进行了客观的分析与综合。

　　日本"幻灯事件"研究最引起学界关注的是它的真实性及其对鲁迅转向文学的作用的探究。对这一问题做出客观公允的判断，最终要依靠"仙台鲁迅"的调查，而这一调查又可归流到竹内好"传记传说化"的问题意识，所以日本"幻灯事件"研究就成为日本鲁迅学的逻辑组成部分。从这个节点切入，竹内好、丸山升、新岛淳良、尾崎秀树、竹内芳郎、伊藤虎丸、渡边襄的相关研究便勾勒出"史"的轨迹，并在此把日本鲁迅学的继承和创新的过程展现出来了，也构画出日本鲁迅学关东、关西、东北及北海道的地区分布。

第三部
日本鲁迅学的多元化

（1981—1994）

第二章

日本侵略文明的发展

(1868—1919)

引言

战后日本鲁迅学几乎在一切方面都有竹内好的影子，但日本鲁迅学界一直存在着强烈的自我突破意识，因而并没有出现鲁迅研究定于一尊的僵局，而是从20世纪70年代就初步展现出多元化局面，并在此后取得了众多成果。据竹内实列举，仅仅到1981年日本鲁迅研究著作就有24部，几乎涉及鲁迅的各方面研究。①这和当时中日邦交正常化有极大关系，李庆指出："以日本社会的'中国热'为契机，在各个领域中原来多年积累、蕴藏着的能量一下子都喷发出来的时期，形成了非常绚丽多彩的场面。内容之充实，形式之多样，见解之深刻，涌现出可以说和任何时期相比都毫不逊色的丰硕成果。"②李庆所说的汉学虽然没有把鲁迅学纳入进来，但日本鲁迅学在此时的繁荣一定是此历史语境的产物。在此局面中，我们看到了今村与志雄、新岛淳良、北冈正子、桧山久雄、竹内实、林田慎之助、片山智行、山田敬三、吉田富夫、丸尾常喜等众多重要的鲁迅研究者，可以说正是他们的优秀工作使日本鲁迅学呈现出多样化的态势，从而表现出突围竹内好的历史新变。在地域上，关东以东京为中心形成研究的领头羊，关西以京都为中心向周边

---

① 参见[日]竹内实著，程麻译：《竹内实文集》（第1卷），中国文联出版社，2002年，第270页。
② 李庆：《第四部说明》，收《日本汉学史》（第四部 新的繁盛），上海人民出版社，2016年，第1页。

辐射，东北的"仙台鲁迅"研究仍在继续推进。

今村与志雄（いまむら　よしお，1925—2007）是一位重要的鲁迅研究专家，共出版了四本专著：《鲁迅与传统》（『鲁迅と伝统』、勁草書房、1967）、《鲁迅与一九三〇年代》（『鲁迅と一九三〇年代』、研文出版、1982）、《鲁迅笔记》（『鲁迅ノート』、筑摩書房、1987）、《鲁迅的生涯与时代》（『鲁迅の生涯と時代』、第三文明社、1990）。他的研究主要涉及鲁迅生平、鲁迅作品解读、"文革"中的鲁迅研究以及鲁迅与中国古代文学的关系，竹内好认为是自他之后日本鲁迅研究的代表人物，①但似乎没有得到日本学界认同。桧山久雄（ひやま　ひさお，1930—　）早在1970年就写了《鲁迅——活在革命中的思想》（『鲁迅革命を生きる思想』），本书通过鲁迅登上文坛以后的作品和文学活动勾勒鲁迅的文学革命生涯；而《鲁迅与漱石》（『鲁迅と漱石』、第三文明社、1977）在中日两国现代化进程中比较了两位作家的不同，指出漱石醉心于东方文化，而鲁迅却希望从中国文化中解脱出来，所以鲁迅超越了漱石；此外还有《鲁迅研究的今昔》（『鲁迅研究の今昔』、中央大学人文科学研究所、1995）和《鲁迅——他的文学与战斗》（『鲁迅　その文学と闘い』、第三文明社、2008）。林田慎之助（はやしだ　しんのすけ，1931—　）的专著《鲁迅内面的古典》（『鲁迅のなかの古典』、創文社、1981）继承了今村与志雄的视角，谈论了鲁迅与中国古典文献的关系，通过鲁迅辑录《会籍郡故书杂集》、校注《嵇康集》、撰写《中国小史略》和《汉文学史纲要》，凸显鲁迅在研究古典文学方面的贡献，对《故事新编》中一些作品与神话的关系也做了

---

① 参见靳丛林、李明晖等：《日本鲁迅研究史论》，社会科学文献出版社，2019年，第243页。

讨论，他认为鲁迅在中国古典文学方面的贡献并不比小说和杂文的成就低。①除了上面这几位，还有饭仓照平、吉田富夫、内山嘉吉、尾上兼英等众多鲁迅研究者，此处不能一一介绍。这些研究者形成了此段时间日本鲁迅研究的众声喧哗，对日本鲁迅研究都有新的推进。下面各设专章重点分析新岛淳良、竹内实、片山智行、北冈正子、山田敬三、丸尾常喜的鲁迅研究，但这并不意味着上面提到的其他各位不重要。

---

① 参见日月：《追忆日本纪念鲁迅百年诞辰盛况》，收《鲁迅研究年刊》，中国和平出版社，1990年，第434页。需要注意的是，该文将林田慎之助的《中国中世文学评论史》与《鲁迅内面的古典》混同了，这两本书内容完全不同，前者专门评析汉魏六朝的文学批评。

第八章

新岛淳良的"乌托邦"

　　新岛淳良（にいじま あつよし，1928—2002）的鲁迅研究并没有得到日本学术界的认可，这和他的实际贡献不相符。中国知网迄今为止只有三篇关于他的文章，其中两篇对应了他两个重要的研究领域：毛泽东研究和鲁迅研究，另一篇是由藤井省三撰写的董炳月翻译的关涉新岛的文章。①关于鲁迅研究的那篇文章由董炳月撰写，后扩充修改收入靳丛林、李明晖等著的《日本鲁迅研究史论》一书第十章。董炳月在文章中这样说："经与日本学者私下交流得知，出现这种情形的原因，一方面在于学术观念的差异（即学院性与民间性、实践性的差异），一方面在于新岛鲁迅论中有关意识形态乃至新兴宗教的问题不好处理。"②日本学者所说的学术观念的差异应该是主要原因，再

---

① 黄德渊：《评新岛淳良关于毛泽东思想实践观的几个问题》，《毛泽东思想论坛》1994年第1期。董炳月：《日本的阿Q与其革命的乌托邦——新岛淳良的鲁迅阐释与社会实践》，《鲁迅研究月刊》2015年第4期。[日]藤井省三著，董炳月译：《村上春树〈1Q84〉中〈阿Q正传〉的亡灵们》，《绍兴文理学院学报（哲学社会科学）》2011年第5期。
② 靳丛林、李明晖等：《日本鲁迅研究史论》，社会科学文献出版社，2019年，第223页。

加上新岛曾肯定过中国的"文化大革命",也因此遭到在日本知识界影响很大的丸山升的批评。①我们认为,新岛发现了鲁迅精神中的"乌托邦",和竹内好的传统是相异的,体现了他自身研究的特点和局限,丰富了日本鲁迅学的内容,对鲁迅这种精神及其实践都进行了卓有成效的探索。此外,新岛对"幻灯事件"的研究也做出了很大贡献,前面已经谈及,此不赘述。下面主要讨论新岛鲁迅研究提出的"乌托邦"。

第一节 新岛淳良的生平著述

新岛1928年(昭和三年)2月生于东京神田,东京府立一中毕业后,进入旧制东京第一高等学校(东京大学预科)中国语班,师从东京商科大学(现一桥大学)预科教授、兼一高汉语讲师的中国文学研究专家工藤篁(1913—1974),这位工藤篁也是丸山升在东大的老师。②在一高时,还有另一位汉语老师就是著名的中国研究专家仓石武四郎,仓石也是丸山升的老师。新岛幼年体弱多病,在一高期间患结核病,于1948年退学,1952年与同学组织发起了"鲁迅研究会",此后陆续有鲁迅研究的文章发表。新岛从1953年起任

---

① 参见程麻:《竹内实传》,中国社会科学出版社,2015年,第78页。
② 参见[日]竹田晃、佐治俊彦、尾崎文昭、藤井省三、长堀祐造、及川淳子著,王俊文译,铃木将久校:《丸山升先生的思想、人格和学问——日本东方学会"缅怀先学丸山升先生"座谈会记录》,《现代中文学刊》2019年第4期。

中国研究所①研究员。1960年任早稻田大学政经学部讲师，1963年升任副教授，1968年升任教授。这期间主要有《中国教育》（合著，东洋经济新报社，1957）、《现代中国的革命认识》（御茶之水书房，1964）等著作。从1966年前后开始正面评价中国的"文革"，与日本共产党论争，多次受到日本共产党的批判，其立场表现在1966至1969年间出版的《毛泽东哲学》（劲草书房，1966）、《毛泽东的思想》（劲草书房，1968）、《无产阶级文化大革命》（青年出版社，1968）、《新的革命》（劲草书房，1969）等著作中。1970年出版编著《毛泽东最高指示》（三一书房，1970）。1971年参加山岸会②的特别讲习钻研会，非常认同山岸主义。1972年秋他决定践行山岸主义，参与山岸会，于是辞去了早稻田大学的教授职位，处理了藏书、房产，把女儿送往英国夏山中学（Summerhill school）留学。1973年毅然从早大退职，前往日本中南部三重县阿山町的山岸会，在那里致力于儿童教育，进行建设山岸主义幸福学园的活动。在山岸会生活了五年，新岛对这个组织有了更充分的了解，明白了并非是他幻想的那样，并且在这个地方认识到中国"文革"的问题，并预言中国改革开放的到来。1978年他离开了山岸会回到东京，开办补习班性质的"新岛塾"以维持生计，从此著述渐少，基本远离了学术界和公共视

---

① 中国研究所成立于1946年1月，由平野义太郎（1897—1980）和岩村三千夫（1908—1977）发起，是在与日本政府追随美国反共、反华立场相对抗的左翼文化活动日益活跃的背景下成立的研究中国的一所民间研究机构，其宗旨是真实、全面把握现代中国的真相，促进中日关系发展，推动中日贸易，检讨日本以往的中国研究等，带有反体制的色彩。
② 20世纪50年代由山岸已代藏创建的一种具有乌托邦性质的生产生活模式。山岸会在农村建立根据地，通过公社的组织形式展示未来社会的雏形，类似巴黎公社、武者小路实笃的新村。其宗旨是强调人与自然的和谐，消灭私有制，各尽所能、各取所需，倡导人类的共同繁荣。

野，2002年在东京去世。① 新岛的著述主要集中在两个方面：一是毛泽东研究，除了上面提到的著作外，还有《毛泽东》（あかね书房、1972）、《我的毛泽东》（野草社，1979）、《历史中的毛泽东》（野草社，1982）；二是鲁迅研究，最早的应是1953年发表在《鲁迅研究》上的《面对鲁迅的姿态》和《鲁迅与瞿秋白》，此后有1956年发表在《新日本文学》的《鲁迅与进化论》，1957发表在《现代中国学会会报》的《关于鲁迅初期思想的笔记》，1983年发表在东京大学《比较文学研究》上的《〈藤野先生〉——它的诗与真》，专著有《阿Q的乌托邦》（『阿Qのユートピア』、晶文社、1978）和《阅读鲁迅》（『鲁迅を読む』、晶文社、1979）。从著作数量看，新岛的毛泽东研究占多数，但他的这方面研究和山岸会经验总结都蕴含了鲁迅的思想及其认识和看法，也就是说他的两方面研究是融合在一起的。新岛在一高通过工藤篁最早接触到鲁迅，研究鲁迅则是在1952年成立"鲁迅研究会"后，在《鲁迅研究》创刊号发表《面对鲁迅的姿态》初步谈到研究鲁迅的方法，但真正提出独特的鲁迅观是在山岸会结束以后，集中体现在《阿Q的乌托邦》和《阅读鲁迅》中。

《阿Q的乌托邦》发行于1978年7月，这是一本很有意思的书，作者通过12个月来编排书的内容，像年谱一样。我们看看它的目录：一月 我进入山岸会的原因 我的共同体体验（1）/ 我在山岸会见到了什么 我的共同体体验（2）[私はなぜヤマギシカイに入ったか 私のコミューン体験（1）/ ヤマギシカイで私は何を見たか 私のコミューン体験（2）]；二月我的山岸会——乌托邦的提倡 我的共同体体验（3）（私

---

① 参见 [日] 藤井省三著，董炳月译：《村上春树〈1Q84〉中〈阿Q正传〉的亡灵们》，《绍兴文理学院学报（哲学社会科学）》2011年第5期。靳丛林、李明晖等：《日本鲁迅研究史论》，社会科学文献出版社，2019年，第185—186页。

のヤマギシカイ——ユートピアの提唱私のコミユーン体験（3））；三月 人类的进化是可能的吗（人类の進化は可能か）；四月 迄今为止乌托邦为什么没有实现/心灵与肉体（いままでユートピアはなぜ実現しなかつたか/こころとからだ）；五月 乌托邦与政治 如何阅读威廉·莫里斯（ユートピアと政治 ウイリアム・モリスをどう読むか）；六月 乌托邦与儿童教育（ユートピアと育児）；七月 我译阿Q正传/建设阿Q革命的社会 创立共同体联盟/共同体的历史（私訳 阿Q正伝/阿Qがカクメイする社会を コミユーン連合つくろう/コミユーンの暦）；八月 罗伯特·欧文的乌托邦 一体化生活到底是什么（ロバート・オーエンのユートピア 一体生活とは何か）；九月 男与女（男と女）；十月 我和无政府主义（私とアナギズム）；十一月 弱者的乌托邦（弱いもののユートピア）；十二月 向往自杀的俱乐部（自殺アコガレクラブ）。

这本书是新岛阅读鲁迅和山岸会体验结合的著作，他在山岸会的"绿色乡塾"和阿Q都被乌托邦化，实际上是其文化经验和现实体验交互作用的一个产物。新岛把自己参加的山岸会看作是一个理想的社会，这个理想的社会和阿Q的革命是同构的，就是把阿Q崇高化，赋在他自己憧憬的理想上。另一本书《阅读鲁迅》也是山岸会结束以后写出的书，包括序章、正文十一章和后记。目录如下：序章 面向鲁迅的姿态（鲁迅に向う姿勢）/第一章 处女作的文体《狂人日记》I 白话诗（处女作の文体「狂人日記」I 口語詩）/第二章 反进化论——尼采之影《狂人日记》II（反進化論——ニーチエの影「狂人日記」II）/第三章 道教与乌托邦《狂人日记》III（道教とユートピア「狂人日記」III）/第四章 长衣阶级和短衣阶级《孔乙己》（長衣階級と短衣階級「孔乙己」）/第五章 作为宿命的"群众"《药》（宿命としての「群眾」「藥」）/第六章 愚昧之女和贫穷的车夫《明天》《一件小事》（無智の女と貧しい車夫「明日」「小さな出来事」）/第七章 关于辫子的都市和农村《头发的故事》《风波》(辮髪における都市と農村「髪の話」「風波」）/第八章 痛苦和希望《故乡》（苦さと希望と「故郷」）/第九章 传记的笔法《阿Q正传》I（伝記の筆法「阿Q正伝」I）/第十章"精神胜利法"《阿Q正传》（「精神勝利法」「阿Q正伝」II）/第十一章 阿Q与革命《阿Q正传》III（阿Qと革命「阿Q正伝」III）/后记。这本书其实是关于《呐喊》的阅读，延续了他"鲁迅研究会"时期的基本方法，最后三章都是分析《阿Q正传》的，并特别强调了阿Q革命性的一面，把阿Q最后的觉醒作为一个点进行了放大，并在此对接上了"阿Q的乌托邦"。新岛所说的"阿Q的乌托邦"主要指阿Q的革命，并不是指他的国民劣根性，但他认为这种国民劣根性是超越政治意识形态的"历史悲剧"，是历史上不停的残酷的循环，具有普遍性。董炳月认为："在这种普遍性的解释中阿Q已经失去了自己作为《阿Q正传》主人公的特殊性。"① 亦即这种认识是新岛赋予给作品的，或者说是对阿Q进行了重塑。由此展开，他又把《故乡》中少年闰土的情景乌托邦化，正是他所说的"弱者的乌托邦"，即"救救孩子"。因此，新岛便在山岸会进行儿童的教育，其目的在于通过孩子的教育来培养真正的"人"，并且努力谋求宇宙、自然、天、地、人的和谐，给孩子"理想的环境"（理想的な環境）②，很类似卢梭笔下对爱弥儿的教育方式。很显然，新岛是通过截取鲁迅整体思想当中的一部分，然后放大赋在他自己的社会实践上，最终表达他的"乌托邦"，其实也就是他所构建的鲁迅的"乌托邦"。

---

① 靳丛林、李明晖等：《日本鲁迅研究史论》，社会科学文献出版社，2019年，第200页。
② 新島淳良『ヤマギシカイ幸福学園——ユ-トピアをめざすコミユ-ン』、本郷出版社、1977年、96頁。

第二节　新岛淳良"乌托邦"的内涵及其谱系和贡献

新岛的鲁迅研究最重要的价值是他看到了鲁迅的"乌托邦"。那么，他说的"乌托邦"究竟指什么？他是如何在其研究中构建起来的？这样的研究视角有什么样的贡献和问题？下面来逐一讨论。

关于新岛鲁迅"乌托邦"的内涵有三个方面的内容值得深入讨论。第一，指"第三样的时代"，即通过革命"立人"。新岛在《阅读鲁迅》中这样说："所谓'第三样时代'，是指历史上未曾出现过的时代。通向该时代的革命并非历史上的革命，而是对于历史上的革命发生之际曾经存在过、超越历史的革命的追求——即乌托邦理想。真诚的追求乌托邦——这就是面对鲁迅的姿态。"①鲁迅所说的"第三样时代"是破除"想做奴隶的时代"和"暂时做稳了奴隶的时代"，而建立"真的人"的时代，要建立这个时代，当然就需要革命。"狂人"的革命即是这种革命，阿Q觉醒的那一刻也是这样的革命。鲁迅革命所追求的"真的人"就是鲁迅希望有的"第三样时代"，新岛认为这个时代就是乌托邦，如同《故乡》最后的希望：不仅要走出新路，而且是要建立宏儿与水生之间"人"的关系。第二，全盘性的反体制、反国家的革命。托马斯·莫尔的《乌托邦》这本书有两部分：第一部分批判英国的社会现实，第二部分构造希望的存在。这两部分形成明显的逻辑关系，即通过希望的"乌托邦"来全面否定英国现有的社会体制，用"乌托邦"的绝对价值彻底否定体制和国家。新岛对此有清楚的认识："西欧乌托邦的意义，在于提供新的绝对价值，中国固有的'桃

---

① 新岛淳良『魯迅を読む』、晶文社、1979年、27页。中文为董炳月译，参见靳丛林、李明晖等：《日本鲁迅研究史论》，社会科学文献出版社，2019年，第201—202页。

花源'乌托邦，因为是旧价值观中的理想乡，所以不会反体制。"①还说："这个世界不是我们居住的世界，应当存在着另一与此世界不同的、我们能够居住的世界。去那里吧！那就是乌托邦。"②让人惊奇的是，新岛淳良把《狂人日记》也读成乌托邦小说，认为小说中的"我"反国家，"意味着在根本上是向反体制方向发展的思想转化，是危险的乌托邦"③。在新岛看来，西欧乌托邦和中国的"桃花源"相反，是反体制的，绝对新生的，所以他把这种思想赋予鲁迅，并借此反思他自己存在的战后日本社会，在彻底革命的意义上把矛头指向日本的历史、现实、思想、体制和价值观，尤其是日本无责任的天皇体制，认为日本政治是与乌托邦无缘的政治，从而把整个日本近代化所获的体制和国家进步都否定了。董炳月做出了如此评价："甚至日本战后的民主主义都已经被新岛否定。在此意义上，新岛放弃早稻田大学教职意味着否定战后日本教育体制。为此他不惜否定受益于这种体制的自我。"④在这样的视野下，新岛树立了毛泽东的典型，他不仅肯定"文革"，还肯定了毛泽东结合中国的阶段革命论，⑤毛泽东也和鲁迅一样被新岛乌托邦化。在这一点上，新岛没有逃脱战后日本近代化批判的文化语境，显然受到竹内好的影响，而把 1949 年的"人民中国"理想化。这正如子安宣邦所说："伴随着这一冲击，关注战

---

① 新島淳良『魯迅を読む』、晶文社、1979 年、105 頁。中文为董炳月译，参见靳丛林、李明晖等：《日本鲁迅研究史论》，社会科学文献出版社，2019 年，第 203 页。
② 新島淳良『阿 Q のユ‐トピア』、晶文社、1978、134 頁。中文为董炳月译，参见靳丛林、李明晖等：《日本鲁迅研究史论》，社会科学文献出版社，2019 年，第 204 页。
③ 新島淳良『魯迅を読む』、晶文社、1979 年、104 頁。
④ 董炳月：《日本的阿 Q 与其革命乌托邦——新岛淳良的鲁迅阐释与社会实践》，《鲁迅研究月刊》，2015 年第 4 期。
⑤ 新島淳良『毛沢東の思想』、勁草書房、1968 年、2—3 頁。

后中国的很多中国研究者，在竹内全面肯定性言辞的影响下，对中国革命和中国共产党也予以了全面的承认；在了解到1960年代后期'文革'的景况之后，才将自己与被全面肯定的中国革命和中国共产党拉开距离。"①第三，弱者本位。鲁迅作品的重要思想是幼者本位，体现在各类作品中，比如小说中有代表作品《狂人日记》，散文中有《从百草园到三味书屋》，杂文中有《我们现在怎样做父亲》。他也对阿Q、祥林嫂这样的弱者采取展现和同情的态度，他们大多数都无出路并最后走向死亡，和"救救孩子"的幼者本位有本质区别。新岛在面对鲁迅作品时，明显地把鲁迅的"幼者本位"扩展成"弱者本位"，把阿Q和祥林嫂连同"孩子"一起上升为普遍拯救的对象，从而实现了鲁迅思想的抽象化和原理化。他说《狂人日记》"结尾处的'救救孩子'最后'……'也许表示'我'也不相信自己的诉求，省略号也许是表示绝望的空白。而且这与阿Q的'救命'相呼应"②。新岛参加山岸会的重要目的是拯救孩子，具体通过对孩子的教育来完成。《阿Q的乌托邦》中"六月"这一章的标题是"乌托邦与儿童教育"，从山岸会回到东京后又成立"新岛塾"，抛开生存而言，这也是他乌托邦式育儿理念的合理延长。从这个意义上讲，他的确是想创立一个第三样的社会，保护所有弱者，大有杜甫"大庇天下寒士俱欢颜"的理想抱负。

　　新岛是"鲁迅研究会"的发起者之一，其重要的背景就是"二战"后的日本社会。从1945年到20世纪70年代末，经历了三个重要事件：战败；安保运动；"全共斗"。新岛思考问题的起点是日本战败，他发起的"鲁迅研究会"是反思"安保运动"的产物，而且在"全共斗"

---

① [日]子安宣邦著，王升远译：《近代日本的中国观》，生活·读书·新知三联书店，2020年，第194页。
② 新島淳良『魯迅を読む』、晶文社、1979年、105頁。

时期他正好任教于早稻田大学，也就是说他是这三个重要事件的亲历者，这和竹内好、丸山升和伊藤虎丸的战后经历相同。他自己回忆他走向鲁迅研究完全是因为竹内好："在第一堂中国语文课上，从工藤老师那里听到竹内好的名字。他说'我的朋友竹内好在评论社出了一本书，叫《鲁迅》，你们去旧书店买来读一下'。那是1946年4月。当时竹内好大概刚从中国复员回国或者尚未复员。我们马上跑到了神田的旧书店去买。我阅读了《鲁迅》后被征服……自那以后，竹内好的著作我基本都读过。"①竹内好实际上引导了新岛淳良的鲁迅研究。具体看，竹内好对鲁迅"革命"思想的发掘是新岛"乌托邦"思想的重要源头之一。竹内好在《鲁迅》一书中延续了小田岳夫把鲁迅与孙中山对读的传统，认为鲁迅文学的自觉源于真正的政治革命，即孙中山的"永远的革命"，"文学诞生的本源之场，总要被政治所包围"②，但文学的革命性在于破却这种政治的包围。从这个地方，首先生发出丸山升的"革命人"，然后再由"革命人"生发出新岛的乌托邦式的革命，即根本上的反国家、反体制的革命，目的在于建立"第三样时代"，创建"真的人"生活的社会。新岛试图完全突围竹内好，把他思想史的观察变成一种绝对价值并努力走向实践，而且还形成了与丸山升不同的另一种解读鲁迅的"革命"。丸山升的"革命"是历史的具体的，而新岛的"革命"却是超越的理想的。新岛对竹内好的"回心"概念不太感兴趣，而对"回心"所建成的"人"充满了期待。他从"文学者自觉"的"人"那里推衍出他的"乌托邦"人，包括狂人和阿Q，这和竹内好把"文学者自觉"赋予狂人似的人是有区别的。伊藤虎丸

---

① 新島淳良『魯迅を読む・後記』、晶文社、1979年、294—295頁。
② [日]竹内好著，李冬木等译：《近代的超克》，生活·读书·新知三联书店，2005年，第135页。

接过竹内好的"回心",在此基础上发现了鲁迅的"终末论"和"个",里面也谈到了狂人式的"真的人"和"个"思想的积极人物形象,但他把他们看成是和阿Q及祥林嫂对极的人物,和新岛那种追求二者共通性、普遍性和原理化的思想也有差异。此外,还要说明的是,新岛也接过了竹内好反思日本近代社会的旗帜,这一点和丸山升及伊藤虎丸一样,但他们的区别在于:竹内好、丸山升和伊藤虎丸都想通过追责天皇制来建立日本真正的民主制度,而新岛想建立一个全新的社会,连战后民主主义社会本身都给否定了,他追求的是超越历史和意识形态的乌托邦。

最后讨论新岛鲁迅研究的贡献和问题。新岛对鲁迅研究的最大贡献是他发现了鲁迅作品和思想中的"乌托邦"维度。迄今为止,鲁研界都基本认为鲁迅是反乌托邦的,因为鲁迅自己说过他反对"黄金世界",而这个"黄金世界"被等同于乌托邦。事实上,学界同人没有正确理解"乌托邦",特别是中国学界受恩格斯《社会主义从空想到科学》译文的影响,把"乌托邦"等同于"空想",所以中国的鲁迅研究者就自然得出鲁迅反乌托邦。新岛了不起的地方是,他早在20世纪70年代末就把握了乌托邦的本义,并运用这个理论来解读鲁迅的作品。莫尔"乌托邦"作为批判英国的社会现实和构造希望的有机整体,有三层意思:第一,对经验现实的不合理、反理性进行批判;第二,追求"不在场"的未来希望;第三,在现实与理想的张力关系中构造联结二者的"中间项"。鲁迅在其作品中反对"黄金世界",其实是反对把理想凝固化,他提出了通过不断革命达到"真的人"的理想,而且还看到了到达目的的组织力量(中间项)。因此,狂人是阿Q作为参照物而存在的,其最终目标是通过反抗传统实现"真的人"。鲁迅一生都"贯穿于他对不合理的经验世界的批判","强烈追求'不在场'的未来希望"和"深切关注现实与理想的'中间项'"①。鲁迅开创的"第三样时代"是新岛确认鲁迅乌托邦的重要依据，也就是乌托邦在"人"的层面上具有绝对价值，和鲁迅讲的"立人"或者"真的人"相沟通。当然，新岛没有更为全面地把握鲁迅的乌托邦思想，但却为后来者讨论鲁迅的乌托邦提供了启示，但遗憾的是直到现在关于这个问题的探索也不充分。

新岛鲁迅研究的问题比较明显。在解读鲁迅作品上，他把阿Q和祥林嫂这些人物也乌托邦化或者原理化了，这就会导致出离鲁迅小说人物形象本身，而鲁迅便成为他言说自己意图的一个工具，所以当他把阿Q的瞬间觉醒作为革命的理想推向实践时，阿Q便出乎意料地获得了鲁迅似乎没有赋予的正面力量。换句话说，就是他对阿Q的认识带有空想性，这也是他在山岸会践行这种空想最终走向幻灭的重要原因。在方法上，新岛拿来乌托邦的绝对价值，比较任意地切割鲁迅的作品和思想，落入了比较文学研究用西方理论阐释中国文学作品容易出现的陷阱中。叶嘉莹在评价王国维的《〈红楼梦〉评论》时指出："静安先生乃竟然想把中国小说《红楼梦》完全套入德国哲学家叔本华的学说模式之内，则其不免于牵强附会当然就是必然的结果了。"②新岛实际上是试图用西欧的乌托邦在绝对化鲁迅的作品和思想，虽然提供了观察鲁迅的新视角，但其牵强附会也是必然的结果。从这个意义上看，他比其他日本鲁迅研究者走得更远，或许这是他在日本鲁迅学中自立门户的必然代价吧。

---

① 参见蒋永国：《鲁迅论"乌托邦"的现实性和理想维度》，《中国文学批评》2016年第1期。
② 叶嘉莹：《王国维及其文学批评》，河北教育出版社，1997年，第163页。

第九章

竹内实鲁迅研究的特点

竹内实（たけうち みのる，1923—2013）是日本著名的中国研究专家、学者，他主要研究中国文化、毛泽东、"文革"、鲁迅和茶道，在多个领域里齐头并进，涉及内容很广，体现了极强的跨学科性。在整个日本鲁迅研究史上，竹内实的鲁迅研究虽然不是很突出，但有自身的特点：既不是艰涩的思想史解读，也非科班式的学院研究，而是深入浅出地使鲁迅面向中日的现实和大众，表现出鲜明的融汇性和实践性色彩。

第一节　竹内实的生平著述简况

竹内实的父母亲是爱知县的无地农民，在20世纪20年代裹挟在日本向中国移民的浪潮中，来到中国山东胶济铁路沿线的一个小车站张店（今属淄博市），经营旅馆生意。竹内实于1923年就出生在这里，5岁时他父亲患病去世，母亲独自养育3个孩子，尽管很辛苦，但给予了竹内实很好的教育，把竹内实送进了当地日本人开办的学校，在三年级时还给他请了中文教师，为他终身研究中国打下了坚实的基础。随着日本侵华的加剧，在张店的中国人和日本人矛盾日益尖锐。在此情况下，1934 年母亲带着全家从山东移居中国东北的长春，竹内实在那里读完了小学后，进入相当于初中的商业学校。1942 年，竹内实被送回日本，进入东京相当于高中的二松舍专门学校读书，其间被日本政府征兵入伍，但因病未去前线，战败前退伍。1946 年考入京都大学中国文学科，师从仓石武四郎和吉川幸次郎，受到京都学派的熏陶，1950 年春本科毕业，随后跟随仓石武四郎进入东京大学文学系中国文学研究室，1952 年受左翼激进革命风潮的影响加入日本共产党，[1]1953 年春天研究生班毕业，进入当时日本唯一一所研究中国的民间机构——中国研究所，继而在东京都立大学任教，同时积极参加中日友好运动。1973 年后，竹内实历任京都大学人文科学研究所教授和所长、立命馆大学国际关系学教授、北京日本学研究中心主任教授，以及松阪大学、关西大学、中国西北大学、杭州大学、厦门大学的客座教授。竹内实在 20 世纪 50、60 年代四次访问中国，[2]在第四次访华时受到毛泽东的接见，"文革"期间因为质疑"文化大革命"，没有再访问中国，1979 年后又多次到中国访问和进行学术交流。

从 1946 年开始，竹内实就开始发表作品，此后从未间断过，因而著译众多，从维基百科可看到他的专著有 29 部、编著 18 部、译著

---

[1] 1961 年因不同意当时日本共产党对苏共、中共的立场，竹内实与野间宏等人撰写《为真理与革命迈出重新建党第一步》的公开信，征得新日本学会中 28 名日本共产党人的签名后公开发表，竹内实是签名者之一。1962 年 2 月，日共中央决定将在"公开信"上签名的 28 人从党内除名。竹内实因此与日本共产党正式脱离关系。
[2] 见竹内實『中野重治と中國』、『新日本文學』、第 34 卷 12 号、1979 年 12 月 1 日。

22部。程麻这样说:"多年来翻检竹内实的文章,觉得其数量实在惊人,很难统计出准确的数字来。"① 中国现有程麻编译的《竹内实文集》10卷,收集了竹内实大概一半的文字。就鲁迅研究而言,主要有两本专著《鲁迅远景》(『鲁迅遠景』、田畑書店、1978)和《鲁迅周边》(『鲁迅周邊』、田畑書店、1981),从程麻提供的《竹内实著译年表》可以看到竹内实共发表鲁迅研究的各类作品有55篇(包括书评和翻译)。②《鲁迅远景》和《鲁迅周边》在大陆都没有译本,所以需要较为详细地介绍一下。前著分为三部分:中国的20世纪30年代与鲁迅 结合时代(中国の一九三〇年代と鲁迅 時代に即して);绍兴·《故乡》·《阿Q正传》 结合作品(绍興·「故郷」·「阿Q正伝」作品に即して);《死》《答徐懋庸并关于抗日统一战线问题》结合评论(「死」·「徐懋庸に答え、あわせて抗日統一戦線問題にかんして」評論に即して),在第三部分后面附录了鲁迅的《答托洛斯基派的手稿》和《答徐懋庸并关于抗日统一战线问题》,正文后面有鲁迅简略的年表、相关图片及其解说。这本书是根据1975年竹内实在东京世田谷区上野毛的大东急纪念文库的连续讲座整理而成,第一讲概述中国的20世纪30年代与鲁迅的关系,第二讲谈鲁迅的作品,第三讲谈鲁迅的评论。③ 第一部分在日本的《文学》上发表过,④其中关于胡菊人的相关部分也在香港《明报月刊》上发表过,收入程麻翻译的《竹内实文集》第2卷,题名为《中国二十世纪三十年代与

---

① 程麻:《竹内实传》,中国社会科学出版社,2015年,第322页。
② 参见程麻:《竹内实传》,中国社会科学出版社,2015年,第230—312页。
③ 参见[日]竹内实著,程麻译:《竹内实文集》第1卷,中国文联出版社,2002年,第165页。
④『徐懋庸に答え、あわせて抗日統一戦線問題にかんして 評論に即しての魯迅』、『文學』第44卷5号、1976年5月10日。

鲁迅》。①《鲁迅周边》是竹内实在长达 20 年里发表的关于鲁迅文章的结集，共有 17 篇文章，它们分别是《鲁迅与柔石》（收入时增加内容）、《鲁迅和他的弟子们》、《中国民间故事与鲁迅》、《鲁迅与儿童文学》（原名为《鲁迅——大人与儿童文学有什么关系》）、《关于鲁迅〈中国小说的历史的变迁〉》、《访问鲁迅故居》、《鲁迅手稿》、《鲁迅与果戈理——两篇〈狂人日记〉》、《眉间尺的事情》、《革命史上的阿 Q》、《鲁迅〈答徐懋庸并关于抗日统一战线问题〉》、《鲁迅之"敌"——从国防文学论争说起》、《冰下之火——鲁迅诞辰 90 年回想》、《关于〈故事新编〉的公愤与私愤》、《周作人回想录》、《周作人与日本人》、《瞿秋白之墓》，后面三篇文章带有附录的性质，但竹内实认为和鲁迅有关系，所以也收入了。②这些文章中，《鲁迅和他的弟子们》、《中国民间故事与鲁迅》、《大人与儿童文学有什么关系——鲁迅的看法》（翻译中文后改成此名）、《鲁迅与果戈理——两篇〈狂人日记〉》被程麻翻译成中文收进 10 卷本的《竹内实文集》第 2、8 卷。

第二节　竹内实鲁迅研究的特点

竹内实对中国充满了感情，一生致力于中国研究，鲁迅研究只是

---

① 参见 [日] 竹内实著，程麻译：《竹内实文集》（第 2 卷），中国文联出版社，2002 年，第 189—213 页。
② 参见 [日] 竹内实著，程麻译：《竹内实文集》（第 1 卷），中国文联出版社，2002 年，第 172 页。

他众多研究的一部分。但从这仅有的一部分可以看出，他的鲁迅研究在日本鲁迅研究史上具有独特之处，下面以他所写的两本书及其没有收入书中的相关文章为依据，来具体讨论一下竹内实鲁迅研究的特点。

第一，客观中允地看待鲁迅作品体现出来的政治与文学的关系。关于鲁迅研究中的政治与文学的关系是日本鲁迅学史上的老问题，自小田岳夫以来，竹内好、丸山升、伊藤虎丸、新岛淳良、今村与志雄等众多研究者都讨论过这个问题。概括来说，研究从表面走向深入，有些强调文学，有些强调政治，但客观公允地处理政治与文学的关系还做得有些欠缺。竹内实在这个问题上处理得较好，能够辩证地看待鲁迅文学与政治的关系。竹内好所说的政治与文学可以用革命与文学代替，他把孙中山的革命纳入到鲁迅的文学研究中，日本鲁迅研究的后来者基本都接受了这个看法，即认为鲁迅的文学是启蒙的革命的文学。竹内实这样讲："如果从鲁迅的作品，或者从广义的中国文学来考虑，其主要问题应该是政治与文学的关系问题。""在中国的文学状况和中国作家的行为中，当文学要作为文学而特立独行时，其所激发出来的矛盾，都或明或暗地反映出了人们对于政治与文学的关系问题的思考和苦恼。而所谓政治，归根结底指的是革命（或反革命）。"①正因为有这样的认识，竹内实就站在中国革命的角度上看《阿Q正传》，他把鲁迅的文艺事业看成是改造中国的国民精神，而这一精神发端于他成长生活的社会环境，因家族没落的悲剧而形成了反抗精神，以此为基础又逐渐确立了反抗侵略和压迫的民族革命思想。阿Q是帝国主义入侵之后，在半殖民地半封建社会的中国里出现的农村无产阶级，他是奴隶的奴隶，因为阿Q是封建统治者的奴隶，而封建统治者又是

---

① [日]竹内实著，程麻译：《竹内实文集》（第2卷），中国文联出版社，2002年，第22、23页。

帝国主义的奴隶,所以他就是民族意识觉醒之前的病态表现。鲁迅对他的批判就是要唤起读者,与帝国主义作斗争。

  读这样的作品,也许读者会进一步被引导着思考,阿Q精神的社会根源,是否来自假洋鬼子?以及若不铲除殖民地社会中的封建统治者,不推翻凌驾于殖民地社会之上的帝国主义势力,可怜的阿Q是否能够真正从阿Q精神的毒害中解脱出来?实际上,鲁迅以这样反面的形象来反映国民精神,并不奇怪。因为只有在校正这种阿Q精神的过程中,也就是只有在阿Q向帝国主义与封建主义挑战的过程中,才能够产生出全新的国民精神来。①

  暴露阿Q的病态就是要唤醒中国民众的革命精神,而革命就是中国近代以来社会的政治问题,所以《阿Q正传》就是文学与政治的关系问题,文学与政治在小说中就统一起来。鲁迅和福泽谕吉一样洞察了中国社会的深刻危机,他通过高超的艺术概括力,塑造出阿Q这一典型形象,"能超越单纯的个别性问题及其个别处理,超越单纯的法律和政治制度的革新,提出了大胆的、需要智慧性勇气的'精神革命'道路"②。

  在《鲁迅和他的弟子们》这篇文章中,竹内实比较完整地阐述了关于鲁迅文学和政治的关系问题,除了前面引述过的对于鲁迅作品整体的看法外,他其实还在鲁迅与他的弟子的关系中辩证地指出鲁迅很

---

① [日]竹内实著,程麻译:《竹内实文集》(第2卷),中国文联出版社,2002年,第13页。
② [日]丸山真男著,区建英译:《作者原序》,收《福泽谕吉与日本近代化》,北京师范大学出版社,2018年,第4页。

好地处理了文学与政治的关系。他认为，鲁迅没有简单地看待政治与文学的关系，但他遭遇过简单看待政治与文学关系的人和事。创作社走极端，早期提出"为艺术而艺术"，后期又有完全堕落为政治留声机的危险。鲁迅在与他们的论战中，身陷孤独，正反映了他对政治与文学统一关系的理解。竹内实进一步通过萧军和胡风来看鲁迅，他说："胡风和萧军，大体上是主张文学对于政治的优先与独立地位。在坚守作家对政治的独立发言权的立场这一点上，他们确实称得上是鲁迅的弟子。不过，在他们简单反对，甚至是蔑视政治的时候，又不太像鲁迅的弟子了。鲁迅曾参加过抗日统一战线，而且由于他的加入，使统一战线得到充实。这可以看作其对政治的积极姿态。而胡风与萧军二人，却没有以同样的方式表现出他们对政治的这种态度。""毕竟胡风太拘泥于个人的好恶，对文学问题也过于固执。且不说他与蒋介石的关系如何，虽然其对文学的固执有些像鲁迅，可在与政治的关系方面，则比鲁迅更加憎恶田汉和周扬，而且没能学到鲁迅那种合作的态度。"① 竹内实认为鲁迅在政治与文学的关系问题上，既保证了文学的独立性，又能积极地对待正确的政治，其态度是科学的，心胸是宽广的，但他的弟子胡风和萧军就太固执于文学，对政治不开通。在《中国民间故事与鲁迅》中，竹内实分析了关于大禹的民间故事与鲁迅的关系，认为鲁迅吸收了大禹之类的民间故事的积极因素，并把它化在小说《理水》中，做出这样的结论："鲁迅不是仅仅在口头上坚持文学从属于政治，反过来文学又对政治施加巨大影响的观念，也通过自己的作品亲自实践这样的文学立场。"② 由此，可以看出竹内实

---

① [日]竹内实著，程麻译：《竹内实文集》（第2卷），中国文联出版社，2002年，第24—25页。
② [日]竹内实著，程麻译：《竹内实文集》（第2卷），中国文联出版社，2002年，第73页。

突破了竹内好、伊藤虎丸过分强调鲁迅文学者的那一面，同时又匡正了丸山升的"革命人"过多的政治色彩。

第二，能综合京都学派和东京学派的长处。程麻在谈及东京学派和京都学派时，说过这样一句话："关东地区是日本的政治中心，东京一带的学者对中国的关注与研究重点多着眼于政治与外交等侧面，热衷于评论中国社会动态变化或借题发挥的理论阐释。关西的京都则为日本文化传统积淀之地，那里的中国研究者们的中国研究更侧重思想、文化与文学等方面，以尊重文献、考辨典籍的钻研态度著称，成就了不少中国古典文学与中国文化研究大家。"[1]这表明，东京学派和京都学派都有自己的侧重点，而且成为日本近代以来的学术传统。从某种程度上说，日本鲁迅学的成熟是在反抗这两大学派之中建立起来的。竹内好明确地举起了反对汉学和支那学的旗帜，关注中国现代文学和社会。虽然他努力划分界限，力求开创现代中国的研究，但其关注中国社会动态和颇具主观性的阐释又明显有东京学派的影子，这和他求学于东京大学是分不开的。丸山升也反对传统汉学和支那学，但在事实上反拨了竹内好，他的文献实证明显回收了京都学派的传统，从而开创了与"竹内鲁迅"齐名的"丸山鲁迅"。伊藤虎丸继承了竹内好的"回心"，又发展出了"伊藤鲁迅"，不再明确反对传统的汉学和支那学，但其治学理念更偏重于东京学派。把竹内实放在这样的研究史中，发现他的鲁迅研究能够综合东京学派和京都学派的长处，既注重文献实证又关注鲁迅研究的现实性，这当然和他的教育背景息息相关。在《鲁迅远景》一书的第一部分，写到中国的20世纪30年代与鲁迅，后来程麻根据刊发在《文学》和《明报月刊》的内容译

---

[1] 程麻：《竹内实传》，中国社会科学出版社，2015年，第223页。

成《中国二十世纪三十年代和鲁迅》。这篇文章是个大题目，但落实在小问题上，实际上就是以鲁迅在"上海事变"后六天日记的空白为切入点，讨论周边的一些问题。胡菊人1973年3月发表的文章《鲁迅在三十年代的生活》是竹内实写作此文的触发点，胡菊人根据鲁迅杂文、书信及他与内山书店的关系，再加上许广平的回忆录，从鲁迅日记的"空白"入手，对20世纪30年代的鲁迅进行了考证，进一步追索中国人的民族立场及隐含的内容，胡菊人的观点是鲁迅的"失记"和时局有关，鲁迅是"人"而不是"神"。竹内实为弄明白这个问题，首先回顾了30年代中日之间的战争冲突，特别再现了"上海事变"的前因后果，然后把内山完造和鲁迅置于这种历史语境下，先分析关于对内山完造的两种看法：日本政府的"间谍"和同情中国的商人，为此他主要引述了内山完造《花甲集》（今译《花甲录》）中的回忆、许广平的《鲁迅回忆录》、村松梢风的《谈"上海事变"》、镰田诚一（内山书店的店员）的《鲁迅与我》及周建人的《略讲关于鲁迅的事情》，还参看了鲁迅五天"失记"前后的日记内容。在这些文献的比对中，证实了关于内山完造两种说法是靠不住的。也说明了，在鲁迅那一边，是逐渐想与日本人断绝关系，这便是胡菊人想要说的中国人的民族立场，但鲁迅对内山完造和店员镰田诚一的帮助恐怕是感激的。最后竹内实做出以下判断：

> 我不知道在逃难时受到过镰田诚一保护过的鲁迅是否知道这件事（镰田诚一希望死后坟墓对着上海——笔者注），大约会多少感觉到一点什么罢。要果真是这样，那也许鲁迅觉得，那6天的日记，还不如"空白"着，更能标识出自己的深刻印象。我想，可能事实就是如此。正是因为自己有事

情要记,鲁迅才故意让它留下"空白"。①

竹内实最后通过引述访问内山完造回到了鲁迅是"人"而不是"神"。从这篇文章可以看出,竹内实文献实证的功夫非常高,在多种文献的互相参证中回归了历史的真实和人性的真实,这应该是吉川幸次郎和仓石武四郎对他深入影响的见证。除了这篇文章,在《阿金考》《关于鲁迅的短刀》《大人与儿童文学有什么关系——鲁迅的看法》《鲁迅与孔子》《周树人的官员生活》《鲁迅与果戈理——两篇〈狂人日记〉》中亦能见到竹内实文献实证的功力。简要地说一下《阿金考》和《鲁迅与果戈理——两篇〈狂人日记〉》。前者涉及很多相关的文献,充分利用了文献实证来还原阿金的真相。文章第一部分讲到他自己访问了有阿金这样的用人的大陆新村,在现场调查中去体验鲁迅塑造的这个人物形象,还援引《花甲录》,把《阿金》中的"巷战"还原到"上海事变"的历史语境中,因此有人评价:"提到了自己对鲁迅上海居处的实地考察与文献考察,在此基础上判断《阿金》中叙述的主要情景是相当写实的,至少是很有现实依据的。"②后者是一篇地道的比较文学论文,通过二叶亭四迷所译的果戈理的《狂人日记》与鲁迅同名小说的对读,就二叶亭四迷所感叹的"这就是人生"而再拾取高尔基、克鲁泡特金、米洛斯基等人的俄国文学史关于这个问题的看法,又引述了别林斯基对果戈理中篇小说的评价,再回到鲁迅在《〈竖琴〉序》中谈及的俄国文学的"为人生",但中国文学的"为人生"是中国式的,所以最后得出结论:"鲁迅从果戈理那里只是借用了'形

---

① [日]竹内实著,程麻译:《竹内实文集》(第2卷),中国文联出版社,2002年,第211页。
② 靳丛林、李明晖等:《日本鲁迅研究史论》,社会科学文献出版社,2019年,第248页。

式',而并没有引进其'文学观念',这其实是促成后来中国文学的创作品格的一个很重要的因素。"①

竹内实的鲁迅研究文章集中写于20世纪60年代到80年代,这个历史时期正是日本社会运动激烈的时候,很多日本鲁迅研究专家借助鲁迅反思日本的近代化,毫无疑问是延续了竹内好的问题意识,同时也以鲁迅为中介关注中国的现实以及中日关系。也就是说,日本此段时间的鲁迅研究和现实及政治发生了深刻的联系,从丸山升、伊藤虎丸、新岛淳良的鲁迅研究都可以看出这个特点。这个研究倾向是东京学派的传统,或者说避免了京都学派过于学院化的问题。从青木正儿开始到竹内好、伊藤虎丸形成了这条鲁迅研究的线索,甚至在竹内好那里出现了过激的趋势,但经过丸山升、今村与志雄又有所反拨,到20世纪70年代末基本形成了东京学派和京都学派综合的趋势。竹内实的鲁迅研究实际上是处在这个延长线上,也体现了这种综合的趋势。前面分析的《阿金考》不仅有翔实的文献实证,而且还对中国现时很关注,隐晦地表达对"文革"的批判。竹内实之所以再现阿金这个泼妇形象,是映射中国"文革"时的江青。他在回忆中这样说:"1966年,在新日本文学会的一个讲座上,(我)曾以《阿金考》为题,把鲁迅描述过的阿金与毛泽东的夫人(没有直接点名)相提并论(后收入劲草书房出版的《鲁迅与现代》一书)。为了杂文,江青应该还活着。"②《鲁迅与孔子》直接针对1973年《红旗》《学习和批判》总结"五四"的论文和"批林批孔"的文章而言,指出这个批判不客观,背后有政治的操纵,然后还原鲁迅对孔子的真实看法,从此可看出竹内实鲁迅

---

① [日]竹内实著,程麻译:《竹内实文集》(第8卷),中国文联出版社,2006年,第127页。
② 转引自程麻:《竹内实传》,中国社会科学出版社,2015年,第128页。原文《关于杂文的复兴》,载日刊《文艺》第18卷10号,1979年11月1日。

研究的现实政治关怀。竹内实关注中日文化的关系，为中日文化交流而付诸实际行动。他多次撰写文章，提出"友好容易理解难"[1]，阐明中日文化、语言及现代化的差异，为增进理解而不懈努力。他的鲁迅研究也是放在这种视野下进行的，为此他写过《鲁迅的日本文化和文学观》与《日本的现代化和中国的现代化》。前文指出鲁迅对日本文化的评价不高，但鲁迅"看出了日本文化根植于'天皇制'之中"，"在日本是天皇神圣，而在中国则是父母神圣"，"回国以后，其对日本的这种认识并没有改变"[2]。后面还对鲁迅肯定的日本文化之"认真"做了批判，认为日本的"认真"并非都是好，有时会迷失方向，带来伤害。竹内实通过对鲁迅日本文化观的梳理，为明确中日文化的根本差异，指出日本天皇制的固执，隐晦地批评了它带给日本人民和东亚人民的灾难，和战后对无责任天皇制的批评合流了。后文不是专门研究鲁迅的文章，但作者是把鲁迅纳入到中日韩或者东亚的国际关系中来看的。他说"日本的现代化不仅是由于国内各种矛盾的推动，另外还有一个重要的原因，即这种现代化进程是依靠对中国和朝鲜的'进出'得以实现的"[3]，指出在现代以前，中日两国属于同一文化圈，但从前现代向现代转变的过程中，两国的现代化发生了分野，对欧洲或欧洲文化的反映态度大相径庭，然后就在孙文和福泽谕吉的比较中指出中日不同的现代路径："摆脱"与"合作"，进而讨论中日对现代的抵抗方式不同：日本对把"现代"视为"外来"的东西占上风，几乎没有"本土"的"现代化"思想；而中国确实通过对"现代化"

---

[1] 转引自《竹内实传》，中国社会科学出版社，2015年，第191页。原文《理解与友谊》，载日刊《中央公论》第93卷10号，1978年10月1日。
[2] [日]竹内实著，程麻译：《竹内实文集》（第8卷），中国文联出版社，2006年，第205页。
[3] [日]竹内实著，程麻译：《竹内实文集》（第8卷），中国文联出版社，2006年，第83页。

的抵抗来确立"本土"的现代化,并用鲁迅介绍民间故事来说明这个问题。最后一部分讨论了"深层"的现代观念:"现代自我"与"公社"。"现代自我"要打破人与人之间的封建关系,树立现代的人与人之间的关系,与日本比较,中国关于这方面的思想和文学作品姗姗来迟,由此就分析了鲁迅的《狂人日记》和《阿Q正传》正是这类作品,当然也通过分析日本荻原朔太郎的《吠月》和芥川龙之介的《下地狱》来说明,还分析了鲁迅在《娜拉走后怎样》所说的家庭男女平等正得以实现,鲁迅提出的这个问题"确实只有在'现代'社会中才会出现。由于这一问题能够在从社会主义向共产主义的过渡形态即'人民公社'中得以解决,于是很有可能得出这样的结论,就是'社会主义'便等于'现代'。而为了与历史上已经有过的'现代'相区别,也许应该把这一新的'现代'视为更'完全'或者更'理想'"①。竹内实最后有一个预想:通过"公社"之类的群体来树立"个人"意识的路线,才真正符合马克思主义的正确思想。我们可以看出,竹内实继承了竹内好关于鲁迅"抵抗"现代化的思想,并且在中日现代化错位的进程中批判了日本的现代化对中国和韩国的暴力侵略,这样鲁迅就作为亚洲的现代资源嵌入他的论证中。这种思维路径恐怕正是东京学派训练的结果。也可以这样总结,竹内实没有走向东京学派和京都学派的任何一个极端,而是汲取了各自的优点来分析鲁迅,所以他的鲁迅研究具有自身的特点。

第三,坚持鲁迅研究的大众立场,文风明白晓畅。日本战后鲁迅研究的主轴是通过竹内好、丸山升、伊藤虎丸构建起来的,他们的研究体现出很强的精英化特点,提出了"回心""革命人""终末论""个"

---

① [日]竹内实著,程麻译:《竹内实文集》(第8卷),中国文联出版社,2006年,第104页。

等一系列难解的概念。在《鲁迅》一书中，不下数十次提到"回心"这一概念，但竹内好始终未对此概念做出清晰界定和解释，给人晦涩模糊的感觉，再加上著作本身存在较多悖论的地方，所以阅读这本书有较大障碍。竹内好最忠实的继承者伊藤虎丸提出的"终末论"和"个"也有晦涩难解的特点，"终末论"源于基督教的"末世论"但又不是基督教的"末世论"的意思，"个"是在"终末论"延伸的意义上提出的，其意义也是要通过仔细辨析才能有较为准确的理解。相较而言，"革命人"要明白一些，但丸山升是在竹内好"永远革命"和"文学者"对应的关系中提出来并强调它政治的维度，实际上也是不太好理解的概念。鲁迅本身复杂，日本学者的这些概念的提出，体现了他们艰苦卓绝的努力，其影响基本上局限于学界，一般读者是无法理解这些概念和逻辑的。换句话说，就是这些研究不是面向大众的。与这些研究者相比，竹内实的鲁迅研究就始终坚守大众立场，而且语言明白晓畅。我们把他们关于鲁迅政治与文学关系的关键论述放在一起来比较一下：

> 文学对政治的无力，是由于文学自身异化了政治，并通过与政治的交锋才如此的。游离政治的，不是文学。文学在政治中找见自己的影子，又把这影子破却在政治里，换句话说，就是自觉到无力，——文学走完了这一过程，才成为文学。政治是行动。因此与之交锋的也应该是行动。文学是行动，不是观念。但这种行动，是通过对行动的异化才能成立的行动。文学不在行动之外，而在行动之中，就像一个旋转的球的轴心，是集动于一身的极致的静。没有行动，便没有文学的产生，但行动本身却并非文学。因为文学是"余裕的产物"。

产生文学的是政治。然而,文学却从政治中选择了自己。因此,革命会"变换文学的色彩"。政治与文学的关系,不是从属关系,不是相剋关系。迎合政治或白眼看政治的,都不是文学。所谓真的文学,是把自己的影子破却在政治里的。可以说,政治与文学的关系,是矛盾的自我同一关系。①

"政治"乃至"革命",并非全部都属于现实世界,其内部也不仅存在思想和行动的矛盾。它内部的思想、行动应当在非现实和现实这两极之间呈现出各种位相。反过来虽然笼统地说文学属于非现实的世界,但既然写作和阅读文学的人都是现实的存在,那么在文学中,完全的非现实和现实之间,也有着复杂多样的样态。若稍微简单的概括,对鲁迅来说,即便是革命的思想,它本身归根到底也是非现实的,无法立即保证其有力的地方立即实现;另一方面,在文学领域,倘若写了一部好作品,完成了一件有良心的翻译、介绍,这本身会是一件给中国的现实以多大影响的现实行动啊。因此,文学也好,政治也好,其现实性的保证应当在各自独有的存在样态里去寻求,将两者混同、粘连会导致双方都毫无成果。②

"政治与文学"的关系,首先不是横列关系,可以说是纵列关系,他(竹内好——笔者注)在政治的根柢中看到了"文学",在"启蒙者鲁迅"根柢当中看到了"无限地生成出"前者的"文

---

① [日]竹内好著,李冬木等译:《近代的超克》,生活·读书·新知三联书店,2005年,第134页。
② [日]丸山升著,王俊文译:《鲁迅·革命·历史——丸山升现代中国文学论集》,北京大学出版社,2005年,第61页。

学者鲁迅"。不过,这也可以说是在文学当中也看到了"政治"的立场。倘若如此,那么不就和丸山真男所说的"政治(即文学)"很接近吗?当然,丸山真男所指的"政治"是"逆矢"的政治,竹内好对此没有丧失抵抗的姿态,既如以上所见。然而,这也同已经看到的那样,竹内好和那些"文学主义者"都拒绝拥有什么属于"客观的"、固定的"主义"和"立场",因此其"政治"也就未必是"站在无产阶级立场的政治"。①

他没有简单地看待政治与文学的关系。实际上,鲁迅也未尝没有遭遇过简单对待政治与文学的关系的人和事。例如,读读那些作为创造社成员攻击鲁迅的文章便不难明白,对方是根本反对鲁迅这种立场的。也就是说,鲁迅在当时不同意创造社处理政治和文学的关系的做法。其实,即使是在晚年,也不能够说鲁迅完全摆脱了孤独,并接近了马克思主义。从《答徐懋庸并关于抗日统一战线问题》中,可以发现鲁迅对这一问题的解决意见。他承认抗日统一战线的原则,但当田汉和周扬将胡风说成是"间谍"时,却非常愤怒。因为统一战线属于政治问题,让鲁迅随便接受田汉和周扬的这种非文学表态,很难办得到。这恐怕是由于他的文学良知不允许这样做。这种良知与他的忧郁与孤独感不无关系,最好不要轻率地断定鲁迅已"摆脱了孤独"。因为鲁迅的孤独,真正反映了他对政治与文学的统一关系的理解。②

---

① [日]伊藤虎丸著,李冬木译:《鲁迅与终末论——近代现实主义的成立》,生活·读书·新知三联书店,2008年,第206页。
② [日]竹内实著,程麻译:《竹内实文集》(第2卷),中国文联出版社,2002年,第24页。

不厌其烦地引述长长的四段文字，就是想呈现竹内实与前三位鲁迅研究者的差异。竹内好、丸山升、伊藤虎丸在论述关于鲁迅政治与文学的关系时，比较难以理解的是他们的概念和逻辑。他们都发掘出了表明他们研究身份的概念，也触及到了鲁迅的根本精神，但如果没有弄清楚他们的研究逻辑或者不明白日本鲁迅研究的历史，是很难懂的，特别是竹内好和伊藤虎丸的逻辑。相较而言，竹内实在讨论关于鲁迅政治与文学的关系时，就很明确地指出鲁迅坚持政治与文学统一，一目了然。竹内好说得非常绕，用"文学自身异化了政治""文学在政治中找见自己的影子，又把这个影子破却在政治里"这些难懂的逻辑和语言来强调"文学者鲁迅"生根于政治又对抗政治。丸山升用"现实""非现实"来讨论政治与文学各自独立的逻辑和语言也是要仔细辨析才能弄明白的，用伊藤虎丸的话说就是"丸山其实要用鲁迅自言的'革命者'这个词来统一'启蒙者'和'文学者'，使之一元化的意图（如上所见，丸山在表述上也有责任）"[①]。伊藤虎丸自己也并没有逃出逻辑和语言艰涩的窠臼，"在政治的根柢中看到文学""在'启蒙者鲁迅'根柢当中看到了'无限地生成出'前者的'文学者鲁迅'"也是难以理解的，他把竹内好的"回心""文学者的自觉"装进了基督教的"终末论"和"个"思想中，进而来看鲁迅文学与政治的关系。竹内实所说的"简单地看到政治与文学的关系"就是走极端：要么像创造社那样把文学沦为政治的留声机，要么像萧军和胡风那样把文学凌驾于政治之上，鲁迅在政治里发现了文学，也在文学里发现了政治，政治与文学统一在他的思想和作品中。这一理解是科学和明白的，也是易懂的、朝向大众的。

---

① [日]伊藤虎丸著，李冬木译：《鲁迅与终末论——近代现实主义的成立》，生活·读书·新知三联书店，2008年，第273页。

如此评介，并不是为了否定竹内好、丸山升、伊藤虎丸的精深，而是指出竹内实研究鲁迅的取向和特点。之所以如此，恐怕和竹内实作为日本农民的儿子出生在中国并对中国老百姓有深切的理解有很大关系，当然也和他长期从民间的立场上致力于中日友好关系有关，还有一个原因可能和竹内实长期研究毛泽东有关。竹内实受过很好的教育，但其文章风格更趋近于报章体，这从他发表于报刊文章的数量可以看出，所以他写的鲁迅研究文章也是明白晓畅的，上面的引文也是证据。还可以举出很多例子，比如在《鲁迅与孔子》中描述"鲁迅的个子很矮，许广平曾开玩笑说他是'4尺！'估计当高约150至160厘米，蓄着胡须，脸色苍白的他，穿着那样的服装，举止严谨的参见祭礼，站在如前面提到的内藤湖南在旅行记里描述的那样的孔庙里，使人觉得有些不可思议"①。又比如在《鲁迅文学的启示——关于〈故乡〉和〈藤野先生〉》中如此说："鲁迅的故乡是绍兴。它在中国的中部，即位于中国大陆稍微突出部位的上海南面的杭州湾附近。是在杭州湾的南岸，离海岸还有一段距离。在绍兴的东面，有一个较大的港口城市叫宁波，那里与上海有海上的航线相连接。"②诸如此类的表述，在竹内实研究鲁迅的文章中随处可见，一般读者都能看得懂，并且有很强的生活和生命气息，没有什么学院派的学术气和逻辑的艰深。竹内实从20世纪50年代就开始关注和研究毛泽东，1960年毛泽东还接见过他，其研究持续终身，撰写了《毛泽东的诗与人生》《毛泽东传》《毛泽东的生涯》《毛泽东》等多本研究著作和传记。"文革"早期积数年之功汇总、校正、出版了《毛泽东集》和《毛泽东集补卷》

---

① [日]竹内实著，程麻译：《竹内实文集》（第2卷），中国文联出版社，2002年，第246页。
② [日]竹内实著，程麻译：《竹内实文集》（第2卷），中国文联出版社，2002年，第261页。

两套共 20 卷中文版资料，空前齐全地收录了 1949 年前的毛泽东发表的初始文章。毛泽东的文章没有八股气，面向人民大众，通俗易懂。竹内实常年浸润在毛泽东的文章和研究中，不可能不受毛泽东文风的影响。因此，他所撰写的鲁迅研究文章也体现出毛泽东文章的气质，三言两语就能指出问题的根本，而且能让读者看明白。相对于学院派来说，他的研究应该更加有利于日本普通大众了解鲁迅，也对中日文化的交流很有帮助。

第十章

北冈正子的"材源鲁迅"

赵京华指出:"战后日本的鲁迅研究,到了1980年代以后其思考主题和阐释架构开始发生明显的变化。随着'政治季节'的终结,如竹内好、丸山升、伊藤虎丸等将鲁迅作为民族自我反省和思想抵抗的资源予以深度开掘的研究意图与动力渐渐弱化,'去政治化'和学术规范化成为代之而起的发展趋向。"① 这里所讲的"去政治化"是指日本鲁迅研究者向科学规范的学院化转型。与竹内好、丸山升、伊藤虎丸相比,北冈正子(きたおか まさこ,1936—)则更专注于鲁迅本身的学术问题,而不再是把鲁迅作为反思日本近代化的文化资源或者工具。与此前的研究者相比,北冈正子最重要的贡献是通过比较文学影响研究的方法,探讨鲁迅留学时期所写的《摩罗诗力说》的材源,并在此基础上复原鲁迅的文学原点和精神谱系,进而对接了鲁迅留日时期的思想与他的启蒙文学。"材源"对于她的研究来说,是把握鲁迅的基点,具有关键性意义。她把留日时期的鲁迅置于多种文化

---

① 赵京华:《北冈正子鲁迅研究的方法论意义》,《现代中文学刊》2011 第 3 期。

和文学交流中，并用一生的精力去探寻鲁迅文化和文学的渊源在什么地方。要搞清这个问题，需要从北冈的生平履历说起。

第一节 北冈正子的"材源"探索

北冈正子 1936 年出生于日本山形县，原名为细谷正子，"北冈"是夫姓。1954 年考入位于东京都文京区的知名女子综合性国立大学御茶水女子大学，① 第二年她由学长带去参加了新岛淳良等人组织发起的"鲁迅研究会"，正是在这里认识了著名的鲁迅研究专家丸山升和伊藤虎丸。② 大学毕业后考入东京大学大学院中国文学科，她自己回忆了研究生阶段的情况：

　　材源に據つて作品を解釋するという方法は、大學院の中國文學科に在學中、比較文學科の島田謹二先生の授業で學んだことである。島田先生の授業を聽講するよう勸めて下さつたのは、鲁迅研究會の會員であり、當時中國文學科の助手であつた尾上兼英氏である。尾上氏からはいつも適

---

① 该校前身是 1875 年创办的东京女子师范学校，1885 年与东京师范学校合并，改成东京师范学校女子部，1890 年与东京师范学校分离，开设女子高等师范学校，1949 更名为御茶水女子大学，成为综合性女子大学，有"女子东大"之称。
② [日]北冈正子著，王俊文译：《悼丸山升师兄》，《鲁迅研究月刊》2007 年第 3 期。李冬木：《代译后记——读北冈正子的鲁迅研究》，收 [日] 北冈正子著，李冬木译：《鲁迅：救亡之梦的去向——从恶魔派诗人论到〈狂人日记〉》，生活·读书·新知三联书店，2015 年，第 254 页。

切な助言を頂いた。思えば大變有り難く、感謝の氣持ちでいつぱいになる。島田先生の講義は新鮮で示唆に富み、いつも見知らぬ世界に誘なわれる喜びがあつた。だが、私はそつと聴講しているだけであつたから、先生のご記憶に留まるような學生ではなかつた。しかし、あの時先生の講義を聴くことがなかつたならば、「摩羅詩力説」を材源によつて解読しようとは考えなかつただろう。いまは亡き島田謹二先生に、心からの感謝を捧げようと思う。（解读作品材源的方法，是在大学院读中国文学专业的时候，从比较文学专业的老师岛田谨二的课上学到的。鼓励我听岛田老师讲课的是鲁迅研究会的会员、当时是中国文学科的助教尾上兼英。尾上先生总是给我适当的建议。想起来真的很感动，感谢的心情会倍增。岛田老师的课很新鲜，富于启发性，总是被他引导到完全不同的世界，非常开心。不过，我只是静静地听讲而已，所以并不是被老师记住的学生。但是，如果当时没有听老师讲课的话，我就不会考虑去解读《摩罗诗力说》材源吧。现在向去世的岛田谨二先生，致以衷心的感谢。）①

北冈上大学就接触并开始研读鲁迅的作品，在读研究生期间又从岛田谨二②那里学到比较文学探寻材源的方法，还得到鲁迅研究专家

---

① 北冈正子『魯迅文学の淵源を探る「摩羅詩力説」材源考』、汲古書院、2015年、614頁。
② 岛田谨二（1901—1993）战前任台北高等学校教授、台北帝国大学教授，战后任东京大学教养学部教授，是日本著名的比较文学和英美文学研究专家，其研究比较注重法国学派的实证研究，强调通过文学文本考察域外材源的影响，著作有《近代比较文学》（1956）、《在俄国的广濑武夫》（1961）、《秋山真之在美国》（1969）。

尾上兼英①的建议，硕士论文选题是"留学日本时代的鲁迅"，首次涉及《摩罗诗力说》中关于雪莱的材源问题。1965年修完东京大学博士课程后，到关西大学任教，她回忆说："那时我埋没于家务和照顾孩子，别说鲁迅，连研究本身对我来说都成了遥远的世界。"②1970年中国文艺研究会的会刊《野草》创刊，北冈出席了创刊会的合评会，在会上与相浦杲③首次见面，此后和他引为知己。她的旧稿《〈摩罗诗力说〉材源考笔记》从1972年开始在《野草》上连载，直到1995年，共24回，时间跨度达23年。刊载了"拜伦"材源的那部分因为不加过滤地引用了岩波版《鲁迅选集》的误译，中国文艺研究会会员中岛长文④对此提出了严肃的指摘和批评，与此同时公布了他所调查的《摩罗诗力说》中关于拜伦、普希金、莱蒙托夫相关的日文材料来源。⑤北冈因此获益匪浅，不仅运用了中岛长文提供的材源，还在此

---

① 尾上兼英（1927—2017）是日本鲁迅研究专家，1952年毕业于东京大学中国国文学科，1957年任东京大学文学部助教，1961年任北海道大学文学部副教授，1968年任东京大学文学部副教授，1971年任东京大学东洋文化研究所教授，1984年任该校东洋文化研究所所长、东大评议员、神奈川大学教授，1999年退休，有专著《鲁迅私论》（1988）。

② [日]北冈正子著，王俊文译：《悼丸山昇师兄》，《鲁迅研究月刊》2007年第3期。

③ 相浦杲（1926—1990）是日本著名的中国文学研究专家，1949年京都大学文学部毕业，1952年至1959年任京都大学讲师、副教授，1959年起长期在大阪外国语大学任教，先后任讲师、副教授、教授，主要著作有《现代中国文学》《中国文学论考》等（参见《相浦杲先生略年谱》，收《相浦杲先生追悼中国文学论集》，东方书店，1992年，第511—515页）。他主张从比较文学实证角度研究鲁迅，相关论文有《从比较文学的角度考察鲁迅的散文诗集〈野草〉》《鲁迅与厨川白村》（参见[日]相浦杲：《考证·比较·鉴赏——二十世纪中国文学研究论集》，北京大学出版社，1996年，第89—114、115—153页）。

④ 中岛长文（1938—），日本中国文学研究专家，京都大学文学部毕业，先后担任滋贺大学教授、神户市外国语大学教授，著有《猫头鹰之声——鲁迅的近代》（2001），编有《鲁迅目睹书目 日本书之部》（1986）。

⑤ 見北岡正子『魯迅文学の淵源を探る「摩羅詩力說」材源考』、汲古書院、2015年、615頁。[日]北冈正子著，何乃英译：《前言》，收《〈摩罗诗力说〉材源考》，北京师范大学出版社，1983年，第3页。

基础上做了更为严谨的考证。《〈摩罗诗力说〉材源考笔记》在《野草》上刊登到15回的时候，中国翻译出版了北冈的探索，取名为《〈摩罗诗力说〉材源考》，由北京师范大学何乃英翻译。在中文版《前言》中，作者讲了这段话：

> 这次靠何乃英先生的帮助，这个《笔记》也能供中国各位读者阅读了。这对我来说，可谓意想不到的幸运。遗憾的是，我在此之前写完了相当于《摩罗诗力说》六、八、九节的部分，剩下的第四、五、七节还没有写。但是，难得这样的机会。未完部分即使仅仅提供资料，也是有一定的意义吧。关于这一部分，中岛长文氏业已发表过文章。我的文章在内容上几乎都是沿袭他的路子，只有微小的差别。这种差别大概是由于对材料来源的看法不同引起的。在这几个部分，我把读材料来源所感到的问题简单地记下来，附在该条引文之后。这个《笔记》将在日本出版单行本，现在这本小册子是过渡性的。①

北冈的愿望在2015终于实现，突围了小册子的过渡性，为我们提供了大32开650页的《探索鲁迅文学的渊源〈摩罗诗力说〉材源考》（『魯迅文学の淵源を探る「摩羅詩力說」材源考』）。从1983年出版中文版算起，时间跨度32年；从1972年发表第一篇笔记算起，时间跨度是43年。完全可以这样说，作者几乎用了她一生的努力来探索《摩罗诗力说》的材源问题。李冬木在中文版与日文本的对比中，

---

① [日]北冈正子著，何乃英译：《〈摩罗诗力说〉材源考·前言》，北京师范大学出版社，1983年，第3—4页。

认为北冈做了三点推进：第一，坐实了《摩罗诗力说》关于诗人论述的核心材源；第二，通过《摩罗诗力说》文本和材源的对照、验证，明确当年周树人对这些材源的使用方法，即并非消化吸收了材源旨趣之后再将其用于自己的文章，而是以近乎引用的方式剪取材源，直接贴入自己的文章；第三，进一步调查并提供了各种材源背后的"文学上、历史上、政治上的事实与状况"，把《摩罗诗力说》这一"微观的记述位置"，摆在"材源以及材源背后的广袤的文学的、历史的、政治的宏观记述"这一坐标轴上加以确认，明确地把握到了《摩罗诗力说》记述当中潜在的"偏差与错位"。① 出版这本大著时，北冈已经从关西大学退休 9 年了。这期间，她一直在推进她的鲁迅材源研究。我们知道，探讨材源不是目的，而是为了更清楚地解决周树人向文学者鲁迅变化的历史过程，还原周树人成为鲁迅的思想路径。为此，北冈分别在 2001 年和 2006 年出版了《鲁迅：在日本异文化环境当中——从弘文学院到"退学"事件》（『鲁迅 日本という异文化のなかで——弘文学院入学から「退学」事件まで』、関西大学出版部）和《鲁迅：救亡之梦的去向——从恶魔派诗人论到〈狂人日记〉》（『鲁迅 救亡の梦のゆくえ——恶魔派诗人論から「狂人日记」まで』、関西大学出版部）。前著讨论仙台退学之前的周树人，后者讨论仙台退学之后的周树人以及周树人向文学者鲁迅的转变问题。

---

① 参见李冬木：《从中文版到日文版——读北冈正子先生的〈《摩罗诗力说》材源考〉》，《文艺报》2016 年 10 月 19 日。

第二节 北冈正子的贡献

北冈的鲁迅研究从聚焦《摩罗诗力说》开始,深耕细作,最终呈现了鲁迅文学的渊源。在此基础上,她还把视野投向鲁迅留日时期的异文化中,并着力讨论鲁迅救亡之梦的去向。她用地道的比较文学影响研究方法,提供了"材源"研究的范例,可以说在日本鲁迅研究史上独树一帜,并对中日两国后来的研究产生了积极的影响。下面结合她的三部著作来讨论北冈在日本鲁迅学史上的地位和贡献。

第一,把实证推进到比较文学学科专业的影响研究上。关于鲁迅的比较文学研究,日本鲁迅学史上最早而且具有一定学术性的研究者可追溯到原野昌一郎和中村光夫,不过他们是典型的美国学派提倡的平行研究。原野的平行研究前面已经说过,中村把鲁迅与二叶亭四迷置放在中日近代文学转轨的历史中,以《孤独者》为例说明了二者"所表现的东西,都是些崩坏的,被扭曲得没有了形迹,从某种意义上来说,就是东洋化的近代的孤独"[1]。还指出了二位作者的差异在于二叶亭终生受到儒教的感化。可以看出,中村的平行比较并不在意鲁迅与二叶亭之间的事实关联,事实上原野也是如此。我们知道,丸山升的鲁迅研究收纳了被竹内好抛弃的京都学派的实证,但这不是比较文学的实证研究,而是民族文学的历史实证研究,所以从日本鲁迅学史的生发过程看,真正把鲁迅放在比较文学学科的视野下践行实证研究的是相浦杲、中岛长文和北冈,但北冈却是这个链条上发展更为成熟的环

---

[1] 陆晓燕编译:《日本鲁迅研究史料编年(1920—1936)》,收鲁迅博物馆鲁迅研究室编:《鲁迅研究资料》(13),天津人民出版社,1984年,第160页。

节。北冈在《探索鲁迅文学的渊源——〈摩罗诗力说〉材源考》的后记中谈到她进入比较文学并对比较文学影响研究发生兴趣的经历,其实在9年前她已经谈及:"我读研究生时,神田孝夫先生在研究生院比较文学科给岛田谨二先生当助手,我们是在听岛田谨二先生讲课时第一次见面,此后也有缘不时向他请教咨询,也把自己写的东西给他看。这是由于我感受到了比较文学这个学问领域的魅力,自己也想运用其方法试试看的缘故。"①这里所说的"方法"其实是指法国学派的影响研究,主要通过事实联系探讨不同国家文学之间的关系,因为接着她就举了一个例子说把自己所写的《鲁迅与裴多菲——〈希望〉材源考》给神田孝夫看,得到了高度肯定并指出了存在的问题。这篇文章从人们误把裴多菲的"绝望之为虚妄,正与希望相同"当作鲁迅所说切入,指出此话出典于裴多菲1847年5月至11月之间在匈牙利北部和东部地区旅行时写给友人的18封信中的第14封信,原文是"绝望就和希望一样会蒙人"②,鲁迅则翻译成"绝望之为虚妄,正与希望相同",但北冈没有从鲁迅阅读的《裴多菲诗集》和《绞吏之绳》找到这句话。此后作者就从文本出发着重讨论裴多菲的《希望》与鲁迅的《希望》构成的事实影响关系,但并没有仅仅停留在文本当中,而是回归裴多菲《希望》产生的历史语境,揭示诗歌在危机中探索民族希望的精神内蕴,还进一步追寻了两年后裴多菲书信中这句话的缘起和对生命辛酸的感叹,指出鲁迅所引的一诗一信恰好就是诗人两个时期。在此基础上,接下来就进一步分析了鲁迅在《希望》中如何反

---

① [日]北冈正子著、李冬木译:《鲁迅:救亡之梦的去向——从恶魔派诗人论到〈狂人日记〉》,生活·读书·新知三联书店,2015年,第236—237页。
② 转引自[日]北冈正子著、李冬木译:《鲁迅:救亡之梦的去向——从恶魔派诗人论到〈狂人日记〉》,生活·读书·新知三联书店,2015年,第186页。

映和填补诗人的两年之隔,最终证实了鲁迅融入自己的现实体验而对裴多菲一信一诗的变通。北冈以此为入口,在撰写硕士论文《留学日本时代的鲁迅》时初次涉及《摩罗诗力说》中"作为材源的'雪莱'问题,从此走上了'材源考'之路,仅《〈摩罗诗力说〉材源考笔记》就在《野草》杂志上陆续刊载了 24 回,从 1972 年到 1995 年,时间跨度长达 23 年(到本书完成为止,则为 34 年)"①。李冬木在这里所说的年限还要往后推,因为 2015 年北冈正子又出版了《摩罗诗力说》材源研究的升级版《探索鲁迅文学的渊源:〈摩罗诗力说〉材源考》,这样算就是执着于"材源考"43 年。前面已经知道,北冈在发表《〈摩罗诗力说〉材源考笔记》期间,她探索的五章内容就被何乃英译成中文《〈摩罗诗力说〉材源考》,2015 年出版的定本考索更为翔实。即使我们在《鲁迅:在日本异文化环境当中——从弘文学院到"退学"事件》中也能看到这种方法的充分运用,她把鲁迅置于日本这样的异文化背景中,在弘文学院教育教学的历史事实中讨论了鲁迅国民性观念的形成以及他的决心。

比较文学作为一个学科形成于 19 世纪中后期的法国,重要特点就是注重不同国家不同文学间的事实影响,以此为基点产生了流传学、渊源学和媒介学。北冈的"材源(source)"显然属于渊源学,即从鲁迅出发去追索鲁迅文学的源头,但北冈又不局限于渊源学,也讨论了流传过程中的变异及其媒介。如果说早年的中文版《〈摩罗诗力说〉材源考》更偏重于渊源,那么后来出版的著作就在材源的基础上推进到变异和媒介等多个方面,是名副其实的法国学派的研究路数。

---

① 李冬木:《代译后记——读北冈正子的鲁迅研究》,收[日]北冈正子著、李冬木译:《鲁迅:救亡之梦的去向——从恶魔派诗人论到〈狂人日记〉》,生活·读书·新知三联书店,2015 年,第 254—255 页。

比如20世纪法国著名的比较文学学者安田朴（也译艾田伯，Rene Etiemble）在《中国文化西传欧洲史》一书中，对于17和18世纪欧洲戏剧舞台上的某些中国特征，就从伊丽莎白时期的戏剧出发，考察了《中国孤儿》从司马迁、纪君祥到伏尔泰，又到英国、德国和意大利的流传变异过程，并对戏剧文本进行了详细的对比，是很典型的法国比较文学研究的成果。① 把北冈的研究与艾田伯的研究放在一起，能够清楚看到它们之间方法和逻辑的类似。从日本鲁迅学史的角度看，竹内好一度很反感京都学派的实证研究，在战后被丸山升收纳了，但并未自觉地把鲁迅放在跨文化和跨语言的比较文学视野下进行，北冈则把实证与比较文学学科联系起来，在鲁迅与日本和西方的跨文化、跨语言的关系中讨论鲁迅的文学批评和文学作品，这就把丸山升的那种实证推进到比较文学学科的影响研究上，体现了更强的学院派特点，对推进鲁迅与域外文化和文学的关系研究做出了很大贡献，而且对回归真实的鲁迅（看不到鲁迅的横向移植，过分强调鲁迅的纵向独创性）也具有重要的启示。

第二，是文学的"原点"而非思想和政治的"原点"。在日本，主观体验和日本立场的鲁迅研究是由竹内好真正开启的。竹内好的研究带有很强的思想和政治或革命色彩，尽管他提出的"文学者的自觉"想把鲁迅回归到文学的本位上，但也没能挣脱强有力的思想史和政治（革命）问题的观照。沿着竹内好的这个方向，在思想史视野下走得更远的是伊藤虎丸，在政治（革命）问题的驱使下走得更远的是丸山升。北冈加入"鲁迅研究会"，得到他们的启发和指导，但她走出

---

① 参见［法］安田朴著，耿昇译：《中国文化西传欧洲史》（下册），商务印书馆，2013年，第615—708页。

了和他们不同的道路——通过实证研究回到鲁迅的文学"原点"上。李冬木指出:"实证研究重调查,靠材料说话,在实证的基础上构筑对研究对象的认识。这显然不同于以某种现成的鲁迅观为前提,省却史实的调查与检证,而仅仅去加以重新阐释的方法。相比之下,后一种方法在自说自话当中似乎更容易'自圆其说',或许不失为一条'捷径',然而作者却拒绝了这种来自现成的'方便'。前有竹内好、周围有伊藤虎丸、丸山升那样的令人尊敬的学长和朋友,中国也更有关于鲁迅的定评,面对这些环绕着自己的诸多'鲁迅观',作者坚持了以实证科学为前提的鲁迅探索。"①李冬木还说到北冈受到片山智行"原鲁迅"的启发而回归到"留学日本时代的鲁迅"探索,其实竹内好、丸山升、伊藤虎丸都讨论了"原鲁迅"的问题,竹内好认为鲁迅的骨骼是在鲁迅归国沉潜的十年(1909—1918),丸山升概括出鲁迅永远变革的"革命人",伊藤虎丸指出鲁迅思想的原点是"终末论"和"个"。那么,北冈和他们有什么区别呢?我们认为,北冈一是把鲁迅的"原点"锁定在李冬木所说的留日时期,二是真正讨论了文学的"原点",同时不同于竹内好的主观体验和政治思想史立场。

北冈抓住了鲁迅留日时期和文学发生关联的关键文献《摩罗诗力说》,然后以此为核心,穷一生之力讨论了鲁迅文学的渊源。1983年出版的中文版《〈摩罗诗力说〉材源考》已经做了很好的基础性工作,因此有人做出如此评价:"《摩罗诗力说》并不是鲁迅阅读了大量外国作家的作品和传记资料后在一些问题上提出自己的新见解、新观点

---

① 李冬木:《代译后记——读北冈正子的鲁迅研究》,收[日]北冈正子著、李冬木译:《鲁迅:救亡之梦的去向——从恶魔派诗人论到〈狂人日记〉》,生活·读书·新知三联书店,2015年,第257页。

的'论文',而是将外语资料摘译、概括、编辑而成的'介绍文'。"①当然北冈的这个工作并不是轻而易举的,寻找材源并做出辨析的过程很难,但她还没有把鲁迅文学的渊源与《摩罗诗力说》勾连起来。32年后,她最终完成了这个工作,写出了《探索鲁迅文学的渊源:〈摩罗诗力说〉材源考》。为了说明这个问题,先把各自的章节安排及其差异做一说明。《〈摩罗诗力说〉材源考》和《探索鲁迅文学的渊源:〈摩罗诗力说〉材源考》的主体内容都是五个部分。前书五章是:关于拜伦;关于雪莱;关于普希金和莱蒙托夫;关于密茨凯维支、斯沃瓦茨基和克斯基;关于裴多菲。后书的五章是:"摩罗诗派"的始祖:挑战神的拜伦;还有一位"摩罗诗派"的诗人:精神界战士雪莱;拜伦主义的俄国波动:普希金与莱蒙托夫对立的诗精神;亡国波兰之心的表现者:复仇诗人密茨凯维奇和斯洛伐支奇;匈牙利的自由歌手:死于战场的裴多菲。通过对比明显可以看到,后书更为详细和细致,并且还链接了周树人成为鲁迅后的文学观念和摩罗诗人的关系。李冬木指出这个特点:"除结论部分外,全书从第1章到第5章详细呈现了'意图'和材源构筑的'诗人形象'之间的互动关系,而这也正是全书的主体部分——其直接涉及并揭示当年周树人之文学观形成的渊源部分。"②

第三,极大程度地敞开了从周树人到鲁迅的路径。留学生周树人怎样变成鲁迅的,长期成为一个被忽视的问题。其实,周树人和鲁迅有差别,而且存在一个历史阶段的问题。周树人是作为现实生活中的人而存在,鲁迅是在特定的历史阶段产生的文学者。北冈在这个问题的研究上做出了卓越的贡献。她首先从文学者鲁迅产生的源头进入,

---

① 靳丛林、李明晖等:《日本鲁迅研究史论》,社会科学文献出版社,2019年,第234页。
② 李冬木:《从中文版到日文版——读北冈正子先生的〈《摩罗诗力说》材源考〉》,《文艺报》2016年10月19日。

并把这个源头锁定在 1908 年发表的《摩罗诗力说》上。在她看来，作为文学家的鲁迅生根于留日时期的这篇文章，他以后的文学观念都可以在这里找到胚芽，也就是说周树人在此聚集了文学家产生的资源，为后来变成鲁迅铺垫了道路。1983 年北冈早期的相关研究成果被翻译成中文，冠名为《〈摩罗诗力说〉材源考》，似乎看不出她在言说周树人到鲁迅的问题。时隔 32 年，她对此的思考变得非常明朗，即《摩罗诗力说》的材源问题实际上就是鲁迅文学的渊源问题。这里面蕴藏的逻辑就是留学时期的周树人写下的《〈摩罗诗力说〉材源考》是通向文学家鲁迅的道路。

这并不能完全敞开周树人到鲁迅的路径，所以北冈还做了另一番考索的工作。她继续追问文学者鲁迅的源头，把视野放在整个留学生的过程中。为此她写下了《鲁迅：在日本异文化环境当中——从弘文学院到"退学"事件》，目的在于探索鲁迅从中国进入日本这个异文化的空间所遭遇的各种事情，比如反满的民族主义、国民性讨论、弘文学院的退学事件、祭拜孔子事件等等。北冈在因甲午海战导致的中日两国教育交流的背景下，还原了周树人置身的文化语境。在这一文化语境中，我们看到周树人后来成为鲁迅的两个最为核心的问题：政治救亡和国民新变。政治救亡是民族意识问题，日本的异文化刺痛了留学生周树人的神经，不仅在留学生反满的政治运动中意识到满人是中华帝国衰落的罪魁祸首，还意识到日本对中国留学生的歧视，进而开始在世界的格局中思考中国的国家独立和富强的问题。

> 在这"教育饥馑"的状况之下，到日本求取教育食粮的中国人，如成城学校入学事件时的吴汝纶、吴敬恒，以及与嘉纳治五郎争辩的杨度等，都无可避免地会遇到对于民族自

尊的伤害。例如日本对于成城学校入学事件的一连串报道都共同指出，清朝留学生问题将成为未来日本国家运作的重要问题，而日本则又站在中国"远来之师"的立场，这种立场难免会触碰到许多由中国来日者的民族意识问题。如鲁迅的《藤野先生》中出现的日本学生自不待言，另外还有许多相关的例子。①

众所周知，鲁迅文学始终关注中国的政治问题，救亡图存和启蒙成为他文学作品一贯的底色，其源头至少可以从他进入弘文学院的这个语境中找到。竹内好认为文学家鲁迅的骨骼期在回国后的十年（1909—1918），这也是讨论周树人变成鲁迅的路径，但他似乎忽视了更为遥远的源头，从这一点看北冈突围了竹内好。丸山升提出文学家鲁迅是"革命人"，特别注意到鲁迅文学作为政治和启蒙的维度，虽然他没有去考察周树人在弘文学院的民族主义问题，但他作为师兄恐怕对北冈正子是有极大的启发的。事实上，北冈正是在这些先辈的影响下，继续推进关于鲁迅文学政治源头的问题，力图多侧面地敲开周树人在这方面通向鲁迅的路径。

上面的引文中谈及的杨度关于国民性的讨论就是国民新变的问题。弘文学院的院长嘉纳治五郎对学院第一届毕业生进行了两次演讲。第一次演讲的主要内容包括普通教育的必要性、教育培养方式，以及对于开设大学、专门学校之意见等。关于普通教育的必要性，嘉纳治五郎的要点如下：

---

① [日]北冈正子著，王敬翔、李文卿译：《日本异文化中的鲁迅——从弘文学院入学到"退学"事件，青年鲁迅的东瀛启蒙》，麦田出版，2018年，第49—50页。

中国最为急需之教育为普通教育与实业教育,普通教育即国民教育,小学教育为其基础,专门教育则成立在此基础之上。普通教育由德育、智育、体育所组成,德育是教育国民切勿仅为私人利益,教育其成为一个为国家公益着想的国民;智育是教授生活所需之知识,亦为高等教育之基础;体育则是为了在这种族竞争的世界,培养得以与列强并驾齐驱的强健体魄,才能强化国力,普通教育的目标即养成具备国家一分子资格的国民。①

第二次演讲首先提到实业教育,认为专门的实业教育的基础是普通教育,实际的实业教育则不需要,然后就是关于权力腐败问题对湖南留学生杨度疑问的回答,但并未尽兴,所以此后杨度等留学生还四次到加纳院长的宅邸进行辩论。关于通过基础教育新变国民的观点,两人其实达成了共识,不同的地方在于加纳主张和平渐进的方式,而杨度主张要像法国大革命那样进行激进变革。加纳根据在中国考察教育所观察到的情况,批评了中国人的国民性,认为中国的落后与奴隶性已经无可救药。这激发了杨度的民族自尊,但基本同意了加纳的观点,而且还认为教育不应屈服强权,而应服膺公理,中国人与日本面对的共同危机是白种人与黄种人的竞争。还就提升国民程度、形成国民思想进行了讨论。加纳认为,可以通过学校、学会的开设,报馆的成立,书籍的翻译,小说的创作启蒙国民,形成"国民之公意"即舆论,尤其可以通过小说来广泛传播。杨度认为要通过精神教育形成"公

---

① [日]北冈正子著,王敬翔、李文卿译:《日本异文化中的鲁迅——从弘文学院入学到"退学"事件,青年鲁迅的东瀛启蒙》,麦田出版,2018年,第282页。

意",这一点要师法日本,但不能保守,要通过像法国一样的"骚动"促进文明进步,当时的中国是在百亡中而求一存,只有孤注一掷,没有万全之策。关于这场争论的内容的一些报道,还刊载于梁启超主办的《新民丛报》。由此可看出,加纳的两场讲演以及和杨度的争论都与中国的国民新变相关,而且因为这个争论引出了中国国民劣根性的问题。北冈据此认为许寿裳在日本和鲁迅讨论中国国民性[1]是受到这场辩论的影响,这就进一步把文学家鲁迅的源头揭示出来了。我们知道,鲁迅文学的一以贯之的主题之一就是中国国民性的批判,北冈正是通过这样的历史还原,把周树人到鲁迅的精神过程清晰地展现出来了。

---

[1] 参见许寿裳:《鲁迅传》,国际文化出版公司,2010年,第20页。

第十一章

片山智行的"现实主义"和"全释"

片山智行（かたやま ともゆき，1932— ）出生于大阪市，1958年东京大学文学部中国文学科毕业，1965年修完大阪市立大学大学院博士课程退学，师承鲁迅的学生增田涉（1953—1967年在大阪市立大学任教授）。1971年任大阪市立大学讲师，1973年任副教授，1980年晋升教授。1993年以《鲁迅的现实主义——孔子与阿Q的死斗》（『魯迅のリアリズム「孔子」と「阿Q」の死闘』）获得大阪市立大学文学博士学位。1996年从大阪市立大学退休，任荣誉教授，此后还任关西外国语大学教授，孔子学院理事。片山是日本著名的鲁迅研究专家，其研究鲁迅的起始要追踪到他在东大读书期间撰写的毕业论文：《关于1920年代鲁迅精神的、意识的、情感的构造》，论文得到了仓石武四郎和小野忍的指导和批评，他自己回忆从此以后便走上了研究鲁迅的道路，并一直以鲁迅作为他研究的中心。[①]1993年片山获得文学博士学位的《鲁迅的现实主义——孔子与阿Q的死斗》

---

① 見片山智行『魯迅阿Q 中国の革命』、中央公論社、1996年、248頁。

其实在 1985 年就由三一书房出版了，这本书分三个部分：鲁迅的现实主义——它的本色（魯迅のリアリズム——その本領）；鲁迅的现实主义——他的系谱（魯迅のリアリズム——その系譜）；作品的世界（作品の世界）。1991 年又在平凡社出版了研究《野草》的著作《鲁迅〈野草〉全释》（『魯迅「野草」全釈』），解释了《野草》中的各篇，并在最后撰写了一篇《〈野草〉论》。1993 年李冬木把该书译成中文，由吉林大学出版社出版。1996 年，作为中公新书之一种的《鲁迅：阿 Q 中国的革命》[『魯迅（ろじん）阿 Q 中国の革命』]出版，这本书其实是鲁迅的传记，以鲁迅生平经历为线索，以鲁迅生活的地方为主题分九章叙述了鲁迅的生平创作及思想历程。2015 年筑摩书房还出版了片山智行《孔子与鲁迅：中国的伟大的"教育者"》（『孔子と魯迅　中国の偉大な「教育者」』）。此外，片山还在 1975 年翻译过姚文元的《鲁迅：中国文化革命的巨人》（『魯迅　中国文化革命の巨人』、潮出版社），并于 1976 年到 1978 年翻译出版了两卷《鲁迅杂文集》（『魯迅雑文集』、竜渓書舎）。以上著作的确说明片山一辈子耕耘在鲁迅研究上。从这些著作看，片山对于鲁迅研究做出的主要贡献有两个方面：概括分析鲁迅的"现实主义"；对《野草》的诠释。下面以这些著作为依据来讨论这两个问题以及片山鲁迅研究的历史贡献。

第一节　"现实主义"的界定及其论证逻辑

片山所讲的"现实主义"并非是作为文艺思潮的现实主义，而是在鲁迅身上发现的观察中国人和社会的文学思想和手法，当然这种思想和手法与真实地再现现实也存在关联。鲁迅的"现实主义"是片山对鲁迅核心思想的概括，类似丸山升的"革命人"和伊藤虎丸的"个"，李冬木曾这样总结："作者在那本长达四百多页的专著中，以鲁迅的批判儒教为核心，通过鲁迅的思想、时代联系及其作品，系统地分析和论述了'鲁迅的现实主义'。"① 换句话说，在片山看来，贯穿鲁迅所有作品的一条主线就是"现实主义"，因而片山在他重要的著作中都谈及"现实主义"，但初次提出并集中论述是在他的《鲁迅的现实主义——孔子与阿Q的死斗》中。在这本书的绪论中，片山首先给出了鲁迅的"现实主义"之定义。

　　魯迅文学の特徴をつきつめていえば、魯迅の書いたさまざまな文章の基礎には、「実事求是」[事実に基づいて物事の真相、真実を求める]の精神があった。かれはつねに「馬々虎々」を排し、事実を重んじ、「名」の奥を見透すリアリズムを失わなかった。それゆえにこそ、魯迅のリアリズム（それは政治的、社會的、文化的、日常的真実をいちいち具体的に、あるいは創造的に描きだし論じてきた魯迅の文章の積分においてとらえられる）は、現在まで政治の荒波に耐えて生きつづけることができたのである。「革命」を経た中國であろうと、日本であろうと、魯迅のリアリズムは今後ますます強力な光を放ち、威力を発揮して新たな役割を果たしていくであろう。[就鲁迅文学的特征而

---

① 李冬木：《译后小记》，收[日]片山智行著，李冬木译：《鲁迅〈野草〉全释》，吉林大学出版社，1993年，第154页。

言，鲁迅所写的各种文章有着"实事求是"（根据事实，寻求事物的真相）的精神。他经常反对"马马虎虎"，重视事实，从不失去看透"名"后面的现实主义。正因为如此，鲁迅的现实主义（这种论述政治、社会、文化、日常的真实，可以透过描写具体的、创造性的鲁迅的各类文章来捕捉），能一直经受着政治的洪流而存在。无论是经历了"革命"的中国，还是日本，鲁迅的现实主义今后会放出更加强大的光芒，发挥其威力，将会有新的作用。]①

由此我们能看到，片山所说的鲁迅的"现实主义"是针对"马马虎虎"而言，是看透各种名称下掩盖的事实，实事求是地呈现政治、社会、文化和日常的真相。这是鲁迅各种文学作品的基石，正像丸山升所把握的"革命人"一样，贯穿鲁迅的所有作品和人生。片山试图通过"现实主义"来寻找观察和研究鲁迅的另一种视角，以开拓和丸山升不一样的道路，进而突围竹内好的传统。那么，他是怎样在这本书中展开论述鲁迅的"现实主义"的？

片山用"本色"来说明鲁迅的"现实主义"内涵，其具体的逻辑是首先指出"现实主义"是什么，然后分别从"鲁迅的儒教批判"（鲁迅の儒教批判）、"'反虚伪'的精神"（「反虚偽」の精神）、"'痛打落水狗'的精神"（「水に落ちた犬をたたけ」の精神）三个角度分析。他认为儒教就是"名"，是作为统治阶级意识形态而存在的，通过"马马虎虎"掩盖了真相，进而也使国民变得"马马虎虎"，从而成为支配其他人的工具。鲁迅的《狂人日记》《祝福》就是在这样

---

① 片山智行『魯迅のリアリズム「孔子」と「阿Q」の死闘』、三一書房、1985年、22頁。

的视野下来审视儒教的,并发人深省地揭示出儒教("名")"吃人"的本质。

  結論的にいうならば、支配者が儒教を「支配の道具」として利用したということと、民衆が孔子にたいして二面的に対応したということ、この二つがこの問題に関する魯迅の注目すべき見解ということができるであろう。とりわけ、支配者が儒教を「利用」した狡猾な「馬々虎々」によって政治を行なった、という見解は、魯迅のリアリズムの原形としてとくに重視しなければならないのである。(从结论上来说,统治者将儒教作为"统治的工具"加以利用,民众对孔子进行了两面性的应对,这两个问题可以说是鲁迅关于此所应关注的见解。特别要指出的是,统治者"利用"儒教的狡猾的"马马虎虎"来施行政治的见解,是作为鲁迅现实主义的原型而被重视的。)①

  关于"'反虚伪'的精神"其实就是鲁迅指出的中国人的"瞒"和"骗"。在论证这个问题时,片山援引了瞿秋白的《〈鲁迅杂感选集〉序言》中的概括,并引用鲁迅《灯下漫笔》来申说他的论点。因为"瞒""骗"形塑了中国人的奴隶性,从而使国民都成为"马马虎虎"的人,这些人是中国人新生的死敌。"狗"在鲁迅看来,代表了"奴才"和"奴隶性",它们经常借助主子来咬人,所以不能给他们喘息的机会,一旦它们落水就要痛打。这个就是鲁迅对现实真实性的认识,

---

① 片山智行『魯迅のリアリズム「孔子」と「阿Q」の死闘』、三一書房、1985 年、47 頁。

也是和"马马虎虎"相应的。最后片山以《鲁迅与革命文学》和国防文学论争为对象与丸山升进行了讨论,其目的还是在于说明鲁迅反对中国社会的"马马虎虎",指出鲁迅作为作家的基本精神是诚实的品格,他的作品也是通过这种精神来揭示真相的。比如,片山以《非攻》为例,分析曹公子的"民气论"是虚无缥缈的,故弄玄虚,"马马虎虎",这是中国社会的病根。靳丛林等人指出,片山把"马马虎虎"分为两种:蒙昧的和有意识的,前者是统治阶级故意的(鲁四老爷),后者是统治阶级要在民众身上达到的效果(阿Q)。①"官"和"民"在这里是对立的社会阶级,他们不具有统一性,"马马虎虎"作为一种意识形态(儒教)的手段,通过"瞒"和"骗"来维持社会的运行,从而阻碍了中国社会的现代化转型。中国传统的儒教意识形态本质上是极端的道德主义,走到末路就是"虚伪""马马虎虎",从而背离了人的本性和真实,所以子安宣邦说:"此类极端道德主义的问题在于,它主张道德之性才是人性和人类能力之最优越者,认为道德才是人类社会之根本,如此一来便抹杀了人类的全部价值。"②

此书的第二部分讨论了鲁迅"现实主义"的系谱。片山认为,此系谱主要来自两个时期:第一个时期是辛亥革命前,它来自邹容、章炳麟和谭嗣同等人;第二个时期是"五四"新文化运动时期,它来自李大钊、陈独秀、易白沙和吴虞等人。邹容在《革命军》中主张要破除数千年的专制制度、三百年来的异族统治和数十年来的列强侵略,其实就是要破除中国人的奴隶根性,不做满人和欧洲人的奴隶。邹容鼓吹革命就是不做"马马虎虎"的奴隶的国民,打破儒教之"名"的

---

① 参见靳丛林、李明晖等:《日本鲁迅研究史论》,社会科学文献出版社,2019年,第254页。
② [日]子安宣邦著,陈玮芬译:《福泽谕吉〈文明论概略〉精读》,生活·读书·新知三联书店,2019年,第129页。

欺骗性，做独立的国民。片山指出鲁迅的《摩罗诗力说》《破恶声论》提出的"国民""诗""心声""内曜"，以及在此基础上建立起来的自觉的反抗精神和邹容的观念没有什么差异，①章炳麟声援邹容的革命，从顾炎武《日知录》关于魏晋人士的"孝"中看出这是"邪说"，是儒教道德的"根底"，而统治阶级正好用这个"名"来麻痹人民。鲁迅在《魏晋风度与文章及药与酒之关系》中就看透了儒教的"马马虎虎"，这和章炳麟是有直接关系的。而且鲁迅在日本从章炳麟学习，章炳麟的对儒教"富贵利禄"的批判和革命思想明显影响了鲁迅。在鲁迅的小说和杂文中都能清楚地看到"马马虎虎"的各种变形，这是从反面警醒中国人要实事求是。谭嗣同的《仁学》对鲁迅也产生了深刻的影响。《仁学》的中心思想是世界是统一的实体，国家与国家平等、人与人平等，但是作为"名"的纲常伦理乱了现实的一体性。鲁迅后来把孔子说成是"敲门砖"，被历代统治者涂脂抹粉，实际上就是指出儒教成为"名"支配人，让人"马马虎虎"。鲁迅"现实主义"建立在批判"瞒"和"骗"的基础上，受到谭嗣同直接和间接的影响。这三位辛亥革命前的思想家都指出满足侍奉的儒教之"马马虎虎"必然走向欺骗，所以要重视"实"，进行革命，从而形成了清末的时代思潮，鲁迅"现实主义"的谱系应该追踪到他们这里。②鲁迅归国两年后，辛亥革命爆发，此后李大钊、陈独秀、易白沙和吴虞相继登上思想史舞台，他们都把批判的矛头指向中国的历史，对封建礼教进行了猛烈的批判。李大钊认为虽然辛亥革命成功了，但很多人借"民权""共和"之名来满足私欲，其实它们是缺失的，民众有

---

① 見片山智行『魯迅のリアリズム「孔子」と「阿Q」の死鬪』、三一書房、1985年、188—190頁。
② 見片山智行『魯迅のリアリズム「孔子」と「阿Q」の死鬪』、三一書房、1985年、218頁。

思考的自由，但尧、舜、禹、汤王、文王、武王、周公等古训先哲的教条却阻碍了现实，必须要反叛这些旧习，才能获得解放的新机。李大钊与章炳麟、谭嗣同一样指出统治阶级利用"名"的欺骗性来推行"马马虎虎"，因而鲁迅和李大钊的思想很相近。①《新青年》的主笔陈独秀更是一个激进的儒教批判者，他举起大旗向儒教道德宣战，儒家的三纲是封建政治的根本，臣是君的附属品，根本没有独立的人格，这些道德名词本质是鼓励奴隶道德，阻扰国民的觉醒和独立。易白沙对儒教的批判远涉汉初，利用孔子，垄断思想，丧失自由，还批评曹魏时期"滑稽的尊孔"是儒教政治机能的结果，统治者利用孔子之"名"实行欺瞒性行为，和政治野心家、独夫、民贼"滑稽的尊孔"没什么两样。鲁迅多次在小说杂文中写到这样的"滑稽的尊孔"和易白沙所说的问题是一致的。②被胡适誉为打倒孔家店的老英雄的吴虞对儒家批评的言论更是激烈，说儒家的"孝悌"是两千年来专制制度和家族制度的基干，其流害如洪水猛兽，还借用庄子《盗跖》批评孔子是伪君子，指出孔子的乡愿。儒者在吴虞的眼中就是利用孝悌保持禄位，虚伪的孔子说乡愿是德之贼，其实他自己是不折不扣的乡愿。吴虞的批判和辛亥革命前章炳麟、谭嗣同的批判一脉相承，紧密相关。在他们看来，儒者之利禄、孝悌、忠都是与真实相悖的"马马虎虎"。而此时登上文坛的鲁迅，他通过小说《狂人日记》《药》《孔乙己》《故乡》《阿Q正传》来回应"五四"时期这样的儒教批判，充分揭示了"礼教吃人"，显露了纲常名教的"马马虎虎"。

片山该书的第三部分是阐析鲁迅的"现实主义"在鲁迅的三部小

---

① 见片山智行『魯迅のリアリズム「孔子」と「阿Q」の死闘』、三一書房、1985年、229頁。
② 见片山智行『魯迅のリアリズム「孔子」と「阿Q」の死闘』、三一書房、1985年、234—235頁。

说集中贯彻的情况,如封建礼教、虚伪怎样在小说中表现出来。前面两章在分析鲁迅对封建礼教的批判时,多次以《狂人日记》为例,在第三部分第一章分析《呐喊》又重点解析了《狂人日记》对封建礼教"名"的揭露。在这个"名"的掩盖下,发现满纸写着"仁义道德"的中国历史原来就是"吃人"的历史。还沿着这种思路分析了《孔乙己》就是"没落的封建知识分子,科举制度的牺牲者",孔乙己在封建统治者的支配下走向没落,民众对他的嘲笑说明民众对儒教的"食人"没有自觉的认识。《阿Q正传》就是反映民众的这一问题的。"阿Q精神"与中国人的病根是相同的,那就是蒙昧,不清楚自己的处境,被驯化成统治阶级想要的"马马虎虎"的人。《药》中华小栓吃人血馒头,本质上就是自我欺骗,也是传统社会"马马虎虎"种下的恶果,甚至深刻地触及到中医是骗子的问题。当然还对《呐喊》中其他的作品进行诸如此类的分析,在此就不一一举例了。在总结时,片山认为《孔乙己》《药》《明天》《故乡》《阿Q正传》都是属于对民众现实描写的作品,展现了封建社会末端那些"僵尸统治"的生命,但另一方面又在这个末端生出中国民众的希望之光——素朴之民。①关于《彷徨》的分析,片山把重点放在《祝福》和败北的"超人"系列(《在酒楼上》《孤独者》和《伤逝》)上。他认为《祝福》是连接《呐喊》的作品,依然反映了封建礼教"吃人"以及与此相关的虚伪问题,但和"救救孩子"的《呐喊》也有不同。鲁四老爷是一个地道的"僵尸统治"者,他谙熟礼教的"名",并按照"名"来规约祥林嫂,把有意的"马马虎虎"和朦胧的"马马虎虎"结合得很好,所以有人就总结:"《祝福》里的鲁四老爷,对祥林嫂是'认真'到不允许她触碰任何祭祀祖先用

---

① 見片山智行『魯迅のリアリズム「孔子」と「阿Q」の死闘』、三一書房、1985 年、306 頁。

的东西,可是对于祥林嫂认真的捐门槛赎罪却是'马马虎虎'的——他不愿意承认任何明确的规则可以帮助祥林嫂挑战或抹杀他自己的权威;并且,他对于'不可见世界'的态度是:既说着'鬼神者二气之良能',又执行着这种迷信的'忌讳',这样,他两边就都可以'马马虎虎'。"①对"超人"败北系列的小说,片山认为具有超人气的吕纬甫、魏连殳、涓生、子君在现实中失败了,最后回到礼教的地盘,比如吕纬甫为生存去教自己反对的《诗经》《孟子》《女儿经》;魏连殳有新学问,反对繁文缛节的"虚礼",但迫于生存最后做师长顾问;乡里的父亲反对涓生和子君结婚,两位新人如超人一样说"我是我自己的",但子君还是又回到父亲那里,最终抑郁而亡。《彷徨》和《呐喊》的不同在于传达了"孤独""寂寞"和不知来路的情绪,但反礼教之名、反虚伪的精神没有变,只是鲁迅对最末端的人和败北者有着深厚的同情。竹内好对《故事新编》评价不高,但片山不这样认为。他把《故事新编》放在"现实主义"的视野下,认为《补天》《奔月》《铸剑》《非攻》《理水》塑造了求"实"的正面形象,女娲、后羿、黑衣人、墨子、大禹等人都注重实际行动,显然和"马马虎虎"是相对的。他们没有被"名"所捆绑和诱惑,没有像曹公子那样鼓吹虚无缥缈的"民气论"。但他们之间也有差别:

> それに比べると、前期に書かれた『補天』の女媧、『奔月』の羿、『鋳剣』の「黒い男」には、魯迅の心情の影がどことなくちらついており、「寂寞」と「孤独」の情感が伝わってくる面がある。一方、禹や墨子の形象は実際の行

---

① 靳丛林、李明晖等:《日本鲁迅研究史论》,社会科学文献出版社,2019年,第254页。

動的な面が強調されていて、心情のかげりはほとんど削り
とられており、前期のものに比べると、はるかにかわいた
硬質なものになっているといえるのである。（与此相比，
前期所写的《补天》的女娲、《奔月》的后羿、《铸剑》的"黑
衣男"，总有一种鲁迅心情的影子闪现出来，传达出"寂寞"
和"孤独"的情感。另一方面，强调了禹和墨子形象实际行
动的一面，心情的阴影几乎被削去，与前期相比，可以说是
更加可爱的硬质形象。）①

　　《故事新编》中的其他三篇《采薇》《出关》《起死》和这五篇
处在对极的位置上，从"虚伪""名"的这一面继续暴露中国社会和
人的"病根"。伯夷叔齐讲"孝""忠"以及名节，不注重"实"；
老子"空谈"，逃避现实；庄子抹杀是非，让人"马马虎虎"。鲁迅
通过这样的人物形象，在《故事新编》中造成强烈的对比效果，把"名"
和"实"的对立凸现出来，让我们看到实际行动对于改造中国国民性
的重要价值，这其实就是片山一直倡导的"现实主义"。当然，他也
谈到这种"现实主义"还加入了新的元素，那就是马克思主义的历史
唯物主义，因此大禹和墨子这样的形象就显得更为"硬质"一些。至
此，片山完成了他的"现实主义"逻辑构架，把中日鲁迅关于这方面
的研究都整合到他自己的逻辑体系中。

---

① 片山智行『魯迅のリアリズム「孔子」と「阿Q」の死鬪』、三一書房、1985年、367頁。

第二节　关于《野草》的"全释"

《鲁迅〈野草〉全释》之"全释"是对《野草》的整个作品的解释和诠释。片山的这本书是日本的开山之作，此前没有一本关于《野草》的专著。如果放在中日《野草》研究史上看，比孙玉石的《〈野草〉研究》晚十年。1991 年 11 月日本平凡社出版《鲁迅〈野草〉全释》，1992 年 12 月李冬木译毕此书，1993 年 7 月吉林大学出版社出版了中译本。中译本由片山的《中文版序》、《野草》各篇的诠释、《〈野草〉论》、《后记》以及李冬木的《译后小记》等构成。比较特别的是，相当于引论或者总论的《〈野草〉论》放在本书的最后。崔绍怀认为："从对《野草》全书的探讨而言，片山的研究规模是高于木山的。"① 这是与 1963 年木山英雄的单篇论文《〈野草〉形成的逻辑及其方法——鲁迅的诗与哲学的时代》进行比较而言的，木山试图突围竹内好，而片山也想超越木山。在片山的努力下，的确有几个方面值得深入关注。

第一，一以贯之地用鲁迅的"现实主义"来审视《野草》。"现实主义"是片山观察鲁迅的法器，在《鲁迅的现实主义》一书中做了系统的论述，并把它上升到方法论的意义上来解决他研究鲁迅的诸多问题。《鲁迅〈野草〉全释》也是如此。在这本书的序言里，片山大段引述《鲁迅的现实主义》中所表达的基本想法，再一次重申了这一想法没有发生变化。也就是说他也要用"现实主义"来审视《野草》，

---

① 崔绍怀：《"文学者"的鲁迅与〈野草〉的"文学性"——论片山智行的〈鲁迅〈野草〉诠释〉》，《上海鲁迅研究（2016 年冬）》，上海社会科学院出版社，2017 年，第 75 页。

用"认真的生活态度"来揭露中国社会的病根——"马马虎虎"。

> 鲁迅把打着"名"的旗号的"马马虎虎"视作中国（民族）的死敌。他是终生与之战斗的文学者（存在于中国社会根深蒂固的"马马虎虎"，其核心正是统治者用作"统治工具"的儒教。鲁迅揭发了"马马虎虎"的"僵尸统治"，而我注意到"鲁迅现实主义"这一"本领"，则是在调查了鲁迅怎样批判儒教之后）。鲁迅文学之所以今天仍有意义，就是因为即使在经历了"革命"的中国，仍存在着没有完全克服"僵尸"挑梁的"马马虎虎"的现实。"革命"决不是一种以夺取政权而终的政治上的现象。①

正像片山所言，在进行《野草》诠释的时候，很多地方都带有这样的视野。《题辞》被片山置放在广州"四一五"政变的背景下，指出鲁迅讽刺反共的蒋介石，假"革命"之名，行清党之实，与"礼教吃人"的本质如出一辙。还讲到"生命的泥委弃在地面上"一句，是指鲁迅胎生于"有着四千年吃人履历"的旧中国，从此觉察到自身的原罪。《秋夜》中的"夜空"，在片山的眼中也是中国旧体制社会的"僵尸（恶灵）"，"盘根错结于中国社会的顽固执拗的封建旧体制，并不是一个可以轻易战取的对手，即使获得一时的胜利，如果稍不留神，这个怪物便会像狗一样迅速从水里爬上来咬人"②，所以要"痛打落水狗"。分析《风筝》，片山也于封建家长制的审视下剜出自我

---

① [日] 片山智行著, 李冬木译:《鲁迅〈野草〉全释》, 吉林大学出版社, 1993年, 第3页。
② [日] 片山智行著, 李冬木译:《鲁迅〈野草〉全释》, 吉林大学出版社, 1993年, 第15页。

意识深处的"家长"（封建意识），而对《狗的驳诘》直接指出"狗"象征着中国人的"奴隶根性"，认为《失掉的好地狱》之"地狱"则是北京掌了权不久又败退的封建军阀。更有意思的是，《颓败线的颤动》所描写的"赤身露体"，被片山解释成垂老女人用身体进行实际行动，为了生活而摒弃了伦理道德的"名"之"衣裳"，作为专制统治服务的"名"又一次成为批评的靶子。这样的例子还有很多，比如"无物之阵"也被看成是横行的"名"，"聪明人"说话含糊就是"马马虎虎"，"奴才"则是被"聪明人"忽悠成"马马虎虎"。在《〈野草〉论》中，片山联系鲁迅创作《野草》的历史背景，尤其是婚姻家庭问题（被迫捆绑在传统的婚姻上），对鲁迅的"现实主义"在《野草》中的体现进行了总结："鲁迅对'吃人'的礼教体制憎恶和批判的文章，决不是观念的产物，而是切实的带血的叫声，其理由多在于此。"①鲁迅把自己的肉身投进中国社会的黑暗中，然后经受地狱般的煎熬，又从煎熬中升华出波德莱尔式的"恶之花"——《野草》。

鲁迅的"现实主义"根植于对儒教驯养出来的"马马虎虎"的批判，从写作手法上看是真实再现中国社会和人的这种"马马虎虎"，让我们看到这种"马马虎虎"无法成就一个真正的人和国家，鲁迅对此进行了殊死搏斗。这一点在他的小说中表现得较为明显，《野草》虽然隐晦一些，但依然没有脱离现实，而且加强了这种殊死搏斗的自我牺牲精神。如果离开历史现实去谈《野草》就会成为无根之木的研究，孙玉石和片山都抓住了这一点，可以说践行了丸山升的话："离开具体历史条件而陷于应该这样应该那样的议论并无意义。"②历史和社

---

① [日] 片山智行著，李冬木译：《鲁迅〈野草〉全释》，吉林大学出版社，1993年，第133页。
② [日] 丸山升著，王俊文译：《鲁迅·革命·历史——丸山升现代中国文学论集》，北京大学出版社，2005年，第349页。

会的痼疾让鲁迅感到黑暗,当他举起投枪时,对象却变成了黑洞,所以片山指出鲁迅通过《野草》揭露了这样的现实:

> 中国社会里,"僵尸(恶灵)"以各种各样的形态盘踞着。他们或凭着潜藏在作为封建统治体制中枢的儒教里的狡猾的"马马虎虎"("礼教吃人"),或凭借着扼杀王金发的"鞠躬作揖"的"马马虎虎",或凭着并不可憎(又是可憎的)的阿Q们的不负责的"鼓掌"的"马马虎虎",来实行着统治。由各种各样的"马马虎虎"布下烟幕的无"自觉"的社会,正是作者所说的"无物之阵"。①

片山从始至终地贯彻了观察《野草》的视角——"现实主义",明显借鉴了中国学者瞿秋白、李何林和孙玉石的研究成果,但又不同于中国学者的现实主义的研究方法,这其中当然和吸收日本鲁迅研究传统的营养有关。同时,我们看到在"现实主义"的观照下,《野草》在片山的眼中是作为真正的文学作品而存在的。

第二,强调《野草》的"文学性"。片山判断:"《野草》在鲁迅文学中之所以占有重要地位,就是因为在散文诗的创作过程中,鲁迅作为'文学者鲁迅',在和世界进行着彻底的对抗。""《野草》是作者和'黑暗与虚无'以及他所确信的内面的'影'进行决斗的心灵故事,是鲁迅文学集约化了的作品世界。"②因而,在诠释《野草》各篇的时候,片山始终坚守它的"文学性"。"文学性"是文学理论

---

① [日]片山智行著,李冬木译:《鲁迅〈野草〉全释》,吉林大学出版社,1993年,第101页。
② [日]片山智行著,李冬木译:《鲁迅〈野草〉全释》,吉林大学出版社,1993年,第121、122页。

中非常暧昧的一个概念,比较经典的是俄国形式主义的看法,他们认为"文学性"是文学研究对象和方法论的总原则,是使作品成为文学作品的东西,具有陌生化和感觉性的特点,动态变化,①比如特有的文学结构艺术、新颖的修辞手法、独特的语言、模糊的表意等等,都是属于文学性的问题。

鲁迅自己在给萧军的信中承认:《野草》的"技术并不算坏"②,所谓的"技术"在这里实际上就是指"文学性"的东西。片山认为:

>鲁迅在《野草》的创作中,以高度简洁凝练的文章,深刻地表现了与最纯正的"文学者"自身的对抗、内心的"苦闷"以及对理想(革命)的不懈追求。这是年轻时代热烈主张反抗,热烈主张"个人主义"的鲁迅自身的"文艺复兴",也是在鲁迅不停顿的战斗生涯里所一时造访的幸福无比的"诗"的时刻。③

所谓"诗"的时刻,就是"文学性"的表现时刻。在具体阐析《野草》的每一篇的时候,片山都在自觉贯彻他所强调的《野草》的"文学性"。从修辞上讲,指出了鲁迅所用的象征、隐喻、暗示、内心独白等手法。这些手法的运用,使语言具有陌生化的效果,而且特别富有张力,比如谈到《希望》,就说鲁迅怀念自己燃烧过的"青春",并寄希望于"身外青春",这固在的身外的青春和"星""月光""僵坠的蝴蝶""暗中的花""猫头鹰的不祥之物""杜鹃的滴血""笑的渺茫""爱的

---

① 参见王先霈、王又平主编:《文学理论批评术语汇释》,高等教育出版社,2006年,第315—316页。
② 参见《鲁迅全集》(第13卷),第224页。
③ [日]片山智行著,李冬木译:《鲁迅〈野草〉全释》,吉林大学出版社,1993年,第150页。

翔舞"对应起来。①青春是固有的希望之存在,可它打上了孱弱和消极的色调,在希望与减损希望的对极中看到生命的悖论。语言鲜活,情绪紧张,心理真实,艺术效果突出。同时在这样的意象并举中,传达了一种复杂模糊的情绪,增加了读者的阅读障碍但又不至于远离读者,达到了陌生化的效果。关于《野草》的这种意思表达的复杂性或者模糊性,在多篇文章中都有独到的表现,比如《影的告别》《墓碣文》《颓败线的颤动》。片山解读它们也紧紧抓住这一点,例如说到"形影相随"的"影"向主人宣告绝交,让人很难理解。"影"和"主人"本是不能分离的,但"影"要离开,那么离开了它要到哪里去?"影"的死亡要么因为黑暗,要么因为强光。人生世界的辩证法都在这里被鲁迅描写出来,文学的模糊和哲学的深刻水乳交融。当然,片山所论述的这个问题不是他的独创,在他之前中国的学者孙玉石已经这样做了,②但孙玉石没有片山所说的"现实主义"的观照。《野草》共有七篇都是以入梦开头,这种进入梦境的方式就是要脱离现实进入到自身的内部世界。片山认为这是鲁迅的自我告白,用西方文学的术语讲就是"内心独白",比如《过客》中的黑衣人所说的话,《死后》中对"旁观者"的尖锐批判。《野草》的文学构造艺术也引起了片山的关注,他讲:

> 鲁迅虽然说感到唯"黑暗与虚无"乃是实有,但在内面却是准备着"绝望的抗战"的,如果缺少后者,鲁迅就已经不再是鲁迅了。这是一种搭配得极其紧张的精神构造。就是说,"黑暗与虚无"的认识和"绝望的抗战",就像鲁迅这

---

① 参见[日]片山智行著,李冬木译:《鲁迅〈野草〉全释》,吉林大学出版社,1993年,第46—47页。
② 参见孙玉石:《〈野草〉研究》,北京大学出版社,2007年,第263页。

台发电机的两个电极,这两个电极,制造着鲁迅文学。这是鲁迅文学的基本构造,同时也不能不说其"抗战"的要素是决定性的。①

片山用非常形象的比喻来说明《野草》的艺术构造,而且指出这个艺术构造像两个电极一样一直处在生产的状态中,这样就通过《野草》穿透了鲁迅整个艺术的精神装置。此艺术构造当然属于《野草》的文学性问题,是片山极富创造性的研究成果。综合以上可以看出,片山在试图突围思想家、革命家的鲁迅解读模式,紧扣《野草》的"文学性",力求回归文学者鲁迅的原型。

第三,综合运用了多种研究手法。片山对《野草》的研究可谓非常用力,最为突出的地方在于能够综合运用各种文学批评和研究的方法,尽量逼近作品的真相、多样性和复杂性。具体来看集中用了三种:文本细读方法;社会历史批评方法;比较文学的方法。怎样揭橥"文学性",当然要用"文本细读"的方法。"文本细读"本是20世纪50年代以来美国学界"新批评"的主要手段,关注作品中词语的直接意义和内涵意义,寻找词语间的相互关系和结构模式,词语产生的语境。② 兰色姆在《新批评》的前言中直接道出"文本细读"的真谛,他例举艾米莉·狄金森的诗节,抓住关键词语,并分析词语间的结构关系。③ 回到片山的《鲁迅〈野草〉全释》,每一篇几乎都运用了这

---

① [日]片山智行著,李冬木译:《鲁迅〈野草〉全释》,吉林大学出版社,1993年,第123页。
② 参见王先霈、王又平主编:《文学理论批评术语汇释》,高等教育出版社,2006年,第323—324页。
③ [美]约翰·克罗·兰色姆著,王蜡宝、张哲译:《新批评》,江苏教育出版社,2006年,第3页。

样的方法。下面摘录三处来做说明：

> 背叛看客永久观赏心理，让他们的期待成为泡影，让他们在"无聊"中精疲力尽，丧失生气，"干枯"下去，这简直就成了痛恨"旁观者"的"一男一女"（作者）的复仇。也就是说，"一男一女"（作者）对把自己当作"赏玩"和"慰安"对象的不负责的看客（和看阿Q枪毙的那帮人相同的"旁观者"）进行着"无血的大杀戮"，"复仇"亦济此而完成。（《复仇》）

> "死火"走出"冰谷"就要烧完（死亡），而留在"冰谷"里，又将冻灭。这矛盾和彷徨在"阴暗之间"的《影的告别》里的"影"，几乎没有不同之处。就像"影"并不讨厌消失在"黑暗"里一样，"死火"也选择了燃烧（死亡）："那我就不如烧完！""死火"和"我"是同类的。（《死火》）

> 她的"已经荒废的，颓败的身躯"所发生的全面的"颤动"，幅度越来越大，以至天空也感应这"颤动"，即刻一同"颤动"，仿佛"暴风雨中的荒海的波涛"，这里所描绘出来的天人一体的，可怕的"颤动"的场面，正可说是一幅宗教画。（《颓败线的颤动》）[1]

第一段引文分析"无聊"和"干枯"这两个关键词，对"旁观者"的期望进行了精神性"复仇"，通过词语把想得到而不让得到之间的

---

[1] [日] 片山智行著，李冬木译：《鲁迅〈野草〉全释》，吉林大学出版社，1993年，第34、71—72、90页。

关系表现出来，最后表现鲁迅憎恶看客的心理以及对此愤慨的情绪。第二段引文前面解读了"死火"话语的结构，然后把"死火"在"冰谷"中存在的矛盾和彷徨展现出来，在冰火的对立中形成词语与词语之间的张力，从而达到表达主题的效果。第三段引文紧紧抓住"颤动"这一关键词，把表现该词的其他表述都带出来，呈现了词语与词语及其句子之间的关联性。这样的分析在其他篇章中随处都能看到，表明这种批评手法已经被片山很娴熟地运用。正因为他善于运用此方法，所以才能很好地分析出《野草》的"文学性"。这不仅是对此前日本鲁迅思想和政治视野研究的突围，而且为此后日本鲁迅研究精细的文本解读奠定了基础。

再来看看社会历史批评方法。任何文学作品都是特定历史语境下的产物，即使如川端康成那样的文学作品也能找到社会历史留下的痕迹。竹内好认为《野草》集约性地表现着鲁迅，是小说原型（也可说是鲁迅原型）式的文学作品集。[①]换句话讲，就是《野草》是比其他作品更像鲁迅的作品，因而只有深入作品内部和研究与作品相关的社会历史，才能对之有更清楚的认识。前面讨论的文学性就是韦勒克和沃伦所说的内部研究，而后者就是我们通常所说的社会历史批评方法。中国学者研究《野草》历来有这样的传统，到孙玉石可以说是集大成了。片山的《鲁迅〈野草〉全释》受孙玉石影响较大，多处援引孙玉石从社会历史角度分析研究的结论，并自觉运用这种方法解读《野草》。如《题辞》首先回到蒋介石的政变和清党，《秋夜》放置在北京黑暗的官僚和帮闲的学者文人构成的社会背景下，《影的告别》和"五四"退潮关联起来，《希望》则做了女师大学潮和女学生交往的历史还原，

---

① [日]竹内好著，李冬木等译：《近代的超克》，生活·读书·新知三联书店，2005年，第93页。

《失掉了的好地狱》被认为是有意写袁世凯死后几次的军阀混战所造成的地狱般的"魔鬼"统治，《淡淡的血痕》和《一觉》就更不用说了，总之这样的分析不胜枚举。片山在总论《野草》时，对这部作品产生的社会历史背景进行这样的概括：

> 观察当时中国的政治状况，其动向大致如下。1912年1月1日起，中华民国成立之后还不到三个月，北洋军阀巨头袁世凯就取代了孙文就任了临时大总统，并连任到1916年死去为止。此后，黎元洪、冯国璋（代理）、徐世昌、曹锟等军阀依次做大总统，中国实质上是处在军阀割据的状态。这期间，相继在1919年的五四运动和1925年的"五卅"事件，革命势力虽有了确实的发展，但还尚未具备推翻军阀政权的实力（武力）。不过，稍后以广州为据点的国民党，开始了旨在统一全国的军事行动，即1926年开始了以蒋介石为国民革命军总司令的北伐。经过1927年的"四·一二"政变，1928年，蒋介石就任国民政府主席，全国遂告统一。①

片山非常凝练地把《野草》产生前后的社会历史概括出来，与作品形成对读关系。鲁迅在《野草》中所表现出的孤立和彷徨的心态，多少都投射了中国当时军阀争权和内战连绵导致知识分子无法看到出路和希望的影子。这其实奠基了片山研读《野草》的方法论根基，使文学性极强的《野草》"有据可查"。因而，这可看作是片山研究的基础，是为文学性研究服务的，所以创造性不是很强。

---

① [日]片山智行著，李冬木译：《鲁迅〈野草〉全释》，吉林大学出版社，1993年，第119页。

《野草》是鲁迅汲取中外文学养料而铸就的伟大作品。片山能够运用当时日本还不是那么很盛行的比较文学方法，寻找鲁迅的文学知识和思想谱系。这里举一个现在都还值得关注的例子。对于《复仇》，他认同了藤井省三《鲁迅〈故乡〉的风景》中的看法，觉得是受到长谷川如是闲《血的奇论》的影响。① 或许片山认为，藤井的分析不够深入，所以他做了比较细致的推进。分析中引用了《血的奇论》中一段，然后比较了与《复仇》的不同，指出了前者体现为一种"生命哲学"，而后者则艺术性地把血的作用追究到极致，并通过设置近乎被虐狂的场面来说明。② 在《〈野草〉论》中，片山集中论证了鲁迅这部作品受到外国作家作品的影响，从总体上贯通了比较文学的方法论。在这篇较长的总论中，用了八、九、十、十一四节内容从各种角度分析了《野草》和外国作家之间的关系，第八节主要分析《野草》与尼采《查拉图斯特拉如是说》和安特莱夫的关系，此后三节大多数内容谈论与厨川白村的关系，也简略地涉及与夏目漱石的关系。由此可以看出，片山的《野草》研究是很关注鲁迅与外国文学的关系的，很自觉地在运用比较文学的方法。

第三节　片山智行的学术谱系和创新

片山一直都致力于鲁迅研究，而且他的鲁迅研究正处在日本鲁迅学的黄金时代，因而怎么继承日本鲁迅研究的传统而又有所创新就是

---

① 见藤井省三『魯迅「故郷」の風景』、平凡社、1986年、154—159頁。
② [日]片山智行著，李冬木译：《鲁迅〈野草〉全释》，吉林大学出版社，1993年，第32—33页。

一个特别难的问题。丸山升对竹内好的不满意为日本鲁迅研究的新变开了好头,此后一批学者都试图突围竹内好,走到片山这里可以说又是一个山头。下面就来总结一下片山与日本鲁迅研究传统的关系以及他的创新。

第一,与日本鲁迅研究传统的关系。片山早年师从增田涉,在鲁迅研究方面与增田涉有直接的师承关系,[①]在此不做具体分析。据片山的各种著作能看出,他与竹内好、丸山升、木山英雄、伊藤虎丸等人的研究传统更为密切。竹内好认为鲁迅的所有作品构成了一个体系,各种作品间有直接间接的关系,所以启示研究者解读任何一篇作品都要放在体系中去。木山英雄在这方面继承并推进了竹内好的研究,尤其是文本细读。在这一点上,片山是不折不扣地贯彻了竹内好的看法,也从木山英雄那里吸收了很多营养。《鲁迅的现实主义"孔子"与"阿Q"的死斗》《鲁迅:阿Q中国的革命》和《鲁迅〈野草〉全释》都鲜明地体现了这一点。在分析《故事新编》的时候,片山指出鲁迅运用了神话和传说,就联系鲁迅的学术著作《中国小说史略》,并分析了小说创作在历史的基础上加进了想象和现实的讽刺,而且从《补天》的收录中看到该小说集与《呐喊》的关联。[②]《鲁迅的现实主义:"孔子"与"阿Q"的死斗》一书经常看到征引鲁迅的小说、散文、杂文、书信和学术著作来说明"现实主义"和批评中国社会流行的"马马虎虎"。这就是"内证"。此研究方法是竹内好在《鲁迅》一书中提出来的,他首次建构了鲁迅作品的解读体系,对片山的影响显而易见。竹内好把《野草》看成是解释鲁迅的作品,木山英雄进一步推论《野草》

[①] 参见[日]片山智行著,李冬木译:《鲁迅〈野草〉全释》,吉林大学出版社,1993年,第154页。
[②] 見片山智行『魯迅のリアリズム「孔子」と「阿Q」の死鬪』、三一書房、1985年、348頁。

是"鲁迅创造的鲁迅"作品，通过文本细读注释了鲁迅灌注在《野草》中的主体逻辑及其方法。片山沿着这些思路撰写了日本第一本《野草》研究专著《鲁迅〈野草〉全释》。在分析每一篇时，片山也是自觉地把相关"内证"呈现出来，比如解读《淡淡的血痕中》就对读了《兔和猫》《鸭的悲剧》《摩罗诗力说》《文化偏至论》和《纪念刘和珍君》。①在传记性的《鲁迅：阿Q中国的革命》中，第七章《北京其二》分析《狂人日记》《药》等小说的部分，就很注重把它同一时期的相关随感录并置起来，并引用了《自选集·自序》来说明问题，这也是"内证"的运用。②同时还很注意每篇作品的文本细读，让读者进一步深入到细节中去体味鲁迅复杂的思想变化，这是从木山英雄那里继承过来的。

片山与丸山升关系更是密切。《鲁迅的现实主义："孔子"与"阿Q"的死斗》第一部分最后三章（共六章），也就是用了一半的篇幅与丸山升的《鲁迅与革命文学》及"国防文学论争"形成对话关系，既承认了丸山升的"革命人"的"现实主义"的揭示，也批评了他存在的问题。片山同意丸山升所讲的国民党借"清党"或者"革命"的"名"来屠杀"革命人"，正如借儒教之"名"来"吃人"，这种"名"和"宣传"就是中国文化中的"马马虎虎"。片山从"革命人"中看出了他自己的"现实主义"，而且对竹内好的"文学者鲁迅"和丸山升的"实证研究"进行了比较分析，指出丸山升推进了竹内好对传记的真实性的怀疑，但却一定程度上否定了文学作品所反映出来的作家个性、想象、手法和文体等文学性问题，换句话说就是丸山升轻视了鲁迅的文

---

① 参见[日]片山智行著，李冬木译：《鲁迅〈野草〉全释》，吉林大学出版社，1993年，第112—113页。
② 见片山智行『魯（ろじん）迅 阿Q中国の革命』、中央公論社、1996年、166—167頁。

学性，又背离了竹内好"文学者鲁迅"的好传统。①从回归鲁迅的文学性的这一面看，片山显然认同了伊藤虎丸对竹内好的评价，但片山没有走到伊藤虎丸思想史研究的艰涩难懂中去。

还要略微说一下片山与日本比较文学研究的传统。日本鲁迅研究中这种方法早就从原野昌一郎和中村光夫开始了，到20世纪60年代，北冈正子发表了一系列探索《摩罗诗力说》材源的文章，1983年又出版了中文单行本《〈摩罗诗力说〉材源考》，这是非常专业或者学院化的比较文学影响研究。片山的书比北冈正子的文章要晚很多年，北冈正子的研究当然具有影响的可能。我们从片山的著作中看到他把鲁迅的文学创作与留日时期所写的文化批评文章联系起来，这种思考的路径不正是北冈正子最终做的工作（探索鲁迅文学的渊源）吗？只不过北冈正子的范围要小一些，论证也更为专精，而片山更多地是泛论。另一方面，从关西学术圈的角度看，京都学派的实证研究有良好的传统，增田涉、中岛长文、吉田富夫、北冈正子、片山智行等人形成了关西鲁迅研究的阵营，相互之间有影响，所以说片山从北冈正子那里吸收比较文学研究的营养是完全可能的。

第二，进行了"原鲁迅"的追踪。1967年，片山撰写的《近代文学的出发——关于"原鲁迅"与文学》(『近代文学の出発——「原鲁迅」というべきものと文学について』)收入东京大学文学部研室编辑的论文集《近代中国文学与思想》『近代中国の思想と文学』中，该文首次提出"原鲁迅"的说法。但进行类似"原鲁迅"的追踪开始于竹内好，他认为鲁迅文学的骨骼期在沉潜的十年（1909—1918），②即"蛰

---

① 见片山智行『鲁迅のリアリズム 「孔子」と「阿Q」の死闘』、三一书房、1985年、163页。
② 参见[日]竹内好著，李冬木等译：《近代的超克》，生活·读书·新知三联书店，2005年，第45页。

伏期",到伊藤虎丸那里又往前推进到留日时期。①也就是说,在20世纪80年代,日本的一批学者已经意识到鲁迅与日本留学时期思想文化的关系,完全推翻了竹内好"无关系"的看法。但在这一问题上,不同的学者又有不同的侧重点,比如北冈正子就紧紧抓住《摩罗诗力说》来讨论鲁迅文学的渊源,而伊藤虎丸集中于"终末论"和"个"思想在日本被中转进而影响鲁迅的文学和思想。片山在这一点上,或多或少都和他们存在关联,或者说受到这一语境的影响。他所追踪的是鲁迅批评中国社会的"马马虎虎"即主张的"现实主义",在留日时期的文化批评文章中可以找到诸多见证。他认为《狂人日记》的狂人式的"超人"及对儒教"吃人"的自觉批判,在东京留学时所写的《摩罗诗力说》中就已经形成了,还有鲁迅在小说中所写的素朴之民也是来自留日晚期所写的《破恶声论》,少年闰土、人力车夫等人就是天性未泯、心思纯白的素朴之民,把他们置于牧歌的世界中来描绘。②在《鲁迅:阿Q的中国革命》中,片山又重申了"原鲁迅"在日本留学时期就形成了:

> 竹内好氏はこの「蟄伏期」を「魯迅の骨格が形成された時期」として重視しているが、「原魯迅」というべきもの(骨格)は、すでに見てきたごとく、東京留学時代に形成されていたのである。おそらくこの時期、魯迅は東京留学時代に身につけた思想をひそかに熟成させていたのであ

---

① 参见[日]伊藤虎丸著,李冬木译:《鲁迅与日本人——亚洲的近代与"个"的思想》,河北教育出版社,2000年,第60页。
② 见片山智行『魯迅のリアリズム 「孔子」と「阿Q」の死闘』、三一書房、1985年、274—276、306頁。

ろう。それはかれの胸の奥深くで静がに燃燒を始め、ただ觸媒さえあれば化学反応を起こす臨界域にまで達していた。(竹内好氏认为"鲁迅的骨骼形成时期"是在"蛰伏期",但正如大家所看到的那样,"原鲁迅"的体系(骨骼)已经形成于东京留学时代。恐怕在这个时期,鲁迅东京留学时代所具有的思想悄悄地成熟了吧。这种思想在他内心深处开始静静地燃烧,到了只要有触媒就会产生化学反应的临界域。)①

引文中的"蛰伏期"指 1909 年到 1918 年这个时期。片山不同意竹内好的认识,他觉得"原鲁迅"应该发生在留日时期,所以他在他的三部著作中多处论述鲁迅文学作品与留日时期思想的关系。在《鲁迅〈野草〉全释》的总论中他讲到:

> 《野草》的各篇作品,构成了一个高度的文学世界,但它们又不是一朝一夕完成的。鲁迅真正的文学起步,是"幻灯事件"后从仙台返回东京之后的事。那时鲁迅写下的《文化偏至论》(1907 年)、《摩罗诗力说》(1907 年)、《破恶声论》(1908 年)这三篇文章,从具有激情的笔致和富有文学色彩的充实内容来看,不妨把它们看成鲁迅正式投身文学的开端。②

接着片山就论证了《野草》中鲁迅"超人"般的"猴子社会"的"个人主义"与这三篇作品的具体关系,最后指出这是"原鲁迅"的再现,

---

① 片山智行『魯(ろじん)迅 阿Q中国の革命』、中央公論社、1996 年、167 頁。
② [日] 片山智行著,李冬木译:《鲁迅〈野草〉全释》,吉林大学出版社,1993 年,第 134 页。

表现了鲁迅自身的"文艺复兴",目的是寻求向中国根深蒂固的封建旧体制的因袭社会发起攻击,进而唤醒民众。①"原鲁迅"的提法对中日鲁迅研究意义重大,它开启了此后探寻鲁迅文学的源头,即鲁迅与明治日本的关系。明治日本相对于中国留学生而言,提供了在东方的"西方"语境,鲁迅的西学知识来自于明治日本。所以,伊藤虎丸、北冈正子、李冬木都沿着"原鲁迅"的道路,努力发掘鲁迅与明治日本的事实关联,大大敞开了周树人向鲁迅的转变,而且克服了中国鲁迅研究这方面的薄弱环节,从而把鲁迅研究推向了一个新阶段。我们今天之所以有"原鲁迅"的说法,其发明权应该归功于片山,当然也证明了他对日本鲁迅学的贡献。

第三,"现实主义""马马虎虎"的纲领性概括。日本学者研究鲁迅有一个很明显的特点,即都试图提出属于他们自己的特有概念,如竹内好有"文学者鲁迅",丸山升有"革命人",伊藤虎丸有"终末论"和"个",而片山则有"现实主义"和"马马虎虎"。片山的这两个概念和其他人的概念一样,都是借用然后发挥,最终成为分析鲁迅生平思想和文学创作的一把钥匙。"现实主义"来自中国的瞿秋白,他在评论鲁迅杂文时用了"清醒的现实主义"一词,讲到鲁迅通过杂文指出中国文化的瞒和骗,这种统治阶级的文化遗产像沉重的死尸一样,压得革命队伍不能摆脱。②瞿秋白只用来谈鲁迅的杂文,但片山把它上升到分析鲁迅的生平思想和他的所有文学创作,这一点从片山所著的三部书中能清楚地看到。也就是说,他把"现实主义"作为一个研究鲁迅的纲领性概念,以此统御整个鲁迅,而且还指出鲁迅

---

① 参见[日]片山智行著,李冬木译:《鲁迅〈野草〉全释》,吉林大学出版社,1993年,第136页。
② 瞿秋白:《饿乡纪程》,太白文艺出版社,1995年,第453页。

的"现实主义"就是要全面揭露中国儒教之"名"掩盖下的"马马虎虎"。作为关键概念"马马虎虎",片山也是借用了内山完造的说法,①但内山仅仅指出这是中国的病根,并未深入分析。片山拿来这一关键性概念,并将它有机地融汇在鲁迅的"现实主义"批判中,从而形成了解读鲁迅生平思想及其文学作品的理论武器。

此外,还需要讨论一下片山研究的汇通性。片山是一位智慧的学者,能够在日本鲁迅研究繁荣的时期,综合运用中日鲁迅研究的成果,力图有所超越,进而具有了自己的特色。前面我们提到他综合利用各种方法就是一个例证,当然最关键的是片山努力把鲁迅看成一个整体,不是仅仅局限于研究对象(比如研究《野草》就只谈《野草》),他总是把一个具体的研究对象置放在整个鲁迅的作品体系和生命历程中,这样就能窥探到作品的内在特质,从而为解读鲁迅提供新的见解和看法。片山相对于北冈正子而言,近乎泛论,所以有些研究就停留在表面上,还没有深入,而且他试图用"现实主义""马马虎虎"来统御一切,也遮蔽了对鲁迅作品丰富性的发掘。但这些问题并不能掩盖片山的贡献,他的关于儒家"名教"的论析,切中了意识形态的弊害,对我们今天理解人和社会仍然具有极其重要的启示。

---

① 見片山智行『魯迅のリアリズム 「孔子」と「阿Q」の死闘』、三一書房、1985年、18—19頁。
[日]片山智行著,李冬木译:《鲁迅〈野草〉全释》,吉林大学出版社,1993年,第1页。
片山智行『魯迅 阿Q中国の革命』、中央公论社、1996年、i頁。

第十二章

山田敬三的"存在主义"

靳丛林、李明晖等人把木山英雄、山田敬三、吉田富夫、代田智明看作是解读鲁迅文学新探索的日本鲁迅研究者。严格意义上讲,这种新探索从丸山升就开始了,但真正摆脱日本立场的鲁迅研究,恐怕开先河者应该是北冈正子,她的学院化和客观化的研究与竹内好形成了真正的对抗。当然,与北冈正子同时代的研究者或者她的晚辈都在做这个工作,靳丛林等人提到的这几位是代表人物,其中山田敬三明确地意识到要摆脱竹内好的影响,大胆拒绝"我的鲁迅",其实就是拒绝主观的"鲁迅像",试图回到中国和鲁迅本身。山田敬三为此提出"存在主义"和不同于以前的"异见",并进行了持续性的探究。

第一节 在搏斗中走进鲁迅

山田敬三(やまだ けいぞう,1937—)是日本著名的中国文学

研究者，出生于兵库县，1960年大阪外国语大学外国语学部中国语学科毕业，1973年京都大学文学研究科中国语中国文学修完博士课程，后入九州大学任副教授，1976年转任神户大学副教授、教授，1999年神户大学退职，进入福冈大学担任教授至2005年。山田接触中国现代文学始于高中时期，他说他从镇上的图书馆看到作为"市民文库"的林语堂《北京好日》《暴风雨中的树叶》的日译本，还读到老舍的《四世同堂》。也因为这个机会，他弄到了一本同是"市民文库"的竹内好的《现代中国论》，里面有关于林语堂这两篇文章的评论文章。于是他开始理解文章的主题，并受到极大的震动。他回忆：

> 在公会堂面向濑户内海的宽阔长廊里（这里曾是市民图书馆未独立出去之前的阅览室），我一面读着竹内的论文，一面觉得热血沸腾，异常痛苦。现在回想起来，这或许是因为滨海炎热的阳光透过整个窗子而射进来的强烈光线所致。然而我当时读着先生的文章，怎么也控制不住自己惴惴不安的心情。我周围的大人们过去也曾以这样的感受同中国有过关系。这是高中的课本中从未涉及过的可怕的事实。我对中国新文学的关心，大体就是从这时开始的。①

镇上的中国新文学图书刺激了山田研读中国文学的兴趣，他开始思考学习中文，但没有中日词典和入门书，他就给竹内好写信，请教怎么学习中文。过了好久，当山田绝望后悔之际才收到回信，竹内好告诉山田他认识大阪外国语大学的两位先生，并建议山田去访问他们。

---

① [日]山田敬三著，韩贞全、武殿勋译：《鲁迅世界》，山东人民出版社，1983年，第280页。

当时因为日本人对中国的错误认识影响了山田的判断，所以经过了几个月彷徨后，他最终确定了学习中文。竹内好是山田学习中文的引路人，因此他在1956年进入了大阪外国语大学学习中国语。进入大学一年后，山田有机会到东京修学旅行，他约了两个朋友第二次写信给竹内好，要求会面。竹内好答应了山田的请求，并且耐心地回答他的提问，正如他自己所说是慈父般的教导。

竹内好是日本战后鲁迅研究执牛耳者，他对山田的影响当然具有决定性意义。山田自己回忆说从大学期间拜见竹内好到出版《鲁迅世界》的20年间，是与竹内好搏斗的岁月，而真正深入研究鲁迅不过是1966年以后的事情。他所说的"搏斗"，一方面是"竹内鲁迅"把他导向了鲁迅研究，另一方面是他把竹内好看成打倒的目标，即不能重复竹内好的鲁迅研究，而应该开辟新路。他说："竹内先生所以成为我的矢的，是因为在我的生活中，先生的人格不断地挡住我的前方，约制了我。我过去不屑投降于先生，现在也丝毫没有这个念头。我觉得只要不推倒这个壁障，对我来说就无法打开自己的生路。"①竹内的影子不破却，就会干扰山田自己的判断，所以山田不能忍受这种遮盖，而要立志向竹内搏斗，以产生新的鲁迅研究成果。正是在这样的搏斗中，山田贡献了第一本鲁迅研究专著《鲁迅世界》（『鲁迅の世界』、大修館書店、1977；中译本，韩贞全、武殿勋译，山东人民出版社，1983年）。在这本书的日文版后记中，山田公然宣称拒绝"我的鲁迅"。研究者对此进行了如此解读："因为从竹内好以来，'我的鲁迅'事实上就已经被自觉为'日本的鲁迅'，即凭借鲁迅的精神面对日本的历史和现实问题，让鲁迅成为改造日本的巨大力量，这几

---

① [日]山田敬三著，韩贞全、武殿勋译：《鲁迅世界》，山东人民出版社，1983年，第282页。

乎成为日本鲁迅研究者不言自明的共识和前提,丸山升、伊藤虎丸等人都是这样做的,并获得了成就与肯定。山田敬三在此'拒绝'的,正是这样一个显赫的传统。"①

山田的勇气可嘉,而且也一直在践行自己的雄心壮志,所以在出版了《鲁迅世界》后还始终围绕鲁迅进行研究。他总结认为,由于时代的变化日本鲁迅研究出现了三种趋势:研究领域的细分化和对研究资料的发掘、调整;脱离政治的研究增多;比较文学研究方法的引入。②但山田也看到日本鲁迅研究出现了过于细密的问题,从而导致青年人与鲁迅越来越远,这又致使他重新思考竹内好那种"日本的鲁迅"的研究。我们从这段时间山田的著述可看到,山田的研究出现偏离鲁迅的倾向,比如对台湾现代文学、作为政治小说的"新小说"、朦胧诗及其周作人等方面的研究。1981年鲁迅诞辰100周年,山田撰写了《鲁迅与孙文》(『鲁迅と孫文』、『中国研究月报』(10)、1981、1—9頁)。山田在20世纪90年代末到21世纪初期撰写鲁迅的文章增多,其中比较重要的有《鲁迅、周作人的日本观与文学》(『鲁迅、周作人対日觀のと文学』、『未名』(15)、1997、85—113頁)、《与读书人社会的诀别——鲁迅和他的时代》(『「読書人」社会への決別——鲁迅とその時代』、『福岡大学人文評論』32(1)、2000、81—105頁)、《痛苦的选择——仙台医专——鲁迅与他的时代》(『苦渋の選択——仙台医專——鲁迅とその時代』、『福岡大学人文評論』32(3)、2000、1601—1620頁)、《中国"鲁迅学"札记》(『中国「鲁迅学」札記』、『日本中国当代文学研究会会報』(22)、

---

① 靳丛林、李明晖等:《日本鲁迅研究史论》,社会科学文献出版社,2019年,第267页。
② [日]山田敬三著,杨晓文译:《十多年来的日本鲁迅研究》,《上海鲁迅研究(1995年夏)》,上海社会科学院出版社,1995年,第213—214页。

2008、35—40頁）。经过三十年的积累，2008年山田出版了他的第二本鲁迅研究专著《鲁迅——无意识的存在主义》（『魯迅——自覚なき実存』、大修館書店、2008；中译本，秦刚译，北京大学出版社，2012年）。如果说《鲁迅世界》是山田尝试"搏斗"的结果，那么《鲁迅——无意识的存在主义》就是他真正"搏斗"并以独特的面貌站立在日本鲁迅研究史上。

山田深入走进鲁迅的过程中，也产生了一系列相关的研究成果。他与人共同编著了《十五年战争与文学——中日近代文学的比较研究》（『十五年戦争と文学－日中近代文学の比較研究』、東方書店、1991）、《孙文与华侨》（『孫文と華僑』、汲古書店、1999）、《境外的文化——环太平洋的华人文学》（『境外の文化——環太平洋圏の華人文学』、汲古書店、2004）、《南腔北调论集　中国文化的传统与现在》（『南腔北調論集　中国文化の伝統と現在』、東方書店、2007），还共著了日中文化交流史丛书第六卷《文学》（『文学』、大修館書店、1995）、《异邦人所见的近代日本》（『異邦人の見た近代日本』、和泉書院、1999）。这些研究都没有离开中国，实际上是山田以鲁迅研究为根基，视野逐渐扩大，进而把相关问题纳入中日文化交流和华文文学的产物。通过对山田的全面了解，会更加有利于理解他的"存在主义"鲁迅研究。下面我们将根据他的两本专著深入讨论这个问题。

第二节　"存在主义"的概念及其论证过程

　　山田在他的两本鲁迅研究专著中提出鲁迅的"存在主义",但其实真正论述"存在主义"只不过用了很少的两节内容。1977年出版的《鲁迅世界》第三章最后一部分是《鲁迅世界——〈野草〉的存在主义》,2008年出版的《鲁迅——无意识的存在主义》也只有最后一章是直接论证鲁迅的存在主义。山田1977年出版《鲁迅世界》时所说的"存在主义"并非西欧盛行的"存在主义"哲学,时隔三十年后,他虽然提到存在主义哲学的基本论点,但他所讲的"存在主义"和存在主义哲学理论并非完全等同。因此,我们首先要对山田的"存在主义"概念有基本的了解,然后才能进一步讨论他是如何运用这个概念来论证鲁迅的生平思想及文学创作的。

　　萨特自己说他是"无神论的存在主义",是针对"基督教的存在主义"而言的。"无神论的存在主义""宣称如果上帝并不存在,那么至少总有一个东西先于其本质就已经存在了;先要有这个东西的存在,然后才能用什么概念来说明它。这个东西就是人,或者按照海德格尔的说法,人的实在(huamn reality)。我们说存在先于本质的意思指什么呢?意思就是说首先有人,人碰上自己,在世界上涌现出来——然后才给自己下定义。如果人在存在主义者眼中是不能下定义的,那是因为在一开头人是什么都说不上的。他所以说得上是往后的事,那时候他就会是他认为的那种人了"①。山田所用的"存在主义"

---

① [法]让·保罗·萨特著,周煦良、汤永宽译:《存在主义是一种人道主义》,上海译文出版社,1988年,第7—8页。

并没有对萨特等人的相关概念进行细密的追索和划分，但显然指的是"无神论的存在主义"。在他看来，虽然没有任何事实表明鲁迅接触过"存在主义"的相关理论，但鲁迅是地道的存在主义者，只不过他不是先学习了相关理论再接受，而是自觉就表现出了萨特所说的存在主义。这说明"存在主义"先于其理论而存在，鲁迅就是一个例子。因此，山田把鲁迅的"存在主义"定义为"无意识的存在主义"。"无意识"针对鲁迅而言是指他没有主动接受"存在主义"理论而自觉体现出来，具体内容则是萨特所说的"无神论的存在主义"。山田讲道：

> 关于生存的哲学并非是在被体系化、被定义之后才获得其地位的。在被哲学家命名并作为思想体系建构出来之前，就原初地存在于个人的内部。鲁迅也并非在学习存在主义后才开始存在主义方式的思考的，他在尚未承认先于现实存在的普遍的、必然的本质存在的情况下，就目睹了诸多备受挫折的社会改革，在他的心灵深处存在着一种信念，那就是如果不进行国民性的改造，中国就无法起死回生。可以认为，在这种信念之下，鲁迅从结果上完成了存在主义方式的思考。①

鲁迅的思考方式是存在主义的，其要义在于从自身的存在出发，以此为根基提出解决自身、他人和社会面对的问题，并且指向未来。他的存在主义本质就是萨特所说的："人首先是存在——人在谈得上别的一切之前，首先是一个把自己推向未来的东西，并且感觉到自己在这样做。""把自己投向未来之前，什么都不存在；连理性的天堂

---

① [日]山田敬三著，秦刚译：《鲁迅——无意识的存在主义》，北京大学出版社，2012年，第260页。

里也没有他;人只有在企图成为什么时才取得存在。"① 如果读了萨特的概括,便知道鲁迅为什么批评麻痹人的黄金世界,他的一切出发点就是当下的自己以及自己做出的选择,那种选择是不固定的,就像《过客》中的过客永远处在"走"的状态中。山田的存在主义不是我们现在用烂了的阐释研究,或者说用西方理论简单套用在鲁迅的身上,这一点孙玉石有比较明确的解说:"作者不是在以流行于西方本源性的存在主义现代哲学思想,来简单比附和勉强套用鲁迅文学创作和生存理念,力图以此来提升和认识鲁迅文学创作的哲学高度,重估鲁迅于历史或现实的认知意义。与此种思考方式迥然相异的是,他是从鲁迅一生自个人生命追求到全部文学活动的'存在'实际出发,追本溯源,寻踪觅影,剥茧抽丝,在实实在在的客观史迹和多样创作的深层蕴藏中,梳理、酌量、发微和阐述自己富有理论思考新颖性而又葆有独特坚持性的见解。"② 下面就来具体讨论在几十年的探索中,山田是如何从"存在主义"的视角来研究鲁迅的。

山田在《鲁迅——无意识的存在主义》的《跋》中回忆,最早认为鲁迅思考形态中有存在主义倾向是受到他妻子的启发,那时正直20世纪60年代中期。③ 回到当时的历史语境下,我们知道日本鲁迅研究正处于"鲁迅研究会"的时期,而且出版了研究会的代表性成果——丸山升的《鲁迅》。这部书是作为突破竹内好的《鲁迅》而存在的,这一学术氛围无疑也启发了山田开创他自己的鲁迅研究之路。1977

---

① [法]让·保罗·萨特著,周煦良、汤永宽译:《存在主义是一种人道主义》,上海译文出版社,1988年,第8页。
② 孙玉石:《进一步开拓和探索的另一番"风景"(代序)》,收[日]山田敬三著,秦刚译:《鲁迅——无意识的存在主义》,北京大学出版社,2012年,第3页。
③ [日]山田敬三著,秦刚译:《鲁迅——无意识的存在主义》,北京大学出版社,2012年,第330页。

年山田拿出《鲁迅世界》，公然向竹内好"叫板"，但他承认竹内好依然盘踞在那里。这本书分为三个部分：鲁迅的形成；鲁迅文学；鲁迅世界。"鲁迅形成"其实就是讲述周树人如何变成鲁迅的，他把鲁迅留日时期的文化生活作为一个重点的考察对象，用了两小节共50页的篇幅阐析"文学和英雄谱系"对形成鲁迅的重要作用，相对求学时代（45页）、教员时代（10页）和官吏时代（30页）而言明显比较看重。"鲁迅文学"并非研究鲁迅的文学作品，而是研究鲁迅怎么选择文学的问题，谈了鲁迅与屈原、白桦派作家、马克思主义文艺的关系。最后一部分"鲁迅世界"分别讨论了战后日本鲁迅论、鲁迅与郭沫若、鲁迅与"三一八"事件以及《野草》的存在主义。由此可以看出，直到最后山田才点出了《野草》的存在主义是鲁迅的世界。所谓的鲁迅的"存在主义"世界，在整个的行文过程中是通过把鲁迅置于现实历史中，呈现他的主观选择，并在这种选择中指出鲁迅存在的事实。全书提及存在主义的文字不过三处：

在《摩罗诗力说》中，所有的拜伦就是所有的扎拉图斯特拉。浪漫派的闯将和存在哲学的先驱者们，在这时的鲁迅眼里完全是合二而一的。在今天来说，这的确是不可避免牵强附会的毁谤。然而对鲁迅来讲，在对于既成价值体系的挑战者这种意义上，这二者在他心目中是毫无矛盾的。

鲁迅过去之所以从事研究白桦派的作家和翻译他们的作品，同时还介绍了许多与其观点不同的片上伸的论文，都是由于他的这种存在主义的态度所致。正因如此，鲁迅的言论和行动，常常有使第三者感到矛盾的地方。这不仅是敌人，就连他的朋友也有时被捉弄。然而他并不喜欢捉弄人。我敢这样说,是周围的人不理解鲁迅的真意。

他所失去的东西,既不是"神",也不是"主义",更不是什么"希望"之类,只是双脚应踏着大地的实际存在。决心独自运行的他,只一心"向黑夜彷徨于无地",并且,只有他"被黑暗沉没"的时候,那世界才全属于他自己。没有地图,没有"罗盘针",他决心"只好走"。支持着混沌的《野草》的世界的地轴,正是决心"只好走"的鲁迅的这种态度的表白。①

第一段引文出现在"文学与英雄谱系(下)",留日后期鲁迅撰写的文章把拜伦等人和尼采"超人"式的英雄看成同质的东西,鲁迅接触到了存在主义的先驱者,而且鲁迅对摩罗诗人(浪漫主义者)的接受也是存在主义式的,即对留学时期留学生界的实学万能主义的反抗,确立"个人尊严",重视人的意识,在这里能发现鲁迅文学的源头。第二段引文出现在鲁迅与马克思主义的关系研究部分,说明鲁迅在汲取外来文化养料的时候,决不是一个原封不动照搬别人理论的人,即使立场不同的理论,也是从中吸取对自己有用的成分,而且用自己的器官慢慢地咀嚼,这种态度是以鲁迅自身存在的社会为基础,并在强烈的主观意识下做出的选择。第三段引文来自最后一部分:论证《野草》的存在主义。极有意思的是,整个这部分除了标题几乎没有提"存在主义"这个词,只是分析了《野草》中存在主义的各篇文章,指出它

---

① [日] 山田敬三著,韩贞全、武殿勋译:《鲁迅世界》,山东人民出版社,1983年,第87、225、266—267页。

们的外来材源及鲁迅的创新，在最后才说了这段与存在主义有点关系的一段话。鲁迅在《野草》中表现的是当下的活着的状态，没有任何"神"和"主义"，他通过"走"来确定自己的存在，并在"走"的黑暗中完全展现了他自己。"走"在此表明了鲁迅"自由承担责任"[①]，这就是存在主义的核心思想。山田在《鲁迅世界》一书中，无论他分析鲁迅形成的过程，还是鲁迅与域外文学的关系，抑或《野草》，都想表明鲁迅就是在"走"的状态中对他自己和其他人承担责任，这一选择不仅是主观性的，也是客观性的，用武田泰淳的话说："他是这样的人：当别人认为是浪漫主义的时候，他好象是现实主义者；当别人认为是现实主义的时候，他似乎又象个浪漫主义者。被誉为冷静文学的他的文学，实际上多少具有浪漫主义的要素，这从《故事新编》也可以看得很清楚。并且可以说，他的浪漫主义要把上述的那种黑暗的'现实'悄悄地熔化到'他的方式'中去。"[②]

山田并不满意他在《鲁迅世界》中的"存在主义"分析，但也不完全否定，历经几十年后他最终坚固了认识："如果虚心阅读鲁迅的作品，就会发现他具有'存在主义式的思考'这一事实，是毋庸置疑的。文学或者思想，并不是在被文学家和哲学家体系化并命名后才形成的，鲁迅的文学和思想是由鲁迅本人所铸就的。就鲁迅而言，只不过其结果成为一种'存在主义式的'而已。"[③] 作为修订而具有了推进性的著作《鲁迅——无意识的存在主义》，在论证鲁迅"存在主义"时，

---

① [法]让·保罗·萨特著, 周煦良、汤永宽译：《存在主义是一种人道主义》，上海译文出版社，1988年，第23页。
② 转引自[日]山田敬三著, 韩贞全、武殿勋译：《鲁迅世界》，山东人民出版社，1983年，第157—158页。
③ [日]山田敬三著, 秦刚译：《鲁迅——无意识的存在主义》，北京大学出版社，2012年，第331页。

应该更值得我们去细致分析其逻辑过程。这本书共有十五章，内容比《鲁迅世界》丰富得多，但主线依然是鲁迅生平、创作和思想，而且基本是按照时间顺序进行的，不过没有再单独研究日本鲁迅研究史和《野草》，而且增加了鲁迅的孙文观（第七章）和古典研究者鲁迅（第十、十一、十二章）的内容，还穿插了周作人的相关研究，并附录了《鲁迅世界》中的两个部分（《鲁迅与"白桦派"作家们》和《盗火者——鲁迅与马克思主义文艺》）。突出的特点是整个著作显得更有逻辑性，并把鲁迅一生贯通在存在主义的思考范式中。序言"鲁迅小传"总体上概括了鲁迅的存在主义的思考，然后分14章分析鲁迅的生平、思想及其著作，第15章又概述鲁迅的存在主义是"无意识的存在主义"。这样就形成了一个完整的思考框架。这是《鲁迅世界》无法相比的。先来分析序言中的纲领性概括：

> 鲁迅是独一无二的自由者，但正是这样一个自由者，不得不背负一个没有目标地投身于未来的重荷。一切都必须用自己的双手来选择，用他自己的双手去创造。为他准备好的安息之地，自始至终根本就不曾存在。鲁迅的这种态度可以说是极为存在主义的。①

这段话的核心是鲁迅在中国近代社会的严酷现实中，通过自己的选择去创造了他的独特价值，他不属于任何政党、意识形态，他只属于他自己。同时，他也不是作为思想体系而存在。鲁迅"告别读书人

---

① [日]山田敬三著，秦刚译：《鲁迅——无意识的存在主义》，北京大学出版社，2012年，第6页。

社会"就意味着在严酷的现实中走出了与传统社会决裂的第一步,外在的社会现实和自身的内在需求,逐渐养成了他自我抉择的主体性,这使他做出了完全不同于很多中国留学生的选择,把自己的学籍列在一个乡间的医学校——仙台医专。而在仙台医专所遭遇的现实又让他主动选择了通过文艺来救治中国。虽然文艺梦在日本流产了,但作为鲁迅生命的底色一直存在着。鲁迅对古典小说、文献的整理被山田极富创造性地发掘出来,他认为这也是鲁迅的主动选择,在这里有鲁迅对中国传统小说的肯定,承续了留日时期梁启超小说革命的良好开端,并在这里体现了鲁迅一贯的改造中国国民性的目的,"即利用小说来唤醒国民,'转换性情,改造社会'"①。但鲁迅不是回到故纸堆,而是通过系统地整理呈现小说或者故书的"国民灵魂""朴素的乡土情结"。山田认为鲁迅是在这样的工作中发掘民族个性,批判物质万能的庸俗唯物论,寻找民族文化的复兴。鲁迅与创造社、太阳社及"左联"的关系,也充分体现了他主动选择的价值判断。山田在分析时指出,鲁迅其实在"五四"时期就已经接触到马克思主义,但真正接受马克思主义和无产阶级文艺却是在他进化论轰毁之后。广州的残酷的革命现实给了鲁迅深刻的教育,使他认识到青年并不一定好,而且创造社和太阳社逼迫他应战,从而进入了无产阶级文艺理论的学习,主动接受了它,最后成为"左联"盟主,直到"左联"解散,鲁迅都在坚决捍卫自己的主动权。因而,在山田的意识中,鲁迅一生都是具体历史阶段的产物,在每一个具体的历史时刻都遭遇到片山智行所说的中国的病根("马马虎虎"),所以他也会依据这些具体的现实做出

---

① [日]山田敬三著,秦刚译:《鲁迅——无意识的存在主义》,北京大学出版社,2012年,第183页。

具体的选择。不放在这样的视野中,是无法理解鲁迅的。王晓明说:"他不断地夺路而走;却又总是遇上新的穷途和歧路,说得严重一点,你真可以说他的一生就是走投无路的一生。因此,人生的种种滋味当中,他体味得最深的,正是那种从仿佛的生路上面,又看见熟识的穷途时的幻灭,那种重新找来的光明背后,又发现旧有的黑暗时的悲哀。"① 这段话并没有用存在主义来说,但其实质正是山田所说的"存在主义"。这一精神也贯彻到鲁迅的作品创作中,并表现出混杂的状态:"鲁迅没能在诗的世界中找到最终的归宿,就只好不断创作出非诗非散文式的作品。对于鲁迅来说,伫立于夹缝间的不断求索才是他文学创作的全部。"②

经过三十年的时间沉淀,山田的鲁迅研究走向成熟,因而在《鲁迅——无意识的存在主义》最后一章实际上是进行了跨时空的总结。他在"革命与文学""'歧路'与'穷途'""彷徨的过客"的视野下,总体性地概括鲁迅的"无意识的存在主义"。鲁迅与孙中山的区别在于他是作为精神上的革命者参与到塑造灵魂的事业之中,是通过"文学"来体现精神革命的,这一选择是因为鲁迅认可了文艺不安于现状但却能推进社会进步的真谛。"歧路"和"穷途"就是现实的存在,鲁迅在"黑暗""绝望"中不断夺路而逃,其主观上反抗绝望正是属于鲁迅的命题。因为选择而有价值,因为机制独特而成就鲁迅。

> 在鲁迅所处时代的中国,深刻的社会问题与严峻的日常现实是今天根本无法想象的。有很多人甚至得不到作为人的

---

① 王晓明:《无法直面的人生:鲁迅传》,上海文艺出版社,2001年,第236页。
② [日] 山田敬三著,秦刚译:《鲁迅——无意识的存在主义》,北京大学出版社,2012年,第256页。

最低限度的生存保障。鲁迅为此而痛心，他苦苦追求改变这一现实的出路。

他所看到的"存在"是必须从那里挣脱出来的"现实存在"。笔者称之为"启蒙者"的鲁迅的写作活动，都是以改造这种国民性为目的累计起来的。①

鲁迅的选择是价值选择，他一生都在挣脱"现实存在"，都在淬炼自己的同时寻求社会和他人进步的方案，其中最被他看重的就是精神革命。存在主义作为理论的价值就是指出了人可以而且必须通过自由选择才能实现人作为人的价值，鲁迅没有系统接触过作为哲学派别的存在主义，他也不可能提出系统的存在主义理论，但他用他的肉身展现了存在主义，诠释了存在主义。《野草》不是鲁迅的哲学书，但他的哲学都含蕴在其中。因而山田得出结论：鲁迅的存在主义同西欧哲学史上被体系化的存在主义的文脉无关，只能称之为"无自觉（无意识）的存在主义"的鲁迅的思考形态。②1997年丸尾常喜在他的《鲁迅〈野草〉研究》中也回应了山田的看法："说是哲学，当然已不是使用抽象概念的一般哲学，而是把作为人的存在状态当作自己的问题来直接探寻的广义的哲学性的思维。"③这里的"哲学性的思维"用山田的表达就是"无自觉的存在主义"。

---

① [日]山田敬三著，秦刚译：《鲁迅——无意识的存在主义》，北京大学出版社，2012年，第265页。
② 参见[日]山田敬三著,秦刚译：《鲁迅——无意识的存在主义》，北京大学出版社，2012年，第266页。
③ [日]丸尾常喜著，秦弓、孙丽华编译：《耻辱与恢复——〈呐喊〉与〈野草〉》，北京大学出版社，2009年，第112页。

第三节　山田敬三鲁迅研究的独特性

山田的鲁迅研究初步奠基于20世纪60年代，受到整个日本社会环境和当时鲁迅研究氛围的影响。他试图突破竹内好开创鲁迅研究的新局面，但正如他自己所说，竹内好的影子总浮现在他的眼前，好像要干预他的判断。从山田的著述也能清楚地看到，他提出的较多命题没能走出竹内好的视域。如在讨论鲁迅和孙中山的关系时并未提出新的见解，依然延续了竹内好"文学者"和"启蒙者"的观察角度，并把鲁迅定位为"精神革命"，还有在作品的地位判断上也赋予了《野草》解释鲁迅的核心地位。不过山田通过它来解释鲁迅的"存在主义"，而竹内却认为它集约地表现鲁迅，说明着作者和作品间的关系，这和片山智行对竹内的继承一样。山田也继承了丸山升和北冈正子的实证研究，在《鲁迅世界》和《鲁迅——无意识的存在主义》两本书中，很注重引用第一手文献史料，在分析文学革命论争时就引用了不同当事人的各种回忆，在分析留学弘文学院的鲁迅时查阅了中日各种档案资料，同时在进行比较时也善于发掘鲁迅文章的材源。尽管山田受到这些日本鲁迅研究专家的影响，但他依然走出了自己的路，以独特的研究成绩留在日本鲁迅学史上。

第一，存在主义研究的真正开创者。竹内好《鲁迅》的模糊性和多义性本身就表现了鲁迅存在主义的面相，但没有人从此往前走并提出存在主义，山田敏锐地捕捉到竹内好没有说明白的地方，在1977年率先指出鲁迅世界就是一个存在主义的世界，不过那时也仅为朦胧的意识，还没有从整体逻辑上来构筑一个理解体系，进而以此解读鲁迅生平、创作和思想。21世纪初，山田的这种思想成熟了，便在总结过去鲁迅研究的基础上出版了《鲁迅——无意识的存在主义》，系统性地把他一生关于鲁迅的思考呈现出来了。山田说："如果把竹内好所说的'文学家'用'存在主义者'来替换，可以说他直觉般的读解几乎是一语中的。"① 也正是在这本书的《跋》中，山田回顾了自己提出鲁迅"存在主义"的历史过程，并指出中国鲁迅存在主义的研究历程或多或少和他的《鲁迅世界》有关联。②《鲁迅世界》出版之前，木山英雄有相关论述已经触及到"生之意识"，认为过客把"死"不是预想在坟墓那样的外在物里，而是凝视在思索死的"我"之思维中，③ 这里有存在主义的影子，但终究没有直接说到存在主义。山田或许受到启发而最终提出"存在主义"，所以说山田是鲁迅"存在主义"研究的先行者或者开创者大抵没有很大问题。孙玉石也做了如此定位：

> 我们也可以清楚地看见，从整个学术史的角度上来观察，在鲁迅研究这一历史发展的链条上，山田敬三先生自上世纪60年代起至后来，在以"存在主义视野"进入鲁迅世界探究这一特殊侧面，应该说具有不应忽略的某种"先行"的意义和价值。我以为，这部被作者说成是"一本整理好的杂论集"而又带有明显"传论"性质的鲁迅研究著作里，较之以前诸

---

① [日]山田敬三著，秦刚译：《鲁迅——无意识的存在主义》，北京大学出版社，2012年，第330—331页。
② 中国涉足鲁迅存在主义研究的主要有汪晖、解志熙和彭小燕，其中彭小燕的《存在主义视野下的鲁迅》是这方面研究的代表作，但这些研究者很少引用山田《鲁迅世界》中的相关看法。
③ 参见[日]木山英雄著，赵京华编译：《文学复古与文学革命——木山英雄中国现代文学思想论集》，北京大学出版社，2004年，第42页。

多鲁迅研究专著的历史阐述和理论探索，一个最重要的亮色，首先就在这里了。①

第二，日本鲁迅学史研究的奠基人。《鲁迅世界》这本书还有一个亮点是对战后日本鲁迅研究进行了梳理总结，山田命名为"战后日本鲁迅论"，所谓的"鲁迅论"宽泛一点说其实就是"鲁迅研究"。山田的总结分为两个部分：作为遗产的鲁迅论；寻求新的鲁迅形象。第一部分首先总体概述了战后研究鲁迅的八部著作：《惜别》（太宰治，1945）、《鲁迅》（竹内好，1946）、《鲁迅评传》（鹿地亘，1948）、《鲁迅》（竹内好，1948）、《鲁迅研究》（中日文化研究所，1948）、《鲁迅的印象》（增田涉，1948）、《鲁迅杂记》（竹内好，1949）、《鲁迅的一生》（小田岳夫，1949）。山田指出这些鲁迅研究严格说来不能算是战后的作品，都是在此之前形成的鲁迅观的发展之结果。②然后给出了几部关键著作的定位，认为小田岳夫《鲁迅传》是纪念碑式的，最大的遗产是竹内好的《鲁迅》，增田涉的《鲁迅印象》提供了缅怀鲁迅品格的珍贵资料，鹿地亘的《鲁迅评传》是更具明确的政治意图而公开发表的，中日文化研究所编的《鲁迅研究》在处理政治与文学的关系上不同于竹内好，太宰治的《惜别》应该作为文学作品来看。第二部分寻求新的鲁迅形象，是梳理战后日本鲁迅研究者克服"竹内鲁迅"的过程，总结了作为开端的"鲁迅研究会"，评析了丸山升的做法，又指出了桧山久雄、北冈正子、伊藤正文、相

---

① 孙玉石：《进一步开拓和探索的另一番"风景"（代序）》，收 [日] 山田敬三著，秦刚译：《鲁迅——无意识的存在主义》，北京大学出版社，2012 年，第 9 页。
② 参见 [日] 山田敬三著，韩贞全、武殿勋译：《鲁迅世界》，山东人民出版社，1983 年，第 235 页。

浦杲、荒井健、高桥和巳等人与"鲁迅研究会"不同的看法，而且还列举了20世纪60年代各位研究者的著作，最后又肯定了作为民间性的"鲁迅友之会"在构筑新的鲁迅形象上具有好的前景。

从这个内容明显可以看到，山田是在进行日本鲁迅学史的研究，他的目的是通过研究史的总结，以寻求摆脱"竹内鲁迅"的新鲁迅形象。此前日本鲁迅学界是没有这样的尝试的。如果例举具有研究史性质的成果，最接近的恐怕应该是比《鲁迅世界》早两年出版的伊藤虎丸的《鲁迅与终末论》中的三篇作品：《竹内〈鲁迅〉与战后民主主义》《政治与文学》和《文学与科学》。这三篇作品被收在这本书第三部分，总标题为"显现于鲁迅论中的'政治与文学'——围绕'幻灯事件'的解释"，注意这个题目用了"鲁迅论"，带有梳理日本鲁迅学史的色彩。伊藤显然是为了解释"幻灯事件"，进一步批判日本战后民主主义的空洞而对此前相关研究的一个总结，当然在这个总结中离不了对竹内好、尾崎秀树、丸山升和竹内芳郎的研究进行逻辑整理。① 但为什么伊藤虎丸的研究不能算作日本鲁迅学史的奠基？这是因为伊藤虎丸没有山田那样明确的研究史意识，进而也没有进行研究史的冠名。此后直到1986年，丸山升发表了他的《日本的鲁迅研究》。在这篇研究史中，丸山把战前、战中和战后的日本鲁迅研究放在一个历史的序列中，第一次形成了日本鲁迅研究的整体概貌，但遗憾的是因为忌讳自己是战后日本鲁迅研究的参与者而没有对战后日本鲁迅研究进行过多评判。但无论如何，丸山升的《日本鲁迅研究》把日本鲁迅学的研究推向了一个新的阶段。回到"战后日本鲁迅论"产生的前

---

① 参见 [日] 伊藤虎丸著，李冬木译：《鲁迅与终末论——近代现实主义的成立》，生活·读书·新知三联书店，2008年，第189—269页。

后，山田应是日本鲁迅学史研究的奠基人，而且他的战后日本鲁迅研究的思维影响深远，直到今天关于这方面的研究还很关注战后，并且凸显了竹内好的影响作用。

第三，拓展了鲁迅的比较文学研究。前面提到山田在1991年总结日本近十年来鲁迅研究时指出，比较文学研究方法已经被引入到日本的鲁迅研究中。如果说战前原野昌一郎、正宗白鸟、中村光夫①的鲁迅比较研究还不具有学科的自觉，那么到了山田这个阶段情况就完全改观了。相浦杲（あいうら　こう、1926—1990）②、北冈正子、片山智行等人都有相关的研究成果，并形成了一种研究氛围，山田就是在这样的研究氛围中自觉运用比较文学的方法。在跨越三十年的两部研究著作中，我们可以看到山田对鲁迅比较文学研究的拓展。1977年山田在《鲁迅世界》的最后一部分论析了《野草》的存在主义，指出鲁迅与屠格涅夫、裴多菲、夏目漱石的关系，对《求乞者》与屠格涅夫《乞丐》，《墓碣文》《复仇》《这样的战士》与裴多菲《如果在坟中干枯……》《在草原的正中央……》《人民》，《死火》《失掉了的好地狱》与夏目漱石《梦十夜》进行了较为详细的分析。③另外还有鲁迅与"白桦派"作家、鲁迅与马克思主义文艺之关系的翔实考察，严格意义上说，《文学与英雄谱系》（上、下）也是比较文学论文。这样算来，此书有一半的篇幅都是属于鲁迅比较文学研究的内

---

① 正宗白鸟1935年7月20日于《读卖新闻》夕刊上发表《摩拉埃斯与鲁迅》。中村光夫在1936年6月于《文艺》4卷6期发表《鲁迅与二叶亭》。
② 在《考证·比较·鉴赏——二十世纪中国文学研究论集》（北京大学出版社，1996）一书中收有相浦杲对《药》、《野草》、鲁迅与厨川白村及罗曼·罗兰与中国文学的研究，都是很好的比较文学研究论文。
③ 参见[日]山田敬三著，韩贞全、武殿勋译：《鲁迅世界》，山东人民出版社，1983年，第257—264页。

容,涉及鲁迅留日时期的思想来源、20世纪20年代与日本"白桦派"作家、20世纪30年代与马克思主义文艺、《野草》与域外文学等众多重要内容。在2008年出版的《鲁迅——无意识的存在主义》中,山田延续了前著的精华,并把鲁迅与日本"白桦派"作家和鲁迅与马克思主义文艺两部分作为附录收入,可见山田对比较文学研究的看重。

战前的日本鲁迅比较文学研究处在萌芽阶段,战后竹内好在《鲁迅杂记》中收有1948年写的《鲁迅与二叶亭》,延长了中村光夫的研究,还有同期其他关于鲁迅与日本的比较研究。①1959年相浦杲在《中国文学报》发表《鲁迅小说的一个侧面——以〈药〉为主进行分析》,深入考察了安特莱夫对《药》的影响,②1968年尾崎秀树所写的《鲁迅与日本》③也是比较文学研究成果。伊藤虎丸在20世纪70年代初对鲁迅"终末论"的探索,也可以说是讨论鲁迅思想上的域外来源。与这些已有的研究传统相比,山田明显开拓出了《野草》与屠格涅夫、夏目漱石的关系研究,以及鲁迅与日本"白桦派"作家和马克思主义文艺的研究领域。此后相浦杲在1982年所发表的《从比较文学角度考察鲁迅的散文诗集〈野草〉》明显综合了山田的研究成果,还有1991年片山智行的《鲁迅〈野草〉全释》恐怕也或多或少受到山田的影响。这一传统可以说一直延续到藤井省三和秋吉收,直到今天仍然在日本鲁迅研究界具有重要影响。因而,山田的开拓进取促进了日本鲁迅比较文学研究的持续发展,为后继者的研究打下了良好的基础。

---

① 参见吉林师范大学外国问题研究所日本研究室编:《日本情况》1976年第2期,第46—50页。
② 参见[日]相浦杲:《考证·比较·鉴赏——二十世纪中国文学研究论集》,北京大学出版社,1996年,第61—87页。
③ 見佐々木基一 竹内実編『魯迅と現代』、勁草書房、1968年、5—39頁。

第十三章

"丸尾鲁迅"的历史新阶段

赵京华认为，辉煌的战后日本鲁迅研究在 1980 年以后，其思考主题和阐释框架出现了明显的变化，把鲁迅作为自我反思和思想抵抗的意图和动力弱化了，代之而起的是"去政治化"和规范的学术研究。①在这一明显的变化中，涌现出了新岛淳良、竹内实、北冈正子、片山智行、山田敬三等具有代表性的鲁迅研究者，但真正把战后日本鲁迅研究推向一个历史新阶段的恐怕还是丸尾常喜（まるお つねき，1937—2008）。伊藤虎丸这样说："彻底挖掘这一题目并且揭示出战后日本鲁迅研究史上划时代深刻解读的，则是丸尾常喜的近著。"②伊藤所说的"近著"就是丸尾的代表作《鲁迅："人"与"鬼"的纠葛》（『鲁迅：「人」「鬼」の葛藤』、岩波書店、1993）。在中日鲁迅学界，这些评价基本达成了共识。这种情况导致对他的评介和研究的

---

① 赵京华：《鲁迅文学中的"鬼"世界及其思想史意义——丸尾常喜的鲁迅研究新天地》，《中国现代文学研究丛刊》2011 年第 6 期。
② [日]伊藤虎丸著，李冬木译：《鲁迅与终末论——近代现实主义的成立》，生活·读书·新知三联书店，2008 年，第 340 页。

成果就很多，因此为我们继续讨论丸尾提供了良好的基础，但也存在粗糙处理和没有说清的问题，甚至他在日本鲁迅学史上的地位都还需要客观地加以说明。

第一节　丸尾常喜的生平著述概说

丸尾是日本著名的中国鲁迅研究专家，在中日学界有广泛的声誉。他于1937年出生于日本熊本县人吉市，1962年从东京大学文学部中国文学科毕业。在东大期间，正是东大学生组织的"鲁迅研究会"比较活跃的时期，新岛淳良、丸山升、伊藤虎丸、北冈正子都是他的学长，这样的氛围对他有较大的影响，从他后来的研究中可以看出。尾崎文昭曾说："他虽然不是当年东京大学'鲁迅研究会'成员，但基本上是在'鲁迅研究会'的思路基础上完成了他的研究成果，可以说他的一系列论文可算是'鲁迅研究会'群体三十多年的鲁迅前期思想研究成果的集大成。"① 东大毕业后，他进入了大阪市立大学研究生院从增田涉修习中国文学研究生课程，1964年因父亲病故家庭经济不济而中途退学。这两年片山智行也在增田涉门下修习博士课程（片山1965年修完博士课程退学），所以他和片山属于同门，片山后来的研究对他也有启发。② 丸尾虽然没有按期读完硕士课程，但他深受

---

① 秦弓：《尾崎文昭在中国社科院讲演〈"丸尾鲁迅"与鲁迅的复仇观〉》，《中国文学网》（http：//www.literature.org.cn/）2008年1月15日。
② 参见[日]丸尾常喜著，秦弓、孙丽华编译：《耻辱与恢复——〈呐喊〉与〈野草〉》，北京大学出版社，2009年，第114页。

增田涉的影响，开启了鲁迅研究的学术生涯。从大阪市立大学退学后，丸尾到熊本县立人吉高等学校（高中）任教谕，一直没有放弃鲁迅研究。1968年假期旅行途中，丸尾在一个小站下车休息之际，忽然听到广播里通知他速去北海道大学。原来是著名学者伊藤漱平教授看了他的鲁迅研究的论文，聘他去北海道大学任教。于是，该年丸尾进入北海道大学文学部任助手，1973年晋升副教授。丸尾去北海道大学任教的时候，正是日本学生运动最为激烈的时候。这对丸尾的鲁迅研究也有影响，一位当时的学生在他去世后（2008年8月2日）所写的一篇关于《鲁迅：为了花甘当野草》的读后感中这样说："当时是学生运动盛行的时代，在学生运动中，他的名字被传了出来（当时は学生運動が盛んな時代で、学生運動の中で、彼の名がささやかれていました）。"①1990年因为突出的鲁迅研究业绩，丸尾在招聘中胜出，出任东京大学东洋文化研究所教授，1992年以《关于鲁迅与传统的基础性考察》的论文获得东京大学文学博士学位。1997年从东大退休，任名誉教授。丸尾还担任过大东文化大学教授，东洋文库研究员。2005—2008年任日本中国学会理事长。2008年5月7日因骨癌逝世，直到逝世前还在病床上口述关于鲁迅的演讲稿，真是把自己的一生献给了鲁迅研究。②丸尾逝世后，中日鲁迅学界都对他的鲁迅研究给予了高度肯定。日本的《野草》开辟了专栏纪念丸尾先生，山田敬三、铃木将久、渡边晴夫分别撰写了文章追悼丸尾的一生和学问，藤井省

---

① 大藪光政『丸尾常喜の「花のため腐草となる」魯迅を読んで』（https：//ameblo.jp/mytec/entry-10129418661.html）。
② 参见秦弓：《一位研究鲁迅的日本学者——怀念丸尾常喜先生》，《中国社会科学院院报》2009年6月4日。

三也专门撰写了纪念文章。①中国学者秦弓(张中良)发表了悼念文章,纪念和他学习的情景,介绍他的鲁迅研究成果和重要贡献。②

丸尾一生执着于鲁迅研究,进入北海道大学后就有很高质量的鲁迅研究成果产出,最早提出鲁迅文学的生发契机是"耻辱"意识就是在这期间奠基的。2009年由秦弓、孙丽华翻译的《耻辱与恢复——〈呐喊〉与〈野草〉》第一部分收三篇文章:《从"耻辱"("羞耻")启程的契机——作为民族自我批评的鲁迅文学之一》《"耻辱"的形象——作为民族自我批评的鲁迅文学之二》《从"呐喊"到"彷徨"——作为民族自我批评的鲁迅文学之三》。这三篇文章分别发表于1977、1978、1983年的《北海道大学文学部纪要》,提出和初步完成了丸尾以后研究鲁迅的基本概念和逻辑构架。1985年丸尾出版了他的第一本学术专著《鲁迅:为了花甘当腐草》(『鲁迅 花のため腐草となる』、集英社、1985)。这本书是鲁迅的评传,按鲁迅生活的地点设置了九章:序章、绍兴、南京、日本、杭州·绍兴、北京(之一)、北京(之二)、厦门·广州、上海,用了较大篇幅对"呐喊"时期的鲁迅进行介绍,分析了狂人的耻辱意识、阿Q"精神胜利法"是国民性耻辱的病根。③丸尾自己总结这本书的基本主干是"耻辱"意识,在方法论上受木山英雄《〈野草〉形成的逻辑及其方法——鲁迅的诗与"哲学"的时代》文本内部研究的影响,④所以该著成为

---

① 见中国文艺研究会编『野草』(83)、2009年2月。藤井省三『丸尾常喜先生を偲ぶ』、『東方学』(116)、2008年7月、270—272頁。

② 参见秦弓:《一位研究鲁迅的日本学者——怀念丸尾常喜先生》,《中国社会科学院院报》2009年6月4日。

③ 见丸尾常喜『鲁迅 花のため腐草となる』、集英社、1985年、141頁、161頁。

④ 参见[日]丸尾常喜著,秦弓译:《"人"与"鬼"的纠葛——鲁迅小说论析》,人民文学出版社,2006年,第356页。[日]丸尾常喜著,秦弓、孙丽华编译:《耻辱与恢复——〈呐喊〉与〈野草〉》,北京大学出版社,2009年,第360页。

他深入研究鲁迅的基础。1993年丸尾出版了他的学术代表作《鲁迅："人"与"鬼"的纠葛》，此书分序章、四章正文、终章和附录四大部分。《序章："人"与"人国"》给出了全书的主题和逻辑架构："本书就从'鬼'这一中国传统观念的象征物来考察这种'人'的阙如状态。因此，选取他的代表作《孔乙己》（1919年）、《阿Q正传》（1921—1922年）、《祝福》（1924年），其他作品亦随时言及，以求探索鲁迅的小说世界，至少要阐明其最重要的特征。"①这些小说在前书中都有比较深入的讨论，不过还没有提出"鬼"的说法。附录有五篇文章：《"难见真的人！"再考——〈狂人日记〉第十二节末尾的解读》《颓败下去的"进化论"论——论鲁迅〈死火〉与〈颓败线的颤动〉》《复仇与埋葬——关于鲁迅的〈铸剑〉》《关于鲁迅的"耻辱"意识》《"偏要"——对鲁迅精神的一个接近》。这是正文研究之外的一个补充，形成丸尾鲁迅研究互文的效果。该书中文译本由秦弓翻译，1995年人民文学出版社出版，题名为《"人"与"鬼"的纠葛——鲁迅小说论析》。1997年丸尾再添新著《鲁迅〈野草〉研究》（『鲁迅「野草」の研究』、汲古書院、1997），这本书除了主体内容《野草》24篇文章（包括《题辞》）的注解以外，还有序言、《野草》背景、跋，以及附录性质的"1924—1927年鲁迅作品一览"、该书的中文要旨、该书的相关日文文献目录和其他参考文献。这本书也被秦弓和孙丽华翻译成中文作为《耻辱与恢复——〈呐喊〉与〈野草〉》的第二部分。这部书可以说是丸尾的第四本书，前面两部分我已经介绍了，第三部分是丸尾所写的另外三篇作品：《鲁迅：关于"人"与"鬼"》《关于〈药〉的解读——乌鸦象征什么》《〈阿Q正传〉再考——

---

① [日]丸尾常喜著，秦弓译：《"人"与"鬼"的纠葛——鲁迅小说论析》，人民文字出版社，2006年，第6页。

关于"类型"》。从此可以看出,丸尾在继续完善他的逻辑构架。此外,丸尾还和蜂屋邦夫共著了《中国的语言文化:鲁迅与庄子》(『中国の言語文化 魯迅と荘子』、放送大学教育振興会、2002),还译注了鲁迅的《中国小说的历史的变迁》(『中国小説の歴史の変遷 魯迅による中国小説史入門』、凱風社、1987),也翻译了张爱玲和艾芜的小说。

  以上这些著作在中日学界都产生了广泛的影响,尤其是代表作《鲁迅:"人"与"鬼"的纠葛》。当1993年在日本出版时,可以说是引起日本鲁迅学界的震荡,著名的鲁迅研究专家伊藤虎丸说这本书是日本鲁迅研究划时代的成果,山田敬三也在1994年10月于《中国文学报》(49)撰写了《鲁迅:"人"与"鬼"的冲突》,高度评价了这部著作。1995年人民文学出版社出版了中译本后,也在中国学界引起热烈的反响。1996年中国鲁迅研究会就该书专门举行了座谈会,林非、陈漱渝、袁良骏、王得后、吴福辉、钱理群、张梦阳、张铁荣、陈子善、贾宝泉、王培元、岸阳子、代田智明、秦弓等著名的中日现代文学研究专家参加了会议,还邀请了在北京的丸尾先生参加,座谈纪要由秦弓整理发表在《鲁迅研究月刊》上。① 中日学界已经形成共识,从早年提出"耻辱"意识到《鲁迅:"人"与"鬼"的纠葛》的出版,丸尾完成了他研究鲁迅的逻辑构架,把日本鲁迅研究推向了一个新的历史时期。因此,以代表作为基点对丸尾进行评述和研究的成果较多,但"耻辱"和"鬼"的内在逻辑关系及其研究史的知识系谱、贡献、问题都还有继续讨论的空间。

---

① 参见秦弓整理:《开拓鲁迅研究的新视野——〈"人"与"鬼"的纠葛〉讨论会纪要》,《鲁迅研究月刊》1996年第6期

第二节 从"耻辱"到"鬼"

"耻辱"是丸尾研究鲁迅的一个契机,由此生发出"人"与"鬼"纠葛的解读体系,而且"鬼"是作为与"耻辱"对应的概念,最终目的要证实"人"的确立只有通过"耻辱"认识和克服"鬼"才能完成。丸尾在1996年坦言:"回顾起来,我所研究的关键词汇有两个,一个是'耻辱',一个是'鬼'。换句话说,'耻辱'和'鬼'是我的鲁迅研究的两根主干。"① 从具有"耻辱"意识到"鬼"的提出,经历了近20年的时间。丸尾在其著作中是怎样建立这个研究体系的?很有必要进行详细的梳理。

我们首先来看"耻辱"的提出。丸尾基于历史事实看到了在中国文化现代转型的过程中,一批知识分子在外来文化(他者)的刺激下窥知到中国文化本身的严重问题,深深感到祖国各方面的落后,从而在内心深处涌现出强烈的"耻辱"。他例举了胡适在1918年所写的《归国杂感》和周作人在1925年所写的《代快邮》来说明此问题,并特别提到周作人在文中评述《群鬼》的话,"种性的可怕"让周作人感到是"更可耻的耻辱":那就是没有做人的资格。从此可以看到,在中国文化现代化的历史转型中,主流的知识界都弥漫这种"耻辱"意识,鲁迅就是其中之一。日本战败后,美国人为了对日本更有效的占领,他们开始研究日本文化,其中最突出的是鲁思·本尼迪克特写的《菊与刀》。这本书对战败后的日本产生了极大影响,丸尾提出"耻辱"

---

① [日] 丸尾常喜著,秦弓译:《"人"与"鬼"的纠葛——鲁迅小说论析》,人民文学出版社,2006年,第340页。

意识的另一个原因就是因为这本书。在欧美文化和东方文化的比较中，鲁思提出西方文化是发自内心的"罪感文化"，而东方文化则是对他人批评做出反应的"耻感文化"，这就是她在第十章《道德的困境》中所说的话：

> 真正的耻感文化依靠外部的强制力来做善行。真正的罪感文化则依靠罪恶感在内心的反应来做善行。羞耻是对别人批评的反应。一个人感到耻辱，是因为他或者被公开讥笑、排斥，或者他自己感觉被讥笑，不管是哪一种，羞耻感都是一种有效的强制力。但是，耻辱感要求有外人在场，至少要感觉到有外人在场。罪恶感则不是这样。有的民族中，名誉的含义就是按照自己心目中的理想自我而生活，这里，即使恶行未被人发觉，自己也会有罪恶感，而且这种罪恶感会因坦白忏悔而确实得到解脱。①

丸尾自己作为东方人对"耻感文化"的界定并不是完全赞同，他认可耻感文化的存在，但"这种耻的意识不仅仅是顾全面子的外在意识，还是一种具有多层次意味的意识。其高层次的一面是对照自己的理想和良心，意识到自己的现实与它们的差距，引导人进入深深的沉默或努力于自我克服的内面意识"②。我们知道日本思想文化界对鲁思这本书有肯定和否定两种态度，否定的观点中，津田左右吉就认为

---

① [美] 鲁思·本尼迪克特著，吕万和等译：《菊与刀》（增订版），商务印书馆，2012年，第202页。
② [日] 丸尾常喜著，秦弓译：《"人"与"鬼"的纠葛——鲁迅小说论析》，人民文学出版社，2006年，第342—343页。

日本的"耻感文化"并不一定是迫于外力，也不是没有"恶"的观念，这是鲁思基督教立场的结果。①丸尾接受了津田左右吉对"耻感文化"的批评，但他没有迁移到对中国文化的分析上。这一工作由森三树三郎完成，他撰写了《"名"与"耻"的文化》，在对日本耻感文化的反思中系统思考了中国的耻辱意识，指出了这种意识不仅是儒家的原动力，也是中国人根植于心底的道德意识。当然一个根本原因在于以胡适、鲁迅、周作人为代表的中国知识分子从内心涌现出来的这种"耻辱"证明了鲁思对东方文化的观察不一定准确。这说明丸尾没有机械地套用理论，而是在历史文化的具体场景中寻找理论运用的空间，这种迁移和改造注定了他在日本鲁迅学史上要写下浓重的一笔。

丸尾在理论与历史的结合处找到了鲁迅文学"耻辱"的自我批评的依据后，他首先梳理出鲁迅作品中"辱""愧""惭愧""耻辱""羞辱""汗流浃背""脸上和耳轮同时发热，背上渗出许多汗"等这些体现"耻辱"意识的词语，探索了鲁迅自我批评的文学的实情，动态还原了鲁迅文学从"耻辱"启程的过程。为此他在1977—1983年连续写了三篇文章来解答这个问题，通过阐明"耻辱"启程的契机、"耻辱"的形象及从"呐喊"到"彷徨"过程中"耻辱"的具体表现，来详细论证鲁迅文学民族性自我批判的特色。丸尾认为，鲁迅文学"耻辱"意识的启程要追踪到留日时期，从早年鲁迅与许寿裳讨论国民性开始，经由"幻灯事件"到东京的五篇论文，在自我的屈辱经验（"漏题事件""幻灯事件"）中已获得了为同胞深深感到耻辱的意识。此意识在"五四"时期率先于《狂人日记》中得到表现：

---

① 参见[美]鲁思·本尼迪克特著，吕万和等译：《菊与刀》（增订版），商务印书馆，2012年，第300页。

狂人所发现的，是自己也难免吃人、无可逃遁的黑暗。他在切齿痛恨的同时，意识到这一黑暗的深邃，将民族的耻辱原封不动地引为自己的耻辱。在鲁迅这里，使其"民族的自我批评"的文学成为真正的"自我批评"的契机首先由此生出。让这种黑暗止于自己这一代，为了后续的"新人"而成为牺牲，这是鲁迅选取的态度。①

　　"五四"时期的鲁迅和李大钊态度是不同的，李大钊是一种明朗而热情的态度，而鲁迅因为辛亥革命的挫折而伤痕累累，所以其耻辱意识更趋向于"绝望"，因而暴露国民"耻辱"的表现就更加急切和真切。"正是被这样的'耻辱'感重重地压迫着，鲁迅的小说才只能是'民族自我批判'而不能是任何别的东西。"②也就是说鲁迅的文学原动力在于"耻辱"感的获得，这种"耻辱"感发动了鲁迅文学的这个机器装置。丸尾也指出了这种内在矛盾的构建："鲁迅一面不断地在自己的内部营构'人类''人''真的人'这样的'典范'与'象征'，一面要把克服否定性的现在的'耻'（'耻辱''羞耻'）意识作为确立其文学出发点的重要契机。"③这种具有对立性的内关照，不仅体现了西方文化对鲁迅的影响，也体现了鲁思"耻感文化"的外部动力在鲁迅身上向内部的转化，其实就是主体性的获得。代田智明这样解释：

---

① [日]丸尾常喜著，秦弓、孙丽华编译：《耻辱与恢复——〈呐喊〉与〈野草〉》，北京大学出版社，2009年，第22页。
② 靳丛林、李明晖等：《日本鲁迅研究史论》，社会科学文献出版社，2019年，第296页。
③ [日]丸尾常喜著，秦弓、孙丽华编译：《耻辱与恢复——〈呐喊〉与〈野草〉》，北京大学出版社，2009年，第29页。

丸尾将"耻"定义为"在自己之中兼具'能够看见的自己'和'看人的自己'的意识"。前者的自己是"模范或者征象",后者则是被模范或者征象映照出来而显出否定性真相的"现在的自己",而且认为"耻辱"还是从后者向着前者"恢复""肯定"的运动性意识。①

《狂人日记》所显示的鲁迅的认识,在丸尾看来是"五四的偏向",要纠正这种"偏向"获得一种"全体性",还要通过鲁迅此后的杂文和小说进行说明,这恐怕就是"耻辱"的形象。这种"民族的耻辱感"以不同的形态使"五四"时期的知识分子获得共同的心理,他们为此去寻找破却"耻辱"的道路。鲁迅在辛亥革命、二次革命、袁世凯称帝等一系列失败的记忆中发出来震惊国人的"吃人"的"呐喊",而在他的杂文中也应和着这种判断,或者用丸尾的话说是"鲁迅的'羞耻'其本身,可以看作包含着对'敌'的'憎恶',具有发生'憎恶'的力量"②。其实就是"耻辱"生发着鲁迅批判国民丑陋的动力,由是产生了"随感录"样的批评性杂文。而同一时期的各篇小说也因为"耻辱"意识变化而获得具体形象的展示。这种变化其实就是在留日时期"庸众与天才"模式的崩溃中获得超越的,进一步说天才与庸众之间的隔膜被鲁迅打破,并在这种自我和民族的黑暗的认识中走进了中国民众。我们从《药》《孔乙己》《明天》《风波》《故乡》等小说中能清楚地看到,而且最后都汇集到《阿Q正传》中。民众的认识在此

---

① [日]代田智明著,李明军、宫原洋子译:《叙述人的位相——有关〈一件小事〉与〈无题〉的略有夸大的备忘录》,《上海鲁迅研究》2019年第4期。
② [日]丸尾常喜著,秦弓、孙丽华编译:《耻辱与恢复——〈呐喊〉与〈野草〉》,北京大学出版社,2009年,第41页。

成为鲁迅的认识中心,他也自然成为一个民族性的作家,阿Q就是鲁迅让我们每个中国人所看到的一个活生生表现中国民族性"耻辱"的典型形象。这种让我们"耻辱"的民族像成为鲁迅萦怀不去的"鬼",其实就是"暴君的臣民"形象。丸尾开始寻找"耻辱"与"鬼"的联接,这成为后来他撰写《鲁迅:"人"与"鬼"的纠葛》的基础。"呐喊"时期的鲁迅并非都是"呐喊"。如果说以《新青年》为中心的热烈氛围,产生出来的是面对"真的人"的"耻辱"意识和对"进化论"的信仰,那么《阿Q正传》以后的《呐喊》中的作品本身就预示了与《彷徨》的衔接,也就是《新青年》阵营瓦解带来的"寂寞"催生的。此时,《头发的故事》《端午节》《兔和猫》《鸭的喜剧》已经展现了鲁迅对"进化论"的怀疑,但没有深入,只是以青涩的状态被搁置着。

《〈呐喊〉自序》里,鲁迅回到"耻辱",认同这种"不可知"的逻辑,这一点地方饶有深意;而1922年"寂寞"的凝视及其表现也发生了作用。但不应忘却的是,即使在这种"不可知"的逻辑上,也毫不动摇地贯穿着"应该改变国民性"这一最初的志向;重大的不同只是在于鲁迅不能再像此前那样用"人类"的概念与"进化论"来解释它。"羞耻"的契机失去时,对此而言,取而代之的只是"责任"意识反复动摇的"彷徨"之本身。(中略)鲁迅新的文学世界,就如同"我"面对祥林嫂的眼神一样,真实的表现出自己的"彷徨"。①

---

① [日] 丸尾常喜著,秦弓、孙丽华编译:《耻辱与恢复——〈呐喊〉与〈野草〉》,北京大学出版社,2009年,第107页。

难能可贵的是，丸尾并没有把鲁迅文学"耻辱"的契机凝固化，他是在历史演变中具体分析各种不同层次的"耻辱"意识。尽管这三篇"民族自我批判"的论文没有更为详细地讨论《彷徨》以后的作品，但在分析过程中还是很注意引用鲁迅创作的各类各时期的文章，保证了文献资料的全面性。秦弓指出：丸尾认为耻辱意识发端于鲁迅留日时期撰写的《文化偏至论》《摩罗诗力说》《破恶声论》，投身于文学革命后，这种耻辱意识仍是创作的重要动机，而且内涵更丰富，不仅为民族的地位与民众的愚昧而耻辱，而且为本应承担启蒙者重任的知识分子的弱点而耻辱，多重耻辱感从不同角度、不同层面或隐或显地，生动、形象地表现于创作与翻译之中。到新文化启蒙运动落潮之后，表现耻辱的线索依然向前延伸，直至生命的终结，始终贯穿于小说和杂文等创作中。①

"耻辱"什么？这也是丸尾研究鲁迅"鬼"视角的逻辑起点。在鲁迅文学"耻辱"契机的认识中，丸尾做了总体性的认识，"耻辱"不停地在鲁迅的各个生命阶段"加油"，保证了鲁迅文学这个机体处在高效率的运转中。在此基础上，丸尾又投入了极大的精力去讨论"耻辱"的内容，他看到了鲁迅的深层逻辑，只有不停地去展现这个"耻辱"的具体内容——"鬼"，国民的新变，或者说"人"和"人国"的建立才有希望，而关于表现这个最形象最撼动人心的当然是鲁迅的小说，所以鲁迅小说就成为丸尾观察的标本。作为"耻辱"内容的"鬼"是中国文化在阴间的结晶，丸尾聚焦于此的根本理由是鲁迅在其作品中多次提到"鬼"，并赋予"鬼"象征意义，但在小说中更为突出。为了从小说进入鲁迅的精神原型，丸尾首先分析了中国文化中的两种

---

① 参见秦弓：《丸尾常喜的鲁迅研究》，《鲁迅研究月刊》2010年第8期。

"鬼"的类型：一是得到子孙安定的祭祀的"鬼"，要保佑子孙的生活，因而具有"神"的品格；二是"孤魂野鬼"，即被祭祀排除在外的"鬼"。这两种"鬼"鲜明地体现了它们与"人"的关系：

> 人们以为"阴间""鬼"的生活，必须由子孙从"阳间"送去的供品支持，因此，没有后嗣而不能享受祭祀的"孤魂"过着悲惨的"生活"，它与"亡魂""怨鬼""冤魂"等一并成为"游魂"，彷徨不定，给村镇带来疾病与灾难。在绍兴，"怨鬼"特别被叫作"五伤怨鬼"，唯恐其作祟。所谓"五伤"，就是缢死、溺亡、火伤、虎伤、产伤。①

由以上可知，"鬼"是一个非常复杂的中国文化现象，它杂糅儒、释、道，把正统、非正统、民俗、宗教、迷信等文化要素都融汇到一起，而且通过祭祀仪式、各种戏剧等形式在民间社会演绎。中国的传统社会就是一个"人"是"鬼"、"鬼"是"人"的世界。鲁迅正是在宗族祭祀和社戏中，深深体味到"鬼"的世界以及"人"与"鬼"的复杂纠葛。这个"鬼"与"人"的纠葛经过几千年最终铸造了中国人的"国民性"，它进入精神世界就是国民性之"鬼"。因此，"鬼"在丸尾的认识中就有两个向度：民俗之"鬼"和国民性之"鬼"。鲁迅在民俗之"鬼"中逐渐形成了国民性之"鬼"，当然这一视角的形成是因为外来文化的参照而形成的"耻辱"意识，② 它唤醒了鲁迅的

---

① [日] 丸尾常喜著，秦弓译：《"人"与"鬼"的纠葛——鲁迅小说论析》，人民文学出版社，2006年，第21页。
② 鲁迅在留日时期撰写的五篇论文，形成了现代人的概念，并因此批判中国的洋务运动重视物质而忽视精神，以及中国国民固有的奴隶根性，在此后鲁迅的各种翻译中不停地汲取外来文化，形成了历时性地审视中国传统文化的批判视角。

主体性自觉，认识到中国传统社会的"鬼影"并进入了国民的灵魂，使国民成为"奴隶"。于是，丸尾选择了《孔乙己》《阿Q正传》《祝福》三篇小说来分析不同类型的民俗之"鬼"怎样变成国民性之"鬼"，进而塑造出典型形象孔乙己、阿Q和祥林嫂。这三篇小说共同的旨归是由"人"变成"鬼"，孔乙己是封建知识分子变成的科场鬼，阿Q、祥林嫂分别由游民、农村妇女变成孤魂野鬼。其实他们生前已经是"鬼"了，只不过这个"鬼"是国民性之"鬼"。孔乙己、阿Q、祥林嫂都不是"真的人"，而是被扭曲的、没有生存主动权和个人主体性的"奴隶"。丸尾没有仅仅局限于这三篇小说，而是以它们为中心，向鲁迅其他小说辐射，以此揭示鲁迅小说的"鬼"之群像，比如分析《孔乙己》时也对《白光》进行了深入解读，还涉及《阿Q正传》《故乡》《社戏》《风波》等其他小说，甚至还讲到《彷徨》中的小说。这样以来，孔乙己作为"个"现象就具有了普遍性意义，进而可以揭示中国传统社会的科举制度的普遍性问题。科举在中国历史上发挥了积极作用，使中国社会一定程度上具有了开放性，保证了士人阶层的新陈代谢，但也存在士人阶层与庶民阶层之间的隔膜，皇帝选拔的士人组成的官僚社会导致了"官尊民卑，官吏内部的权力向下'膨胀'和向上'收缩'"①。"官尊民卑"的价值判断还会导致一个很显著的问题就是科举没有成功的读书人很容易被扭曲甚至丧命，孔乙己、陈士诚就是这样的"科场鬼"典型。

《阿Q正传》中的阿Q被丸尾假说为"阿鬼"，它是"中国的灵魂"或"国民的灵魂"的另一种表达。阿Q作为现实和寓意的融合具有高度的抽象性，凝聚"精神胜利法"的这个形象是传统文化的"鬼影"，

---

① [日]丸山真男著，区建英译：《福泽谕吉与日本近代化》，北京师范大学出版社，2018年，第7页。

是让鲁迅和中国人深感"耻辱"而又剜不掉的毒素,盘踞在中国国民身上几千年。从整个《呐喊》看,阿Q代表了形象的汇聚,丸尾在《耻辱与恢复——〈呐喊〉与〈野草〉》中已指出了这一点,^① 后来他又于《"人"与"鬼"的纠葛——鲁迅小说论析》中把民族的"鬼影"上升到"种业"的原型认识上:

"种业"是经过长年历史形成的民族之"业"。中华民族的"业",是在长期的专制政治和异族统治下形成的,虽然终于迎来了共和国的诞生,但要摆脱"种业"、实现民族的再生并非易事。^②

阿Q就是被这样的"种业"附身,并通过各种具体方式表现出来:自欺欺人、随大流、精神胜利、小狡猾、等级观念、浑浑噩噩等等。鲁迅将自己认识到的中国社会的"种业"阿Q化,进而形成阿Q相,最终将自己关于民族认识的核心部分予以普遍化。阿Q不仅是国民性之"鬼"的体现,也是民俗之"鬼"的体现。他寄居土谷祠就是为了表征阿Q的民俗之"鬼"。丸尾认为,鲁迅透过作品对"奴隶精神"的批判,随着渐次迫压阿Q的物质与精神所隐含的本质,在阿Q身上就频频可见民俗之"鬼"的影子,其实阿Q就是"孤魂野鬼"。"在阿Q身上,丸尾常喜看到多重鬼影:第一重是正统观念之鬼,诸如'不孝有三,无后为大''若敖之鬼馁而''男女之大防'之类;第

---

① [日]丸尾常喜著,秦弓、孙丽华编译:《耻辱与恢复——〈呐喊〉与〈野草〉》,北京大学出版社,2009年,第57页。
② [日]丸尾常喜著,秦弓译:《"人"与"鬼"的纠葛——鲁迅小说论析》,人民文学出版社,2006年,第112页。

二重是积淀在国民性中的'亡灵',具体说来,就是等级意识、愚昧、保守、狭隘、精神胜利法等种种精神弊端;第三重是民俗文化中的鬼,即生计无着的饿鬼、含冤而死的幽怨鬼、香火断绝的孤魂野鬼,等等。"① 秦弓概括出的第一、二方面其实可以概括为一个方面就是国民性之"鬼",也就是说阿Q是国民性之"鬼"和民俗之"鬼"的结合体,再加上阿Q周边的人物形象的映衬(比如小D、假洋鬼子)。他还指出丸尾看到了《阿Q正传》的结构与目连救母戏中的"幽魂超度剧"的同构性,赵京华也谈到了这一点。② 鲁迅把鬼戏化用在《阿Q正传》上,通过结构的相似来证明阿Q是民俗之"鬼",又为"阿Q=阿鬼"增添了一个证据。丸尾在结尾通过对"未庄"之"未"和"畏"的谐音考察,认为"未庄"就是"畏庄"即"鬼庄",也就是"幽灵之村"。综上可见,丸尾不遗余力地发掘各方面的资源,从民俗学、宗教学、人类学、思想史多个角度出发,充分利用各种方法,力图多角度、多层次地证实"阿Q=阿鬼"的假说。

阿Q是鲁迅笔下男性短工农民的代表,祥林嫂则是女性短工农民的代表。他们在人世本质上都是无所依的,像浮萍一样,所以生活的状态和死后的状态同构,即生无家可归,死成孤魂野鬼,但祥林嫂成为"孤魂野鬼"的过程与阿Q不同,她是宗法礼教制度排除异己的结果。丸尾抓住祥林嫂这一人物形象的核心,首先分析"鬼"的两仪性:"转世"或者"恢复"的契机;"永生"或者"再生"的状态本身。祥林嫂就是在寻求"转世"或者"恢复"过程中变成了"孤魂野鬼",鲁四老爷作为封建礼教的卫道者是祥林嫂求生不得求死不能的关键人

---

① 秦弓:《丸尾常喜的鲁迅研究》,《鲁迅研究月刊》2010年第10期。
② 赵京华:《鲁迅文学中的"鬼"世界及其思想史意义——丸尾常喜的鲁迅研究新天地》,《中国现代文学研究丛刊》2011年第6期。

物,他是传统社会国民性之"鬼"放送者,他通过四婶、柳妈这样的中介让祥林嫂"蒙昧"进而无意识的"马马虎虎",最终成为名副其实的国民性之"鬼"和民俗之"鬼"。其实,这两个"鬼"是二而一的,前者在乡民社会表现为民俗"鬼",而后者又塑造着国民性之"鬼",换一个说法,国民性之"鬼"就是片山智行所说的中国传统社会的病根——儒教养育出来的"马马虎虎"。

统治者将儒教作为"统治的工具"加以利用,民众对孔子进行了两面性的应对,这两个问题可以说是鲁迅关于此所应关注的见解。特别要指出的是,重视统治者以儒教为"利用"的狡猾的"马马虎虎"来施行政治的见解,是作为鲁迅现实主义的原型而存在的。①

丸尾看到的"原型"是人世和阴间对应的"人"与"鬼"的统一,这统一的背后最基本的是儒教的意识形态。儒家官僚通过"神道设教"来驯化民众,但却无意对人的救赎,他们只关心对自己的保护。所以,"鲁镇'祝福'之日的情景告诉读者:镇上的人们沉醉于各自利己的祈福,对祥林嫂这样的孤独无依的人则缺少救赎的关心"。"鲁迅所描写的这种鲁镇景象,巧妙地截取了那种观念所产生的世界的结局显示给我们看。鲁镇的宗教与道德,与其说将祥林嫂这样的人包容在内,毋宁说为了自我防护而将其排除在外。"②对祥林嫂的救赎体现了鲁迅深深的人道主义情怀,当然她变成"孤魂野鬼"的过程也是鲁迅对两

---

① 片山智行『魯迅のリアリズム 「孔子」と「阿Q」の死闘』、三一書房、1985年、47頁。
② [日]丸尾常喜著,秦弓译:《"人"与"鬼"的纠葛——鲁迅小说论析》,人民文学出版社,2006年,第217、218页。

种"鬼"的控诉。祥林嫂连接着子君的悲剧,这其中也渗透着朱安的影子。

"耻"是丸尾鲁迅研究的逻辑起点,"鬼"却是产生"耻"的具体呈现。正因为无数的"鬼"影游荡在现世的国民身上,鲁迅才感到深深的"耻辱"。他企望向侵略中国的洋鬼子学习技术和学问,把中国之"鬼"变成"人",进而创建"人国",所以丸尾这样结论:

> 传统社会、传统文化所给予他的旧教养与感觉,现实生活使他背负的精神创伤和罪与耻的意识,如毒蛇一般纠缠不休的爱憎的执着,进而还有他自身称为"个人主义与人道主义起伏消长"的自己的生存方式所内含的激烈矛盾,这一切作为"鬼魂"使鲁迅深受其苦,从这种痛苦中形成了他的思想。总而言之,鲁迅对内部之"鬼"的自觉使他痛苦,这种命运同现世"地狱"中呻吟的无数"鬼"的命运难以分割地胶结在一起,他孜孜不倦地探求着"鬼"变成"真的人"的"翻身"之路与他自身生命价值的实现——即他自身走向"坟"的道路。①

第三节 丸尾常喜的研究史系谱、贡献及问题

伊藤虎丸评价丸尾把日本鲁迅研究推向了划时代深刻解读的位置,其中最为关键的恐怕在于丸尾发挥了日本鲁迅研究传统的各项优点,进而开辟了鲁迅研究的全新的增长点。丸尾的鲁迅研究带有集约

---

① [日] 丸尾常喜著,秦弓译:《"人"与"鬼"的纠葛——鲁迅小说论析》,人民文学出版社,2006年,第241页。

性和画龙点睛的特点,实在是和日本鲁迅研究良好的传统分不开,因而他是站在巨人肩膀上的推陈出新。从日本鲁迅学发展史的角度看,没有理由不去讨论他的研究史谱系、贡献及其问题。

丸尾是中日鲁迅研究集大成式的人物,和此前众多先行研究者存在关系。我们从他的著述中能找到竹内好、增田涉、丸山升、伊藤虎丸、木山英雄、尾上兼英、北冈正子、片山智行、山田敬三、胡适、孙玉石、钱理群等人的影响,但在这些影响中发挥了核心作用的是竹内好、丸山升、伊藤虎丸、木山英雄,当然还和日本京都学派、民俗学的研究传统存在较大关联。首先是"耻"和"鬼"这两个概念都是源自竹内好。丸尾论证鲁迅文学产生的契机是"耻辱",而"耻辱"的原因是国民性之"鬼"和民俗之"鬼"导致的中国国民作为"人"的阙如。之所以从这个角度建立研究体系,首要的依据是鲁迅自己内在的"耻辱"意识和"鬼"的文学描述,另一个原因当然是竹内好根据鲁迅作品率先提出了"耻辱"和"鬼"的"基本命题",但他没有进一步论证,这便为丸尾的深入研究提供了学术史背景。丸尾早年论证鲁迅文学的民族性的自我批评时,直接引述过竹内关于鲁迅"屈辱"的言论,[1]而且他"耻辱"与"恢复"的结构显然也留下了伊藤狂人"康复"的痕迹(发端/治愈):狂人的"觉醒"相当于"耻辱"意识的获得,而"救赎文学"相当于人意识的"恢复"。[2]赵京华认为:"这些研究依然带有明显的竹内好影响的痕迹,其论述领域或者观察的视

---

[1] 参见[日]竹内好著,李冬木等译:《近代的超克》,生活·读书·新知三联书店,2005年,第57页。[日]丸尾常喜著,秦弓、孙丽华编译:《耻辱与恢复——〈呐喊〉与〈野草〉》,北京大学出版社,2009年,第9页。

[2] 参见[日]伊藤虎丸著,李冬木译:《鲁迅与终末论——近代现实主义的成立》,生活·读书·新知三联书店,2008年,第158—185页。

野也没有完全超出伊藤虎丸'狂人'的康复乃作家回归社会之记录的阐释架构。丸尾常喜真正的创造性研究和影响力，还是在以"鬼"为核心概念构筑起来的全新的鲁迅小说阐释架构方面。"① 他还指出竹内好至少提出了五个基本命题，这些命题基本规约了此后日本的鲁迅研究者。相对于这些基本命题来说，丸尾的"鬼"为核心观念的阐释框架是全新的。这一判断其实有进一步讨论的空间。竹内在《鲁迅》中直接谈到："要对什么人去赎罪，恐怕鲁迅自己也不会清晰地意识到，他只是在夜深人静时分，对坐在这个什么人的影子的面前（散文诗《野草》及其他）。这个什么人肯定不是靡菲斯特，中文里所说的'鬼'或许与其很相近。"② 这里讲的"鬼"就是鲁迅面对的让他"耻辱"的存在，他自己与他以外的他人和社会就是他面对的"什么人"。丸尾难道不是沿着这样的思路深入下去的吗？竹内忠实的"粉丝"伊藤说：

> 鲁迅当中的"鬼"已是个老题目了。竹内好在《鲁迅》中已经写过。尾上兼英曾就《阿Q正传》序章里"仿佛思想里有鬼似的"提起过问题，受此启发而展开的讨论，是我等的青春纪念碑。后来，例如木山英雄指出，"鲁迅和周作人当然都不是鬼的迷信家，但在他们当中，至少是我们难知难解的部分里，似总有鬼的感觉在那里'作祟'。比如说，就像有些人所说的那样，通过鬼的死魂灵特性来面对死者或由无数死者堆积起来的历史——在那种感觉中就有鬼的存在，

---

① 赵京华：《鲁迅文学中的"鬼"世界及其思想史意义——丸尾常喜的鲁迅研究新天地》，《中国现代文学研究丛刊》2011年第6期。
② [日]竹内好著，李冬木等译：《近代的超克》，生活·读书·新知三联书店，2005年，第8页。

历史感觉总能即刻与现世感觉联系起来"。不过，彻底挖掘这一题目并且提示出战后日本鲁迅研究史上划时代深刻解读的，则是丸尾常喜的近著。①

这段话不仅说明了关于鲁迅作品"鬼"的讨论不是一个新问题，还指出了丸尾和此前这方面研究的区别，当然只是概括的说及。具体来看，则主要是丸尾把"鬼"作为鲁迅文学的原型来把握，在这个意义上和"革命人""终末论""个""马马虎虎"具有同等的价值。于此，便可见到"耻"和"鬼"这两个概念以及它们构成的逻辑关系都有研究史上的知识谱系。

前面章节讲过竹内好抗拒京都学派的古典文学研究，把注意力集中于中国现代文学，促使日本支那学向中国学的转变，在这一过程中他也批评了实证研究，到丸山升实际上是回收了京都学派的文献实证，力图把鲁迅回归到中国现代的文化语境中。沿着这个道路，北冈正子用比较文学影响研究的方法，再一次把实证研究推向一个很高阶段，可以说完全复归了京都学派稳健扎实的学院派作风。这一点明显被丸尾继承下来。为证明"阿Q=阿鬼"的假说，丸尾撷取了鲁迅小说、杂文、书信、学术著作中的各种证据，然后征引中国古代文献中《左传》《说文解字》《孟子》《淮南子》《太平广记》《目连戏》（邓之珍本）以及顾颉刚古史辨的相关说法，深得文献实证和小学注疏的精要。从学术史角度看，丸尾比丸山升和北冈正子走得更远，他事实上完全把京都学派朴学传统很好地继承下来了。子安宣邦认为由内藤湖南奠基的"支那学"是在"朴学"基础上建立起来的近代汉学，是

---

① [日]伊藤虎丸著，李冬木译：《鲁迅与终末论——近代现实主义的成立》，生活·读书·新知三联书店，2008年，第339—340页。

由汉学这门文献学及其相关知识建构起来的。① 文献实证方法经由京都学派的传人仓石武四郎进入丸山升的鲁迅研究，到丸尾这里就可以看到他自觉而娴熟的运用。日本近代开创的学术传统中，民俗学研究对丸尾也具有明显的影响。柳田国男作为日本民俗学的开创者写过《民间传承论》《乡土生活研究法》《木棉以前的事情》《国语的将来》《先祖的故事》《神道于民俗学》《明治维新生活史》，他的研究重心是日本的"土俗调查"和"平民日常生活"，对日本近代以来的学术范型的转变起了重大的影响作用。子安宣邦虽然对柳田国男的研究趋向于"官方民族主义"构建有强烈的批判，② 但柳田国男开创的"土俗"和"平民日常"的视角却值得高度肯定。在分析"仙台鲁迅"那一章，提及民俗学田野调查对之的影响，丸尾所受的影响显然是"土俗"和"日常生活"方面的，他之所以和其前辈发生分野并有突破性进展，就在于他从土俗和日常生活的角度切入，来分析"鬼"通过绍兴地方的民风民俗进入鲁迅的思想世界，进而窥探到鲁迅文学作为原型的地方。举个列子，柳田《先祖的故事》在对盂兰盆节、田地神祭礼的研究中探究了祖先祭祀的原型。这不正是丸尾讨论鲁迅小说"人"与"鬼"纠葛时所用的方法吗？

木山英雄的《〈野草〉形成的逻辑及其方法——鲁迅的诗与哲学的时代》对片山智行和丸尾的影响是显然易见的。读完 1997 年丸尾的《鲁迅〈野草〉研究》，并不像他的鲁迅小说论析那样给人很大的冲击。事实上，把这本书界定为注释《野草》而让日本读者更好理解

---

① [日] 子安宣邦著，王升远译：《近代日本的中国观》，生活・读书・新知三联书店，2020 年，第 36 页。
② 参见 [日] 子安宣邦著，赵京华编译：《东亚论——日本现代思想批判》，吉林人民出版社，2004 年，第 150 页。

的书似乎更合适一些。从原创的角度上看,丸尾没有超过木山英雄,顶多处在和片山平起平坐的位置上。如果把木山的研究自白和丸尾的放在一起,大抵就看得较为明白:

> 对这一时期所特有的原始肉体性感觉的波动与抽象观念的展开是怎样保持着前后的关联性的问题,由于人们多为各篇鲜明、瑰丽的映象所吸引,故似很少有人做精心细致的研究。/ 我所说的诗与哲学,通过《野草》全体来看,并不是相互分离的。这里诗并非单纯的情绪之音乐,哲学亦非概念组合的思辨,两者在倾注全身心的主体建构之逼真力上是一致的。至少,在构成《野草》基本骨架的一系列作品中是如此。①

> 我在本书中的立场,在于重视"过程"。这主要是我从鲁迅研究初期开始,就从木山英雄的论文《〈野草〉形成的逻辑与方法——鲁迅的诗与"哲学"的时代》(1963年)学到的。在木山看来,《野草》的"诗",是"稀有的散文家或自在的短评作家之诗",其"哲学"是"不息前行的战士之哲学","两者天衣无缝地融为一体"。也就是说,木山在《野草》中看到了一个人从感觉、意识到人性观、世界观的一切,在自己之中创造出自我的鲁迅建构自我的'努力'所选择的文学表现。/ 但另一方面,须把握贯穿整体的逻辑与方法,才能更清楚地体悟各篇的意味。整体的相互关联的发展与各篇意味的理解,存在着这种辩证的关系。而在《野草》

---

① [日] 木山英雄著,赵京华编译:《文学复古与文学革命——木山英雄中国现代文学思想论集》,北京大学出版社,2004年,第2页。

各篇的理解上，我也从木山氏论文多有承教。①

丸尾和木山英雄一样把《野草》看成一个整体，然后讨论鲁迅主体自我通过具体的每篇作品如何流动的过程，进而梳理出作品集体呈现的逻辑过程，最终展示作品集"诗"与"哲学"的统一。但木山英雄是通过研究论文的方式，而丸尾则通过注释每篇作品的方式，因而在具体深入方面向前推进了一步。在序言中，丸尾充分贯彻了社会历史批评方法和比较文学的方法，前者受孙玉石的影响，后者则有诸如山田敬三、相浦杲、片山智行相关研究的影子。还可进一步说，采用每篇注释的形式其实也是借鉴片山智行的吧。一些新颖的地方也应该被提及，比如有凡例清楚地列举了丸尾所使用的关键文献，辑录了秋吉收提供的各类相关的日本语研究文献，还提供了其他文献和1924—1927年鲁迅作品一览表，这体现了丸尾很重视文献学和目录学的方法，治学谨严，在此又印证了京都学派的影响。

下来从两个方面讨论丸尾的独特贡献。第一，首次把文化人类学的原型批判运用于鲁迅研究，并为解读鲁迅打开了一个广阔的世界。丸尾在书中直接讲到鲁思·本尼迪克特《菊与刀》对他的影响，但他对鲁思的中西文化类型进行了再阐释，把西方的"罪感文化"中的主体性也赋予了"耻感文化"，从而让鲁迅的"耻辱"意识也具有内在的回应（主体性）。鲁迅"耻辱"意识在于对国民性之"鬼"和民俗之"鬼"的认识，即这种根植于国民灵魂深处的带有文化模式的"原型"让鲁迅感到深深的"耻辱"。丸尾由鲁迅"耻辱"意识的论证到鲁迅

---

① [日] 丸尾常喜著，秦弓、孙丽华编译：《耻辱与恢复——〈呐喊〉与〈野草〉》，北京大学出版社，2009年，第114—115页。

小说"鬼"的分析，也是尊崇了鲁思文化人类学的终极目标。鲁思在哥伦比亚大学专攻文化人类学，师从美国著名的人类学家弗朗兹·博厄斯。博厄斯在研究中对环境和种族决定论产生怀疑，提出人的本质是后天塑造的，社会文化对人更具有决定作用。鲁思受她老师的影响非常大，1934年她撰写了《文化模式》（Patterns of Culture）一书，提出习俗塑造人的重要观点，文化存在着一贯的模式，这种模式塑造着每个个体。①由此便可看出，丸尾提出的作为带有抽象意味的"鬼"实际上是中国人共同的文化模式，这一模式塑造着我们的每个国民，孔乙己、阿Q、祥林嫂就是展现这一文化模式的典型代表。通过把握中国传统文化的模式或者说原型，一个广阔的世界就被打开了。由此进入，鲁迅小说展现出来的土俗世界和国民魂灵的世界就充分展现出来了，各种鬼（主要是"五伤鬼"）就像阴魂一样附着在活着的国民身上，演绎着人间的惨剧。"鬼"作为原型的审视，带有原理的意味，能使我们发现鲁迅文学的文化学意义及其批评精神。此前，中日鲁迅学界还没有人从文化人类学的视角来探索鲁迅文学，也不曾向丸尾这样有体系地把鲁迅文学这个丰富的"鬼"世界展示出来。1996年中文版《人与鬼的纠葛——鲁迅小说论析》出版后，中日两国学者举行讨论会时，林非认为本书"对文化原型的探索颇见功力与深度"②，但仅仅是提出概念而已。想必秦弓是受到这个讨论会的启示，在后来撰写的文章就写道："鲁迅的文学世界中，或显或隐地包含着丰富的传统文化原型。丸尾常喜借助历史学、思想史、宗教学、民俗学等

---

① [美]鲁思·本尼迪克特著，吕万和等译：《菊与刀》（增订版），商务印书馆，2012年，第287页。
② 秦弓整理：《开拓鲁迅研究的新视野——〈"人"与"鬼"的纠葛〉讨论会纪要》，《鲁迅研究月刊》1996年第6期。

多种方法，对其传统文化原型做了富于原创性的还原式研究。"①但他们都没有把这个"文化原型"还原到文化人类学的意义上，丸尾和鲁思的交集说明他正是运用了鲁思"文化模式"的理论，才发现了鲁迅文学的"耻辱"意识以及由此逻辑发展出来对鲁迅小说"鬼"的分析。

第二点贡献就是"阿Q=阿鬼"的假说。在鲁迅研究中，是丸尾率先提出这个假说，并且进行了丰富的文献学实证和小说本事考证，使得假说具有很强的可靠性。阿Q是鲁迅长期观察和思考中国国民性的结晶，他是国民性之"鬼"和民俗之"鬼"的合体，本身就带有极强的抽象性，这正是他的姓名皆不可考的原因，因此"鬼"作为原型在读音上与阿Quei形成叠印，这也符合鲁迅小说人物命名的法门。丸尾何以能提出这个大胆的假说而具有了原创性？这和他的学术视野广阔有极大的关系。我们在阅读著作时已看到，丸尾很善于汲取中西古今的学术资源，然后化为己用。他坦言，"阿Q=阿鬼"的假说受到胡适的影响。胡适提出"大胆的假设，小心的求证"，他要做胡适的门生：

> 无论如何，我在此偏要用"考证"这种方法试图说明"阿鬼"也就是"名为幽灵的人"是存在的。我先说过这或许是鲁迅有意安排的，就是出于上述理由。鲁迅在《阿Q正传》第一章"序"的最后一段里说只有一个"阿"字非常正确，"绝无附会假借的缺点"，这实际上是暗示"Quei"里面有所"附会"与"假借"吧。我的"穿凿"就只是尝试着把这一点作为突破口，代替胡适先生的门生来寻找阐释作品新的"端绪"。②

---

① 秦弓：《丸尾常喜的鲁迅研究》，《鲁迅研究月刊》2010年第8期。
② [日]丸尾常喜著，秦弓译：《"人"与"鬼"的纠葛——鲁迅小说论析》，人民文学出版社，2006年，第101页。

丸尾的确做了很小心的求证，至于是否完全成立那是另一回事。当然在书中，丸尾只提到了胡适的影响，但其实在日本近代以来的人文学术传统中屡有这类假说，比如东京学派白鸟库吉提出的"尧舜抹杀论"，京都学派内藤湖南的"文化移动说"，都是有名的假说。他们提出这些假说，然后广泛搜罗文献来证实。丸尾作为日本学界一个集大成式的鲁迅研究者，提出"阿Q=阿鬼"假说显然有先辈学人的启发，虽然他自己没有明确地说，但不能否认这是历史性的呼应。我们还要注意一点，丸尾对假说的实证没有陷入琐屑，那是因为他善于把文化人类学、民俗学、宗教学、思想史的理论与具体的实证结合起来，也就是具有实证基础上的理论升华，从而开创了新局面。这一点钱理群曾经做过概括性说明："丸尾先生对日本传统的考证有继承也有发展，有严谨的一面，也有创新的一面，吸收了新的研究方法。一个学者如果没有创新精神，就很难有新的建树。传统方法的继承、发扬应与新方法的探索、试验结合起来。"①

最后需要简要说一下丸尾鲁迅研究存在的一些问题。丸尾研究鲁迅的整体构架是文化人类学的"文化原型"或者"文化模式"，至于民俗学、宗教学、思想史学都是服务于这个框架的。日本学者津田左右吉早就指出："文化人类学总要求对各式各样的生活上的现象做出统一的解释。"②这种研究方法用来阐释具有漫长历史的中国文化，虽然能够把握中国文化的本质问题，但可能会忽视文化的历史性的变化。文化塑造人是普遍性原理，但具体到每个人身上就不是那么简单

---

① 秦弓整理：《开拓鲁迅研究的新视野——〈"人"与"鬼"的纠葛〉讨论会纪要》，《鲁迅研究月刊》1996年第6期。
② 转引自[美]鲁思·本尼迪克特著，吕万和等译：《菊与刀》（增订版），商务印书馆，2012年，第299页。

的事情，所以"鬼"的概括本身就是以抹杀具体个性为代价的，况且鲁迅文学本身就拒绝体系化，以体系化或者原理化走进鲁迅天然具有风险。丸尾在这个问题上力求挣脱原理的机械，但仍然有切割的痕迹。他把"鬼"作为负面的文化原型问题张大到鲁迅代表性的小说，进而推进到整个鲁迅的小说世界，还旁及鲁迅的其他各类作品。这的确看到了鲁迅文学的大部分面相，但其实鲁迅对于"鬼"本身也是有肯定的，早在留日时期就有此端绪，《破恶声论》中所说的"迷信可存"实际上是对农人素朴信仰的肯定，后来在写《女吊》《无常》等文章时也明确肯定了"鬼"世界所包含的人间生命力和公理正义。还有为了假说的成立，有些地方有过度阐释的嫌疑，譬如阿 Q 与小 D"龙虎斗"映出的画面象征二鬼相争，阿 Q 求食与《左传》里的"鬼犹求食"之间的叠印，多少给人牵强的感觉，所以就在整体上削弱了"阿 Q=阿鬼"的可靠性。总体上看，丸尾的缺陷是次要的，他在日本鲁迅研究这么丰富的背景下，综合运用各种文化资源和思想方法，能够破浪前进，开创出新的研究局面，特别值得后继者来认真总结和学习。

第四部

日本鲁迅学的世纪转型

（1995—　）

引言

20世纪90年代以来,世界格局发生了很大的变化,东欧巨变,苏联解体,冷战终结。这一世界形势也影响到日本。在政治领域里日本一党政权结束,出现了多党联合执政态势,由于老一代政治家退出政坛,战后一代渐成政界主角,脱出战后日本《宪法》的趋势渐浓,要不要放弃战争手段成为政界的焦点。在经济领域里,1989年以后日本的"泡沫经济"崩溃,再加上美国与日本的摩擦,所以在世纪末经济发展经历"丧失了的十年"。政治社会经济生活的变化驱使日本思想文化的"国际化",出现了脱离汉字的文化倾向。中日关系在此时已经没有邦交正常化初期的亲密感,还不时因为参拜靖国神社和钓鱼岛问题而发生摩擦。在加上美国试图遏制中国,插手太平洋周边国家事务,所以日本国内出现敌视中国的政治势力,民众对中国的兴趣明显减弱。这样以来,日本的鲁迅研究自然会受到很大影响。

总体来看,世纪之交的日本鲁迅学不比此前,但丸山升、木山英雄、伊藤虎丸、北冈正子、山田敬三、片山智行等老一代研究者,还在继续推进鲁迅研究,贡献了许多重要的著述。当然战后出生的一代鲁迅研究者,也在世纪之交成长起来,他们一面继承老一辈的研究传统,一面推陈出新,其中中井政喜、代田智明、藤井省三、长堀祐造、工藤贵正、秋吉收等就是比较突出的研究者。名古屋外国语大学中国文学科教授中井政喜（なかい まさき，1946— ），从1976年就开始发表关于鲁迅的研究论文，截至2020年6月，共有30余篇鲁迅的研究论文（论文总数52篇），这些论文大部分结集成两本书。第一本是《鲁迅探索》（『鲁迅探索』），2006年由汲古书院出版，2017年卢茂君、郑民钦把该书译成中文由知识产权出版社出版。第二本是《鲁迅后期试探》（『鲁迅後期試探』），2016年由名古屋外国语大学出版会出版。中井政喜主要通过比较文学实证研究方法考察鲁迅与域外文学和文化的关系，对很多问题具有洞见。长堀祐造（ながほり ゆうぞう，1955— ）继承了丸山升以史料文献研究鲁迅的传统，着力考察鲁迅文艺观与托洛茨基文艺理论的关系。从1987年到2013年，长堀祐造发表了关于鲁迅研究的论文40篇左右（共发表论文106篇），出版了两本鲁迅研究专著，一本是与人合著的《鲁迅研究的现在》（『鲁迅研究の現在』、汲古書院、1992），另一本是《鲁迅与托洛茨基——中国的〈文学与革命〉》（『鲁迅とトロッキー——中国における「文学と革命」』、平凡社、2011），2015年王俊文把该著译成中文（《鲁迅与托洛茨基——〈文学与革命〉在中国》），由台湾人间出版社出版。爱知县立大学外国语学部教授工藤贵正（くどう たかまさ，1955— ）出版了专著《鲁迅与近代西洋文艺思潮》（『鲁迅と西洋近代文芸思潮』、汲古書院、2008），提供了以往中国学术界未曾注意的日文材料，从而对鲁迅与西洋文艺思潮的关系做出了全面而透彻的分析，有助于理解鲁迅的文艺观、翻译选择与创作风格。秋吉收（あきよし しゆう，1964— ）担任九州大学研究生院语言文化研究院副教授，是日本新一代鲁迅研究专家，主要致力于《野草》研究，出版专著《鲁迅：野草与杂草》（『鲁迅 野草と雑草』、九州大学出版会、

2016），讨论《野草》与屠格涅夫、佐藤春夫、谢野晶子、芥川龙之介之间的关系，把日本的《野草》比较研究推上了一个新阶段，另外还有合著《现代日本的鲁迅研究》（『現代日本における魯迅研究』、九州大学研究生院語言文化研究院、2016）。代田智明和藤井省三两位日本鲁迅研究者，21世纪以来在中日学界有更为广泛的影响，下面对他们进行专章讨论。

第十四章

代田智明的"文本主义"和"现代批判"

代田智明（しろた ともはる，1951—2017）生于东京，1976毕业于东京大学文学部中国文学科，1978年东京大学研究生院修完硕士课程，在茨城大学、东京女子大学任教后，于1993年任东京大学教养学部副教授，1998年任东京大学综合文化研究科教授，2017年3月退职，本年10月因病逝世。代田是日本世纪之交有影响力的中国现代文学研究者，主要从事鲁迅研究，代表著作是《读解鲁迅：迷和不可思议的小说10篇》(『魯迅を読み解く 謎と不思議の小説10篇』、東京大学出版会、2006)，此外发表了较多鲁迅研究论文，仅在中国知网就可看到13篇（共有15篇，另2篇和鲁迅关系不是很大），其中包括他自己用汉文写作的5篇：《论竹内好——关于他的思想、方法、态度》(《世界汉学》1998年第1期)、《1934：作为媒介者的鲁迅》(《鲁迅研究月刊》2004年第2期)、《基于鲁迅思考之上的"复仇"和"末日"》(《鲁迅研究月刊》2007年第10期)、《鲁迅对于改革和革命的立场——终末论与同路人》(《东岳论丛》2014年第1期)、《试论〈出关〉——对鲁迅知识人观的总结》(《上海鲁迅研究》2014年第4期）；李明军翻译的7篇：《危机的葬送——鲁迅〈孤独者〉论》（《上海鲁迅研究》2011年第4期）、《日本的现代批判与鲁迅》（《海南师范大学学报》2011年第6期）、《作为方法的鲁迅与讲鲁迅的难题》（《内蒙古民族大学学报》2013年第1期）、《评阿部幸夫的〈鲁迅书简和诗笺〉》（《沈阳师范大学学报》2013年第3期）、《老妇人的唠叨——〈祝福〉论》（《上海鲁迅研究》2013年第2期）、《堂·吉诃德的驽马之影——"如果鲁迅现在还活着"论争笔记》（《海南师范大学学报》2013年第10期）、《叙述人的位相——有关〈一件小事〉和〈无题〉的略有夸大的备忘录》（合译者宫原洋子，《上海鲁迅研究》2018年第4期）；还有赵晖译的《谈鲁迅论与"个"的自由主体性》（《现代中文学刊》2011年第3期）。从代田的鲁迅研究著述可以看出，他继承了日本先行研究的优良传统，在现代文学和思想批评方法的影响下，很注重鲁迅文学作品的内部研究以及相关的现代化批判。因此，放在日本鲁迅学史上来看，突出的特点就是"文本主义"和"现代批判"。

第一节　崇尚文学内部研究的"文本主义"

韦勒克和沃伦合写的《文学理论》（1949）把文学研究分为外部研究和内部研究，而且比较明显地偏重内部研究，体现了他们"新批评"的理论特色。这是一部对新批评理论系统总结的著作，试图把俄国形式主义、捷克结构主义与英美的新批评的观点有机结合，想克服过去新批评的形式主义，即把作品当作绝对的偶像，所以被极端的新批评的形式主义否定的外部研究（如文学与传记、心理学、社会学、哲学等的关系）也受到一定程度的重视。①"新批评"理论在20世纪20年代兴起，持续到"二战"后10年，慢慢走向衰落。这种文学批评思潮不仅在英美等国产生了很大影响，而且波及到英美以外各国的文学研究，对于战后被美国接管的日本当然不会例外。就鲁迅研究而言，1963年木山英雄所写的关于《野草》的论文就是典型的文学内部研究，此后这个传统被日本鲁迅研究者继承下来。

代田的鲁迅研究起始于20世纪90年代，重要成果都出现在21世纪前20年。从日本鲁迅研究传统看，明显受到木山英雄文本内部研究的影响；从外部理论影响看当然是吸收了英美新批评的优良传统，即把作品看成一个自足体，但同时也注意到他的外部关系，比如与社会历史和作者意图及读者阅读活动的关系。他这样讲：

> 作为文本主义者的我试图从现代的另外的标准，也就是文学的现代性的标准接近鲁迅的作品。关于现代小说有如下定式：这就是由具有现代的精神或者现代的自我的作者在密室里描写，具有同样素养的读者在密室里阅读的定式。②

很显然，代田是把鲁迅的作品看成一个封闭的自足体，然后对此进行研究，所以他自觉地称他自己是"文本主义者"。木山英雄在对《野草》进行解读的时候，很注意寻找《野草》作者主体的建构逻辑，

---

① 参见刘象愚：《韦勒克与他的文学理论》（代译序），收[美]勒内·韦勒克、奥斯汀·沃伦著，刘象愚、邢培明等译：《文学理论》，浙江人民出版社，2017年，第7—10页。胡经之主编：《西方文艺理论名著教程》，北京大学出版社，2003年，第192页。
② [日]代田智明著，李明军译：《日本的现代批判与鲁迅》，《海南师范大学学报(社会科学版)》2011年第6期。

还注意到这本散文诗集各篇作品的关系以及与鲁迅其他作品的关系,①这种立足文学作品内部关系和"以鲁释鲁"的方法其实就是英美新批评的精髓。代田对鲁迅作品的独特解读处在木山英雄鲁迅研究的延长线上,从他开始鲁迅研究就能看到这个痕迹。1990 年他发表了给学生授课的备忘录《叙述人的位相——有关〈一件小事〉和〈无题〉的略有夸大的备忘录》(原载日本《飙风》第 24 号,1990 年 7 月),在开头就表明他的研究方法:

  今天授课讲短篇,列举实例表明作品(文本)分析的各种方法,同时也想将现代中国文学所拥有的特殊性和个别性纳入分析视野之内。也有授课对象不一定是专业学生的时候,在这种情况下,本该重视作者的经历、作品的社会历史背景这种历史性侧面,但从授课的性质来看,不用说重点应放在文本及其解读上。②

这篇文章的确在文本的解读上推陈出新,突破了竹内好、茅盾等众多研究者的分析,在开头的"一件小事"与结尾的"国家大事"和"文治武功"的对立中把握"叙述者的位相",总结出作者鲁迅与"我"的血缘关系及故事的展开和内容与作者内面的"耻辱"意识相关。在这个基础上,代田还分析了《无题》与《一件小事》在内容上的同质,但在修辞方法上是相反的,前者是"对称"式的,后者是"寓言"式的。

---

① 参见 [日] 木山英雄著,赵京华编译:《文学复古与文学革命——木山英雄中国现代文学思想论集》,北京大学出版社,2004 年,第 3 页。
② [日] 代田智明著,李明军、官原洋子译:《叙述人的位相——有关〈一件小事〉和〈无题〉的略有夸大的备忘录》,《上海鲁迅研究》2018 年第 4 期。

这种比较不同文章然后窥探鲁迅文学"内在"的东西或者说独特性，真是很好地践行了韦勒克的卓见："强调的重点是事物的'个别性'以及各种不同的事物的联合（类比，例如，寓言；即'各种根本不同的观念的联合'），而不是诉诸感官的感觉。视觉的意象是一种感觉或者说知觉，但它也'代表了'、暗示了某种不可见的东西、某种'内在的'东西。"①从语言层面到修辞层面再到意义层面，鲁迅《一件小事》的面纱被代田一一揭开，最终发掘出鲁迅内面的"耻辱"意识。

但真正把这种方法集中体现出来的是代田的专著《读解鲁迅——迷和不可思议的小说10篇》。这是一本很有意思的书，作者把鲁迅三部小说集中的十篇小说赋予了"神秘性"，说它们是长在中国近代这个严酷的自然环境中，鲁迅就是近代中国这片苍郁森林中的"古木"。代田明显受到乐章建制的影响，在结构上设计了三部主题曲：基于《呐喊》（『呐喊』から），具体选择《狂人日记》《孔乙己》《阿Q正传》进行分析；基于《彷徨》（『彷徨』から），具体选择《祝福》《在酒楼上》《孤独者》《离婚》进行分析；基于《故事新编》（『故事新编』から），具体选择《非攻》《采薇》《起死》进行分析。然后在第一部的前面有"前奏曲：屈辱的青春（1881—1917）[前奏曲 屈辱の青春（一八八一一一九一七）]"，第二部分前面有"间奏曲一：苦恼与纠葛（1918—1924）[间奏曲一 苦悩と葛藤（一九一八一一九二四）]"，第三部分前面有"間奏曲二：踌躇与新生（1925—1930年）[間奏曲二 躊躇と新生（一九二五一一九三０年）]"；最后有"后奏曲：超越现代性（1931—1936年）[後奏曲 モダニテイを超えて（一九三一一一九三六年）]"。从代田的整体构建，我们已

---

① [美] 勒内·韦勒克、奥斯汀·沃伦著，刘象愚、邢培明等译：《文学理论》，浙江人民出版社，2017年，第177页

经看出了他是把鲁迅的小说作为一个自足体来看待,所以常年致力于翻译代田鲁迅研究的李明军就指出:"《读解鲁迅》可以说是一个丰富翔实的文本细读范本,其结构安排和论述方法具有与众不同之处。"①李明军对前奏和间奏曲进行了详细分析,把握住了代田的纲领,也说明代田论析鲁迅的小说并没有脱离鲁迅的生涯的外部研究,不过他始终坚守从文本出发来分析鲁迅的生涯,他的"文本主义"还在于对每篇小说的文本细读。当然在选择典型小说进行分析的方法上,代田明显带有丸尾的痕迹,所以就有必要"解剖几只麻雀"。《狂人日记》是鲁迅走上中国现代文坛的开山之作,研究鲁迅小说的人都会注意到它的起始意义,代田也不例外。他判断这篇小说体现了鲁迅"出发的伤痕",这个本质性的规定是通过文本呈现出来的鲁迅的"内面"。因此,代田分六个方面来阐析《狂人日记》,从"文本解释之谜"开始,再分析"作家和作品与文本的内部",进而推进到"不完全的内面",又探索"翻译与新的书写语言",最后讨论"作为伤痕的'文学者'自觉"和"狂人的未来"。这个分析以文本为出发点,层层推进到文本的意义层面,最终揭示"文学者"自觉的鲁迅的创伤。这段文字就是从文本到意义的最好解释:

> テクスト内部の解釈としては、狂人であることは、社会を変革しようとする「戦士」または啟蒙者であることであり、これに対応して、「私」以外の兄を含めた村人たち健常者は、封建社会を構成し、それに加担さえしているメンバーということになる。(对于文本内部的解释,狂人即

---

① 靳丛林、李明晖等:《日本鲁迅研究史论》,社会科学文献出版社,2019年,第283页。

是想变革社会的"战士"或启蒙者,与之相对应的是,包括"我"以外的哥哥在内的村民正常者,构成了封建社会,而且是参与其中的成员。)①

《狂人日记》通过文本的诸多细节反映了作者的"内面",但代田认为是"不完全的内面"。所谓"不完全的内面"是相对日本近代主义文学充分的"内面"而言的,具体到《狂人日记》中则是在封建社会中的所谓的"正常人",他们并没有实现个人的独立和觉醒,而是处在渴求这种状态之中。在这里,我们显然可以看出代田受柄谷行人"内面"概念的影响。"内面"其实是"现代的自我",通过物质性或制度性的东西体现出来,"我并不是要从'内面'来观察'言文一致'运动,相反,是想通过'言文一致'这一制度的确立来看'内面的发现'问题。不如此观之,则我们只会越发强调已被视为不证自明且自然而然的'内面'及其'表现'之形而上学性,而看不到其历史性"②。代田把鲁迅放在中国现代文学制度建立的这个角度上,分析了翻译与鲁迅白话文的建立,实际上也是从"言文一致"的制度确立来看鲁迅的小说的。那么,鲁迅所创作的第一篇白话小说这一文本就体现了"现代自我"的建立,但这一建立是不充分的。因为现代主体的自觉不充分受制于封建社会和礼教,所以《狂人日记》表现出有伤痕的文学者的自觉的特点。在择取《彷徨》中的典型小说《祝福》时,代田也贯穿了他的"文本主义"。他抓住祥林嫂广为人知的特点——唠叨,从延续《呐喊》中的《故乡》和《风波》场景出发,分析了这篇小说"套匣型"的文本结构,鲁迅在这一结构中讲述了祥林嫂的来

---

① 代田智明『魯迅を読み解く 謎と不思議の小説 10 篇』、東京大学出版、会 2006 年、18 頁。
② [日] 柄谷行人著,赵京华译:《日本现代文学的起源》,中央编译出版社,2013 年,第 44 页。

历、绝望以及与祥林嫂"我"的关系,最终阐明"我"祥林嫂的纠葛所表现出的作者的言行面对黑暗并与黑暗纠缠搏斗的姿态,从而标志着鲁迅特点时代的到来。① 在第三部分分析《非攻》时,代田很注意语言特色带来的艺术效果,他赞同驹田信二的说法,认为小说通过最小限度的描写,表现了文本"文言的无表情"。代田解释:

> 「文言的無表情」という指摘は、まことに興味深い。「文言的」というのは、中国語の場合、余計な部分をそぎ落として簡潔だということだろう。だが同時に言語感覚として、現代語には違いないが、近代口語の饒舌さに欠けるということでもある。「無表情」は人物描写の素つ気なさを言うだろう。逆に言うと、近代小説は人物を描くにあたつて、豊饒にことばを費やした。外見や小道具を紹介し、それこそ顔の「表情」に注目し、心理描写があり、その心理の反映や背景として、場面設定や風景描写があつた。そこでは内面や内面を焦点とする視線が、強く意識されていたのである。いわゆる視点描写というテクニックと思唯構造のことである。このテクストには、そうした近代小説構成のシステムが乏しいということでもあろう。前にも述べたように「無表情」でも、墨子の形象は静的なのではなく、活き活きと描がれている。("文言的无表情"这一指摘,真的很有意思。所谓"文言的",就是说中文的话,去掉多余的部分而显得简洁吧。但是同时,作为语言感觉,肯定是现代语,

---

① 见代田智明『魯迅を読み解く 謎と不思議の小説10篇』、東京大学出版会、2006年、133頁。

没有近代白话的饶舌。"无表情"可以说是人物描写的本来面目吧。反过来说，近代小说在描写人物方面花费了大量的语言。介绍外表和小道具，关注脸的"表情"，有心理描写；作为心理的反映和背景，还有场景设定和风景描写。在那里，以内面和内面为焦点的视线被强烈地意识到了。也就是在这个语境中，所谓的视点描写技术和思维结构，缺乏这样的近代小说构成系统。正如之前所述，即使是"无表情"，墨子的形象也不是静态的，而是生动地描绘着。)①

通过"文言的无表情"的借用，代田试图通过文本的语言层面指出墨子这一形象是在"日常性与'文言的无表情'"关系中建构起来的，也因此给阅读者简洁而富有活力的印象。墨子作为"实践的知识人形象"媒介着《理水》中的大禹，这一形象又成为民众的先驱者，和中国革命的红军重合，带有"英雄"的色彩。

代田的鲁迅作品研究始终贯穿着"文本主义"。他撰写的中文论文《基于鲁迅思考之上的"复仇"与"末日"》（2009），②以《女吊》和《铸剑》两篇文章为基础，通过详细的文本结构讨论，最后论证了鲁迅后期的"末日"。他认为鲁迅前后和后期都贯穿着"革命"到来即"末日"到来的思想，鲁迅的"复仇"并非"反清朝""失败的革命者"和"被叛变的舍身者"所能概括的，而是敢于对压迫提出异见，即不甘屈服的精神，所以《女吊》和《铸剑》都有绍兴民间戏剧故事结构的影子，而这个结构表征着鲁迅的这一精神。在践行"文本主义"

---

① 代田智明『魯迅を読み解く　謎と不思議の小説10篇』、東京大学出版会、2006年、232頁。
② [日]代田智明：《基于鲁迅思考之上的"复仇"和"末日"》，《鲁迅研究月刊》2007年第10期。

这一理念的过程中，代田没有机械套用，也没有陷入新批评的形式主义，而是从文本内部走向了文本外部。可以说代田是韦勒克、沃伦的忠实信徒："文学研究的合情合理的出发点是解释和分析作品本身。无论怎么说，毕竟只有作品能够为我们对作家的生平、社会环境及其文学创作的全过程所产生的兴趣提供正当理由。"① 如果我们再回头看看《读解鲁迅》这本书，就是通过解释和分析作品把鲁迅的整个文学生涯贯通起来，并找到演变和不变的逻辑。在这本自足的著作中，代田奏出了一曲华美的乐章。

第二节 反思现代的"现代批判"

李明军已经指出，代田的《读解鲁迅》是以日本半个世纪以来竹内好、伊藤虎丸、丸尾常喜、木山英雄的鲁迅研究为基础的。② 这是事实，但相对这些日本鲁迅研究者而言，代田推进的地方有两个主要的方面：一是自觉的文学内部研究；二是反思现代的"现代批判"。上面我们讨论了第一个，下面就来讨论第二个。

日本战后的鲁迅研究由竹内好奠基，竹内好的一个重要侧面就是立足日本或者亚洲的近代（现代）批判，所借用的文化资源则是鲁迅著述。代田的反思现代的"现代批判"其实最早来源于竹内好，他从梳理竹内好的思想、方法和态度中看到鲁迅之于现代批评的价值。

---

① [美]勒内·韦勒克、奥斯汀·沃伦著，刘象愚、邢培明等译：《文学理论》，浙江人民出版社，2017年，第129页。
② 参见靳丛林、李明晖等：《日本鲁迅研究史论》，社会科学文献出版社，2019年，第282页。

1996年，代田在北京寓舍完成了《论竹内好——关于他的思想、方法和态度》，发表在1998年《世界汉学》第一期。文章分三个部分，第一部分介绍了竹内好的基本贡献，第二部分以《何为近代》为中心分析了竹内好在欧洲与亚洲的对立中反思近代的两种类型——"转向"和"回心"。所谓"转向"就是没有主体性地寻找别的新东西，只是外部的变化，"回心"则是通过抵抗而发生的内部转变，竹内好认为鲁迅是真正代表了亚洲近代化的"回心"式的转变。对于竹内好所说的鲁迅"对于西方合理主义背后存在的非理性主义的恐惧"，代田发表了这样的看法：

> 鲁迅是否对西方思想抱有恐惧感，这问题似乎要费些思忖；不过至少鲁迅与众多的进步论者不同，他自觉到自己与那些掌握了西方的近代性价值的人（真的人）之间是有距离的，他屡屡说自己"从旧营垒中来"。当然，鲁迅深刻地了解欧洲近代价值的含义，因而才导致了自身内部的矛盾与分裂。尽管了解解放的价值，却把自己视为在那价值之外的人，视为该被"真的人"所毁灭的过去的人；对于自身的绝望，使他把自己的使命限定在"肩住黑暗中的闸门"引导下一代走向解放的位置上。同时，他唯恐自己思想的黑暗部分会影响下一代。①

鲁迅的这一实际让代田认识到鲁迅是把西方近代（现代）相对化，从而可以穿透这一矛盾纠葛，抵达超越近代（现代）的层面。他认为竹内好所说的中国近代的落后是通过落后的自觉而将民族主义转化为

---

① [日]代田智明：《论竹内好——关于他的思想、方法、态度》，《世界汉学》1998年第1期。

道德感召力，从而带动新中国的再生。换句话说，就是将鲁迅模式扩展至毛泽东，进而解释中国近代化亦即当时的新中国的成立过程。在代田的眼中，竹内好的这种说法不过是个宏大的假说，而这一假说影响了下一代的日本鲁迅研究者。对于竹内好构成的批判视角，代田也表示深深的担忧：

> 后殖民主义的状况——反殖民主义斗争的结果，带来了殖民地国家的独立，并造成其以近代国家共同体为指归的现实——则使得民族主义成为只维护一国利益的一国中心主义，它表面上对抗西方中心主义，实际上却与西方中心主义相辅相成。如果对竹内模式加以重新建构，或许还需要将这样的事实理论化：以反殖民地斗争而得以"回心"的亚洲，亦可能与日本同样堕落而"转向"，转而趋向于扩张主义。①

代田从竹内好的鲁迅论那里获得"现代批判"的密码，即"重写历史"。这意味着切断与过去的联系以催生新事物，同时也意味着旧事物的新生。当然这里面的旧事物的新生，不是凝固的"过去"，而是把"过去"做为契机重新认识。鲁迅正是这样一个东亚知识分子的标本，他从旧营垒里出来，让他更充分地把"过去"作为"重写历史"的契机。对于鲁迅的研究，很容易把竹内好的模式固定化，把竹内好关于鲁迅在中国和亚洲的思想史和现代批判的作用扩大，进而实体化和实在化。

代田沿着这个思路继续反思日本的鲁迅研究，进一步践行他的"现

---

① [日] 代田智明：《论竹内好——关于他的思想、方法、态度》，《世界汉学》1998年第1期。

代批判"。我们都知道,东亚社会的近代化或者现代化是在欧洲殖民扩张的背景下发生的,面对殖民压迫,竹内好认为有两种应对方案:"转向"和"回心"。前一种代表是日本;后一种代表是中国。代田指出竹内把鲁迅媒介到毛泽东的过程是一个宏大的假说,其实就是说竹内好站在日本的立场上把中国看成想象的"他者",这被子安宣邦说成是"竹内创造出来的'鲁迅'"①。不过,对于鲁迅的认识,代田认可了竹内好的看法,而且还进行了深入的阐释:

> 鲁迅的矛盾纠葛不是作为观念而是作为实感,在自我内部承担了前现代思想与现代思想的争执。乍一看,这常常被认为是落后的思想体验,但正因为这一点,他的文学反而被认为是把"现代"相对化,确立了超越现代的地点。②

代田和竹内好的区别在于,后者用了一个很难懂的"回心"来表达鲁迅的主体性抵抗,而前者直接指出鲁迅在前现代和现代之间争执,进而批判现代而走向超越现代。鲁迅早年所写的《摩罗诗力说》《文化偏至论》《破恶声论》等文章,对西方民主强调众势、对中国洋务运动片面追求西方物质文明的批评,就已经表现出对欧洲"现代"的批判,当然在他后面的诸多文学创作中也能见出这样的特点。子安宣邦批评欧洲的原理化的"现代",③可以进一步解释代田,所以他认

---

① [日]子安宣邦著,王升远译:《近代日本的中国观》,生活·读书·新知三联书店,2020年,第208页。
② [日]代田智明著,李明军译:《日本的现代批判与鲁迅》,《海南师范大学学报(社会科学版)》2011年第6期。
③ 参见[日]子安宣邦著,赵京华译:《日本现代思想批判》,上海译文出版社,2017年,第153—155页。

为所谓的现代国民国家,归根结底就是在现代的全面战争中想要动员所有构成工作人员的共同体,其实质是把"国民"当作市场上的商品。这样以来,"国民"便丧失了主体性,只能成为国民国家这架机器上的一个部件,而鲁迅的文本就是誓死和"国民"作为部件进行斗争。如果从文学传统看,鲁迅的文学超越了现代文学的框架,显露了面向读者、作者而又包含读者、作者的现实,这就是作品挣脱束缚的开放性。代田甚至认为:

> 实际上这种超越被分成三个作品集的时期,各自有三个位相。这种区分并不是什么新奇的指摘,也就是《呐喊》的前期,《野草》《彷徨》时期,《故事新编》后半时期这样三个时期。我认为,这三个时期仿佛体现了20世纪文学整个过程似的:开始于独特的现实主义,通过象征主义和现代主义,直到后现代的表现。说这种超越是重要的因素,是因为我认为,正是鲁迅怀有的自卑感、绝望、多疑的神经症影响着这种超越。①

《狂人日记》《明天》《孔乙己》中都有"我"的存在,"我"与小说主人公对立,形成了鲁迅特有的文本构造。代田富有启发地指出,这是鲁迅的圈套,通过这个圈套就让文学文本具有叙述者把读者的读书行为也纳入故事的意味,于是就超越了作品的"完结性"。"完结性"就是故事的终结,超越"完结性"就是无限地向着读者敞开。第二阶段的《野草》和《彷徨》是象征主义和现代主义的。就小说而言,

---

① [日]代田智明著,李明军译:《日本的现代批判与鲁迅》,《海南师范大学学报(社会科学版)》2011年第6期。

在文本中表现出复数的言说构成对话,并且这个对话再追逼着鲁迅本人,从而体现出巴赫金的对话性,这从《祝福》《在酒类上》《孤独者》等小说中能清楚地看到。小说中所涉及到的陈旧、落后也被放在后现代的视野中了,所以这些不一定比进步、新颖差,进步的事物和思想中往往包藏着"陈旧",而"陈旧"则可以成为反思和批判的契机。比如在分析《孤独者》的时候,代田首先分析了小说像《祝福》一样是"套匣"结构,可以像日本的私小说那样进行解读,含蕴了从文本内部通往外部的通道,而这一通道所连接的孤独者形象和鲁迅发生了重合,体现了"人道主义"和"个人主义"的纠葛,最后鲁迅亲手埋葬了"孤独者","可以说对旧我的整体告别在这里已经是做了预告的。因此,《孤独者》应该是描写了鲁迅将要从旧我挣脱出去的瞬间姿态的"①。鲁迅一边在古典与现代之间激烈地往返,一边尝试批判当下各种丑恶的现象,这样就构成了20世纪30年代鲁迅的杂评和《故事新编》。1934年代田写过一篇文章《1934:作为媒介者的鲁迅》,他从应对当时国民党的文化封锁的现实出发,以给《自由谈》撰稿为例,分析了鲁迅的"谎言""恶意"和"圈套",最终指出是"联结中间的游走者",鲁迅充当了打破封锁控制文坛走向的媒介。从鲁迅分别写给同代人、中间代、青年人的信,可察觉到"鲁迅没有与他们的任何一方同化。实际上正因为如此,才可能与他们的任何一方都有共通性。不站在任何一方,却与任何一方都有所相通。他只要存在,就成为各种势力的一个中间场。他游走于他们之间,寻求瓦解言论封锁体制的端绪,创建摆脱封锁实现突破的回路"②。如果仅仅停留在

---

① [日]代田智明著,李明军译:《危机的葬送——鲁迅〈孤独者〉论》,《上海鲁迅研究》2011年第4期。
② [日]代田智明:《1934:作为媒介者的鲁迅》,《鲁迅研究月刊》2004年第2期。

鲁迅的"说谎""恶意"和"圈套"上，鲁迅容易被判断为不光明正大，但置于具体的历史语境，就会认为鲁迅运用策略在批判文坛及社会的诸种丑恶，以捍卫人的自由和揭开意识形态的面纱，所以鲁迅超越了被各种名目包裹的现代。对于难解的《故事新编》，代田指出："《故事新编》也同样从现代小说的框架中彻底超越出来。这种超越并不是因为它包含进了读书行为和作者的现实存在的问题，而是因为文本的时间、空间畅通无阻地移动和出入于现实之中。"① 这句话有些费解，但根据后面的解释，我们明白作者所说的意思是历史与人类生存之间是互相媒介的，即试图把历史收复到人类生存的一边，体现着和鲁迅20世纪30年代生存状态的密切关系：自我主体并没有因为陈旧和新颖的不同被超越而固定，相反却把自己作为变革实践的机能，并于发掘正统历史中被抹杀的人们而敞开了面向未来的道路。《故事新编》的文学文本在此意义上说，是一个真正超越现代的文本。

能够更加深入和明确地在鲁迅研究中进行"现代批判"的重要论文是代田写于 2008 年的《谈鲁迅论与"个"的自由主体性——由伊藤虎丸论起》，该文后来被赵晖翻译发表在 2010 年《现代中文学刊》第 3 期上。这篇论文很长，解读起来也非常困难，但中心意思是明确的：把鲁迅作为文化资源讨论日本战后自由和主体观念演变的过程。论文共有五个部分。第一部分阐述伊藤虎丸作为"诚实的生活者"，走向基督教式的"回心"，进而通过竹内好进入鲁迅。第二部分梳理了伊藤的鲁迅论与自由的近代主体性形成的过程，特别放在 1945 年和 1969 年的战败和学生运动的历史背景下，分析伊藤关于战后日本

---

① [日]代田智明著，李明军译：《日本的现代批判与鲁迅》，《海南师范大学学报(社会科学版)》2011 年第 6 期。

民主主义的问题，即战后民主的"空洞化"是因为缺少"终末论性的思考"。这一问题致使伊藤在鲁迅那里找到了共鸣，也就是说"终末论"的人格构造和鲁迅成为鲁迅的构造是重合的：和外在的超越者相遇→从"被直接赋予的现实"中"隔离"出来→罪恶意识→从中间性权威手里获得解放→自由性的认识主体→把被直接赋予的现实进行对象化（变革）。这里的"外在超越者"是指上帝的最后审判，即通过"死"而获得的自觉，而"中间性权威"则是伊藤所说的使人获得存在依据的才能、勇气、思想、世界观、社会和国家等。鲁迅所获得"外在的超越者"是"欧洲文献"，他在这里获得自由的主体性认识，从而在传记性的历程中从周树人变成鲁迅，最后的落脚点是变革（改造国民性）。代田在第三部分辨析了竹内好和伊藤的差异，他认为竹内好的"文学家"鲁迅是实存主义①的，而且是绝对一次性的，而伊藤认为鲁迅是经过两次"回心"（自觉性主体觉醒）将所赋予的现实进行对象化，进行了凄怆的战斗。另外，竹内的赎罪文学也不是伊藤所说的原罪，鲁迅的赎罪意识是中国式的，而且伊藤还把鲁迅涉及到的中国的"现代化"等价于"西欧化"，比如他所说的"个"思想就是欧洲的"个人主义"，鲁迅并未从中国文化中获取这些东西。②第四部分关于"近代与主体的形式化"问题。竹内好和伊藤都把日本的近代（现代）作为批判的靶向，他们都认为日本没能实现真正的现代化，但竹内好是用"转向"来批评日本现代化的主体性阙如，而伊藤则是通过欧洲近代精神来反思日本缺乏"个"思想（主体性自觉）。代田认为伊藤的

---

① 此处讲的实存主义大抵等同于存在主义，日语的"实存"意为"存在"，山田敬三在分析鲁迅的存在主义时日语原文也用了"实存主义"。
② 参见蒋永国：《伊藤虎丸"个"之思想的再评估——以〈鲁迅与日本人〉为中心》，《文学评论》2013年第2期。

这种看法是知识态度和姿势上的,并非实体性存在,因为伊藤和丸山真男一样,他们的思想没能作为主流而发生现实性的作用,所以对美式民主主义的渴望和中国社会主义的憧憬都变成了"宏大叙事",最终成为"形式化"的主体性诉求。在此,代田又一次援引了柄谷行人《现代日本文学的起源》中的观点,分析"现代性自我"在"言文一致"运动中的确立,实际上也是在国民国家中确立。因此,他说:"在这里,'现代化'或者'现代性主体'作为现代国民国家的制度性成立的一个反映,已经被乌有化了。""'现代'本身被形式化、进而被解释为现代社会的'危机'。"代田继续分析欧洲现代之于伊藤的价值及其悖论:

> 伊藤把这种欧洲现代作为打基础的东西,描写了接纳吸收其"运动""精神"的理想形象,并寻求自由的主体性个人的确立。然而,在现代的尽头,用大泽的话来说是"后现代",当这种扩张性全球规模地颠覆世界时,这里所描绘的堪称乐天性的现代形象和现代性主体是不可能存在的。首先想介绍的一种观点是,那种扩张不是"精神"之类的东西,而是孕育了自我矛盾的系统。

> "现代"作为一场不断进行无止境更新的、棘手的运动,它已经丧失了有价值的精神性。具有讽刺意味的是,竹内和伊藤等人曾经批判为"伪现代"的"优等生性""转向性的"权威的置换系统在"后现代"恰恰作为起源于欧洲的资本主义性现代的本质现身于世的。①

---

① [日]代田智明著,赵晖译:《谈鲁迅论与"个"的自由主体性——由伊藤虎丸论起》,《现代中文学刊》2011年第3期。

在这样的叙述中，代田最终做出了如此判断：进入 21 世纪后可以证明其全球性现象与主体的稀薄化在各地频发一样，主体性的困难非常明显。这不就是学界屡有讨论的"后现代"吗？面对这样的困境，"主体性"如何才能发挥作用呢？论文最后一个部分讨论了这个问题。伊藤实际上是通过建立第三者审理级别（全能的神）而形成负疚心理和自责意识，然后把主体从所有的中间性权威中解放出来，进而把世界作为对象进行再度构造，并朝着改革的方向前进。日本近代以来这种第三者审理级别是国民国家的国体，而具体又是附着在"天皇"身上的。也就是说"现代性自我"看起来似乎是脱离制度性的事物而存在，实际上它与国民国家相依为命。对于鲁迅而言，这种超越性存在或者第三者审理级别不是全能的神，而是中国式的"鬼"。这个"鬼"就像"他者"进入鲁迅自身，鲁迅便在这种内部的纠葛中获得不断增长的"耻辱意识"，并进一步萌生出改造国民性之"鬼"的自觉。"鲁迅对改革、革命的这一立场，源于其没有救世主（上帝）与'复活'的终末论性思考，游动于现实的本质为旧但目标为新的自我，要为终末的到来将自己牺牲。"[1] 最后代田把主要的观察点放在"幻灯事件"上，认为该事件成为鲁迅进行国民改造故事的源头，鲁迅背负传统社会黑暗的鬼影，并与黑暗进行搏斗，一方面和论敌，另一方面和自己，这就形成了文学生成的内面机制。由于鲁迅的内面寄寓着"他者"，所以鲁迅自己也是"他者"，并且还是具有自由主体性的"少数派"。由此可以看出，竹内好和伊藤在代田的眼中其实都没有真正逼近自由的主体性，而鲁迅倒是趋近这一点，因而鲁迅在这里便是超越了形式现代化，具有反现代的价值和意义。

---

[1] 靳丛林、李明晖等：《日本鲁迅研究史论》，社会科学文献出版社，2019 年，第 282 页。

鲁迅"左"转和同路人的关系也能充分证明其反现代的特点。关于这个问题，代田做了精到的发掘，他把"同路人"的立场和"终末论"思考联系起来，浮现出鲁迅从1923年到1936年的精神形象，指出鲁迅自认不是"革命人"，也不是服从"革命人"，而是监督、补充"革命人"的存在。概括地说，就是"鲁迅后期以'同路人'与终末论的思想认识为基础，发展、形成了独立、自由与自律的知识分子新形象"①。鲁迅的新知识分子形象是一个完全自由的主体者形象，并且获得了不断抵抗强烈压迫的不竭动力，这便是鲁迅文学作为治愈文学的关键点，其实核心问题是人的自由主体性的完全获得。代田还有史料考证的文章《堂·吉诃德的驽马之影——"如果鲁迅现在还活着"论争笔记》，也很好地继承了日本鲁迅研究的考证功力，但考证的立足点还是在说明鲁迅作为知识分子与政治性言说的深层关系，而中国的一些研究者的立场也表明了自己与当下权力的亲疏关系，比如陈漱渝对毛泽东鲁迅评价的捍卫。② 知识分子与政治权力的关系很能说明主体的独立自由，鲁迅是中国现代思想史上最具有代表性的自由知识分子之一。代田通过罗稷南与毛泽东谈话所涉及的"如果鲁迅现在还活着"的相关论争，意在还原历史的真实面貌，以便说明鲁迅与政治的复杂关系，进而表明人存在的多种维度，这就又一次把鲁迅的传播向"现代"敞开，不过这里的"现代"不是形式的，而是反思的，或者说是"后现代"的。

---

① [日]代田智明：《鲁迅对于改革与革命的立场——终末论与同路人》，《鲁迅研究月刊》2004年第1期。
② 参见[日]代田智明著，李明军译：《唐·吉诃德的驽马之影——"如果鲁迅现在还活着"论争笔记》，《海南师范大学学报（社会科学版）》2013年第10期。

第十五章

藤井省三鲁迅研究的新进展

站在世纪之交的背景下,有人总结认为日本鲁迅研究发生了转型,具体表现在似乎挣脱了竹内好思想研究的紧箍咒,而对文本更加关注。虽然有思想方面的研究,但少有创新。① 这一看法有道理,但也不好定论。比如前面我们谈到的代田智明就是一个明显的例子,他很注重鲁迅文本研究,但也着迷于关于鲁迅的现代性思想批判,而且体现出较为明显的推进和创新。应该说,日本鲁迅研究在进入世纪之交以后,当代社会的变化导致了研究的转型,而坚守在鲁迅研究园地的学者,则更多地是面对日本和世界的学术现状,表现出研究的新变和综合的倾向。如果说代田智明着迷于鲁迅文学文本的内部研究,那么藤井省三就是在着力推进鲁迅的比较文学研究,但他的比较偏向平行研究,而且还注意思想史、社会史、阅读史和空间性的综合,甚至对日本鲁迅研究史也提出了他自己的看法。

---

① 参见靳丛林、李明晖等:《日本鲁迅研究史论》,社会科学文献出版社,2019年,第309页。

第一节　藤井省三及其鲁迅著述要略

　　藤井省三（ふじいしようぞう，1952—　）是日本有名的中国文学研究专家，主要从事鲁迅研究工作，1952年生于东京，本科就读于东京大学文学部中国文学专业，1976年升入东京大学中国文学系研究生，师从丸山升、伊藤虎丸，1978完成硕士论文《个体与民族》。1972年中日邦交正常化后，藤井于1979年成为第一批到中国留学的学生，1980年回国后在东京大学继续跟随丸山升修读中国文学专业的博士课程，1982年修完博士课程退学，毕业后先后任东京大学助教，樱美林大学副教授，东京大学副教授、教授。现为南京大学文学院海外人文资深教授、名古屋外国语大学特聘教授。藤井自己回忆他在小学五年级时初次读到鲁迅的《故乡》，20世纪60年代末日本校园发生"全共斗"的时期开始阅读岩波文库的《阿Q正传·狂人日记》和筑摩书房出版的三卷本《鲁迅作品集》，并坦言在竹内好的影响下，"对鲁迅作品特有的浓重暗色产生了强烈共鸣"[①]。研究生阶段，开始关注鲁迅如何接受英国浪漫派诗人拜伦，从此走上了鲁迅研究的道路，1991年也因鲁迅研究获得博士学位。在东大读书阶段，据他自己回忆受小野忍影响很大，他说："小野老师外语很好，会英语、俄语、法语，跟外国学者都有交流，所以他的视野非常开阔。他对我的影响比较大，我在比较文学研究和鲁迅研究方面都受到他的影响。"[②]

[①] [日]藤井省三著，潘世圣译：《鲁迅的都市漫游：东亚视域下的鲁迅言说》，新星出版社，2020年，第6页。
[②] 吕周聚，[日]藤井省三：《日本鲁迅研究的历史与现状——藤井省三教授访谈》，《社会科学辑刊》2017年第3期。

藤井的研究涉及中国现当代文学的较多领域，但产生重要影响的是鲁迅研究，并写了关于和涉及鲁迅的7本专著。第一本是《俄罗斯之影：夏目漱石与鲁迅》（『ロシアの影 夏目漱石と魯迅』、平凡社、1985），全书除前言、后记和索引外，正文共六章：第一章 日俄战争与中国革命潮流；第二章 大逆事件与安德列夫作品的接受；第三章 漱石与安德列夫；第四章 中国清末思想的发展与鲁迅；第五章 鲁迅与安德列夫；第六章 漱石与鲁迅。第二本是《鲁迅〈故乡〉的风景》（『魯迅「故郷」の風景』、平凡社、1986），全书除前言、后记和索引外，包括两个大部分。第一部分是正文，包括：故乡的风景；"希望理论"的展开；复仇的文学。第二部分补论，包括：拜伦在中国的接受——章炳麟·鲁迅·苏曼殊；鲁迅、周作人论"国民"与文学。第三本是《爱罗先珂的都市故事——1920年代的东京·上海·北京》（『エロシエンコの都市物語 1920年代の東京·上海·北京』、みすず書房、1989），全书除前言、结语和后记外，正文共四部：第一部 爱罗先珂在东京；第二部 爱罗先珂在上海；第三部 爱罗先珂在北京；第四部 鲁迅与爱罗先珂。第四本是《鲁迅〈故乡〉阅读史：现代中国的文学空间》（『魯迅「故郷」の読書史中 近代中国の文学空間』、創文社、1997），除引言、结语、后记和史料索引外，正文共有四章：第一章 知识阶级的《故乡》——中华民国时期（上）；第二章 教科书中的《故乡》——中华民国时期（下）；第三章 作为思想政治教育教材的《故乡》——中华人民共和国时期·毛泽东时代；第四章 改革开放时期的《故乡》——中华人民共和国时期·邓小平时代。第五本是《鲁迅事典》（『魯迅事典』、三省堂、2002），有前言和后记，正文共五部：第一部 鲁迅和他的时代；第二部 鲁迅的作品；第三部 和鲁迅交游的人；第四部 阅读鲁迅的关键词；第五部 鲁迅的读法。第六本是《鲁迅：东亚活着的文学》(『魯迅 東アジア生きる文学』、岩波書店、2011),有序言,书末附鲁迅简略年谱,正文共九章:第一章 我与鲁迅;第二章 觉醒与出走——绍兴、南京时期;第三章 充满刺激的留学体验——东京、仙台时期;第四章 从官员学者到新文学家——北京时期;第五章 恋爱、电影及绯闻——上海时期(上);第六章 左翼文坛旗手——上海时期(下);第七章 日本与鲁迅;第八章 东亚与鲁迅;第九章 鲁迅与现代中国。第七本是《鲁迅与日本文学:从漱石·鸥外到清张·春树》(『魯迅と日本文学 漱石·鷗外から清張·春樹まで』、東京大学出版会、2015),有前言、后记,书末附有人名和作品索引,正文共两大部分。第一部分讨论日本作家对鲁迅的影响,主要有四章:第一章 夏目漱石与鲁迅;第二章 森欧外与鲁迅;第三章 芥川龙之介与鲁迅(1);第四章 芥川龙之介与鲁迅(2)。第二部分讨论鲁迅对日本作家的影响,也有四章:第五章 鲁迅与佐藤春夫;第六章 鲁迅与太宰治;第七章 鲁迅与松本清张;第八章 鲁迅与村上春树。藤井还出过一本 NHK "人间讲座"的小册子《新·鲁迅的探索》(2003),在日本教育电视频道分九讲介绍了鲁迅的生平以及鲁迅在东亚的传播和鲁迅与现代的关系。除此之外,藤井还著有《百年台湾文学》(岩波书店,2002)、《村上春树心底的中国》(朝日新闻社,2007)、《中国语圈文学史》(东京大学出版会,2011)等,另外还译有莫言的小说《酒国》(岩波书店,1996)、郑义的小说《神树》(朝日新闻社,1999)以及鲁迅的小说《故乡 阿Q正传》(光文社,2009)和《在酒楼上 非攻》(光文社,2010)。

除以上研究鲁迅的专著外,藤井还有一些其他的关于鲁迅的论文,于此可看出藤井研究鲁迅用力之勤和著作之多,这在日本鲁迅研究者中是比较少见的,因而藤井在世界鲁迅研究界和汉学界产生了较大影响。藤井与中国的学术交流也很频繁,他的著作共有三本译成中文，第一本是陈福康译的《鲁迅比较研究》（上海外语教育出版社，1997），这本书是把藤井《俄罗斯之影》《鲁迅〈故乡〉的风景》《爱罗先珂的都市故事》三本书中关于比较文学研究的部分提取出来译成中文，另外还收录了藤井所写的其他的比较文学论文，具体篇目有《鲁迅与拜伦》《鲁迅与显克维支》《鲁迅与安德列夫》《鲁迅与夏目漱石》《鲁迅与复仇的文学》《鲁迅与契里珂夫》《鲁迅与武者小路实笃》《鲁迅与芥川龙之介》《鲁迅与安徒生》《鲁迅与蕗谷虹儿及叶灵凤》《鲁迅与料治明朝》《访藤野先生故乡》，此外有译者的《编译者序》及其作的两篇文章《住在鲁迅家里的日本少年》和《鲁迅1922年日记失踪之谜》。第二本是董炳月译的《鲁迅〈故乡〉阅读史——现代中国的文学空间》（新世界出版社，2002；修订本，南京大学出版社，2013）；第三本是潘世圣译的《鲁迅的都市漫游：东亚视域下的鲁迅言说》（新星出版社，2020），就是藤井所写的《鲁迅：东亚活着的文学》。

纵观藤井鲁迅研究的著述，可以看出藤井更多地从比较文学角度研究鲁迅，而且富有特色，可以说开创了鲁迅比较文学研究的新局面。藤井的鲁迅研究不限于比较文学研究，他还着力关注鲁迅阅读史、传播史和空间鲁迅的研究，另外对日本鲁迅学史也提出了自己的看法。因此，下面就重点考察他的比较文学、阅读史及日本鲁迅学史方面的研究。

第二节　富有开拓性的比较研究

日本的鲁迅比较研究早在20世纪30年代就已经出现了。到了40年代，竹内好接续了这一视角，对鲁迅与二叶亭及日本文学之间的关系进行了更为深入的探讨，此后二十年比较研究的范围不断扩大，涉及鲁迅与小林多喜二、尾崎秀实、柳田国男、夏目漱石等众多作家和学者的关系研究，同时还开始关注鲁迅与俄罗斯文学的关系，以及鲁迅与珂勒惠支、史沫莱特的关系。①不过此前的研究，大部分还是一般意义上的比较，较多成果停留在相同相异的讨论，尚未上升到比较文学学科的意义上来，正真具有学科范式的比较研究出现在 20 世纪 80 年代前后。比如在关西地区有相浦杲从比较文学角度全面系统地讨论《野草》的域外知识谱系及鲁迅与厨川白村之间的关系，②还有北冈正子对《摩罗诗力说》材源的深入研究，当然片山智行的《野草》研究也有这种比较。以京都为中心的关西地区的鲁迅比较研究，明显的特点就是继承了京都学派的实证研究，并自觉地践行了法国学派比较文学影响研究的理论。从日本鲁迅比较研究的历史发展过程来看，强调实证的影响研究恐怕是为了反拨一般意义的平行研究的空疏。此后日本鲁迅比较研究继续发展，直到 21 世纪以来我们还可以看到北冈正子、李冬木在捍卫这个传统，而藤井在这一研究的发展进程中处在综合发展又有所开拓的地位上，而且他一直以来都没有脱离鲁迅的比较文学研究，从他的第一本鲁迅研究专著到最近的一本都有这个特色。关于藤井比较文学的时空特点已有人指出，③所以在这里主要讲他另外三个方面的贡献。

第一，综合运用实证研究和平行研究。藤井和北冈正子都在东京

---

① 参见吉林师范大学外国问题研究所日本研究史编：《日本情况·鲁迅在日本的目录》（内部资料）1976 年第 2 期，第 46—50、55—56 页。
② 参见 [日] 相浦杲：《考证·比较·鉴赏——二十世纪中国文学研究论集》，北京大学出版社，1996 年，第 89—114、115—153 页。
③ 参见于珊珊：《试论"藤井鲁迅"中的文学时空》，《河南师范大学学报（哲学社会科学版）》2016 年第 1 期。

大学接受了中国文学的教育,而且在学术上都受到丸山升、伊藤虎丸的影响,有很好的比较文学研究的专业训练。在探讨北冈正子时说到这一点,藤井处在这样的学术氛围中,自然也受到熏陶。与北冈正子相比,藤井对实证研究没有那么执着,而是试图把实证研究和平行研究结合起来,从早期出版的专著可以清楚地看到这种研究的综合性。在《〈故乡〉的风景》中,分析俄国作家契里珂夫和鲁迅的关系,藤井首先着眼于鲁迅与契里珂夫事实上的接触,然后再分析《故乡》和《省会》两个文学文本之间的关系。关于鲁迅和契里珂夫之间的事实关系,藤井详细地考察了鲁迅对契里珂夫文学作品的翻译。根据1917年的鲁迅日记及周作人在北京时期的日记,发掘出鲁迅1918年购买了日本出版的《新进作家丛书》五册,其中就有《契里珂夫选集》。1922年和1923年周氏兄弟合作翻译了《现代小说译丛》和《现代日本小说集》,其中《现代小说译丛》中有鲁迅翻译的契里珂夫的《连翘》和《省会》[1]。显然鲁迅是通过日译本转译的,所以受到日本中转的影响,鲁迅在解说作品时写了《〈连翘〉译者附记》,而这一附记受到日本译者关口弥《契里珂夫选集》所做的《译者序》的影响,抄用了关口弥所述的契里珂夫的经历。藤井这样讲:

  鲁迅代表作之一的《故乡》,是在日本出版关口翻译的《契里珂夫选集》与鲁迅在中国翻译契里珂夫《连翘》《省会》之间的1921年1月创作的短篇小说集。关于《故乡》,迄今也有许许多多各种各样的评论。但是,它们都不过是照着《故

---

[1] 日语根据内容把《省会》译为『田舍町』,"田舍町"意为"小镇",所以陈福康认为似乎译为《小镇》更合适(参见[日]藤井省三著,陈福康编译:《鲁迅比较研究》,上海外语教育出版社,1997年,第136页)。

乡》末尾的曲折的理论展开——对孩子一代的希望,作为手制的偶像否定希望,然后是地上的路等等,来做文章而已。①

鲁迅在翻译出版《省会》之前创作了《故乡》,这个时间鲁迅已经购买了《契里珂夫选集》并和周作人一起着手翻译《现代小说译丛》,事实影响是很可靠的。但藤井指出,在研究《故乡》时并没有关注到它与《省会》的关系,因而接下来藤井就依托两个文学文本,进行了细致的平行比较。他首先依据两个文本概括出相似的结构模式:归乡;回乡;结尾,在此基础上进行逐一讨论。在归乡风景的描写上,契里珂夫描写了夏天伏尔加河的美丽风景,而鲁迅排除了故乡美丽的风景,为后面美丽风景的出现埋下了伏笔。中间是各自的回想,在结尾的时候,《省会》有点混乱,而《故乡》却显得逻辑严密。这种结构模式的相似进一步证实了《故乡》受到《省会》影响,但鲁迅有创新:

在鲁迅《故乡》中,与变化了的闰土的再见面、对侄儿宏儿们的希望、视希望为手制的偶像等等,可以一一指出与《省会》的对应关系。但是,与《省会》比较,这些可以说是大大的被整理、被有机地结合了的。我们考察在契里珂夫《省会》以后写的鲁迅的《故乡》的结构时,可以想象他是以"希望理论"为轴心而展开的。在"A归乡"中预先被排除的风景,在"B回想"中作为有少年闰土的风景——美丽的故乡而成功的出现,以后又是在"C结尾"中"西瓜地上的银项圈的小英雄"

① [日] 藤井省三著,陈福康编译:《鲁迅比较研究》,上海外语教育出版社,1997年,第140页。藤井省三『魯迅「故郷」の風景』、平凡社、1986年、33頁。

的影像消失,这样,有关"希望的"思考也就很自然地提了出来。这样的结构,可说是非常妙的。主人公关于"希望"的思考,正是在夜空金黄的圆月朗照着的海边碧绿的沙地这一幻想的风景——失去了少年的故乡的风景之中进行的。①

藤井很好地把比较文学的影响研究和平行研究综合起来,不仅发现了《故乡》和《省会》结构相似,也探索出鲁迅创新的一面,从而揭示出20年代中日俄文学交流的细部,对于深入理解故乡及其所反映的知识分子具有重要的启示。

藤井这种综合性的比较研究无处不在,对于鲁迅与复仇诗人的关系,他也践行了这样的原则。以鲁迅早年撰写《摩罗诗力说》为线索,指出鲁迅与复仇诗人的事实关系,再由此进入到20世纪20年代,梳理出鲁迅翻译阿尔志跋绥夫《工人绥惠略夫》的事实及其与长谷川如是闲的交游,进一步指出《野草》中的《复仇》和《复仇（其二）》在文学文本上与《工人绥惠略夫》复仇章节和长谷川如是闲《血的奇论》间的诸多相似,还对《复仇（其二）》与《马可福音》的关系进行了比较,也讨论了《希望》与裴多菲的诗歌的关系。从论证的过程,藤井始终以事实影响为基础,当然这是对关西地区鲁迅比较研究的实证方法的继承,比如他运用了北冈正子的关于《希望》材源调查的结果,②来证实鲁迅复仇的情念与希望理论的关系,他说："围绕着复仇的鲁迅的情念,在这里并没有被完全的希望理论所替代。只要继续与黑暗

---

① [日] 藤井省三著,陈福康编译:《鲁迅比较研究》,上海外语教育出版社,1997年,第153—154页。藤井省三『魯迅「故郷」の風景』、平凡社、1986年、55—56頁。
② 参见 [日] 藤井省三著,陈福康编译:《鲁迅比较研究》,上海外语教育出版社,1997年,第129页。藤井省三『魯迅「故郷」の風景』、平凡社、1986年、170頁。

深重的现状发生联系,爱与憎、以及复仇的情念也就继续在鲁迅的内心燃烧。"①我们还可以看到,藤井在研究鲁迅与拜伦、显克微支、安德列夫、夏目漱石、武者小路实笃、爱罗先珂、芥川龙之介、安徒生、蕗谷红儿、料治明朝的关系时,始终坚守把实证研究与平行研究结合起来,再运用文本细节的对读,从而克服仅仅用平行研究带来的空泛。一个典型的例子就是分析《孔乙己》和芥川龙之介的《毛利先生》,毛利先生是旧制中学里面的一位英语老师,穿着礼服,戴着礼帽,说话尖利刺耳,和孔乙己很类似,而且叙事方式都采用了"我"的视角。藤井在鲁迅与芥川龙之介的事实相遇的基础上对《孔乙己》的段落进行逐一解析,指出它和《毛利先生》在细节上的相似,然后再分析了二者不同的地方:孔乙己是科举破灭后绝望的小说,而毛利先生给人执着追求的勇气和力量,只不过从前未发现而已。②平行和跨学科研究的美国学派对20世纪后半叶的比较文学研究产生了很大的影响,一些研究脱离历史事实和文学文本,漫无边际地进行比较,丧失可比性。藤井在早期的三部著作中,很注意克服这种弊病,不仅多方搜集鲁迅和域外作家的事实性相遇,还能深入文学文本,提供精细的文本细读,所以结论令人信服。

第二,强调第三关系(中介)的比较。"第三关系"是张哲俊在《杨柳的形象:物质的交流与中日古代文学》一书中提出来的,他认为两个不同国家或不同语言的文学之间发生关系,并不一定是直接的关系,而是有作为中间媒介的第三关系的存在,这个中间媒介有各种形态,

---

① [日]藤井省三著,陈福康编译:《鲁迅比较研究》,上海外语教育出版社,1997年,第131页。藤井省三『魯迅「故郷」の風景』、平凡社、1986年、173—174頁。
② 見藤井省三『魯迅と日本文学 漱石・鷗外から清張・春樹まで』、東京大学出版会、2015年、113—116頁。[日]藤井省三著,潘世圣译:《鲁迅的都市漫游:东亚视域下的鲁迅言说》,新星出版社,2020年,第100页。

有物质的、观念的，也有综合性的中间媒介。①张哲俊提出第三关系，无疑把传统的实证研究和平行研究向前推进了一步，很多跨文化的文学关系的生成，并非因为直接的文学关系，而是通过中间媒介发生的。如果不深入到第三关系，就发现不了不同文化或语言的文学之间的内在关系，文学与文学交流的立体图谱就会被平面化甚至被忽略。

鲁迅与域外文化和文学的关系，很多地方就是依靠这种第三关系建立起来的，比如个人主义思想、狂人的文学观念都离不开日本的中转，即使是具体的文学文本之间的关系，也多和日本中转有极大关系。日本的鲁迅比较文学研究者，自北冈正子以来，就逐渐注意到这个问题。北冈正子以《摩罗诗力说》为对象，充分发掘了日本中转的各种西方材源，使我们意识到鲁迅文学思想的早期建构，并非直接源自西方。而藤井的第三关系的比较研究，把研究范围扩大到鲁迅登上中国现代文坛以后的文学创作，充分讨论了中间媒体架设了鲁迅与西方文学作品的桥梁。在分析鲁迅与夏目漱石的关系时，藤井做了事实关系的探究后，引用柄谷行人《日本近代文学的起源》的相关理论，②指出日本明治文学通过西洋发现了"自我"和"内面"，而鲁迅在清末的历史语境下也发现了"自我"和"内面"。就漱石和鲁迅的具体情况而言，他们文学创作"内面"的发现，都是通过安德列夫（又译安特莱夫）这个第三方实现的。

---

① 参见张哲俊：《杨柳的形象：物质的交流与中日古代文学》，人民文学出版社，2011年，第3页。
② 柄谷行人在《日本近代文学的起源》的第二章分析了日本近代文学内面的发现，认为漱石走上了同时代人中自称的"洋学队队长"的道路，其文学"内面性"是通过明治二十年并非制度的制度建立起来的，藤井运用其相关理论分析了漱石和鲁迅的"内面"建立的历史阶段的相似性。藤井的这本书的第一章探究鲁迅《故乡》的"风景"，也运用了柄谷该书中关于"风景"的发现的理论（参见[日]柄谷行人著，赵京华译：《日本近代文学的起源》，生活·读书·新知三联书店，2019年）。

在鲁迅文学的成功上，安德列夫作为触媒起了重要的作用。而漱石也曾经接受安德列夫，从而描写了与日俄战争后的现状对立的知识分子。他与鲁迅一样，对安德列夫不仅仅理解为只是一种单纯的不安的文学。

漱石不是只停留在文明批评领域的文学者。清末革命思想史发展的结果，鲁迅发现了自我；与此同时，漱石也从"当前文艺应该帮助日本进步"的追求中，最后找到了自我。①

尽管鲁迅和漱石在事实上存在无可争议的影响关系，但对他们关系深入的理解，还要看到安德列夫作为共同的媒触所建立起来的第三关系，其本质在于安德列夫沟通了鲁迅和漱石相近的精神结构。20世纪初期的日俄战争不仅对俄国产生了深远的影响，而且关涉到远东诸国的命运。在这样的背景下，漱石和鲁迅都认为文学应与祖国、民族及其最深层有关，并以此为出发点。东方真正的近代文学，是通过这两位知识分子奠基的，而且他们打破了近代以来以自我为中心的西方近代文学，从而建立了民族主体性的东方文学之"自我"或者"内面"。安德列夫在日本和中国的近代文学的形成中起了巨大的媒触作用，这绝不是偶然的，而是世界文学的必然。藤井更进一步指出，安德列夫把俄国知识分子的希望与绝望最好地表现出来了，但漱石和鲁迅从安德列夫那里发现的这种"内面"并没有被中日两国的研究者所洞察，或者说被政治家所借用，进而把这两位近代国民作家神话化，所以"在漱石，是因大逆事件后知识分子非政治化的需要；在鲁迅，是因人民

---

① [日] 藤井省三著，陈福康编译：《鲁迅比较研究》，上海外语教育出版社，1997年，第89、90页。

革命后的政治乃至人民共和国幻想的万能化的需要"①。陈福康在深入解读藤井研究鲁迅和漱石的关系时,极富见地地做了如下总结:

> 藤井又认为,在以往的漱石研究和鲁迅研究中,尽管各自情况很不相同,但却可以看到构造相近的"神话"之影。过去日本的漱石研究者,有的从其作品中看到所谓"则天去私"说,也有的相反看到他对于自我的执着,藤井认为这些都是被卑小的伦理主义束缚住了;而近来日本评论界大多将漱石作为文明批评家来研究,他认为这是一个进步,但很多研究者仍然忽视了漱石文明批评的深处的思想性。他还认为,延安时代的毛泽东提出鲁迅是新中国的圣人,这是一种"政治主义",把鲁迅作为现实政治中的革命家,从而掩盖了鲁迅作品对占统治地位的意识形态的批判的本质;而在日本的竹内好以来的鲁迅研究,则为了从政治与文学的对立或扬弃的配景画面上来捕捉鲁迅,也忽视了活跃在现代思想史舞台上的鲁迅作品的思想核心。因此,藤井试图将安德烈夫的影响与被接受作为中间项,来对漱石与鲁迅的文学活动作一番比较研究,从而揭开以往蒙盖在他们身上的"神话"的黑纱,以逼近其思想的核心。②

这段很长的引文说明了漱石和鲁迅得以在深层次上形成关系,是不能忽视安德列夫这个"中间项"的。中日两国将两位作家"神话化",恰恰丢失了安德列夫赋予两位作家的"内面性"。藤井作为战后第三代鲁迅研究者,一个明显的特点就是突围进而试图完全摆脱竹内好的

---

① [日] 藤井省三著,陈福康编译:《鲁迅比较研究》,上海外语教育出版社,1997年,第100页。
② 陈福康:《藤井省三对鲁迅的研究》,《中国比较文学》1996年第4期。

影子，因为竹内好政治与文学对立的研究格局被认为忽视了鲁迅作品的思想核心。

另一个很好的范例是鲁迅与芥川龙之介的关系研究。藤井引入了"流浪的犹太人"作为"中间项"。藤井指出芥川表征了大正时期文学"内面"的不安，这种不安被鲁迅敏锐地捕捉到，正好和中国"五四"后的社会情势相似，芥川后来在这种不安中自杀，鲁迅则走上了另外的道路，但二者之间却有一根联结的线，即中世纪欧洲"流浪的犹太人"的传说。芥川在1917年6月号的《新潮》上发表了同名小说《流浪的犹太人》，这是一个关于基督教的故事，写日本神父扎皮埃遇见了阿哈斯瓦尔，并记录下了与这个永远的旅人交谈的记录，从而对原来以赎罪为主题的传统进行了新的解说——自觉有罪的人才有救。而鲁迅正是通过芥川的中介接触到这个犹太人的流浪故事，并从中获得了"罪"与"走"这两个主题，我们从《故乡》《伤逝》《娜拉走后怎样》《希望》中可以明确的看到。因而，藤井认为：

> 作为赎罪的走——这可说是"流浪的犹太人"传说成为某种触媒作用，在鲁迅作品里显出来了。在翻译芥川作品时通读过《烟草与恶魔》的鲁迅，也看过收于该作品集内的《流浪的犹太人》，这一神奇的传说在他内心的角落停留了吧。
>
> 在鲁迅与芥川对"流浪的犹太人"的传说的接受过程中，显示出微妙的、但却是有生死之别的决定性的解释差异。这一解释差异，与两人不同的素质，可以说是由于日中两国现代化的时间差、空间差所决定的吧。①

---

① [日]藤井省三著，陈福康编译：《鲁迅比较研究》，上海外语教育出版社，1997年，第204页。

藤井在这篇文章中只选出了鲁迅这四篇作品，其实关于罪与走的主题贯穿在鲁迅很多作品中。"流浪的犹太人"作为第三关系勾连了鲁迅与芥川龙之介，并在中日两国不同的时空语境中产生了差异性的理解和文学处理。当然，关于"罪与走"之主题绝非藤井研究鲁迅的创举，他实际上是继承了自竹内好以来伊藤虎丸的这个传统，这一点已有研究者指出，① 但藤井的贡献在于引入了第三关系的视角，把仅仅是中—日两国的文学关系变成了中—西—日这样的立体关系。这进一步说明了在东西方文化激烈碰撞的近代，鲁迅作为一个东亚近代文学的标本所蕴含的复杂性。

　　第三，开拓了以鲁迅为中心的双向比较。日本关于鲁迅的比较文学研究战前的成果大都是在相同的历史语境下讨论鲁迅和其他作家之间的异同，也涉及到域外文化文学对鲁迅思想和创作的影响。"二战"后的日本鲁迅研究很长一段时间是把鲁迅当作反思日本近代化的"他者"，为突破竹内好开创的这种研究格局，重要的努力就是厘清其他文化文学对鲁迅的事实性影响，中岛长文、相浦杲、北冈正子、李冬木都处在这一条研究线上。藤井虽然属于鲁迅的比较文学研究者，但他试图综合突围，除了前面提到的两个方面外，第三个方面就是以鲁迅为中心进行双向比较。也就是既讨论其他作家对鲁迅的影响，也讨论鲁迅对其他作家的影响，重要成果是 2015 年东京大学出版会出版的《鲁迅与日本文学——从漱石·鸥外到清张·春树》。这本书在整体构架上体现了藤井以鲁迅为中心讨论他与日本作家的双向关系，第一部分探索了日本的夏目漱石、森欧外、芥川龙之介对鲁迅的影响。

---

① 吴玥瑶、李松：《"罪与走"的文化原型与日本阐释——比较视野中的"藤井鲁迅"研究》，《汉语言文学研究》2019 年第 3 期。

我们都知道鲁迅留学日本受到日本文学的影响，登上中国文坛后一直着力绍介日本文学。周作人认为鲁迅受日本文学影响并不是很明显，但事实上上面这三位作家对鲁迅精神和创作都有很深的影响。藤井抓住了这一点，详细分析了三位作家对鲁迅创作的深刻影响。漱石的《少爷》《我是猫》影响了《阿Q正传》的人物形象和讽刺手法，鲁迅国民性批判来自漱石这一知识谱系；①森鸥外《舞姬》也影响了《伤逝》，两篇小说的构造和人物形象的处境很相似，主人公都有深刻的罪责和救赎意识，但二者具体的历史背景有差异；②芥川龙之介对鲁迅的影响前面已经讨论过。

藤井不仅仅讨论日本作家对鲁迅的影响，还讨论了鲁迅对日本作家佐藤春夫、太宰治、松本清张和村上春树的影响。佐藤春夫（1892—1964）可以说和鲁迅是同时代作家，他们之间有许多交集，佐藤介绍了增田涉的《鲁迅传》在《改造》上发表，又翻译了岩波文库《鲁迅选集》，鲁迅曾赠送《北平笺谱》一部给他。太宰治受鲁迅《藤野先生》的影响，作鲁迅留日的传记小说《惜别》。③这本传记小说是太宰治在阅读小田岳夫的《鲁迅传》和改造社的《大鲁迅全集》的基础上创作的，在书的后记中批评了竹内好《鲁迅》对鲁迅小说的独断性判断。这也引发了竹内好对《惜别》的批判，他认为太宰治没有充分理解"幻灯事件"，礼赞儒教是歪曲鲁迅思想。④藤井深入解读了鲁迅对太宰治的影响，也指出了太宰治歪曲鲁迅和拒绝鲁迅的地方，还

---

① 见藤井省三『魯迅と日本文学　漱石・鷗外から清張・春樹まで』、東京大学出版会、2015年、48—69頁。
② 见藤井省三『魯迅と日本文学　漱石・鷗外から清張・春樹まで』、東京大学出版会、2015年、98頁。
③ 中译本译者为于小植，新星出版社2006年出版。
④ 见藤井省三『魯迅と日本文学　漱石・鷗外から清張・春樹まで』、東京大学出版会、2015年、

把竹内好对太宰治的批评纳入研究中，并分析了竹内好批评鲁迅和太宰治的视野是建立在他文学与政治对立的误读中。鲁迅对松本清张的影响主要表现在《故乡》与推理小说《监视》(『張込み』)之间的关系上。松本藏书大约有30万册，其中有竹内好译的《鲁迅作品集》、岩波文库《鲁迅选集》，竹内好译的1958年收有鲁迅作品的《世界文学大系62》和1956年岩波书店刊行的杂志《文学》上的鲁迅特辑，可见松本深入地关注鲁迅。《故乡》的结构是回乡—再会—离乡，《父系的手指》也是一个回乡故事的小说，因而藤井认为：

> 《父系的手指》也可以说是一篇描写回乡故事的小说，这个故事由父亲的离乡与怀乡（父亲与弟弟的会面）；儿子的归乡、面对堂弟妹的照片；儿子的离乡、儿子与亲戚的会面以及儿子的"弃"乡六部分构成，由此可以推断这部作品与鲁迅《故乡》有影响关系。或者可以从鲁迅《故乡》与《父系的手指》的比较中，获得阅读清张文学的新视点。①

藤井进一步从文本细节上对读这两篇小说，所采用的方法类似《省会》与《故乡》的对读，把结构和细节做了很好的还原。最出其不意的地方在于藤井由《故乡》中"偷盗案件"推知松本的推理小说《埋伏》中的偷盗案件与此有关，认为清张从私小说《父系的手指》发展到《埋伏》是对《故乡》偷盗案件的改写，还指出结尾"雾茫茫，我的路不知所向"也受到《故乡》结尾的影响。在讨论鲁迅对村上春树

176—178頁。

① [日] 藤井省三著，肖爽、靳丛林译：《松本清张的私小说与鲁迅的〈故乡〉——从〈父系的手指〉到〈埋伏〉的展开》，《华夏文化论坛》（第11辑）2014年第1期。

的影响时，藤井引入了新岛淳良这个中介。新岛在《阅读鲁迅·序章面向鲁迅的姿态》中讲到《狂人日记》《故乡》《阿Q正传》《白光》《孤独者》中的月亮，并认为这个月亮表征了一种乌托邦的理想，①后来干脆就把他的另一部作品命名为《阿Q的乌托邦》，其实该著并没有充分论证阿Q，而是借阿Q来把他参加山岸会的经验写下来，表明他自己对理想社会的实践和向往。藤井以新岛淳良提供的证据，证明鲁迅作品中的"月亮的疯狂"与村上《1Q84》时常浮现的两个月亮之间存在"意味深长"的关系，②并进一步分析了《1Q84》三部物语中的主人公青豆、天吾、牛河与阿Q之间的契合。村上本人的确喜欢《阿Q正传》，同时他又阅读过新岛淳良的《阅读鲁迅》，不仅整合了新岛淳良笔下阐释鲁迅的月亮，还把新岛淳良作为深田保和戎野隆的原型来塑造。董炳月这样认为：

> 新岛淳良在很大程度上是鲁迅的反光镜，折射着鲁迅思想，因此他对村上及其《1Q84》的影响可以看作鲁迅影响的延长。而村上本人年轻时就阅读鲁迅作品，推重《阿Q正传》。因此，在村上春树及其《1Q84》这里，鲁迅的直接影响与通过新岛淳良的间接影响已经很难分辨。③

藤井通过专著《鲁迅与日本文学》中两大部分的设置，把鲁迅作为一个中轴从两个方向进行讨论，既分析日本文学对鲁迅的影响，又

---

① 見新島淳良『魯迅を読む』、晶文社、1979年、16—17頁。
② 見藤井省三『魯迅と日本文学 漱石・鷗外から清張・春樹まで』、東京大学出版会、2015年、219頁。
③ 董炳月：《日本的阿Q与其革命乌托邦——新岛淳良的鲁迅阐释与社会实践》，《鲁迅研究月刊》2015年第4期。

分析鲁迅对日本文学的影响。鲁迅作为东亚的标本，一方面汲取了世界其他民族文化文学的养料而进行了成功的继承和创新，另一方面又通过表现亚洲文化现代化的成果而对亚洲其他国家的文学产生深远影响。藤井这种双向的比较文学研究把日本这个领域的研究推进到一个新的阶段，这对中日学界此后的相关研究具有很大的启发。

第三节　阅读史和研究史的新进展

关于鲁迅作品阅读史和日本鲁迅研究史，藤井所做出的贡献似乎还没有引起学界的充分关注。学界更多地讨论他的比较文学研究，[①]其实阅读史和研究史的相关探索也是藤井对日本鲁迅研究的重要贡献，而且很多地方具有开创和推进之功。下面对这两个问题进行梳理。

鲁迅作品的阅读史是复杂的问题，从空间上看涉及中国、日本和其他国家的鲁迅阅读，从时间上看关系到20世纪亚洲和世界各国的现代化进程。《鲁迅〈故乡〉阅读史》是立足中国本土，讨论《故乡》在中国不同的历史阶段的接受史，生动地呈现了鲁迅、文学和政治错综复杂的关系，在中日鲁迅学界都是开创性的研究著作。1997年藤井出版了这本书，2000年董炳月译完该著，中间经历了一点出版波折，2002年由新世界出版社出版，2013年又由南京大学出版社出版修订本。新版出来以后，孙海平撰写了书评，从"社会史"的角度肯定了

---

① 目前中国国内唯一一本合著的关于日本鲁迅学史的著作《日本鲁迅研究史论》，有一章讨论藤井的鲁迅研究，虽然设了三节从不同的角度总结藤井的比较文学研究，但没有讨论阅读史和研究史的问题。

该著的贡献，但也严厉地批评了作者机械运用安德森和福柯的理论，致使浮在问题的表面，没有看到《故乡》本身与民族国家、阶层对立的内在关联，进而把《故乡》进行了知识阶层文本（"个人性"）的本质化，忽视了知识对权力的再造和重构。① 藤井作为一个日本学者，在中国近现代的社会历史进程中来讨论《故乡》被接受的问题，实际上是通过《故乡》反映中国的历史镜像，既然是历史镜像，就带有虚构的部分。一方面源于"想象共同体"理论的借用，另一方面源于他欠缺对中国现代社会历史复杂演变的充分认识。不过，从建构鲁迅作品的阅读史这一角度看，藤井的著作毫无疑问是中日学界鲁迅研究的创举。日本现代文学研究者山口守评论这本书："本书以一篇短篇小说的阅读方式为中心，从现代文学和国语问题讨论到国家意识形态的范式，具有宏大的框架，可以说是充满内涵的令人兴奋的力作。"② 他从一个大的时空出发，通过国人阅读和接受《故乡》的这个小孔进入，最后构建了国民知识接受的镜像，并进而上升到中国现代文学的空间问题。《故乡》是精英知识分子创作的作品，它作为知识阶层接受的对象被阅读，这恰恰证明了鲁迅作品进入普通国民的难度。由于当时的普通国民识字率和享受高等教育的比例很低，从而导致了《故乡》成为知识阶层的"专利"，而且即使是知识阶层在理解鲁迅的作品上也存在困难。③ 这就是民国前十年《故乡》被阅读的现状。随着教育水平的提高和《新学制国语教科书》的改进，《故乡》进入国语教学

---

① 孙海平：《评藤井省三〈鲁迅《故乡》阅读史〉》，《中国现代文学研究丛刊》2014 年第 4 期。
② 转引自 [日] 藤井省三著，王晓白译：《鲁迅在日文世界》，收藤井省三主编：《日本鲁迅研究精选集》，中央编译出版社，2016 年，第 11 页。
③ 参见 [日] 藤井省三著，董炳月译：《鲁迅〈故乡〉阅读史——现代中国的文学空间》，南京大学出版社，2013 年，第 38 页。

中，而且被更为广泛的阅读。"如果我们考虑到几乎所有的国语教科书都收录了《故乡》，那么通过教科书阅读《故乡》的读者从1923年至1937年的十五年间累计起来大概超过了一百万。这个数量远远高于通过单行本《呐喊》阅读《故乡》的读者数。"① 所以，民国第二个十年直到后期，《故乡》通过教科书而被广泛阅读，并在课后创造了诱导学生对问题做更深入思考的教学方法，体现出《故乡》读法的多样性努力，但考试却是一些常识性问题。这说明"文本"多样性与考试单一性之间的矛盾。藤井通过1921年到1949年三十年间民国的杂志、小说集和教科书等媒体的调查，指出知识阶层在《故乡》传播过程中起了重要作用，或者说知识阶层不断地再造《故乡》的阅读者，其中茅盾对《故乡》的解读创造了后来"事实的文学"和"情感的文学"两种批评系统。如果从外来文化讲，这两种批评方式是安德列夫文学乐章的变奏，《故乡》所蕴含的"客观事实"和"想象性情感"使得它本身可以进行这样的解读，但渗透了极强的政治色彩和民族家国想象。藤井这样总结：

> 民国时期二十八年间《故乡》被阅读的历史，就是五四时期确立的知识阶级的国民国家意识形态转换为以共产党为中心的社会主义国家意识形态之工具、改变机能与性质的历史。促成这种变化的，却又恰恰是知识阶层自身。②

---

① [日] 藤井省三著，董炳月译：《鲁迅〈故乡〉阅读史——现代中国的文学空间》，南京大学出版社，2013年，第54页。
② [日] 藤井省三著，董炳月译：《鲁迅〈故乡〉阅读史——现代中国的文学空间》，南京大学出版社，2013年，第82页。

无论是哪种国家意识形态，都意味着《故乡》从产生到民国期间的阅读都带有建构现代民族国家的色彩，这就自然让藤井用"想象的共同体"来构建《故乡》的阅读图谱。安德森《想象的共同体》实质是讨论民族主义的问题，在他看来民族、民族属性与民族主义都是"文化的人造物"。这个"文化的人造物"被创造出来后，"它们就变得'模式化'（modular），在深浅不一的自觉状态下，它们可以被移植到许多形形色色的社会领域，可以吸纳同样多形形色色的各种政治和意识形态组合，也可以被这些力量吸收"①。藤井之所以借用"想象共同体"这一理论模型来分析《故乡》的阅读史，是因为他看到了《故乡》对于构建中国的国家意识形态所发挥的作用，这种构建是民族想象和民族情感的融合。如果中国近现代社会没有列强的侵略而激起的民族觉醒，《故乡》的产生以及这种阅读效应都是可疑的，所以藤井在此意义上具有洞察力。

1949年以后，鲁迅被空前政治化，《故乡》变成思想政治教育的教材。"围绕《故乡》，从三十年代开始中国共产党就从'事实的文学'的视角出发将其作为描写农民经济崩溃的作品，从'情感的文学'的视角出发将其作为叙述革命到来之希望的作品进行反复解读。那是一种将农民设定为'想象'国家共同体之主体的文化战略。"②因而，从1949年到1965年，教科书很热衷于对《故乡》的阶级性解读，主要围绕闰土是不是小偷来进行，同时对杨二嫂作为被压迫阶级表示同情。在阶级思想主导一切的背景下，学生无法接受闰土是小偷，《故

---

① [美]本尼迪克特·安德森著，吴叡人译：《想象的共同体：民族主义的起源与散布》（增订版），上海人民出版社，2016年，第4页。
② [日]藤井省三著，董炳月译：《鲁迅〈故乡〉阅读史——现代中国的文学空间》，南京大学出版社，2013年，第105页。

乡》中所涉及的农村经济的凋敝也不符合社会主义新中国的意识形态教育，所以出现了有些教材中不收《故乡》的情形，到了"文革"时期，《故乡》在全国各种教材中消失得无影无踪。改革开放时期，由于思想解放了，《故乡》重回教科书，而且掀起了大讨论，为杨二嫂平反，同时"闰土＝小偷"的观点再次复活，最为关键的是教科书上关于"我"的插图也由原来"我＝鲁迅"逐渐变成一个知识分子形象。也就是说，《故乡》作为虚构作品的阅读方法，在邓小平时代被确立，因而主题思想在此时也发生大转折，浸透了从实际出发和人文关怀的时代印记。至此，藤井作了总结，试图在"想象共同体"的视野下勾勒出《故乡》的阅读史：

> 被作为具有国民国家想象能力的知识阶级的故事来阅读的《故乡》，从二十世纪二十年代末开始被重新阅读为农民的故事——被设定为社会主义国家之主体的农民的故事。而且，随着中华人民共和国的成立与毛泽东时代的到来，对《故乡》的阅读受到了阶级论视角的控制。不过，进入邓小平时代之后，《故乡》又开始被阅读为知识分子（而非知识阶级）以及"母亲"、杨二嫂等小市民的故事。可以认为，在这一时期，民国时期的知识阶层所无法比拟的庞大的知识分子阶层和小市民阶层正在形成。这种邓小平时代出现的、一边向民国时期的"阅读"回归一边呈现出新动向的对《故乡》的阅读，也许并非是将文本作为旧中国破产的故事，而是作为共和国遭受挫折的故事来阅读的。或者，改革开放时期的市民阶层试图"想象"一种与社会主义国家体制相异的新型

国民国家。①

很显然，藤井通过不同时代的《故乡》阅读的调查和梳理，意在指出《故乡》超越了文学文本，而成为中国知识分子和国民建构他们国家想象的一种文化资源或者文化战略。这种建构从国家政治层面和民族主义层面上说，是有见地的，也看到了文学与国家、政治相互纠缠。倘若真正回到文学本身，从知识分子"个人性"或者人性来讲，这种阅读史的构建可能背离了个人的阅读实际，而夸大了《故乡》在"想象共同体"上的作用。理论作为一个模块，用来分析不同历史语境下的具体现象时，其抽象提纯的弊病在此便凸显出来了，因而有研究者做出这样评价："看起来似乎是从'中国文学问题'偏移到了'中国问题'，这种解读在某种程度上是经过了'提纯'的阅读，历史的复杂性在藤井这里被'过滤'掉了。"②

接下来讨论藤井对日本鲁迅学方面的贡献。藤井早在1980年就开始关注日本对鲁迅的译介，此后一直没有放弃这个问题的探索，而且还试图从整体上构建日本鲁迅学史的轮廓。2002他所出版的《鲁迅事典》是一部向日本人推荐有关鲁迅常识的书，具有词典的意义。在这本书的第五部分讲阅读鲁迅的方法，第七小节就是介绍日本鲁迅译介和研究的情况，指出日本是世界上最早介绍鲁迅的国家，此后鲁迅的作品被陆续介绍到日本并进入教科书，对从太宰治的《惜别》到

---

① [日] 藤井省三著，董炳月译：《鲁迅〈故乡〉阅读史——现代中国的文学空间》，南京大学出版社，2013年，第167页。
② 刘潇雨：《文学想象与"文化共同体"——从〈鲁迅《故乡》阅读史〉一书谈起》，《云梦学刊》2014年第6期。

"竹内鲁迅"再到"丸山鲁迅"的研究谱系进行了梳理。① 因为是词典性质的书,所以只是简略介绍。2011 年藤井出版了《鲁迅:东亚活着的文学》,该书第七章《日本与鲁迅》关涉日本鲁迅研究史,所涉及的问题没有超越《鲁迅事典》中的相关内容,只不过更详细一些,增加了鲁迅文学日译的介绍和日本代表性鲁迅研究成果的评价。在梳理日本鲁迅研究史时,藤井也强调了竹内好的重要性,并指出了他的缺点:"通过大胆意译和分节断句的翻译文体,竹内好成功实现了鲁迅文学于战后日本的本土化,中学教科书也将鲁迅作品作为国民文学进行处理。在这个意义上说竹内好的功劳的确很大。但另一方面,竹内的翻译也失去了鲁迅文学的原点,即在否定传统的同时,对现代抱有深深的疑虑和彷徨。"② 藤井对日本鲁迅研究史真正有所突破的成果是收在《日本鲁迅研究精选集》中的《鲁迅在日文世界》,这篇文章相当于这本日本鲁迅研究译文集的序言,对百年日本鲁迅研究史进行了整体性的构建。因为日本鲁迅研究史经由山田敬三、伊藤虎丸和丸山升等人的构建,逐渐形成了战前和战后的划分,比较强调竹内好的拐点作用,而且思想史的解读比较突出。藤井当然也受到先行研究的影响,但他这篇文章试图打破原来的构建模式,从百年演变的大时空来清理日本鲁迅研究史,力图做出符合历史本身的阶段划分,具有很强的整体意识。文章从大江健三郎接受鲁迅的事实说起,引出鲁迅作为一个中国作家在现代日本是被当作国民作家来对待的。接着他把日本百年鲁迅研究划分为八个阶段。第 1 阶段:介绍和翻译的开始

---

① 见藤井省三『鲁迅事典』、三省堂、2002 年、286—292 页。
② [日] 藤井省三著,潘世圣译:《鲁迅的都市漫游:东亚视域下的鲁迅言说》,新星出版社,2020 年,第 223 页。

（1906[①]—1926），主要介绍日本人最早介绍和研究鲁迅的文字及翻译鲁迅作品的情况。第 2 阶段：从鲁迅翻译潮到鲁迅传记潮（1927—1945），对日本此段时间鲁迅翻译和传记的盛况进行了总结（出现了最早的鲁迅全集和和第一本鲁迅传记）。第 3 阶段：战后美国占领下的鲁迅潮（1945—1959）："竹内鲁迅"和鲁迅研究的"世界文学"化，通过图表统计了不同时间段的鲁迅作品的译本、鲁迅评论传记及杂志上的介绍研究文章的数量，很直观地再现了日本此时鲁迅研究的状况，强调了"竹内鲁迅"的重大作用和鲁迅的"世界文学"化，所谓的"世界文学"化就是把鲁迅作为世界文学作家来看。第 4 阶段：鲁迅研究的深化（1960—1969）：经济高速发展和中国"文革"以及"丸山鲁迅"，主要指出因为文化的需要而再一次翻译鲁迅的作品，"丸山鲁迅"此时确立了它在东亚研究史上的地位。第 5 阶段：鲁迅研究的扩大（1970—1979），指出翻译随着中日邦交正常化有所推进，"评论传记"也出现了优秀的注重细部的研究，"仙台鲁迅"研究也取得了大进展，鲁迅在日本接受的程度广阔而深入。第 6 阶段：（1980—1989），藤井没有冠以标题，主要总结鲁迅诞辰 100 周年人民文学出版社出版的《鲁迅全集》在日本被翻译的情况，"评论传记"向古典文学和艺术方面展开。第 7 阶段：（1990—1999），介绍中国鲁迅研究著作在日本的译介以及鲁迅传记的新进展，重点分析了丸尾常喜的鲁迅研究，评论他开创了继"竹内鲁迅""丸山鲁迅"以来的"丸尾鲁迅"阶段。第 8 阶段：（2000—2009），对 21 世纪 10 年来日本鲁迅研究的情况进行梳理，总结了翻译和"评论传记"的重要成果，在

[①] 原文写成 1906，应是 1909 年，因为藤井在文中及其他地方都是认为鲁迅的介绍研究是从 1909 年开始的。

研究方面介绍了吉田富夫、藤井省三、中岛长文、北冈正子、工藤贵正的成果。①

藤井的百年日本鲁迅研究史的构建有这样的特点：第一，第一次把百年日本鲁迅研究作为一个整体勾勒出来；第二，淡化战前/战后的明确区分，把百年日本鲁迅研究看成一个持续发展的过程；第三，始终抓住鲁迅作品在日本的翻译和"评论传记"这两个核心方面，并以此呈现它们的发展演变。但问题也是较为明显的：没有阐明划分的依据，停留在问题的表面，对日本鲁迅研究的内在逻辑和学理缺少探究。还有另一个问题是第6阶段以后没有冠以标题，与前面所讨论的阶段不统一，关于此在2017年吕周聚对藤井的访谈中得到了纠正，藤井分别给予冠名。第六阶段：鲁迅研究的深化（1980—1989年）；第七阶段：鲁迅的普及和"丸尾鲁迅"（1990—1999年）；第八阶段：鲁迅研究的多元化（2000—2009年）。② 出现这个问题极有可能是编校时错漏，当然也有可能是藤井自己的问题。

藤井还讨论了东亚鲁迅的传播和研究，对韩国鲁迅研究也做过总结，他是想把鲁迅放在东亚这个大时空中来看，《鲁迅事典》和《鲁迅：东亚活着的文学》两书都有涉及，这一点对我们理解鲁迅作为东亚现代化的一个标本有启示意义。藤井一直致力于中国现代文学特别是鲁迅的研究，他在鲁迅的比较文学研究上做出了巨大贡献，他还写出了第一部关于鲁迅作品阅读史的研究专著，对日本鲁迅研究史也做了整体性的梳理，但近年来的一些著述显得有些肤浅，停留在常识的介绍上，有消费鲁迅的嫌疑，这是我们要去批判和克服的。

---

① 参见[日]藤井省三主编：《日本鲁迅研究精选集》，中央编译出版社，2016年，第1—14页。
② 参见吕周聚、[日]藤井省三：《日本鲁迅研究的历史与现状——藤井省三教授访谈》，《社会科学辑刊》2017年第3期。

结 语

日本鲁迅学的核心问题及历史走向

百年日本鲁迅学史（1920—2020）实际上是百年日本精神史的一个侧面。这里面渗透了内在于日本自身的思想、观念和行动。日本鲁迅学作为日本的一种精神现象，也联系着亚洲的现代革命及其与世界的关系。当西方殖民势力逼视东亚社会时，东亚的两个大国被迫对此做出了应对。可是，日本敏捷地把他的老师中国甩在了后面，顽固的中国直到吃尽了苦头，才不得不丢下"天朝"的尊严而向自己的学生学习。于是清朝政府向日本派遣留学生，然而这些派往日本的留学生却经历了内心的煎熬，他们一方面感到屈辱，另一方面又要承认学生的先进。鲁迅就是在这种语境下进入日本的，并逐渐向心于中国汹涌澎湃的现代革命，而且最终通过艰苦卓绝的奋斗而成为中国的文化巨人，并获得了日本思想文化界的认可，从此开启了日本长达百年的鲁迅研究。回首走过的百年，不得不佩服日本学人的问题意识和进取精神。日本学者的努力构建了鲁迅研究的精神史，这其中最核心的问题是生动地展现了"原鲁迅"①和"真鲁迅"②的纠缠、搏斗和分离。

  1920年青木正儿对鲁迅的介绍开启了日本鲁迅学，此后20多年的时间内鲁迅在日本得到广泛传播和初步研究。在回归这段传播史和研究史时，我们注意到鲁迅在日本的传播和研究走过了从"文学革命"到"革命文学"的道路，和中国现代思想文化运动的过程基本保持了同一步调。这不是中国和日本的特殊性，而是亚洲的同时代性。换句话说，在20世纪20年代到40年代初，中国和日本的精神内部面临着同样的问题。在具体的传播方面，井上红梅翻译《呐喊》《彷徨》的功劳不能因为鲁迅的批评而被否定；同时也要看到日本对中国的侵略而导致战前日本鲁迅学有本土和中国大陆的地域分布，而且日本本土鲁迅的广泛传播也很大程度上得益于中国大陆的日文媒体对鲁迅的译介。在具体的研究方面，鲁迅作品的全面译介为其研究的深入奠定了基础，随后日本出现世界上最早的鲁迅传记，这为竹内好的鲁迅研究提供了基本的素材和框架，尤其是文学与政治的研究格局。

  竹内好的《鲁迅》（1944）本质上也是一本传记，它以小田岳夫、中野重治和许寿裳的传记为批评靶向，但继承了他们的基本材料和问题意识。竹内好认为他们只提供了粗略的鲁迅生平，如同光大孙文那样在给鲁迅贴标签，结果只能导致鲁迅被政治所利用。因此，他在《鲁迅》中完成了重铸"文学者鲁迅"的工作，并且认为"文学者鲁迅"拒绝政治而具有了政治性，政治是鲁迅文学的天然色彩。他还讨论"拒

---

① 最早由片山智行提出（参见本书第363—366页），后被日本学界沿用，意指鲁迅诞生之前的"鲁迅"，即前期鲁迅或早期鲁迅，核心观念是留学时期周树人的思想构成了鲁迅思想的雏形。日本学者一直致力于寻找鲁迅思想的根源和原型，因而在此引申为根源性或原理性鲁迅。

② 真实而没有被夸大和缩小的鲁迅，借用李冬木的话说是"等身大"的鲁迅，而不是包裹了无数光环的"鲁迅"。

绝"所带来的主体性问题,认为鲁迅的"拒绝"就是"回心",而不是日本近代以来奴隶对奴隶主的那种"转向"。竹内好在此所构建的是"原鲁迅",这个"原鲁迅"并非"真鲁迅",而是与日本近代社会的问题及竹内好自身精神危机发生关联的精神镜像。这显然比此前鲁迅传记塑造的鲁迅高明得多,因为他的确抓住了鲁迅作为文学家的根本问题。当他在此基础上延伸出"文学者鲁迅"和"回心"时,日本社会的精神问题就自觉嵌入其中,日本近代的思想批判便借助鲁迅凸现出来。但我们应注意到,竹内好在构建"原鲁迅"的同时,也有"真鲁迅"的诉求。他抓住的"文学者鲁迅"本身就蕴含了"真鲁迅",他对此前鲁迅传记的怀疑,就是因为它们没有逼近真实的鲁迅。竹内好提出,鲁迅的作品为什么不写他祖父和朱安,那是在追寻"真鲁迅"。

竹内好的《鲁迅》借助"真鲁迅"来言说"原鲁迅",很大程度上指示了此后日本鲁迅研究的路向。当日本从美国的接管中独立出来后,官方的不完全独立引起了民众的骚动,鲁迅因此成为支持这个骚动的外来精神资源之一。研究者们把对鲁迅作为工具的不满变成了回归鲁迅本身的契机。东京大学中国文学专业的学生对此做出回应,组织"鲁迅研究会",精读鲁迅,展开讨论,于此训练中培养出一大批素质过硬的鲁迅研究者。作为这个研究会的代表人物丸山升,他从竹内好《鲁迅》蕴含的政治与文学的框架中提炼出"革命人",认为鲁迅文学天然蕴藏着"政治(革命)",这就像竹内好认为鲁迅的"革命"天然属于文学一样。因而,丸山升在本质上依然在追求统一鲁迅的精神原型,然后用这个原型来解释鲁迅文学和人生。那就是说,他的鲁迅研究仍然是探寻"原鲁迅"。不过,丸山升比竹内好更注重历史事实中的"原鲁迅",他在大量的史实中,充分证实了"革命人"是鲁迅的精神原型。这正是很多人把丸山升归为实证研究的重要原因。

可事实上，他的同人伊藤虎丸和木山英雄早就指出了丸山升是剥离了鲁迅文学性的"革命"一元论，把竹内好文学与政治的二元论变得更为单一。伊藤虎丸批评丸山升"革命人"的原型化处理，而他自己又提出了另一种"原鲁迅"。他拿来基督教的"终末论"，独创了本质上接近西方个人主义的"个"，论证了鲁迅终结性的个人自觉，这又和竹内好"回心"链接起来。他并非只是对鲁迅进行逻辑自洽的构建，而是在"终末论"的个性觉醒意义上来反思"二战"后日本民主主义的空洞。他还通过"个"思想赋形的鲁迅小说人物形象来讨论他们在鲁迅三部小说集中的流变，从而把鲁迅三部小说集贯通起来，最终把"个"思想上升为亚洲现代化的要求，也因此把鲁迅推进到更加普世的位置上。在伊藤虎丸这里，"真鲁迅"同样服务于"原鲁迅"。木山英雄不认同伊藤虎丸的做法。他继承竹内好"文学者鲁迅"并捍卫了它的纯洁性，在主体的逻辑构建中探索到了《野草》产生的奥秘，充分说明了鲁迅从外部回归内部的思想往复运用，以及鲁迅如何把这种运动具体化为诗和"哲学"，并通过复杂而又独特的形象展现出来。《野草》是"鲁迅制造的鲁迅"的杰作，因而木山英雄才是日本鲁迅学史上第一位"真鲁迅（文学的）"的研究者。这是他在研究史上具有崇高地位的重要原因。

　　竹内好怀疑"幻灯事件"的不真实，成为后继者开创"仙台鲁迅"研究的引子。早就有人关注"仙台鲁迅"，但直到幻灯片的发现才掀起"仙台鲁迅"研究的高潮。从地域上看，京都大学的考据实证研究对东北大学的"仙台鲁迅"研究产生了很大的影响。研究者们通过历史实物、档案资料以及访谈调查，还原了仙台时期鲁迅的生活、学习和人际交往等诸种情况，特别对"幻灯事件"进行了精细的调查和研究。这一研究从20世纪50年代持续到80年代，最终说明了"幻灯事件"

的真实与否及其对鲁迅文学转向的价值，从此让我们看到文学与历史或者说传记之间的复杂关系。"仙台鲁迅"研究是"诗"与"真"的重大问题。在这个问题上，日本人更多地站在"真鲁迅"的角度上，但是否和日本人的民族情感有关，恐怕难以证明。现在还有中国学者在捍卫鲁迅没有撒谎，而是年久失忆的问题，这恐怕也应该引起进一步思考。

直到20世纪90年代前后，日本鲁迅研究还有"原鲁迅"的诸多痕迹。片山智行在《鲁迅的现实主义》和《鲁迅〈野草〉全释》中借用了内山完造的"马马虎虎"，认为鲁迅的现实主义就是批判蒙骗国人的封建意识形态"马马虎虎"，它是儒教养成的名教，让国人成为无主体性的"奴隶"。因此，站在"马马虎虎"对面的就是"个人主义"，它审视着名教，对抗着"马马虎虎"，而且片山智行把这个"个人主义"视为鲁迅的原型，第一次提出了"原鲁迅"的说法。"马马虎虎"作为总括鲁迅作品的一把钥匙，明显带有抽象的痕迹，似乎想把鲁迅的一切问题都装进去，就连最具文学性的《野草》也不例外。片山智行在根本思想上受到伊藤虎丸的影响，但他的论证及问题意识远远不能达到伊藤虎丸的那个深度，甚至因为这样的具有切割嫌疑的"原鲁迅"精神镜像而削弱了他研究的价值。可喜的地方是片山智行挣脱了由来已久的日本立场的问题意识，不再借鲁迅文学和思想反思日本的近代化。新岛淳良对鲁迅进行"乌托邦"的解读，把阿Q赋予"乌托邦"的意义，和他山岸会的理想社会联系起来，用超越的方式和日本的现实社会相对抗。这也是"原鲁迅"的另一种构建。即使1994年丸尾常喜写出了评价很高的《"人"与"鬼"的纠葛——鲁迅小说论析》，而且文本细读和文献实证达到了前所未有的高度，也不能最终摆脱"原鲁迅"的诱惑。他援引了西方的文化原型理论，借用本尼迪克特的"罪感（西方）"和"耻感（东方）"分类，发展出了鲁迅小说中"鬼"这个原型，提出"阿Q=阿鬼"的假说，并试图用此解读鲁迅的所有小说。这明显有切割和过度阐释的痕迹，不过他和片山智行一样没有把鲁迅当作反思日本近代化的方法（工具）。从这个意义上讲，他们已经挣脱了竹内好以来的日本近代化批判传统，而进入自己构建的学理逻辑中。

比丸山升、伊藤虎丸、木山英雄稍晚出道的北冈正子，从一开始就没有进入"原鲁迅"镜像的制作，而是致力于从一篇鲁迅留日时期的论文《摩罗诗力说》出发来还原"真鲁迅"。她求学于东京，回到关西，深得京都学派的传统，对《摩罗诗力说》的材源进行了为时43年（1972—2015）的追索。同时在21世纪还出版了《鲁迅：在日本异文化环境当中——从弘文学院入学到"退学"事件》①（2001）和《鲁迅：救亡之梦的去向——从恶魔派诗人论到〈狂人日记〉》（2006），讨论鲁迅留日初期的历史语境以及鲁迅精神的源头。从北冈正子的坚持中，我们看到鲁迅精神的原点以及对域外文化文学的最初借镜，而这种精神一直连接着鲁迅的产生及其新文学的内质。这与20世纪80年代中国学界发掘鲁迅的"立人"精神形成参照，进而证实了鲁迅"立人"精神并非平地高楼的创新。从中国文化纵向发展的角度看，鲁迅此精神的确很新，但从横向影响看则带有较多移植的成分。从域外移植到中国，与中国的现实发生关联呼应，从而带动了中国文化文学的新变，而且很好地体现了鲁迅融汇古今中外文化成果的能力。在此，北冈正子坚守学术"求真务实"的基本精神，把更接近真实鲁迅的那一面展现出来。竹内实的鲁迅研究和北冈正子相比，不具有那么强的

---

① 台湾的王敬翔、李文卿译为《日本异文化中的鲁迅——从弘文学院入学到"退学"事件，青年鲁迅的东瀛启蒙》。

学院派性质，但也属于"真鲁迅"的范畴。他从鲁迅所处的历史阶段出发，坚守鲁迅的文学和政治的统一性，综合京都学派和东京学派的长处，用明白晓畅的语言还原"真鲁迅"。这真正地远离了日本为解决当下的现实问题而"制造鲁迅"的传统，逐渐脱离精英思想史的研究范式，也对视了中国的鲁迅研究。事实上，在中国鲁迅作为言说的工具从来都存在着。如何发现"真鲁迅"，然后从此看清鲁迅与当下问题发生的实质关联，这不仅是鲁迅的价值问题，也是中日两国当代社会文化改变和进步的问题。

世纪之交，日本社会政治、经济、文化发生了很大的变化。全球化使日本逐渐把视角转向了中国以外的西方国家，鲁迅研究也因此仅仅成为外国文学研究之一种。这种转型使得日本鲁迅研究回归学院，不再像20世纪50年代到90年代那样掀起一次一次的研究高潮。当然，日本老一辈的鲁迅研究者还在发挥余热，战后出生的那一代也成长起来，贡献出重要的鲁迅研究成果。代田智明的文本解读和现代批判带有很强的后现代特色，他一方面继承文学文本细读的传统继续发掘鲁迅的现代价值，另一方面批评竹内好通过鲁迅所看到的现代化是他构建出来的宏大假说。藤井省三早年的鲁迅比较文学研究，很好地把法国学派和美国学派的方法结合起来，还开创出通过"中介"构建起来的鲁迅与日本文学的关系研究。我们在此看到俄国文学或者西方文学在鲁迅文学和日本文学之间架设了桥梁，从而把日本鲁迅比较文学研究推向了新阶段。同时他还率先开创了鲁迅阅读史的研究，也提出了日本鲁迅研究史阶段细分的看法，初步勾勒出中日韩鲁迅传播的路线图。现代消费文化的盛行，让藤井省三试图超越现代日本作家和中国电影的外在表现，来寻找它们和阿Q的内在精神联系，他自己称这个是"东亚的阿Q形象谱系"。表面上看，似乎找到了鲁迅与当下的关连，但事实上有生拉硬扯的嫌疑。现代电影和村上春树是无法剥离文化消费之特点的，正如藤井省三近些年来本身也带有学术消费的倾向一样。他的一些著作努力面向大众，对鲁迅的大众传播有贡献，不也正表征着当下消费鲁迅的现状吗？对于这一点，中日两国的鲁迅研究面临着同样的窘境。不过在此不利的研究现状面前，日本还有中井政喜、长堀祐造、工藤贵正、李冬木、秋吉收等人在坚守"真鲁迅"的还原工作。他们的工作是否后继有人？这可能是一个不太乐观的问题，因为今天我们似乎看不到日本70后、80后、90后的鲁迅研究者了。

  诞生于140年前的鲁迅，从100年前便开始在东瀛传播，并在此后得到广泛认同和研究。关键原因恐怕是日本需要鲁迅来化解他们的社会危机，当然还有当时的精英知识分子对鲁迅代表的中国现代化的价值肯定。今天日本还有无需要鲁迅来解决的社会危机，还有无精英知识分子对鲁迅的价值肯定？子安宣邦对竹内好"制造鲁迅"大加挞伐，他仍然有着很强的日本问题意识，即超越日本近代"亚洲主义"。这是不是说明，子安宣邦认为日本社会仍然没有想象的那么具有现代性？从竹内好到子安宣邦，昭示了要不要回到"真鲁迅"。所谓"真鲁迅"就是要把鲁迅的文学、思想、学术、翻译所反映的问题尽量真实地呈现出来，然后与当代现实形成对话关系。如果当下的许多问题还没有突破鲁迅讨论的框架，那就说明鲁迅存在的价值还很大。与此相对应，中国的鲁迅研究依然很热，一方面因为鲁迅是中国的国民作家，靠着他能解决生存的问题，因此而消费鲁迅；另一方面是否也说明了中国的现代化进程还有更长的路要走？而日本这方面的问题已没有那么突出了，所以日本鲁迅学发生转型。不过，鲁迅所揭示出来的奴隶主与奴隶的关系、权力对人性的压迫，在日本是否不存在呢？这个设问也许会让人们觉得鲁迅学在日本还有兴起的可能。

主要参考文献

中文书目

一、作品

1. 鲁迅：《鲁迅全集》（1—18卷），人民文学出版社，2005年。

2. 鲁迅著，刘运峰编：《鲁迅全集补遗》，天津人民出版社，2006年。

3. 鲁迅译：《鲁迅译文全集》（1—8卷），福建教育出版社，2008年。

二、专著

1. 钟敬文编：《鲁迅在广东》，北新书局，1927年。

2. [日]小田岳夫著，范泉译：《鲁迅传》，开明书店，1946年。

3. 梁荣若：《现代日本汉学研究概观》，艺文印书馆，1972年。

4. [日]增田涉著，钟敬文译：《鲁迅的印象》，湖南人民出版社，1980年。

5. 刘献彪、林治广编：《鲁迅与中日文化交流》，湖南人民出版社，1981年。

6. 薛绥之主编：《鲁迅生平史料汇编》（第1—5辑），天津人民出版社，1981—1986年。

7.［日］北冈正子著，何乃英译：《〈摩罗诗力说〉材源考》，北京师范大学出版社，1983年。

8.［日］山田敬三著，韩贞全、武殿勋译：《鲁迅世界》，山东人民出版社，1983年。

9.［日］藤原彰著，伊文成等译：《日本近代史》（第3卷），商务印书馆，1983年。

10.刘柏青：《鲁迅与日本文学》，吉林大学出版社，1985年。

11.朱正：《鲁迅回忆录正误》，人民文学出版社，1986年。

12.竹内好著，李心峰译：《鲁迅》，浙江文艺出版社，1986年。

13.［法］让·保罗·萨特著，周煦良、汤永宽译：《存在主义是一种人道主义》，上海译文出版社，1988年。

14.［英］哈耶克著，贾湛、文跃然等译：《个人主义和经济秩序》，北京经济学院出版社，1989年。

15.严绍璗、王晓平：《中国文学在日本》，花城出版社，1990年。

16.近代日本思想史研究会著，那庚辰译：《近代日本思想史》（三），商务印书馆，1992年。

17.［日］片山智行著，李冬木译：《鲁迅〈野草〉全释》，吉林大学出版社，1993年。

18.瞿秋白：《饿乡纪程》，太白文艺出版社，1995年。

19.［日］相浦杲：《考证·比较·鉴赏——二十世纪中国文学研究论集》，北京大学出版社，1996年。

20.［日］藤井省三著，陈福康编译：《鲁迅比较研究》，上海外语教育出版社，1997年。

21.［日］丸山真男著，区建英译：《日本近代思想家福泽谕吉》，世界知识出版社，1997年。

22.［日］伊藤虎丸著，李冬木译：《鲁迅与日本人——亚洲的近代与"个"的思想》，河北教育出版社，2000年。

23.［英］史蒂文·卢克斯著，闫克文译：《个人主义》，江苏人民出版社，2001年。

24. 王晓明：《无法直面的人生——鲁迅传》，上海文艺出版社，2001年。

25. 张梦阳：《中国鲁迅学通史——二十世纪中国一种精神文化现象的宏观描述与理性反思》（宏观反思卷），广东教育出版社，2001年。

26. 张杰：《鲁迅：域外的接近与接受》，福建教育出版社，2001年。

27.［日］仓石武四郎著，荣新江、朱玉麒辑注：《仓石武四郎中国留学记》，中华书局，2002年。

28. 许道明：《中国现代文学批评史新编》，复旦大学出版社，2002年。

29.［日］竹内实著，程麻译：《竹内实文集》（第1—2卷），中国文联出版社，2002年。

30.［美］奥尔森著，吴瑞诚、徐成德译：《基督教神学思想史》，北京大学出版社，2003年。

31.［日］木山英雄著，赵京华编译：《文学复古与文学革命——木山英雄中国现代文学思想论集》，北京大学出版社，2004年。

32.［日］子安宣邦著，赵京华编译：《东亚论——日本现代思想批判》，吉林人民出版社，2004年。

33.［日］丸山升著，王俊文译：《鲁迅·革命·历史——丸山升现代中国文学论集》，北京大学出版社，2005年。

34.［日］竹内好著，李冬木等译：《近代的超克》，生活·读书·新知三联书店，2005年。

35.［日］伊藤虎丸著，孙猛等译：《鲁迅、创造社与日本文学——中日近现代比较文学初探》，北京大学出版社，2005年。

36.［日］竹内实著，程麻译：《竹内实文集》（第8卷），中国文联出版社，2006年。

37.［日］沟口雄三、小岛毅主编，孙歌等译：《中国的思维世界》，江苏人民出版社，2006年。

38.王先霈、王又平主编：《文学理论批评术语汇释》，高等教育出版社，2006年。

39.［美］约翰·克罗·兰色姆著，王腊宝、张哲译：《新批评》，江苏教育出版社，2006年。

40.［日］丸尾常喜著，秦弓译：《"人"与"鬼"的纠葛——鲁迅小说论析》，人民文学出版社，2006年。

41.孙玉石：《〈野草〉研究》，北京大学出版社，2007年。

42.艾晓明：《中国左翼文学思潮探源》，北京大学出版社，2007年。

43.［日］伊藤虎丸著，李冬木译：《鲁迅与终末论——近代现实主义的成立》，生活·读书·新知三联书店，2008年。

44.严绍璗：《日本中国学史稿》，学苑出版社，2009年。

45.王家平：《鲁迅域外百年传播史（1909—2008）》，北京大学出版社，2009年。

46.［日］源了圆著，郭连友译：《德川思想小史》，外语教学与研究出版社，2009年。

47.刘正：《京都学派》，中华书局，2009年。

48.［日］丸尾常喜著，秦弓、孙丽华编译：《耻辱与恢复——〈呐喊〉与〈野草〉》，北京大学出版社，2009年。

49. 刘岳兵：《日本近现代思想史》，世界知识出版社，2010年。

50. 李宗英、张梦阳编：《六十年来鲁迅研究论文选》（上、下），知识产权出版社，2010年。

51. 许寿裳：《鲁迅传》，国际文化出版公司，2010年。

52. [日] 铃木贞美著，魏大海译：《日本文化史重构》，中国社会科学出版社，2011年。

53. [澳] 张钊贻：《鲁迅：中国"温和"的尼采》，北京大学出版社，2011年。

54. 张哲俊：《杨柳的形象：物质的交流与中日古代文学》，人民文学出版社，2011年。

55. [日] 清水安三著、清水畏三编，李恩民等译：《朝阳门外的清水安三：一个基督徒教育家在中日两国的传奇经历》，社会科学文献出版社，2012年。

56. [英] J.B.伯里著，周颖如译：《思想自由史》，商务印书馆，2012年。

57. [美] 鲁思·本尼迪克特著，吕万和等译：《菊与刀》（增订版），商务印书馆，2012年。

58. [日] 山田敬三著，秦刚译：《鲁迅：无意识的存在主义》，北京大学出版社，2012年。

59. [日] 实藤惠秀著，谭汝谦、林启彦译：《中国人留学日本史》，北京大学出版社，2012年。

60. [日] 仓石武四郎讲述，杜轶文译：《日本中国学之发展》，北京大学出版社，2013年。

61. 李金铨编：《报人报国：中国新闻史的另一种读法》，香港中文大学出版社，2013年。

62. [法]安田朴著，耿昇译：《中国文化西传欧洲史》（下册），商务印书馆，2013年。

63. [日]柄谷行人著，赵京华译：《日本现代文学的起源》，中央编译出版社，2013年。

64. [日]藤井省三著，董炳月译：《鲁迅〈故乡〉阅读史——现代中国的文学空间》，南京大学出版社，2013年。

65. 葛兆光：《中国思想史：导论 思想史的写法》，复旦大学出版社，2013年。

66. 尚侠编：《伪满历史文化与现代中日关系》（下册），商务印书馆，2014年。

67. [日]北冈正子著，李冬木译：《鲁迅：救亡之梦的去向——从恶魔派诗人论到〈狂人日记〉》，生活·读书·新知三联书店，2015年。

68. 程麻：《竹内实传》，中国社会科学出版社，2015年。

69. 长堀祐造著，王俊文译：《鲁迅与托洛茨基：〈文学与革命〉在中国》，人间出版社，2015年。

70. [日]鹤见俊辅、上野千鹤子、小熊英二著，邱静译：《战争留下了什么——战后一代的鹤见俊辅访谈》，北京大学出版社，2015年。

71. 桑兵：《交流与对抗：近代中日关系史论》，广西师范大学出版社，2015年。

72. 李庆：《日本汉学史》（第1—5部），上海人民出版社，2016年。

73. [日]柳田国男著，潘越、吴垠译：《明治维新生活史》，时代文艺出版社，2016年页。

74. [日]藤井省三主编：《日本鲁迅研究精选集》，中央编译出版社，

2016 年。

75.［日］丸山昏迷著，卢茂君译：《北京》，北京联合出版公司，2016 年。

76.［日］新渡户稻造等著，青山译：《日本的本质》，新世界出版社，2016 年。

77. 啸声编：《基督教神圣谱：西方冠"圣"人名多语同义词典》（增俄版），广西师范大学出版社，2016 年。

78.［日］成田龙一著，李铃译：《大正民主运动》，香港中和出版有限公司，2016 年。

79.［日］雨宫昭一著，包霞琴等译：《占领与改革》，香港中和出版有限公司，2016 年。

80. 岩波新书编辑部编，徐静波译：《应该如何认识日本的近现代史》，香港中和出版有限公司，2017 年。

81. 熊文莉：《日本"中国文学研究会"研究》，社会科学文献出版社，2017 年。

82.［美］勒内·韦勒克、奥斯汀·沃伦著，刘象愚、邢培明等译：《文学理论》，浙江人民出版社，2017 年。

83. 中井政喜著，卢茂君、郑民钦译：《鲁迅探索》，知识产权出版社，2017 年。

84.［日］北冈正子著，王敬翔、李文卿译：《日本异文化中的鲁迅——从弘文学院入学到"退学"事件，青年鲁迅的东瀛启蒙》，麦田出版，2018 年。

85. 靳丛林、李明晖：《日本鲁迅研究史论》，社会科学文献出版社，2019 年。

86.［日］丸山真男著，陈力卫译：《现代政治的思想与行动》，商务印书馆，2018 年。

87. 李冬木：《鲁迅精神史探源：个人·狂人·国民性》，秀威资讯科技，2019 年。

88. 李冬木：《鲁迅精神史探源：进化与国民》，秀威资讯科技，2019 年。

89. [日]子安宣邦著，陈玮芬译：《福泽谕吉〈文明论概略〉精读》，生活·读书·新知三联书店，2019 年。

90. 陶凤：《竹内实的鲁迅研究》，四川大学出版社，2020 年。

91. 李永晶：《分身：新日本论》，北京联合出版公司，2020 年。

92. [日]藤井省三著，潘世圣译：《鲁迅的都市漫游：东亚视域下的鲁迅言说》，新星出版社，2020 年。

93. [日]子安宣邦著，王升远译：《近代日本的中国观》，生活·读书·新知三联书店，2020 年。

日文书目

1. 山口慎一『支那研究論稿 政治經濟篇』、青年書局、1936 年。

2. 丸山真男『日本の思想』、岩波書店、1961 年。

3. 竹内好『魯迅』、未来社、1961 年。

4. 尾崎秀樹『魯迅との対話』、南北社、1962 年。

5. 今村与志雄『魯迅と伝統』、勁草書房、1967 年。

6. 佐々木基一、竹内実編『魯迅と現代』、勁草書房、1968 年。

7. 檜山久雄『魯迅 革命を生きる思想』、三省堂、1970 年。

8. 丸山昇『現代中国文学の理論と思想』、日中出版、1974 年。

9. 丸山昇『ある中国特派員——山上正義と魯迅』、中央公論社、

1976 年。

10. 山田敬三『魯迅の世界』、大修館書店、1977 年。

11. 新島淳良『ヤマギシズム幸福学園 ユートピアをめざすコミューン』、本郷出版社、1977 年。

12. 新島淳良『阿 Q のユートピア:あるコミユーンの暦』、晶文社、1978 年。

13. 竹内実『魯迅遠景』、田畑書店、1978 年。

14. 新島淳良『魯迅を読む』、晶文社、1979 年。

15. 竹内実『魯迅周辺』、田畑書店、1981 年。

16. 伊藤虎丸『魯迅と日本人 アジアの近代と「個」の思想』、朝日新聞社、1983 年。

17. 片山智行『魯迅のリアリズム「孔子」と「阿 Q」の死闘』、三一書房、1985 年。

18. 丸尾常喜『魯迅 花のため腐草となる』、集英社、1985 年。

19. 中島长文『魯迅目睹书目 日本書之部』、宇治市木幡御藏山 39—257 三百部之第 75 部、1986 年。

20. 藤井省三『魯迅 「故郷」の風景』、平凡社、1986 年。

21. 今村与志雄『魯迅ノート』、筑摩書房、1987 年。

22. 相浦杲先生追悼中国文学論集刊行会『相浦杲先生追悼中国文学論集』、東方書店、1992 年。

23. 丸山昇『魯迅と革命文学』(精選復刻紀伊国屋新書)、紀伊国屋書店、1994 年。

24. 片山智行『魯(ろじん)迅 阿 Q 中国の革命』、中央公論社、1996 年。

25. 藤井省三『魯迅事典』、三省堂、2002 年。

26. 代田智明『魯迅を読み解く 謎と不思議の小説 10 篇』、東京大学出版会、2006 年。

27. 北岡正子『魯迅文学の淵源を探る 「摩羅詩力説」材源考』、汲古書院、2015 年。

28. 藤井省三『魯迅と日本文学 漱石・鷗外から清張・春樹まで』、東京大学出版会、2015 年。

附录一

日本研究鲁迅专著中译书目（1946—2020）

1. 小田岳夫著，范泉译：《鲁迅传》，开明书店，1946年。

2. 小田岳夫著，夜析编译：《鲁迅先生的一生》，艺光出版社，1946年。

3. 增田涉著，钟敬文译：《鲁迅的印象》，湖南人民出版社，1980年。

4. 北冈正子著，何乃英译：《〈摩罗诗力说〉材源考》，北京师范大学出版社，1983年。

5. 山田敬三著，韩贞全、武殿勋译：《鲁迅世界》，山东人民出版社，1983年。

6. 内山嘉吉、奈良和夫著，韩宗琦译：《鲁迅与木刻》，人民美术出版社，1985年。

7. 竹内好著，李心峰译：《鲁迅》，浙江文艺出版社，1986年。

8. 横松宗著，王海龙译：《鲁迅评传》，辽宁大学出版社，1992年。

9. 竹内实著，莽永彬译：《鲁迅远景》，自立晚报社文化出版部，

1992 年。

10. 片山智行著，李冬木译：《鲁迅〈野草〉全释》，吉林大学出版社，1993 年。

11. 吉田旷二、村尾沙耶佳著，李恒伟译：《鲁迅挚友内山完造的肖像》，新华出版社，1996 年。

12. 藤井省三著，陈福康编译：《鲁迅比较研究》，上海外语教育出版社，1997 年。

13. 伊藤虎丸著，李冬木译：《鲁迅与日本人——亚洲的近代与"个"的思想》，河北教育出版社，2000 年。

14. 藤井省三著，董炳月译：《鲁迅〈故乡〉阅读史——近代中国的文学空间》，新世界出版社，2002 年。

15. 竹内实著，程麻译：《竹内实文集》（第 1—2 卷），中国文联出版社，2002 年。

16. 木山英雄著，赵京华编译：《文学复古与文学革命——木山英雄中国现代文学思想论集》，北京大学出版社，2004 年。

17. 鲁迅·日本东北大学留学百周年史编辑委员会、大村泉编著，解泽春译：《鲁迅与仙台》，中国大百科全书出版社，2005 年。

18. 伊藤虎丸著，孙猛、徐江、李冬木译：《鲁迅、创造社与日本文学——中日近现代比较文学初探》，北京大学出版社，2005 年。

19. 竹内好著，孙歌等译：《近代的超克》，生活·读书·新知三联书店，2005 年。

20. 竹内实著，程麻译：《竹内实文集》（第 8 卷），中国文联出版社，2006 年。

21. 丸尾常喜著，秦弓译：《"人"与"鬼"的纠葛——鲁迅小说论析》，人民文学出版社，2006 年。

22. 太宰治著，于小植译：《惜别》，新星出版社，2006年。

23. 竹内好著，靳丛林、于桂玲译，《鲁迅入门》，载《上海鲁迅研究》，上海社会科学院出版社，2006年夏—2008年春。

24. 伊藤虎丸著，李冬木译：《鲁迅与终末论——近代现实主义的成立》，生活·读书·新知三联书店，2008年。

25. 《鲁迅与藤野先生》出版委员会编，解泽春译：《鲁迅与藤野先生》，中国华侨出版社，2008年。

26. 丸尾常喜著，秦弓、孙丽华编译：《耻辱与恢复——〈呐喊〉与〈野草〉》，北京大学出版社，2009年。

27. 清水安三著、清水畏三编，李恩民、张利利、邢丽荃译：《朝阳门外的清水安三：一个基督徒教育家在中日两国的传奇经历》，社会科学文献出版社，2012年。

28. 山田敬三著，秦刚译：《鲁迅：无意识的存在主义》，北京大学出版社，2012年。

29. 内山完造著，何花、徐怡等译：《我的朋友鲁迅》，北京联合出版公司，2012年。

30. 藤井省三著，董炳月译：《鲁迅〈故乡〉阅读史——现代中国的文学空间》，南京大学出版社，2013年。

31. 竹内好著，靳丛林编译：《从"绝望"开始》，生活·读书·新知三联书店，2013年。

32. 北冈正子著，李冬木译：《鲁迅：救亡之梦的去向——从恶魔派诗人论到〈狂人日记〉》，生活·读书·新知三联书店，2015年。

33. 长堀祐造著，王俊文译：《鲁迅与托洛茨基：〈文学与革命〉在中国》，人间出版社，2015年。

34. 藤井省三主编：《日本鲁迅研究精选集》，中央编译出版社，

2016年。

35. 中井政喜著，卢茂君、郑民钦译：《鲁迅探索》，知识产权出版社，2017年。

36. 北冈正子著，王敬翔、李文卿译：《日本异文化中的鲁迅——从弘文学院入学到"退学"事件，青年鲁迅的东瀛启蒙》，麦田出版，2018年。

37. 藤井省三著，潘世圣译：《鲁迅的都市漫游：东亚视域下的鲁迅言说》，新星出版社，2020年。

附录二

日本研究鲁迅专著日文书目（1941—2020）

1. 小田嶽夫『魯迅伝』、筑摩書房、1941 年。
2. 竹内好『魯迅』、日本評論社、1944 年。
3. 太宰治『惜別：醫學徒の頃の魯迅』、朝日新聞社、1945 年。
4. 竹内好『魯迅』、日本評論社、1946 年。
5. 中日文化研究所編『魯迅研究』、八雲書店、1948 年。
6. 坂本德松「ほか」『魯迅研究』、八雲書店、1948 年。
7. 鹿地亘『魯迅評伝』、日本民主主義文化連盟、1948 年。
8. 增田渉『魯迅の印象』、大日本雄弁会講談社、1948 年。
9. 竹内好『魯迅』、世界評論社、1948 年。
10. 小田嶽夫『魯迅の生涯』、鎌倉書房、1949 年。
11. 竹内好『魯迅雑記』、世界評論社、1949 年。
12. 竹内好『魯迅』、創元社、1952 年。
13. 竹内好『魯迅入門』、東洋書館、1953 年。

14. かわかみひさとし『魯迅における主奴の考察』、小樽商科大学人文科学研究室、1953年。

15. 小田嶽夫『魯迅伝』、乾元社、1953年。

16. 志賀正年『魯迅業績年表：魯迅研究資料』、国立国会図書館、1954年。

17. 増田渉『魯迅の印象』、大日本雄弁会講談社、1956年。

18. 早稲田大學中國研究會編『魯迅文献展示目録』、大安文化貿易、1956年。

19. 竹内好『魯迅』、河出書房、1956年。

20. 増田渉「ほか」『魯迅案内』、岩波書店、1956年。

21. 尾坂德司『中国新文学運動史：政治と文学の交点・胡適から魯迅へ』、政法大学出版局、1957年。

22. 青山宏、土屋隆編『魯迅作品年表』、東洋大学中国文化研究会、1958年。

23. 山田野理夫『魯迅：新しい世界の文豪』（少国民の偉人物語文庫・30）、岩崎書店、1960年。

24. 竹内好『魯迅』、未来社、1961年。

25. 川上久寿『魯迅研究』、くろしお出版、1962年。

26. 尾崎秀樹『魯迅との対話』、南北社、1962年。

27. 山田野理夫『魯迅伝：その思想と遍歴』、潮文社、1964年。

28. 山田野理夫『魯迅：新しい世界の文豪』（少年少女新偉人文庫・11）、岩崎書店、1964年。

29. 丸山昇『魯迅：その文学と革命』、平凡社、1965年。

30. 小田嶽夫『魯迅伝』（大和選書・5）、大和書房、1966年。

31. 半沢正二郎『魯迅・藤野先生・仙台』、仙台魯迅会、1966年。

32. 中川俊編『魯迅年譜』、大安文化貿易、1966年。

33. 今村与志雄『魯迅と伝統』、勁草書房、1967年。

34. 佐々木基一、竹内実編『魯迅と現代』、勁草書房、1968年。

35. 山田野理夫『魯迅伝：その思想と遍歴』（潮文社新書）、潮文社、1968年。

36. 尾崎秀樹『魯迅との対話』（増補版）、勁草書房、1969年。

37. 増田渉『魯迅の印象』（角川选書・38）、角川書店、1970年。

38. 新村徹『魯迅のこころ：少年少女におくる伝記』、理論社、1970年。

39. 檜山久雄『魯迅：革命を生きる思想』（三省堂新書・77）、三省堂、1970年。

40. 志賀正年『魯迅と民間文芸』（限定版）、天理時報社、1970年。

41. 志賀正年『魯迅翻訳研究』（限定版），天理時報社、1970年。

42. 高田淳『魯迅詩話』、中央公論社、1971年。

43. 尾上兼英「ほか」編『中国の革命と文学：魯迅集1』、平凡社、1971年。

44. 丸山昇編『魯迅全集注釈索引』、東洋大学東洋文化研究所東洋文献センター、1971年。

45. 丸山昇『魯迅と革命文学』（紀伊国屋新書）、紀伊国屋書店、1972年。

46. 東北大学文学部中国文学研究室編『魯迅「中国小說史略」固有名詞索引』、東北大学、1972年。

47. 霜川遠志著、峯岸義一絵『はじめ地上に道はない：魯迅』（フレーベル子ども文庫・14）、フレーベル館、1972年。

48. 横松宗『魯迅の思想：民族の怨念』、河出書房新社、1973年。

49. 高田淳『章炳麟・章士釗・魯迅：辛亥の死と生と』、竜渓書舎、1974年。

50. 上野昂志『魯迅』、三一書房、1974年。

51. 半沢正二郎『魯迅・藤野先生・仙台』（第2版）、中日出版、1974年。

52. 伊藤虎丸『魯迅と終末論：近代リアリズムの成立』、竜渓書舎、1975年。

53. 高比良光司『魯迅：戦斗の生涯』、人民の星社、1976年。

54. 竹内好『新編魯迅雑記』、勁草書房、1976年。

55. 丸山昇『ある中国特派員：山上正義と魯迅』、中央公論社、1976年。

56. 向陽社編『魯迅と中日文化交流』、向陽社、1976年。

57. 竹内好、橋川文三「ほか」『特集魯迅：東洋的思惟の復権』、青土社、1976年。

58. 霜川遠志『戯曲・魯迅伝：五部作』、而立書房、1977年。

59. 檜山久雄『魯迅と漱石』、第三文明社、1977年。

60. 山田敬三『魯迅の世界』、大修館書店、1977年。

61. 竹内実『魯迅遠景』、田畑書店、1978年。

62. 竹内好『続魯迅雑記』、勁草書房、1978年。

63. 仙台における魯迅の記録を調べる会編『仙台における魯迅の記録』、平凡社、1978年。

64. 新島淳良『魯迅を読む』、晶文社、1979年。

65. 内山完造『魯迅の思い出』、社会思想社、1979年。

66. 上野惠司編『魯迅小説語彙索引：「吶喊」「彷徨」「故事新編」』、龍渓書舎、1979年。

67. 小泉讓『魯迅と内山完造』、講談社、1979年。

68. 飯倉照平『魯迅』（人類の知的遺産：69）、講談社、1980年。

69. 井貫軍二『魯迅とその時代：中国現代史序說』、晃洋書房、1980年。

70. 竹内好『魯迅・魯迅雜記1』（『竹内好全集』第1卷）、筑摩書房、1980年。

71. 丸山昇編『魯迅全集注釈索引』（東洋学文献センター叢刊影印版・9）、汲古書院、1981年。

72. 竹内実『魯迅周辺』、田畑書店、1981年。

73. 横松宗『魯迅の思想：民族の怨念』（新装版）、河出書房新社、1981年。

74. 林田慎之助『魯迅のなかの古典』、創文社、1981年。

75. 内山嘉吉、奈良和夫『魯迅と木刻』、研文出版、1981年。

76. 丸尾常喜「ほか」編『魯迅文言語彙索引』、東京大学東洋文化研究所附属東洋学文献センター、1981年。

77. 竹内好『魯迅入門・魯迅雜記2』（『竹内好全集』第2卷）、筑摩書房、1981年。

78. 竹内好『現代中国の文学・中国文学と日本・魯迅雜記3』（『竹内好全集』第3卷）、筑摩書房、1981年。

79. 竹内好『自画像．わが著作．魯迅友の会・中国の会』（『竹内好全集』第13卷）、筑摩書房、1981年。

80. 小野田耕三郎編『魯迅收藏中国木刻集』、環翠堂、1981年。

81. 今村与志雄『魯迅と一九三〇年代』、研文出版、1982年。

82. 高田昭二『魯迅の生涯とその文学』（愛媛大学人文学会研究叢書）、大明堂、1982年。

83.『マゼラン：魯迅』(『少年少女世界伝記全集』国際版,第19巻)、小学館、1982年。

84.伊藤虎丸『魯迅と日本人：アジアの近代と「個」の思想』、朝日新聞社、1983年。

85.池田武雄編『魯迅全集三集共通編目索引』、朋友書店、1984年。

86.藤井省三『ロシアの影：夏目漱石と魯迅』、平凡社、1985年。

87.竹中憲一『北京における魯迅』、不二出版、1985年。

88.片山智行『魯迅のリアリズム：「孔子」と「阿Q」の死闘』、三一書房、1985年。

89.竹内実『周樹人の役人生活：五四と魯迅・その一側面』、同朋舎、1985年。

90.丸尾常喜『魯迅 花のため腐草となる』、集英社、1985年。

91.藤井省三『魯迅：「故郷」の風景』、平凡社、1986年。

92.横松宗『魯迅：民族の教師』、河出書房新社、1986年。

93.中島長文編『魯迅目睹书目 日本書之部』、宇治市木幡御藏山39—257三百部之第75部、1986年。

94.裘沙、王偉军『魯迅の世界：裘沙画集』、岩波書店、1986年。

95.今村与志雄『魯迅ノート』、筑摩書房、1987年。

96.上野惠司編『魯迅小説語彙索引：「吶喊」「彷徨」「故事新編」』、竜渓書舎、1987年。

97.尾上兼英『魯迅私論』、汲古書院、1988年。

98.三宝政美『悩める家長：魯迅』(中国古典招待・4)、日中出版、1988年。

99.竹内好『魯迅を読む』(録音資料)、岩波書店、1988年。

100. 小泉譲『評伝魯迅と内山完造』、図書出版、1989年。

101. 藤井省三『エロシェンコの都市物語：1920年代 東京・上海・北京』、みすず書店、1989年。

102. 今村与志雄『魯迅の生涯と时代』、第三文明社、1990年。

103. 『海を越えた友情：増田渉と魯迅』、鹿島町立歷史民俗資料館、1990年。

104. 阿部正路『魯迅居断想』、創樹社、1991年。

105. 片山智行『魯迅「野草」全釈』、平凡社、1991年。

106. 中野美代子『中国パガソス列伝：武則天から魯迅まで』、日本文芸社、1991年。

107. 魯迅生誕110周年仙台記念祭実行委員会編『魯迅と日本：魯迅生誕110周年記念』、魯迅生誕110周年記念祭実行委員会、1991年。

108. 魯迅生誕110周年仙台記念祭実行委員会編『魯迅と日本：魯迅生誕110周年仙台記念祭展示会図録』、魯迅生誕110周年記念祭実行委員会、1991年。

109. 魯迅生誕百十周年仙台記念祭実行委員会編『魯迅生誕110周年仙台記念祭公開国際セミノー講演資料』、魯迅生誕百十周年記念祭実行委員会、1991年。

110. 李国棟述『魯迅の悲劇と漱石の悲劇：文化伝統からの一考察』、国際日本文化研究センター、1991年。

111. 魯迅論集編集委員会編『魯迅研究の現在』（汲古選書・3）、汲古書院、1992年。

112. 魯迅論集編集委員会編『魯迅と同時代人』（汲古選書・4）、汲古書院、1992年。

113. 太宰治『惜別: 醫學徒の頃の魯迅』、日本近代文学館、1992年。

114. 相浦杲先生追悼中国文学論集刊行会『相浦杲先生追悼中国文学論集』、東方書店、1992年。

115. 四方田犬彦『魯迅: めざめて人はどこへ行くか』（にんげんの物語）、ブロシズ新社、1992年。

116. 李国棟『魯迅と漱石: 悲劇性と文化伝統』、明治書院、1993年。

117. 丸尾常喜『魯迅:「人」「鬼」の葛藤』、岩波書店、1993年。

118. 林叢『漱石と魯迅の比較文学研究』（新典社研究叢書・66）、新典社、1993年。

119. 金丸邦三、小林二男共編『魯迅作品民俗語彙図解』、東京外国語大学、1993年。

120. 中村竜一『魯迅／竹内好訳＝故郷　中学校4』、明治図書出版、1993年。

121. 河野実、飯野正仁編『一九三〇年代上海魯迅』、町田市立國際版画美術館、1994年。

122. 吉田曠二『魯迅の友・内山完造の肖像: 上海内山书店の老板（ロ一パイ）』、新教出版社、1994年。

123. 佐高信『さらば会社人間: 私の思想的故郷としての魯迅』、徳間書店、1994年。

124. 丸山昇『魯迅と革命文学』（精選復刻紀伊国屋新書）、紀伊国屋書店、1994年。

125. 富永一登『魯迅輯「古小説鉤沈」校釈—「列異伝」』、広島大学文学部、1994年。

126. 竹内好『魯迅』（講談社文芸文庫）、講談社、1994年。

127. 武田勝彦『松本亀次郎の生涯: 周恩来・魯迅の師』、早稲田大学出版部、1995 年。

128. 檜山久雄『魯迅研究の今昔』、中央大学人文科学研究所、1995 年。

129. 竹内好『魯迅入門』、講談社、1996 年。

130. 片山智行『魯（ろじん）迅 ：阿 Q 中国の革命』、中央公論社、1996 年。

131. 南雲智『「魯迅日記」の謎』、TBS ブリタニカ、1996 年。

132. 相原茂企画・編集『魯迅と紹興』、朝日出版社、1996 年。

133. 林田慎之助『魯迅のなかの古典』（第 2 刷）、創文社、1996 年。

134. 泉彪之助編『魯迅と上海内山书店の思い出』、武藏野文学舍、1996 年。

135. 丸山昇『魯迅・鹿地亘・反戦同盟』、1996 年 5 月あとがき。

136. 藤井省三『魯迅「故郷」の読書史：近代中国の文学空間』、創文社、1997 年。

137. 丸山昇『ある中国特派員：山上正義と魯迅』（増訂新版）、田畑書店、1997 年。

138. 丸尾常喜『魯迅「野草」の研究』、汲古書院、1997 年。

139. 佐高信『佐高信の反骨哲学：魯迅に学ぶ批判精神』（德間文庫）、德間書店、1997 年。

140. 中島利郎編『台湾新文学と魯迅』、東方書店、1997 年。

141. 黄英哲『台湾文化再構築 1945—1947 の光と影：魯迅思想受容の行方』、創土社、1999 年。

142. 阿部兼也『魯迅の仙台時代：魯迅の日本留学の研究』、東北大学出版会、1999 年。

143. 柴崎信三『魯迅の日本漱石のイギリス：「留学の世紀」を

生きた人びと』、日本経済新聞社、1999 年。

144. 丸山昇、丸尾常喜編『魯迅関係図書目録』、内山書店、1999 年。

145. 佐高信『魯迅に学ぶ批判と抵抗：佐高信の反骨哲学』、社会思想社、1999 年。

146. 吉田富夫『魯迅点景』、研文出版、2000 年。

147. 北岡正子『魯迅日本という異文化のなかで：弘文学院入学から「退学」事件まで』、关西大学出版部、2001 年。

148. 中田昭栄『魯迅、鷗外、ソフイア、明石、滔天と日露战争：愛と哀しみと旅立ちの歌』、郁朋社、2001 年。

149. 中島長文『ふくろうの声 魯迅の近代』、平凡社、2001 年。

150. 李国棟『魯迅と漱石の比較文学的研究：小说の様式と思想を軸にして』、明治書院、2001 年。

151. 『東アジアが読む魯迅』、勉誠出版、2001 年。

152. 松井博介『孤絕者魯迅：「野草」試論』、朝日カルチヤーセンター、2001 年。

153. 阿部幸夫『魯迅書簡と詩箋』、研文出版、2002 年。

154. 林田慎之助博士古稀記念論集編集委員会編『中国読書人の政治と文学』、創文社、2002 年。

155. 藤井省三『魯迅事典』、三省堂、2002 年。

156. 潘世聖『魯迅・明治日本・漱石：影響と構造への総合的比較研究』、汲古書院、2002 年。

157. 丸尾常喜、蜂屋邦夫『中国の言語文化：魯迅と莊子』、放送大学教育振興会、2002 年。

158. 永末嘉孝『魯迅点描』、熊本学園大学付属海外事情研究所、2003 年。

159. 泉彪之助、藤野明監修『魯迅と藤野厳九郎：日中友好の絆：百年前の出会い』、芦原町教育委員会、2003年。

160. 藤井省三『新・魯迅のすすめ』（NHK人間講座）、日本放送出版協会、2003年。

161. 福井県立大学編『魯迅研究関連文献・図書資料目録』、福井県立大学、2003年。

162. 東北大学史料館編集『魯迅：歴史のなかの留学生：魯迅先生東北大学留学百周年記念特別展パソフレット』、東北大学、2004年。

163. 魯迅・東北大学留学百周年史編集委員会編『魯迅と仙台：東北大学留学百周年』、東北大学出版会、2004年。

164. 沼野誠介『魯迅と日本』、文芸社、2004年。

165. 欒殿武『漱石と魯迅における伝統と近代』、勉誠出版、2004年。

166. 佐高信『魯迅に学ぶ批判と抵抗：佐高信の反骨哲学』、文元社、2004年。

167. 楊英華『武者小路実篤と魯迅の比較研究』、雄松堂出版、2004年。

168. 丸山昇『魯迅・文学・歴史』、汲古書院、2004年。

169. 康鴻音『近代の闇を拓いた日本文学：有島武郎と魯迅を視座として』、日本橋報社、2005年。

170. 魯迅・東北大学留学百周年史編集委員会編『魯迅と仙台：東北大学留学百周年』（改訂版）、東北大学出版会、2005年。

171. 伊藤虎丸『魯迅と日本人：アジアの近代と「個」の思想』（朝日選書・228）、朝日新聞社、2005年。

172. 上野惠司『魯迅小說語彙・語法ノート』、共立女子大学総合文化研究所、2005 年。

173. 北岡正子『魯迅 救亡の夢のゆくえ：惡魔派詩人論から「狂人日記」まで』、関西大学出版部、2006 年。

174. 中井政喜『魯迅探索』、汲古書院、2006 年。

175. 阿部兼也『魯迅の仙台时代：魯迅の日本留学の研究』（改訂版第 2 刷）、東北大学出版会、2006 年。

176. 上野惠司編『魯迅小說語彙索引』（新訂）、共立女子大学総合文化研究所、2006 年。

177. 山本正雄『藤野先生と魯迅の思想と生涯：福井発の「師弟爱」を日中友好の絆に：福井県版ご案内』、山本正雄、2006 年。

178. 代田智明『魯迅を読み解く：謎と不思議の小説 10 篇』、東京大学出版会、2006 年。

179. 高晃公『魯迅の政治思想：西洋政治哲学の東漸と中国知識人』、日本経済評論社、2007 年。

180.「藤野先生と魯迅」刊行委員会編『藤野先生と魯迅：惜別百年』、東北大学出版会、2007 年。

181. 佐高信『魯迅烈読』、岩波書店、2007 年。

182. 山田敬三先生古稀記念論集刊行会編『南腔北調集：中国文化の伝統と現代：山田敬三古稀記念論集』、山田敬三先生古稀記念論集刊行会、2007 年。

183. 藤井省三『村上春樹のなかの中国』、朝日新闻社、2007 年。

184. 吉田富夫先生退休記念中国学論集編集委員会編『吉田富夫先生退休記念中国学論集』、汲古書院、2008 年。

185. 工藤貴正『魯迅と西洋近代文芸思潮』、汲古書院、2008 年。

186. 丸山昇『魯迅：その文学と革命』、平凡社、2008 年。

187. 片山智行『魯迅「野草」全釈』、平凡社、2008 年。

188. 山田敬三『魯迅自覚なき実存』、大修館書店、2008 年。

189. 檜山久雄『魯迅：その文学と闘い』、第三文明社、2008 年。

190. 岡庭昇『漱石・魯迅・フオークナー：桎梏としての近代を越えて』、新思索社、2009 年。

191. 渡辺襄『魯迅「藤野先生」の原題は何か「抜刷」：翻訳と解説』、日本民主主義文学会仙台支部、2009 年。

192. 丸山昇著、丸山まつ編『丸山昇遺文集第 1 巻（一九五一—一九六七）』、汲古書院、2009 年。

193. 丸山昇著、丸山まつ編『丸山昇遺文集第 2 巻（一九六八—一九八〇）』、汲古書院、2009 年。

194. 丸山昇著、丸山まつ編『丸山昇遺文集第 3 巻（一九八一—二〇〇六）』、汲古書院、2010 年。

195. 丸川哲史『魯迅と毛沢東：中国革命とモダニテイ』、以文社、2010 年。

196. 长堀祐造『魯迅とトロツキー：中国における「文学と革命」』、平凡社、2011 年。

197. 藤井省三『魯迅：東アジアを生きる文学』（岩波新書）、岩波書店、2011 年。

198. 古田曠二『魯迅と内山完造語録：上海内山書店文化サロンの風景』、三惠社、2011 年。

199. 井上欣儒、千野万里子、市桥映里果共編，小山三郎、鲍耀明監修『魯迅：海外の中国人研究者が語つた人間像』、明石書店、2011 年。

200. 丸川哲史『魯迅出門』、インスクリプト、2014 年。

201. 木庄豊『魯迅の愛した内山書店：上海雁ケ音茶館をめぐる国際連帯の物語』、かもがわ出版、2014 年。

202. 阿部幹雄著，板井洋史、鈴木将久編『中国現代文学の言語的展開と魯迅』、汲古書院、2014 年。

203. 藤森節子『そこにいる魯迅：1931 年—1936 年』、績文堂出版、2014 年。

204. 片山智行『孔子と魯迅：中国の偉大な「教育者」』、筑摩書房、2015 年。

205. 北岡正子『魯迅文學の淵源を探る「摩羅詩力說」材源考』、汲古書院、2015 年。

206. 秋吉收編『現代の日本における魯迅研究』（言語文化叢書・22）、九州大学大学院言語文化研究院、2016 年。

207. 中井政喜『魯迅後期試探』、名古屋外国語大学出版会、2016 年。

208. 秋吉收『魯迅 野草と雑草』、九州大学出版会、2016 年。

209. 藤井省三『魯迅と紹興酒：お酒で読み解く現代中国文化史』（東方選書・50）、東方書店，2018 年。

210. 藤井省三『魯迅と世界文学』、東方書店、2020 年。

后 记

　　读博时期，我因为研究鲁迅小说人物形象的演变而比较深入地关注过日本鲁迅研究大家伊藤虎丸。我不太同意他认为鲁迅小说积极人物形象完全源于西方的说法，缘此催生了我博士论文的整体框架，而且还有幸在读博期间就伊藤虎丸的研究在《文学评论》上发表了一篇文章。那时，我根本没有想到日后会深入走进日本鲁迅学的研究。不过，这一起始也并非无心插柳。为完成博士论文，在翻阅日本鲁迅研究的相关成果时，遇到很多困难，我便产生了一个想法：为什么日本鲁迅研究接近百年了，但迄今为止没有一本研究史著作？后来阅读了张梦阳撰写的《中国鲁迅学通史》，我有了一个大胆的想法：写一本《日本鲁迅学通史》。

　　2016年我申请了"日本鲁迅学资料整理与研究"的项目，有幸获得西部项目立项。我填写项目申请时直接设计了五年的期限，以便争取更多时间学习日语和搜集资料。直到2019年，我的研究还进展缓慢，一方面因为教学工作繁重，另一方面确实有难度。但就是在这一年，我把结项成果由论文改成著作，我想根据自己的判断来阐述日本百年鲁迅研究的逻辑过程，尽量呈现出作为学科意义上的形态。到2019年年底，我对自己的更改感到害怕，觉得没有底气完成这个工作。谁承想，席卷全球的新冠病毒把我圈在家里，为我赢得了写作时间。

从2020年1月份开始进入写作，每天坚持，上午写，下午组织构思，连续战斗了3个月，到4月份学校网上教学开始，写完了第一部分两章和第二部分两章，此后又断断续续地写，到放暑假完成了第二部分。在写作的过程中，大多数时候是愉快的，而且很多时候停不下来，我记得有一次写得想吐了才不得不停下来。因为坐得时间太长，右手长期固定在键盘和鼠标之间，几个月下来，右手肘关节隐隐作痛，我以为是缺少运动所致，直到暑假前的有一天右手抬都抬不起来了，真的无法再写了。我去看医生，医生说我得了腱鞘炎。吃了医生开的药，又去找中医做了针灸，半个月后好转了，又忍不住开始写。这一写又持续了半个暑假，第三部分便完成了。开学后，新生入校，再也没有时间顾及了。2020年12月份，学校社科处的人把我拉入新建的一个结题群，催我结题。我想越是别人催得紧，越要放慢速度，否则会草草了事。于是给自己安排了一趟寒假回老家看望父母。不曾想新冠病毒又肆虐起来，它再次拯救了我。整个寒假，我坚持每天6点起床，起床后学着翻译一段日文，然后撰写第四部分的内容。到大年三十这天，完成参考文献及附录的大部分资料整理。过年休息了三天，正月初四又开始，初五全部完成了初稿。

我的构想是写一本《日本鲁迅学通史》，不可说不宏大，但以我的学力和能力，完成起来可谓困难重重。最后只能和自己妥协，勉为其难地写下了这本《日本鲁迅学史论纲》，真可谓：想的是"龙种"，做出来的是"跳蚤"。即使是"跳蚤"，我还是要厚着脸皮做一些说明。这本《日本鲁迅学史论纲》以主要研究者为线索，分为四大部分，共十五章，每个部分有简短的导言。通过这些章节的设置，想在客观的历史语境和思想语境中，把日本鲁迅研究主要学者的知识系谱和逻辑过程较为清晰地呈现出来，并试图引入研究的地缘辐射和日本中国学的视野，目的在于把握日本鲁迅学的"点"构成的"线"，克服以前研究过于强调某些"点"的弊病，为进一步把握研究史之"面"并最后形成"点""面"结合的"鲁迅学通史"打基础。相对于 2019 年靳丛林、李明晖等人合著的《日本鲁迅研究史论》，拙著在这方面可能还算是一个推进。当然，做这样的工作最终是想从域外的日本鲁迅研究中获得鲁迅研究的新的增长点。关于本书的两个附录主要参考了《日本鲁迅研究史论》的附录一和附录二，并结合我看到的相关中文和日文资料，对原来出现的部分错误进行了更正，年份排序混乱的地方也进行了调整，还补充了一些没有收入的中译专著和日文专著，希望对继续从事相关研究的学人有所帮助。拙著是尝试性的，自然有诸多不足，因而恳请同行专家批评指正，我会在此基础上继续补充修正，争取把这项工作作为终身的事来做。

在撰写拙著的过程中，请教了董炳月、赵京华、李冬木诸位前辈，他们给我答疑解惑，排除了很多困难，在此深表感谢。有一部分日文资料委托了博士同学苗壮帮我购买。当时他在东京大学访学，新冠疫情致使日本邮局不能发货，于是他先帮我购买了，原打算回国带给我，但后来日本邮局超乎我们的想象而提前营运，所以他在第一时间就把书寄给了我。在此也要特别对苗壮博士致以感谢。

2021 年 2 月 17 日初稿

2024 年 7 月修订